江南/著

[修订版] 龙族 II
DRAGON RAJA

悼亡者之瞳

人民文学出版社

图书在版编目(CIP)数据

龙族.2,悼亡者之瞳/江南著.—修订本.—北京:人民文学出版社,2020（2025.10重印）

ISBN 978-7-02-016450-9

Ⅰ.①龙… Ⅱ.①江… Ⅲ.①幻想小说—中国—当代 Ⅳ.①I247.5

中国版本图书馆CIP数据核字(2020)第115135号

责任编辑	徐子茼 秦雪莹
装帧设计	李思安
责任校对	杨益民
责任印制	张 娜

出版发行	人民文学出版社
社　　址	北京市朝内大街166号
邮政编码	100705

印　　刷	三河市鑫金马印装有限公司
经　　销	全国新华书店等

字　　数	557千字
开　　本	710毫米×1000毫米　1/16
印　　张	28.5　插页1
印　　数	830001—860000
版　　次	2020年10月北京第1版
印　　次	2025年10月第35次印刷

书　　号	978-7-02-016450-9
定　　价	49.00元

如有印装质量问题,请与本社图书销售中心调换。电话:010-59905336

目录

序　幕　雨流狂落之暗
A Dark Rainy Night
1

第一章　生日蛋糕就是青春的墓碑
Birthday Cake is the Grave of Youth
25

第二章　同学少年都不贱
Every Junior Has A Good Time
45

第三章　悬赏
Reward
67

第四章　炎魔刀舞
Sword Devil with Flaming Rage
87

第五章　蒲公英
Dandelion
117

第六章　防火防盗防师兄
Beware of Your Senior
145

第七章　群龙的盛宴
Dragons' Feast
159

第八章　康河上的叹息
Sigh on the River Cam
181

第九章　中庭坠落
Roller Coaster Falling Down
197

第十章　守夜人
Night Watch
211

第十一章	婚约 Engagement	231
第十二章	龙骨十字 The Cross-Shaped Bones	249
第十三章	血统契约 Blood Contract	277
第十四章	罪与罚 Crime & Punishment	297
第十五章	幕后的人 The Inside Man	315
第十六章	美好的一天 It's a Beautiful Day	333
第十七章	悲剧舞台 Tragedy Stage	347
第十八章	迷宫 Maze	363
第十九章	耶梦加得 Jormungandr	391
第二十章	凡王之血必以剑终 Deadly Sword for Every Dragon King	419
尾　声	每个人心里都有个死小孩 Lonely Kid Hides In Heart	447

序幕 雨流狂落之暗 A Dark Rainy Night

楚子航站在窗前发呆。

雨噼里啪啦打在窗上，操场上白茫茫一片。

下午还是晴天朗日，可随着下课铃响，眼看着铅色的云层从东南方推过来，天空在几分钟里黑了下去。跟着一声暴雷，成千上万吨水向着大地坠落，像是天空里的水库开了闸门。

足球场上车辙交错，草皮被翻得支离破碎。原本私家车不准进校园，但是这么险恶的天气，家长都担心自己孩子被淋着，几个人强行把铁门推开，所有的车一窝蜂地拥进来。半小时之前，操场上热闹得像是赶集，车停得横七竖八，应急灯闪着缭乱的黄光，每个人都死摁喇叭，大声喊自己孩子的名字。瓢泼大雨中学生们找不到自家的车，没头苍蝇一样乱转。

现在所有人都被接走了，教学楼里和操场上都空荡荡的，"仕兰中学"的天蓝色校旗在暴风雨里急颤。

像是曲终人散。

教室里只剩下他一个人，灯光惨白，而外面黑得像是深夜。这种天就该早点回家。

他掏出手机拨号，把免提打开，放在桌上，默默地看着它。

电话嘟嘟地响了几声后接通了："子航你那里也下雨了吧？哎呀妈妈在久光商厦和姐妹们一起买东西呢，这边雨可大了，车都打不着，我们喝杯咖啡，等雨小点儿再走，你自己打个车赶快回家。或者打个电话叫你爸爸派车来接你，子航乖，妈妈啵一个。"话筒里果然传来清脆的"啵"声，而后电话挂断了。

楚子航收起手机，从头到尾他一个字都没说。他也没准备要说什么，他拨这个电话只是告诉妈妈自己没事，让她别担心，该玩接着玩。

所谓大人，有时候很愚蠢。孩子伸出手想去安慰她一下的时候，她还以为你在要吃的。

外面没车可打的，这么大的雨，出租司机也不想做生意，都早早开车回家了。久光商厦那边没有车，学校这边也一样。可妈妈想不到，姥姥说妈妈是个"毛头闺女"，没心肝的。楚子航也不想给"爸爸"打电话。"爸爸"是个很忙的人，不会记着下雨天派车来接继子这种琐事。但只要打电话提醒，"爸爸"一定会派司机来。"爸爸"是个优质、负责、有教养的好男人，很爱舞蹈演员出身的漂亮妈妈，爱屋及乌地也对他好，常挂在嘴边的话是："子航啊，有什么需要就说出来，我是你爸爸，会对你尽义务的。"

有个有钱的爸爸要对他尽义务，听起来很不赖。

可楚子航觉得自己不需要。

教室门敞着，寒风夹着雨丝灌入，凉得刺骨。楚子航裹紧罩衫，把手抄在口袋里，接着发呆。

"楚子航？一起走吧，雨不会停的，天气预报说是台风，气象局发预警了！"女生探头进来说。她有一头清爽的长发，发梢坠着一枚银质的米老鼠发卡，娇俏的小脸微微有点泛红，低垂眼帘不敢直视他。

"你不认识我？我叫柳漱漱……"女生没有得到回答，声音越来越小，蚊子哼哼似的。

其实楚子航认识柳漱漱。柳漱漱比他低一级，在仕兰中学很出名，初二就过了钢琴十级，每年联欢晚会上都有她的独奏，楚子航班上很有几个男生暗地里为柳漱漱较劲，楚子航想不知道她也没办法。

"我今天做值日，一会儿走。"楚子航点头致意。

"哦……那我先走啦。"柳漱漱细声细气地说，把头缩了回去。

隔着窗，楚子航看见柳漱漱家的司机打开一张巨大的黑伞罩在柳漱漱头顶，柳漱漱脱下脚上的绑带凉鞋，司机蹲下身帮她换上雨靴。柳漱漱躲在伞下，小心翼翼地走向雨幕中亮着"天使眼"大灯的黑色宝马。

"喂喂！柳漱漱柳漱漱！你捎我吧！"一个低年级的小子在屋檐下冲柳漱漱大喊。

"路明非你自己走吧！我家跟你又不在一个方向！"柳漱漱头也不回。

其实楚子航的家跟柳漱漱的家也不在一个方向，楚子航家在城东的"孔雀邸"，柳漱漱家在城西的"加州阳光"，南辕北辙，但是柳漱漱居然要送他一程。

低年级小子蹲在屋檐下，看着宝马车无声地滑入雨幕中，尾灯一闪，引擎高亢地轰鸣，走了。他站起来，脖子歪着，脑袋耷拉着，沿着屋檐慢慢走远。楚子航看着他的背影，忽然想也许自己能捎他一程。可那小子一缩头，拿外衣裹住脑袋，丧家之犬似的蹿进雨幕里。跑得还真快，在楚子航来得及喊他之前，他已经啪嗒啪嗒地跑远了。

一道枝形闪电在云层里闪灭，耳边轰然爆震。雨更大了，柳淼淼说得对，这不是一般的雨，是台风。

楚子航忽然很想有个人来接他，否则他也只能和那低年级的小子一样啪嗒啪嗒地跑在冷雨里。他摸出手机，输入信息："雨下得很大，能来接我一下么？"默念了一遍，确定语气无误，发出。

接下来的几十秒里他一直在数自己的心跳，咚咚……咚咚……咚咚……

"好嘞好嘞没问题！在学校等着，我一会儿就到！"信息有了回复，那个人的语气总是这么快活。

楚子航把来往的信息都删掉，给"爸爸"看到不好。他拎起脚下的水桶，把整桶水泼在黑板上。水哗哗地往下流，他抄起板擦用力地擦起来。

擦到第三遍时，外面传来低沉的喇叭声。楚子航转过头，窗外雨幕里，氙灯拉出两道雪亮的光束，照得人睁不开眼。

那是辆纯黑色的轿车，车头上三角形的框里，两个"M"重叠为山形。一辆Maybach 62。

Maybach，中文译名"迈巴赫"，奔驰车厂的顶级车，比"爸爸"的奔驰S500还要贵出几倍的样子。楚子航对车不太热衷，这些都是车里的那个男人对他吹嘘的。

雨刷像是台发了疯的节拍器那样左右摆动，刮开挡风玻璃上一层层的雨水。车里的中年男人冲楚子航招手，笑得满脸开花。楚子航不明白他怎么老是笑得那么开心，好像一点烦心事都没有似的。楚子航背上"爸爸"从伦敦给他买的Hermès包，锁了教室门，检查无误，走到屋檐边，对着外面的瓢泼大雨犹豫了一瞬间。车里的男人赶紧推开车门，张开一张巨大的黑伞迎了上来，就像柳淼淼家的司机那样殷勤。楚子航看都不看他一眼，推开伞，冒雨走到车边，自己打开后车门钻了进去。

男人的马屁没有得到回应，愣了一下，扭头也钻回车里，坐在驾驶座上，把伞收好递给后座的楚子航："插车门上，那里有个洞专门插雨伞。"

"知道，你说过的。"楚子航随手把伞插好，扭头看着窗外，"走吧。"

"衣服湿了吧？我给你把后排座椅加热打开？谁用谁知道，舒服得要死！"男人又开始吹嘘他的车。

"用不着，回家换衣服。"

"哦哦。"男人清了清嗓子，对中控台说，"启动！"

屏幕亮起，仪表盘上闪过冷厉的蓝光，凶猛如野兽的V12涡轮增压引擎开始自检，车里感觉不到丝毫震动，发动机沉雄的低吼也被隔绝在外。

"九百万的车，加装的声控，不用钥匙，喊一声就跑！这世界上只有三个人的声音能吆喝动它，一个是我，一个是老板，还有一个你猜是谁？"男人得意洋洋。

"不关心。"楚子航面无表情。

男人的热脸又贴了冷屁股，倒也不沮丧，麻利地换挡加油。迈巴赫轰然提速，在操场上甩出巨大的弧线，利刃般劈开雨幕，直驶出仕兰中学的大门。门卫在岗亭里挺胸腆肚站得笔直，表示出对这辆超豪华车和它象征的财富的尊敬。

楚子航不明白这些到底有什么可尊敬的，在这样的雨天里，你所要的不过是一辆来接你的车和一个记得来接你的人，迈巴赫、奔驰S500或者QQ都不重要。

"这么大雨你妈也不知道来接你。"

"还好我上午没去洗车，无接触洗车，一次八十块，洗了就扔水里了。"

"你们学校那个门卫开始不让我把车开进去，我说我来接我儿子放学的，这么大雨淋一下都湿你不让我进去怎么办？费了不知道多少唾沫。最后我给他说老子这车办下来九百万，市政府进去都没人拦，你个仕兰中学还那么大规矩？他一下子就软了，哈哈。"

男人一边潇洒地拨弄他的方向盘，一边唠唠叨叨。

楚子航从上车起就没搭理过他一句。他打开了收音机，播音员的声音比男人的声音让他觉得心里清净。

"现在播报台风紧急警报和路况信息，根据市气象台发布的消息，台风于今天下午在我市东南海岸登陆，预计将带来强降雨和十级强风，请各单位及时做好防范工作。因为高强度的降雨，途经本市的省道和国道将于两小时后封闭，高架路上风速高、能见度低于三十米，请还在路上行驶的司机绕道行驶。"

他看向窗外，能见度真的差到了极点，五十米外就白茫茫的一片看不清楚，雨点密集得好像在空中就彼此撞得粉碎，落地都是纷纷的水沫。天空漆黑如墨，偶尔有电光笔直地砸向地面。路面上的车已经不多了，都亮着大灯小心翼翼地爬行，会车时司机都使劲按喇叭，就像是野兽在森林里相遇，警觉地龇牙发出低吼。

车速慢了下来，一辆跟着一辆慢慢往前摸索。前面车喇叭声响成一片，好像煮沸的水壶，无数刹车灯的红光刺透了雨幕，好像是堵住了。

"让我这V12发动机的车龟爬？"男人嘟哝，猛地转动方向盘，强行切入应急车道。

绝对漂亮的一切，好似一柄断水的快刀，把后面的车流截断。后面的奥迪车主急刹，锁死的轮胎在地面上直打滑。不刹车奥迪就得撞上迈巴赫的屁股，追尾的话算奥迪的全责，迈巴赫的修车钱值一辆奥迪了。就这么一刹车，车流里出现一秒钟的空隙，给男人挤了进去。

Prologue

A Dark Rainy Night

"你他妈的会开车么？奔丧呢？！"

男人得意地冲楚子航挤挤眼睛，全然不在乎奥迪车主在后面大声咒骂。六米多长的车在他手里就像一条钢铁鲇鱼，恰到好处地摆尾，在车流中游动自如。不知道多少辆车被他超了之后降下车窗骂娘，背后一片尖锐的喇叭声。但那些司机也没脾气，超他们的是辆性能堪比跑车的超豪华车，开车的人又显然是个好司机。

男子龇牙咧嘴地笑。

楚子航不知道他有什么可开心的，跟着别人的车慢慢走会死么？就非要显摆他那辆车和那两下子，男人本就是个专职司机，开车好是应该的。

"妈的，真堵死了！"男人骂骂咧咧。

前面是两车剐蹭，司机撑着伞喷着唾沫大吵。这么恶劣的天气，交警一时赶不过来，大家都指是对方的错儿。就这么塞住了几十辆车，有几个司机下车去叫吵架的人把车挪开，又起了什么争执，推搡起来。其他人焦躁地摁着喇叭。

楚子航想把耳朵捂住，真乱，整个世界都乱糟糟的。

"傻×啊？两台小破车有什么可吵的？反正都是保险公司出钱嘛。"男人骂骂咧咧的，"我送完儿子还有事呢……"

他探头探脑地四处看，目光落在雨幕中的岔道上。上高架路的岔道，一步之遥，路牌被遮挡在一棵柳树狂舞的枝条里。有点奇怪，一条空路，这些被堵的车本该一股脑地拥过去，但那边空无一人。楚子航心里一动，有种很奇怪的感觉，好像只有他们看到了那条路，又或者别人都清楚那条路走不通。生物老师在课上说，动物有种认路的本能，沙漠里的野骆驼清楚地知道什么路是错的，没有水泉，人赶它去走它都不走。

"那条路应该能上高架，不过现在高架大概封路了。"男人说着，车头却直指岔道而去。

距离近了，路牌上写着："高架路入口……"后面跟着的是入口的编号，楚子航看了一眼，恰好这时一波雨水打在前风挡上炸开，他没看清。

迈巴赫沿着岔道爬升，高架路延伸出去，像是道灰色的虹，没入白茫茫的雨中。

"真封路了，一会儿下不去怎么办？"楚子航问。

"能上来就不怕下不去，"男人毫不担心，"顶多给出口的警察递根烟的事儿。"

"广播里说高架路上风速高能见度差，让绕道行驶。"楚子航有点担心，外面风速不知是多少，尖厉的呼啸声像吹哨似的。

"没事，"男人拍拍方向盘，"风速高怕什么？人家微型车才怕，迈巴赫62你知道有多重么？两点七吨！十二级风都吹不动它！你老爸的车技加上这车，稳着呢！放心好了！"

迈巴赫在空荡荡的高架路上飞驰，溅起一人高的水花，男人自作主张地打开音响，放出的音乐是爱尔兰乐队 Altan 的《Daily Growing》：

> The trees they grow high, the leaves they do grow green,
> Many is the time my true love I've seen,
> Many an hour I have watched him all alone,
> He's young but he's daily growing.
> Father, dear father, you've done me great wrong,
> You have married me to a boy who is too young,
> I am twice twelve and he is but fourteen,
> He's young but he's daily growing.

"不错吧？他们都说是张好碟我才买的，讲父爱的！"男人说。

楚子航哭笑不得："你听不出来么？这首歌是女孩和父亲的对话，不是男孩的，你放给我听不合适。"

"生男生女有什么不一样？都是父爱嘛。"男人大大咧咧的，"你听得懂？我听人说你英语在你们中学里顶呱呱，竞赛得奖了……可你妈都不跟我说一声。这首歌讲什么的？"

"说一个父亲把二十四岁的女儿嫁给一个十四岁的富家子弟，女儿不愿意，担心等到丈夫长大了自己已经老了。可父亲说自己的安排没错，他把女儿嫁给有钱的年轻人，等他老了，女儿就有人能依靠。"楚子航说，"但是后来那个富家子弟还没长大就死了，女孩非常悲伤，在绿草如茵的墓地上用法兰绒为他织寿衣。"

"什么鬼歌？一点意思都没有，这女孩的丈夫什么事没搞出来就死了？"男人果真不是感情细腻的生物，楚子航从小就知道自己亲爹是个糙到爆的主儿。

"咱爷俩聊聊天算了。"男人关了音响，"我跟你说了我们公司新盖的那栋楼了么？老板在里面装了蒸汽浴室和健身房，我们用都是免费的，里面的东西真他妈的高级……"

男人这辈子就是太啰唆，所以那么失败……但他要是不啰唆，也可能更失败。楚子航默默地想。

靠着能说，才把妈妈哄得团团转，直到哄得下嫁他。仕兰中学公认，楚子航帅得可以靠刷脸吃饭，这都靠妈妈的基因。妈妈年轻时是市舞蹈团的台柱子，一支《丝路花雨》跳得好似壁画中的飞天，追求者如过江之鲫。最后从群雄中破阵而出的居然是这个男人，每天开着车等在舞蹈团门口接妈妈下班，纯靠一张嘴编织出美好的未来，把妈妈迷得神魂颠倒，终于在坐他车去杭州旅游的路上糊里糊涂答应下嫁他，也是那一次怀上了楚子航。直到在结婚证上摁了手印，妈妈才知道那车根本不是男人的，他是个给单位开车的司机。

政治课老师说得好，经济基础决定上层建筑，这样的男人撑不起绝色老婆的上层建筑。其实楚子航老妈一直就糊糊涂涂的，也不贪图什么，只是男人太窝囊。

于是咔嚓，垮掉了。

离婚时，男人拍着胸脯对前老婆保证，说要按月寄钱养活他们母子，让老婆看看他也是能有出息的，等到他修成正果，必然登门再次求婚云云。他豪气得很，转头就去把国企里稳定的工作给辞了，出门找能赚钱的活儿。在劳务市场挂了三四个月之后，始终无人问津。他终于意识到自己会的也只是开车，于是灰溜溜又去私企找开车的活儿。黑太子集团的老板看中他能耍嘴皮子，让他开这辆迈巴赫。司机得能说会道，这样老板自己不方便吹的牛皮可以交给司机来吹。

车是比以前的好了，薪水上却没什么变化，每月除掉他自己的花销，连只猫都养不活。

好在楚子航的绝色娘亲终于争气了一把，根本就没打算等他，以泪洗面几天后把楚子航往姥姥家一送，重新购置了化妆品，妆容妖冶的和姐妹们出去泡吧了。不到一个月，娘亲就给楚子航领回个新爹来。吃一堑长一智，这回娘亲挑男人用心思了，选了个千里挑一的。"爸爸"名下有三个公司，离过一次婚，无子女，求婚时信誓旦旦，绝对不再生孩子，把楚子航当亲儿子养。

有富爹美娘，自己全才全能，同学都觉得楚子航很极品。却没料到他背地里的人生远比别人想象的更极品。但这无法归功于他，是亲生爹妈太极品了。

"看不看DVD？ 有《雷神》，不过是枪版。"男人停止了叨叨，大概总没回应他也觉得有点尴尬。

"不看，"楚子航犹豫了一下说，"周末我们仨要一起去看。"

这"仨"是指楚子航和富爹美娘三个人，跟这男人没啥关系。

这是"爸爸"定的规矩，"爸爸"工作忙，从早饭到夜宵都是留给客户的。但离过一次婚后，"爸爸"认识到家庭的重要，于是在日程表上固定地圈出周末的一天和家人共度。常见节目是买东西、看电影、丰盛的晚餐，饭后讨论楚子航的学业。"爸爸"非常严格地按日程表走，"家庭时间"从不少一天，也从不多一天，就像无论刮风下雨每周一早9：00他一定出现在公司的大会议室里，和高级主管们开周会。

楚子航一个继子，而且面瘫，少有笑容，何德何能就能和那些年收入百万的高级主管们一个待遇？ 都是因为老妈的缘故了。

"后座空调热不热？"男人又问。

"行了，别老像个司机似的说话！"楚子航心里很烦。

"你是我爸爸！ 你明白么？"他想问那个男人，"明白么？"

按探视权算你一个月只有一天能来探望我你还经常没空……即使你来了，坐在别人家里，你又能跟我说什么？当然其实你还是很能说的，你坐在"爸爸"十七万买的马鬃沙发上，赞美那沙发真是好高级！我到底为什么要叫你来接我？因为没人接我么？因为你来接我们可以说说话啊！如果你实在说不出什么有深度的话来，就直白地淡淡地问问我最近过得好不好，开不开心吧……别给我打伞，那么殷勤，我不在意那个，你还想像柳淼淼家的司机一样蹲在我面前给我换雨鞋么？我不需要司机，家里已经有一个司机了……你是我爸爸你明白么？

　　"给儿子当司机有什么丢脸的？"男人耸耸肩，他的脸皮厚如城墙，或者神经回路迟钝得赛过乌龟，"小时候我还给你当马骑呢。"

　　楚子航的心里微微抽动了一下，像是什么东西在里面裂开了，流出酸楚的水。他觉得累了，不想说了，靠在椅背上，望着窗外出神。

　　老是淡定地说出些让人添堵的话来……可不可以别提那些事了？

　　好些年以前……在那间十几个平方米的小破屋里，男人到处爬，男孩骑在男人的肩上大声说"驾驾"，漂亮女人围着煤气灶手忙脚乱……这些画面在脑海里闪灭，像是台破旧的摇把放映机在放电影。

　　天渐渐地黑了，路灯亮起。透过重重雨幕，灯光微弱得像是萤火。

　　"你妈最近怎么样？"男人打破了沉默。

　　"跟以前一样，上午睡懒觉，下午出去买东西，晚上跟几个阿姨泡吧喝酒，喝得高兴一起回来，接着聊到后半夜，第二天早晨又睡到中午。反正……"楚子航迟疑了一瞬，"'爸爸'老是出去应酬，没时间陪她。她这样自娱自乐，'爸爸'也觉得蛮好的。"

　　这些话说出来有点伤人。一个落魄的男人问起自己过去的女人，而女人过得很开心，根本就把他给忘了。

　　姥姥说妈妈从小是个没心肝的闺女，但是没心肝又漂亮，反而可以过得很好。妈妈早把以前不开心的事都抛在脑后了，觉得"爸爸"就是她第一任丈夫，他们青年结发婚姻美满，还有楚子航这么一个优秀的儿子，用中文说叫完美用英文说叫perfect。

　　人总得接受现实，这个男人的影子已经在老妈有限的脑内存中被清空了。

　　当着这个男人的面叫另外一个男人"爸爸"对楚子航来说也不容易，他刚才还委婉地用了"我们仨"这说法。不过真叫出口了，也没那么别扭。这是他答应过"爸爸"的，提到他就要叫"爸爸"，而不是"叔叔"、"四眼"或者"分头佬"……虽然"爸爸"在楚子航心里的形象就是个梳分头的四眼仔或者戴眼镜的分头佬……但是楚子航这人死脑筋，信守承诺，无论人前人后。

　　过了那么久，这男人也该习惯了吧？反正当年儿子的抚养权他也没出力去争取。

Prologue
A Dark Rainy Night

"好好照顾你妈。"男人说。

从后视镜里看去,他还算英俊却又有点老态的脸上没啥表情。

"嗯,按你说的,晚上睡前盯她喝牛奶,她要是跟那帮姐妹聊天我就把牛奶给她热好端过去。"楚子航说。

这是男人唯一要求楚子航做的事。真奇怪,把女人都给弄丢了,却还记得一杯牛奶……妈妈从小就养成每晚要喝一杯热奶的习惯,加半勺糖,这样才不会睡睡醒醒。如今她大概已经忘记多年以前的晚上是这个男人给她热牛奶喝,反正有这个男人之前有姥姥给她热牛奶喝,这个男人之后有儿子给她热牛奶喝。

好命的女人始终有人给她热牛奶喝。

"仕兰中学真他妈的牛,今年十七个考上清华北大的,儿子你努力!不要丢我的脸啊!"男人装模作样地关心楚子航的学习。

"'爸爸'说不在国内高考了,出国读本科,我下个月就考托福。"楚子航冷冷地顶了回去。

丢他的脸?他什么时候真正关心过?永远只是嘴上说说。

去年有个合拍电影来这边取景,楚子航被选去当临时演员,这个男人听说了,信誓旦旦地说要来片场探班。

"我儿子拍片,我去端茶送水嘛!我开这车去,拉风拉爆了吧?"男人拍着方向盘,眉飞色舞。

于是休息时间,楚子航总有意无意地看向停车场。拉风的迈巴赫一次也没有出现,倒是"爸爸"的奔驰S500始终停在那儿,司机老顺戴着一副黑超,脖子比人脑袋都粗,满脸保镖的样子,人前人后叫楚子航"少爷",搞得人人都对楚子航侧目。

还有那次衰到家的初中入学典礼。时间恰逢"爸爸"和妈妈的结婚纪念日,他俩要去北欧度假。楚子航想了很久,给男人打了个电话说要不你来吧。男人很高兴,又有些犹豫,说那你妈和你那后爹咋办?楚子航沉默了很久后说你就说是我叔叔吧。男人丝毫没觉得削了面子,嘿嘿地说那你也得记得叫我叔叔别说漏嘴了……结果典礼上,楚子航是唯一一个背后没站家长的学生,他站在最拉风的第一位,校长授予他"新生奖学金"。他是那届仕兰中学的新生第一,本来他想给男人一个惊喜。

"唉唉,我真的没忘,可那天老板忽然说有重要客户来,要去洗澡,我只好开车带他们去,谁知道他们一洗就洗到第二天早上……"后来男人挠着脑袋,哼哼唧唧地解释。

楚子航隐约知道男人的"老板"是个什么样的人,也知道男人所说的"洗澡"是什么地方。

有同学跟楚子航说过,"我上次看见你家那辆迈巴赫停在洗澡城门口",然后压低了声音,"那是做坏事的地儿吧?"

简直废话，装饰得和罗马皇宫似的门前，七八个短裙恨不能短到腰胯低胸恨不能低到胸以下的女孩浓妆艳抹地迎宾，各式的豪车里出来各式的大叔，腆着肚子长驱直入。楚子航有一次路过，远远地看了一眼，想着黑夜里男人的老板和客户们在里面花天酒地，男人靠在他引以为豪的迈巴赫上抽烟，烟雾弥漫在黑夜里。

楚子航也没多埋怨他，男人就是这么一个人，过的就是这种生活。离楚子航的生活很远很远。

"出国不好，"男人哼哼唧唧，"现在都不流行出国了，国内现在发展多快啊，遍地都是机会。照我说，在国内上大学，考金融专业，再叫你后爹给你找找关系……"

仿佛有根针扎在楚子航胸口，他难受得哆嗦了一下。"叫你后爹给你找找关系"……做人可以有点尊严么？别那么厚脸皮行么？

"你闭嘴！"楚子航低吼。

"什么？"男人没听清。

"你闭嘴！"楚子航像只炸毛的小狮子。

"这孩子真没礼貌，我都是为你好。"男人愣住了，"你要多听大人的意见……"

"听你的意见有用么？听你的意见我将来能找个女孩结婚又不离婚么？听你的意见我能按时参加儿子的毕业典礼么？听你的意见我能准点接送他上下学么？听你的意见我只是要去叫后爹帮我找找关系！"楚子航从后视镜里死盯着男人的眼睛看，期望看到他的沮丧或者愤怒。

字字诛心。

很多人都以为楚子航不会说脏话，更别说尖酸刻薄，甚至在篮球场上对他犯规他都不会发火，只知道举手叫裁判。其实尖酸刻薄的话谁不会说？只要你心里埋着针一样的愤怒，现在他火了，想用心底的那些针狠狠地扎男人几下。这些话没过脑子就脱口而出。

"你还小，家庭这种事……你将来就明白了。"男人果然有点手足无措，伸手似乎想去拍一下后座的楚子航，却不敢，只能缩回来挠了挠自己的脑袋。

总是这样的回答，"你将来就明白了"，"你还小不懂"，"其实不是你想的那样"，骗鬼！当年这二不兮兮的两人离婚，楚子航还小，哇哇大哭觉得仿佛世界末日，男人就安慰他说"其实不是你想的那样"，"爸爸妈妈只是不一起住罢了"，"星期天还带你出去玩"什么的。楚子航信了，相信家还是这男人那女人以及自己三个人的家，结果跟着妈妈进了新家的门，看见一位叔叔梳着分头穿着睡袍露着两条毛腿彬彬有礼地来开门，楚子航不知此人何方神圣，大惊之下就把手里的冰淇淋杵他脸上了。

都这么些年了，小屁孩儿都长大了，还骗？骗鬼啊！

"你够了！好好开你的车，我的事儿别管！一会儿到家你别进去了，免得'爸

Prologue
A Dark Rainy Night

爸'不高兴！"楚子航咬着牙，把头拧向一边。

"这话说的……我才是你亲爸爸，他不高兴让他不高兴去，他算个屁啊……"男人终于有点尊严被挫伤的沮丧了。

"他不是我亲爸爸，可他参加我的家长会，他知道周末带我去游乐园，他知道我的期末成绩，他至少生日会买个书包送我！"楚子航恶狠狠地把Hermès的包往车座上一拍，"你还记得我生日么？"

"你生日我怎么不记得？"男人急赤白脸地分辩，"你是我儿子，是我和你老妈合伙把你生下来的……一听说怀上你了我们就算日子，什么时候怀上的，什么时候预产期，眼巴巴地等你。你个死小子就是不出来，多待了两个月！我怎么会不记得？你上过生理卫生课么？生孩子也有男人的功劳，你那么聪明还不是我把你生得好？"

楚子航气得简直要笑出来，世上怎么会有那么厚脸皮的男人呢？

"很辛苦？娶个漂亮女人让漂亮女人生个孩子……很了不起？"楚子航声音都颤，"我上过生理卫生课！生孩子女人要辛苦怀胎十个月！男人要怎么样？你辛苦在哪里？"

男人蔫了，声音低落下去："我不跟儿子讨论生理卫生问题……"

"生下来了你辛苦过么？你管过我么？你到底为什么算我的'亲爸爸'啊？就因为你和老妈'合伙把我生下来'？就像生产个什么东西似的？'亲爸爸'到底是什么意思你告诉我。"楚子航心情恶劣到了极致，刚压下去的火又腾腾地往上冒。

"亲爸爸就是……你……流着我的血欬。"男人斟酌着用词，"你是我在这个世界上的继承人懂不懂？你就是我的一半……我知道这些年我是没怎么管过你，我对不起你，但是老爹哪有不关心小孩的？我们血脉相通我们……"

"还共存共荣呢！"楚子航冷笑。

男人沉默了，楚子航也不说话，只听成千上万的雨点重重地击打在车顶。车里温度好似一下子降了许多，连空调热风也吹不开。

隔了很久男人慢慢地叹了口气，一副老生常谈的口气："所以说你还小嘛，你不懂。等你将来自己有孩子你就明白了，生孩子就像是把自己的一半给了这个小孩一样。你好像能感觉到他在哪里，就跟心灵感应似的。你肯定会经常关心他想着他，好像就是天然的，根本不为什么。再说了，人都要死的，我死了，别人都忘记我了，可这世界上还有你，你有一半是我。就好像我在世界上留了点什么东西。"

"你只会生，不养，别人养出来的，会越来越不像你的！"

"我……我也想养。"男人讷讷地说。

音响里传来低低的笑声，楚子航一愣，还以为是电流杂音。那笑声很低，但宏大庄严，像是在青铜的古钟里回荡。他一直从后视镜里盯着男人的脸，男人的脸忽然有了变化，青色的血管从眼角跳起，仿佛躁动的细蛇，男人脸上永远是松松垮垮

11

的，但此时绷紧了，好像红热的铁泼上冰水淬火。

楚子航从未在男人脸上见过这种表情，完全是另外一个人，骤然收紧的瞳孔里透出巨大的惊恐。

车门被人轻轻叩响。

"那么大的雨，谁在外面？"楚子航扭头，看见一个黑影投在车窗上。他想难不成是高架路封路，被交警查了？他伸出手去，想把车窗降下来。

"坐回去！"男人震喝。

铺天盖地的恐惧忽然包围了楚子航。他一眼扫到了时速表，时速一百二十公里。谁能追着这辆迈巴赫在高架路上狂奔，同时伸手敲门？

敲门声急促起来，不是一个人，而是三个、五个、越来越多的人影聚集在车外。他们隔着沾满雨水的车窗凝视楚子航，居高临下。窗外有刺眼的水银色光照进来，把楚子航和男人的脸都照得惨白。男人扭头看着楚子航，竭力压制着声音里的颤抖，说："别怕⋯⋯儿子！"

敲门声变成了某种尖锐的东西在钢铁和玻璃上划过的刺耳声响，楚子航想那是影子们的指甲。

"这是哪里？"楚子航忍不住尖叫起来。

男人反手抓住楚子航的手腕，生生地把他从后座拉到前座，扔在副驾驶座上。

"系上安全带！"男人低声说。此刻他已经完全没有恐惧的神情了，他的脸硬如生铁。

油门到底，迈巴赫车身震动，昂然加速。几秒钟内时速达到一百八十公里，而且还在继续，因为他们没能甩掉那些影子。四面八方都有水银色的光进来，灯光里不知多少黑影围绕着迈巴赫，就像是一群死神围绕在垂死者的床边。他们一同睁眼，金色的瞳孔像是火炬般亮。楚子航痛苦地抱着头，蜷缩起来。

大脑深处剧痛，凌乱的青紫色线条像是无数的蛇在扭动，又像是古老石碑上的象形文字，它们活了过来，精灵般舞蹈。种种他在最深的梦魇中都不敢想象的画面在眼前闪灭，额间裂开金色瞳孔的年轻人躺在黑石的王座上，胸口插着白骨的长剑；少女们在石刻的祭坛上翻滚，发出痛苦的尖叫，好似分娩的前兆；黑色的翼在夕阳下扬起遮蔽半个天空；铜柱上被缚的女人缓缓展开眼，她的白发飞舞，眼中流下两行浓腥的血⋯⋯

就像是在太古的黑暗里，看蛇群舞蹈，那些蛇用奇诡的语言向他讲述失落的历史。

"那是'灵视'，你的血统正在被开启，这样强的反应，不知道是你的幸运⋯⋯还是不幸。"男人握紧楚子航的手，"我总希望这一天⋯⋯晚一点来的。"

不知过了多久，楚子航慢慢地抬起头，就像从一场一生那么漫长的噩梦里醒来。

说不清那种感觉，就像一个近视多年的人戴上了眼镜，世界忽然变得异常清晰，视力、听力乃至于嗅觉都苏醒了。他茫然地看着男人，男人伸手轻轻地抚摸他的头顶，说不清是关怀还是悲哀。

"这是怎么了？我们要死了么？"楚子航问。

"儿子，欢迎来到，"男人深吸了一口气，"真实的世界。"

"真实的……世界？"

"刚才，还有待会儿无论看到什么，都不要跟别人说，因为没有人会相信，他们会以为你疯了。"男人说，"其实活在一个不真实的世界里我觉得更开心一点，所以我总是想你最好晚点明白这一切。我总想离你远一点，这样就不会把你卷进来，但今天接到你的消息……我还是没忍住去接你……好吧，那也没什么大不了的，一个老爸要想在儿子心里树立个人形象就得爷们一点，以前一直都没机会。"男人舔了舔嘴唇，"这些家伙要给我一个舞台牛一把么？也不赖！"

楚子航听不懂，他想男人大概是吓傻了，怎么满嘴都是胡话？

迈巴赫已经达到极速，二百七十五公里每小时，发动机转速表的指针跳入了危险的红区。男人把油门踩到底，紧握方向盘直视前方，前方只有水银般的光，什么都看不清，他们像是奔向银色的大海。苍白色、没有掌纹的手印在挡风玻璃上，砰砰作响。影子们拍打着四面的车窗，力量大得能打碎防爆玻璃。

男人伸手从车门里拔出了漆黑的伞。

这个时候拿伞难道是要下车去跟那些影子谈谈？楚子航愣了一下，然后看清了，那不是伞，是刀，修长的日本刀，漆黑的鞘，没有刀镡。

那是柄虔敬的刀。楚子航看过一本叫《日本刀的知识》的书，在日本，刀匠只会在两种刀上不加刀镡，贫穷浪人的佩刀，或者敬神的御神刀。御神刀根本不会被用来斩切，刀镡无用，而这柄刀考究而复古的鲨皮鞘说明它根本就是件工艺品。

刀从鞘中滑出，刃光清澈如水。

楚子航傻了。怎么回事？男人不是个司机么？他就该是个赔着小心接送老板的废柴啊！可此时此刻他握着刀，看起来跃跃欲试，身上透出矛枪般的锐气……就凭那柄工艺刀？

"御神刀·村正，注定会杀死德川家人的妖刀，听说过没有？"男人把刀横架在方向盘上，"原物早就毁了，他们重新用再生金属铸造，在祇园神社里供奉了十年！"

男人的手腕上青筋怒跳。他反手握刀，直刺左侧车门。长刀洞穿铸铝车门，嵌在里面，半截刀身暴露于外。男人猛踩刹车，速度表指数急降，车轮在地面上滑动，接近失控的边缘。浓腥的血在风中拉出十几米长的黑色飘带，又立刻被暴雨洗去。那些黑影来不及减速，左侧的一群被外面的半截刀身一气斩断，甚至来不及发出哀号。简单也纯粹的杀戮，就像是那些影子以时速二百五十公里撞上锋利的刀刃。黑血泼满了左侧的全部车窗，甚至从缝隙里渗进来。楚子航抱着头，不停地颤抖。

御神刀·村正？那不是一柄仿制的工艺刀么？不！它被铸出来完全就是要杀人！坚韧的刀身能切开十几个人的骨骼而不折断。这种杀人方式……这男人，还有整个世界……难道都疯了么？

男人把油门踩到底，轮胎和地面剧烈摩擦，发出了刺耳的噪音。这是"响胎"，动力已经超过了轮胎的极限，透过空气过滤仍能闻见轮胎烧焦的臭味。男人猛打方向盘，迈巴赫失速旋转，两点七吨的沉重车身把那些黑影扫了出去，撞击在路旁的护栏上，金属护栏发出裂响。

四面车窗玻璃都被涂上了黑色的血，又被暴雨冲刷。

简直是地狱。

剧烈的旋转中，男人伸手按住楚子航的头，掌心温暖。楚子航忽然想到小时候，男人女人和他还是一家人的时候，男人带他去游乐园坐旋转木马，也是这样轻轻按着他的头。

车停下，整体转向一百八十度。男人一脚踩下，又是油门到底，迈巴赫如一匹暴怒的公野马，沿着来路直冲回去。车轮下传来令人心悸的声音，好像是骨骼被碾碎的声音……车身不停地震动，一个又一个黑影被撞飞出去。男人始终踩死了油门，没有半点表情。这辆车在他手里成了屠杀的机器。

楚子航不敢相信这么个没用的男人，会忽然变成杀人不眨眼的恶鬼。

"别怕，死侍那种东西……没有公民权。"男人嘶哑地说，"他们不是人，所以法律不保护他们！"

一个黑影没有被撞飞，他比其他的黑影都高大，魁梧得像是个巨人。他用双手撑住了车头，被迈巴赫顶着急退，双脚在路面上发出刺耳的摩擦声。暴雨中他金黄色的眼瞳似乎燃烧起来。这一幕本该出现在"超人"或者"蜘蛛侠"的电影里，对于普通人来说，巨大的摩擦力会让他的关节脱臼腿骨折断。

"去死！"男人低喝。迈巴赫顶着黑影撞在护栏上，男人换挡倒车，再换挡，加速，一次又一次地撞上去，直到把那根护栏撞断，黑影眼中的金色才黯淡下来。即使这样，他也没有发出一点声音。

男人掉转车头，加速逃离，楚子航战战兢兢地从后窗看出去，那些被撞翻的黑影缓缓地爬了起来，金色的眼瞳飘忽闪烁，默默地看着他们远去。

"那些……那些是什么人？打……打110！"楚子航畏惧地看着男人。

"没用的，你的手机应该没有信号。"男人低声说。

"至于什么人……解释起来可就费工夫了。"一会儿，他又说。

"别怕儿子，一日是老爹，终生是老爹，老爹还是老爹，不是怪物。"男人看了楚子航一眼，立刻理解了儿子眼里惊恐的表情。

"放心放心，其实你爹我很能的，只不过露相不真人……"

看起来男人确实还是那个男人，至少还是那么啰唆。但楚子航看得出男人一点都不轻松。他满脸都是汗，握着方向盘的手微微颤抖，身子躬得像是虾米，眼睛死死盯着前方。

手机果然没信号。楚子航打开收音机，只有电流杂音。他再打开 GPS，同样搜索不到卫星信号。一切的一切都超出了他的理解范畴，怎么会有那么多奇怪的人在高架路上？高架路上应该布满了监控探头，发生了这样严重的事故，却没有路警赶来。

他们好像进入了一个与世隔绝的空间，这个空间里只有高架路、暴风雨、黑影和这辆迈巴赫。

"简单地说，就是你的血统跟别人不太一样。"沉默了很久，男人给出了这个不太靠谱的解释。

"不要好像世界末日一样，血统不一样也不是多丢人的事，你爹我血统也跟人不一样，你是遗传我的血统……应该说是个优势血统吧。"

男人抓了抓头："算了，以后有时间慢慢给你解释……其实出国也蛮好的，但是千万不要申请一家叫卡塞尔的学院，那学院里都是一群疯子。"

"我说你后爹会把家产留给你么？你可要千万看着他，别让他在外面包二奶……到时候就有人跟你抢家产了。"男人认真地说。

"你看过《印第安纳·琼斯》么？里面教授和他儿子很赞！我一生的梦想就是那样，老爸在前面开车，儿子在后面驾着机关枪扫射！"

真的不知道这个男人的内心世界是什么样的，这个时候他还能话痨，甚至有点眉飞色舞。

他们狂奔了十几分钟，按时速算已经跑了四十多公里。黑影们没有追上来，水银般的灯光也看不见了。楚子航的心率慢慢恢复正常，这世界上总不会有什么人跑得和极速的迈巴赫一样快吧？他们应该已经把那些黑影甩了四十公里之远。

"现在去哪里？"楚子航问。

"不知道，他们还在……因为雨还没有停，要找到出口。"男人依然踩死了油门狂奔。楚子航看得出，他的紧张一点都没有缓解。

雨还没有停？什么意思？雨和那些黑影又有什么关系？楚子航头痛欲裂。

路旁一闪而过的减速标志上显示前方一公里是收费站，亮白的灯光从一片漆黑中浮现。男人长出了一口气，如释重负。

"应该到正常区域了。过了收费站你就下车走，看看有没有过路的车，搭个便车，回家让你那爸爸给人一点钱就好了。"男人摸了几张钞票在手里，准备付过路费，又伸手把嵌在车门里的刀拔了下来。

"你去哪里？"楚子航问。

"他们会追着我。"男人说，"别担心，你老爹真的很能的，还有这台车，九百万的迈巴赫，不是闹着玩的，我跑得比他们快。"

什么时候了，还在炫耀自己的车？楚子航无语地看着男人。

"我跟你开玩笑的，你别当真。"男人笑，"不过真的没事，我还要去参加你的家长会呢。放心吧……儿子。"

迈巴赫没有减速，收费站越来越近，炽烈的白光让人觉得温暖，像是夜行人在迷雾中看见了旅社屋檐下的油灯，不由得加快脚步，到了那里就能放下一切不安。楚子航和男人都热切地望向前方。

车猛地减速，刹车片刺耳地嘶叫着。

"不……不对！"男人嘶哑地说。

楚子航也意识到有什么不对。前方的灯光透出的不仅仅是温暖，还有庄严和宏大，就像是……朝圣的人迈向神堂。

对的！那种渴望接近的心情不是在海里看见灯塔，而是虔诚的拜谒神的感觉！所以急欲亲近，急欲亲近神的光辉。

可是楚子航不信神，什么神都不信……在他看见那灯光之前。

他们停下了，可灯光却向他们逼近，那些放射在黑暗和雨水中的、丝丝缕缕的白光。

楚子航听见了马嘶声，但他觉得那是幻觉。如果那风雨中的巨兽真的是匹马，那是何等的一匹马，简直顶天立地。

"要听老爹的话，不要离我太远，也不要靠得太近。"男人扭头看着楚子航，"就像是小时候我带你放风筝。"

风筝从不会离开放风筝的人很远，因为之间连着风筝线。远离的那一刻，是风筝线断掉的时候。

楚子航点了点头。

"系好安全带！"男人全力踩下油门。

迈巴赫以最大的加速度冲了出去，冲向白光，直撞上去。水雾被斩开，楚子航忽然看清楚了，那白色的光芒中站着……

他的世界观崩塌了，以前他所相信的一切完全破灭，世界根本不是他想象的那样！

白色光芒中真的站着山一样魁伟的骏马，它披挂着金属错花的沉重甲胄，白色毛皮上流淌着晶石般的辉光，八条雄壮的马腿就像是轮式起重机用来稳定车身的支架。它用暗金色的马掌抠着地面，坚硬的路面被它翻开一个又一个的伤口。马脸上戴着面具，每次雷鸣般地嘶叫之后，面具上的金属鼻孔里就喷出电光的细屑。

马背上坐着巨大的黑影，全身暗金色的沉重甲胄，雨水洒在上面，甲胄像是蒙着一层微光。他手里提着弯曲的长枪，枪身的弧线像是流星划过天空的轨迹。戴着铁面的脸上，唯一的一只金色瞳孔仿佛巨灯一般照亮周围。

北欧神话中，阿斯神族的主神，奥丁！

楚子航在一本书中读到过他的故事。现在他来了，一如传说，骑着八足骏马斯莱普尼斯，提着由世界树树枝制成的长枪昆古尼尔，穿着暗金色的甲胄，披着暗蓝色的风氅，独目！

他本该只存在于文字和壁画里！

迈巴赫轰然撞了上去，斯莱普尼斯嘶吼着，四枚前蹄扬起在空中。四周的雨水全部汇聚过来阻挡在奥丁的面前，冲击在迈巴赫的正面。楚子航完全看不见前面了，迎面而来的仿佛是一条瀑布。迈巴赫巨大的动能在短短几米里就被完全消解，车辆报警，安全气囊弹出，这样才让楚子航的颈椎没有瞬间断掉。

水流把迈巴赫推了出去，斯莱普尼斯八足缓缓跪地，奥丁把昆古尼尔插进湿润的沥青路面，以神马为御座。成群的黑影从奥丁的身后走了出来，像是一群要行弥撒的牧师，他们围绕在四面八方，一模一样的黑衣，一模一样的苍白的脸，一模一样的空洞的、闪着金色光芒的双瞳。

迈巴赫被彻底地包围了。看起来神明的战术也和人类类似。

"下车。"男人低声说。

楚子航迈动双腿，机械地跟着男人下车，和男人并肩站在雪亮的车灯光中，男人一手提着长刀，一手伸过来挽着楚子航。

"不要怕……虽然第一次看见的时候我也很害怕……可是怕是没用的。本来不想让你看到这些，可既然看到了，就不要错过机会。睁大眼睛。"

楚子航紧紧地握住男人的手，他从未觉得男人有这么高大，山一样不可撼动。天上地下都是雨，雨之外是无边的黑暗。脚下是宽阔的高架路，四面八方都是透明的水幕，仿佛世界上一切的雨都汇集在这片空间里，雨流和雨流之间并排挨着，没有空隙。

"你竟然敢撞向神的御座！"雨里传来奥丁低沉的声音。

"我是个司机，开车开得太多难免手滑。"男人淡淡地说，"我知道你们要的是什么，可以，交给你们没问题。"

他摸了摸楚子航的头："去把后备厢的箱子拿出来，黑色的，上面有个银色的标记。"

后备厢里果然有一只黑色的手提箱，特制的皮面粗糙而坚韧，上面是一块银色的铭牌，刻着一株一半茂盛一半枯萎的世界树。

楚子航把手提箱交给男人，男人掂了掂，仍旧交给楚子航，看着奥丁："我准备好了。"

"那么，人类！觐见吧！"

"以前你很多次都不听话，但这次一定要听我的话，"男人凑在楚子航的耳边低声说，"记得，不要离开我，却也不要靠得太近。但我说'跑'的时候，你就要往车这边跑，千万别回头，千万别回头！"

"嗯！"楚子航颤抖着。

黑影们围了上来，裹着男人和楚子航前进，他们交头接耳窃窃低语，用的是某种古老的语言，仿佛吟唱仿佛哭泣。

楚子航一句都听不懂，但脑海里那些蛇一样的线条正在苏醒，变幻无穷。忽然间他听懂了，那些透着渴望的亡者之音：

"人类啊……"

"又见到人类了……"

"那孩子的血统……"

"让人垂涎的鲜肉啊……"

"口渴……"

楚子航捂住耳朵，惊恐地四顾。那些影子的脸都是一样的，都没有表情，可每张脸上都写着太多太多的往事。

"你听到的，我也听到了。别怕，老爹在你身边。"男人低声说。

男人站住了，距离奥丁大约一百米，距离背后的迈巴赫也是一百米，恰好在中间的位置。雨水不停地冲刷着他手中的长刀。

"我觉得即便把东西给你，你也不会放我们走。"男人说。

他劈开双腿，湿透的长裤被冷风吹得飒飒地飘动，如一个街面上的流氓那么拉风。但是在神一样的东西面前流露出流氓气？

"我将许诺你们生命。"奥丁说，"神，从不对凡人撒谎。"

"变得像这些死人一样？"男人用拇指指着周围的黑影。

"不，你们的血统远比他们优秀，你们会更加强大。"

"没得商量？"

"凡是到过这国的人，便能再回归这国，因此来到这里的人必须每个都是神的仆人。"

"儿子，他们说你在市队里是中锋，很擅长突防？"男人凑近楚子航耳边。

楚子航紧张地点头。

"谈判破裂了，"男人说，"把箱子给我。"

他接过箱子，轻轻抚摸楚子航的头，"要记得我跟你说过的话，每一句。"他猛地一巴掌拍在楚子航屁股上，咆哮，"跑！"

楚子航想都没想，掉头就往车的方向跑，发疯般地跑。已经很长时间了，这男人说的话他再也不相信，可是在这个雨夜里他握着男人温暖的手，忽然又变成了依赖父亲的孩子。

男人把手提箱扔向奥丁，仿佛是吸引恶狼的鲜肉，半数影子拥向手提箱，半数影子堵截男人和楚子航。他们的形体因为速度而扭曲，像是从地上跃起的长蛇。

男人跟着楚子航一起往回跑，也许是因为人到中年，所以他没有楚子航跑得快，两人一点点拉开了距离。男人看着楚子航的背影越来越远，嘴角忽然露出一丝微笑："跑得真快，小兔崽子。"

他猛地旋转，长刀带起一道刺眼的弧光，雨水溅开成圆。

楚子航听见后面有可怕的声音追了上来，血液从伤口里涌出的声音，骨骼在刀锋下断裂的声音，混在风雨声中。

他居然听见影子们的哀号了，"痛啊"，"痛死我了"，"痛得像是要烧起来了"……绝望的、仿佛来自地狱的哀号。

浓腥却没有温度的血液溅在他背后，雨水都洗刷不掉。男人始终在他背后，他鼓足勇气扭头看了一眼，男人狮子般挥刀，一个又一个影子在刀光中裂开。

透明的气幕在雨中张开，男人在喉咙深处爆出高亢的吼叫，和那些黑影的私语一样来自浩瀚远古。

气幕笼罩到的地方，时间的流动慢了下来，似乎风和雨都变得黏稠了，黑影们也慢了下来，一切就像一部慢放的电影。只有男人自己没有受到影响，他反身挥刀、踏步、滑步，水花在脚下缓慢地溅起，影子们浓腥的黑血缓慢地溢出，都暂时地悬停在空气里，仿佛浓墨漂浮在水中。墨色里男人的刀光就像银色的飞燕。

楚子航从未想到一个男人会这么威风，而这个男人是他的父亲。

他终于扑进了车里，扭头冲着雨幕中大喊："爸爸！"

忽然间，他有种奇怪的感觉……风筝线断了。

那是他和男人之间的风筝线，很长很长时间以来，他只有隔很久才会见到男人，但始终有一根线在他和男人之间。可现在这根线断了。

男人没有跟他一起往回跑。摆脱这群黑影之后男人已经折返，奔向了奥丁！

那些拿到箱子的黑影已经反扑回来了，男人的领域也扩张到笼罩了所有人。但奥丁没有慢下来，他拔出昆古尼尔，击出，闪电流窜。一瞬之间无数次刺击，这支神话里永远会命中目标的长枪，它的每一记突刺都带着暗金色的微光，弧形的光线围绕着男人，向着他的不同要害攻击，仿佛密集的流星雨。

男人根本不理睬黑影，他在流星中闪避，挥着刀旋转，踩着黑影高跳起来，劈斩！ 向着奥丁！ 向着神的头颅！

他背上忽然涌出鲜血,他坠落下去,落在黑影中。被他闪过的"流星"仿佛萤火虫回旋飞行,从背后击中了他。奥丁收回了昆古尼尔,黑影们步步逼近男人。

"儿子!开车走!"男人猛地回头对楚子航吼叫,他浑身蒸腾起浓郁的、血红色的雾气。

楚子航明白了,男人只是要把包围他们的那些黑影都吸引到他自己身边去,他用自己为诱饵。

"要听话!记得你答应我的事。"男人血红的眼睛死死地盯着奥丁,却是在对楚子航说话,"如果我死了,我留在这个世界上的东西只有你,你如果也死了,我在这个世界上就什么都没有了。"

"儿子,要相信老爹,你活下去,我们才有再见的日子。"男人活动着流血的胳膊,"你留在这里,老爹还有一些大招用不出来啊。"

"那台车很棒的,九百万的货色,他妈的花了那么多钱的东西,神都挡不住!"

楚子航对着没有钥匙的中控台,他明白了男人刚才跟他炫耀的是什么,这台车有三个人可以唤醒引擎,第三个是他。

"启动。"他说。

引擎咆哮。

"做得好极了,儿子!"男人举刀,声如雷霆。

楚子航倒挡起步,车飞速后退,男人偷偷教过他开车,用的就是这台迈巴赫,他们曾打开天窗奔跑在春天郊外的土路上。

迈巴赫撞击在一层看不清楚的雨幕上,旋转的风拍在车身上,四周水壁挤压过来,拼命吼叫的十二缸引擎达到了最大功率,却无法推动车身离开这里。

"嘿!神!芝麻开门啦!"男人咆哮着把长刀掷向八足骏马的马头,昆古尼尔再次击出,男人跃起,被无数金色流星包围。

水壁的力量瞬间减弱,迈巴赫咆哮着冲破了它,没入浓浓的夜色中。

楚子航的脑海里一片空白,机械地驾着车飞奔在雨中,车内音响不知何时又开了,女儿在和父亲对唱:

　　女儿,亲爱的女儿,我给你的安排并没错,
　　我把你嫁给豪门的儿子,
　　一旦我老去,他将是你依靠的男人,
　　他还小,但他在长大。

他忽然听懂了这首歌。

Prologue
A Dark Rainy Night

　　这就是男人要留给他的话。他是儿子还是女儿都不重要，男人把他送入了豪门，因为男人对自己的人生没有把握。男人希望儿子能过得好，将来有所依靠。

　　这是个永远生活在双重身份中的男人，他只在很少数的时候凶猛凌厉，在多数人眼里他是个没什么本事的男人。但是那凶猛凌厉的一面他又不敢暴露给儿子，于是他只能以司机的面目出现，偷空接儿子放学，他能做到的仅限于此。许多次他开着这辆迈巴赫等在校门外，可是看见那辆奔驰S500开进来了就缩缩头离开，他相信自己的"女儿"有了倚靠，然后他远远地逃离了。

　　"你将来就明白了。"

　　现在楚子航已经明白了，男人呢……男人可能已经死了。

　　什么是死？

　　是终点，是永诀，是不可挽回，是再也握不到的手感觉不到的温度再也说不出口的"对不起"。

　　楚子航猛踩刹车。车胎发出刺耳的摩擦声，车停在雨幕中，横在空荡荡的高架路上。他打开天窗，靠在座椅靠背上，哮喘般大口呼吸，仰望天空。

　　仿佛全世界的雨都从那个天窗里灌进来，坚硬的冰冷的雨抽在他的脸上，可他感觉不到冷也感觉不到痛，只有耳边穿插回放着男人的声音和那首歌。

　　"启动！启动！"他忽然对着中控台大吼。

　　引擎发出低沉无力的声音，这台车已经达到了极限，再也没法开动。

　　楚子航撞开车门扑了下去，逆着风雨狂奔。

　　他忽然明白他是真真正正地要失去那个男人了，什么留在这个世界上的东西，什么答应男人的话，他都抛在脑后了，他疯了，不怕黑影不怕奥丁也不怕昆古尼尔，他要去找那个男人。

　　大雨中有个小小的身影站在迈巴赫的车顶上望着他远去，双眼闪动着淡淡的金色。她哼唱着那支爱尔兰民歌，风吹动她的小裙子，如同花在翻飞。

　　那年的7月3日，台风在这座城市登陆，暴雨，十级大风，城里放了三天的假。

　　对于这座滨海城市里的人们来说，台风是再平常不过的事情，因此没有人慌乱，反而是高高兴兴地在家享受意外的三天假期。台风天没法出门，全家人就其乐融融地坐在电视机前看综艺节目，父母正好借机弥补一下平时没空陪孩子的遗憾。

　　台风过境肯定会造成一些麻烦，譬如高架路虽然被及时封闭了，但依然有些司机把车开了上去。最后风速大到他们不敢开了，警车也没法上去接他们，只好通过手机让他们靠着路边护栏停下，把车窗关死，在暴风雨里硬熬了一夜。多亏这种措施，没有车被台风掀翻，只是车漆都在护栏上磨花了，发动机也进水了。一早风速降了，拖车就开上高架路一辆辆地往外拖。每个被救下来的人都狂喜，车坏了没什么，有保险赔，死里逃生比什么都好，下了高架路就跟守在那里的亲人拥抱，年轻人们热吻，大爷大妈老泪涟涟，好生感人的场面。

最后守在出口的人一家家地离开了，只剩下一个男孩。

他没有打伞，全身都湿透了，站在人群后面，盯着每一辆被拖下来的车看。他好像要冻僵了，嘴唇发紫，微微颤抖，可一直没动。最后所有拖车也都撤下来了，男孩走到负责的警察身边问："没有了么？"

"没有了，"警察说，"没找到你家里人？别担心，高架路上的人我们都救出来了，没人受伤，没遇上肯定是错过了。回家看看吧。"

男孩的眼睛里好像有什么微弱的东西最终熄灭了。沉默很久之后，他慢慢地蹲了下去，双手撑着地面，不说话。

警察看不见男孩的脸，觉得他是在哭，想上去拍拍他肩膀安慰几句，一个男孩子，就算是有什么不顺心的事也犯不着哭嘛，有困难找警察……

但他忽然止步了……他不敢走上前去，他清楚地看见男孩撑在地上的双手十指弯曲成爪，深深地抓进沥青路面里。他来不及想何以一个中学男生有这样可怖的力量，只是本能地感觉到那瘦削身体里爆发出的惊涛骇浪般的悲伤。

六年后的7月12日夜，这座城市又下起了雨。细雨绵绵。

世界杯决赛，街上空荡荡的，红绿灯孤单地来回变化。整座城市的人都聚在不同的电视机前，喝着啤酒，大喊好球臭球。

楚子航平躺在黑暗里，双手交叠在胸口，盯着屋顶的珐琅吊灯。隔壁传来妈妈和闺蜜们的尖叫，大概是进球了。她们已经干掉一箱啤酒了，再这么喝下去，这群漂亮怪阿姨就会穿着低胸的丝绸睡衣跑到花园里，手拉着手发癫。不过也没什么，随她们闹吧，偶尔发发疯也好。

今晚妈妈已经喝过牛奶了。

楚子航在背他的日记，他的日记不写在纸上也不写在电子文档里，而是写在大脑里。里面有很多的画面，一帧帧地过，有的是他骑在那个男人的脖子上喊着"驾驾驾"，有的是男人给他买的唯一一件值钱的玩具，一套轨道火车，还有就是那个男人自评人生里最拉风的画面，两腿分立，提着一柄御神或者弑神的刀……每晚睡前，楚子航都会回想一次，回想每个细节，直到确认自己没有忘记什么。

"脑科学导论"的教员富山雅史说，人的记忆很靠不住，就像一块容易被消磁的破硬盘。过去的事情就像是画在沙地上的画，时间流逝，沙被风吹走，记忆模糊，最后化成茫茫的一片，再也无法分辨。

富山雅史说这其实是人的自我保护功能，试想你能记住过去的每个细节，永志不忘，那么一生里最令你悲伤、疼痛、哀愁的画面就会不断地折磨你，你总也不能从过去的坏状态里走出来。

可楚子航不想忘记,因为这个世界上,只有他还记着那个男人了。如果他也忘了,那个男人就像根本不曾存在过。

那个男人说过,如果有一天他死了,在这个世界上只有一件东西能证明他的存在,就是流着他一半血的楚子航。

"爸爸,又下雨啊。"回忆完最后一个画面,楚子航轻声说。

雨噼里啪啦打在窗上,他缓缓阖上眼睛,睡着了。

第一章 生日蛋糕就是青春的墓碑
Birthday Cake is the Grave of Youth

早起就听见蝉玩命地叫，阳光灿烂得有点毒，屋里闷得好像是《西游记》里妖怪蒸大胖和尚的蒸笼。

路明非打着一把"我踏月色而来"的纸扇子——这句话让他感觉自己好似一枚淫贼——在笔记本上键入网址"www.i-cassell-you.com"。

用户名"Ricardo_M_Lu"，按日期变动的密码加上加密狗认证，回车键一敲，界面刷新。

卡塞尔学院假期日常报告表，墨绿色界面，线条简洁的细框，一眼看不过来的按钮。路明非从大裤衩的兜里摸出个皱巴巴的小本，按上面记的流程开始一项项处理。

"是否监测到未知龙类？"

路明非勾选"否"，青天白日朗朗乾坤，哪里就有龙类四处乱跑？回国过暑假就是回到现实世界，跟爬行类彻底断了联系。

"是否使用言灵？"

还是"否"，三峡水库那一战之后，所有言灵能力又都失去了。那可是豁出四分之一的命换来的，结果居然只能用一次，还没有售后服务。路鸣泽就是个奸商。

"身体状况是否异常？"

"是否有发现疑似炼金设备？"

否否否否否……路明非的大一暑假，他这是在做日常。

"日常"是卡塞尔学院的校规。寒暑假期间，学生每天都要在线报告。教授们会给日常报告打分，好的报告会提升绩点，谎报则等于考试作弊。某种意义上说这是他们的暑假作业，暑假作业就是老师留来骚扰你假期快乐生活的老鼠屎，为了保持他们的存在感。可这种存在感就像你吃完正餐终于等到上甜点了，有人偏要往里面洒两滴芥末油……但是对路明非就读的卡塞尔学院来说,"日常"绝对必要,因为他们有一群绝对特殊的学生。

Cassell College,位于美国伊利诺伊州五大湖区的私立、贵族、精英院校。这些形容词都不能准确表述这个学院,它是个怪物和疯子的乐园。

"龙族"混血种的学院。

教授们笃信"龙"曾作为智慧种族统治世界。如此一来进化论就被改写了,人类不再是进化树上唯一的顶峰,在哺乳类进化出人类之前,爬行类中就曾出现顶级的智慧生物"龙族"。这段历史在人类崛起之后湮没,只鳞片爪地存在于上古神话中。但龙族的式微并不代表灭亡,代表最神圣血统的龙王们只是沉睡,终将再次苏醒。可想而知,他们不会试图加入联合国,和人类共同构建美好家园什么的,而是意图复兴爬行类的神权时代。

他们有这个能力,因为他们绝非骑士小说里只会笨拙地飞翔傻乎乎喷火的怪物,他们掌握有名为"炼金"的神秘技术,和名为"言灵"的圣言能力,这种能力甚至能让他们改变物理规则。

绝大多数人类都以为"龙"只是神话传说,因为某个群体一直在抹去龙真实存在的证据,就是所谓的"混血种"。

人和龙的混血种,拥有人类的内心和龙类的能力,他们保守着龙族的秘密,也承担着守卫者的职责。

卡塞尔学院培养最优秀的混血种,输送到世界各地,预防龙王们的苏醒,必要时制订屠龙计划,把那些死性不改的龙王打回长眠中。

路明非同学原本生在红旗下长在阳光里,受唯物主义教育,三观超正,虽然偶尔胡思乱想,但从没想过"龙"这种怪力乱神之事真能跟他扯上关系。

但是卡塞尔学院居然千里迢迢来录取他,对他的血统赞不绝口。

学院课程非常坑,教科书更加扯淡。白纸黑字写得清清楚楚,人类不是和大自然搏斗了上百万年渐渐学会使用工具和火的,而是龙类教会了仆从们这些技能;匈奴王阿提拉是个龙类,所以他超强,一直打到罗马没人挡得住;中国皇帝称自己是龙种不是瞎吹牛,因为上溯到三皇五帝的时候,能当领袖的有识之士确实都是龙族混血种……

路明非上了该学院的课后想,大概所有历史事件都跟龙族相关吧?没准跟周星驰版《鹿鼎记》里说的那样,大清朝真的是被天地会斩了龙脉,所以才亡的。

都是人龙混血,因此学院里天才满地走精英贱如狗,但凡天才精英都有惊世骇俗的一面,若不强化纪律严肃管理,任他们发起疯来,后果不堪设想。跟这些混血种比起来,奥特曼皮卡丘乃至于变形金刚也未必就是什么了不得的存在,而暑假期间这些家伙可是跟普通人似的活在人群里，但凡某人不小心爆出"言灵"能力……

这方面确实有过惨痛的教训。

好在学院高层并非什么优雅但没用的文化人。组建学院之前，屠龙者的组织被称作"龙血秘党"。

敢自称为"党"的都是些腹黑分子，绝非善茬，没点儿铁腕何以服众？校长昂热祭出"日常报告"的杀手锏。虽然学生里怨声载道，不过确有成效，需要学院出面善后的意外事件少了百分之八十之多。

当然，绝对避免是不可能的，去年还有某个人英雄主义的学员，偷带学院的炼金设备外出，盗挖墨西哥雨林中的隐秘龙墓，惊醒了即将"破茧"的龙类，乃逾期不返校，展开千里追杀，乘坐星空联盟班机从墨西哥城杀到伊斯坦布尔杀到开普敦杀到纽约，最后动用炼金飞弹射击龙类乘坐的水上飞机时击落五角大楼试飞中的新型隐身无人机……此事件被美国隐形飞机工业解读为"敌对方已经掌握探测我们的一切技巧，这次击落是明显的示威"，从而放弃现有研究，全情投入"外太空打击"的空天飞机项目。

该名学生被校董会严厉处罚，但路明非得说，在卡塞尔学院，学生的行为逻辑就是如此的，为了屠龙不择手段，怪只怪那飞机好死不死非要那个时候从师兄的飞弹轨迹上切过。

"明非！不要一大早起来就玩电脑！下去买一袋广东香肠和一把小葱，顺带去物业看看有没有新的邮包寄来！"婶婶的声音穿透力极强，隔着二十厘米厚的承重墙震得路明非直发蒙，真是魔音穿脑。

"哦哦，马上好马上好！"路明非赶紧站起来。

他爹娘在他很小的时候就出国工作，再没回来，一直把他"寄存"在叔叔婶婶家。一直到他入读卡塞尔学院，才知道父母都是荣誉校友，为了屠龙事业奔波世界各地，实在没空管他这熊孩子。

好在因此路明非被卡塞尔学院另眼相看，血统阶级为"S"，学院里唯一的S级学员，独享数万美元的奖学金。虽说目前还没有看出有什么过人之处……换而言之就是学院里人人都有超能力就他没有……但是也可以解释为他性格低调含蓄什么的……

他在叔叔婶婶家吃了几年的瘪，终于扬眉吐气了，暑假是他衣锦还乡的好时候！

如今他不再是那个熊孩子了，第一学期的实践课，他就在三峡水库把龙族四大君主中的"青铜与火之王"一刀扎爆……虽然有作弊之嫌。

相比起来那张额度十万美元的信用卡兼学生证就算不得什么了，都是拯救世界的人了，还谈钱那种庸俗的东西？

他如今还是有车的人，打赌赢了一辆布加迪威龙……不过第一次开就给撞瘪了，至今没钱送修。

还是有老大的人了。他加入学生会，拜在主席恺撒·加图索麾下。恺撒兄别无优点，唯有三点：一则能打，双手改造版"沙漠之鹰"搭配言灵"镰鼬"，硬是重创过龙王康斯坦丁；二则钱多，路明非的布加迪就是从他那里赢来的；三则够豪气，每年生日都挥洒万金在游泳池边开泳装香槟酒会。恺撒兄这辈子能看得入眼的没几人，却当着学生会所有干部的面拍着路明非的肩膀说："今年有路明非加入是招新的最大成果！"接下来的话是，"就算他暂时还看不出过人之处，我也绝不会允许唯一的S级落入楚子航的狮心会手里！"

多给面子啊！路明非能不骄傲么？这背景这身份，毫无弱点了呀！

飞机越过白令海峡回国，一路上路明非都在练习微笑。无论叔叔婶婶怎么夸奖自己，都要淡定地微笑，不能乐呵呵地咧嘴露出牙花子，这样才符合卡塞尔的贵族风格。邻座只见这熊孩子微微一笑，随即收敛，又微微一笑，随即又收敛，来回往复，如练神功，一路心惊胆战。

可他一脚踏进叔叔家的门，迎接他的不是鲜花，而是客厅餐桌上的一堆萝卜条儿，叔叔婶婶正挥汗如雨地腌萝卜干儿，一派热火朝天。

"明非回来了？正好正好，给我去买半斤大盐！"婶婶看见路明非万分欣喜。

"哦哦。"路明非习惯性地把行李搁下，接过两块五零钱转身就下楼。

出了门他才反应过来。奶奶的！如今他也算半个成功人士了，买大盐这活儿还要他亲自去做？他这贵手不该只用于拯救世界么？

买盐回来接着帮婶婶切萝卜，正准备含蓄地讲讲一年来的美国见闻，婶婶先发话了："明非啊，我来问问你啊……"

此刻路明非还没有意识到这是程咬金要发三板斧的前兆。

"你去美国一年啦，攒了点奖学金了么？"

第一斧落下，路明非瞬间石化，有种罩门被击中的感觉。

从账面上说，他是有钱人，但学院的规矩很大，各项测验通过、论文按时交、成绩优秀才能领取奖学金。可路明非除一门实践课外，各科都惨不忍睹，到现在只兑现了四个月的奖学金，信用卡还透支了几千块……他的气焰有些跌落，切萝卜卖力起来。

"人家都说美国女孩子很开放啊，你找到女朋友了么？"第二斧如影随形。

路明非的脑袋嗖地奔拉下去。这个问题就真伤人心了，咋说呢？他心里总是一隐一现的那个人影是……总不能坦白说"我觉得我家老大的女朋友诺诺蛮好，对我也蛮仗义，不过看起来我有点像癞蛤蟆，我仰望天鹅至今光棍"。

Chapter 1
Birthday Cake is the Grave of Youth

"见到你爸妈了么？"

终极必杀技。

路明非连他俩的模样都快忘光了。整整一年里，他只收到两封来自母亲乔薇尼的信。甚至入学时填"紧急联系人"，他也只能写成叔叔婶婶。他拉风的爹娘，潇洒的爹娘，忙碌的爹娘，据说深爱路明非的爹娘，依然忙于某项对抗龙族拯救世界的大业，没空回来看他。

他们在路明非心里久远得像是神话。

"我爱你"这话不能总是拜托别人来说吧？在信里写了一千遍，有朝一日总还是要亲口说出来的。路明非很想有一天爹妈能够证明一下自己的诚意，来点给力的，比如忽然风尘仆仆地出现在他的面前，拎着旅行箱，站在火车的蒸汽或者机尾的气流中，默默地注视自家的熊孩子，声音微颤地说："你……长这么大啦？"

对吧？这才带感嘛！这才能叫人忍住蹲地哇哇大哭的冲动，淡淡地说一句："你们回来啦。"

来嘛！英雄！证明给你们生的衰仔看，你们会为了见他一面说句煽情的"我爱你"而飞越千山万水的！

但迄今为止爹妈对于路明非而言，只是信尾的落款、修辞学上的定义和校友录上华丽的两个名字：路麟城、乔薇尼。

路明非没音儿了，切萝卜的刀落在砧板上，空空作响。

婶婶立刻明白了，轻蔑一笑说就知道你爸妈靠不住，本来还想让他们给鸣泽推荐推荐，好在我有先见之明，等他们的推荐，鸣泽还能上奥斯丁大学么？

表弟路鸣泽刚拿到奥斯丁大学的录取通知书，举家欢呼，婶婶在"废柴如路明非也被美国大学录取"的阴影下过了一年之后，终于扬眉吐气。腰杆直了，走路腿不酸了，说话气不喘了，美国大学的录取通知书对婶婶就有补钙的作用。

"条儿别切那么大！不进盐！"婶婶高声喝令。

"嗯嗯。"路明非挥汗如雨。

"申请我们奥斯丁大学吧，我们可是名校，大家都很 friendly，教授也特别 nice……"里屋传来路鸣泽的声音。此刻他正戴着耳麦聊 QQ 语音，双脚跷在桌上，空调开得很足，凉风送爽，对面女孩软软的赞叹声听得他飘飘欲仙，声音越发地抑扬顿挫。虽说身高一百六十体重也是一百六十，但是泡妞这件事，路鸣泽远比堂哥靠得住，听说堂哥到现在还光棍一条，若是比他先找到女朋友，就是老妈说的"人生赢家"。

其实路鸣泽没什么必要看路明非不顺眼，有了奥斯丁大学撑腰，他觉得自己从头到脚哪里都比堂兄强出不止一点点。只不过既然他如此优秀，那就该坦然地嘚瑟嘚瑟。

噼里啪啦的键盘声里，路明非把萝卜条码在咸菜坛子里，一层层抹着大盐，封口。盐渗入皮肤，有点发涩。

"把坛子给我端到阳台上去！看你笨手笨脚的，在美国也没学着做饭吧？"婶婶用手一指。

世界上最无敌的生物中，有一种就是中年妇女，朴实刚健火眼金睛。只要三个问题，便能把装大尾巴狼的熊孩子打回原形。对于中年妇女而言，没父母没女朋友没钱，嘚瑟个啥？你有本事，杀过几条龙也算不得什么，就算你牛得学会了"白金之星"，总得有什么"挥拳的理由"吧？你什么都没有，连个挥拳的理由都没有……难不成只能为了永恒的正义？

真扯淡！

"快一点快一点！喊你多久了？懒穷懒穷，听过没有？人懒就穷！"婶婶越发地犀利了。

路明非急匆匆点下"发送"键就要往外赶，婶婶的穿脑魔音……便是叔叔这种苦练金钟罩二十年的好汉也挡不住。

"Ricardo M. Lu，您有未读邮件一封。"屏幕上忽然跳出新窗口。

亲爱的Ricardo：

　　根据入学资料，你的生日是07月17日，今天满十九岁。

　　在这重要的一天，我谨代表校长希尔伯特·让·昂热和教务委员会全体教授，祝你生日快乐。

　　感谢你就读卡塞尔学院和我们分享美好时光，荣幸地共同成长。

　　　　　　　　　　　　　　　　　　　　　　　你真诚的，
　　　　　　　　　　　　　　　　　　　　　　　诺玛

　　PS. 按照校规，过生日的学生可在学院餐厅领取生日蛋糕一份，但你目前在中国休暑假，所以免费生日蛋糕服务取消。又及，暑假小学期将在7月20日开始，你上个学期的成绩单显示你有两门课的成绩为"D"，即未能通过或者不及格，因此遗憾地通知你小学期你必须补课以及补考。我已经为你预订了返回本部的机票，请准备随时出发。

"生日？"路明非一愣。

他回国这些天白天在婶婶驾前当差，晚上打打星际，日子过得糊里糊涂，完全忘了。

Chapter 1
Birthday Cake is the Grave of Youth

就这样他十九岁了？白驹过隙一眨眼啊，想其他英雄人物十九岁的时候，譬如周瑜周公瑾和孙策孙伯符兄弟，已经在江东打下了根据地，娶了大小乔，过上了有地盘又有妞的日子……而他的十九岁就这样来了？

"你妹啊！什么祝贺邮件？只是通知我免费蛋糕取消以及挂科吧？"路明非看了两遍"PS"后的内容忽然醒悟。

其实生日什么的对路明非无所谓。谁会记得？叔叔婶婶？别开玩笑了。爹娘？那是相当不靠谱。这个世界上会有人真的关心他路明非向着猥琐大叔的未来又前进了一步？

没有人一起庆祝的生日只是寻常的一天，这样的一天他已经过得很多了。

手机叮的一声响，信息进来：

"生日快乐。"发送人楚子航。

简洁得就像该师兄那张面瘫的脸。

居然还真有人记得他的生日，而这个人居然是楚子航。

楚子航，卡塞尔学院狮心会会长，学生会的死敌，而路明非则是学生会新人。这就好比鲁肃生日，早起收到曹操送来的生日卡，百感交集，摸不着头脑。

路明非不知道楚子航怎么知道他手机号的，反正他没存楚子航的，楚子航迄今跟他说过的话加起来还没一百句。难道这就是所谓的拉拢？可是以面瘫师兄那人挡杀人佛挡杀佛的狠劲儿，真会使出这等手段？

路明非正胡思乱想，又有信息进来。

"路明非，这是你的手机号么？我是陈雯雯，今天中午11：30文学社在苏菲拉德比萨馆聚餐，要是收到信息就一起来吧。"

路明非心中一荡，泛起涟漪……不，是一颗巨大的陨石砸在太平洋中央，激起滔天巨浪！

这条忽如其来的信息就像当年陈雯雯邀请他加入文学社，偶然、随意、让人欢喜。那也是一个夏天，蝉玩命地叫，屋外满是灼眼的阳光，屋檐的阴影落在地面上如刀一般锋利。

他在擦黑板，陈雯雯穿着白棉布裙子、白球鞋、白短袜，坐在讲台上低声地哼着歌，教室里就他们两人。

"你是路明非么？你喜不喜欢看书？"陈雯雯忽然问，"要不要加入我们文学社？"

路明非惊讶地抬头，陈雯雯的瞳子如同水面，微漾着反射阳光。

"真没出息。"路明非嘟哝。如今陈雯雯都有男朋友了，当初还搞得他满腔郁闷……可想起那一抬眼的瞬间，还是荡漾起来。

"好啊。"他回复。

"明非你还没有出发？"婶婶一头撞进来。

"这就去这就去！"路明非吓得猛一立正。

"没出发也好。"婶婶晃了晃手里的东西，是个裂开的马桶座圈，"马桶圈给你叔坐裂了，去建材城给我买个新的，要榉木的，高档一点的。我和你叔带鸣泽出去买出国的西装，毕业典礼上要穿！你不要磨蹭时间，把马桶座圈买好叫物业的人来装上，下午我们四点半回来，你把香肠蒸上葱择好，再给我切点萝卜做汤用！"

婶婶撂下命令扭头就走，外面门砰的一声被带上，几分钟后下面叔叔那辆小宝马的引擎声远去。

路明非有点头大，这个生日真够忙的，文学社聚会、婶婶的诸多任务，今晚还有庆祝路鸣泽赴美留学的家宴。

相隔十一个时区，美国伊利诺伊州，卡塞尔学院本部。

深夜，英灵殿中央控制室，灯火通明。曼施坦因站在巨型3D投影前，五米高的虚拟地球悬浮在他面前，随着他轻轻挥手，地球会迅速地转到他要看的位置。那种感觉就像是神在摆弄自己的造物，令人有纵横挥斥的快感，权力在握的喜悦。

政治家们如果知道世界上还有这么先进的投影系统，一定会争相购买，满足自己指点江山的欲望，想cos希特勒就cos希特勒，想cos成吉思汗就cos成吉思汗，好比《从百草园到三味书屋》里那个先生，"铁如意，指挥倜傥，一座皆惊呢；金叵罗，颠倒淋漓噫，千杯未醉嚄……"

可曼施坦因一点都不享受，曼施坦因很想死。

幽蓝色的地球表面同时有七八处红光闪烁，警报声此起彼伏。整个中央控制室充斥着高速敲击键盘的嗒嗒声、打印机工作的嘶嘶声、机械密码机翻译密电的咔咔声，压得他脑袋都要炸了。

无论白天黑夜，这间控制室里都是这个气氛，今晚轮到曼施坦因当倒霉的值班教授。

多达七十名专家和实习生在这里工作，每个人同时面对好几台终端。学院秘书，或者说那台名叫"诺玛"的超级主机把全世界各地跟学院有关的信息都抓取过来，但最终还得人力一一分析决断。

如果说诺玛是卡塞尔学院的智库，中央控制室就是这间学院的紧急应对中心。

"执行部专员在秘鲁上空截获了走私飞机，在机舱里我们发现公元前七百年出自埃及的炼金设备，"一名情报员头戴耳麦，声嘶力竭，"但有人击落了飞机……他们正在迫降，请求总部救援！"

"这是财务报销单请您签字，我们驻希腊的专员正在等待资金入账！"女秘书踩着高跟鞋噔噔噔地跑到曼施坦因面前递上一份账单。

Chapter 1
Birthday Cake is the Grave of Youth

"七万美元？"曼施坦因皱眉，"这么高额度的款项！要他们写正式报告给我！"

"来不及了……他们正在和黑帮交易！"

"我们是学院！是教育工作者！我们和黑帮交易什么？"曼施坦因勃然大怒。

"最近几起连环杀人案被怀疑和死侍有关，黑帮知道一些内幕，驻希腊专员认为必须在警方介入之前捕获死侍，所以决定花钱买消息。"秘书喘了口气，"双方正扣着扳机等消息，如果钱不到账……对方可能认为是欺诈，就要开打！"

曼施坦因正想说什么，那边冲过来一名神色紧张的金融专家。

"欧佩克五分钟前宣布提高原油价格！"

"原油价格跟我有什么关系？"曼施坦因瞪眼，"我又没有买原油期货。"

"但是学院买了，大手笔买入，动用了超过十二亿的准备金，如果不及时抛出，我们会有巨亏。财务委员会不知道么？"

"不知道！从来没人跟我讲过！巨亏是亏多少？"

"保守估计可能达到两亿……"金融专家擦了擦脸上的冷汗。

曼施坦因觉得自己就差一口凌霄血飙到天花板上去了，龙飞凤舞地在女秘书的账单上签上自己的名字，扭头对金融专家下令："抛！全部抛！"

他懒得管希腊的七万美元了，这个晚上他是一句话几亿上下的人，为七万美元的小事有必要生气么？真是衰到家的一夜，就靠他独力支撑。

其实通常值班教授都是三人一组，今晚轮到他、古德里安和执行部主任施耐德。脱线如古德里安显然靠不住，所以在古德里安表示自己习惯早睡不想加班的时候，曼施坦因出于老友间的义气就答应帮他顶，可素来有"钢铁执行派"美誉的施耐德也掉链子，说有篇重要的学术论文需要修改，也请曼施坦因帮顶一下。

曼施坦因知道施耐德这个人虽然是个杀猪的——曼施坦因认为执行部的人都是杀猪的，是群只知道舞刀弄枪的粗人——但是一直很想多弄几篇论文，在学术上不落于其他教授之后，所以也答应帮顶了。

但是今晚全世界都不太平，就没一条让人提神的好消息过来。

"装备部在撒哈拉沙漠试验新式炼金武器，获得巨大成功！"一名装备部的实习生猛地从椅子上站起来，振臂欢呼。

他的喜悦点燃了大家的情绪，人人都知道装备部在撒哈拉沙漠腹地筹备秘密武器，或许能逆转人类和龙类对抗均势的超级武器，居然成功了！

所有人都振臂欢呼，场面热烈得就像是美国宇航局宣布登月成功的瞬间。

曼施坦因精神一振，想要奔过去看一眼实习生的终端，这时刺耳的警报声席卷了整个控制室。这是级别很高的预警，曼施坦因扭头看见地球投影上，撒哈拉沙漠的腹地，一团疾闪的红光正在扩大，有要席卷整个地球的趋势！

"怎么回事？不是获得巨大成功么？"曼施坦因对实习生咆哮。

33

"出了点小问题……当时五角大楼的间谍卫星'通古斯塔'正飞跃撒哈拉沙漠上空，观察到了我们的武器试验，它误判为……核爆炸。根据内线人物的消息，CIA已就此事上报总统，因为试验场位于利比亚境内，估计很快驻利比亚大使就会发出严正的外交照会……指责利比亚秘密进行核试验……"

曼施坦因狠狠地一个巴掌拍在自己脸上，他想我就说嘛我就说嘛，什么时候装备部那帮疯子传来过好消息？可事情别整得那么夸张行么？

"到底什么炼金武器能够被误判为核爆炸？啊？啊？啊？啊？"曼施坦因悲愤的吼声在中央控制室里回荡。

"装配炼银弹头的……战术飞弹，配合炼汞、从维苏威火山灰中精制的硝、圣婴之血，产生的爆炸可以令中心区域的龙类受到致命毒杀。"

"这东西有什么用？有几个龙类会待在沙漠深处等着你炸？如果他待在纽约呢？让几千人给一条龙陪葬？你那些成分不但能杀死龙类，也能杀死人类！"曼施坦因瘫坐在椅子里，"我需要打几个电话来解决这件事……我需要一点时间……"他忽然又暴跳起来，双掌猛拍在桌面上，"执行部立刻给我派人！派人！派人飞往撒哈拉沙漠，把现场给我清理干净！在五角大楼的人到达之前！"

他的吼声被巨大的声浪压过了，地面巨震，灯光纷纷熄灭又重新亮起。

曼施坦因摔倒在地，翻滚起身，冲到窗边看向外面，漆黑的夜色里，一道暗蓝色的火焰直冲天空。那是"冰窖"的方向，储存炼金设备的仓库，那里藏着的东西能把地球毁灭个几遍！

"出事了！"曼施坦因扑到中控台边，抓起铁锤就要砸玻璃。玻璃下方是全校警报的红色扳手。

这时中控台上的红色电话震响起来，曼施坦因犹豫了一下，还是先接了电话，这部电话直通冰窖，他想先弄清那边的情况，有人入侵？或者意外爆炸？

"喂？今晚谁值班？"电话对面的人漫不经心地问。

"风纪委员会的曼施坦因！什么情况？"曼施坦因被他的语调激怒了。

他听出那个声音了，是装备部的发言人，或者说瓦特阿尔海姆研究所的发言人，这个拗口的名字是他们自己起的。

那是一群沉迷于科学真理和武器制造的狂人，他们很少露面，因为看不起地面上的人，也禁止诺玛监控他们负责的区域，联络都是委托给这个靠不住的发言人。

"只是正常的实验，一点小小的明火，一切问题都在我们的掌控中，"发言人很淡定，"不用大惊小怪，我们打这个电话就是临时通知一下，今晚装备部在冰窖有试验。"

曼施坦因双眼喷火："掌控中？你们装备部在撒哈拉的试验……"

"各部门就位！氢火焰准备好，我们再来一次……"话筒里传来某个印度口音的英语。

"还来一次啊？疯子们你们不玩出人命来不罢休是吧？"曼施坦因对着话筒咆哮。回答他的只有嘟嘟的忙音，发言人早已干净利落地挂断了电话。

曼施坦因慢慢挂上电话，无力地坐回椅子里。又能怎么样呢？这个学院里有些部门是不能得罪的，装备部就是其中之一，即便明知道任凭他们瞎搞会把天都搞塌下来，但谁也不想下次出任务时拿到手的新式装备无缘无故地爆炸什么的。

脚步声急促凌厉，控制室的门被人用力推开。居然是施耐德拖着古德里安，这两个没义气的家伙把曼施坦因一个人扔这里顶缸，按道理说不会又好心回来帮忙的。

古德里安大概是被从被窝里抓出来的，还戴着顶皮卡丘图案的睡帽。这非常符合他的审美。

"怎么回事？"曼施坦因随手抓下古德里安的睡帽扔在旁边，却是问施耐德。古德里安满眼惺忪，一副"跟我没什么关系我还想回去睡"的表情。

"我们在中国丢失了一份资料。"施耐德的声音低沉嘶哑，总听得人毛骨悚然。

"喊！"曼施坦因嗤之以鼻，心说在中国丢失一份资料算什么，你俩一个顶着皮卡丘睡觉去了，一个借口要修改论文，剩我一个人在这里顶了整整十二个小时了，在这十二个小时里我为你执行部分布在全世界各地的七个行动组擦了屁股，支付了额度高达十二万美元的善后款项，阻止了一起枪战，正在解决一场子虚乌有的核武危机⋯⋯而你现在急匆匆地跑来就是为了跟我说丢了什么资料？你丢了老婆我都不管⋯⋯不过看你一脸鳏夫相也不会有老婆⋯⋯

啪的一声，一份文件被施耐德拍在桌子上。

曼施坦因一眼扫到封面上的暗红色印章，因为加班而浑浑噩噩的脑子好像被人灌入一盆凉水，清醒了。印章图案是一条巨蛇头衔着尾围成一个圈，鳞片宛然，中间是粗黑体的两个字母，"SS"。

"顶级编号⋯⋯"曼施坦因低声说。

卡塞尔学院的任务，和血统一样分不同等级。优先级从高到低，分别是ABCDEF级⋯⋯超越等级之上的特殊任务则定为S级，S级任务很少出现，在三峡水库对龙王诺顿的作战"青铜计划"就是从A级临时调高到S级。

而SS这种级别则是例外中的例外，未必比S级更危险，但极其特殊，这类任务由校董会直接下达，不通过校长昂热。

刚才的核武危机被定义为A级任务，已经上升到外交层面，而这份资料的任务级别居然是SS级⋯⋯什么资料那么要命，让那些藏在幕后的校董们也坐不住了？难不成是校董们的绯闻？

"是的，校董会要的东西。"施耐德点头。

曼施坦因点头，拍了拍手："先生们女士们，让我们单独说话。"

中央控制室里的其他人都站了起来，鱼贯而出，金融专家经过曼施坦因身边的时候低声问："分阶段抛售么？"

"现在这个不重要了，你自己决定。"曼施坦因挥手，把这十二亿的大单扔给金融专家去处理了。现在对他而言只有一件事，这个SS级的任务，一旦它出现，其他的全部让道。

"你不能走！"曼施坦因把蹭在队尾想溜出去的古德里安抓了回来。

"你说你们要单独说话，"古德里安挠头，"你们说的那些东西我又不懂。"

"可你是值班教授。"曼施坦因叹了口气，"SS级任务不是我们任何人能单独决定的，校长不在，就由值班教授组共同决定。你必须在场。"

偌大的中央控制室里只剩下他们三个。门严丝合缝地关上了，没有人敢于偷听校董会的秘密任务，学院风气自由，校规还是很严厉的。

"什么东西？"曼施坦因问。

"你最好别问，"施耐德说，"本来你应该完全不知道这件事，这件事直接走执行部的流程，因为出了意外，才不得不告诉你。"

"这么高级别的任务，执行部应该全力以赴，怎么会出问题？"曼施坦因问。

"我们确实全力以赴，制订了详细的方略，成功获得了资料，派最得力的人亲自押送回本部，但是东西在路上丢了。"施耐德比了个手势。

投影图像变了，是一座龟壳形玻璃穹顶的建筑，像是机场等候大厅，但它完全变形了，高强度的铝合金梁像是麻花那样拧在一起。投影模拟了这场灾难发生的过程，随着地面震动，所有铝合金梁无端地扭曲，好像被一双巨大的手拧转，几千几万片玻璃全部脱离，直坠而下。

"我见过这个大厅，是火车南站！"古德里安忽然说。

"对，你见过这个建筑，在路明非的家乡。你去面试的时候，这座新车站还在建，夏天刚刚投入试用。玻璃穹顶由三千二百片高强度玻璃构成，铝合金骨架结构可以抗八级地震，是最先进的建筑技术。但是北京时间今天早晨，它在一次三级地震中被毁。三千二百片玻璃垂直下坠，就像是三千二百个刀口同时切割，"施耐德顿了顿，"而当时，我们的人带着那份资料正在候车。"

"他死了？"曼施坦因问。

"被切成了碎片。"施耐德低声说，"是雷蒙德。"

出动了代号"深海鳕鱼"的雷蒙德专员，可见执行部确实很谨慎。执行部只有精英专员拥有自己的代号，这既是荣誉，也是为了防止姓名不小心泄露。

雷蒙德2006年毕业于卡塞尔学院机械系，A级专员，言灵是序列号28的"炽日"，能在领域内放射强度达到四千流明的烈光。烈光无法杀死敌人，但雷蒙德的领域就是个直径五十米的巨型白炽灯泡。任何对手想接近雷蒙德，就等于进入了一枚白炽灯的内部，眼睛都睁不开。因此这个并不高阶的言灵被看作强到变态的bug言灵。可雷蒙德居然死了，"炽日"根本来不及施展。他的对手没有眼睛，是三千二百块从天而降的玻璃。

"伤亡很多？"曼施坦因问。

"除了雷蒙德只有三人受伤，那座车站还在试用期，发车不多，候车的也很少。"

"一座能抗八级地震的建筑，在三级地震里倒塌了，没法解释。"曼施坦因说。

"我知道，这在中国叫豆腐渣工程。"古德里安插嘴。

"不懂就不要呱呱呱！"曼施坦因怒斥，"三级地震连个危房都震不塌！"

"不知道，没听说过这样的言灵。"施耐德说，"什么言灵能把一座容纳几千人候车的铝合金大厅摧毁？这种烈度快能比上'莱茵'了。"

"时间不够我们派出调查团了吧？"曼施坦因说。

"没有调查团，直接派人夺还资料。校董会给的时限是当地时间今夜19：00前。"施耐德看了一眼腕表，"还有大约八个小时。"

"人选呢？"曼施坦因说，"谁距离近？就近派人！"

"外城市的人都赶不到，为了提防余震，铁路和机场都停运到今晚21：00。"施耐德说，"开车能赶到的是校工部的人，他们有个团正在中国度假。"

曼施坦因想了想校工部那些臂肌如钢铁、胸膛如石碑的壮汉，还是摇头："校工部只能协助，专员应该是有血统优势的人。"

"那么只剩学生可以调动了，A级的楚子航，S级的路明非，都是拥有绝对血统优势的。"施耐德说，"他们的家都在当地，正在放暑假。"

虽然是在这种严肃紧张不允许有半点活泼的时候，听到路明非的名字，曼施坦因还是咧嘴苦笑了一下。血统优势？没错S级就是顶级血统的标记，但S级的评级授予他就像英国情报局委任憨豆先生为新一任007情报员。

"对啊！有明非就没问题啊！他是S级！"古德里安像是在垃圾堆里找到了什么宝似的。他是路明非的指导老师，对于自己的学生素来有信心。

"真不知你的信心从何而来。你的S级上个学期有两门课不及格，成绩单已经送到教务委员会了。"曼施坦因摇头，"作为S级，他居然不能释放言灵，没有言灵就没有天赋能力，作为混血种就是废物。"

"派出楚子航。"施耐德说，"他有多次成功执行任务的经验。"

"我是风纪委员会主任，主管学生纪律，有些事我记得很清楚，你的学生楚子航是个地道的暴力派。他的档案里有十二次记过，因为任务中有暴力倾向！"曼施坦因还是摇头，"派一个还未毕业的暴力分子去负责SS级任务？"

"执行部本身就是暴力机构！"施耐德对于自己的学生也是素来袒护。

"我知道你是暴力头子。"曼施坦因说，"但不行，楚子航不能独立负责。"

"但我们没有选择，"施耐德说，"我对自己的学生很了解，楚子航就适合单独执行任务。"

"不用单独出动，明非会支持他的！"古德里安不失时机。

曼施坦因直视施耐德铁灰色的眼睛，语气强硬："顶级任务就要配置顶级团队，楚子航确实有血统优势，但还没优秀到可以独自执行这种级别的任务，他最多只能是团队一员！"

"我是执行部的负责人，这是执行部负责的任务，而楚子航是我的学生，明白么？"施耐德同样强硬。

"有明非在啊……"古德里安看着这视线交错能擦出火星的两人。

几秒钟后，施耐德和曼施坦因都明白了自己无法压倒对方，同时转身，焦躁地向着两侧踱步。

"明非……"古德里安左看一眼，右看一眼。

"楚子航为专员！ 路明非协助！"施耐德和曼施坦因同时转身，同时说。

他们终于达成了妥协。这是迫不得已，时间在一分分减少，校董会是没人能得罪得起的。

"诺玛，把执行团队名单通知校董会，"施耐德十指伸入投影中，飞速移动，开始调集资料，"行动计划正在制订当中，我们会及时汇报给他们。"

"明白。"优雅稳重的女声从四面八方的扩音器中传来。

"校董会已经复信，团队调整，委派S级路明非为这次任务的专员，A级楚子航为他提供协助。楚子航应当听从路明非的调遣。"几分钟之后，诺玛的声音再度响起。

三名值班教授都呆住了，中央控制室里久久地安静。

"天呐！ 校董会果然认可明非的才华！"古德里安惊喜地双手按胸。

曼施坦因和施耐德则不约而同地伸手按自己的额头，大概是想试试自己有没有感冒发烧，是不是出现了幻听……他们都知道这所学院唯一的S级路明非是个什么货色，正挣扎在补考边缘的所谓"天才"，靠着校长无原则的力保才保住评级的废柴，该他上场一定犯厌不该他露脸的时候反而会一鸣惊人的"神经刀"？ 让这样的角色担任专员？ 去指挥精锐中的精锐、足足出过十二次任务无一失败的狮心会会长楚子航？

这就好比让卡塞尔第一败狗芬格尔去解决撒哈拉沙漠那场核武危机，这是想要毁灭地球吧？

地面震动，又一次震耳欲聋的爆响。装备部的疯子们果然又来了一次。这还真是个让人崩溃的晚上。

Chapter 1
Birthday Cake is the Grave of Youth

言灵·炽日

序列号：28
血系源流：青铜与火之王
危险程度：低
发现及命名者：路易十四

释放者在领域内激发火元素，发射强烈的可见光，其领域整体呈现出小型太阳的效果。

尽管视觉效果极其惊人，但它并不能如类似"君焰"那样的同系言灵般产生致命的高温，领域内的温度有可能因为光波加热而小幅提升，但是程度仅止于不致命的酷热。

释放者往往同时拥有伴生的特殊视力，能在强光下视物，因此自身通常不受"炽日"的干扰。

实战中的效果非常显著，不但能对敌方产生巨大的心理震慑，而且一旦敌方进入"炽日"的领域，通常都会失去攻击和自卫的能力。但前提是释放者的领域足够大。

言灵"镰鼬"绝对克制"炽日"。

实战之外，该言灵的拥有者是非常好的便携式紫外光源，能在极短的时间里杀灭领域内的一切病毒和细菌。因此该言灵拥有者也很适合向医护方向发展。

得州一位混血牧师曾经借这个言灵行骗，尽管以他的能力只能制造出直径不到一英尺的光球——他将领域置在自己的脑后，宣称自己是耶稣复生。

该言灵的命名原因很容易理解，不做详述。

"我将逝去，而君永恒。"
——路易十四

上午的阳光从天窗照进来，洒在空荡荡的篮球场上，篮球砸在明亮的光斑里，发出有力的砰砰声。

楚子航独自一人，运球，下蹲，深呼吸。

电子哨音响起，楚子航动了，带球突进，飓风般起跳，扣篮！他的身形因为高速运动而模糊起来，球砸在地板上的声音密得就像自动武器在连射。

球没有落地。楚子航落地比球更快，他一把把球揽入手中，立刻转身，向着另一侧的篮筐突进，再扣篮！球架发出似要断裂的巨响。

这样循环往复，自动记分牌滚动着刷新。只有一个人的篮球赛，两边分数却交替上升。

终场哨声响起，记分牌刷到"50：50"。楚子航的球鞋摩擦着地板发出刺耳的吱吱声。他滑入了中圈，缓缓站直。球场的一侧，球这才砰一声落地。

至此，楚子航的全身没有一滴汗，而几秒钟之后，热汗开闸似的涌出，把他的球衣浸透。

这是楚子航家里的篮球场，他在早锻炼。初中时他在市少年队里打中锋，但对血统觉醒后的他而言，人类的大多数竞技体育都显得无趣。更强的肌肉力量、更好的敏捷性、骨骼的超角度弯曲，有这些优势加持，让他跟普通人打篮球，就跟散步似的。因此卡塞尔学院里很少人打篮球，连女生都能轻易地跃起扣篮，这球就打得很没意思了。学院里流行的是围棋一类的智力竞技，高山滑雪速降这种考验敏捷和胆量的运动，当然还有恺撒最喜欢的帆船运动，又高贵又写意，线条流畅的大臂拉动质感十足的缆绳，让冰凉的水溅在赤裸的胸口上，驾船飞渡大湖和海洋。

因此楚子航只能自己跟自己打球，把这项有趣的运动变成了单调的早锻炼。恺撒总在嘲讽楚子航对于运动的品位，楚子航好像听不到，照打自己的篮球，反正他一直都不是个有趣的人。

第一个教他打篮球的是那个男人，这就足够让他坚持这项运动一辈子。

楚子航从红色球衣里"跳"了出来，走进淋浴间。他淋浴也有程序，严格的三分钟，一分钟热水，一分钟冷水，一分钟温水。第一分钟的热水会挤走身体里剩余的汗，第二分钟的冷水会让肌肉皮肤收敛，第三分钟温水冲干净离开。恺撒和学生会干部们泡在散满花瓣的冲浪浴缸里洗大澡喝啤酒的时候，常常顺便嘲笑说，如果他们是生活在奢靡的古罗马，那楚子航就是个中世纪的苦修僧。

恺撒说得并不准确，楚子航不是喜欢吃苦，他只是要保持自己始终精密得像是机械。

冷水冲刷着隆起的肌肉，如同小溪在山岩中奔流，因为运动而过热的肌肉肌腱缓缓恢复常态，楚子航有规律地吐吸，把心跳和血液流速降下来。他的体能专修是太极。

这时封在防水袋中的手机响了起来，楚子航手机从不离身，即便是在淋浴。

"有任务交给你。"直属导师施耐德总是命令式的口吻，生硬得像是劈头打下的棒槌。

"我在听。"楚子航迅速擦干身上的水。

"紧急任务，评级SS，今天19：00之前夺回一份重要资料。详细的任务说明诺玛已经发邮件给你。"施耐德顿了顿，压低了声音，"克制一下……别把场面搞得太大，尽量避免伤亡，不要跟装备部那帮疯子似的……"话筒里传来隐约的爆炸声，施耐德的声音里怒气勃然，"他们正在拆校园！"

"SS？"楚子航对于装备部的疯子没兴趣，令他吃惊的是任务级别。他以前参加过的最高级任务是A。

"你没听错。按照原来的计划你今天就返校对吧？ 诺玛为你和路明非定了今晚直飞芝加哥的 UA 836 次航班。"

"路明非？"楚子航一愣。

施耐德顿了顿，强硬如他也觉得说出这个安排有点不容易，需要斟酌词句："这次行动，专员是 S 级路明非，你的工作是协助他，要听从他的安排。"

楚子航一时有点摸不着头脑。这什么意思？ 皇帝找来大将军说，我想派你和宫中大内总管路公公一起去北方打蛮子。大将军自然知道路公公是作为监军来看着自己的，打仗自己来，领功人家去，但是仍然只有领旨谢恩。这是正常状态。不正常的状态是皇帝说我赐甲剑宝马给路公公，让他在前面冲杀，你在后面给他跑后勤……这是要干掉路公公吧？

"明白了。"楚子航的语气仍是淡淡的。他是个不会争执的人。

挂断电话，他转身推开衣橱的门，角落里躺着一只黑色加长型网球包。拉开拉链，黑色鲛鱼皮包裹的刀柄紧紧地贴着球拍。他握住刀柄，刀出鞘一寸，铁青色的光溅出，冰冷的气息沿着手腕迅速上行。

御神刀·村雨，传说中杀人之后自然会渗出春雨洗去血迹的妖刀。有人用再生金属铸造了这柄本不存在的刀，并把它供奉在神社中十年，以养它的戾气。

"你的鳄鱼皮铂金包买到没有？ 我都在等候名单上排了两年了，你说他们是不是只卖给 VIP 啊？"

"买到了啊，上次去欧洲，我在爱马仕家买了几万块的小东西，店员悄悄跟我说还有个现货，我想都没想就拿下了。不过是浅水鳄的皮，纹路不明显。"

"臭美吧你！ 买到就不错了，什么时候借我背背！"

"小娘子，把小脸给大爷亲亲就赏你好啦。"

"去死去死！"一个女人蜷缩在沙发上，用光脚去踢对面的女人，被对面的女人抓住了。

四个阿姨辈的女人咯咯地笑着，都蓬头垢面，彩妆在脸上糊成一团。她们穿着丝绸睡裙在沙发上打滚，正喝红茶解酒。

昨晚的三瓶干邑太给劲儿了，把她们全都放倒了，就这么乱七八糟地在楚子航家睡到太阳晒屁股。

"快中午了，吃什么？"有人觉得饿了。

门无声地开了，瘦高的男孩走了进来，扫了一眼满地易拉罐，还有四个年轻时漂亮得满城皆知的女人。

他皱了皱眉："真乱来，叫佟姨帮你们收拾一下不行么？"

"哎哟子航好帅哦，来来，陪阿姨坐会儿嘛。"姗姗阿姨高兴地说。

楚子航穿了条水洗蓝的牛仔长裤,一件白色的T恤,全身上下简简单单,斜挎着黑色的网球包,头发上带着刚洗过的檀香味。

他已经不是小孩子了,算个真正的"男性",但漂亮阿姨们没有要避讳他的概念,该玉腿横陈的照旧玉腿横陈,该蛇腰扭捏的照旧蛇腰扭捏。她们是看着楚子航长大的,姐妹们里楚子航老妈第一个生孩子,简直是天上掉下来的玩具,阿姨们很喜欢。楚子航幼年的记忆是惨痛的,隐约记得两三岁的自己被浓郁的香水味和脂粉味笼罩,四面八方都是烈焰红唇,阿姨们抢着抱来抱去,修长的玉手掐他的小屁股……

"不坐了。我帮你们订了餐,鳗鱼饭两份,照烧牛肉饭两份,"楚子航说,"一会儿就送来。"

"子航真体贴!"阿姨们都星星眼,楚子航就能记得她们每个人爱吃什么。

看了一眼裹着薄毯缩在沙发里的妈妈,楚子航摇头:"空调开得太狠,室内温度都到二十度了。"他从地下拾起遥控器开始调节,"空调房里干,多喝水。"

他又走到窗边,把窗帘拉上:"这边对着外面的公共走道,你们穿成这样都给外面的人看见了。"

睡裙姊妹团觉得有点不好意思,纷纷点头,拉拉睡裙把大腿遮上,以示自己知错则改。

"出去打网球?"妈妈问。

"嗯,可能晚点回来,跟高中同学聚聚,"楚子航说,"你喝的中药我熬好了,在冰箱里,喝起来就不要间断,不然脸上又长小疙瘩。"

"嗯呐嗯呐!乖儿子我记得啦,你可越来越啰唆了。"三十九岁的漂亮妈妈蹦起来,双手把楚子航的头发弄乱,在他脸上狠狠亲了一口。

啰唆么? 大概是那个男人的遗传基因吧? 楚子航想。

"记得就好啊。"他转身出门。

后来他明白了男人为什么老惦着"喝牛奶"这件小事,大概是明知道失去的什么东西要不回来,也不敢去要,只想做些事情表示过去的那些不是虚幻的,自己跟过去还有联系吧?

那是通往过去的长长的丝线,似乎只要不断,就还没有绝望,就还可以不死心。

"我对你家儿子这种不笑又有派头的范儿真是一点抵抗力都没有啊!氪金狗眼瞎了又瞎!"姗姗阿姨大声宣布。

"不由得花痴!这儿子真是萌死了萌死了!我要是年轻二十岁,非把他从你家里拐走!"安妮阿姨捂着胸口。

"轮到你?我还没出手呢!妍妍把子航给我当干儿子吧?"戴安娜阿姨尖叫起来。

"你们就做梦吧！我家儿子哪能被你们这些老女人拐走？"老妈得意洋洋的声音，忽地转为咯咯的笑，"唉哟唉哟别挠了别挠了，开玩笑啦开玩笑啦，姗姗你从今天开始就是我儿子的二妈了可以吧……唉哟唉哟不该告诉你我痒痒肉在哪里的……"

楚子航在背后带上门，把女人的喧嚣和自己隔开。

车库里，奔驰S500的旁边，停着一辆新车，暗蓝色，修长低矮，像是沉睡的豹子。

保时捷Panamera，"爸爸"新买的大玩具。爸爸慷慨地表示楚子航要用车随时用，首先楚子航是个好司机，几乎不可能把车弄坏，其次"爸爸"很乐意继子代替忙碌的他向同学彰显自家的财力和品位。

楚子航坐在驾驶座上，扳下遮阳板，对着化妆镜凝视自己的脸。线条明晰的脸，开阔的前额，挺直的鼻梁，有力的眉宇，以及那双温润的黑眼睛，看起来就像个好学生。

他天生就是这副长相，就算照片贴在通缉文件里，看到的人也会误以为是学校的三好学生证书。

他低头，从眼眶里取出两片柔软的黑色薄膜。日抛型美瞳，畅销的"蝴蝶黑"色，所有潮女都爱的品牌……楚子航闭目凝神，缓缓睁眼，双眼之光像是在古井中投入了火把！

他拨了拨头发，缓慢而用力地活动面部肌肉……化妆镜中已经是另外一个人了，那张脸坚硬如冰川，瞳孔深处飘忽的金色微光就像是鬼火。没有人会愿意和此刻的他对视，如矛枪般的凌厉之气无声地四散。

看着楚子航的眼睛，就像自己眉间顶了一把没扣保险的枪。

有时候楚子航也会搞不清哪个才是真实的自己。

他戴上黑色墨镜，发动引擎。

V8引擎高亢地咆哮，双离合器的齿轮绵密地咬合，动力均匀地送至四轮，宽阔的轮胎如同野兽扑击之前蜷曲的爪子那样抠紧地面。

卷闸门升起，阳光如瀑布洒在挡风玻璃上，楚子航松开刹车，油门到底，引擎欢呼起来，Panamera如发硎之剑刺破盛大的光幕。

第二章 同学少年都不贱
Every Junior Has A Good Time

苏菲拉德比萨馆，路明非独自坐在包间里……提着一个马桶座圈。

真见鬼！参加文学社聚餐就这造型？倒似拿着某种外门兵器来砸场的西域番僧！

他原本还兴冲冲的，结果进门就给彬彬有礼的侍者拦住，并一棍子打蒙："出去！我们这里的卫生间都是蹲式，不买你们的马桶圈。"

路明非也知道这样不好看，可是没办法，婶婶的命令大过天，叔叔不从都得跪键盘，他路明非何德何能，就敢抗旨不遵？偏偏建材城离叔叔家颇有点路，他算来算去，冲到建材城买了马桶座圈就不剩什么时间了，只能直接来聚餐。就这样还是一路小跑过来的，把马桶圈套在了脖子上……感觉像是穿着圣衣的胸铠，结果就他一个准时到了。

"这帮人能靠谱点儿么？"路明非想着就一阵阵地火大。

除此之外就是紧张，他很久没见某个人了，不知道该用什么样的表情。

人对爱情还懵懂无知时有两个常见的表现，一是从班里那些长得有些抱歉的女孩们中矮子里拔将军，圈一个就算梦中情人，甚至思考将来要娶她；还有一个就是自认为在那女孩面前会是个好演员，努力想笑一个让那女孩眼前一亮的笑来，却没考虑自己天生一张不善笑的苦瓜脸。

路明非并不是苦瓜脸，如果非用某种蔬菜来比喻他，他更像一棵在太阳下晒久了的芹菜。

门开了，进来的人矮胖矮胖，圆滚滚的肚子皮带都勒不住。

"什么阵势？手提马桶？"对方一见路明非的扮相惊了。

"徐岩岩？"路明非认出来了。

那是班里那对双胞胎之一，在文学社告别会上赵孟华向陈雯雯表白，打出"i love you"的光幕来，路明非演"i"，徐岩岩俩兄弟演"o"。一年不见身材越来越像"o"。

徐岩岩上下打量路明非："没事儿吧你？"

"没事啊。"路明非有点木,还在心里操练着久别重逢的微笑。

徐岩岩有点胆战心惊,屁股蹭着椅子边坐下,拿眼角余光瞄着路明非。

路明非是仕兰中学的传说。

作为市里名列第一的贵族中学,仕兰中学不乏传说。钢琴十级琵琶八级英语六级如过江之鲫,每年毕业都有四五个毕业生拿着奖学金去美国或者欧洲留学,向国家游泳队输送过运动员,涌现过"武英级"的好手。

那好手生得就跟大侠似的,专攻双刀,英姿飒爽,家里还有钱,雷克萨斯接送。每每看见这位背后插着两把练习用刀,红缨飘洒于两肩,挺直腰杆,扎马似的坐在一辆豪华轿车的后座上……想不成为传说都难。

但自从路明非崛起于仕兰中学,其他传说都黯然失色。

秘传的《仕兰校史·神人篇》记载,路明非此人,六年中学过得又窘又厌,一无是处。根据表弟路鸣泽的爆料,路神人身世可哀,爹妈扔下他不管,在国外跑六七年没露脸了。他被寄养在叔叔家,非常能吃,纯是个吃货……成绩自然是很惨淡的,而且嘴欠,你永远想不到下一刻他嘴里会蹦出什么烂话来。上课时要么痴痴地望着窗外微笑,要么鬼祟地躲在最后一排打盹,口水流了满桌。家长会都没人来参加,大概叔叔婶婶也觉得丢不起这个人。

在强者云集的仕兰中学,这种人就是长在路边的杂草,大家有意无意地都踩踩他。

唯一的特长是打游戏,他就靠这个混了,经常有人玩竞技类的游戏拉上他当帮手,靠这个他蹭了不知多少上网费和饮料。

只要说"路明非,放学一起网吧玩去,网费我包了还给你买瓶营养快线",这家伙绝对扭动着凑上来,涎皮赖脸,全无矜持。

但传说所以成其为传说,往往在于其流星般经天而过,猛然间神秘崛起!

路神人毕业前,文学社的告别会上,大家都欢呼金牌小生赵孟华和美女榜高手陈雯雯终于表白牵手,顺便嗤笑路神人也曾对某人有非分之想时……天使降临,手握刀剑!

路神人旗下的绝色小妹推开大门,容光照月,带着一水儿的漂亮妞儿,带着路神人的各式靓衫,在路神人面前那叫一个低眉顺眼,最后挽着他登上法拉利绝尘而去。

每个人都在传颂那小妹的容貌和气场,那娇媚,那凌厉,鲜花刀剑,同场飞舞。仕兰中学男生又惊又妒,女生自己觉得捆一块儿都比不上那小妹回眼一瞥的风华!

这之后,路明非洗掉衰人命格,人生发生了天翻地覆的变化。很快消息传来,路明非获得了仕兰中学有史以来最高的奖学金,就读美国私立贵族大学卡塞尔学院!

那间学院严格无比,曾在面试中把仕兰中学所有精英都给拒了,可就像是求着路明非入学似的。后来他们的校长还给仕兰中学校长发来了热情洋溢的感谢信,说感谢您为我们培养了那么好的学生。

仕兰中学校长把这封写满溢美之词的信和路明非摸爬滚打在及格线上的成绩单对比，觉得自己的人生很幻灭。

徐岩岩暗地里打量路明非，见神人分别一年来衣着照旧，上身一件白色的大T恤，下身一条大裤衩，脚上一双仿得很不正宗的耐克鞋。

照旧地土掉渣。

徐岩岩决心谨慎。路明非携大美妞、法拉利跑车和巨额奖学金，击溃了无数人的自信，荣登仕兰中学"此獠当诛榜"第一位，意思是男生人人得而诛之的角色。

人总是看不得以前不如自己的家伙爬到了自己需要仰视的位置。但徐岩岩摸不清此獠的路数，还不敢立刻蹦出去痛下杀手，为男生除害……

徐岩岩以前和路明非关系倒还凑合，不过今天群里有人说路明非要来，徐岩岩心里还是咯噔了一下。毕竟是个以前谁都看不上的主儿，徐岩岩也有几次没给路明非好脸色。如今路明非牛大发了，一副神游物外懒得搭理自己的样子，鬼知道是不是记仇。

路明非完全没注意到徐岩岩的目光，他又在练习微笑……嘴角僵硬地抽动着，这笑容在徐岩岩看来说不出的杀气四溢。

"你这是……要修马桶？"徐岩岩试探着问。

"不是……自备的圈儿坐起来舒服。"路明非没明白徐岩岩的意思，但烂话自然而然地脱口而出。

"行啊你。"徐岩岩心里越发没谱。每年几万美金奖学金的主儿，千金之子坐修马桶？胜而不骄，果然是劲敌！

又一个人进来，跟徐岩岩好似一个模子里倒出来的。他瞅了路明非一眼，也是一惊："路明非？你……没事儿吧？"

"没事没事。"路明非不明白为什么每个人都这么问。

包间里静得有点诡异，徐岩岩徐淼淼兄弟俩小声说话，抽空偷看一眼对面的神人，神人眼神空洞，时而微笑，手握一只马桶圈，虽然不知路数，但显然杀气逼人。

迟到十五分钟后，人三三两两地来了，每次推门都是熟悉的面孔，都是惊问路明非有事没事，搞得路明非也觉得自己聚餐带个马桶圈有点唐突，挠着头不好意思地笑。

最后连从不在文学社活动的钢琴小美女柳淼淼也来了，文学社聚会变成了小型同学会。包间里热闹起来了，大家互相聊聊近况，也就没那么多人关注路明非了。

"什么打特价？"徐岩岩翻着菜单。

"管他什么特价，赵孟华说今天的单他都买了，一人一个海陆全套的比萨，外加无限续杯可乐！"徐淼淼大声说。

"土狗！赵公子买单还吃什么比萨？爷要一份黑松露肉酱意面，配里海黑鱼子！"有人说。

"你就装吧！还里海黑鱼子，你知道里海在哪里么你？"徐淼淼一哂，"这不填肚子的玩意儿没劲！"

"我看它最贵……我这里磨刀霍霍要宰赵孟华呢，你们不知道他最近牛大发了，他家公司要上市了，不宰白不宰！"

"赵公子越来越阶级敌人了！要超过……"徐淼淼瞥了路明非一眼，"变成'此獠当诛榜'第一了！"

"老大一直是阶敌中的阶敌。"有赵孟华的小弟搭茬。

只有柳淼淼不说话，按着膝盖乖乖地坐在一旁，抿着嘴笑。柳淼淼一直都是那种说话细声细气、有点娇弱的漂亮女生，看起来比其他人小了一两岁，一双修长白净的手，钢琴十级，有双很乖的眼睛。路明非班里男生分为三派，一派拥戴"小天女"苏晓嬛，一派声称柳淼淼比苏晓嬛漂亮多了，剩下的都归在陈雯雯名下。

路明非漫无边际地想着中学时候的事，而陈雯雯还没有来。

"你在复旦？"他试着和柳淼淼搭茬。

以前他是陈雯雯旗下的骁将，贬低柳淼淼是"黄毛丫头"，柳淼淼天生发质纤细，颜色也不是纯黑。

其实他心里承认柳淼淼是个小美女，就是看不得那几个男生围绕在柳淼淼前后，还听过两个喜欢柳淼淼的男生私下里交心说："这辈子我估计是娶不到柳淼淼了，让给你吧！"另一个拍胸脯说："你放心，我一定对她好！"

什么见鬼的兄弟义气？

但柳淼淼对路明非还不错，愿意理他，有一次路明非百无聊赖地跟柳淼淼问钢琴怎么练，柳淼淼说很辛苦，要从小练指力。然后柳淼淼就在窗户玻璃上单手有力地弹奏了几个小节，玻璃被她敲得微震。路明非就敲不出那样的效果来。路明非记住了柳淼淼的手在玻璃上留下的漂亮光影，从此就不说她是"黄毛丫头"了。

"嗯。"柳淼淼点头。

柳淼淼穿了条傣族风格的筒裙，蜡染的蓝色合欢花，配了件白色的吊带背心，头发梳成高高的马尾，居然还化了淡妆。不到一年的时间，黄毛丫头就长开了，现在走在街上大概会有猥琐的大叔回头看吧？

一年过去大家好像都比以前变化了点，同学少年都不贱。

路明非抬头看了一眼镜子。镜子里那家伙一脸晦气，凌乱的脑袋好似一蓬鸡毛。他想捂脸，真想不到卡塞尔学院的精英教育也能出这种货色……路明非闲来无事刷抖音，某位人生哲理哥说一个人是否能成为贵族，取决于十三岁前的生活环境。果不其然，土狗一生是土狗。就算他开那辆布加迪威龙来，也不会有恺撒那般太子莅临的气场。

他耷拉着脑袋起身，想离开这个人声鼎沸的地方出去溜达溜达，一推门，砰的一声。

门外一张好大的脸，中间一条红印，被玻璃门边打的。

今天请客的金主赵孟华瞪大眼睛看着路明非，见鬼似的，不明白这家伙撞了自己一下何以还能如此淡定。

以前赵孟华负责请饮料请上网，路明非负责拍马溜须，配合默契。而此时路明非双眼空洞，仿佛目中无人，又似乎神游物外。

"我没事我没事。"路明非反应过来了，赶紧说。习惯成自然，今天他见每个同学的第一句话都一样。

"我……我有事！"赵孟华捂着脑袋。

要搁以往赵孟华早发火了，但一时没敢……看不出路明非的路数。

赵孟华是那一届本市高考状元，考入北大光华管理学院。家里有关系，大三大四跟耶鲁大学交换学生的名单里内定有他。一切都很棒，本来也该是传说级的人物。偏偏这一届里出了路明非这种黑得跟煤球一样的黑马，完全抢了他的风头。仕兰中学的老校长不知卡塞尔学院是何方神圣，但算出路明非的奖学金是大约三十万人民币时，惊叹了。高考结束张榜公布，路明非的名字高居状元赵孟华之上，独占一行，当真是力压群雄！赵孟华仰头看着那张巨大的红榜，围观榜单的人都在讨论那个叫"路明非"的神人。就凭他？那个小写"i"？赵孟华郁闷得就差一口血喷出来。

路明非出门，赵孟华进门，门在两人间合上，包间里一片"老大"声。

长长的走廊里，亮得刺眼的阳光照进来，从右到左，一层层抹去黑暗。地下映着长长的窗影和人影，人影有长长的头发和长长的裙摆，在风里微微地起伏。

路明非慢慢地把头扭向右边，看见白色的棉布裙子，裙上交叠的双手里握着一本书。

走道很长，但真不凑巧，此刻空荡荡的，没有什么能够阻隔两个人的视线。

寂静。

"又不是见初恋女友，怎么就那么厌呢？"路明非准备好的微笑全泡汤了。再次见面时，仍然不知用什么表情来面对。

"陈雯雯，路明非'初次暗恋对象'，长达三年，无疾而终，花落赵孟华。"

如果路明非有一本人生档案，在他年纪很大以后回头读，关于陈雯雯的只是这些而已。

没牵过手，没看过电影，没去旅行过，连一点点机会都没有过。一段乏善可陈的暗恋。在渐渐模糊的记忆里，偶尔闪过的是入学那天长椅上白色的裙裾，和映在女孩脸上的光影。

"嗨，路明非。"陈雯雯说。

"哦哦，我上洗手间。"路明非说。

两人擦肩而过。

路明非在洗手间混了一圈回到包间里，比萨已经上了，一群人吃得热火朝天。他的位子上放着那只华丽的马桶座圈，旁边坐着陈雯雯。

他有些踌躇，不过就剩那么一个位子了，他只能轻手轻脚坐下，叉了块比萨饼到自己碟子里。陈雯雯微笑着跟他点点头，大概是没睡好，脸色不好看。路明非吃了两口抬头，才发觉赵孟华坐在他俩对面。

"搞什么飞机？"他心里嘟哝。

陈雯雯是赵孟华的女朋友，当然应该跟赵孟华坐一起。

他有点担心这伙人又耍他，他们不是没耍过。左左右右看了一圈，他忽然意识到大家这么坐是因为他。所有人都没选路明非身边的座位，陈雯雯最后一个来，留给她的只有那个空位。

"我跟他们换个位子？"路明非不好意思地跟陈雯雯说。

陈雯雯摇摇头，忙着低头发信息。发完信息她把手机向下扣在桌上，开始喝奶油蘑菇汤。她的脸被汤碗挡住了，路明非想看一眼都不行。

隔着老远赵孟华的手机嘟的一声，赵孟华拿起来看了一眼新信息，简单地回了一条，也把手机向下扣在桌上。

"老大牛呀！"小弟把手伸向赵孟华的手。

"你才知道我牛么？"赵孟华跟他握手，还有点不适应，"你跟我握手干吗？什么路数？"

"鬼才握男人的手……我是想看看你的表。"小弟抓过赵孟华的手腕，露出一块厚重的表，表面流淌着金蓝色的淡淡微光，"劳力士？"

"哇，'游艇名仕'！4016的机芯！老大，戴金表了！"同学里有的是识货的。

大家都把手里的比萨放下，过去围观赵孟华的表。那边热热闹闹的，这边只剩下陈雯雯和路明非，满桌散落着些吃了一半的比萨。

其实路明非也想凑过去看看，一块好表对于男生而言总是很酷的，路明非不懂表。但是他也知道戴一块好表的巨大意义就像……南太平洋群岛上的猴子把野果放进腮帮子里，以营造强硬有力的双颊……以吸引母猴子的注意。那东西与其说是计时器不如说是昂贵的男装首饰，恺撒就有一箱子表，今天戴百达翡丽明天戴朗格后天换爱彼，配不同的衣服要有不同的表，配不同的心情也得有不同的表。

但是路明非没动，因为陈雯雯没动，路明非要是也凑过去，这里就只剩她独自坐着了。陈雯雯还在发信息。

那边聊得越来越热火朝天，男生们好几个戴表的了，各自展示，捎带着议论最近那小谁买了辆吉普在学校里开，小谁挂了三门课居然是因为去上高尔夫球课了，以及小谁从来不住宿舍而是租一月一万二的酒店式公寓……这些话题距离穷狗路明非都很远。那些人距离他也很远，现在距离他最近的人反而是陈雯雯，近在眼前远在天边。

陈雯雯连眼角的余光都没给他，一直发信息，没完没了。

真尴尬啊，路明非忽然开始想念芬格尔，想着要是废柴师兄就好了。芬格尔当然不会尴尬，只会抓住机会把龙虾比萨拖到自己面前！

路明非受了启发，悄悄把服务员刚上的整张龙虾比萨拖到自己身边，嗅着奶酪被烤化的香气，他的心情忽然好起来，于是忘乎所以地笑了一声。

这声笑笑得太淫荡太猥琐了，所有人都不约而同地扭头。包间里忽然静了下来。

路明非一缩头。

陈雯雯按下信息发送键。

赵孟华的手机嘟的一声，那是有人发来了新的信息。

路明非知道陈雯雯在跟谁发信息了……他一时间茅塞顿开，超新鲜，原来他妈的有女朋友有这么大的好处！即使吃饭不坐在一起还可以发信息聊天，在闹哄哄的人群里，两个人可以慢慢聊……周末要不要出去玩……昨天那家牛肉面店好不好吃……最近看了本好看的漫画……我们去年种在植物园的花抽条了……就这么嘟来嘟去。

周围再怎么喧嚣吵闹，可两个人自己还有个世界，安静得能听见窗下阴影里去年春天丢失的那粒花籽在发芽。

真文艺，文艺得让人伤感。

路明非久经考验的氪金狗眼羡慕妒忌恨地瞎了，心想以前怎么就没注意呢？哦，原来是这样，原来永远都不知道别人私下里多亲近……原来总是个傻×……路明非脑子里胡思乱想，咧开嘴，无声无息地笑了。

有时候他不知道该用什么表情面对时，就会笑得像个白痴。

赵孟华收回劳力士戴上："先吃东西先吃东西。"

柳森森坐在旁边，默默地翻着自己的手机。其他人也都各自回座，边啃比萨边骂某某老师实在太变态了。

气氛闷得有点怪异。

"去趟洗手间。"路明非站了起来。

服务生说的"蹲式便器"上，路明非手攥一团纸。虽然摆出标准的蹲坑姿势，但他其实是在思考……忽然间很多事在脑海里翻滚。

诺诺生日那天晚上，正牌男友恺撒正率领蕾丝白裙舞蹈团扛着冲锋枪屠龙，他和诺诺在山顶冷泉边看星星,用脚踢着冰凉的泉水,觉得和红发小巫女呼吸相通。后来他送了漫天的烟花给诺诺。心里蠢蠢欲动。

高中时代的某个下午,他和陈雯雯一起做值日,陈雯雯坐在讲台上微微笑,低头跟某人发信息。他兴高采烈地挥舞拖把跑来跑去,因为觉得此一刻的世界只属于自己和陈雯雯。心里蠢蠢欲动。

文学社毕业聚会,他和陈雯雯去订电影票,回来走在河滨路上,两个人的影子肩并肩。他心里小鹿乱撞…… 不! 是几百头身高两米五的大角雄鹿在他的胸腔里豪情四溢地撞来撞去,恨不得此一刻天长地久,恨不得此路能长到天边…… 蠢! 蠢! 欲! 动!

他奶奶的! 自己的情史上堪写的就"蠢蠢欲动"四个字么?

而且每次蠢蠢欲动的时候,女主都神游物外,甚至跟另外某个人发着信息!

白衣少侠带着红裙侠女共乘一马走在茫茫草原上,天阔云低,断雁叫西风,侠女嘴唇微动,正以千里传音之术跟远在天涯海角的男友对着山歌。这啥剧情? 什么垃圾作家才能写出这么惨的男主?

不过芬格尔说得对,如果人生真的是一本书,他应该不是男主,而是路人甲乙丙丁。

有时他觉得诺诺和恺撒也没那么多话好说,感情也并不怎么好的样子,可是人家是男女朋友喂拜托! 私下里两个人在一起的时候,也会拉手吧? 也会拥抱吧? 还会打 kiss 呦!

妈的! 恺撒老大一看就是那英俊浪荡的色中恶鬼!

世界就是这么悲催的,你暗恋某个女孩,而她开心地跟另一个人在一起。

你满腔文艺之气,在月光下独自漫步独自思念她,同一片月光下,她靠在另一个人的臂弯里亲吻他的嘴唇,空气中翻涌着两情相悦的荷尔蒙气息……

路明非抠着地砖缝儿满腔悲愤,忽然想到这是在厕所里,这地砖缝儿…… 一股恶心劲儿硬生生地煞住了悲伤。

这时叮的一声,有信息进来。路明非翘起那根抠过地砖的手指,以兰花指的姿势拈出手机打开信息:

"生日快乐,祝你生日快乐,有生的日子天天快乐,别在意生日怎么过…… 我已经练会了郑智化的《生日快乐》,这是我会唱的第一首中文歌,附件里是我录的音频送给你作为生日礼物,你也知道师兄穷如狗,花钱的礼物就免了吧。"

发送人"废柴师兄",那是路明非的同屋芬格尔。

路明非被感动了,难得废柴师兄那颗乱蓬蓬的脑袋能记得他的生日。

但这份感动持续得不太长…… 因为他打开了音频,听了芬格尔荒腔走板的歌喉,还特别用心,特别用力,听着特别催人泪下。

路明非想起这歌谁唱的了,80年代的老派文艺歌手郑智化先生,他的生日歌是这么唱的：
"你的生日让我想起，一个很久以前的朋友，那是一个寒冷的冬天，他流浪在街头，我以为他要乞求什么，他却总是摇摇头……"
这么衰的歌真是祝贺我生日快乐？是录了放我坟头上播吧？路明非简直想摔手机。
路明非关掉音频，拎着大短裤起身，一抬头，隔板上一行娟秀小字，"渣男都该死！"
"哪个兄弟被渣男伤得那么重？渣男是借了你的钱不还还是欠了你的感情……"路明非一愣。
脑袋里嗡的一声，路明非意识到这里面有什么不对！在男厕所里骂渣男显然不合逻辑，但如果换个思路，一切都能解释得通！
见鬼！进来的时候心情沮丧，没注意看门口的标志！
路明非拎着短裤，半蹲，腿发软，无论如何站不起来了。不会吧？又走错？走错一次是偶然，走错两次是路痴，走错三次……那就是爱好了！
他迅速地思考对策。事到如今，不容瞻前顾后，从蹲位到门口只有几米远，只要没人注意，发腿飞奔三五秒就能逃脱险境。路明非试着把自己的头发往前理理，垂下来好把脸遮住，竖起耳朵听外面的动静。
"你到底有没有跟她说啊？"女孩的声音，在厕所外的走廊里。
"分手了，跟她没关系了，说什么说。"男生不耐烦的声音。
"不说她也早晚会知道，还能一辈子不见面？"
"她的性格你不知道？烦死人，整天哀怨，跟她说能有什么结果？她肯定缠着我，好像我欠她的一样。"
"你别这么说她……你以前跟她一起的时候不说她蛮好的么？"女孩的声音低了下去。
"刚开始哪知道她是这个性格？瞎敏感，一会儿扮忧郁一会儿装可怜，一会儿又蛮横得要死，好像世界都得围着她转。谁爱伺候她谁伺候，我是没心情了！"
"要是将来我们分手……你不会也那么说我吧？"
"我靠你跟她不一样，我哪会这么说你？我跟谁不说你好？我靠说错了，不会有那一天，我俩分不了！我疯了还是傻了我会跟你分手？"男生嘿嘿地赔笑。
"讨厌！黏我身上干什么？"
"这裙子漂亮……去云南买的？"
那些凌乱的声音……亲吻、衣料摩擦、脚步、呢喃软语……都远去了，路明非石化了，脑袋里嗡嗡作响。
赵孟华和柳淼淼刚从外面的走廊上经过。
"他妈的还又亲又摸，当老子不存在啊？"路明非喃喃。
当年三个班花、陈雯雯、柳淼淼、苏晓嫱，赵孟华一人钓走两个，真所谓"待到班花烂漫时，哥在丛中笑"……真是人生赢家。

路明非反应过来之后，心里义愤填膺！不仅为自己，还为班上所有男生，本来就男多女少，赵孟华你还多吃多占！小天女你可千万要挺住不要沦陷啊！你是最后的桥头堡啦！好吧，这其实不关你什么事……

这也不关路明非什么事，只是这世界变化快，抬头一看大家都走远了，就留下他一个小屁孩还站在原地。

他推开隔间的门，走了出去，忽然硬生生地收住了脚步。

洗手池前的镜子里，他看见了贞子，白裙黑发，头发垂下来把脸挡住。她把双手伸在水龙头下，却没有开水，静静地保持着洗手的姿势。

此时此刻，路明非宁愿那真的是贞子，会慢慢地从镜子里爬出来，那样顶多他惨叫一声说"有鬼啊"。卡塞尔学院的汉子，老实讲不太怕鬼。

可那是陈雯雯。

"我我……我走错了……"路明非急忙解释，话出口才意识到这句话根本不重要。

陈雯雯像是没有看见他，打开水龙头，沾了点水拍在脸上。她的手机放在洗手池上，拿手机的时候没抓稳，啪的一声手机落地，沿着瓷砖滑向路明非。

路明非弯腰捡起来，瞅着陈雯雯的脸色，小心翼翼地递上去。也不知是有意还是无意，他扫到了屏幕上的信息。

"没戴去年生日送给你的手链啊……"

"刚才发的信息收到没？手链的那条……"

"收到，今天没戴，天太热。"

"嗯，天是太热了，昨天晚上失眠了，总想到以前的事，每次睡只能睡一两个小时，你睡得好么？"

"还行，你睡前喝杯牛奶就睡好了。"

"你还会想起我么？"

"别想太多，大家还是同学。"

"想看就看吧。"陈雯雯对他笑了笑，那可能是路明非见过的最悲伤的笑容。

路明非迟疑了片刻，真的滑动屏幕看了下去。

"昨晚上梦见我划船在一条河上走，我发信息问你在哪里，你说在前面的桥上等我，我就划船往前走，可是周围都是雾，我划了好久都没看见桥，我又发信息问你，你说还在桥上等我。我想不会桥在我后面吧？就使劲往回划，可是水流得太快了，就还是往前走……我就醒了。"

"别想太多，心静就不做梦。"

"你懂我说的梦是什么意思么？"

"懂，但是不想听，没意思的，少说点对我们都好。"

"你不想听我说话了,你有新女朋友了么?"
"别问了!今天聚会,让人好好吃口东西吧!你老发信息旁边路明非都看着呢!"
"你别生气,要是找到新的女朋友我会祝……"

最后这条没发完的信息,现在已经不用发了。

"你想笑就笑吧。"陈雯雯把手机从路明非手里抽走。

其实路明非有理由得意地笑。你以前喜欢的女孩给你发了好人卡扑进什么华丽贵公子的怀抱现在被甩了你那卑鄙的小人之心不发出点笑声我就不信了!真是因果循环报应不爽!哇咔咔咔咔!

什么"昨天你对我爱搭不理今天我叫你高攀不起"这种落井下石话难道不该脱口而出?当然也可以假绅士,说些"都会过去的,谁没失恋过呐"之类的规划,心里暗爽,"叫你当初踹老子叫你当初踹老子!"

可他不想笑,他觉得很难过。

他就是这种屌人,路鸣泽问过他,"你难道不向世界复仇么?"路明非真没想过,他不太记仇的,何况"世界"是谁?又没有揍过他。

他读着那些信息,觉得陈雯雯已经很累了。她脸上湿漉漉的,很苍白,疲惫得叫人揪心。

"我没事。"陈雯雯轻声说。

她用白裙的一角擦了擦脸,理理头发,深深吸气,挺起胸膛。并不怨妇,倒似圣女贞德要上战场。

"什么都别说,要保证。"陈雯雯从镜子里看着路明非。

她跟路明非说话总是这个风格。以前在文学社,她安排路明非做什么,比如布置场地,就会说"场地要安排好,要保证",好似路明非的保证真能顶什么事儿似的。

"嗯,保证。"路明非像以前一样举起手。

他俩回到包间里,比萨已经换了一轮新的。大家都兴高采烈,好像没有他俩在的时候,场面会更热闹一些。

路明非心不在焉地啃着比萨,观察周围的人,好像都跟刚才不太一样了。

他注意到很多细节,比如赵孟华会拿两块比萨,撕给柳淼淼一块……柳淼淼无心中喝了赵孟华的可乐……以前总夸柳淼淼好看的几个兄弟不再偷看柳淼淼了……赵孟华和柳淼淼肩挨得很近,和其他人隔得很远。

路明非忽然明白了,感情上他根本就是个白痴。他从没看懂过别人的眼神,他以为的都是错的。

赵孟华抬眼看看对面的陈雯雯,眼睛里有奇怪的光闪过。他清了清喉咙,伸手到口袋里摸东西,那架势好似领导要发言。柳淼淼急忙伸手在桌子下拉他,赵孟华挣脱了。

路明非忽然不安起来，他不知道赵孟华要干什么，但他本能地想那是件二百五的、傻×的、必须被阻止的事，即使冲上去倒杯可乐在他头上也得阻止。

妈的！这种时候面前的可乐杯居然是空的！

赵孟华站了起来，手里拿着一个蓝丝绒首饰盒子，环视全桌人："今天同学都在，正好宣布个事……"他低头看了一眼柳淼淼，柳淼淼不由地避开了他的目光，小脸酡红。

赵孟华打开首饰盒子，里面是一枚蒂凡尼的铂金丝戒指："柳淼淼今后大家不能追了，谁追我跟谁翻脸……我们要订婚了，这是订婚戒指。"

满桌人都沉默了，他们都知道赵孟华和柳淼淼的事儿，可订婚这种事……才大一就订婚？什么豪门要玩订婚这套路？

"老大，你家里都让你订婚了？"一个小弟问。

"我妈盯着说我觉得不错就先定下来，戒指都是我妈去买的。怎么？不行啊？告诉你们，是免得你们有人不知道，追了撞墙。"赵孟华笑笑，环视一圈，目光没有在陈雯雯那里停留。

"当然可以当然可以！怪不得今天聚餐，早知道我就买礼物了。"小弟急忙说。

"赵孟华你真太狠了，刚追上就订婚，一点希望不给兄弟们留。"有人哭丧着脸祝贺。

"那应该叫他们来几瓶啤酒。"

"土狗！那么大的事情总得是香槟好么？你当赵孟华出不起钱啊？这时候还不宰他？"

"来来来把戒指戴上，拍照拍照，能发朋友圈么？"

"行了吧？现在跟大家都明说了。"赵孟华跟柳淼淼嬉皮笑脸，"现在你算跟我捆死了吧？别想跑哦。"

"讨厌……"柳淼淼在他腰上掐了一把。

"哎哟！你们看她还打人！"赵孟华笑着和女朋友，不，现在是未婚妻逗乐。

气氛热烈欢腾，所有人的目光之外，一个人无声地坍塌下去，像是被什么火烧尽了，只余下灰烬。

"喂！哥们你，"一个人站了起来，盯着赵孟华，眼神凶巴巴的，"有没人性啊？"

包间里忽然寂静如死，所有人都看着路明非，像是看见了哥斯拉。

路明非明白赵孟华这么做的目的，总要给现在的女朋友一个交代呗，换谁泡上柳淼淼还不高兴地吹着鼻涕泡儿满校园敲打饭盆，恨不得所有人都知道这朵花的坑给自己占了。

赵孟华今天还是蛮小心的，也就是碍着陈雯雯还不知道，但柳森森心里有个结，赵孟华总得做点表示。

订婚消息晚上就会传遍全校，谁都会知道赵孟华对女朋友太够意思了，从此赵孟华和柳森森就捆一块儿了，名正言顺。

跟他路明非没关系，但路明非觉得有话得说，不说憋得慌，他想说……她已经知道了！只是玩命撑到现在！已经快要撑不住了！她不会再跟你发信息了不再叽歪了……你还搂着新女友的肩膀嘚瑟个什么劲儿呢？

我们都明白大哥你酷帅无比啊！你当然不会缺女朋友啊！你生活一定巨幸福啊！有女朋友陪吃夜宵不像我这种衰人……对对，跟我没什么关系……总而言之言而总之，千言万语汇成一句话：

"你他妈的已经幸福了……就给人条活路吧！"

路明非在心里做完了豪迈有力的发言，可一个字也没吐出口。

他扭头看了一眼快要凋谢的陈雯雯，叹了口气，他知道陈雯雯的性格，这些话说出来，最难过的还是她。

于是他只能鼓着腮帮子，翻着一对说尿不尿说跩不跩的三白眼，瞪着赵孟华。

当年高中班主任当着全班人的面说："路明非你是个秤砣么？你一个人就把我们全班平均分往下拉了半分！你真奇葩啊！"路明非也是以这对三白眼回应，说不清是痴呆还是顽抗，搞得班主任心惊肉跳。

其实这种见义勇为的事儿不适合他，这是他最对付不来的场面。

他本能地害怕尴尬的场面。当年看汤姆·汉克斯演的《荒岛余生》，汉克斯同学因飞机失事在荒岛过了多年野人生活，一心想回家看妻儿，历尽千辛万苦终于回来了，在家门前心潮澎湃——汉克斯同学还不知道老婆已经改嫁了——可看客路明非已经知道，于是赶紧拖动进度条，好避开那场跟他毫不相关的尴尬戏。他不能忍门一打开汉克斯同学看见自己老婆挽着一个陌生的男人热泪盈眶地走来，即使那是电影。

偏偏今天他脑袋烧了，居然站了起来扮演有正义感的路人甲，人家看来只觉得他对陈雯雯余情未了。

赵孟华的脸扭曲起来，眉心紧锁，好像里面藏着二郎神的神眼，一睁开来就要瞪死面前这臭猴子。

"干你屁事！"他狠狠地吐出这四个字，像是绿林好汉吐出见血封喉的口里箭。

"你说得对。"路明非说。

赵孟华愣住了。他已经备了几句更凶猛的话，只等路明非嘴硬完了就抛出来。可路明非居然从善如流地承认了。

但路明非没闪开，还瞪着那对三白眼。

"你想干什么？"赵孟华逼上一步。

"没想干什么。"路明非说。

这是真话，他没来得及想就蹦起来了。要是能有一分钟三思而后行，他没准就缩头了。

赵孟华崩溃了，脖子上青筋跳动，却被几个兄弟拉住了："都是同学……算了算了。"

赵孟华深深吸气，瞪着路明非，从牙缝里挤出几个字："买单！散了！吃什么吃？吃不下去了！晚上我换个地方，请你们吃意大利菜！"

路明非松了口气。也好，就这样吧，留点余地，总不能在比萨店里打起来。

按说混血种体能过人，恺撒手下那帮妹子踩着高跟鞋穿着晚礼服都满校园追杀龙王，但路明非至今都没选过格斗课，真要动起手，两个他都不是赵孟华的对手。

他瞥了一眼陈雯雯，陈雯雯看向角落里，目光空洞，好像这一幕跟她完全无关。

"真是皇帝不急太监急。"路明非心里嘟哝。

账单来了，赵孟华连扫码支付都不愿花时间，从钱包里掏出几张钞票扔到托盘里，想了想又抽回一张来，指着路明非："这人的单他自己买！不干我的事！"

"呵呵！"路明非倒不惧这个，赵孟华这是小看他了。

卡塞尔学院的学生证同时也是张American Express的信用卡，根据评级，信用额度不同。路明非堂堂的S级，信用额度高达十万美元。

也就是说他虽然穷得冒泡，但学院担保，他可以划信用卡跟美国银行借。

路明非摸出学生证丢给店员，纯黑色的钛合金卡片，表面用纯银烫着"半朽的世界树"校徽。路明非的态度高傲，像是一个皇帝在给小费。

"不收借书证……"服务员是个小姑娘，怯生生地说。

路明非满头黑线："去拿POS机来……我教你怎么弄……"

有人惊讶地瞪大了眼睛，仕兰中学的人都自诩见过世面，知道所谓"黑卡"是什么概念。银行们几乎约定俗成地，把纯黑色卡片留给最高等级的客户。

尤其是American Express的黑色信用卡，又称"百夫长卡"，号称没有透支上限。

服务员很快把POS机拿来了，路明非以睥睨群雄的姿势转着笔，等着单子出来签字。

"假的，被拒了。"服务员用家乡话说，听起来倒像是"悲剧了"。

真的悲剧了，POS机上清楚地显示"支付被拒绝"的字样。

路明非满头冷汗，把那张象征他厉害身份、从不离身的黑卡在POS机上划来划去，却一次又一次地被拒绝，好像那个远在北美的强大组织已经抛弃了他。

不知是谁带头笑了一声，包间里的冷笑声此起彼伏。

"付现金好了。"有人淡淡地说。

门开了，空气流动起来，像是揭开一个陶罐的泥封，让微凉的风透进去。进来的男生把几张大钞夹在插账单的黑色皮夹里，递还给服务员："不用找了。"

"不用找了"这种欠揍的话只有阶级敌人才说得出来，按说听到的人都该竖中指，但这个男生说起来很自然，就是免得服务员麻烦，不为炫耀什么。

他一身洗得发白的仔裤配白色T恤，戴着巨大的墨镜，露出的半张脸上默无表情。

这种装束的人满大街都是，本来没什么稀奇，但柳淼淼忽然站了起来，直勾勾地盯着那个男生，神情紧张。

路明非也站了起来，神情更加紧张。他的紧张跟柳淼淼的紧张不是一回事儿，他知道出事儿了，否则暑假里学院的人怎么会忽然找上他的门来？

他太清楚这家伙为什么会背着那个网球包，他带着一切长形物品出现时都得小心，事实若干次证明他必然会从里面拔出一把刀来。

"聚餐还有多久结束？学院有点事儿让我们去跑，我是来协助你的。"男生跟路明非说，"等你开工呢，老大。"

老大？这家伙叫自己老大？路明非觉得自己幻听了。别他妈的逗了，什么时候轮到自己当他的老大了？恺撒老大意图入主狮心会多年，还不是被这寡言少语的家伙迎头击退？

可又不像是开玩笑，这家伙按说毫无幽默细胞的才对。

"楚子航，大家都是校友。"男生摘下墨镜，晃了一下重新戴上。

这次所有人一齐石化。

对仕兰中学上三届下三届的人来说，"楚子航"是个符号，始终远在天边。

你听过他的名字，见过他，却记不清他的模样，因为你很少会有机会近距离接触他。

毕业典礼上他代表全校学生讲话，穿着海蓝色校服，垂头看讲稿，额发遮住了脸庞；篮球场上他是中锋，把对手虐得死去活来，飞身扣篮，等球落地，楚子航已经掉头撤向中线了，甚至不跟队友击掌庆祝；春节晚会上他表演大提琴独奏，在舞台中央拉完一曲《辛德勒的名单》，台下的人们还沉浸在乐音里，暗赞说这本事简直上得春晚啊，楚子航已经收拾好琴箱，鞠个躬下台去了，只留修长的背影。

柳淼淼的记忆里，每次见楚子航都在下雨天。

屋檐外大雨如幕，雨丝间弥漫着氤氲的烟雾。楚子航站在屋檐下，英伦风外套，领口扎着一条围巾，双手抄在裤子口袋里，单肩背着的包里鼓囊囊的，显然塞着一个篮球。

他微微弯着腰，像是根风里弯曲的竹子，筋节强硬。淡淡的天光在他漆黑的背影边镀上一层晕。

柳淼淼在同班女生的簇拥之下往前走，心里像是塞进几百个小青蛙，使劲地跳，跳得乱糟糟的。她和女生们说笑着往前走，距离那背影越来越近，接近他的每一步都很漫长，漫长到时间近乎凝滞。

最后她站在了楚子航背后，楚子航礼貌地让了让，点头示意，柳淼淼注意到他的额发被雨水淋湿了，湿漉漉的，挡住了眼睛。

时间恢复了正常，楚子航柳淼淼，擦肩而过。

走出很远，柳淼淼忽然转身侧头，问："你们看看我脸上是不是起了个痘痘？"同学凑上来看了一眼说没有啊。柳淼淼说那就好，有点点痒，悄悄地把投向背后的目光收了回来。

柳淼淼一直觉得楚子航很喜欢下雨天，每到下雨天，都那么出神，让人想把他湿透的额发拨开，看他的眼睛。

对柳淼淼和很多仕兰中学的女生来说，楚子航教会了她们一件事，就是"暗恋"。

但楚子航自己似乎并未意识到自己在此方面功力高深，对他的误解很多，譬如他只是面瘫而已，但很多人认为他装酷。

再比如说他其实一点都不喜欢下雨天，下雨的时候他总在那里发呆，是觉得也许那辆迈巴赫还会来接他……

楚子航实力诠释了两个字，"牛×"。

牛×到路明非这种流星经天般的强者也只得匍匐在楚大兄修身版的仔裤下，"此獠当诛榜"上真正的隐藏第一，永远是楚子航。

楚子航命带无数桃花，但他就是复活节岛上那些眺望海面的石头雕像，桃花飘在他身上，纯是白瞎了。

"多谢多谢，师兄仗义啊。"路明非对于楚子航的忽然出现非常感激，"钱我回去就还你。"

"小事情，今天你是老大，你话事。"楚子航淡淡地说。

路明非一愣，这戏还演得越来越逼真了，自己何德何能，能给会长大人擦擦皮鞋都是荣幸的，还敢当众自称是老大？但楚子航一副"这是事实我们不必讨论"的神色，他也只能闭嘴。

围观群众一片惊叹，原先只知道路老板牛得翻了天，却不知路老板还非常低调，分明有十二分的牛×只显露两分。楚子航都得叫他老大。

只怕路老板在美国的一年间早已打下了偌大江山，难得还屈尊降贵和老同学吃比萨。

没带钱也就好解释了，平时都是小弟付账，哪有大哥亲自会钞的道理？

"车在外面等着呢。"楚子航拉开门，比了个"请"的手势。

楚子航脸上冷冰冰的，这让路明非搞不清楚状况，这礼遇介乎保镖对老大或者 CIA 对已经无路可逃的恐怖分子之间。他意识到自己没有"拒绝"这个选项，耷拉着脑袋走了出去。

楚子航一步不落跟在后面，走廊里回荡着他俩的脚步声。路明非想那帮人正在背后看自己，眼神中满是羡慕嫉妒恨，可他并不觉得有面子。

真他妈的，分明不干自己的事儿，出什么头？虽说靠着会长大人解了围，可这到底算什么呢？他路明非这辈子的所有面子都是靠师兄师姐们撑起来的，就没有一个瞬间他自己挺起来站起来牛×一把的。

他就像那种跟人打架被揍得满脸鼻涕的小屁孩，回家找哥哥来助拳。别人都有点怕你，但是从未看得起你，因为你虽然装备了面瘫能打的凶悍哥、细腰长腿的华丽姐，却仍旧是个脸上糊着鼻涕的小屁孩。

楚子航拉开了 Panamera 的车门，纯白色的真皮赛车级座椅在欢迎贵客。

路明非忽然站住了，扭头冲了回去！

包间门口议论纷纷的人都吓得退后一步，让开一条路，路明非去而复返，杀气腾腾。

路明非走到陈雯雯面前，伸出手……抓起靠在椅子边上的马桶座圈……飞快地夺门而出。

陈雯雯什么都没说，伸手轻轻捋了捋额发，发丝纤长。

"学院安排了一项任务。你是专员，我协助你，所以今天你是老大，不是玩笑。"楚子航把一台 iPad 递给路明非，熟练地单手操纵方向盘，Panamera 汇入滚滚车流。

路明非不敢相信自己的耳朵，一项以他为领导的任务？到底在哪种任务里，他能力出众到能让楚子航协助他呢？除非是组队去北京天桥说相声，他逗哏，楚子航捧哏……

读完任务细节之后，路明非如坠无边云雾里，好似是个破案的任务？可是"实战侦查"好像是大三的选修课，这方面他根本就是个小白……除了看过柯南剧场版。

空调冷风吹得人身上直起鸡皮疙瘩，路明非怯怯地看了一眼楚子航，那张冷硬的侧脸上全无表情，似乎并无任何打算要给他这个负责人解释一下该怎么弄。

他厌了，缩回座椅里，呆呆地看着窗外。

他心情不太好，陈雯雯捋起长发时，他看清了那张糟糕的脸。真丑，陈雯雯从来没那么丑过，眼泪沾在苍白的脸上，双眼肿得鼓鼓的……好像小金鱼。这哪里是梦中情人的范儿？

当年她穿着白棉布的裙子坐在长椅的一角看杜拉斯的《情人》，那股一尘不染小仙女的气场好像连灰尘都能祛除……果然是任何一个仙女都会有一天爱上傻×并给傻×

织毛衣，痴痴怨怨的。从那以后仙女的人生就是不归的下坡路。这时候路明非这种未吃上天鹅肉的癞蛤蟆本应该拍掌叫好，但不知道为什么，他心里一抽，忽然就有点暴躁。

"我在包间外听了两分钟。"

路明非差点吓一跟头，楚子航开口全无征兆，这句没有任何起伏的话倒像是威胁，"我知道你去年夏天做了什么"的感觉。

会长大人会对废柴师弟的小八卦有兴趣而在那里默默地听两分钟？对于楚子航这种时间表异常严谨的人来说，能让他暂停两分钟得是多大的事儿啊。

"你应该通知发卡行你的行程。他们发现信用卡在异地被刷，会怀疑是盗用，就会暂时冻结账户。"楚子航说，"我知道你上学时喜欢陈雯雯。"

路明非心率失衡，脸色一时涨红如猪肝，芬格尔踢爆他喜欢诺诺时，他都没那么大反应。

诺诺除了脾气臭，外在各种好，是男人就该喜欢诺诺。那纯是倾慕，窈窕淑女，君子好逑衰人也好逑，没什么可害羞的，只要恺撒老大不介意就好。

但陈雯雯不同，陈雯雯是个秘密。在他还懵懂时，觉得娶陈雯雯是自己一生的幸福。曾经不厌其烦地陪陈雯雯坐在长椅上看一下午的书，小狗腿一样鞍前马后帮陈雯雯跑文学社的事……土拉巴叽的男孩，在心里编织和那女孩的未来，只要她点点头，就会猴急地把自己的一辈子交到她手里……可是人家没看上。

总想把那段故事找个树洞埋了，因为觉得很丢人，也可能是那样喜欢一个人的感觉太柔软了，怕被碰破了。

"你……你……"

"全校都知道。"楚子航又说。

"师兄你别说得那么惊悚，咱上中学时候规定不准早恋，"路明非嘴硬，"要真全校都知道，我还不给教务主任拎去做检讨了？"

"教务主任不拎你，是因为知道你们没可能。他不必管你想入非非。"

"那也不至于全校都知道吧？"

"因为还有别人喜欢陈雯雯，就会把你喜欢陈雯雯当笑话说，所以全校都知道了。"

路明非一愣："赵孟华？"

楚子航没回答。

路明非呆了好久，叹了口气。

诺诺曾经说，文学社告别聚会就是大家一起耍他。但他心里不肯信，他觉得自己隐藏得还蛮好，只是几个人耍耍他也不要紧，只要陈雯雯不是其中之一。

相比起来他宁愿陈雯雯一直不知道自己喜欢她，所以选了赵孟华。

可是连楚子航都能对他的情史娓娓道来。

他是那个"i"，小写的，很小的"我"……可没有"love"，也没有"you"。

Chapter 2
Every Junior Has A Good Time

"我不介意你踩在座椅上,但以现在的车速这样不安全。"楚子航说。

路明非这才意识到不知何时他居然蹲在了奢华的真皮座椅上,两手抱着膝盖,下巴磕在膝盖上……姿势介于田埂上抽烟的阿叔和歇脚的流浪狗之间。他赶快蹦下来,用手擦了擦鞋印,尴尬地笑。

"没事。我是看你一直没说话,找个话题跟你聊聊。"楚子航冷冷地说。

啊嘞?什么意思?原来只是会长大人要打破沉默的破冰话题么?就好似中美建交的破冰之举是乒乓球比赛?

楚子航开口就谈陈雯雯,难道这种叫人心里泛酸的话题只是面瘫师兄"友好的"拉家常?为了打破两人之间沉默的壁垒?我嚓!还不如打乒乓球嘞!

"我不是柯南……"路明非想聊点正事儿。

"陈雯雯知道你喜欢她,但是装作不知道,对你也不好,把你用作跟班。现在你还为她出头?"楚子航利刃一般斩断了路明非的话题。

路明非对于这种强硬的提问方式有点不适应,呆住了。

"因为她变得弱势了,你可怜她?"楚子航扫了路明非一眼。

"她对我没什么不好,我喜欢她,跟她又没有关系。"

"赵孟华不高兴,因为陈雯雯以前是他女朋友。而陈雯雯还喜欢他,心理上他对陈雯雯仍有占有欲,他可以丢掉陈雯雯,但他不想别人为陈雯雯出头。"楚子航眉峰一挑,"你为什么出头?"

冷冰冰的口气,咄咄逼人,好像一把刀要把你心里的事情生挖出来。

路明非忽然怒了,他不想讲这个话题不想讲这个话题楚子航非逼着他讲这个话题。楚子航他到底想搞哪样啊?

只是个师兄嘛,只是狮心会会长嘛,路明非是学生会主席恺撒的小弟,跟他狮心会又没有关系为什么非要跟会长大人汇报感情经历?

只是一起做个任务而已,做完大家一拍两散!楚子航想问什么?还是逼自己承认自己很傻×?

"好了!我知道你要说什么!我就是很二,我就是没什么本事但是又要充大头,可我……我看不得人受委屈,"路明非把头扭向窗外,"反正师兄你是不会委屈的!从小到大你都是拔尖的,你不懂!"

Panamera 猛然减速,轮胎摩擦地面,发出刺耳的噪音,生生地在路中间站住了。

"下车。"楚子航说。

"什么?"路明非蒙了。

刚才那下急刹他差点脑震荡,这到底哪句话说岔了就要赶他下车?自己分明压住了情绪啊。难不成会长大人也对陈雯雯暗恋已久,听闻情敌诉衷肠忽然就傲娇起来了?

63

"下车等我一下，有点事情，马上回来。"楚子航面无表情。

人家的豪华跑车，争辩什么的都是白费，路明非老老实实地下车站在路边。楚子航推上倒挡，用力踩下油门，Panamera 四轮生烟地加速，倒行插入车流，沿着来路返回。

路明非傻眼了，第一次看见开车那么嚣张跋扈的。他不知道这是某些人家传的开车风格。

阳光烈得刺痛皮肤，热空气从柏油路面上袅袅升起。陈雯雯远远地跟着一群人走，透过热空气看去，前面那个男孩的背影歪歪扭扭的。

一切都歪歪扭扭。

"嫂子你吃鹅肝么？"有人大声问。

"不吃，怪腻的，我吃沙拉就好了，你们吃你们的。"柳淼淼答得心不在焉。

"老大，热死了，我们在外面逛什么啊，不如去 Cold Stone 吃冰淇淋。"又有人说。

"留点肚子晚上吃。"赵孟华的声音。

对话声很遥远，又像近在耳边。

人有时候就是忍不住认真地听那些诛心的话，大概是脑子抽了……

陈雯雯低着头看着自己的白色凉鞋，一次次地，纤细白皙的脚从裙边露出来，一步步往前蹭。

她还跟赵孟华在一起的时候，赵孟华来学校找她，吃完饭在灯光下散步。她也是这么低着头走，来来往往都是下晚自习的同学，每次有人大声打招呼说陈雯雯这是你男朋友啊？她就觉得脸上发烧，好像这是件丢脸的事情，但又如此幸福。赵孟华就大力搂住她的肩膀，嘿嘿笑着和同学打招呼。

现在她还是抬不起头，不是不好意思，是因为头太重，像是要压断脖子。

赵孟华心里很烦，从比萨馆出来，陈雯雯一直跟着，莫名其妙地不离不弃。

现在不离不弃还有意思么？都结束的事儿了，搞得怨妇似的。

赵孟华觉得自己也没对不起陈雯雯，不就是分手么？分手前两人大吵了一架，赵孟华牙一咬说分，陈雯雯居然就敢咬着嘴唇答应。赵孟华怔了一下说你有种答应就别后悔！夺门而出。

过了几天一次聚会上他碰巧跟柳淼淼挨着坐，忽然庆幸自己分手了。整个聚会他都把手机静音了，因为陈雯雯不断地给他发信息，一天下来几十条。

他很想回头冲陈雯雯说，烦不烦？说了有种别后悔！事后来扮苦情就没劲了。

但柳淼淼就在旁边，对前女友太凶，会让新女友觉得自己不够仗义，所以赵孟华只有忍着。

赵孟华蛮喜欢柳淼淼的，柳淼淼漂亮乖巧家世好，不像陈雯雯那样会跟赵孟华吵架，在兄弟们面前很给赵孟华长脸，最巧的是两人的老爹还是打高尔夫球的球友。听说儿子换了新女朋友老娘喜上眉梢，一拍巴掌说，分得好！你跟陈雯雯不合适！

赵孟华也觉得自己和陈雯雯不合适。以前隔得远远的看，陈雯雯永远都是安安静静地看书，一点灰尘也不沾，低垂眼帘，万分美好，追到手才明白，越文艺的越烦人，整天瞎敏感。

陈雯雯也觉得自己跟赵孟华不合适。

她跟赵孟华快两个月没见面了，她的电话赵孟华不接，邮件过去石沉大海。夜深人静，她看着赵孟华的 QQ 签名发呆，这个周末赵孟华去漂流了，下个周末赵孟华去游乐园了，再下个周末赵孟华爬山去了……每个周末赵孟华都有事情做，和谁一起？陈雯雯不知道。

她坐在图书馆的落地窗前，外面灯光昏暗，风吹满树浓绿的叶子，她想起以前读的《情人》，想起玛格丽特·杜拉斯，想那个湄公河上的女孩头发慢慢变白。

忽然就号啕大哭起来，吓得图书馆大爷老寒腿都发作了……

其实《情人》的故事和她的故事一点也不相似，相同的只是"不合适"三个字。

《情人》里的白人女孩和富有的中国少爷终归永诀，也是因为不合适。

她今天来就是想见见赵孟华，这个期待战胜了犹豫。她特意化了点淡妆，希望自己看上去气色好些，让他不用担心。她所以叫上路明非，是因为她知道聚会上其他人都是赵孟华的兄弟。这让她有点害怕。她没想着跟赵孟华复合什么的，就想这么淡淡地见一见。

可为什么还是号啕大哭呢？

为什么还那么跟着一路走呢？

明知道这么做也不会让赵孟华回头看一眼，赵孟华是什么性格她最清楚……可要是就这么走了，可能再也见不到赵孟华了……以前那些记忆就都没有了。记忆里他们并肩走在学校沿河那条路的路灯下，现在灯灭了；记忆里在食堂里一起打饭，现在饭馊了；记忆里她买过一个小猫的挂件硬要挂在赵孟华的手机上，她想现在那个挂件已经被扯下来了吧？粉红色的绒毛小猫在世界某个角落的垃圾堆里，身上压着各种各样的脏东西，可它甚至不能哭，因为它没有嘴……

她后悔了。自己根本就不该买那只挂件，如果她没有买，小猫还乖乖地躺在橱柜里等人认领。

何必因为一段不合适的感情让那只无辜的小猫那么可怜呢？

那只可怜的……小猫啊……

眼泪终于夺眶而出，坠落下去，落在灼热的水泥地砖上，蒸出一缕淡淡的烟。

"欸！欸！"徐岩岩用胳膊肘捅捅赵孟华的腰。他用余光看见陈雯雯站住了，眼泪哗哗而下，心里有点点不忍。

"烦不烦啊你！"赵孟华用力挥开了徐岩岩的胳膊。

他很想这一记挥在陈雯雯身上，太烦了！不能忍。陈雯雯到底想怎样？要是她今天不来，两人单独再见面，赵孟华也会拍拍她肩膀哄哄她。可她非来，来了就别惹事，还带着路明非，这小子对陈雯雯还真够死心眼儿的。现在大家搞得不欢而散，还想怎样？他旁边是新女友柳森森，他晚上还要请兄弟们去吃意大利菜把面子捞回来，又没请她陈雯雯，她跟着算个什么东西？

耳边忽然响起高亢的引擎声，赵孟华没来得及抬头看，只觉得热风锐利得像是要把他的头发切断。一道暗蓝色的影子在他身边一闪而过，刹车声叫人牙酸，Panamera急停在陈雯雯身边。

这个疯子居然是倒着开车的！

车窗降下，楚子航被黑超遮住一半的脸像冰一样冷，可以去任何港片里演对老大忠心耿耿的杀手："路明非说今晚请你吃饭。"

"对，是你。"楚子航冲茫然的陈雯雯点点头，那张清秀又纯爷们的脸上好似写着"就这么简单，老大要我带的话我已经带到了"。

他的认真、霸气、冷漠和八婆气质此刻完美地合为一体。

这个邀请大概无人可以拒绝。设想有人爱慕你，邀请你参加一场暧昧而优雅的一对一晚餐，请柬却以如此强硬的方式送达，让你感觉只要说"No"信使就会从手套箱里抽出一把"沙漠之鹰"对着你的眉心射击。

"他今晚在Aspasia餐馆订了座位，"楚子航从储物盒里抽出一张名片递给陈雯雯，"地址在这上面，时间是晚上七点半。"

陈雯雯呆呆地看着那张黑色名片，Aspasia，她隐约听过这家新锐奢华的意大利馆子，本地声名赫赫。这会是那个厌男孩的手笔？真真霸气外露……路老板又高又硬！

不远处仕兰中学的兄弟们瞪着眼，下巴都快掉到地上了。以此刻的地面温度，估计很快就能闻见烤下巴的香味。赵孟华攥着拳，他有种预感，他要被某个他根本看不上的对手再次击溃了……

"拒绝么？"楚子航皱眉。

这种口气能拒绝么？他分明已经表现出了不耐烦吧？他的"沙漠之鹰"已经在手套箱里跃跃欲试了吧？连赵孟华都觉得拒绝是找死。

陈雯雯低下头，理了理耳边柔软的细发，抽抽鼻子："好啊。"

车窗升起，Panamera疾驰而去，来去匆匆。四出的排气管再次震得赵孟华耳朵嗡嗡响。

第三章 悬赏 Reward

Panamera 拐上了高架路，车里的两个人又进入无话可说的状态。

"师兄你车开得真好。"路明非生硬地恭维，想打破这难受的气氛。

楚子航半途把他扔下，五分钟后又回来接上他，回来之后就绝口不提陈雯雯了，好像那段对话没发生过。

路明非觉得自己大概误解楚子航刚才的意思了，对自己不耐烦的态度有点后悔。这任务要完成还不得会长大人这个"副手"用力，楚子航要是一怒弃他而去，路专员这活儿就算彻底砸了。

楚子航迄今对任务细节一句话都没说，好像他纯是一个司机。但他开车真的很好，流畅换挡，鱼游车河。

"我爸爸教我的，"楚子航似乎没想到路明非会说起这个，愣了一会儿，又说，"生日快乐。"

"哦哦。"路明非赶紧点头哈腰，"收到师兄的信息，感动得冒泡儿。"

"生日不出去吃饭？换马桶座圈？"楚子航看了一眼路明非膝盖上的家伙事儿。

"我又不是婶婶生的，婶婶不记得也正常。"

路明非倒不是抱怨，他真那么想。貌似他就没有过过生日，这命苦不能怨政府，谁叫爹妈不靠谱？

果然这个话题比前面那个上等百倍，两个人间好像融洽了点儿。

"师兄生日一般怎么过？"路明非问。

楚子航想了想："Home Party、蛋糕、礼物、游园会、拍照、吃饭、旅行……每年都差不多。"

路明非心说大哥你还想咋样？为你过生日发射一枚登月飞船，在月球表面写"楚子航少爷生日快乐"？

"喜欢意大利菜么？"楚子航问。

"没吃过。"路明非摇头。

"奶酪、比萨、炸鸡、牛排、通心粉什么的，意大利菜是法国菜的前身，讲究原味，喜欢用橄榄油、黑橄榄、干白酪、西红柿、香料和 Marsala 酒调味，他们的风干肉和腊肠很好。"

路明非不知道这话题怎么冒出来的，只能点头："我喜欢吃肉。"

"好，"楚子航接通车载蓝牙，"Aspasia 餐馆么？我想预订今晚的两人座。"

"先生很抱歉，今晚我们有包场。"女经理声音温柔而态度坚决。

"订满了？"楚子航皱眉，"可以加座么？"

"很抱歉，兆安集团今晚举办婚宴，陈先生的儿子大喜，恕不接待散客。"女经理没留余地，"实在很抱歉，您试试别家吧。"

楚子航握着电话沉默了。兆安集团是当地纳税大户，政府扶持企业，老板是经常在晚报头版出现半身像的风云人物，新任市长都要去主动拜会的。

对楚子航这种受卡塞尔精英教育、摘了美瞳就满脸写着"霸气"的人来说，这些不值得敬畏。麻烦的是，那位陈老板是楚老爸生意上的大客户，两家不时往来，如果搞得让楚老板知道这事儿……

楚子航挠了挠眉毛，有点犯贱。每个人都有软肋，楚子航也不例外。

"师兄，你说你还非跟一棵歪脖树上吊死你，"路明非建议，"换个馆子不成么？"

"帮朋友订的，已经约好了，不好改。"楚子航沉思片刻。

他脑子里蹦出了一个人影。卡塞尔学院"霸气外露"的绝对不止他一个，他也不是最无法无天的，而且要压住地头蛇，就该找那种蛮不讲理的外地强龙。

他拨通另一个号码："芬格尔，你在电脑旁边么？我稍后会用'村雨'的 ID 发一条悬赏，你能帮我置顶么？"

守夜人讨论区，这个看起来颇为落后的网络社区原本只是卡塞尔学院的内部论坛，供学生们扯扯闲话，问问课程表。没想到渐渐地人气旺盛起来，堪称卡塞尔学院自助生活宝典，早起有塔罗大师发帖算今日运程，上午有人求课堂笔记，中午有人痛骂食堂的猪肘子果真是做得越来越难吃了，下午有才睡醒的开始组织晚上的派对……夜里匿名讨论区人流涌动，骄男傲女蒙着脸倾吐爱情经历。

后来新闻部正式成立，部长芬格尔堪称校园狗仔之王，自称秉着新闻工作者的公义，一切合理的无不该暴露于阳光下。于是教授绯闻、秘党野史，甚至校长昂热的大额出差账单，都能在这个讨论区查到，只要愿意去深挖那些版块里的帖子。

卡塞尔学院的每个毕业生都保留当年的 ID，常驻不去，尽管他们身在天涯海角执行秘密任务，但只要闲下来能上网，都会第一时间连到守夜人讨论区，感受家的温暖和……八卦精神。

Chapter 3
Reward

此时正是美国时间的深夜，访问量高峰，上万人在各个讨论区发帖刷版，漆黑的界面上，白色的即时信息一条条往上蹦。

忽然，一条不起眼的白色信息被刷红了！这是很罕见的，普通用户做不到，只能是管理员后台操作。随即，这条红色信息超越所有信息，上浮置顶！

电子流从北美本部涌出，越过太平洋海底电缆，冲向全世界数以万计的客户端，一时间上万台屏幕前的人都屏住了呼吸。

什么级别的消息？以往好像只有院系主任的初恋女友真人照发布这种级别的八卦才有如此手笔。

"悬赏：今夜19:30，求Aspasia餐馆（坐标：东经119.28439，北纬26.08774）订双人就餐座位，订座人姓名路明非，悬赏人愿以'一次承诺'交换。"

发帖ID，"村雨"。

这个ID在守夜人讨论区很难见到，堪比野生华南虎。但谁都知道那是谁，狮心会会长楚子航，对全世界秘党公然悬赏。

隔了七个时区，意大利，小镇波涛菲诺。

早晨七点整，群山围绕的热那亚湾，海面上洒满阳光，海鸥云集低翔，等着起伏的浪花里跳出小鱼来，晴天早晨的大海是海鸥们丰盛的餐桌。

海鸥群中混着一只黑白相间的燕隼，它不像那些海鸥，把目标锁定在小鱼身上，它等待着一条偶尔浮上水面的鳕鱼或者鳗鲡，一直滞空翱翔。

一个模糊的影子越来越清晰，什么东西从海底浮了起来，个头绝对不小。食肉飞禽的热血来了，燕隼收拢羽翼，探出利爪，如同俯冲的轰炸机那样直击水面。

水面破开，猎物跃出水面半米，在十分之一秒间攥住了燕隼的利爪。燕隼惊恐地振动双翼，却无法挣脱，它这次判断错了，不是鳗鲡也不是鳕鱼，这东西根本不该出现在热那亚湾的深海。

一个人类，怎能不带潜水设备进入海底？

"嘘。"年轻人冷冷地笑，竖起一根手指贴在唇上，居然对燕隼说话。

他眼睛里闪过淡淡的金色，像是反射阳光。燕隼放弃了挣扎，静静地停在年轻人的手背上，只一瞬间的对视，它被驯服了。

"从这一刻开始你是我的猎鹰了，就叫你安东尼吧，他是位古罗马将军。和我的名字比较搭，"年轻人说，"哦，我叫恺撒·加图索。"

他挥手，安东尼接受了命令，振翅飞起，在空中盘旋。恺撒仰泳，像是一支破水的箭，向海边游去。

无人沙滩上停着一辆只有半米多高的小摩托，涨潮的水几乎没过它的车轮，身高虽然差了一截，外形却是一辆地地道道的哈雷巡航摩托，雄赳赳气昂昂。

恺撒跨坐上去，拧动油门。小家伙发出欢快的轰鸣，掀着水花冲上公路。公路盘山而上。恺撒身边掠过粉色黄色墙壁的朴素房子和深翠的树林，回首山下的海湾中，游艇云集，桅杆上飘着白色的定风旗。

恺撒把一张白色浴巾高举过顶，安东尼立刻理解了主人的示意，降低高度紧随着摩托车，双翼鼓风翱翔，一时在白色浴巾之上，一时在白色浴巾之下，像个追随主人战马的勇士。

恺撒戴上墨镜阻挡越来越炽烈的阳光，俊朗的脸上满是惬意。

这就是他的暑假生活，和S级衰人路明非的生活截然两样。他会在波涛菲诺过最热的几周，住在Splendid山顶酒店常年租的套房里。

这小镇上意大利富豪云集，奢侈品云集，却又朴素自然，还是极好的潜水港，水下满是红珊瑚和古代轮船的残骸，鱼群在其上悠然游动。恺撒熟悉这里就像熟悉自家的花园。

Splendid酒店原本是座古修道院，游泳池和餐厅掩映在古树中，从下方望去仿佛悬在空中的花园。赤裸上身的恺撒踏进大堂，秘书已经递过手机。

"您同学打来的，似乎是学生会的干部。"

"什么事？"恺撒把话筒夹在脖子间。

假期他留了几个得力干部留守校园，这样任何消息都会及时地传递到他这里。恺撒不习惯自己对于局面失去控制。

"大事儿了！路明非今晚请人吃正宗意大利菜，订不到位子，正在找人帮忙。"

"哪位？"恺撒一愣。口音很熟，却不是留守的人。

"您忠实的马仔芬格尔呀！"声音相当谄媚。

"跟我有什么关系？"恺撒皱眉。

芬格尔确实是学生会的人，可如果芬格尔不主动跳出来，恺撒绝想不起自己还有这号手下。这家伙留级太多，当初的档案都找不到了，而且从恺撒上任就没有报到过，是尊地道的浪荡游神。

"可楚子航出了一份悬赏！"

"楚子航？"恺撒认真起来。

"楚子航悬赏说，谁能今晚上帮路明非解决那家Aspasia餐馆的订餐，他就会答允在他的能力范围内，不违反道德，帮人做一件事。总之就是得到他的一个许诺，有问题就可以找他。"

"很大的悬赏。"恺撒沉吟片刻。

"悬赏"这个游戏在卡塞尔学院很常见，就是互相帮忙的等价交换。恺撒自己也悬赏过，当初他追诺诺，悬赏求人假期从各地的家乡给诺诺寄明信片，每一张卡片上都写着，"我的家乡是个很美的地方，希望你有一天和恺撒·加图索同游这里。"明信片在诺诺桌上堆成小山，恺撒则按约寄给每个寄信人一台新手机。

但和楚子航这一次的悬赏比起来，几百台手机不算什么。狮心会会长的一个"许诺"，价值可以很低也可以高得离谱。你可以叫楚子航学声狗叫，也可以叫楚子航把狮心会会长的位置让出来。

恺撒相信楚子航言出必践，这种人才配当他恺撒·加图索的敌人。恺撒开始觉得有趣了，路明非订座这事跟他没关系，但是……楚子航的一切事都跟他有关系！

"想在校园里收买人心？"恺撒挑眉，"可笑！路明非是学生会的成员，是我的人。他有任何需要，应该来找我，我会帮他！"

他冷冷地笑了，霸气外露："我会让路明非今晚在他能到达的、最好的意大利餐厅的最好的位子上吃饭，最优秀的厨师和最优秀的侍者服务，一切都必须是完美无缺的！"

"老大英明！"芬格尔大赞，"可楚子航指定的餐馆是 Aspasia，已经没有空位了。"

"那家米其林三星餐馆？"恺撒皱眉，"我在他家罗马的分店吃过很多次饭，没有一次需要等位。"

"据说今晚婚宴包场。"

"中国又不是没有其他好餐馆，让他们换个地方结婚就可以了。"恺撒想得很简单，这种事对他而言是小事，他珍贵的脑容量不必浪费在为新郎新娘考虑上。

"比较棘手，包场的那家来头不小。"

恺撒皱眉："来头不小？是政界的人？"

"倒不是，当地的一个上市集团，他家儿子把人家肚子搞大了……"

恺撒失去了兴趣："企业主而已。我明白了，有人会解决，他们是专业的……你居然会那么热心帮忙室友，欠路明非不少钱吧？"

芬格尔有点扭捏："白吃了他不少夜宵……"

"那人情我帮你还了。"恺撒挂断了电话。

恺撒把手机递给身边的秘书："帮我打电话给 Mint 俱乐部，安排好之后，发个信息给我的同学，他叫路明非。"他想了想，"内容是，'生日快乐，来自恺撒·加图索的祝福。'"

"让 Mint 去做费用会不少，对同学这样，太隆重了吧？"秘书委婉地劝说。

"你知道周恩来么？"恺撒问。

"知道，是位很有名的外交家。"

"我刚刚读了他的传记，有些很有趣的东西。中国人很在意细节，周先生能清楚地记得见过一面的人的各种信息，再次见面的时候就会问候他们和他们的家人，令他们深感荣耀。他甚至会为被自己坐车弄脏衣服的清洁人员买衬衣。这是领导者的哲学，关注下属的细节。"恺撒擦拭着一头湿漉漉的金发，声音坚定，"这会提高团队的凝聚力，这是我这几天重要的心得。"

如果路明非在场，大概会提醒他这个重要心得只是来自于一些中学课本级别的素材。

"有点像是绕了个弯子请你帮忙。"秘书微笑，"像个小诡计。"

恺撒挑了挑眉，深深地看了秘书一眼，也笑了起来，"是的，是楚子航的小诡计，我看出来了，但这是我一定要中的小诡计，因为，"他慢悠悠地说，"楚子航把自己玩进去了。我可以不使用楚子航的许诺，但我不希望别人得到这个许诺。"

"明白，那我就这么安排了，"秘书微微躬身，"少爷，快要开始了，请准备一下，诸位校董已经在路上了。"

"主菜们还没上桌，我这道配菜着急什么？我还想去游会儿泳。"

"在您叔叔的心里，今天的会议您才是主菜。"

恺撒扭头看着年轻的秘书，带着微妙的笑："帕西，以后这种话不要跟我说了。就算我是道菜，你或者叔叔，也别想当我的厨子。"

"对不起少爷，我会注意的。"秘书唯唯而退。

楚子航和路明非的手机同时响了。都是信息进来，楚子航扫了一眼，默默地关掉，路明非却傻眼了。

"生日快乐，来自恺撒·加图索的祝福。"

十九岁生日的第三条祝福，来自恺撒·加图索。

路明非有点晕，不知自己何德何能，收到分别来自狮心会会长和学生会主席的祝福。周瑜和曹操在长江上打得死去活来，但是都祝同一个人生日快乐，谁有此殊荣？大概是……蒋干？

这世界真奇怪，有人看他是坨便便，有人看他是块宝。

"现在我们去哪儿？"路明非靠在椅背上，望着窗外。

"你是任务负责人，你说了算。"

"师兄你别玩我好么……你说去哪儿就去哪儿，到地方你忙去……我……我帮你把车上灰掸掸。"路明非苦着脸。

"那么就火车南站废墟，我们不知道谁拿走了资料，所以先看现场。"楚子航说。

路明非眺望出去，塌陷的龟壳形铝合金穹顶进入视线，这条高架路的支线根本就是直通火车南站的。

其实压根从一开始就不需要他这个挂名负责人做什么对吧？这车本来就是直冲着火车南站去的。虽然这么想让他觉得自己挺无能，不过考虑到既然是事实，他也不讳承认。楚子航师兄这方面倒是门儿清。

"得多久啊？我怕回家太晚……马桶座圈是装不成了。"路明非有点忧心忡忡。

他想象婶婶一回家热汗淋漓地冲往洗手间，发现没有马桶座圈于是只能蹲在马桶沿儿上方便……婶婶的怒火会化作音爆震死他吧？

"我已经安排好了，你是专员，完成任务就好，我负责协助，会解决好你的马桶座圈。"楚子航淡淡地说。

"你给我家物业打个电话？"路明非觉得倒也靠谱。

楚子航愣住了。他没想到修马桶只要给物业打个电话就行，楚少爷在家也是个勤劳的人，但马桶委实没修过。他家有的是阿姨和司机。

"放心吧，我安排了专业的人去。"楚子航说。

路明非松了口气，楚子航显然是个极端完美主义者，他说专业的人，一定专业，上天入地都没问题，何况修个马桶。

车停下了，距离火车南站五百米，前面拉上了黄色封锁带。烈日下，这座耗资不菲的建筑如今看起来好似什么后现代艺术品，只剩下一个巨大的、扭曲的铝合金框架，极其萧瑟。

蝉玩命地鸣，乌鸦停在框架上，嘶哑地叫着。市政府解释"豆腐渣工程"的发布会下午在市政报告厅开，记者们都已经赶过去了，满地散落着匆忙中丢弃的稿纸。警察和保安躲在阴影里用帽子扇着风。

"哇……地震有这么厉害？我居然没感觉到！"路明非惊叹。只有站在这片废墟前，才能真正领会毁掉这个建筑的力量何其雄伟，反过来觉出自己的渺小。

就像是两个蚂蚁来到死去几千年的海龟壳前。

"很难想象。它的力学结构很稳定，能抗八级强震，铝合金框架经过热处理，内部张力已经被去除干净，今早的小型地震是三级，按道理说它连受损都不至于。但它居然崩溃了，完整的玻璃都不剩一片。"楚子航低声说，"雷蒙德当时在里面的感觉，应该像是天塌了。"

"跟着我，别乱说话。"他推开车门。

那边的保安已经喊了起来："把车开走把车开走！前面封闭了！"

"我靠，真是天塌了！"路明非吸了口冷气。

此刻路明非站在一地碎玻璃中仰头看天，那些铝合金梁呈现出一种扭曲的、异乎寻常的美。

楚子航给了保安两包烟，说自己是地震学专业的学生，想来拍几张照片在毕业论文里用，保安就放他俩进来了。

楚子航蹲下身，微微摇晃那些插在金属长椅中的碎玻璃片，插得很深，可以想见站在那场玻璃雨里绝对没有什么好下场。

"血迹，"楚子航指着一块地面，"雷蒙德当时所站的位置是这里。"

"我说师兄，这一地碎玻璃碴儿的，能看出什么啊？"路明非跟着楚子航，像个小跟班似的。

"你看不出来，我也看不出来。"楚子航淡淡地说，"可是有人能看得出来，这是一种能力，可以通过观察想象当时的情境，有这个能力的人你认识。"

他把一顶棒球帽扣在头上，帽檐上固定了一只高分辨率摄像头，摄像头接在他的手机上，他打开了视频通话。

"诺诺么？ 我需要你的帮助。"楚子航说。

"诺玛已经布置任务了，我都明白了，现在我需要你沿着雷蒙德当时的路线再走一遍，我会试着复原当时的情境。"楚子航打开了免提功能，诺诺的声音路明非也听得清清楚楚。

路明非正琢磨要不要跟小巫女打个招呼，就听见小巫女说："你的左手边是谁？"

路明非一惊，他根本没有出现在摄像头前。

"路明非，这次行动他是专员，我协助他。"楚子航说，"你怎么知道他在？"

"你前方玻璃碎片里面反射出来的，虽然人影比较小。"诺诺说，"让他闪开点啦，他在那里会干扰我的判断。"

路明非只好远远地躲到了角落里。小巫女"侧写"时捕捉细节的能力居然这么强，当然这个他见识过，并不介意，但她居然没有一点问候他生日快乐的意思，公事公办的，不禁让人有些郁闷。

楚子航漫步在巨大的空间中，摄像头捕捉的每个细节都传到诺诺那边，此刻他就是雷蒙德，走进还没有崩塌的火车南站，带着重要的文件，危机四伏，不知道哪里隐藏着敌人。

"停下，他在这里应该停顿了一下，"诺诺说，"这个时候他刚刚走进火车南站，他不熟悉这个新的火车站，必然会停下来看路标。"

楚子航缓缓地扭头，扫视整个火车南站。

"很好，雷蒙德扫视一圈大概需要三四秒钟，这个时候他被人锁定了。"诺诺说得很有把握。

"现在往前，停下，扭头。这里雷蒙德应该会回头注意一下周围的情况，这是他的习惯，也符合学院的侦查流程。"诺诺又说。

楚子航按照她所说的转身四顾。路明非在角落里看着小巫女和楚子航玩这种杀人现场的游戏，不禁有点羡慕。楚子航就是这种游戏的好玩家啊，面瘫冷静，小巫女叫他怎么样他就怎么样，反而显得有点萌，换了路明非就只会表情复杂地"是么""真的""不会吧"，显得很不拉风。可是楚子航那个派头他也学不来，只好干羡慕。

"雷蒙德在侦查点没有发现有可疑迹象,继续前进了十五米到达检票闸机前,在这里他发现火车南站要塌了。"诺诺说。

"确定是这个位置?"楚子航问。

"确定,他发现火车南站坍塌的时候,必然不在死亡的地点。他死亡的地方距离长椅很近,以雷蒙德受过的训练,一定会藏在长椅下,但他没有这么做,说明他是在一个无法躲避的地方发现危险的,然后跑向长椅试图避险,但是来不及了,附近最合理的位置就是你现在站的地方。"诺诺说。

"很好。"楚子航点头。

"结论很清楚了,这么短的时间里没有人能从雷蒙德手里抢走资料,资料遗失是在他身亡之后,而且就是在那之后几分钟内。"诺诺说。

"为什么是几分钟内?"

"雷蒙德的血被人踩了一脚,这个脚印刚才被你摄入了摄像头,血迹很模糊,那是在血刚流出来的时候踩的,现场虽然脚印很乱,但是只有这个脚印靠近雷蒙德。雷蒙德是有经验的专员,即使避险也不会丢掉资料。所以,就是这个人在崩塌发生后的几分钟内从雷蒙德身边偷走了资料。"诺诺说,"从脚印来看这是个脚步很虚浮的人,不是受过严格训练的人,他必然选择最近的出口尽快逃走。C2出口,就在你右手边。在那里我们应该可以找到更多信息。"

"明白。"

"现在你是在模仿那个人的行动,跑到C2出口边,别用你的极速,他没有你跑得快。"诺诺说。

楚子航以自己的中等速度开始奔跑,他已经完全进入了情境,一边跑一边自然地左看看右看看,这是一个偷了东西的小贼的紧张心情。

学院的SS级任务,居然只是因为一个小贼偷走了资料?

他在C2出口前猛地刹住,外面就是停车场,摄像头照出两条深黑色的车辙。可以想见那辆车离开的时候有多么惊慌。

一辆马力绝大的车,它的轮胎因为高温而发软,小贼因为过于紧张而把油门踩得很深,才会留下这样的车辙。楚子航也能看得出来了。

"你们男生都懂车,剩下的不用我再帮你咯。"诺诺咯咯轻笑,"会长大人辛苦了,我带着你的妞儿进山去玩了。"

楚子航一愣:"谢谢。"

"哦,还有一种感觉,但是不太靠得住,仅供参考。"诺诺说,"当时还有第三个人在场,这个人就站在你现在的位置,一直没有移动。他一直从雷蒙德的死看到那个小贼偷走资料,那个小贼显然也看到他了。小贼的脚上沾了血,一路脚印到这里打了一个弯,说明他在这里看到了什么让他惊奇的事情,那应该是一个人。"

"什么样的人？"

"不知道，这个人留下的痕迹很少，所以我说的不太靠得住。我只是综合你传过来的所有图像，感觉到有个模模糊糊的影子当时在旁观一切。"

楚子航沉默了片刻："明白了。"

"走吧，"楚子航走近路明非，"差不多了，我想我们今晚能够解决问题。"

"那就好，那就好！"路明非点头。

"还有点时间，你今晚不是要跟你表弟还有你叔叔婶婶他们见个面么？不如你先赶回去，我还有点事，不送你了。"

路明非心说这地儿车都打不着，可是不好说出来，只有继续点头："那我今晚跟你们会合。"

"任务结束后再会合吧，我会安排车去接你，我们分开在两个地方执行任务，我比你有经验一些，我暂代你负责行动细节，可以么？专员。"

"可以可以！能者多劳！"路明非拍着胸脯，"你办事，我放心！"

卡塞尔学院本部，中央控制室。

午夜，最容易犯困的时候，古德里安趴在桌子上呼呼大睡，曼施坦因和施耐德双眼通红，翻阅厚厚的一沓名录，把排除掉的名字一个个勾去。这项工作本可以交给诺玛完成，但SS级任务事关重大，也就加入了人工程序。

曼施坦因扭头看了看死睡中的老友，皱了皱眉，卷了一团纸巾塞到他大张着的嘴巴下，免得他的口水流过来把名录弄湿了。

"找到了。"施耐德低声说，隔着桌子把那本名录推给曼施坦因。

"楚子航发现的车辙，是一辆大排量SUV留下的，22寸超大轮毂，285毫米宽的普利斯通车胎，"施耐德说，"只有美式SUV用那种轮胎，改装过的悍马或者凯雷德，车主名单里最值得怀疑的就是这个。"

曼施坦因扫了一眼："我知道这个名字。"

被施耐德打了下划线的那辆凯雷德属于"千禧劳务输出公司"，公司注册地址，"润德大厦"。

"对，这群人是猎人。"施耐德说，"为首的叫唐威。"

"有莫名其妙的东西卷进这件事里来了，"曼施坦因说，"真烦人。"

对卡塞尔学院来说，不是扛着枪去山里打野鸡就能叫"猎人"的。

"猎人"特指某个人群。他们是个松散的组织，受雇帮人解决问题。组织里集中了亡命之徒和各路游神，非常复杂。他们接受的任务当然不是帮邻居家老奶奶把蹿上树的小猫抱下来，而是一些介于合法和非法之间的工作。

杀人放火通常不会，但他们盗窃、挖坟和劫掠文物。他们的工作中有相当一部分跟龙族有关联,他们中的不少人也有少量的龙族血统。

学院从二十年之前就觉察到这个混血种组织的存在,但一直都没能彻底了解它。学院也不想整编这些散兵游勇,但是对他们保持关注,执行部把每个确认的猎人登记注册,档案中有记录的已经有数千人。

真正开始认真研究这个组织是从去年开始,青铜与火之王诺顿,在觉醒为龙王之前,就是个在纽约执业的猎人。根本就是个小混混。

迄今为止学院依然避开和猎人直接接触,猎人那些小打小闹也很少会侵犯到学院的利益。

可这一次猎人中居然涌现了什么凶徒,竟然敢把执行部专员雷蒙德斩落马下,而且对校董会的重要资料伸手。

"距离校董会要求的时间只剩四个小时,"施耐德说,"没有时间迂回,直接采取行动。"

"动武?"曼施坦因皱眉,"中国境内管控很严格。"

"人类的法律不完全适用于我们吧?"施耐德说,"双方都是混血种,警告楚子航不要对不相关人等造成伤害就好。"

"你的学生并不是一支精确的狙击步枪,他是一门落地开花的散弹炮!他过往执行任务的记录一点都不好,已经给学院造成很大麻烦了,"曼施坦因低声说,"要不是你压着,他的事情早就被捅到校董会去了!"

"有什么不好?他有百分之百的成功率,只是手段强硬。"

"听着施耐德,我知道你很看重楚子航,但不要让个人感情影响判断。记得青铜城的任务么?如果我们知道叶胜和亚纪是情侣,他们就不会被分为一队,那样我们也许能保住至少一个。"

"对!有道理!你看明非和诺诺之间没有感情,所以他们执行任务就很成功!"古德里安恰逢其会地醒来,找到可以吹嘘自己学生的机会,当然不愿放过。

"路明非暗恋谁满校园都知道!"施耐德冷笑,"新闻都出了几十条了。"

"停!现在没时间八卦!"曼施坦因皱眉,"还有,不要把我的学生也牵扯进去!"

"抱歉,我忘记现在诺诺是你的学生了。"施耐德说。

三个人大眼瞪小眼,行动计划还没确定,但时间在一分一秒过去。

曼施坦因把一份名单递给施耐德:"跟你说实话好了,我已经直接和校董会连线,校董会看来是对楚子航抱有怀疑,除了任命路明非为此次的专员,还立刻派遣了名单上的人去协助他们。这些人正开车去和路明非楚子航会合,都是有多年经验的资深人员。夺还方案也要经过校董会批准,而且由我们在这里遥控。"

施耐德扫了一眼名单,很吃惊:"怎么把这些人派出去了?太显眼了!"

"校董会也明白,所以命令他们务必便装,保持低调。"

施耐德沉默了很久,长叹:"我真受不了这帮官僚。"

"别那么固执,"曼施坦因说,"别觉得只有自己的学生才是最优秀的。"

"校董会已经决定,执行部是不能推翻的。按照他们说的做吧,这些只懂得发号施令的政客,他们根本不懂执行。"施耐德摇头,"那些人帮不到楚子航,楚子航根本没法跟人合作。他出过的每一个任务,其实都是独立完成的。"

润德大厦21层,所有的窗户拉上厚厚的丝绒窗帘,密不透光。

会议桌中间放着一个红色的茶蜡杯,里面是一枚薰衣草味的茶蜡,就这么一点光,根本照不到对面的委托人。他坐在明暗之间,看起来很瘦削,乱蓬蓬的红发,惨白的脸,红白条纹上衣,黄色马甲。

"威士忌加冰? XO ? 还是 …… 你想要份麦乐鸡套餐?"唐威转动着手中的酒杯,忍不住想开个玩笑。

因为对面的客户是麦当劳叔叔。

唐威面对过各种各样的委托人,有背上文着青龙、两臂刺有毛主席语录的壮汉;有的则显然是成功人士,搂着个穿黑丝袜和短裙的妖艳女郎,腆着肥肥的肚子;还有人进门就用两根手指在这张会议桌上戳了两个洞说:"哥们儿是练过二指禅的,我劝你别玩阴的!"他本以为自己见惯大场面处乱不惊了,但发现委托人是麦当劳叔叔,还是不由得肃然起敬。

唐威也是穷出身,小时候曾经仰望麦当劳的大标志狂咽口水。

"Camus XO,加冰。"委托人低沉地说。

品着那杯昂贵的白兰地,委托人把带来的手提箱打开,里面是码得整整齐齐的大面额美元,一只手提箱恰好装二百五十万美元。

"东西。"委托人简单地说。

唐威也把脚下的箱子提起来放在了桌上,打开来,里面是一只贴好封条的纸袋,很厚很沉,封条上印满了某种徽记,是一棵半朽的巨树。

唐威刚要拿剪刀剪开纸袋,委托人说:"可以了,不用。"

他把装钱的手提箱推向唐威,同时抬起眼睛。触及他目光的瞬间,唐威惊得几乎要站起来。

该死,不是什么重症肝炎病人吧? 这是涌上唐威心头的第一个念头。要不眼睛怎么会那么黄? 而且金灿灿的 ……

那双金黄色的眼睛里,似乎各有一个没见过的符号,正缓缓地倒转,引着唐威盯着他的双眼使劲看,却又意识到不该看,看得头晕,就好像是看万花筒。

"坑我呢?"唐威心里大喊。

Chapter 3
Reward

他清醒过来的时候，浑身都是冷汗，委托人仍旧安安静静地坐在会议桌对面，面前放着他应得的酬劳，二百五十万美元现钞。

"你们的效率很高，我很满意。"委托人伸手拿起茶蜡杯，把火苗吹到卡慕的杯口里。

葡萄酿造的烈性白兰地幽幽地燃烧起来，暗蓝色的火焰飘浮在冰上。他摇晃着酒杯，把酒、冰和火焰一饮而尽，满意地点点头，起身就要离开。

"喂，你把东西忘了！"唐威说。

"晚上七点会有快递公司的人来拿，联邦快递的，你交给他就可以了。"委托人头也不回，出门而去。

唐威喝着威士忌出神，没有注意到墙上的挂钟好像快了几分钟。

"大哥，钱到手了？"委托人一走，唐威的小弟就蹿了进来。

唐威得意地拍了拍手提箱，里面的钞票他已经验过了，量足货真。他本没想那么轻易地拿到这笔钱，这笔钱来得也太舒服了。

"哇，开眼了，麦当劳叔叔的委托！"小弟满心好奇。

"你懂个屁！"唐威白了他一眼，"人家是不愿意露脸，他要是扮成佐罗进来，在一楼就给保安摁住了。"

他不禁觉得这个委托人还真有点想法，化装成搞推销的麦当劳叔叔，一路畅通无阻，一直来到他的办公室门口都没人怀疑，公司一个没脑子的小妹还追着问委托人是不是来送外卖的。

"那这月有奖金拿咯？"小弟看着满箱子美钞心花怒放。

"滚滚！别那么没涵养，我们跑江湖的，要淡定！"唐威把他撵了出去，"今晚上叫兄弟们给我好好看着！晚上有人取货，每一层都给我加派人手，把货交出去分钱才分得开心！"

表面上看唐威是个搞劳务输出的，业务做得很大，开一辆威风凛凛的凯雷德SUV，其实唐威觉得自己是个蓝领。他是个猎人。

他知道全世界有不少他这样的人，在某个神秘的网站接任务，猎取高额奖金。世界各地的委托人把任务上传，征集有能力的猎人。自信能接任务的注册会员可以回复站内邮件，附上自己的简历。这个过程叫"投帖"，委托人在投帖的猎人中选择。

这些任务多半有点怪力乱神，在古墓里爬进爬出是常事，不过吃不得苦赚不得钱。唐威有点天赋，适合干这一行。唐威的公司就是个猎人公司，小弟们都有几把刷子，每做一单任务，小弟和公司对半开。

这份工作惊险刺激来钱，但唐威不知道自己到底算黑道还是白道，对于让他发财的那个网站，他没有什么信心。

谁也说不清那网站是个什么东西，不放广告没有外链，只有一个很少露面的管理员 NIDO。违反版规的时候你会收到此人的警告邮件。

那个页面总是黑漆漆的网站，就像任务中常常要"走访"的破败墓穴一样，委托人和猎人好像是午夜幽魂在里面飘荡和交易。你不知道墓穴深处藏着什么，但你会隐约觉得有什么人盯着你，关注你的一举一动。你在那个网站上多打一个字，多在线一分钟，就会让墓穴深处的什么人，或者什么东西，多了解你一分。

相比起来这个上门交钱还会化装成麦当劳叔叔的客户倒还挺好玩的。

这个任务的酬劳是唐威从业以来赚得最多最爽的一次。原本这包资料唐威准备派小弟硬抢，不过小弟回来后兴高采烈地说："刚好赶上地震，火车南站塌啦！那家伙给落下来的玻璃切得那叫一个惨，我拼着命上去拎了箱子就跑……惊险归惊险，全部花费只是来往的油钱！老大你这次要多给我发点奖金！"

真走狗屎运了，这就二百五十万美元？简直让人怀疑自己在做梦。

唐威摸着那些钞票，拿出手机拨号："喂，老爹，我唐威啊。今晚等我回去吃饭……嗯……你护照申请下来没有？我靠你打电话催催啊，律师等着给移民局递材料呢！"

他这是要带着老爹跑路。他申请了加拿大投资移民。过几个月他就要把公司关了，这其实是他最后一单委托。他准备先把老爹安顿在加拿大，雇上几个老妈子伺候好老太爷，自己便可周游世界。

第一站是越南，听某个兄弟说，因为战争不断，越南的男女比例失调，大把大把如花似玉的西贡姑娘苦嫁，都穿那种高开气儿的越南修身旗袍"奥黛"，是个玉腿如林的美好国度。

不过无论世上有没有那梦幻般玉腿如林的国度，唐威都会注销掉自己在那个网站的账号，从此远离这些怪力乱神的事。

唐威看了一眼表，距离七点半还有两个半小时。两个半小时之后，他将金盆洗手。

楚子航站在润德大厦下，一身联邦快递的工作服。太阳逐渐西沉，他的影子被拉得很长。

他的墨镜里倒映出停车大厦正门前的、22寸巨型镀铬轮毂的凯雷德。

夕阳下跑着一辆满载而归的宝马320。

"鸣泽啊，出国了可别急着找女朋友，爹娘不在你身边，你别只顾着玩了。"婶婶对后座的路鸣泽谆谆教诲。

"知道啦知道啦，烦不烦啊。"路鸣泽发着信息，头也不抬。

"长大了就是懂事。"婶婶很是欣慰。

"信他？你儿子没准找个洋妞回来。"叔叔很期待儿子在情场上为国争光。

"洋女人不准进我们家门！你就知道看好莱坞电影，觉得美国女人漂亮，我跟你说皮肤可粗了，凑近看都是毛孔，金色的汗毛有寸把长……"婶婶说得好似她曾凑在洋妞的大腿上拿放大镜考察过，"将来鸣泽考个哈佛的博士，有的是女同学愿意跟他好。怎么也比你哥哥家那个强！你瞅瞅路明非那个厌样，还拿美国人给的奖学金呢，回国也不知道给我买点礼物……"

"他不是给你带了深海鱼油么？"叔叔想为路明非分辩几句，毕竟是他们老路家的。

"那才值几个钱？"婶婶哼哼，"他每年拿美国人那么多钱！"

对路明非的狗屎运，婶婶一直不爽。最初她还期待路明非为路鸣泽蹚开一条出国之路，可她拉下面子给路明非打了几个电话，让他去"给鸣泽找点关系帮帮忙"，路明非只是含含糊糊地答应，却没传来任何捷报。

其实这事儿真不是路明非不努力，而是卡塞尔根本就是个"非正常人类研究中心"，可路鸣泽太正常了。

婶婶干脆直接给古德里安教授打电话。古德里安直接告诉她没戏："虽然您的儿子成绩确实比明非好，但是夫人您要明白，明非是个天才！天才您懂么？天才就是那种无与伦比的、只因机遇和偶然降生在我们中间的、无法替代的杰出人物！爱迪生说过，天才是百分之九十九的汗水加上百分之一的灵感……"

婶婶忍着怒气说："我知道你们美国人强调努力！我们鸣泽很努力，何止百分之九十九的汗水？学习上花了百分之百的汗水！绝对比明非流的汗多。"

路鸣泽确实比路明非流汗多，婶婶没瞎掰。路明非一百三十斤一百七十八厘米，路鸣泽一百六十斤一百六十厘米，在同一屋里睡觉，路明非要是流汗比路鸣泽还多，只能是他体虚盗汗。

"可是爱迪生还没说完呐，爱迪生又说，可那百分之一的灵感比那百分之九十九的汗水加起来都重要！"古德里安在电话那头眉飞色舞，"鸣泽都百分之百的汗水了，那百分之一的灵感放在哪里呢？"

"那路明非就有灵感了？"婶婶大怒。

"明非浑身上下，都是灵感！"古德里安教授激动地说，"我指望着他帮我评上正职教授呐……"

婶婶直接摔了电话，连着几晚上辗转反侧，没想明白自己使出九牛二虎之力生下来的路鸣泽怎么就比不上蔫巴的路明非了，想着想着悲从中来，把叔叔摇醒，抹着眼泪跟他说自己嫁进他们路家以来何等不容易。家里人人都说路明非的妈妈乔薇妮有学问有教养，两口子怎么怎么和睦，搞得好像乔薇妮是只天鹅，她是只癞蛤蟆……啊错了，丑小鸭……总之真活活把人欺负死了！

婶婶痛定思痛，一年来起早摸黑，撵驴似的逼着路鸣泽用功。总算录取通知书越洋寄来，婶婶盼到自己蹬鼻子上脸……啊又错了，扬眉吐气的一天，立刻抓起电话想打给路明非爹娘。这才发觉，原来他们根本没有路明非爸妈的联系电话。这么多年，联络只靠那些用钢笔写在白纸上的信，而且居然没有一次写过寄件人地址！

这种想嘚瑟却找不到人的痛苦，就好比独吃鲍鱼却没人看的寂寞啊！

一家三口扛着大包小包挤进电梯，婶婶连手纸都帮路鸣泽采购好了。

"真把我累死了，"叔叔直哼哼，"今晚吃什么？"

"我让明非把萝卜切了，蒸点香肠，择点葱，把米粉泡上，鸣泽不是喜欢吃过桥米线么？今晚萝卜炖排骨，吊排骨汤下米线，广东香肠，我还买了三文鱼，切生鱼片给儿子吃。"婶婶爱怜地摸着儿子的圆脸。

"别老叫明非帮你打杂，明天他不是要返校么？也得有点时间收拾收拾行李。"叔叔说。

"怎么了怎么了？上大学了就不能帮我做点事？"婶婶一翻白眼儿，"我养他那么多年不说。"

有些年头的电梯发出吱呀吱呀的声音，从地下车库升到一楼，停住了。门一开，一个浑身汗味的家伙一头冲了进来，狂摁楼层键。

"没素质！"婶婶哼哼，眼睛看着别处，又要让那家伙听见，又不能让他有话柄说自己在骂他。

那家伙猛地立正站好。

"路明非？"婶婶认出来他了，心里直冒火，"跑哪儿玩去了？叫你把香肠蒸上马桶座圈买回来修好，没听见？就知道玩！跟你爹妈一个性子！马桶座圈呢？没买？那么大了还一点不体谅大人的辛苦！"

路明非立刻厌了。婶婶猜得没错，他刚回来，楚子航不送他他只有打车，司机还懒得开进小区，他一路狂奔，指望着比叔叔婶婶先进门，没料到进了电梯就狭路相逢。

这辈子他就怕婶婶，在龙王诺顿面前他都没那么厌。龙王跟婶婶比起来算个屁啊？就算那个什么"言灵·烛龙"放出来，大不了就是抱着颗核弹被炸成灰，反正他也不是恺撒，没有万贯家财和如花似玉的女友让他对这个世界恋恋不舍。可婶婶不一样，穿脑魔音一波更比一波高，中年发胖的脸盘上写满"哀你不幸恨你不争"的表情，叫人生不如死。

"修好了修好了！马桶修好了！"路明非保持立正姿势。

他只有赌了，信楚子航。楚子航说过会派专业的人帮他解决这件事，狮心会老大不是普通人，在学院里一言九鼎。路明非这种小跟班，不能不信老大们的能量。

"那你跑什么？大便急了似的！"婶婶还是不爽。

"我我我……"路明非一个劲儿冒汗。

其实他不知道自己为什么犯贱，其实就算婶婶把他撵出门也没什么，大不了暑假不回来了，去和芬格尔混。

大概是贱惯了。

电梯门开了，路明非扛着大包小包，赔着小心跟在婶婶后面，祈祷着推开家门一切如楚子航说的那样都搞定了。

今天是个重要的日子，晚饭是"路鸣泽出国留学家庭庆祝会"，他还给路鸣泽买了件礼物，一个带变压器的万用插座。

很有用的小东西，婶婶应该不会想到美国电压和国内不一样。去年路明非在芝加哥机场的休息区里苦熬，连高压锅都差点用不成，有了这个路鸣泽就可以不吃这个苦。

"萝卜切了么？"婶婶摸着钥匙。

"切……切好了。"路明非支支吾吾地。他确实跟楚子航说了自己还得回家切萝卜蒸香肠剁葱花，但着重强调的是换马桶座圈。他不确定楚少爷有没有留心。

门开了，满屋子白萝卜片儿，码得整整齐齐，每一片都是一厘米厚，刀功精湛，好似日本厨子切生鱼，上面还撒了翠绿的葱花。

饭桌上、茶几上、冰箱上，凡客厅里有平面的地方都摆满了葱花萝卜，灯全都打开，照得萝卜片儿们晶莹剔透。婶婶那么节约电费的人，从来不允许家里一间房开两盏灯。

厨房里传出的刀声整齐有力，让人想到几十把刀同时起落的场面，好像有个厨师训练班在里面练刀功。

厕所里传来震耳欲聋的冲击钻声，瓷砖破碎水泥开裂，整面墙壁都在颤抖。

一家子人都给镇住了，路鸣泽正发信息跟学妹你侬我侬，一不留神手机落在地上，后盖都摔裂了。

厨房里走出魁伟的身影，身高一米九、肩宽五十厘米、体重足超两百磅，墨镜后的目光凌厉如电。

彪形大汉威严地扫视，左手满满一桶萝卜片，右手提着美军制式的M9军刀，灰钛刀身上双面血槽，那是柄地地道道的凶器，此刻沾着几片缥缈的葱花。

"抢劫啦！"婶婶面对这凶徒一口气接不上来，差点晕过去。

"书桌抽屉里有钱你们自己拿！"叔叔高举双手。

第二个凶徒在厨房门口现身，只穿跨栏背心，露出一身贲突的肌肉，戴黑色军帽，手握美军制式安大略骑兵刀。

"路专员？"凶徒摘下军帽，露出一颗大好光头，头皮上的骷髅文身狰狞可怖。

路明非没回答，他只想捂脸，说不认识这人。可他真的认识，这些人原来隶属于海豹突击队，确曾是些割喉的凶徒，但如今退役了，只是在学院上班的工友。

卡塞尔学院，威风凛凛的校工部！卡塞尔学院着力组织这样一个强劲的校工部，也并非牛刀杀鸡，而是有言灵·戒律压制着学员们的言灵，谁膀大腰圆谁就有话语权，比拼体力三五个校工也未必摁不倒恺撒。

提着冲击钻的壮汉从厕所里走出，军靴在婶婶精心擦拭的实木地板上留下清晰的脚印。他走到路明非面前，摘下嘴角的大号雪茄，伸出手来："路专员你好！已经按照你副手楚子航的安排，安好了马桶座圈，请检查！"他向着厕所一伸手，"保证质量！维修这方面，我们很专业！"

"果然是专业的人……"路明非抚额。

社团老大就是靠谱！派出的都是超一流的人，满脸都写着"专业"二字！只是这帮人是什么专业？杀人专业吧？是把恐怖分子高举在空中一把折断的专业吧？是双手两把冲锋枪冲入枪林弹雨的专业吧？这是在中国，为什么校工部这帮暴徒般的家伙会出现？

"趁着暑期休了年假，来中国旅游，原计划明天去普陀山拜观音，接到电话就立刻赶来了。"为首的壮汉仿佛读懂了路明非的心。

"不去试坐一下？买的上等的柚木座圈。"壮汉对于路专员此刻的复杂表情觉得有点困惑。

"免了……辛苦。"路明非有气无力地摆手。

"我们还蒸了香肠，切了萝卜和葱花。"壮汉补充。

"可你们也不必……把所有的萝卜都宰了吧？还有葱花……切那么多葱花是要做辣酱么？"

壮汉诧异："任务上没说要做辣酱，说实话厨艺我们不擅长，做不好的地方路专员请指出。我们侦查时……我是说进屋之后四处看了看，发现阳台有大包的萝卜和成捆的葱，猜测是比较耗时的工作，需要多人协作完成，所以才调动那么多人手。我们还顺便疏浚了下水道。"

"路明非你做的好事！你不满意我指使你是吧？你显摆给我看是吧？你敢……你敢把我家搞得乱七八糟！"婶婶终于听懂了，魔音高亢，穿云裂石。

"我……我不是故意的……"路明非蚊子般哼哼。

被惊动的邻居们从门外把脑袋探进来，战栗着偷看这满屋暴徒般的男人，听说都是路家那个寄养的孩子的朋友。

壮汉流露出警觉神色，手中的冲击钻扬起，仿佛那是填满子弹的冲锋枪。

"别别！"路明非赶紧摁住这帮壮汉。

Chapter 3
Reward

校工部的家伙们中文不太利索，听不懂邻居的叽叽喳喳，大概觉得局面要失控，一个个提刀并肩而立，目光阴冷，把路明非遮挡在中间。

专员是一次行动中的最高负责人，是必须被优先保护的。

"你就是看不起鸣泽！你就是容不得我指使你！你了不起了，你找一堆人来搅事，算你狠！你们家一辈子都踩在我头上！你就欺负我好了！我没有你妈妈知书达礼脾气好，鸣泽没有你那么有派头有场面，没美国教授撑腰……我……我白养你了！"婶婶也不管在邻居面前丢不丢脸了，披头散发地大骂。

路明非垂低头看着地面，只觉得四面八方都是看不懂的目光。校工们虽然不知道自己做错了什么，但大概明白了他的意思，并排站在他背后，一起低头，一起接受婶婶的怒骂。

路明非有点恍惚，又好像豁然开朗。

原来自己跟婶婶根本不在一个世界里生活啊！在婶婶以为的那个世界里，他又狠又腹黑，看不起路鸣泽，他有美国教授撑腰……他以前太厌了，也就应该继续厌下去，不该抬起头来。只有低着头默默地溜着墙根走，那才是他路明非的人生。

可今天是自己的生日欸！平生第一次有人为他唱了一首不合时宜的生日快乐歌。

路明非忽然笑出声来，明明不该，可就是控制不住。

叔叔婶婶一起抬眼，愤怒地看了他一眼，拉着路鸣泽进了里屋。门被用力摔上，隔着门路明非听见一声大吼，"滚！"

路明非低着头，沉默了很久，拍拍校工部负责人的肩膀："等我一下。"

他回到自己的卧室，收拾好行李。最后他把那个一百四十块钱买来的多功能插头放在那台老IBM笔记本上，这是以前他和路鸣泽共用的，在上面他荒废过很多时间。

路明非带着校工部的大队人马穿过客厅，地板上搁着婶婶买的菜，路鸣泽出国的大包小包，还有一块蛋糕。路明非这辈子还没吃过一块属于自己的生日蛋糕，虽然生在炎热的夏天，蛋糕叫人提不起胃口，可还是想有一块生日蛋糕上写着自己的名字，哪怕用来砸砸也好。

"路专员，我们有什么地方出错了么？"某校工问。

"没有啊，"路明非说，"你们修马桶的手艺我知道，那是一流。"

没什么对错。其实他无论做什么都不会讨这家人的喜欢，就像对一个女孩，因为她不爱你，所以你做什么都是错。

因为不爱，所以都错。

楼门口停着一辆黑色的宝马轿车，穿制服戴白手套的司机恭恭敬敬地为他拉开车门："晚上在Aspasia订好了双人位，您和陈雯雯小姐的晚餐安排在七点开始。"

路明非愣住了："不是晚上还要出任务么？什么晚饭？我不知道啊。"

"根据您副手楚子航的安排，您今晚负责任务中最重要的一环，是在 Aspasia 餐馆和陈雯雯小姐用餐。"校工部负责人解释，"他会带队做好支持工作。"

"什么支持工作？"

校工部负责人笑笑："带队杀入润德大厦，取回我们遗失的资料。"

"觉得带着我太累赘是吧？"路明非理解了。

他抬起头，看着那扇曾经属于自己的窗口。那里孤零零地亮着灯。他忽然明白了自己为什么在婶婶面前犯怵，因为这个普通小区里的三居室就像他的家。

他跟卡塞尔学院里的其他人不一样，他不想孤独，不想要"血之哀"，他想跟普通人一样有个家可以回去。

可他早该明白，卡塞尔学院不属于普通人。诺诺说过，卡塞尔学院是人生里的另一条路，踏上这条岔路，过去生活的门就关闭了，只能往前……再回不到人类的地方。

你已经手握刀剑，那么就准备战斗。

在衣领上烫上黄金的徽记，透支那张黑卡武装好自己，以路专员的身份发号施令，乘坐这辆豪华轿车去和你当年的暗恋对象吃最昂贵的餐馆。

你需要付出的……只是心底里那点小小的温软，从此坚硬如铁。

宝马车无声地滑入夜色中，路明非木偶般坐在后座上，挺得笔直。

第四章 炎魔刀舞
Sword Devil with Flaming Rage

卡塞尔学院本部，中央控制室。

"对方是猎人，其中有些人可能有血统。这次的夺还行动又在中国境内，我们不想招惹警察，就要速战速决，因此投入一个九人团队。计划校董会已经认可了，我们在这里遥控指挥。"曼施坦因看了一眼腕表，"距离行动开始还有四十五分钟。"

润德大厦的3D构造图被投影在空中，施耐德围着它缓缓地转圈。委实讲跟执行部攻略过的其他目标相比，这大楼简直等于不设防。

"明非呢？"古德里安翻着计划书，"我没有看到明非负责的部分。"

"调控指挥，很重要的工作。"曼施坦因说。

他没有把路明非写入计划里，因为从课业表来看此人所受培训极少，完全没有担当任何工作的能力。

古德里安点头表示理解。

"核心目标是攻入润德大厦A座21层，千禧公司的总部，资料应该就在那里。"曼施坦因说，"润德大厦是一座双子楼，A座21层整层被这家公司买下了。"

"只是栋商务楼，九人团队太豪华了吧？"古德里安说，"你们搞得像是要攻略五角大楼！"

"如果攻略五角大楼，还得再增加七个人。"施耐德面无表情地说，"润德大厦的保安其实很严密，开发商把大厦的保安工作包给了这伙猎人，整个大厦都是他们的人。他们知道自己做的生意不能见人，所以采用这种方式保护自己。"他手势指挥，3D构造图变为大厦剖面图，所有的通道都被标红，无论是楼梯、电梯、消防通道，甚至通风管，"所有通道都被保安控制着，从电梯到达唐威所在的21层需要换乘一次，经过四个关口。大厦下面五层都是底商，人流会影响我们的速度。行动时间如果超过五分钟，警察会来，猎人也会有时间转移那些资料。"

"五分钟？"古德里安疑惑，"五分钟电梯都还没到呢。"

"我们不走电梯，"曼施坦因说，"我们走直达路线。"

18：15，太阳西沉，楚子航仰望大厦的玻璃幕墙，里面映出席卷而来的暮云。耳机中传来电流的杂音，隔着太平洋，校园总部和他再次联通。

"行动计划读完了么？"耳机中传来施耐德嘶哑的声音。

"难度很低的行动，如果对方没有高血统的人，我可以独立完成，不需要那些配合。"楚子航说，"校工部的人太显眼。"

"服从命令，"施耐德说，"我们已经叮嘱他们便装和低调，他们会在三十分钟后和你会合，另外一支已经按照你的要求，"施耐德顿了顿，"去了路明非家里。"

"明白。"

"这是在中国，不要误以为你们在西非沙漠无人监管的地区，别把动静搞得太大。"施耐德压低了声音，"你以前的记录有些问题，你自己知道，不要引得校方来查你。"

"明白，"楚子航说，"可你就是校方，教授。"

施耐德有点语塞："好了！ 就这样！ 这是一次低调的行动，没有作战服和配枪，也没有装备部的炼金设备，在警察看来不该是一场有组织的入侵。"

"抢银行，应该像是抢银行，对么？"楚子航忽然说。

施耐德一愣："对……是有点像。"

18：30，唐威在打王者荣耀，顺便等来取货的快递员。

他唠叨的老爹在等他回家吃饭，他有点着急，他当年是个街面上的混混，是那种夏天女孩子从面前走过都要掀裙子看看的恶霸，但老爹气起来挥舞锅铲追打他，他却不敢还手，只敢跑。

小弟说大哥，你怕啥呢？ 你多牛×啊，你比你爹高一头半呢。唐威一巴掌拍他脑门上："爹这种东西在于稀有！ 就那么一个，打坏了就没有换的了！"

唐威拎起电话："前台？ 有没有取快递的来？"

"没有呀唐哥，快下雨了，今天怕是不会来了。"前台女孩千娇百媚地说。

"下午还大太阳，怎么说下雨就下雨。"唐威往窗外望去，云层正渐渐地压过整个城市，颜色乌黑，这是一场暴雨的前兆。

突然变化的天气让唐威心里不太舒服，好像会有什么事情发生似的。他登录了那个网站，想最后看一眼。

输入 ID 和密码，回车键一敲，页面自上而下刷新，漆黑的背景，墨绿的线条，深红的字体，就像是通往另一世界的门在面前洞开。

他百无聊赖地在各个版块间切换，浏览自己的任务记录，考虑要不要在闲话区发一个告别帖。

"您有一封未读邮件",右上角有提示闪动。

邮件内容只有一个单词,"Byebye."

居然有人猜到自己要金盆洗手?谁那么聪明就摸准了他的心事?唐威把目光移动到发件人的位置……一片空白。

没有发件人。

恰在这个瞬间,窗户震动,玻璃上一片惨白。那是直劈下的电光照亮了润德大厦,几万伏的高压让所有亮灯的窗户都闪了闪,大雨终于下下来了。

唐威忽然战栗起来。有种不祥的感觉,这封信应该是来自他这次的委托人,那个麦当劳叔叔,而"Byebye"的意思似乎并不是祝福他在越南的河上泛舟看美女。

这个词也可以表示永别。

18:40,黑色宝马沿着静谧的林荫路平稳行驶。雨流如注,路明非透过车窗往外望去,湖畔的红砖老宅隐现在道路尽头。

这是被称作"湖园一号"的老公馆,因为整条湖园路上就这么一个门牌号。沉重的铁门洞开,车长驱直入,停在老宅前。

整个老宅一团漆黑,从巨大的落地窗看进去,铺着天蓝色桌布的餐桌都空空的,不见任何人影。老宅的门关着,门顶上亮着唯一一盏灯,一名白衣侍者打着伞站在雨中。

"我去!搞错了吧?这地方歇业了吧?"路明非心里嘀咕,司机已经为他拉开了车门。

"今晚Aspasia包场,先生。"白衣侍者彬彬有礼地说。

"我呸!"本来就心里扭捏的路明非如逢大赦,掉头就要开溜。

白衣侍者却推开了紧锁的门:"Ricardo M. Lu先生,您今晚是我们唯一的贵宾。"

路明非脑子里嗡的一声,才明白社团老大的能量比他想的还要夸张,把整个Aspasia给他包了下来!

舒缓的音乐声响起,白衣侍者走到昏暗的老宅中央,擦燃火柴点亮了桌上的浮水蜡,温暖的光影中坐着一身白色的陈雯雯,漆黑的头发上别着蝴蝶发卡。

时间在这一刻好像被飞速地拉着倒退,路明非回到了四年前,他们初相遇的那个下午。

18:45,润德大厦前的大街上,人们拿着各种各样的东西挡雨,四散奔跑。

街道忽然间空阔起来了。楚子航打着伞站在雨里,抱着一个长形的盒子,外贴纸条"鲜花快递"。大滴大滴的雨砸在路面上,碎成透明的花。

漆着"联邦快递"的厢式货车切开雨幕，缓缓地停在楚子航面前。本部为楚子航配置的强援逐一下车，动作仿佛一个模子铸出来的。果然是训练有素的精英。

"果然便装低调，让人耳目一新。"楚子航淡淡地评价。

魁梧的校工们并排而立，仿佛等待检阅……有人穿着"阿迪王"的套头衫，有的人穿着韩版的宽腿裤，有的则穿着超大号的"双星"牌板鞋。

为首者穿一套绿色球服，一看就知道是北京国安队的死忠球迷。

"不合适？"领队看看自己浑身上下，"我看中国人都这么穿。"

"但是我们的胸肌不会这么炸裂。"楚子航打量他们健美冠军般的雄伟身材。

"肌肉总不能揣在兜里藏起来。"领队犯难。

"没关系，不影响任务，但你们明天会上晚报头条，标题应该是'阿迪王美国猛男团公然抢劫办公楼'。"楚子航说，"计划书你们应该看完了，你们有五分钟准备，佩戴耳麦，命令会由施耐德教授直接发到你们的耳机里。"楚子航挥挥手，抱着纸盒走向润德大厦，对门口的保安笑笑，"您好，快递公司的，送花服务。"

18：50，楚子航在直通顶层的高速电梯中，楼层数字飞速跳动。

18：52，路明非隔着烛光看着陈雯雯的眼睛，侍者为他们倒上玫瑰红的开胃酒。

18：53，唐威在办公室里收拾东西，他不想等了，交货的事情可以交给小弟，这个该死的下雨天，他要早点回家。

18：54，润德大厦每一层的保安都接到电话，下雨天要加派人手，确保安全，监控系统全部打开。

曼施坦因低头看一眼腕表，戴上耳麦，通往中国的频道线路全部打开，秒针一格格跳动。

"行动开启。"北京时间18：55，曼施坦因下令，同时开启了腕表的计时码表功能。

这个命令将开启一部精密的机器，由九个人组成的精密机器，他们每人都是一枚齿轮，相互咬合。

所有的步骤都提前定好，只需按照流程执行，五分钟后，他们将夺还目标。

穿着"阿迪王"的男人穿过雨幕，走向润德大厦的正门。本地化的便服无法掩盖他的进攻性，保安们退后一步，按住腰间的警棍。

"阿迪王"张开双臂，用坚硬的臂骨生生挡住保安们的棍击，抓住两人的领口，把他们向空中举起。

警铃声大作，整个底商都被惊动了，来此躲雨的路人把底层塞得满满的，此刻他们都看向了门口。"阿迪王"已经和十几名保安纠缠上了，他在一楼的名品店之间狂奔，任何障碍物对这家伙都构不成阻碍，一米半高的展示牌，他一个速度爆发就像跨栏运动员般飞跃而过。保安们却只能在人群中迂回。

当"阿迪王"发现自己把保安们甩得太远了，就会停下来回头观望，露出"来呀追我呀"的迷之表情。

逛街的人都摸不着头脑，是某个健美教练发神经了？或者大厦娱乐顾客的跑酷活动？

很快他们就觉得不对了，保安们从不同的通道出口拥出，沿电动扶梯向下狂奔。而穿着"双星"板鞋和套头衫的壮汉沿着电动扶梯逆行往上，他的步伐极大，每一步都会跨过几级台阶，像颗炮弹那样撞在保安身上，把他们死死抵在电动扶梯中间。扶梯在下行，人却不动。

穿绿色球衣的家伙从应急通道一路上到二楼，飞脚踹开监控室的大门，一拳把监控设备的面板捶裂，熟练地拔出几根导线对火，过量电流立刻就把这台设备彻底烧毁了。

专业打劫团伙不过如此。

"都蹲下！双手抱头！""阿迪王"用他不太标准的中文大吼。

他冲入人群里，不想跟这些保安纠缠，如果格斗的话，他一个背摔就能折断这些保安的背骨。

他喊出这句话纯属职业素养。他当年在海豹突击队执行反恐任务，总是这样对被劫持的人质大吼……顾客们尖叫着蹲下，双手抱头。

"太配合了！""阿迪王"很满意于中国群众的反恐意识，他以前在欧洲执行任务经常遇到人质腿软哆嗦，听不懂指令的状况。

满意的情绪只维持了短短的数秒，他忽然看见面前的阿姨蹲下后还把钱包高高举起，好似献宝。

真被误解成打劫了……

底商里乱成一团，保安们全都往这里集中，一帮大傻子似的壮汉引得他们四处分散。一层气球墙的绳子被解开了，冉冉飞升，二楼有人往下倒原本准备用来庆祝七夕的剪纸蒲公英，漫天都是飞旋降落的小伞，有人把旁边贩售的荧光棒大把大把地扔向人群，穹顶中央的大花球被人扯了下来，在空中花球裂了，几千朵绢花飞散，像是浮在空气里的花海。

校工们玩得蛮开心，这原本就是件简单的任务，他们只要在这里跟保安们玩五分钟就好，剩下的事情由那个血统最优秀的家伙完成。

他们没有注意到，那辆被他们扔在雨里的厢式货车颤抖着启动了，慢悠悠地向着大厦的正门开来。它没有打开雨刷器，前挡风上的雨水让人看不到里面的司机。

楼顶天台，楚子航站在瓢泼大雨中，抱着"鲜花快递"的纸盒。

润德大厦一共四十六层，楼高二百一十米，站在天台边缘看下去，一切都那么渺小，让人觉得自己远离了整个世界。

楚子航放任身体倾斜，直坠下去！

完全的失重状态中，楚子航伸手从纸盒中拔刀，鲜花碎片飞散，"御神刀·村雨"切割空气，发出尖啸。

A座21层，保安们封堵了每个入口，从楼梯间到电梯。唐威一声令下，这些人全部出动。千禧公司不是浪得虚名的，公司里八九十号人手，都不是吃素的。而且大厦已经报警了，按说就算对手持械也未必能攻得上来。但唐威还是很紧张，有种大难临头的感觉，从那句"Byebye"开始，他的好运好像用尽了。

"嗨嗨！有人跳楼！"一名保安指着窗外说。

人影一闪而下，旋即窗外传来钢缆抽紧的锐响，巨大的黑影缓缓升起，戴墨镜的快递员站在雨中，提着带鞘的长刀。

他解开腰间的速降锁扣，把空荡荡的花梗扔在风里。

这就是楚子航的直接通道，他落在了用于清洗玻璃幕墙的悬桥上，利用速降锁扣减速，楚子航安全上垒。

看起来煞费苦心，其实简便易行，这是诺玛分析了整个润德大厦的结构后得出的最优化入侵路线。校工们的行动只是为了获得悬桥的控制权，顺便把下面的保安都拖住。

还剩四分四十秒，楚子航只需在四分四十秒之内夺回资料就可以。地下停车场里，Panamera已经发动，校工部的人正坐在驾驶座上。撤离的道路已经被清空，楚子航只要回到地面，立刻可以乘车离开。

时间在控制范围内，计划很完美，环环相扣。

保安们惊诧地看着快递员拿出电击器一样的设备按在钢化玻璃的表面，电流闪灭，整张钢化玻璃在高频震动中碎裂。

楚子航侵入了21层，保安们来不及思考了，抽出电击警棍围了上去。为首的两个人同时踏步上前，对着楚子航当头棒击。

这两位都是千禧公司的干部，格斗好手，一个能打三五个。但那是打人，现在他们的对手，委实不能称作真正的"人"。

楚子航忽然间速度爆发，警棍还举在空中，他已经和两名保安胸贴着胸了。他的双手按在保安的胸口，瞬间停顿后，发力。他选修的格斗术是太极，绵劲把两个体重八十公斤以上的男人震退，他顺势拦住另外两名保安的脖子，轻盈地旋转起来，这两个人飞了出去，分别又扑倒了两名保安。

保安们都傻眼了，他们瞬间倒下了六个兄弟，而对方还没有真的动粗，长刀还在刀鞘里。

走廊上拥来整整一队保安，这是不知情的兄弟们过来增援了，一个个龙精虎猛，心说不知何路小贼，去抢抢银行营业厅吓唬漂亮小姑娘还行，居然不知死，抢到一家保安公司里来了。

楚子航微微皱眉，这队人又要耽误他一些时间了。这时他听到了缥缈的歌声，像是太古僧侣的唱颂，某种领域无声地展开。

在场保安的皮肤上都透出渗血般的红色，心脏剧烈跳动，把大量的鲜血输送到他们的全身，肾上腺素加速分泌，身体机能在一瞬间得到了数倍的强化。

言灵·王选之侍！

情报出现了严重的偏差，任务计划中并未提到在这家保安公司里有这样一个能够使用言灵的混血种，王选之侍的序列号不高，但它能把一群普通人变成一支军队。

在所有人的视野盲区，走廊尽头的阴影里，纤细的影子轻声吟唱，眼里流淌着淡淡的金色。

背后是铺天盖地的暴风雨，前面是成群的保安，被困在狭窄的通道里，楚子航却没有退。

保安一拥而上，挥舞带着高压静电的警棍，静电击穿了空气，紫色的电丝粘连在警棍之间。

声势逼人，但还不够对楚子航构成威胁，他不仅是 A 级混血种，而且受过绝对严格的训练。

楚子航后跃，避开了保安们的棍击，返回了悬桥。他想利用这个落脚点赢得一点应对的时间，对方是被强化的人类，想要迅速制服，出手就要更凌厉，但那样就难免造成重伤。

强化过程中这些保安不会意识到自己受伤了，但伤害还是会完完全全地留在他们身上。

楚子航捻了捻手指，忽然觉察到这里的空气湿度奇高。润德大厦的21层，湿度已经达到过饱和，空气泛着淡淡的白色，如同浓雾。过高的湿度让空气变成了导体，保安们的电棍之间才会有发电现象。

这是很不可思议的现象，即使是暴风雨的天气，大厦有中央空调循环，空气湿度不可能那么高。

保安们居然没有追击，他们同时停下，列成人墙堵在楚子航面前，那些呆滞的面孔看起来一模一样。

楚子航微微战栗，这个场面有似曾相识的感觉，被围在一群面目完全相同的、没有表情的人中间。

嗅到了熟悉的味道，冰冷的暴风雨的味道，他曾经闻过这种味道，在那条水幕笼罩的高架路上！

下方传来了汽车鸣笛的声音，空无一人的街上，一辆锈迹斑斑的迈巴赫亮着车灯，慢慢地驶向润德大厦A座。

惊惧在楚子航的心底炸开，迈巴赫的发动机轰然吼叫，直撞向润德大厦侧面的承重柱，沉重车身配合一百迈以上的高速，撞击的瞬间迈巴赫的车头被柱子撕成了两半。

悬桥猛震，吊索从转轮上脱离，整个悬桥向下坠落！

楚子航忽然明白那些保安为什么没有追击了，他们只是要把楚子航逼入死地，悬桥就是他的死地。

言灵·王选之侍

序列号：29

血系源流：黑王尼德霍格

危险程度：中

发现及命名者：艾萨克·牛顿

释放者的领域内，被他选择的同伴会得到短期的体能强化，这种强化的效果上限能达到人体的极限。

瓦特阿尔海姆研究所曾经对被"王选之侍"强化的个体进行过检测，他们的内分泌系统在短时间内被大幅地提升，尤其是肾上腺素大量分泌，心跳和血流速度都有明显的提升。大脑中内啡肽和多巴胺也会加速分泌，这令他们对疼痛的感知明显下降，最极端的情况下强化后的个体甚至会暂时失去所有的痛感。

进攻性和破坏性也会有着明显的增强，但通常不至于达到"不辨敌我"、"疯魔"或者"残酷杀戮"的地步。在各种提振战斗力的言灵中，是较为温和的。

该言灵也可以作用于非人类目标，例如纯血龙类甚至野兽，但纯血龙类因为本身的大脑和体能已经被开发到极致，所以效果有限。

该言灵有一定的控制效果，对中立和善意目标使用，会令目标本能地服从释放者，但对有些强烈敌意的目标使用无效。

尽管序列号不高，却是战场上非常有效的能力，该言灵的持有者中，不乏能够提振整个军团的士气和战斗力的。

后遗症，被强化的个体事实上被透支了体能，在强化结束后会有数日的衰弱状态，短时间内多次被强化则有猝死的风险。

该言灵的命名意为"被王者选定的侍从"，值得一提的是命名者确实就是那位伟大的科学家，当然他也是同时代最出名的炼金术师和神秘学家之一。

"我无法确定这份神秘的力量来自上帝还是魔鬼，但它确实有效。"

——艾萨克·牛顿

Chapter 4
Sword Devil with Flaming Rage

意大利，波涛菲诺。

翻飞的落叶中，银色的劳斯莱斯轿车盘山而上，驶入 Splendid 酒店之后，在紧靠山崖的白色建筑边停下。

那座建筑用坚硬的白色大理石建造，窗户窄小，像个小小的堡垒。门前的停车场几乎满了，各式奢华的房车之外，竟然还有一辆橘黄色的山地自行车，也堂而皇之占了一个车位。

司机弯腰拉开车门，以手遮挡在车门上缘，以防贵客不小心撞到了头。金色的高跟鞋轻轻踩地，裙下的小腿修长干练。钻出轿车的是个年轻女孩，化着欧洲贵妇的妆，蒙着黑色面纱，穿着昂贵的掐腰套裙，外面罩着裘皮坎肩。细高的鞋跟让她走起路来摇曳生姿，冷冰冰的脸上却有股逼人的女王气。

"第六位校董，也是最后一位。伊丽莎白·洛朗。洛朗家族是欧洲最大的辛迪加之一，从事矿业和金融业，一直试图跟加图索家竞争。"名为帕西的秘书说。

"她很漂亮，也很年轻，这么年轻就接管了家族么？"酒店套房的百叶窗后，恺撒正从缝隙里往外张望。

"洛朗家族曾以美貌闻名欧洲，但伊丽莎白女士其实已经三十九岁了。"帕西微笑，"基因的原因，洛朗家的女性衰老速度是普通人的三分之一。"

"嗨丽莎！我的孩子！来得正准时。"老男人迈着大步迎出来，向伊丽莎白张开双臂，"你长高了么？但肯定是比我上次见你时漂亮了。"

"谢谢你，昂热。"伊丽莎白拥抱他，和他行贴面礼，"我可不是小姑娘了。不过你还是老样子，时间在你身上看起来是停止的。"

"对于老人，时间之神会怜悯他，把时间调得慢那么一点点。"老男人绅士地伸出一只胳膊。

伊丽莎白挽着他的胳膊上楼，像是老去却依旧英俊的父亲带着如花似玉的女儿初入社交圈。

卡塞尔学院，校长，希尔伯特·让·昂热。

"校长应该算是她的教父，尽管校长可能不信上帝，但两人之间就是这种关系。"帕西说。

"应该还有一位校董。"恺撒说。

"从未见过他出席，也不知道名字。"帕西说，"他的资料是最高机密之一。"

"每年在学院花费巨额的金钱，却从不参加校董会履行自己应得的权力，真有意思。"

"校董们投资卡塞尔学院都不是为了钱，他们都是踩着龙血走到今天的，"帕西低声说，"他们的目标远大。"

阴影世界中延续了数千年的秘密组织，混血种组成的精锐军团，培养过无数屠龙勇士、拥有钢铁章程的"龙血秘党"。它在现代的组织机构居然是一个学院的董事会。

"他们也是这一代的秘党元老会?"恺撒问。

"不,元老会是个藏起来的机构,校董会是个显露出来的机构,校长则是校董会推选出来的执行人。"

"所以最高的权力机构还是元老会?"

"未必尽然,元老会和校董会就像英国的上下议院,谁掌握最终的话语权,要看时局。至于眼下,权力其实集中在校长手中。"帕西说,"设想英国议院罢免了首相,他们总得有另一个可以接替首相职位的人,但如果首相在他的位置上待得太久了,就会出现所有官僚都对首相负责,无人可以接替的困境。希尔伯特·让·昂热就是这样一位首相,卡塞尔学院从建校的那一天起,他其实就是校长。这么多年的经营,他甚至对校董会也有很大的影响力。"

"我就在这里干等,等他们叫我进去?"恺撒啜饮着杯中的烈酒。

"他们很期待见您,但会晚一点。这也是您叔叔把这次年度会议安排在 Splendid 酒店的原因,混血种中的权力者们是为你而来的。"

"权力者?"恺撒玩味着这几个字。

那栋建筑物的门从里往外缓缓闭合,四把古老的重锁同时扣合,建筑完全被封闭。

"人到齐了,那么我宣布今年的校董会年度会议正式开始。"昂热坐在长桌尽头。

原本是古代僧侣们苦修的地方,所以出奇地暗,虽然是白天,长桌上却摆着一列烛台,烛光照亮了全体校董的脸。一共六人,四男两女。

坐在昂热两侧的是两个很老的男人,老得无法辨别年龄,都穿着精工的黑西装,一个拄着拐杖,另一个手里捻着紫檀串珠。

另一位男性校董看起来三四十岁,一身明黄色的运动衣,手边搁着自行车头盔。堂堂校董居然骑着自行车来参会。

坐在伊丽莎白身边的校董年轻得令人惊讶,根本就是个十三四岁的少女,带点婴儿肥的小脸表情严肃,像个精美的娃娃。戴着白手套的管家昂首挺胸地站在她背后。

"今年参会的人和去年一样,从不出席的那位照旧没有出席,加图索家也还是派出了弗罗斯特·加图索,代替他的哥哥出席。"昂热指了指身旁拄拐的老人。

弗罗斯特·加图索敲了敲桌面:"《青铜报告》整理好了么? 我迫切想知道结论。"敲桌说话是校董会的传统,以防彼此打断。

"就是你们每个人面前那沓纸。"

所有校董都不约而同地翻过厚厚的报告,直抵最后一页,结论部分,"The Monarch of Fire & Bronze was terminated."

尽管是一所推行中文教育的学院,但是为了照顾来自不同语系的参会者,报告以英文出具，意思是："青铜与火之王，死亡。"

面对这盖棺定论的结果，校董们都沉默了片刻。这是划时代的事，因此要用半年来出具最终报告，避免误判。尽管早有预期，可亲眼看见这行文字，还是需要静静。

弗罗斯特再次敲桌："历史上从未有龙王被确认死亡，昂热，请出示证据。"

昂热没说什么，而是取出一根棱柱状的晶体，贴着长桌表面滑了出去。校董们彼此对了对眼神，最后是手捻串珠的老人伸手拿起，眯起眼睛对光打量。

那是一段人造石英晶体，表面微微凸起，有放大镜的效果。晶体中央是一道亮红发丝般的细痕，像是凝固的一丝鲜血。老人的瞳孔微微收缩，把晶体传给下一个人。

"贤者之石？"骑车来的中年人看了有点疑惑，"贤者之石虽然很珍贵，但并不能证明什么。"

"我们可能需要一位炼金学的资深者来给大家讲解一下。"昂热微笑，"夏绿蒂，可以么？"

他所说的资深者竟然是那个婴儿肥还没退的少女，夏绿蒂敲了敲桌面："我们所说的贤者之石，事实上是精神元素的结晶。精神元素被提炼为固态物体是炼金学上的重大突破，但我必须强调的是我们从未提纯过纯粹的精神元素，贤者之石里仍有大量的杂质。当它已经是炼金术中的至宝了，有人认为它能把石头点化为黄金，有人认为它是不死药。但对我们来说贤者之石的最大意义在于它能够直接对龙王的精神造成创伤，是可以用来制造屠龙武器的素材。我们现有的技术能够制造贤者之石，只是速度很慢，所以贤者之石很珍贵。"

"因为含有杂质的缘故，贤者之石看起来通常都是深红色的粗晶体，这东西看起来很像贤者之石，但它远比贤者之石更难得。它是经过提纯的，纯净的火元素。"

少女竟然真的就炼金术侃侃而谈，但她并不像伊丽莎白·洛朗那样俏丽而老成，她说起话来就还是傲气的小姑娘。

伊丽莎白敲桌："请解释纯净的火元素。"

"人类的炼金术师从来没有研究过如何提炼纯净的火元素，因为火焰是自然界中相对容易获得的，而且火元素也没有精神元素那么有用。它的效能可能只有一个，就是极致的燃烧。它是一个燃烧的概念，能在任何不允许出现火的地方引发连锁性的燃烧反应，点燃大海点燃泥土点燃空气，没什么不能烧的。它是亮红色的晶体，但这跟贤者之石的红不同，跟火焰的颜色也没什么关系，水元素应该是黑色的，而风元素应该是透明的，虽然我也没有机会见过。"夏绿蒂顿了顿，"我所知道的唯一一种炼制地水风火这四种元素的方法，就是用相应龙王的龙骨作为材料，所以这一丁点的火元素，是从青铜与火之王的骨头里炼制出来的。"

"龙王诺顿？"捻着念珠的老人问。

"龙王康斯坦丁。"昂热答。

"我的名为康斯坦丁，曾至火焰的山巅，于彼处熔化青铜的海洋，铸造神的名。"夏绿蒂吟诵这段古老的经文。

"现在他死了，青铜的名字只能写在他的墓碑上。"昂热冷冷地说，"死了的神，只是一堆枯骨。"

"我还是没太明白，历史上我们也曾杀死过龙王，但他们永远都会死而复苏。"中年男人说，"但听你们的意思好像是康斯坦丁永远死了。"

"龙王的死而复生是个非常有趣的秘密，很遗憾我暂时还不能把这个秘密跟大家分享，但根据我的研究，如果龙王康斯坦丁还在世间留下了他的茧，那么他的龙骨就只是一具标本而已，我们无法从中炼制出火元素来。只有在他真的死后，他的龙骨才能作为炼制的素材。"昂热说，"夏绿蒂，你应该可以为我做证。"

少女夏绿蒂沉思片刻，点了点头："龙王康斯坦丁，真的死了。"

长久的沉默之后，伊丽莎白起身鼓掌，接着所有校董都起身鼓掌，昂热缓缓起身，接受对自己的赞赏。

他双手撑在桌上，凝视烛光，声音低沉："这是划时代的突破，在我们达到这光荣之前，数以万计的同伴已经死在征途上。我提议为逝去的同伴默哀，这是以他们的牺牲换回的。"

校董们都低下了头，会议室里鸦雀无声，隐约听见山崖下波涛翻涌的声音。

默哀结束，校董们重新落座，弗罗斯特敲桌："青铜与火之王的骨头，你就炼出了这点东西？"

"只用了一个指节，如果彻底销毁骨骸来炼制，收获会大很多，但我们还舍不得这么做。龙骨的意义不止于炼制火元素。"

伊丽莎白敲桌："所以昂热，你找到了能够杀死龙王的方法，这个方法能复制在别的龙王身上么？"

"当然可以，但是过程还是相当挑战的。"

夏绿蒂敲桌："青铜与火之王被证明为一对双生子，是否说明四大君主都是双生子？"

"应该是这样，但我们还不清楚双生子对龙族是否有宗教和基因上的特殊意义。"

弗罗斯特敲桌："康斯坦丁的骨骸现在保存在什么地方？"

昂热挑了挑眉："安全的地方。"

"你认为安全的地方，还是我们都认为安全的地方？"弗罗斯特的问题让室内温度有些下降似的。

昂热笑了笑，活动身体，找到一个更加舒服的坐姿："整个世界上能够走进那里的只有两个人，比你家的金库还要安全。"

"哪两个人？"

"有一个是我，另一个是造那个保险库的人。"

"我们有七位校董，我们中没有人懂造保险库，"弗罗斯特直视昂热的眼睛，"也就是说我们中只有你能接触到龙王骨骸，对么？校长先生。"

"没错。"昂热漫不经心地应着，从衣服里抽出一支哈瓦那雪茄，拿雪茄剪切开口子，用细长的火柴灼烧雪茄身，然后点燃，从容地抽了一口。

谁都看得出他不想继续这个话题，气温好像更低了，加图索家的代表弗罗斯特·加图索冷着脸。

他是加图索家的二号人物，代替哥哥掌管整个家族的事业。他的分量在于，加图索家族每年捐赠学院的金额最高，第二名则是伊丽莎白的洛朗家族。

"昂热，我们非常赞赏你的勇敢和成就。但是你得清楚，卡塞尔学院并不属于你，龙骨也并不属于你，你只是我们委任的管理者。"弗罗斯特缓缓地说。

"我觉得我管得挺好，我刚刚递交了一份漂亮的年度报告，"昂热吐出一口烟雾，"校董先生，你现在质疑我的管理权，好像不是最合适的契机。"

伊丽莎白敲桌："我同意昂热的说法，昂热表现出了足够强大的领导力。"

弗罗斯特把一份材料沿着会议桌滑向伊丽莎白："一个屠龙专家，和一个优秀的管理者，是两回事。过去的十年里，学院的管理费用节节攀升，大量的金钱被浪费在奇怪的地方，学风散漫，学生们在每年一度称为'自由一日'的狂欢节里手持自动武器互相射击……"

"青春的荷尔蒙总需要宣泄的口子，"昂热耸耸肩，"这对于学院的巨额开销来说只是一小块。"

"那么你包机飞往世界各地旅行度假的费用也记在学院的账单上，更是一小块了。"弗罗斯特冷冷地说。

"说实话这笔费用比'自由一日'的花费要高。"昂热微笑。

"校长在学院的人气很高，拥趸们自称'热队'，在热队里的人看来，校董会存在不存在无所谓，只要有校长这样的精神领袖，灭绝龙族不在话下。"

"这是学生们的谬赞。"老家伙叼着雪茄，貌似谦逊，实则眉飞色舞。

"执行部的手法越来越嚣张，像是武装暴徒。我们英勇的年轻人们挥舞着装备部改造的武器周游世界，毫不犹豫地在大城市核心区开打，每年为他们善后需要花费数千万美元。"

"一切都是为了我们伟大的事业。"

"每年学院会举办选美性质的'学院之星'大赛，校长亲自担当评委，每天晚上学院都有名目繁多的派对，网络风气更是自由，居然有人能把院系主任的初恋女友都八卦出来。"弗罗斯特冷笑，"这也是为了我们伟大的事业？"

所有人都沉默了。那份材料内容详实，证据确凿，看起来校长领导下的学院确实自由奔放……或者说群魔乱舞。

"你们不会是想炒掉我吧？"昂热慢悠悠地说。

伊丽莎白敲桌："我们可以终止这个话题了，和屠龙的伟大事业相比，这些都是小节！我们为什么要为多花了几个金币争论？"

弗洛斯特敲桌："我的意思是，昂热，你做好你的工作，但不要认为学院全部由你掌控，龙骨是时候移交给校董会保管了！"

"那是一笔财富啊，"昂热自顾自抽着雪茄，"校董会准备拿它怎么办？或者……加图索家准备拿它怎么办？"

弗罗斯特怒了："昂热，注意你的言辞。我这是以校董会的立场说话，而不是加图索家！"

"你可以以校董会的立场炒掉我，"老家伙耸耸肩，"但在那之前，我不会把龙骨交给你。"

校董们都吃了一惊，校长看起来是老派绅士的典范，但居然在校董会上说出这么光棍的话来，根本不把加图索家放在眼里……可能也没把校董会放在眼里。

捻着佛珠的老人皱眉，敲桌："昂热！你越权了！"

伊丽莎白敲桌："龙骨谁来保存并不在今天的议事日程上！"

夏绿蒂回头和身后的管家对了对眼神，敲桌："是只有校董会才有处置龙骨的权力！"

一直沉默的中年人左看右看，小声地敲桌："大家不要伤了和气……"

弗罗斯特敲桌："这不是和气的问题！夺权！昂热你这是夺权！"

会议桌上的空气忽然火爆得像是要燃烧起来，每个人都试图说话，每个人都在敲桌。校董们不约而同地站起身来，分为两拨争执。

伊丽莎白显然是昂热的支持者，弗罗斯特则是挑战者，中年人试图当和事佬，夏绿蒂的想法都是背后管家给的，拿念珠的老人一时帮助昂热一时帮助弗罗斯特，立场不明。

忽然间，一个更加强劲的敲桌声把所有人的声音都压过了，那是一首昂扬的舞曲，用十指在桌面上跳出来的。

昂热闭着双眼喷着雪茄烟，自顾自地敲打着那首《匈牙利舞曲》，像是完全沉浸在节奏中。校董们都默默地看着这个肆无忌惮的老家伙。

昂热敲打了整整一分钟，这才缓缓地睁开眼睛："我觉得这个议题不会有结论，可以终止了。你们无法炒掉我，因为你们找不到可以替代我的人。"

沉默良久之后，校董们各自落座。昂热说中了他们心里最大的隐疾，迄今为止还没有人能取代昂热的地位，除了学生，昂热背后还有绝对支持他的执行部精英。

弗罗斯特从口袋里拿出一封信，高高举起："我亲爱的昂热，原本我这里有一封信是要交给你的，但也许可以再晚一些。"

Chapter 4
Sword Devil with Flaming Rage

那是一个没有任何印记的白色信封,可昂热盯着那个很普通的信封,显而易见地认真了起来。

"情书么?"他沉吟片刻,笑笑。

"元老会写给你的一封信,对于未来,元老会有一些想法。"弗罗斯特把信封收回口袋里,"但既然未来还没有来,你可以晚一点再读。"

伊丽莎白心里震动。洛朗家族多年以来一直是昂热的支持者,原因除了昂热对她而言可以说是半个父亲,还有洛朗家族一直是加图索家的竞争者,在混血种的社会里。

类似今天的争执以前也发生过,昂热总是能化险为夷,就像大公司的 CEO 懂得如何处理跟董事们的关系。

但随着那个隐藏在幕后的神秘组织的登场,校董会,乃至于整个学院的格局都会发生剧烈的震荡。昂热是否还能坐稳他的位子,要画上问号了。

秘党元老会,那个从血腥时代一直延续到今天的组织,终于还是发出了声音。

加图索家拿出这封信,无疑是为了说明他们跟元老会之间已经达成了某些默契,对于昂热把持着整个学院这件事,元老会似乎也有不满了。

昂热沉默片刻,笑了笑:"既然不是情书,也就没有急着读的必要了。下一个议题,'尼伯龙根计划'的人选。"

昂热击掌:"请允许我为诸位介绍,我们的 A 级学生,当之无愧的精英,恺撒·加图索!"

门开了,恺撒以毫不掩饰的张扬姿态出现在校董们的目光中,灿烂如金的头发,海蓝色的眼瞳,纯白色的小夜礼服,上衣口袋里塞着一块紫罗兰色的饰巾。

"好帅!"夏绿蒂情不自禁地脱口而出。

管家及时把手按在她肩上:"小姐,要矜持。"

夏绿蒂不好意思地恢复了作为校董的庄严面目,小脸绷得僵硬,看来她跟伊丽莎白还不一样,确实是个孩子。

恺撒向所有人点头致意,坐在会议桌尽头的空位上。

"很多年来没有学生受邀参加过校董会了,"昂热转向校董们,"简单介绍一下,恺撒·加图索先生,刚刚连任学生会主席,全票通过,这是从未有过的事,因为恺撒把学生会经营成了他自己的拥趸社团。绩点是 2.7,有点糟糕,和前总统小布什先生在耶鲁大学的成绩一样。对了,他还是'自由一日'中的械斗领袖之一,但他为自己造成的损失买单。有一次警告处分,冬天在游泳池里灌入大量啤酒,举办啤酒游泳赛,结果把泳池冻裂了。"

"本想用香槟,但一次买到那么多同品牌的香槟有点难。"恺撒对这个糟糕的介绍毫不介意,只是补充了最后一条。

"他能够坐在这里的原因只有一条,是他杀了龙王诺顿。"昂热说。

片刻之后,校董们礼貌地鼓起掌来。唯一的优点足以洗掉前面所有的缺点,能够杀死龙王的人,确实应该获得英雄般的尊重。

"遗憾的是,我不能对你公布校董们的名字。"昂热说,"当然,除了其中的某一位,你不跟你叔叔打个招呼么?"

恺撒好像没有听见这句话,从他走进这间屋子开始,他就没有把目光投向弗罗斯特。他也不跟别人提起自己出自某位校董的家族,当然这事儿谁都知道。

"我被叫到这里来,不会是因为加图索家是校董会成员吧?"恺撒看着昂热,"入校时,我就说过这是我的个人选择,和家族无关。"

恺撒很清楚这个在波涛菲诺举办的会议是家族的安排,但他确实不知道家族通知他来参会是什么用意。

"不,是因为一个计划,'尼伯龙根计划'。"弗罗斯特说。

"尼伯龙根?"恺撒好奇起来。

他听说过尼伯龙根,那是北欧神话中的"死人之国",瓦格纳的著名歌剧《尼伯龙根的指环》中,以此命名的指环代表权势,掌握它的人将掌握世界。

"在对你公布那个计划之前,我们有几个问题。"伊丽莎白说,"对于屠龙这件事,你怎么看?"

"有意思。"恺撒答得有点无厘头。

管家在夏绿蒂耳边低语几句,夏绿蒂点点头,猫似的眼瞳盯着恺撒:"为什么要屠龙?不走卡塞尔的道路,你也可以享受贵族般的生活。"

"人的存在,难道不就是不断地证明自己么?我喜欢挑战。"

"你将来的目标是什么?"昂热问。

"等着下一个苏醒的龙王,杀了他。希望他别等到我老死了才苏醒。"

"我喜欢这无法无天的口气,弗罗斯特,你的侄儿其实并不像你而是更像我,"昂热笑笑,"恺撒,你曾直面龙王诺顿,什么感觉?"

恺撒沉默了片刻:"恐惧!"

"没错,任何人都会恐惧,你说了实话。没有什么办法比亲历战场感受恐惧更能锻炼一个屠龙者了。那巨大的恐惧感可以令万军崩溃,唯有最强大的意志,最优秀的血统,才能在龙王面前保持尊严,进而杀死他!卡塞尔学院要培养的不是一群人,而是精锐中的精锐,英雄中的英雄!"昂热直视恺撒的眼睛,"最严峻的时候,就要来了。"

"最严峻的时候?"

"其他三个王座上的龙王,都将苏醒,这是神话中曾经预言的。而最后,则是那条伟大的黑龙。"

"群体苏醒么?"恺撒深吸一口气,"真让人激动。"

"我们要在那之前准备好军队，准备好将军。我们要从血统优秀的候选人中遴选出最优秀的，倾注全力培养。他将是龙王的死敌，世界的救主。"

"我？"恺撒指了指自己。

"你是候选人之一。"伊丽莎白说。

"如果你们所谓倾注全力培养是说要给我增加课程，安排训练，那就算了。我的绩点只有2.7，校长已经说了。"

"不，我们要强化的，是你的血统。"弗罗斯特缓缓地说。

"强化血统？"

"你知道有人可以拥有两种以上的言灵么？"

"不知道。"

"你知道混血种也能凌驾于龙王之上么？"

"能和四大君主相比？"

"没错！"弗罗斯特一字一顿，"这就是'尼伯龙根计划'，强化血统，突破混血种的极限。恺撒，这并不是梦，元老会已经找到了方法。这是一项巨大的馈赠，接受这赠予，意味着获得力量，也意味着巨大的牺牲，你将历尽艰险，甚至死去。你愿意么？"

恺撒难得正眼看着叔叔，叔叔庄严的脸好像传道的牧师。会议室里一片死寂，每个人都看着恺撒。

恺撒耸耸肩："怎么感觉有点像是……婚礼起誓？"

"恺撒！"弗罗斯特愤怒了。

昂热却笑出声来。

"巨大牺牲，历尽艰险，拼上命，这些都不算什么。如果牺牲这些小小的东西就能登上混血种的顶峰，学院有的是人愿意接受，"恺撒挑眉，"为什么选上我？"

"因为你足够优秀。"昂热说。

"为什么不是楚子航？"

"没有击杀龙王的经验，这点他不如你。"

"为什么不是路明非？"

昂热笑笑："明非还是个新人，很多人都认为评他为S级是我的错误。"

"可你看重他，他曾经射击龙王康斯坦丁，重创目标。"恺撒冷冷地说，"你也许会随便给一个人评S级，可在你和龙王近身作战的时候，我不信你会把命交给一个废物。"

"还有你叔叔的坚持，"昂热说，"他认为只有你配当'尼伯龙根计划'的第一候选人。"

弗罗斯特平息了愤怒，声音低沉婉转："恺撒，现在你明白了吧？家族对你，始终是无私的爱和期待！"

这种论调出自弗罗斯特·加图索的嘴里，是赤裸裸的赞美和力撑，表示出要把恺撒捧上王座的决心。

但校董们都沉默，无人反驳，恺撒确实是非常合适的人选，即使他不姓加图索。

恺撒一直低着头，玩着自己的手指，听着叔叔说完。

"叔叔，你失去过你生命里最重要的人么？"他缓缓抬起头来，问了奇怪的话。

"哦，我忘记了，叔叔这样的人，生命里没有什么重要的人。所以你不知道，有这样经历的人往往会变得特别固执，特别抗拒某些事，心理医生说，"恺撒笑着指指自己的心口，"这是种心理疾病。"

"我拒绝。"恺撒起身，"如果没有其他的事，我失陪了。"

恺撒靠在缠满常春藤的大理石柱上，悠闲地喝着一杯冰镇鸡尾酒，看着那些豪车依次开出酒店大门。

最后是那辆山地车，看着骑车人扭动屁股出力地蹬车，恺撒不由得笑出声来。

"挑战家族和校董们的威严很有趣么？"弗罗斯特无声地来到恺撒的身边。

"我在卡塞尔学院里只是个学生，校董们对我们而言是高高在上的大人物，得罪不起。但我说了'我拒绝'三个字，就让你们这些大人物白跑了一趟，很好玩。"恺撒冷冷的。

"你的孩子气真是糟糕透顶。"

恺撒笑笑："叔叔你知道么？其实我进去之前就猜到了你们找我的原因，家族想要给我一个恩典，但我不想接受。我只是想亲口拒绝，看着你的眼睛拒绝。"

弗罗斯特没有生气，而是幽幽地叹了口气："什么让你的心里有这么刻薄的一面？你是家族几百年来罕见的天才，血统天赋都是第一流。你也渴望成为领袖，一直以来都很努力。家族是爱你的，想帮助你。楚子航和路明非可能挡你的路，我们不希望看到。你是最优秀的，不该有人的评级在你之上。家族推动'尼伯龙根计划'，就是要确保你将来的地位。"

"叔叔你忘了一些事，加图索家高贵的血统，我只继承了一半，还有一半血统来自那个卑贱的，"恺撒脸上的笑容消失了，"古尔薇格。"

"还沉浸在你母亲的事里？"弗罗斯特摇头，"看来我们之间的误解很深，对家族而言，古尔薇格的血统确实不够高贵。她和你父亲的婚姻，也没有被家族祝福。但你不一样，你是被整个家族认可的、血统最优秀的后裔。你的天资已经证明了这一点。"

"出身卑贱的女人，嫁给血统高贵的丈夫，生下了孩子，然后她死了。丈夫的家人看不上她的血统，却认可留着她血的孩子。"恺撒低着头，居然笑嘻嘻的，"这个故事就像是，没有人喜欢猪，因为它们很脏，但是它死了，人们却会选择最嫩的猪排切下来，由大厨精心地煎好，用银质的托盘捧给贵客。"

Chapter 4
Sword Devil with Flaming Rage

"恺撒,相信家族。你母亲的死和家族无关,她的葬礼安排在威斯敏斯特大教堂,教皇亲自主持,整个家族都出席了,她的灵魂已经安息了。"

"别逗了,我们是世系龙血的家族,我们信教只是装装样子,教皇主持的葬礼能算作补偿?"

"那是哀荣。家族给了她荣耀,以回报她对家族的贡献。"弗罗斯特满怀深情,"恺撒,你就是她对家族的贡献。想一想,她一辈子留下来的东西只有你。如果她真的有灵,难道不希望看到你成就一番事业么?尼伯龙根计划是家族对你的爱,你如果拒绝,也会伤你母亲的心。她在天上看着你。"

"不,她看不见的。"恺撒缓缓抬起头。

他的表情变了,很少人见过他藏起来的这张脸,笑容薄凉,瞳孔里结着冰。

"她死的时候,已经看不见,也听不见了,这是她为了生下我付出的代价。"恺撒看着自己的手,"我当时能做的就是握住她的手,"他慢慢握拳,骨节发出轻微的爆响,"我不敢松开,因为我想那是多可怕啊……她看不见也听不见,如果没人握着她的手,她会觉得世上没有人要她了……家族给的哀荣,她根本不知道。世界和她之间唯一的联系,只是从我手心里传过去的温度,"恺撒嘶哑地说,"叔叔,我跟你说过的,我是古尔薇格的后代,我跟你们加图索家没那么亲。"

弗罗斯特凝视着恺撒,仿佛能看见他身上涌动的怒火和悲伤,良久,又是一声长叹。

"恺撒,看那大海,起风了,要下雨了。"弗罗斯特忽然说。

恺撒顺着他的目光,眺望远处波涛起伏的热那亚湾,乌云翻滚着聚集,色泽沉重如铅。

"在你进来之前,家族和昂热起了冲突。"弗罗斯特轻声说,"我们刚刚杀死了青铜与火之王,在这个划时代的奇迹面前,我们为何争执?因为波涛汹涌,新时代,就要来了。"

"新时代?"

"混血种能够杀死龙王了。我们终于看到了希望,终结了龙族的历史,混血种将是世界上最优秀的族群,世界的格局会被改写,人类只是我们的仆从。就像大航海时代,就像工业革命。那是混血种的时代,而你,"弗罗斯特像个诗人,唱颂美好的将来,"将成为新时代的……皇帝!"

他的声音里透着隐约的诱惑,仿佛伊甸园里的蛇对亚当和夏娃说:"吃那树上的果实,你将与神比肩。"

恺撒转着手中的酒杯,沉默着。

"恺撒,再想想。下一次校董会,家族会重提尼伯龙根计划,你是唯一的候选人。这是很多人梦寐以求的机会,现在家族捧到你面前,请你接受它。"弗罗斯特循循善诱,"别错过最好的时机。你得明白,机会是不会为一个人长久等待的,你放弃,取代你的就会是楚子航或者路明非。"

"是的,我渴望证明自己,渴望荣耀和权力。"恺撒昂起头。

"很好,我们期待你这句话。"

"但我跟你们不同,"恺撒冷冷地看着弗罗斯特,"我将亲手夺取我自己的未来,楚子航或者路明非,还有其他一切可能威胁到我的人,我会面对面地和他们竞争。有一天我会得到我期待的一切,可不是作为加图索家的继承人,而是作为恺撒!只是恺撒!收回你的馈赠吧,有点肮脏。"

冰冷的海风从两人之间吹过,叔侄对视,都不愿示弱。

最后还是弗罗斯特收回了目光。他长叹:"建立一份仇恨只需一瞬间,建立一份爱却要很多年。恺撒,你还太年轻,总有一天,你会懂得家族对你的爱。"

他从怀里摸出一只信封,跟刚才的白色信封不同,信封口用红色火漆烫印着加图索家的家徽:"我这次来,带来你父亲的一封信,对于你喜欢的人,家族已经知道了。但遗憾的是,她和你母亲古尔薇格一样,血统不够高贵。按照道理,血统是家族遴选新娘的绝对标准,但家族不希望你母亲的悲剧重演,我们愿意为你而修改规则。"

"如果你愿意接受尼伯龙根计划,"弗罗斯特盯着恺撒的眼睛,"家族会破例批准你和陈墨瞳的婚约,你们的结合将得到家族祝福。"

恺撒慢慢地把杯中的酒喝完:"真慷慨啊……"

"还要怀疑么?家族是爱你的,因为爱你,我们甚至愿意接受陈墨瞳,因为爱你,我们甚至愿意给她加图索家主母的位置……"

砰的一声巨响,恺撒手中的玻璃杯碎裂在地上,粉白色的玻璃碴儿四溅。

"我的婚约和家族无关,现在带着你的慷慨,"恺撒咬住舌尖,以吐出一口浓痰的力量喷出了凶狠的一个字,"滚!"

暴怒一瞬间涌出了他的瞳孔,因为愤怒,他的瞳孔甚至泛起了淡淡的金色。作为混血种,这是情绪极度激动时才有的征兆。

龙血炽热沸腾!

远处,昂热也同样喝着一杯鸡尾酒,带着不怀好意的笑容,看着这对叔侄说话。

他没有"镰鼬"那样的听力,听不清他们说什么,但只看双方的表情变化,就足够让他觉得这幕戏很有趣了。

最后弗罗斯特含怒离去,只剩下恺撒一个人在那里看海,眼睛不再是纯净的海蓝色,而像此刻卷云下起伏的海面,暗蓝幽深。

"家庭伦理剧啊。"昂热耸了耸肩,这时他的手机响了。

他接通电话,几秒钟后皱起了眉:"楚子航又出问题了?"

Chapter 4
Sword Devil with Flaming Rage

润德大厦，时间18：57。

有"联邦快递"标志的厢式货车忽然亮起了大灯，灯光刺破雨幕，老旧的引擎发出可怕的噪音，就像一个老人在干瘪的肺里吸入大量空气。

货车冲破了玻璃幕墙，带着漫天飞舞的玻璃碴儿，撞在一根楔形承重柱上。承重柱挡住了它，而且把车头劈成两半，就像一柄利刃斩入敌人的头颅。

引擎火花四溅，水箱破裂，白色蒸汽四处弥漫。整栋大厦巨震，但比不上校工们心里的巨震。挡风玻璃碎了，驾驶室里空无一人。

这就是他们开来的那辆车，钥匙还在一个校工的口袋里。但在他们把底商折腾得一团糟时，这辆无人驾驶的厢式货车无声地围绕着润德大厦行驶，就像一只野兽围着猎物转圈。

这辆厢式货车……试图狩猎人类？

毕竟也是卡塞尔学院的员工，超自然事件吓不到校工们，他们的应对措施立刻升级。一名校工抽出了照明弹发射枪，跪姿发射，耀眼的红色信号弹从没了玻璃的窗口射入货车。

通常照明弹发射枪不能称作武器，但这一支例外，巨大的后坐力把推举二百五十磅的前海豹突击队队员掀翻在地。

信号弹带着尖啸，钻透整个车身后飞出润德大厦，最后在广场中心的铝合金雕塑上熔出了直径二十厘米的洞。

这就是装备部的风格，变态改装，超强威力，以及语焉不详的说明书。这把枪被交付使用时，枪械技师只是随口说务请垂直发射，以免造成"不可预测的后果"。

现在校工理解了，确实是善意的忠告，这种威力的照明弹，对着谁发射都会是"不可预测的后果"。

装备部出品的武器，就算是鬼魂也抵挡不住吧？校工们彼此对了对眼神。

一切又都恢复正常了，这辆自己动起来的厢式货车并没有造成什么麻烦，但耳边传来了刺耳的金属摩擦声，像是什么东西正在断裂。

几秒钟之后，玻璃幕墙外轰然巨响，数百公斤重的悬桥砸进柏油路面里。

校工们都惊呆了，按照时间表，楚子航……正在那座悬桥上！

楚子航悬浮在雨中。

悬桥下坠的瞬间，他全力起跳，仰望天空。整个天空映在他的瞳孔里，这么看去，好像所有的雨点都是从天心的一点洒落，都会落入他的眼中。

他在瞬息间发生了脱胎换骨般的变化，血液奔流，如寒冰解冻后的大河，每个细胞都春芽般放肆地、用尽全力地呼吸。无穷无尽的力量，沿着肌肉和筋脉无声地传递。

他爆了血。

"爆血"是个通俗的说法，还有各种各样的神秘称呼，比如"愤怒本尊""魔神柱法""阿努比斯啜血咒"等等，人类未必完全理解这种技术的本质，却知道怎么利用它。

本质上说，这是通过精神修行瞬间提升血统的技术，在工业时代之前，是某些混血种家族的最高秘密。

即使是混血种的身体，也能在短时间内获得接近纯血龙族的力量，在屠龙中非常有用。但在中世纪的猎巫行动中，该技术被看作黑巫术的一种，它确实也像是接受恶魔附身。

经过黑暗中世纪的反复清洗，这个技术失去了传承，直到20世纪初，秘党的新锐团体"狮心会"总结旧时代的资料，重现了这种技术。

而楚子航是这一届的狮心会会长。

狮心会，Lionheart Society，又称莱因哈特俱乐部，寓意就是"释放狮子心的社团"。

狮心会中保存下来的资料中说，就仿佛血统里原本藏着一只狮子，你只要解开束缚狮子的绳索，你就能获得它的力量。而束缚这份力量的，恰恰是你自己。

楚子航以人类绝对不可能做到的动作踏在玻璃幕墙上，靠着短瞬间的摩擦力止住下落的趋势，跟着"村雨"刺穿玻璃，整个人吊在大厦之外！再跟着单手发力，重新跃入21楼。

面对忽然回返的楚子航，保安们居然没有任何慌乱，而是纷纷攥紧了手中的警棍，有人则从腰间解下了铁链。

楚子航环视周围，双眼没有聚焦，他的眼里没有这些蝼蚁般的东西。

如果神俯视世界，会凝视每个路人么？

墨镜在下坠的时候跌落了，灼目的黄金瞳亮起在雾气中。保安们开始退却了，金色瞳孔的威严正在和那个控制了他们的言灵对抗。

那是居高临下的俯视，仿佛有一只手捏着他们的心脏，如果抗拒，心脏就会被捏碎。

始终若有若无的歌声忽然拔高，"王选之侍"的领域再度扩张，保安们身上沁出鲜红的血珠，身体机能已经被强化到了极致，血压高到毛细血管纷纷破裂。

言灵之力暂时压过了黄金瞳的威严，保安们再次跃起，把电警棍高举过顶，蛛丝一样的静电再次缠绕在电警棍上。完全没有死角的进攻，同时从四面八方拥来。

"言灵·君焰"，领域张开。

大量的热在狭小的空间中释放，气温在零点零几秒之内上升到接近八十度。

高热瞬间驱逐了雾气，以楚子航为圆心，直径两米之内的球形空间里空气恢复到完全透明，领域之外仍是浓雾，边界清晰可见。

Chapter 4
Sword Devil with Flaming Rage

保安们倒在楚子航左右，没有一根警棍来得及碰到楚子航的身体，瞬间到来的高温令他们的身体来不及反应，体温急剧升高到四十度以上，大脑立刻暂停了工作。

"君焰"甚至不必真的引燃。

前方雾气中响起了金属撞击的声音，那是一柄枪在上膛，一名保安端着仿制"黑星"手枪，对准了楚子航的头部。这无疑是一件违法武器。

楚子航忽然出现在保安面前，握住他的手腕，无声地用力，保安的两根腕骨同时折断。

楚子航把昏迷的保安扔开，他的手已经完全变了形状，骨骼暴突，细密的铁青色鳞片覆盖手背，尖锐的利爪取代了指甲。

几名手持铁链的保安挥舞着铁链贴地横扫，试图打断楚子航的胫骨，楚子航没有闪避，任凭铁链把胫骨缠住。

保安们向着两边拉扯，试图把楚子航拉倒，楚子航矮身抓住铁链，把保安们缓缓地扯回自己身边。

铁链变得极其灼热，保安们惊叫着松手，但他们手心的皮肤被烫得黏在了铁链上。"君焰"把铁链加热到发出隐隐的红光，楚子航挥舞这些红蛇般的链条抽打在保安们的背后，留下漆黑的痕迹，隐约有骨骼碎裂的声音。

几秒钟前这里还满是人，现在所有人都躺在地下，空气中弥漫着灼烧的气味和淡淡的血味。无处不是雾气，白茫茫的，看不到走廊的尽头。

一直为保安们加持的"王选之侍"忽然消失，所有保安都从梦境中苏醒似的，有人哀号，有人直接痛得昏死过去。

楚子航拖着红热的铁链，行走在满地的伤者中，仿佛地狱中走出的炎魔。

保安们都惊恐地爬着后退，楚子航从他们身边走过，铁链发出刺耳的摩擦声，他眼里完全没有这些哀号的人，沿着白汽弥漫的走廊缓缓向前。

咻的一声，冰冷的水幕从上方降下，消防安全系统开始喷水，热感应器报警了。

空荡荡的走廊，满地的人形，浓密的雾气，水从天而降……楚子航抹了抹自己脸上的水，这种感觉就像是孤零零地站在雨夜里。

他步步向前，走廊尽头的雾气里，绿色的"Exit"标志。那扇门里有砰砰的声音，似乎有人在里面疯狂地敲着门，想冲出来。

他一脚踹开门，惨白色的日光灯下，那些似曾相识却又让人永远记不住面孔的影子默默地站着，以没有表情的脸迎接他，窃窃低语，和六年前的迎接仪式一模一样。

在他的眼里，这层楼里到处都是人——也许不能说是人——那些影子缓缓地走出浓雾，向着楚子航走来，发出尖锐的嘶叫声。

楚子航摘下耳麦扔在地上，一脚踩碎，切断了和其他人的联系。那个男人曾经说过，对于这些东西不必有任何怜悯。

受伤的保安都惊恐地看着那个男孩，他嘶吼着挥舞铁链，和看不到的敌人战斗，把墙壁和玻璃都打碎，像是要拆了这个世界。

"行动撤销！ 人员撤回！"曼施坦因抓着麦克风大吼，"警察就要到了！ 不能有人落入警察手里！ 楚子航在哪里？ 楚子航在哪里？"

地球投影上，位于东亚的红点正在高速闪动，警报声席卷中央控制室。

行动滑入了失控的轨道，曼施坦因不清楚到底发生了什么，原本精心设计的行动，却被一辆鬼魅般的无人货车彻底打乱了节奏。

他们和楚子航之间失去了联络，谁也不知道21层到底发生了什么，但联络中断前的碎裂声真是叫人毛骨悚然。

"行动继续。"旁边的施耐德忽然伸出手握住麦克风，不让他继续说下去，"我知道楚子航在哪里。"

施耐德在屏幕上调出一个登陆页面，输入密码之后，润德大厦的剖面图上显示出来，21层那里有个高速闪动的红点。

"那就是楚子航，"施耐德低声说，"他没事，就在21层活动。"

"谢天谢地。"古德里安按着胸口长出一口气。

曼施坦因愣住了："他在干什么？"

"我不知道。"施耐德摇头。

相隔一万八千公里的中国，"村雨"吞吐着火色光影，在雾气里留下透明的刀痕，纵横交错，如一张用笔凶险的毛笔习字帖。

一个又一个黑影扑上来，又在刀刃上被挥为一泼浓浓的墨色，碎裂为千万条墨丝飞射。"村雨"的刀刃上沾满了黑色的血液时，就会有一层清水凝结在刀身上，洗去墨色。

楚子航略微停顿，环视左右，把刀横置在左臂上，刀尖略略下垂，混着墨色的水珠缓缓坠落。他的眼神凶狠，杀意如同燃烧。

更多的黑影走出浓雾，楚子航嘶吼一声，血正沸腾，他没有犹疑，也不问因果，刀刃的风暴再次展开。

敌人是什么？ 斩开就可以了！

这时一楼底商已经完全变了格局，校工中有几人和保安一起帮着疏散人群，另几个忙着帮忙灭火。一家卖ZIPPO打火机的店铺因为震动倒塌，打火机燃料烧了起来。

在更诡异的事故前，保安们已经无暇理会这个美国猛男团了。看起来他们只是有点神经病，来找点乐子的。

"21楼还有什么人？"校工部负责人冲到一名保安前，操着流利的中文大吼。

"没有人剩下了！ 所有人都撤到20楼了！"保安大声回答。

Chapter 4
Sword Devil with Flaming Rage

负责人没来由地一阵恶寒，如果21楼已经被撤空了，楚子航被谁拖在了那里？通讯中断之前，那骤然加速的呼吸声让人有种不祥的预感。

"他从来没有让我失望，他会把我们要的东西带回来。"施耐德看了一眼时钟，"还有两分多钟，时间还够。"

"两分钟？按照计划他现在应该已经带着资料在下降的电梯里！时间还够？整个计划的节奏已经全乱了！叫你的学生撤回来！"曼施坦因又惊又怒。

"我没法叫他回来，我也联系不上他。节奏乱了就乱了，他已经脱离了计划。"施耐德冷冷地说，"但他仍在行动。"

"脱离计划？"

"他会完成任务，会独立取回那些资料，我跟你说过，派出他一个人就足够，团队只是用来阻碍他的。"

"他一个人？"曼施坦因不敢相信自己的耳朵。

SS级任务，整个计划经过诺玛的反复推演，各种风险都被预先排除，最终确定了九人团队。他们是九个零件，合在一起就是一部机器，精密配合，高速运转。

此刻却有一枚零件脱离出来，试图独立去完成整部机器的功能。更可笑的是，打造这枚零件的人深信它能搞定！

这件事的荒诞程度就像一个赛车轮胎准备代替赛车跑完整个拉力赛！而设计师还为这勇敢的轮胎鼓掌！

"这对他不难。我只是希望他别把事情弄得太大。"施耐德拿出早已准备好的资料递给曼施坦因。

曼施坦因疑惑地翻开那沓资料，读了开头几段，脸色忽然大变。

"这是他以前的任务报告，真实版本，你在诺玛那里查到的是我润色过的。"施耐德说。

曼施坦因看了半页就合上了文件夹，深深吸气："施耐德，你自己知道你的学生是什么东西么？"

"不知道，但他很好用。虽然还在实习期，但他才是执行部的王牌专员。"

"但你也不放心他，"曼施坦因盯着施耐德的双眼，"所以你在他身上安了信号源，他知道么？"

"他不知道。不是放心不放心的问题，就像你有一把锋利的刀，你总想知道它在哪里，免得不小心割伤了什么人。"

"信号源装在哪里？"

"他在学院医务部补过牙，信号源就是那时被植入白齿的，上面用钛合金的牙冠盖住，X光都照不出来。"

"血统那么优秀也会蛀牙？"古德里安问。

"知道他也会蛀牙的时候我心里居然有点轻松，"施耐德幽幽地说，"这样他才像个人类，人类本就该是有缺陷的物种，会生病，会疼痛，会怯懦，虽然不够完美，但更真实。"

"那我们现在该怎么办？干等？三个值班教授负责一个行动，却只能隔着上万公里等你器重的学生给我们交上一份满意的答卷？"曼施坦因问。

"还有九十五秒钟，他会交卷的，从来都很准时。"施耐德说。

"老爹你听好，我有……你手边有纸笔么？没有就快去拿！快！"唐威蜷缩在办公桌下，抱着座机。

眼下只有这件沉重的黄花梨家具能给他安全感，他死死地靠着厚实的背板。

"我有三张银行卡，一张交通的，一张招商的，一张工商的，卡号我都写在我们家那本蓝皮相册的夹页里了，密码是你的生日倒过来……老爹你别插嘴，听我说完，我这里很忙，一会儿就得挂。"唐威喘息着，竭力克制着，让自己的声音别发抖，"我们家的房产证都收在大姑家了，六套商品房一间商铺，一共七个房产证，你可别数错了。我用你的名字买了三百万的信托，还有一年半到期，还有你的商业保险别忘了，也是三百万……哦对了对了，我那些表和翡翠都是值钱货，加起来小八百万，可别给我扔了。"唐威抹了把脸，可眼泪还是不争气地往外冒，"我没事儿你别担心，我们不是要签证么？我告诉你家里一共有多少钱嘛，签证官问你的时候你好给他说……我真没事儿！我说话你怎么不信呢？你别他妈的跟我叫板行么？从小你就跟我着急上火，这时候还不至于么……"

"我有个客人，今天晚上不回去吃饭了。"他挂断电话，又拔掉了电话线，免得老爹打回来。

办公室一片漆黑，消防装置发疯似的喷水，整栋楼外面下雨里面也下雨，冷得刺骨。空调停运，电路中断，整栋大楼都瘫痪了。

唐威被困死在这间办公室里了，原本有一部必须刷贵宾卡才能乘坐的电梯直通这间办公室，但现在无论唐威怎么刷，电梯都没反应。

这间办公室并不在21楼，而是位于顶层，算是唐威的安全屋，只有少数几个兄弟知道。唐威在墙里砌进了一个保险柜，现金、账本和重要的东西都存在这里，当然也包括那个资料纸袋。

唐威想自己要死在这间办公室里了。

从那个彪悍的美国猛男团闯进底商开始唐威就觉得不对，21层有唐威的几十号兄弟，兵法上说是重兵屯聚之地，但是仅过了半分钟后，再往下打电话，就没人接了。

唐威想溜，但是来不及了，从顶层下去走楼梯的话，肯定是被人瓮中捉鳖。

Chapter 4
Sword Devil with Flaming Rage

他早就知道猎人这行的钱不好赚，江湖上说得好，"出来混，迟早都要还。"这些年半黑不白的事情做了很多，光人家祖坟就刨了几十座，要说没报应，唐威自己都不信。

他之所以想去越南，也是想着路比较远，"报应"这东西路痴，未必还能找得到他。

最后一单永远都是个忌讳，他早该明白这二百五十万美元来得太容易了，来得太容易的钱都烫手。

好在他已经赚够了钱，那些钱被他洗了又洗，洗得白白的，以不同名目转到老爹名下了。要是他真的挂了，老爹会忽然发现自己原来是个富豪。一个老光棍揣着几千万上亿，不知多少居心叵测的女人会觊觎老爹的钱。

唐威当然是有过娘的，但老娘是他绝口不提的伤心事。他很小的时候，老娘就扔下他们父子俩南下赚钱了，然后就再没回来。唐威的老爹是个工人，就靠着厂子里的那点工资加上夜里帮人家看仓库赚钱，供唐威上学，后来还提前退休，把工作让给了唐威，自己接着帮人看仓库。

老爹一直没再婚，尽管没女人家里过得很苦。老爹倒不是痴痴地盼着老娘回来，老爹也喜欢胸大的女人，但这样的女人都要求老爹把唐威送到奶奶家养。

老爹不愿意，老爹说我儿子不能那么养，我儿子那是个流氓啊，人家镇不住他，他一定要待在我身边！

所以没有女人愿意跟老爹过。

唐威很小就想明白一件事，因为老爹很傻，所以他自己必须很牛。一家子就俩男人，总得有个很牛的，否则不叫人欺负死么？

唐威发了第一笔横财之后，把所有钱都提成现金，一摞一摞摆在老爹面前说："嘿！怎么样？你儿子有出息吧？要花多少花多少！拿！"

老爹拖着哭腔说："儿子抢银行要杀头的！你赶快走，钱你都带走，我留下帮你把警察拖着。"

想到这一节，唐威的眼泪哗哗的，心说早知道该在自己挂掉之前给老爹把老伴搞定，这样自己也能放心地去了。可是老爹平日里来往密切的那几个都不入唐威的法眼，要么眼袋太大要么皮肤太黑，拿来当后妈，唐威觉得在朋友圈里抬不起头来。

他哭了一会儿，忽然想起一件事来，就算对头知道这个办公室，可是贵宾电梯停运了，来这里的捷径没了，警察来之前应该是到不了的。

他赶紧从桌肚里爬出来，把办公室的门扣死，又把桌子推过去抵住，终于觉得自己安全了，略略松了口气。

可他一扭头，心脏差点从喉咙里跳出来……漆黑的人影贴在巨大的落地窗上！

这里距离地面差不多有两百米！什么人能在几分钟里爬上两百米高的摩天大楼？超人还是蜘蛛侠？瓢泼大雨打在窗外的人身上，水沫像是一层微光笼罩着他，

113

他似乎穿着一身铁青色的鳞甲,有一双赤金色的瞳孔。

唐威尖叫一声,扑向墙上挂着的弩弓。那是从美国带回来的,说是用来射鱼,其实是件凶器,威力不比子弹差。唐威用尽全力扳弦,他已经顾不上人命不人命了,那家伙只看剪影就让人心胆俱丧。

唐威希望顶层坚固的双层强化玻璃能挡黑影一下,他还需要几秒钟。

但玻璃竟然开始熔化了! 黑影身边出现一道道暗红色的气流,玻璃遇到那些气流,就像是蜡遇见了火。

黑影走进了办公室,靠近他的各种东西都无声地燃烧起来,暗红色气流像蛇一样流窜。火光照亮了他狰狞的脸,额角和两颊锋利地凸出。

那简直是个燃着黑火的恶魔。

唐威终于上好了弦,抬手就射,他的双瞳也泛起了金色,像是蜥蜴或是蛇的眼睛。这是唐威最大的秘密,他能吃猎人这碗饭,全靠这双眼睛。集中全部精神时,他的瞳孔就会变色,体力和反应速度都有很大的提升。

弩箭撕裂空气,仿佛剪开丝绢。这种距离上,这么强有力的一箭,根本没可能躲。

对方也没躲,抬手轻挥,弩箭从中分为两半。

对方缓缓抬起头,十倍于唐威的金色瞳光爆射,火光也为之黯淡。唐威觉得一股巨大的力量把自己的目光强行推了回来,不由自主地跪下,瑟瑟发抖。

唐威再也没有勇气和他对视,自己的金色瞳孔跟对方的比起来,就像是蛇虫仰视魔鬼。

对方上前一步,唐威双脚离地,他被一只滚烫的、铁钳般的手捏住了脖子,狠狠地推在墙上,颈骨正处在开裂的边缘。他全身抽搐,却没有任何挣扎的余地,铁钳缓缓地收紧,大脑缺血,视野渐渐模糊。

最后只剩下那双黄金瞳占据了唐威的整个视野,缓慢地张合。那决不可能是人类的眼睛,没有丝毫的怜悯。对方在观察唐威,带着冷漠的好奇心,就像是小孩子用树枝捅死蚂蚁。

颈骨发出咔咔的怪响,原来听着自己的脖子断掉是这样的可怖。唐威心想真的要死了,他反倒希望对方快点。

对方忽然松手,任唐威掉下来摔了个狗啃泥。唐威刚刚恢复了一丝神志,还没想明白自己是不是该庆幸,就看见对方转身抄起了灭火器。

"难道是要砸死?"唐威心里惨叫。

可对方只是压下喷筒对着唐威一顿喷,吹灭了唐威身上的火焰。唐威这才注意到自己的衣服不知何时被点着了。

对方丢下灭火器,缓步后退,每步都在地毯上留下漆黑的脚印。缠绕着他的黑红色气流淡去,铁青色的细鳞重新缩回了皮下。

那不是魔神也不是怪物，是个清秀的年轻人，也许只能算是大男孩，穿着联邦快递的工作服。如果不是右手那柄肃杀的利刃，他看起来就是个冒雨来取快递的小弟。

楚子航坐在沙发上，双手按着长刀，缓缓地调整呼吸。

最后一刻，他总算醒了过来。从走廊延续到这里的屠杀只是一场幻觉，那是他的心魔。如果人有灵魂的话，他的一半灵魂始终留在那条风雨中的高架路上。

那个释放"王选之侍"的神秘人物，他并未结束言灵，而是用更隐秘的办法把"王选之侍"用在了楚子航身上，把他变成一只咆哮的战兽。

唐威没明白这是怎么了，对方忽然从怪物变回了男孩，又好像是忽然变得苍老了。

"你父亲？"楚子航指指墙上的照片。

唐威正捂着喉咙剧烈地咳嗽。

那是张放大到三十六寸的老照片，嵌在紫檀镜框里，照片上唐威穿着一身黑袍，戴着学士帽，和老爹勾肩搭背。阳光灿烂，老爹满脸褶子里好像要开出花来。

那是唐威的毕业照，虽说唐威上的那所大学不怎么样，但老爹辛苦那么多年好歹把唐威培养出来，得意洋洋，跟厂子的人到处说，还特意买了身西服参加唐威的毕业典礼。

照片上印着一行红字，"1994年07月，儿唐威大学毕业，父字"。

"是是！"唐威使劲点头，"我爹！像我是不是？大鼻头！"

他意识到自己死里逃生居然是因为这张照片。

不过自己老爹并非什么声名赫赫的人物，只是个没本事的工人，何德何能就让这个恶魔般的男孩留自己一命？

难道说这是自己流落在外的兄弟？老妈跑路很多年了，老爹在外面乱搞也不能说是错。

不过老爹能生出这么清秀的私生子么？那老爹在外面的女人该是个美人啊！唐威一边打量男孩，一边脑内各种小剧场。

男孩点点头："我的时间有限。你拿了不该拿的东西。"

唐威二话不说，打开保险箱拿出纸袋，小心翼翼地捧了过去。

"没有拆开过？"男孩看了一眼完好无损的封条。

"哪敢呢？客户要的东西，我们哪敢偷看？本来是要今晚寄出去，您就来了。"唐威点头哈腰。

"抱歉给你造成了财务损失。"男孩拎着纸袋走向落地窗。

他跃了出去，消失在茫茫雨幕中。

唐威呆了半分钟之后，软绵绵地跌坐在地，用颤抖的手摸出手机，拨通了老爹的号码。

电话刚接通就传来老爹又惊又怒的叫骂，骂他说了一通丧气的鬼话之后就把电话给挂断了，回拨他也不接，吓得老爹心脏病差点发作。

"你他妈吵吵什么啊？客人走了，我今晚回去吃饭，给我留口热的！"唐威不耐烦地挂断了电话。

他疲惫地靠在书柜上，接着琢磨到底老爹有没有瞒着自己在外面泡大妈。

落地钟轰鸣起来，钟声在办公室的四壁间回荡。

唐威猛地打了个哆嗦，想起了本该在19：00来取邮报的快递员。雇主提到的快递员就是这个男孩，而原定的结局他现在已经死了。他侥幸活了下来，只是因为那张照片。

卡塞尔学院本部，中央控制室，大屏幕上的时间跳到"19：00"。地球投影上，位于东亚的红点消失，施耐德仰头，缓缓吐出一口气。

"任务完成，"曼施坦因点点头，"施耐德，你说得没错，他完全有能力独立完成任务，但他没法跟任何人配合，他的血统太强了。"

"对于追求'最强'的学生来说，只有'最强'才是及格的，其他都不及格。"施耐德没有任何欣慰的表情，"这也是他最大的缺点。"

"我不想恭喜你有这么好的学生，"曼施坦因摇头，"他又一次出问题了。行动开始的一分五十秒后，他就完全脱离了我们制订的计划。虽然他成功地夺还了资料，但我们不清楚在那三分十秒里他做了什么。还有他造成的大量受伤事件，这次善后工作可不轻松。虽然我很担心善后的账单很惊人，但你知道，最大的麻烦不是这个。"

施耐德点点头："是任务报告，他这一次可能在失控边缘。"

"我可以当作不知道，但你必须想办法处理，"曼施坦因说，"别因为个人感情而影响判断。"

"有时候我倒是宁愿他和路明非一样，没有什么能力。"施耐德低声说。

"说什么蠢话？"古德里安表示了不满，"明非浑身上下都是灵感！"

"说起来你的得意高徒在干什么呢？"曼施坦因皱眉。

"根据行动计划表，他正在陪女孩吃晚餐。"施耐德冷冷地说。

第五章 蒲公英
Dandelion

"明非，你一个人在国外辛不辛苦？"陈雯雯轻声问，并不看路明非，低头看着自己的餐盘。

"还好还好，我有个同宿舍的师兄叫芬格尔，还有个老大恺撒，都很够意思。"路明非的声音在餐馆的每个角落里回响。

这栋建筑在解放前是一个法国商人的洋房，Aspasia 买下来之后重新装修，保留了老旧的榆木地板，四面墙壁全部砸掉换成落地窗，屋子和屋子之间打通，楼板也都砸掉，抬头就是挑高八米的穹顶，近一百年历史的旧木梁上悬着一盏巨大的枝形吊灯，此刻吊灯是熄灭的，巨大的空间里，亮着的只有路明非和陈雯雯桌上的烛台。

也只有他们一桌客人。

恺撒老大烧包地包了场了，可能是觉得劳动他出马只是定个餐位有牛刀杀鸡之嫌。

陈雯雯穿着那身路明非很熟悉的白裙，白色的蕾丝边袜子，平底黑色皮鞋，烛光在她苍白的脸颊上抹上了淡淡的一层暖色。

路明非一身黑色正装，佛罗伦萨风格的衬衣，还是珍珠贝的纽扣。这套行头就搁在宝马车后座上。

左手不远处，竖着一艘巨大的古船，船首直顶到屋顶。那是一艘明朝沉船，Aspasia 打捞上来，别出心裁地用作酒柜。

右边是一扇巨大的窗，窗外是林荫路，林荫路外是小河。雨哗哗地打在玻璃上。

路明非这辈子没有这么正儿八经地吃过饭，腰挺得笔直，好像有人在他的后腰里插了一根擀面杖，双肘悬空左叉右刀，切羊排的动作一板一眼——他这是担心弄皱了衣服要他赔。

没有点菜的过程，忌口和爱吃的东西早有备案，但那事实上是按照恺撒的口味做的备案。行政主厨亲自出马选定最好的几样食材，奶酪是在意大利某山洞里发酵了五年的，羊排保证来自意大利六个月大的本地山羊，鱼鲜取自日本横滨，总之每一道菜都很厉害，路明非虽然听不懂那些古怪的名字，但"厉害"两字还是懂的。

每一道菜搭配不同的葡萄酒。路明非对于这种酸涩的饮料兴趣不大，但这不是塌台的时候，不是跟芬格尔吃饭。

每一口吃的喝的，那是菜么？那都是品位啊！路明非端着架子吃，充满牛×感。

"我开始以为你跟我开玩笑的。"陈雯雯抿了一口酒，"我在网上搜了这家餐馆，他们在申报米其林三星，价格高得吓人。"

路明非嘚瑟地点头："正宗的意大利菜，比较小众，价格高点也正常。"

其实他对于意大利菜的了解仅限于比萨，但此刻男女对坐，烛光飘摇，窃窃私语，提什么比萨？那东西本质上跟肉烧饼有什么区别？当然得拿出点鹅肝、白松露、鱼子酱一类上得台面的玩意儿来说。

"酒真好，"陈雯雯说，"明非你在美国学会喝红酒了么？"

"哦，略懂……有的口感醇厚一些，有的果香味浓一些，多喝就喝出来了。"路明非舔了舔嘴唇，他们正在喝一瓶1997年产的玛高。

他对酒的知识来自芬格尔，消夜时芬格尔偶尔点一瓶红酒开胃。但芬格尔点的都是酸得和老陈醋有一拼的餐酒，在法国当地的地位好比中国乡下供销社论斤零打的散酒，至于什么拉菲拉图庄玛高庄康帝庄，芬格尔看不都看，因为喝不起。

"没见过你穿西装，还挺合身的。"陈雯雯看了路明非一眼。

路明非腰杆又硬了几分。其实他在文学社毕业聚会上穿过那身韩版小西装，帮赵孟华扮演那个小写"i"，陈雯雯忘了。那身当然和这身没法比，这身是恺撒的标准。

诺诺说恺撒对衣服挑剔到爆，不穿任何品牌的成衣，总在某几家小裁缝店定做，那家店保留着恺撒从五岁到十八岁各个年龄段的身材纸模，想定衣服只要打个电话，堪称加图索家御用织造府。

"早知道是这种场合我该穿正式一点的。"陈雯雯又说。

"这样挺好啊。"路明非大着胆子，自上而下、从发梢到脚尖打量陈雯雯，心里惬意。

怎能不好呢？他记忆里，陈雯雯永远都穿着这件白得近乎透明的裙子，坐在阳光里的长椅上看书。似乎没了这条裙子，陈雯雯就不是陈雯雯了。

高中三年里，他即使凑得离陈雯雯很近很近，也觉得自己是在远眺她。她身边总有各种各样的男生在转，把她围了起来，那些男生都比他路明非出色，让他自惭形秽，挤不进去。如今还是这身白裙，陈雯雯肌肤上流淌着一层温暖的光，距离他只有五十……也许四十厘米，他抬头就能触到那双温婉的眼睛，闻见她头发上温和的香味，可以随便观察肆无忌惮，好像以前生物课上做解剖，老师要求他们一毫米一毫米地观察小青蛙……以前围着陈雯雯的那些人在哪儿呢？哈！没有一个能挡在他俩中间，今晚这 Aspasia……爷包场了！

音乐声若有若无，路明非蠢蠢欲动。

"这首歌不错。"路明非开始在艺术上装大尾巴狼。

"是 Dalida 的《Love in Portofino》，你也喜欢啊？"陈雯雯惊喜地眼睛发亮，"路明非……你变啦。"

路明非一愣，不由地低头，从纯银勺子里看自己的脸。变了么？ 拽起来了？不再是那个灰头土脸的小屁孩了？ 也会吃着意大利菜欣赏 Dalida 的歌了？

终于等到这伟大的一日，王八翻身了！

以前路明非最烦班里那些有钱的主儿，炫耀暑假全家出国度假，家里新买了什么房子，不经意地把身上的名牌 Logo 亮出来，下雨天里钻进自家的好车，挥手跟屋檐下苦×地等雨停的同学说再见……多庸俗啊！可偏偏女生们不矜持，总被这样的少爷范儿唬得一愣一愣的，个个星星眼。不过有朝一日轮到自己嘚瑟，忽然发现原来这么惬意，简直飘飘欲仙呐！

路明非趴在桌上，这样距离陈雯雯的脸更近一点，蠢蠢欲动得即将飞起。

楚子航伸出颤抖的手，关闭了 Panamera 的引擎。车灯随之熄灭，车库里一片黑暗。

他无声地大口呼吸，积攒体力，直到觉得重新能动了，才打开车顶阅读灯，摘下墨镜，重新换上黑色的隐形眼镜。

他下车，剥下联邦快递的制服，换上网球衣，在胸口抹了点灰尘。满头冷汗，头发湿透，这点不必伪装。对着镜子看，他确实像是从网球场回来，很累。

他穿越草坪时，隐藏式喷水管从地下升起，旋转着把水喷在他身上。水的冷意让他觉得虚弱，眼前一阵阵地模糊，剩下的体力不多了，大概还能支撑着走上几百米，要慎用。最好爸爸妈妈都别在家，这样就不会在客厅里被拦下来说话。

他小心地推开门，愣了一下。妈妈蜷缩在沙发里，睡着了。通常这个时候她都在外面泡吧，跟那帮阿姨喝着威士忌大声说笑。今天不知怎么例外了。

睡相真是难看。这女人一睡着就很不讲究，不知道打了多少个滚，豪迈地露着整条大腿不说，丝绸睡裙上还满是皱褶，倒像是张抹布。她怀里抱着薄毯，像是小孩睡觉喜欢抱个娃娃。空调吹着冷风，温度还是楚子航临走前设的，可那是阳光炽烈的上午，现在是暴雨忽降的晚上。面对这样的老妈，楚子航不知道该是什么表情。从沙发边走过时他闻到一股浓重的酒味，随手扯了扯毯子，把老妈盖好，转身上楼，直接进了卫生间。

把门插上，检查了一遍锁，确认不会有人忽然闯进来，楚子航低喘着靠在门上，一手捂紧腰间，一手把球衣扒了下来。球衣浸透了冷汗，就在从车库走到家里这区

119

区几十米间。右下腹上压着一层层的纸巾，下面的伤口已经有点结痂了，可一动又裂开，小股鲜血沿着身体流淌。他从吊柜里拿出医药箱，在里面找到了破伤风的疫苗、碘酒和绷带。

揭开被血浸透的纸巾，露出了简单包扎的伤口，包扎方式粗放得让人惊悚。楚子航用的是透明胶带，就是用来封纸板箱的那种胶带。当时他只能找到透明胶带，于是就像封个破纸箱那样把自己封起来，只要血不流出来，不让校工部的人看到就好。

楚子航咬着牙撕掉胶带，血汩汩地涌了出来，他用卫生纸把血吸掉，同时捏到了伤口里的东西。

一块尖锐的碎玻璃，大约有一寸长，全部没进去了。悬桥下坠的瞬间，他的腹部撞在了碎裂的玻璃幕墙上。因为及时爆血，大量分泌的肾上腺素令他感觉不到疼痛，但爆血的效果结束后，疼痛报复似的加倍强烈。毕竟还只是人类的身体。

即使隔着卫生纸触碰那块玻璃也痛得他抽搐。碎玻璃像是长在他的身体里了，是他的一块骨骼，拔掉它就像是拔掉自己的一根骨头。

他把毛巾卷咬在嘴里，深呼吸几次，猛地发力……细小的血滴溅了半面镜子。

瞬间的剧痛让他近乎脱力，眼前一片漆黑，半分钟后，视觉才慢慢恢复。他看了一眼沾着血污的碎玻璃，把它轻轻放在洗手池的台子上。

用卫生纸吸血之后，他把一次性注射器插进上臂三角肌，注入破伤风疫苗，然后用酒精棉球直接擦拭伤口，虽然这无异于在伤口上再割一刀，但家用医药箱里没有比酒精更好的消毒液了。染红了所有的酒精棉球后，伤口不再出血。他把云南白药软膏抹在一块纱布上，按在伤口上，用绷带在腰间一圈圈缠好。

他再换上一件白衬衫，把下摆扎进西裤里，这样绷带完全被遮住了。

他在镜子里端详自己，看起来没什么异样，只是脸上少了点血色。

他把染血的棉球纸巾、注射器、碎玻璃全部收入网球包里，把地下的血迹擦干净，最后检查了洗手间的每个角落，确认没有留下任何痕迹。他不会留下任何痕迹，在这个屋子里生活的楚子航是另外一个人，跟卡塞尔学院没有关系，是个好学生，听话，喜欢打篮球、看书，无不良嗜好更无暴力倾向，连喜欢的偶像都很优质。有时候楚子航都觉得那样的一个人苍白得像个纸人，可爹妈为拥有这样纸人似的"优质后代"而感到自豪。

如果他们看见这些沾血的东西，大概就不会自豪了，会觉得自己养了一个怪物。

没人喜欢怪物，楚子航并不怪他们，因此他扮出苍白好看的一面来。楚子航希望爹娘开心点儿，至于他们眼里的自己是真是假，并不重要。

卧室里始终有一只收拾好的行李箱和一个装手提电脑的背包，任何时候都可以出发。楚子航检查护照的有效期，提起行李下楼。

妈妈还睡在沙发里，紧紧地抱着毯子。

楚子航拿过一个抱枕，使点劲抽出毯子，同时把抱枕递到她怀里。妈妈抱着抱枕继续睡，微微打着鼻息。楚子航把毯子盖在她身上，四角掖好，坐在旁边默默地看她的脸。

今天妈妈大概一天没出去玩，也就没化妆，这样看起来有点显老，眼角有细微的皱纹。一个年轻时太美的女人配上醉酒后的老态，会让人觉得有点苍凉。

要接受这样一个女人就是自己的老妈还真有点不容易，记忆中她对自己做过最靠谱的事就是把自己生下来。据那个男人说，那次她也想放弃，说生儿子会很痛吧？不如打掉算了。可惜她后悔时已经怀胎八月，医生告诫她说此时打胎纯属自杀，楚子航才得了小命。

从楚子航开始听得懂人说话，女人就把他抱在怀里念叨，妈妈生你下来可痛了，要赶快长大了照顾妈妈哦；妈妈上班可辛苦了，要赶快长大赚钱养妈妈哦；世界上坏人可多了，要赶快长大保护妈妈哦……妈妈可脆弱了妈妈可累了妈妈吃的苦可多了……因为妈妈那么不容易，所以家长会妈妈没来，春游没人给他准备午餐，下雨天没人来接，发高烧的时候……妈妈倒是陪着他，只不过她对如何照顾发烧的小孩毫无经验，所以既没有喂药也没有喂水，而是摸着楚子航小小的额头说，头昏不？妈妈给子航唱首好听的歌吧！

从来没有人对楚子航许诺以保护，而他从小就觉得自己要照顾很多人。

雨打在玻璃窗上沙沙作响，妈妈翻了个身，无意识地踹了踹楚子航，楚子航帮她把毯子重新盖好。他估计自己走前没机会告别了，老妈就是这样没心没肝的，一睡就睡死。吵醒她她就会发脾气。

家里的雇工佟姨进来了，拿围裙擦着手："子航，你要出门啊？"她看见了楚子航的箱子。

"嗯，学校小学期提前开课，通知回去报到。"楚子航点点头，"夜班飞机。"

"哎哟，怎么不给你爸妈说一声呢？全家一起吃个饭，叫司机送你嘛。"

"昨天跟他们说了，爸爸今晚有应酬。"楚子航说。

"你爸今晚跟土地局的人吃饭。"佟姨说。她的意思是爸爸要见重要的客户，迫不得已，所以才没有回来送他。

"嗯，没事。"楚子航说。

他并不怀疑，如果爸爸能腾出时间，一定会安排请他吃个饭的。爸爸在业务上那么成功，就是方方面面都应酬得好。他应酬楚子航也应酬得很好，礼物礼数都不缺，叫人挑不出什么毛病来。但楚子航觉得自己不需要被应酬，所以故意在出发的前一天才说，那时爸爸和土地局的晚餐已经改不了时间了。

"以后别让我妈在客厅里睡，会着凉。"楚子航说。

"不是不是，她刚睡，"佟姨赶紧说，"她刚才在厨房里捣鼓着煮东西，让我去超市买醋，我回来就看她睡下了。"

"煮东西？"楚子航愣了一下，真奇了怪了，"油瓶倒了都不扶"像是为老妈量身定制的俗语。

"糟！她不会用火，厨房里别出事！"楚子航一惊。

两个人急忙跑进厨房，扑面而来的是一股焦煳味。满厨房都是烟，抽油烟机也没开，再浓一些烟雾报警器都要响了。

楚子航一把关了煤气阀门，把全部窗户打开，烟雾略微散去，佟姨从煤气炉上端下一口烧得漆黑的锅，这只锅德国进口，不锈钢质，每天都被佟姨擦得可以当镜子用。

"这什么啊？"楚子航掩着鼻子。锅里一片焦煳，全部炭化了，看不清煮的是什么。

楚子航猜是安妮阿姨又带老妈去上什么"时尚厨房培训班"了，引得她对厨艺跃跃欲试。那种班很好玩的，一群挎着LV、Chanel、巴黎世家的阿姨由大师范儿的厨子手把手教做菜，要么是"椰子蛋白帝王蟹配婷巴克家族阿尔萨斯灰皮诺干白"，要么是"虎掌菌青梅烧肉配吉歌浓酒庄皇家干红"。老妈学完就回来给楚子航演练，楚子航每次面对骨瓷碟里的一堆面目模糊的物体，都会尝一点然后建议说，妈你要不要也尝尝看？老妈尝完就哭丧着脸说，上课时候我做的分明跟这不是一个东西！楚子航理解为什么完全不是一个东西，上课时有人把原材料备好，有厨师站在背后实时指导，这么做菜，就算是卖肉夹馍的陕北大爷也能做出地道的法国菜。

"洗不出来了，连锅扔了吧。"楚子航说。

"我明白了，你妈在煮饺子！"佟姨一拍大腿。

楚子航一愣。饺子？是指意大利pasta么？"上汤松茸意大利pasta配雷司令白葡萄酒"？这道上次失败了，之后老妈发誓再也不做了啊。

"上马饺子下马面，你妈是煮饺子给你吃。"佟姨说，"她是陕西人。"

楚子航下意识地摸了一下自己的胸口，里面极深的地方有一小块微微抽动了一下。厨房的中央岛，不锈钢面板上散落着面粉，横着一根粗大的擀面杖……难怪老妈指挥佟姨去买醋，原来是吃饺子啊，上马饺子下马面，出门总要吃碗饺子再走。这道菜时尚厨房的厨子不会教她，只能是姥姥传的手艺，"芹菜猪肉馅手造饺子配2010年精选镇江香醋"。

难怪她没出去玩，还以为是因为下雨了，楚子航想。

他从锅里捞了一片面皮儿塞进嘴里，味道真够给力的，他鼻孔里一股焦味，好像给人当烟囱使过。

"吃不了了，还是倒掉吧。"楚子航说着，还是咽了下去。

他在水池里洗手，忽然又想起那个男人来。总觉得那个男人的一生很扯淡，看起来一副衰到家的模样，吹着不相干的牛，赔着笑脸给人开车，看着老婆抱儿子跑了，直到最后才暴露出那可怕的血统。其实凭着那男人的血统，很多东西都会唾手可得。

凌驾于世人之上的、杀人如斩刍狗的龙血。

可牛×到那份上了，为什么还要隐藏起血统来，伏低做小地伺候老婆哄老婆开心，过什么"正常人"的生活？

什么是混血种？ 是介于人类和龙类之间的异种，即便你所做的事关乎人类的存续，但你自己并不是个真正的人类，燃烧起血统的时候你的瞳孔和龙类一样是金黄的。黄金龙瞳里世界根本就是另一个模样，龙类杀伐决断，以实力决定地位，如果龙类的世界里也有社会阶级排行榜，这个榜单总被鲜血和死亡清洗。

一个王，总被新的王杀死。

可还是想要有个狗窝一样的地方可以回去么？ 想要有个……家？

"佟姨，记得提醒我妈每天喝牛奶。"楚子航打开冰箱，取出一盒牛奶给佟姨看，"就买这种三元的低脂奶，其他的她不喝，要加一块方糖，微波炉打到低火热五分钟，每晚睡前看着她喝下去。"

"知道知道，跟以前一样嘛。"佟姨说。她不太明白楚子航这个习惯，每次出国前都把这套程序重讲一遍，好像叮嘱什么天大的事儿。

"车我会留在机场的停车场，车钥匙和停车卡我塞在手套箱里，叫家里司机带备用钥匙去提回来。"楚子航说，"我走了。"

"子航你不跟你妈说一声？"

"我不太习惯跟人道别……每次送我……她就会对我猛亲……"楚子航拎起旅行箱，消失在门外的雨中。

"先生，要不要来这边，选一支配甜点的甜酒？"侍酒师神出鬼没地出现在路明非背后。

路明非心说你们真是……这时候瞎凑什么热闹？ 但不知道这是不是意大利餐的习俗，于是矜持地冲陈雯雯点点头："我一会儿回来。"

侍酒师引他到那座古船酒柜的阴影里，一边指着那些金黄色的小瓶给他介绍，一边压低了声音："包场这样的大手笔，是值得纪念的日子吧？ 上甜点的时候，要不要给女士来一份惊喜？"

"惊喜？ 多抹点奶油？"路明非没明白。

"《蜘蛛侠2》看过么？"侍酒师耐心地解释，"蜘蛛侠跟女朋友求婚，请吃饭，让侍者把钻戒放在香槟里……"

"嚎嘎!"路明非如醍醐灌顶。

这种牛×又小资的场合,雨夜把两个人和整个世界分隔开,一顿精致的意大利菜,喝了一点酒,空气里浮动着 Dalida 的低唱,烛光洒在女孩白色的裙子上。难道不该蠢蠢欲动地……啊不对,是"情由心生"地,说出什么重要的话来么? 这根本就是为表白而准备的舞台啊! 女孩在看着你,眼帘低垂,面颊绯红,聚光灯已经打在你身上,麦克都递到你手上了,观众就等喝彩了,你不说出什么感天动地的表白来,简直就是丧尽天良!

"戒指没有……这还没到求婚的份上吧。"路明非挠头。

"没事儿,有我们呐! 比如把你们相识相知中最重要的一句话做在奶酪蛋糕的雕花上。"侍酒师有力地竖起拇指,"我们的服务是一流的!"

"哦! 真是便宜实惠啊!"路明非眉开眼笑。

"那请问你们定情的那句话是什么呢?"侍酒师问。

路明非仰望屋顶,烛光照亮他的双眸,双眸中有隐约的火苗萌动,满脸桃花盛开。

侍酒师拿着纸笔,屏住呼吸等着。

"没有。"路明非叹了口气。

侍酒师抚额,不知道这位尊贵的贵宾是不善于言辞呢,还是太过羞涩。

"那就来个奥林匹克的五环标志吧!"路明非忽然说。

"哦哦。"侍酒师茫然地点点头。

路明非回到桌边,陈雯雯正玩着那枚浮水蜡,冲他盈盈一笑,没多说话。

路明非也笑笑,一边攻克最后几块羊排一边等待那块有奥林匹克标志的奶酪蛋糕。

侍酒师哪里懂路明非那些弯弯绕绕的心思? 他是想到高二的时候仕兰中学高中部运动会,他的项目是五千米长跑。没人强迫他报名,因为陈雯雯的项目也是五千米长跑,这个项目又是男女混合的,路明非自负还有点长力,这样便能在陈雯雯面前显摆一下。没料到陈雯雯看起来弱不禁风,小学时候居然是田径队的,枪声一响只看见她嗖地蹿出去,紧跟在徐岩岩背后跑在第一集团,借着徐岩岩挡了一路的风之后,这姑娘在最后一圈发力,拿下了女生组第二名。此刻路明非还差着一整圈,正在路上哎哟哎哟地磨蹭,他出发的时候就被挤倒了,膝盖在跑道上磨破了,落在了最后。五千米是最后一个项目,跑道上只剩下他一个人,其他人看完比赛都纷纷溜号了,路明非正在琢磨要不要干脆改变方向跑向田径场出口时,陈雯雯穿越整个田径场跑向他,陪他一起跑。

"加油加油,我们文学社的都不能落下啊!"陈雯雯当时是这么说的。那时候她穿着白色的 T 恤，胸口是奥林匹克的五环标志，真是美好得让人想去皈依一下什么的。

多有纪念意义的事件！就当作定情好了！

他开始进入"前缘早定"的状态中，认定了其实是自己早跟陈雯雯眉来眼去而不是赵孟华，一切情圣都有这个潜质，看中什么漂亮姑娘就觉得是有前缘注定，好比贾宝玉那句经典的"这个妹妹我见过的"，简而言之就是发花痴。

"路明非，上次来接你的那个师姐这次没回来？"陈雯雯忽然问。

仿佛当头一盆冷水，花痴状态消退，路明非的脑海里浮起红发小巫女的影子，还有耳畔晃来晃去的银色四叶草耳坠。

"她跟男朋友出去度假了吧？"路明非低声说。

小巫女的影子还在一蹦一蹦的，像个装了弹簧的小木偶。唉，别蹦啦，现在不是你演女主角的场合，你的男主角是恺撒啦……路明非心里一团乱糟糟。

一个人会同时喜欢两个女孩么？路明非看过一篇心理学的文章说不会，段正淳是不会存在的，要是号称自己同时喜欢两个女孩，就是一个都不喜欢。那么诺诺和陈雯雯里他只能喜欢一个，而另一个就是青春期男性荷尔蒙的蠢蠢欲动什么的。选谁呢选谁呢？

路明非今年十九岁，光棍了十九年，很想认真地喜欢一个女孩。

是啊是啊，诺诺很好。她开火红色的法拉利，穿火红色的比基尼，她是罕见的 A 级血统，在混血种中都算佼佼者。她活泼漂亮又能打，推测也是名门出身不缺钱。她心思百转千回，是一本你永远读不懂读不完又想读的书，要是能跟她在一起你的一辈子都有事可做了，就是研究她，反复地研究她。

总之诺诺什么都好，跟她比起来陈雯雯只是普通女孩。但是诺诺离他太远，他是诺诺的小马仔，跟着诺诺鞍前马后，能配得上诺诺的只有恺撒。

你是选择天边的女神，还是咫尺之遥的姑娘？

陈雯雯在看着你欸！她大概在等你说点什么！

别想啦兄弟！跟着小巫女混没前途的！再怎么不过是一曲觊觎天鹅的癞蛤蟆狂想曲啊！老话怎么说的来着？十鸟在林不如一鸟在手呀！天上金凤凰不如枝头小乌鸦呀！想一想，现在只要说句表白的话没准就脱团啦！就是有女朋友的人啦！这辈子还没搂过女孩的腰嘞！还没有一块自己的情人节巧克力嘞！这么好的事情你不想么？只要说一句话！只要你一句话！九九八元八心八箭天然钻石项链属于你！数量有限赶快哟！拿起电话订购吧……

好像有点奇怪的东西混进脑子里来了……回到正确的轨道上……这么好的事情你不想么？只要说一句话！以后的情人节再不用跟芬格尔一起看《断背山》度过了啊！没准还有定情一吻赠予您嘞！看一眼烛光下陈雯雯温软如花瓣的嘴唇？你

125

就敢说自己不蠢蠢欲动？

路明非心里有一千一万个小魔鬼在舞蹈。

妈的！就这样定了！人不泡妞枉少年！等个屁啊！等得黄花菜都凉了！什么雕花奶酪蛋糕？表白靠的是一张嘴啊！

他猛地抬起头，看向桌子对面："我其实喜欢……"

"镇静，不要把食物吐在我脸上。"桌子对面，路鸣泽淡定地切着金枪鱼腩。

不是路明非胖胖圆圆的表弟，而是和他做生命交易的魔鬼版路鸣泽。小家伙头发梳得一丝不苟，黑色正装配立领衬衫，蝴蝶领结，上衣兜里塞着蕾丝边的手帕，整个人和这家酒店的定位同步率百分之百，让人觉得他本就是坐在这里吃饭的客人，素衣白裙的陈雯雯才显得不搭。

真是说魔鬼魔鬼到啊！

"我其实真没想吐你一脸，"路明非猛地举起餐碟，"我是想一碟子拍你脑袋上！"

"你思想斗争了那么久，我等得有点无聊，所以把你召来说说话。哦对了，生日快乐，哥哥。"路鸣泽举杯，抿了一口，忽然皱眉。

"波尔多左岸五大庄里我最不喜欢玛高，艳俗！"路鸣泽闻着酒香摇头，"金枪鱼腩煎得正好，不过如果是我做，我会配松茸来调味而不是松露，让我尝尝你的羊排……"

路明非一巴掌拍在他额头上把他推开，三口两口把剩下的羊排吞了。

"真小气，不就想吃你块羊排么。"路鸣泽说。

"让你也不如意一下，免得总是你牵着我的鼻子走。"路明非哼哼。

"怎么会？你是我最重要的客户，在你剩下的三次召唤权没有用完之前，我都会忠诚地服务于你。"路鸣泽微笑，"不过别担心，我们不会强买强卖，这次不是你召唤我，是我主动的客户随访。"

"没什么事儿快从我眼前消失！我陪初……"路明非卡住了，陈雯雯并不是他的"初恋女友"。

"初次暗恋的女生。"路鸣泽及时给出正确的定义。

"滚！总之我跟美女吃饭呢，拜托你放我回现实世界好不好？看着你我能有食欲么？"

"我很喜欢这个餐馆的环境。"路鸣泽不理他，四下打量，"那艘古船和榆木地板很协调，设计师又用大理石和有机树脂板很现代地分割了空间，新与旧在这里格外地融洽，私密也开放。难怪他们收费那么高昂。"

"你唧唧歪歪什么呢？干你屁事，没事拜托你快滚。"

"我尤其喜欢这张桌子，看起来它是一个普通的位置，但是坐在这里的人视线四通八达，像是能掌握整个空间。"路鸣泽推开碟子和酒杯，双肘撑在桌面上，双手交叠顶住下巴，看着路明非的眼睛，"这是一个权与力的位置。"

"又来了……"路明非捂脸。

"你不喜欢？可你已经感受到权与力带来的快乐了，不是么？"路鸣泽微笑。

"什么权与力的快乐？是泡妞的快乐！你脑子烧昏了吧？"

"是不是从来没有这样的支配感？感觉胜券在握，把什么东西牢牢地抓在手中，不怕它逃走。"路鸣泽举起酒杯，"其实一瓶顶级的红酒和一瓶普通的红酒，工艺差不多，都是种出葡萄来，在橡木桶里发酵过滤，分装出售。但是前者的价格是后者的几千倍。很多人都没有能力区分顶级红酒和一般红酒的口感，必须对比着喝才能分辨出来，但是他们仍旧声称自己是热爱红酒艺术的人，并且热衷于收藏最昂贵的红酒。你知道这是为什么么？"

"炫富呗。"

"不，不仅仅是炫富。品尝最贵的红酒，让这些人感觉到自己掌握着权力。昂贵的红酒上附加着许多看不见的价值，酿酒师的精细，品酒师的称赞，以及时尚人士的吹捧，这瓶红酒价值八千块，并不是里面的酒值八千块，而是那些蜘蛛网一样延伸出去的、看不见的价值，它们远比酒本身值钱。"路鸣泽轻声说，"人类品尝这酒，就像啜饮权力的精华，鲜红的，和血的颜色一样。"

"拜托你能不能改掉有话不好好说的毛病？"路明非对这家伙的神棍语气觉得很烦。

"你刚才开心了，我能感觉到。"路鸣泽说。

"好吧，你是我肚里的蛔虫，对此我没有意见，下次用力把你拉出来……"路明非恶狠狠的。

"你开心是因为以前你仰视陈雯雯，和她一起值日，她对你笑一下，你都会觉得是弥足珍贵的记忆。但现在不一样了，现在你坐在 Aspasia 的主座上，喝着八千块一瓶的红酒，吃行政主厨为你准备了一个下午的东西，外面停着一辆会送你去机场的豪华车，角落里的侍者在等你的任何暗示，譬如一个响指！"路鸣泽伸手在半空中，一个清脆的响指，"我要一杯热的伯爵茶。"

侍者无声地走到桌边，把琥珀色的茶水倒进玻璃杯中，根本没有觉察这桌上的客人已经换了。

路鸣泽看也不看他，冷漠地挥挥手，侍者欠身后消失在光照不到的黑暗里。

"这就是权力，虽然是很渺小的一种权力，可是依然透着权力那股醉人的味道，"路鸣泽嗅着自己的指尖，瞥着路明非，"其实你已经嗅到了，对么？此时此刻陈雯雯对你而言是唾手可得的猎物，你掌握了权力，再也不用仰视她，相反你还会拿她和诺诺比较，她没有什么地方比诺诺强，她只是个普通的女孩。但是诺诺距离你太远了，高不可攀，你现在握在手中的权力还不够，你还是需要仰视诺诺，但是不需要仰视陈雯雯了，甚至你可以俯下身……"路鸣泽一顿，桌上一页纸巾无风而起，飘落在地上。

路鸣泽缓缓地弯腰，拾起纸巾，扔在路明非的面前："把她捡起来，原谅她对你做过的一切。"

路明非的目光落在那页纸巾上，心猛地抽紧，纸巾上沾着淋漓的血，一个鲜红的心形，红得像是要滴到桌面上。

"你……还要么？"路鸣泽幽幽地发问。

"把这鬼东西拿走！"路明非怒了。

"是番茄酱啦……刚才不小心弄上去的。"路鸣泽耸耸肩，"玩笑而已。"

"见鬼！"路明非摸着自己的胸口，连连喘气。

"不抓住权力，任何人都会自卑，就像没有鹿角的雄鹿，在鹿群里没有它的位置。"路鸣泽把玩着餐刀，垂眼看着银光在手中翻转，"相反，掌握权力的人，曾经高不可攀的女孩会变成尘埃里的泥偶，高高在上的死敌也会对你跪地求饶，这就是权与力。你可以说它是魔鬼，但是每个人都会因为得到它而狂喜。尝到了甜头的人就会爱上这东西，渴望把越来越多的权与力握在手中。想没想过有那么一天，就像今天你面对陈雯雯，你会考虑是不是要俯身把诺诺捡起来，因为对那时的你来说，她也只是尘埃里的一个泥偶。她再也不能捉弄你，不会一脸骄傲，甚至她哭着求你，你都不会动心。那种权与力……对你而言唾手可得，只要你愿意。"

路明非结结实实地打了个寒噤，完全不能控制，就像是一条冰冷的蛇在胸口游过。

虽然路鸣泽确实很诡秘，但很多时候，路明非还是会把他看作一个大孩子。可说出这些话的时候，路鸣泽幽深的瞳子里跳荡着妖异的金光，淡淡的语气中藏着冷笑的妖魔。

对整个世界、一切世人的……嘲笑。

真会有那一天？就算诺诺哭着求自己，自己也不会动心？不可能吧？以小巫女那个死倔的性格，她要是哭，太阳都从西边出来了，快乐王子都他妈的心碎了，和尚都还俗了，自己还能一颗红心不动摇？太扯淡了吧？自己就算修炼什么太上忘情的秘笈就能修得这么跩？不不不，不可能，决不可能！

"呸呸！"路明非往手心里唾了两口，伸向路鸣泽，"来吧！唾过了，权与力，拿来吧。"

路鸣泽笑了："可以啊，求我就可以。"

"求求你了！弟弟！给我权与力呀！我好想看看诺诺求我是什么样子！"路明非觍着脸。

路鸣泽没辙了，苦笑着摇头："哥哥，你不是真心求我。"

"做不到说什么大话，牛皮烘烘，你装大人很来劲？"路明非立刻雄起，"喊！"

他不想跟路鸣泽较真，认真想路鸣泽说的话，越想越惊悚，唯有把他当作一个小屁孩儿忽视才会感觉到心里舒畅。

"会有那么一天，你会真心来求我。那时候我将给予你，我所答允的一切……先撤了，哥哥你十九岁了，要尽可能地多惠顾我的生意，合作愉快。"路鸣泽从椅子上蹦了下来。

他只有八九岁孩子的个头，坐在椅子上甚至踩不到地面。

"喂，问你个问题，你觉得陈雯雯和诺诺谁更好一点？"路明非拉了他一把。

"诺诺。"路鸣泽想都没想。

"为什么？"

"文艺少女算个屁，老子喜欢身材好的！"路鸣泽一脸蛮横。

路明非眼前一黑。

"完蛋了！"路明非心里一凉。

眼前一黑的工夫，他对面的人重新变回了陈雯雯，而他正大张着嘴，一副要凑上去法式深吻的架势。陈雯雯没有要闪避的意思，认真地看着他的眼睛。

见鬼了，那小鬼用的是什么异能？ 空条承太郎能暂停时间的"白金之星"么？每次暂停的时间点都好阴险。

这次时间恢复运转于路明非说出"我其实喜欢……"后的一刹那。

后面的几个字噎在路明非的喉咙里，怎么都吐不出去。路鸣泽的话在他脑海里一个劲儿地回荡，嗡嗡嗡嗡的。

小魔鬼到底是什么意思？ 鼓励？ 还是阻拦？ 分明前次在山顶泉水边是这家伙撺掇着自己对诺诺使用那项特权的，就差敲锣打鼓地助威了，可对象是陈雯雯的时候，他却跑出来说些鬼话。

到底要怎么样的大哥？ 你是要我当情圣，还是要我当人渣？

他全身肌肉绷紧，面部肌肉僵硬，感觉自己正要吐出一发导弹，但是发现它可能对错了目标，想要生生地吞回去。

来不及了，"我其实喜欢"五个字已经出口，陈雯雯已经听见了……她脸上已经泛起了该死的酡红啊！

"我其实喜欢……"路明非用尽了全部的力量，"过……你。"

终于终于，他克服了节奏和平仄，生生把那个"过"字塞了进去。

他觉得浑身无力，真他妈的是天人交战，在这短短的一秒钟内，内心世界打了一场战争：往前一步是漂亮姑娘，往后一步是继续光棍一条秋风里的凄惨日子。

最后一刻，那蠢蠢欲动的小灵魂高喊着我不服我不服我不服重新被镇压到心底深处。

"但是过去了。"路明非又说。

"我知道啦，不用说的。"陈雯雯脸上的酡红褪去，她低下头，轻声说。

路明非剧烈地咳嗽起来，那次惊险的大喘气真是要了他的命。

他不知道这样算不算自己赢了路鸣泽，但也许是路鸣泽阻止了他。

这种场合下，"我其实喜欢你"这句话很容易说，就算陈雯雯不接受也不会多尴尬。酒非好酒宴非好宴，她胆敢孤身到此就该有关云长单刀赴会的觉悟。

为什么放弃呢？因为他不喜欢路鸣泽说的权与力。

陈雯雯是他的同学，路明非曾经很喜欢她，直到今天还愿意帮她出头，无论他怎么变，都不会像捡起一张纸巾那样俯身拾起陈雯雯。

有些什么东西……是永远都不会变的！路明非跟谁发狠似的咬了咬牙。

"其实我以前也知道，但我装作不知道……对不起，让你失望了。"陈雯雯轻声说。

"没事没事，我不怪你，真的。你相信我咯，"路明非深吸一口气，小心翼翼地组织词汇，"认识你之前，我不知道喜欢一个女孩是什么样的，认识了你我才懂。其实……我高中过得很惨的，要不是整天对你发花痴……会更惨的吧？多亏那时候有你，虽然错过了，啊不，是根本就没戏，但是你不能后悔的对不对？喜欢一个人那么久，那个人就和自己的过去捆在一起了，要是后悔以前喜欢谁，不就是把自己以前的时间都否定了么？"

他舔舔嘴唇："说得太文艺，你凑合着听。"

"没事，"陈雯雯低下头，"你说得真好，像诗一样。"

"像诗一样？"路明非拿起纸巾擦汗，平生第一次被人这么赞美，真有点找不着北。

可是说不下去了……局面僵住了，因为该说的已经说得明明白白，招式已老，收不回来了。

接着共话同学情？陈雯雯忽然站起来号啕大哭着跑掉？或者两人四手交握说哈哈哈哈哈哈当初你我之间的梁子就算解了，我俩今晚一醉方休？

如果最后一种可能陈雯雯能接受，路明非倒是蛮乐意……

门吱呀一声开了，一个鬼鬼祟祟的人探头探脑地摸了进来，往唯一亮灯的这一桌张望，手里还提着什么家伙。

"你妹啊！敢问大哥你这时候冲进来是打尖儿还是住店啊？"没等侍者上去阻拦，路明非一拍桌子，"过来！"

"采……采访。"脸上就写着"记者"两字的兄弟攥着根录制笔，被这豪门气氛惊得满头冷汗，指了指背后的摄影师，"这是我妹……她搞录像的……我们是电视台美食节目的，听说 Aspasia 今晚美食家包场，行政主厨亲自动手，就冒着大雨来采访。对不起打搅了……我我……我这就出去。"

"大老远的，来了还走啥啊？一起坐下来吃点！"路明非急忙拉住记者大哥的衣服，心说大哥救我啊！千万别走啊！你一走我俩又没话可说了。

"哟哟，这多不好意思，老贵的哈。"记者很震惊，想不到阔绰的美食家年轻又好客，搓着手，"吃就不敢当，跟咱电视观众整两句？"

"客气啥客气啥？"路大少热情如火，拉着记者大哥坐下，又给摄像小妹搬椅子，招呼侍者，"餐具再来两套，菜单菜单，我们加菜！"

"那就……却之不恭哈。"记者高兴坏了，"大哥，这里菜色咋样哈？"

路明非回忆了一下路鸣泽的嘴脸，吧嗒吧嗒嘴："金枪鱼煎得正好，不过如果是我做，我会配松茸来调味而不是松露。"

"配的酒感觉合不合胃口？"

"波尔多五大酒庄里我最不喜欢玛高酒庄，艳俗！"路明非指指瓶子，皱眉。

"餐厅的情调呢？"

路明非点头以示满意："嗯……古船和榆木地板很协调，但是设计师又用大理石和有机树脂板很现代地分割了空间，新与旧在这里格外地协调，私密也开放。"

"我就说嘛！"记者一拍大腿，"高人就是高人呐！可算找着会吃的正主儿嘞。"

添酒加菜，其乐融融。路明非跟记者兄弟拍肩膀称兄道弟，忽然扭头看见陈雯雯无声地微笑着，说不上淡定还是忧伤。

雪亮的灯光在沾满雨珠的玻璃上一闪，暗蓝色的 Panamera 停在外面的树下。车窗降下又升起，楚子航面无表情，对路明非点了点头。

"哎哟，我得走了，哥们你慢慢吃。"路明非拿餐巾擦擦嘴，站了起来，斜挎了背包。

"嗯，我送送你。"陈雯雯跟着起身。

推开门，一阵冷风卷进来，漫天都是雨，雨中一盏黑铁皮做的路灯，散发出一圈暖暖的光晕。

"你真是个好人。"陈雯雯在他背后轻声说。

路明非心里一跳，转过身，差点撞上陈雯雯，陈雯雯跟在他后面，贴得很近，低着头，好像累得要把头顶在他背上。

路明非满鼻子都是她发梢的暖香，心底那个蠢蠢欲动的小灵魂又开始嘟哝说傻了吧傻了吧，话都撂出去了，这下子一点机会都没了。

路明非咧嘴苦笑："不要这样随时随地地发卡，今晚只是同学吃饭。"

"谢谢，我知道你已经不会喜欢我了。"陈雯雯摇头，"不过还是谢谢你……其实我也不喜欢你……不是不喜欢，但不是那种喜欢。"

"嗯嗯。"路明非糊里糊涂地点头。

"我说你变了，不是说有钱啊有品位啊什么的，是说……嗯，你长大了。"陈雯雯理了理耳边的发丝，抬起头，眸子清亮。

"你这么说好像我老姐……"

"真好啊。"陈雯雯很轻很轻地叹了口气。

"那辆宝马会送你回家，"路明非吐吐舌头，"别跟他们客气，付了钱的……老实说我在美国穷得叮当响，都是楚子航烧包，包餐馆豪华车这身衣服什么的都是他搞的，我刚才蒙记者的，这里的菜和酒好是好，根本不对我胃口。"

"我也猜到啦。"陈雯雯笑了，"你吃得根本不用心。"

"嗯……只有这个是我准备的，送给你。"路明非迟疑了一下，从包里掏出一把皱皱巴巴的植物放在桌上，"蒲公英……路上撅的，不过这个季节小伞都飞走了，完整的找不到了。没什么特别的意思，就是个纪念，是毕业时我想送你的蒲公英，算是补以前的……我记得你以前摘过很多放在装风铃草的纸袋里，吹起来就像下雪一样。"

陈雯雯低头抱着那束干枯的蒲公英，什么都没说，轻抚那些空荡荡的枝头。

"再见。"陈雯雯说。

"再见。"路明非说。

他推开门，仰头看着漫天的大雨，竖起衣领把脑袋遮住，拎着旅行箱一路狂奔出去。Panamera的车门弹开，他直冲到副驾驶座上，这才回头。

隔着雨幕，落地窗的另一面，空调的风把最后一批小伞吹散，陈雯雯站在飞散的蒲公英里，好像会随着那些白色柔软的小东西飞走。

她望着这边，在玻璃上哈气，熏出一片小小的白雾，三笔画了一张微笑的脸。

Panamera在机场高速上疾驰，迎面而来的雨水撞击在风挡上，化为纷纷的水沫。

"任务完成，"楚子航单手操作方向盘，伸手拍了拍后座上的铝制密封箱，把一台iPad递给路明非，"任务报告已经写完，你在下方电子签名就行了。"

路明非看都懒得看，在"报告人"一栏鬼画符一个，把iPad递还回去，"师兄你从一开始就没想着要带我去做任务吧？"

楚子航沉默了片刻："你不行。我不清楚为什么你被指派为专员，你没有受过必要的训练，完全不具备执行能力。"

路明非靠在椅背上，看着窗外瓢泼大雨，叹了口气："嗨……虽然知道自己没用，但你好歹给我点面子嘛……直接说'你不行'，伤心了。"

汽车音响放着什么悠扬的爱尔兰音乐,楚子航没有接茬,路明非也觉得无话可说,就这么干耗着。

"今晚的事……我不会跟诺诺说。"楚子航忽然说。

"谢啦,"路明非抓抓头,"可师兄,你要搞清楚,诺诺是恺撒女朋友。我是个光棍,我跟谁吃饭是我的自由,你说得好像我做了亏心事似的。"

"但你不想她知道。"楚子航的回答冷硬得像是石头。

路明非觉得自己跟会长大人委实没有什么可聊的。他说话的方式就像是用刀,总是用最短的话直击话题中心,用力极狠,一击命中,收刀就走,懒得多费一个词儿。

楚子航说得对,路明非不想诺诺知道他牛皮烘烘地跟陈雯雯吃饭,虽然就算说了诺诺也不会生气,顶多调戏他两句。

"但帮你订餐的是恺撒,我不能保证他不跟诺诺说。"楚子航又说。

路明非一口气儿没接上来,就差翻白眼儿了。

喂!这位老大!你这是在耍我吧?恺撒是诺诺男朋友,什么话不会跟诺诺说?拜托你能有点智慧么?好吧我知道你光棍至今大概也不知道男女朋友间是个什么状况……

"今晚这间餐厅有婚宴,不接待散客,但我已经跟陈雯雯说过了,不好改了。但这对恺撒很容易。"

"恺撒会帮你?"路明非有点好奇。

"我在守夜人讨论区发了个悬赏,能帮你订座的,我欠他一个人情。"楚子航的声线平坦得像是车轮下的柏油路面,"恺撒当然也会看到。他是加图索家高贵的少爷,不会允许任何人以比他高的姿态去笼络他的下属。所以他会抢先帮你把这事办好。"

"那老大是被你耍了?师兄你真腹黑!"

"说话少的人往往都腹黑。"楚子航淡淡地说,"其实我想的恺撒一定也明白,但他愿意和我开这个玩笑。"

路明非咧嘴,事到如今他烦恼也没用了,等着诺诺知道之后调戏他好了。就算这件事是楚子航耍他,也还是他立场不坚定,看见陈雯雯就走不动道儿。

"师兄你好大面子,陈雯雯居然会答应来吃饭。"

"我用了你的名义,给了她这里的名片,问她拒绝么,她说好,就这样。"楚子航说,"我不擅长邀请。"

"师兄你以前都是这样请女孩吃饭?"路明非有点无语。

楚子航点点头。

"这也行?"

楚子航想了想:"反正不记得有人拒绝。"

路明非叹口气:"好吧你赢了……你可不知道今晚多扯,还有个美食节目的记者来采访我,我就跟他一顿胡扯。"

"是我给他们节目打了电话,说今晚有人在 Aspasia 包场,就两个人吃饭,行政主厨亲自动手。他们很好奇,说要派记者去采访。等这条访谈上了电视,赵孟华也会看见。他那种人,应该是'我不要的东西也不准别人碰'的性格。你想想他看到节目时的表情,会不会很好玩?"楚子航说。

路明非诧异地瞥了他一眼,心说想不到你这浓眉大眼的家伙也那么蔫儿坏。

"阴毒!佩服!"路明非说。

Panamera 忽然减速,楚子航在机场高速路边停车。

"喂喂!我只是说烂话啊!外面下雨啊师兄!出去淋雨会感冒的!"路明非赶紧说。他上一次就是莫名其妙地给撵下车,在太阳地里暴晒了几分钟。

楚子航摆了摆手:"你在车里等我一下。"

路明非的目光落在楚子航的腰间:"我靠……师兄你好像在飙血!"

楚子航的白衬衫上一抹惹眼的血红色,路明非这才注意到楚子航的脸色白得跟抹了层霜似的……不是因为摆酷,而是失血严重。

"没事,伤口裂开了。"楚子航轻描淡写地说。

他推开车门下了车,站在瓢泼大雨中,解开衬衫扔进车里,把腰间缠绕的一层层纱布也解了下来,任凭暴雨冲刷身体。他的腹部血迹斑斑,那个伤口看起来有些惊心动魄。

"啊嘞?这时候摆出裸体湿身秀的造型是什么用意?这可是在高速公路上!"路明非震惊了,"要是真想玩酷玩出位……师兄你可以把裤子也脱了……"

但他立刻就明白了楚子航这么做的用意,雨水冲刷了血迹之后冒出淡淡的白汽,好像是把浓硫酸和水混合的效果。混合了楚子航血液的水溅到地面上,留下一个个白色的斑点。

路明非看傻眼了,这让他想到《异形》里那个血液是强酸的怪物,想到自己和这么一怪物聊天还坐了他的车,不知是该自豪还是惊叫。

片刻之后血迹被冲洗干净,楚子航才回到了车里,简单地擦干身体之后,从旅行箱里拿了新的衣服换上。

"不要对别人说,算是你还我的人情。"楚子航低声说。

"没问题没问题!"路明非点头如捣蒜。

"谢谢。"楚子航重新发动汽车驶入快车道,"能问个问题么?你更喜欢诺诺一些,还是陈雯雯?"

"喂师兄,你能否让别人保密的时候不要那么八卦?"路明非苦着脸。

"哦,对不起。"楚子航淡淡地说。

"我以前看过一本书,叫《上海堡垒》,里面说全世界会有两万个人是你一见到她就会爱上她的，可你也许一辈子都遇不到一个。"路明非忽然说。

楚子航一愣："想不到居然有那么多……"

"我上高中的时候很喜欢陈雯雯，要是陈雯雯也喜欢我，我大概也不来卡塞尔学院屠什么龙了，也不会遇到诺诺。厚脸皮地说，现在我喜欢诺诺，可是我觉得自己还是在发花痴，跟我喜欢陈雯雯的时候一样。"路明非耷拉着脑袋，"我喜欢谁不重要吧？问题是谁会喜欢我。"

"你是我们中唯一的 S 级，不该这么想。"楚子航说。

"你们都说 S 级很牛的样子，我就感觉不到，你行动都懒得带我。"路明非嘟哝。

"那是因为你还没有足够的经验。这世界是我们的，也是你们的，但总有一天，它都是你们的。"楚子航轻声说，"那一天你们会替代我和恺撒站在战场上。"

"师兄你真觉得我是 S 级血统？"

"我不知道，你现在还看不出血统优势。"楚子航很直白。

路明非叹了口气："我不是不想牛起来。我以前很骚包的，上课时候神游，总是幻想有朝一日我怎么跩，上着课呢忽然进来一漂亮姑娘，操着一口超流利的英语跟大家说，骚瑞 to 打扰你们，但是路明非 Sir，总部的紧急越洋 call，你再不接北美大陆就得沉了……"他自嘲地笑笑，"可那样子根本就不是我了嘛，是和我没什么关系的另外一个人。"

楚子航看了他一眼："你觉得自己是什么样的人？"

"大概就是……喜欢睡懒觉打游戏、没事就自己发呆、东想西想、喜欢一个人三年不敢表白那种……我也知道这种人很没意思。可我就是这种人啊。"路明非犹豫了一下，"师兄你知道么？刚进 Aspasia 的时候我美得都冒泡儿，想着要是陈雯雯因为我英雄救美又请她吃那么贵的饭，忽然喜欢上我了，我该怎么回答。"

"最后你走的时候她一直隔着玻璃看你，"楚子航说，"她确实有点喜欢你了吧？可你逃跑了。"

"嗯，"路明非认真地点头，"因为她喜欢的不是我。其实我连 Aspasia 是什么都不知道，也根本请不起她吃那么贵的饭，我的信用卡还欠着钱。请她吃意大利菜的其实是老大，老大当然好咯，是女生都会喜欢老大吧？换了我就算请客也只能在摊子上吃拉面，但是只能请得起拉面的那个我也希望有人喜欢我，"他抓了抓头，觉得有点窘，"说乱了，师兄你明白我的意思么？"

楚子航的眼角不易觉察地抽动了一下，沉默了。过了好久，他伸手拍了拍路明非的肩膀："我明白，以前有个人只会开车，希望别人会喜欢只会开车的他。"

路明非感觉到这个师兄对自己似乎有点亲近的意思，却不理解这话有何深意。

"一个人能做到什么，并不完全取决于血统，而是他想做到什么。我认为你不行，不是说血统或者能力，而是你没有目标，"楚子航说，"没有什么目标能让你豁出去、用尽全力，豁不出去的人是没有用的，就算你的血统比我们都强。"

"我为谁豁出去啊我。"路明非嘟哝。

"每个人都会有些理由，可以让你豁出命去。你留着命……就是等着把它豁出去的那一天。"楚子航轻声说。

话出口他才意识到这话也太煽情了，他和路明非也没有熟到要互诉心声的地步，不过是一次行动的拍档而已。

他不再说话，深深踩下油门，发动机转速急升，Panamera 在高速路上化为暗蓝色的闪电。

夜空是深邃的蓝，而它下面的冰川是黑色的。快到午夜了，月亮刚从冰川上升起，把几万年积下的坚冰照成莹蓝色。

狼嚎声不知来自哪个方向，沉睡的鸟群被惊动了，扑棱棱地从漆黑的树林里飞起。海螺沟的温泉度假村就在冰川下的山坳里。

诺诺和苏茜泡在方方正正的温泉池中，灯光下这里的温泉水是柔软的婴儿蓝，一丝丝白汽从水面上升起。诺诺从水里探出一条修长的腿，手里挥舞着一柄刮毛刀。

"拜托，你并没多少腿毛。"苏茜从面前浮着的小木船上拿了一罐冰可乐喝。

"我是在模仿玛丽莲·梦露的造型啦。"诺诺一个猛子扎进温泉里，又像条小鱼似的从苏茜身边钻出来，"你说刮腿毛有什么可性感的？"

"我又不是男人，你问恺撒去。"苏茜懒洋洋的。

"恺撒觉得蕾丝白裙少女团最性感了，他已经在学生会里招了一群。"诺诺眯眼笑，"你说楚子航会喜欢么？哪天装模作样刮给他看看？"

"你应该刮给路明非看，他喷鼻血的后坐力可以把他送到月球去。"苏茜捏了捏闺蜜的鼻子，"你记得的吧，今天是路明非生日，他可是你唯一的小弟，你发信息给他了么？"

"记得记得，可我有点犹豫。"诺诺在自己脑门上顶了块浸了凉水的白手巾，仰头望天。

"你不会不知道他喜欢你吧？"

"我看起来那么傻么？"诺诺比了个鬼脸，"我从幼儿园就开始谈恋爱了啊！"

"幼儿园？"

"我可是御姐中的御姐，曾经站在幼儿园大班的讲台上，指着台下所有小男生宣布说，从今天开始你们都是我的男朋友，都得听我的，不听话的就驱逐出队伍！"诺诺一笑，露出漂亮的牙齿，耳边的纯银四叶草坠子摇摇晃晃。

"被学弟暗恋的感觉是怎么样的？"

"就像幼儿园的时候被大叔赞美说这小姑娘好漂亮。"

"什么意思？"

"大叔说你漂亮和学弟喜欢你，可他们都并不了解你。大叔下次看到别的小姑娘也会赞美她漂亮，学弟最后是属于学妹的。"诺诺耸耸肩，起身坐在旁边的台阶上。

她穿着泳衣，但是胸口的大片肌肤还是暴露出来，水珠滚落之后，可以看出一道愈合不久的伤疤。三峡水库的那次行动留下了这道疤痕，但她不记得是怎么造成的了，医生也惊叹说不知是什么巨大而凶险的武器，居然还能活下来真是奇迹。

"暗恋你的人不少吧？恺撒知道么？不担心么？"

"其实恺撒心里很敏感啦，能感觉出谁喜欢我。"诺诺偏着头梳理长发，"但他不担心更不妒忌，他觉得只有自己配得上我，当然如果喜欢我的是楚子航……"诺诺眯起眼睛，弯月似的，"恺撒才会打起精神来对付吧？有点想色诱一下你的楚子航！"

"楚子航不会被色诱的，就算你脱光了在雪地里向他跑去，他也会觉得你是热病发作需要降温。"苏茜淡淡的。

"喂，开玩笑的，可别小气哦。我不会碰你的楚子航的。"

"他不是我的，你不会也认为他是我男朋友吧？他只是我的好朋友。他愿意为我做些事，只是因为觉得我帮过他，他就是这样的，帮过他的人，他一定会回报。你今天用'侧写'帮了他，他没准开学后会请你吃晚餐的。"苏茜笑笑。

诺诺叹了口气，摸摸苏茜的头："听起来都让人气哭，这家伙真是个人渣，等我回学院帮你教训他。"

"他只是不太有感情，"苏茜沉默了一会儿，不想继续这个话题了，刮了刮诺诺的鼻子，"说真的，你跟恺撒交往快两年了，准备跟他结婚么？"

诺诺托着下巴考虑了很久，摇摇头："没想好呢……我是说真的。我不是觉得恺撒有什么不好，他对我很好，可是我不知道为什么要跟他结婚啊！"

"我问过我妈这个问题，"苏茜说，"我妈的回答是……只有结了婚孩子才能上户口啊！"

诺诺捂脸："你妈好棒！"

"其实不需要什么理由的吧，简单点，你喜欢谁，谁对你好，你就想一直跟他在一起，就跟他结婚，把他霸占了。"

"你喜欢楚子航，你会喜欢楚子航多久？"诺诺轻声问。

苏茜抬头，看见她明净的瞳孔倒映月光，知道她在想心事，于是也认真起来："不知道，也许我找到男朋友就不再喜欢他了。"

"如果楚子航忽然跟你求婚，你也嫁给了他，你就不会有别的男朋友了，那样你就会一辈子喜欢他了么？"

苏茜想了一会儿，摇头："我不知道，我没有喜欢过谁一辈子。"

"其实你并不了解楚子航，对不对？虽然你连他吃煎蛋喜欢单面煎还是双面煎都记得清清楚楚。"

苏茜低下头："他也没有给过我了解他的机会。"

"对啊，"诺诺低下头，看着苏茜的眼睛，很认真，"你最初开始喜欢一个人的时候，是你最不了解他的时候。比如楚子航，面瘫帅哥，很酷，可你根本不知道他什么时候高兴什么时候难过，他就像一本封套都没有对你打开的书。但是你还是想着他，迫切想打开他那本书，读一读里面到底写着什么。也许有一天你们在一起了，你就翻开了他那本书，那本书非常好看，看得你废寝忘食恨不得上厕所都带着……可是一年两年五年十年，你读完了那本书，每一行每个字都记住了，你还会翻来覆去地读么？或者，你就会把它收回封套里放到书架上去？放到书架上的书，其实很少再被翻开了。"

苏茜沉默了很久，伸手爱怜地摸摸诺诺的脸蛋："你一天到晚那么多心事，不累么？恺撒已经是绝品男朋友啦，你到底想要嫁给什么样的人啊？"

"我有想过啊！"诺诺眼睛发亮，"我要嫁的那个人，是让我相信他会永远跟我在一起的那个人，只要我想他就会一直一直陪着我，我害怕的时候就算谁也找不到可是一定能找到他，我做噩梦醒不过来的时候想也不想喊出的就是他的名字。"

"嗯，"苏茜满脸严肃，"这么说来其实你养条狗也可以……你给它起名叫'啊好可怕'，你做噩梦的时候就会叫，啊好可怕！"

"小娘敢调戏本大爷么？"诺诺扑进温泉里，把苏茜也推了进去。

蒸汽浓密如帘，女们的笑声和远处的狼嚎相呼应，不远处缩在老羊皮袄里卖冰啤酒的大叔隐约看见白汽里一闪即逝的美好曲线，默默地流下鼻血来。

嘀嘀，诺诺的手机亮了，有信息进来。

诺诺从温泉里钻出来，甩掉满头的水珠，打开信息：

　　Dear：这对你来说可能比较突然，但是对我而言却是预谋已久。请耐心地读完这封信息……

来自恺撒·加图索，诺诺惊讶地瞪大了眼睛，和凑过来围观的苏茜对视一眼。

意大利，波涛菲诺，Splendid 酒店。

恺撒端着一杯加冰的威士忌，靠着一根大理石柱子，柱子上方的孤灯光芒直落，笼罩了他的身影。

夜幕降下，暴风雨于今夜席卷了热那亚湾。酒店把外面的阳伞和咖啡座都撤回室内了，庭院里只剩下他一个人。

Chapter 5
Dandelion

背后灯火通明，前方风雨如晦。从他的位置看下去，浅灰色的海面起伏，就像是巨大的海兽就要破水而出。

恺撒拨通电话："恺撒·加图索，我想知道我的账户有没有被冻结。"

电话里传来银行私人理财顾问惶恐的声音："怎么可能呢加图索先生，您一直是我们银行最高级别的客户，您的账户怎么有人敢冻结……"

恺撒默默地挂断，懒得再跟他啰唆。这个世界上当然有人敢冻结他的账户，他的巨额花销来自家族的拨款，父亲或者叔叔都有权力暂停或者永远关闭他的账户。今天这么激烈地顶撞了叔叔，老家伙走的时候脸上写满愤怒，但还是没有想到去冻结恺撒的账户。

多年以来恺撒一直在挑战叔叔的底线，而弗罗斯特无论在多么炽烈的怒火中都从未对侄儿做出惩罚。单从这方面看来家族对恺撒的爱真如这热那亚湾一样宽广。

恺撒一边大把地花着家族的钱，一边随时准备着自己的账户被关闭。因为他知道自己和家族的矛盾不可能被调解，从他声称自己考虑改姓"古尔薇格"开始，全部长辈都暴怒了。

"怎么会有这种荒谬的想法？"

"那是卑贱的姓氏！"

"你可以叛逆一切，却不能叛逆血脉！"

恺撒看着那一张张愤怒的老脸，觉得真有意思。

如果有一天失去了那个永不断流的账户，他就将告别现在的生活，豪华跑车、顶级酒店、衣香鬓影的上流社会，甚至背后的灯火和温暖。他将独自走进暴风雨里。

"也不能说毫不在意啊。"他伸手出去，让雨水淋在自己的手心里。

还没有信息回来，他擦干了手，重读自己刚刚发出的那封信息：

> ……我曾经想在我向你求婚的那一天，我会假意邀请你去没有人的小岛度假。我让我的朋友们带着几千个烟花等在海对面的沙滩上，等你和我拉着手走到沙滩边的时候，我会忽然跪下，把准备好的戒指拿出来，夜空里流光飞动，映在海水中央。但这一天忽然到来时，我没有来得及准备烟花，我可以立刻买到一个戒指，却没有办法把它送到中国去。Mint 俱乐部的家伙说，他们可以安排一架飞机明天早上送到你手里。但我不想等下去了，我希望在这个晚上就说，诺诺，我希望在一场简单的仪式中，对所有人宣布我们签订婚约……

"哇，说狼来了狼真的来了啊！求婚信欸！我的脸要烧起来了！"苏茜捂着脸大声说。

"喂……又不是跟你求婚……"诺诺瞥了她一眼，"接着往下看啦，不知道他今晚怎么忽然发神经。"

"忽然发神经的男人不是最浪漫的么？他一定是个死巨蟹座！"
"不，他是个先做后想的射手座！"

恺撒把最后一口酒和着冰块倒进嘴里。

……但是很可能我们的婚约不会得到我家族的祝福。加图索家族选定的继承人，他的婚约都是由家族决定的，而不是自己。但我不想他们去决定我的未来，我的未来将光辉四射，将和我喜欢的女孩在一起。她的姓氏并不特别，她的头发是暗红色的，她戴四叶草的银耳坠，她发怒的时候像个刺猬似的难以亲近……但我很想和她一起再活几十年，也许上百年，我真得感谢我的血统，这让我在剩下的生命里能有更多的时间能跟她耗在一起……

恺撒读到这里，无声地笑了。他开始有点钦佩自己的文采了，从小记日记骂老爹练得的笔力真没白费。

……这个晚上真寂寞啊，波涛菲诺下雨了，下雨的波涛菲诺很美，我一直想带你来这里看看，可你还没有答应我的邀请。今天发生了很多事，以后我会一一告诉你，现在我只想说，今天我比其他任何时候都希望你在我身边。即使你只是默默地坐着看着我或者冲我做出什么不屑的鬼脸嘲笑我此刻的脆弱，我也还是希望能感觉到你的温暖……

他把杯子搁在葡萄藤下，走进雨幕，瓢泼大雨立刻把他淋透了。他跨上那辆小摩托，驶出沉重的黑色铁门。

"哇，内心居然是个敏感又傲娇的小男生欸！"苏茜攥拳挥舞，"被你欺负也很幸福什么的！"

"才不是，"诺诺吐吐舌头，红晕上脸，"大概今天有什么不开心的事情吧？大部分时候他还是个蛮横自大的家伙啦。"

"脸红了脸红了！"苏茜趴在诺诺光滑的背上捏她的脸。

"喂！是情书欸，看情书脸红不是很正常么？"诺诺反手去捏她鼻子，"偷看别人情书的时候要悄悄的！"

"好好好，我闭嘴我闭嘴，看你幸福到爆炸的模样。"苏茜搂着她的脖子。

Chapter 5
Dandelion

……我有很多很多的朋友，我也认识很多很多的女孩，从我很小的时候我就开始想我会和一个什么样的女孩度过此生。多么可怕的一件事啊，只有一次选择的机会，我必须在所有人面前发誓爱她和保护她，永远不离开她。我觉得自己已经很有勇气了，可是还没勇敢到能当众对一个女孩说我会一辈子爱她。直到我遇见你，你给了我这个勇气。是的诺诺我爱你，并且希望有爱一辈子的机会……

小摩托破开暴风雨，恺撒湿透的金发好似逆风飞扬的战旗，猎隼安东尼与他并肩。

……我知道很多人觉得我是个纨绔子弟或者年少的皇帝什么的，但我想说无论是纨绔子弟或者年少的皇帝，当他面对他喜欢的女孩时他都只是一个男孩。这个爱你的男孩名叫恺撒，不是恺撒·加图索，只是恺撒。有些事我现在还不能告诉你，但是你和我订婚并非家族所乐意看到的。如果要我选择，我会毫不犹豫地脱下"加图索"这件闪亮的外衣。你会答应这样的恺撒么？依旧是恺撒，只是看起来好像赤身裸体……

小摩托停在沙滩上，恺撒迎着冰冷的海浪奔跑，用他强有力的胸膛"撞"开一波又一波的涨潮。

他甩掉白色的小夜礼服，踢掉昂贵的鳄鱼皮鞋，用那张紫罗兰色的饰巾扎住头发，鱼跃入水，逆着浪头游向大海深处。

……来吧，我们会一起夺取幸福和光荣，我的人生会是一艘大船，我希望和你一起站在船头。这艘大船入港的时候我们将一起震惊世界。我会拉着你的手登岸说，这是——恺撒的新娘！

强劲的划臂，一次又一次和冰冷的海浪搏击，恺撒觉得自己就像是一道在水中滑行的箭。一切都无法阻挡他，海浪、家族，甚至父亲！因为他够锋利！

恺撒猛地钻出水面，扭头向后他已经看不清暴风雨中的山崖，四周只有漆黑的、起伏的浪，灯塔雪白的光斑扫过，猎隼的鸣叫撕裂风雨声。

"安东尼！飞起来！飞到……"恺撒高举手臂，用尽了全力对着天空呼喊，"最高的地方去！"

被闪电撕裂的黑色夜空中，隼扶摇而起。

数千公里外，中国四川省海螺沟，雪花飘在女孩们赤裸的手臂上，迅速化为水珠。

"下雪嘞，"苏茜把身体缩进温泉里，看着绵绵细雪出神，"真美啊，都没想到这个季节能看见雪，是对你的祝福吧？ 虽然求婚信写得有点像战书……"

"和我一起征伐世界吧女人！"诺诺也缩进了温泉里，蜷缩起来，把嘴都藏在水面下，只露出忽闪忽闪的眼睛，像个孩子。

"不过真的很感人哦，每个字都用尽全力那样。"苏茜轻声说，"要是换路明非来写，大概是'其实我也没什么别的意思，就是想将来要是有孩子方便上个户口啥的'这种烂话吧？"

"喂……怎么冒出奇怪的话来了？"诺诺轻声说。

"幸福坏了吧妞儿？"苏茜说，"答应他咯，先订婚，毕业就可以举办盛大的婚礼了，我要预定伴娘的工作！"

"呀呀呀呀总要矜持一下子嘛！ 而且你看事情么么突然，我牙都没刷……怎么适合答应求婚呢？"

"瞧这翘尾巴的小样儿！"苏茜笑嘻嘻地把她的脑袋往水里一按。

诺诺没提防，一口水呛进喉咙里，眼前忽然一黑。

"糟糕！"她神志还清楚。

三峡的行动后她总是做梦，医生说是因为在水下长时间缺氧导致的后遗症，会慢慢痊愈的。但诺诺很不喜欢这个后遗症，因为总是同一个梦。

梦里是一片近乎黑的绿色，光隔着水从头顶照下来，水的波纹投射在她的脸上。她悬浮在无尽的水波中，连自己的心跳都听不见。

她想努力浮上去，但她没有力气，一根手指都动不了。水面上似乎有人影，那些影子似乎正俯身看她，似乎面容哀戚。她觉得自己像是躺在棺材里，透过玻璃和亲人告别。

真是个噩梦啊，而且梦里的时间是不流动的；真冷，她冷得想要蜷缩起来，可甚至无力蜷缩；真安静，想跟人说话，可是说不出来；真绝望，原来死亡是这样的。

她每次醒来都不停地哆嗦，她不记得在三峡水下发生了什么，但是她明白那个梦是关于死亡。

呛水的瞬间她又看到了那片近乎黑的绿色，她浮在无尽的水波里，不能动弹，该死的缺氧把她生生拉进了那个怪梦里，她觉得自己要死了……

可一切忽然被撕裂！ 水、光、近乎黑的绿色，一切的一切都被利爪撕开！ 好像是天穹开裂，裂缝处露出一对光如白昼的黄金瞳！ 那张扭曲着、流泪的孩子的脸！

"不要死！"那人在咆哮。

"李嘉……图。"诺诺喊出了那人的名字。

她猛蹬了几下终于蹿出水面，粗喘着，眼里透着极大的惊恐。

"对不起对不起！"苏茜赶紧去扶她。

Chapter 5
Dandelion

苏茜没料到这个水性一流的女孩会在小小的温泉池里马失前蹄。诺诺吞了好几口水，不仅仅是入水时的一口，在水里挣扎的时候还吞了好几口。

苏茜没听见她喊什么，可是透过水面能看得出她脸上的恐惧。两个人认识以来，苏茜还没见到过红发小巫女那么失态。

"没事没事。"诺诺摆手，勉强地挤出一个笑容给苏茜，"头有点晕，我去桑拿房坐坐。"

苏茜看着她的背影没入黑暗，觉得她好像变了一个人似的。

桑拿房里只有诺诺一个人，她舀起一勺凉水浇在被烧得发红的石头上，浓密的蒸汽弥漫开来。

手机屏幕是蒸汽里唯一能看清的东西，屏幕上是一则已经编辑好的信息，一条视频。

她一直犹豫要不要把这条视频发出去，但又觉得不妥，想取消的时候，又有点舍不得。于是这条视频始终封存着，命运取决于她的心情。

视频其实是一首歌："祝你生日快乐，李呀李嘉图，祝你生日快乐，李呀李嘉图……"

来海螺沟的路上，她忽然想到这个调子，图好玩就录了，心想路明非生日那天发给他，那家伙一定会傻笑。

只是……是不是显得有点隐隐约约的……她一直很少犹豫，什么事情想到就去做了，但这一次居然犹豫了。

有必要犹豫么？她不可能喜欢路明非，最多就是有点可怜那家伙，她讨厌看到别人无助的样子。她已经对路明非蛮好了，有漂亮的师姐罩着，在学院里总会好混一些。

至于路明非喜欢她，总会过去的吧？很多师弟都会喜欢师姐，然后把学到的知识用去哄师妹。

就像幼儿园时赞美她的那些大叔是属于大婶的，师弟则是属于师妹的。

其实她今天应该开心地四处乱蹦，晚上和苏茜一起喝到烂醉啊，平生第一次被人求婚……可是为什么会忽然看到那张孩子气的脸？为什么偏偏是路明非？

她默默地坐在蒸汽里，今天是路明非的生日，半个小时后这一天就要结束。

路明非摸出手机看了一眼，深夜23:30，舷窗外雨流狂落，远处的城市灯光疏寥。楚子航递来一个小包："这条航线从北极圈上空过，十个小时，睡一觉就到芝加哥了。"然后他给自己塞上耳塞，蒙上眼罩，套上空气头枕，盖上毛毯，入睡了。

路明非打开那个小包，里面是一套一模一样的装备。楚子航早已规划好要把飞

143

机上的十个小时用于休息，这个人的生活简直精密如机器。

"美联航UA 836飞往芝加哥的航班准备起飞了，请诸位乘客关闭移动通信设备。"甜美的女声回荡在机舱里。

再没有新的信息了，今天记得他生日的人共计恺撒、楚子航、诺玛三名。

路明非摁下了关机键，直到屏幕一片漆黑。此时此刻他一直等的那个人在干什么呢？

还是别想自己不知道的事吧，也许人家正偎依着在阳光灿烂的海上钓鱼，而你在漆黑的雨夜里想她。显得很卑微，弥漫着一股让人不爽的阴霾之气。

路明非塞上耳塞蒙上眼罩，眼前一片漆黑，飞机引擎巨大的风声也被隔开了。座椅颤抖着推着后背，波音747刺开雨幕斜插入空，掠过安睡的城市。

"晚安。"路明非轻声说，不知是对谁。

第六章 防火防盗防师兄
Beware of Your Senior

"TRY A WEEK WITHOUT BLUE LINE!!!"芝加哥奥黑国际机场,地铁站的检票口上方悬挂着这条巨幅白布。

路明非仰天长叹,觉得自己跟这CC线真是无缘。

所谓Blue Line,其实就是芝加哥的地铁,在他们降落芝加哥前的几个小时,芝加哥地铁工会跟市政府谈判薪资失败,宣布罢工一周。

CC线虽说是卡塞尔学院自己出钱维护的,但无奈挂靠在Blue Line的系统上,也被迫停运。

路明非长在社会主义红旗下,对"罢工"这件事从来不吝溢美之词,高中期末考试政治老师出了罢工运动的题,路明非还曾深情引用列宁同志的话,"罢工的精神影响多么深啊!每一次罢工都大大地推动工人想到社会主义,想到整个工人阶级为了使本阶级从资本的压迫下解放出来而需要进行的斗争!"

可要用自己的钱包来支持芝加哥地铁的工人兄弟,路明非就肉痛了。诺玛已经来了电话,说意外情况,不准时报到不会扣绩点,但是在芝加哥待一周的费用学院是不出的。

"那就在芝加哥住一周好了。"楚子航淡淡地说,"如果你不方便,就跟我合住,房费我会付。"

路明非心里贼贼地有些开心,早知道面瘫师兄在花钱上是不计较的,就等着这句话呢!

他把行李一扛:"走!开房去!"

头顶传来咯咯一声轻笑:"两个大男人开什么房?"

路明非仰头寻找那个声音,发现那条长宽各十米的巨幅白布在微微颤抖,好像有人藏在后面。

那家伙沿着横梁往左移动,一只手从白布后面伸出来,把左侧的挂钩摘掉了,然后他又往右边移动，摘掉了右边的挂钩。

"小心！"楚子航忽然说。

他看见横梁摇晃了一下，白布后的人立足不稳，整幅白布都被他扯了下来。恰好此刻一阵风卷过，白布如一朵坠落的云。

楚子航和路明非都扑上去要接，这可是从离地五六米的高处栽下来，一般人怎么也得断根骨头。

路明非没跑两步就被劈头盖脸地罩住，脚下一绊，直接摔作了脸着地的天使。楚子航稍慢半步，却看清了白布里的人影，稳稳地接住了。

轻巧得让他一愣。

"真不要命啊！害得我也摔了一跤！"路明非揉着腰爬起来，一迭声地抱怨。

一个脑袋从白布里探了出来，左顾右盼。刹那间路明非和楚子航都沉默了，楚子航轻轻地把那个人放在地上，退后一步。

这是对女性的尊重，也是对美丽的尊重，还是"君子好色而不淫"的体面。

女孩好奇地看着他俩，他们俩则在女孩清澈的瞳孔中看到了拘谨的自己。

路明非心里有一张自己的美女排行榜，并列第一名的是诺诺和苏晓嫱，小巫女自不用说，苏晓嫱"小天女"的外号也不是浪得虚名，她是个混血儿，妈妈是葡萄牙人，有欧洲人的清晰五官又有东方女孩的温润；列第二的是零，俄妹光论颜值其实吊打诺诺，但也有缺点，身材过于娇小像个大孩子，而且总是冷着脸，好像天下人都欠她几百万卢布似的；柳森森第三；陈雯雯第四，这还得考虑到裁判员路明非有因为个人好恶而加分的嫌疑。

但这妹子从天而降落在路明非面前，就看了一眼，那张排行榜就被打乱了。

关键是你还不知道该把她放在哪里，你可以说她普普通通，也就是陈雯雯那种漂亮的邻家少女，但她根本就找不出缺点，她就是好漂亮好可爱，最要命的是她还很萌！

你说不出她哪里好，但她就是好得很，好得让你看着她就很开心。

"嗨！妖怪你好！"路明非喃喃地说。

他的意思是只有妖怪才能长那么好看，这种有深度的槽想必面瘫师兄和美女都不会懂。

楚子航用胳膊肘捅了他一下："是同学。"

女孩一龇牙："不是妖怪，是软妹子！"

路明非乐了，果然还是有个人能懂他的吐槽的。他注意到女孩嘴里叼着一张黑色的车票，CC1000次支线快车的特别车票。竟然还是校友。

"楚子航，机械系。"楚子航伸手去拉女孩。

女孩从白布里钻了出来，宽松的灰色上衣，短到大腿根儿的牛仔热裤，赤脚穿双球鞋，头顶上架副墨镜。简单得不能再简单了，但就是闪闪发光。

"师兄欸！"女孩蹦了起来，"我是新生，夏弥。"

"喂喂别挡着我，"路明非用肩膀把楚子航拱开，"我也是师兄！路明非，历史系。"

"哟，文科男？"夏弥上下打量路明非。

路明非没来由地觉得自己低了楚子航一头。

其实楚子航那个系的全名是"炼金机械系"，专门研究炼金设备的，而路明非这个历史系的全名是"龙族谱系学"，专门研究龙族家谱，深挖其历史阴暗面的。

不过这些都不好对这个白纸一样的小师妹说明，这个谜底要在新生入学辅导的时候才会揭开。

"你在上面干什么？"楚子航问。

"要住一个星期的酒店，我没钱了，我还要省钱给我的相机买镜头。这东西反正也没什么用啦，可以让我在公园里搭个帐篷睡一星期。"夏弥一屁股坐在白布里，把它收叠起来。

她动作很麻利，很快就把白布卷成老大的一堆，往肩上一扛："那我先走了，在学院见咯。"

"公园里可以搭帐篷么？"楚子航问。

"我会跟他们说我这是支持芝加哥地铁的工人兄弟！"夏弥攥拳，神情认真，果然是急公好义熊熊燃烧的少女。

"真棒！我跟你去！"路明非觉得这师妹太有创意了。人间极品，别想了，肯定是排行榜第一了。

不过住公园只是嘴上说说，暗地里他捅了捅楚子航。

楚子航犹豫片刻："你还没有社会安全卡，如果被警察问话不太方便，如果你不介意可以和我们一起住，我们要去……"

"开房？"夏弥瞪着楚子航。

楚子航被那凶凶的眼神惊到了，意识到自己说错了话。两个男生邀一名女生同住，就算是师兄妹，也有存心不良之嫌。

"是大款欸！好开心！求包养！"下一刻夏弥就虚趴在楚子航的胸前。

楚子航默默地站着，开始思考自己到底是遇到了一个女芬格尔，还是女路明非。

好吧，这两种物种其实区别不大。

"走走走走！开房开房！饿爆我了。"路明非帮夏弥拎了行李。相比其他来美国的学生，夏弥的行李算很少的，只有一口标准旅行箱和一个提袋。

"等等等等，我再去接一杯可乐。"夏弥说。

"到酒店住下再买吧。"楚子航说。

"你那是买是买是买啊！"夏弥比个鬼脸，"我又没说我要付钱。"

她从包里摸出一个用过的可乐纸杯，一溜小跑到关张的Subway门口——因为地铁罢工，周围的店铺也都歇业了——踮起脚尖，把半边身子从金属栏杆之间塞了进去，她足够苗条也足够柔软。

她的手恰好能够到可乐机的开关，一阵叫人心旷神怡的哗哗声，Subway的店员关店时居然忘了拔掉可乐机的电源。

夏弥吸着可乐满脸得意："我比你们早到两个小时可不是白混的，这里我都侦查了一遍了！"

"哇！这不是有喝不完的免费可乐了么？"路明非满心欢喜，"我也去接一杯。"

"你们男生挤不进去的啦，我帮你们去接。"夏弥又摸出两个纸杯。

真是一个棒极了的早晨，阳光照在夏弥身上，纤细柔软的女孩以芭蕾般曼妙的动作单腿而立，伸手去为他们偷两杯可乐。

路明非看着阳光中抬起来的长腿，每根线条都青春洋溢，每寸肌肤都温润如玉，第一次明白了古人所谓"骨肉匀停"的意思。

就是纯粹的青春的美，既不蠢蠢欲动也不心痒难忍，只希望可乐杯大一些让她多接一会儿，看得人心旷神怡。

漂亮小女贼真是这个世界上最萌的物种之一！

"喝了我的可乐就欠我人情咯，以后多帮忙。"夏弥说。

"那还用说？师兄罩你呀！"路明非拍胸脯。

傻子才不罩这样的师妹。这就是传说中的神奇物种"师妹"啊！是电是光是那牛×的神话！要拯救苦×的师兄们于苦海！

在每个关于师妹的故事里，她们都崇拜有学识有教养深谙校园生存法则的师兄！一代代奔赴美利坚留学的师兄不就是这样过来的么？开着破车在机场等师妹，热情地帮师妹找住处，慷慨地载她去超市买东西，带她去游乐园揭示资本主义的腐朽，在她还没有完全熟悉美国不知道你只是一条废柴之前表白！一代代前辈都是这么占了师弟的份额，师弟们只有默默地等待成长为师兄的一天，新一茬的小师妹从天而降。

芬格尔说得对！师妹如韭菜！一茬更有一茬新！

"师兄人真好！"夏弥笑得人见人爱花见花开，然后忽然换了低沉的声音，"夏弥啊小心不要被泡了哦！提高警惕哦！防火防盗防师兄哦！"

Hyatt Regency Chicago，路明非懒洋洋地歪在沙发上看电视。

这间著名的酒店在芝加哥河的河边，眺望出去可见白色的游轮缓缓经过，船头热情洋溢的黑胖导游正跟一帮外国游客渲染这座城市奠基的黄金岁月。

"师兄，我说这样不好吧？ 你帮师妹出房钱我当然举双手赞成，"路明非说，"可两男一女住一间，风纪委员会不会来抓么？"

"风纪委员会不关心这个，曼施坦因教授应该在为今年的'自由一日'布防呢。"楚子航淡淡地说，"我也认为不太合适，不过她说如果我为她单独出一间房的钱，欠我的人情就太大了，她就宁愿去公园里搭帐篷。"

他正贴墙而立，翻着一本注释《翠玉录》的古籍，这是"炼金化学三级"的参考书。

《翠玉录》听名字好像是什么中国风小说，实则是本公元前1900年的古书，因为刻在绿宝石板上，所以被叫作《翠玉录》。

它在一座金字塔下的密室中被发现，被看作炼金术的起源书，作者自称是埃及神话中三位一体的赫耳墨斯神，一共只有十三句，却包含了炼金术的一切真理。

隔壁传来哗哗的水声，夏弥在卫生间里洗浴。

"从地升天，又从天而降，获得其上、其下之能力。如此可得世界的荣耀、远离黑暗蒙昧。"楚子航嘴里念念有词。

这是牛顿对《翠玉录》的译文，这位科学家本身也是个知名神棍，对炼金术和神秘主义很有兴趣。在中世纪神学和科学分得不那么清楚，炼金术也算是科学的一种。

路明非真被他折服了。好不容易在新生中发现了校花级别的人物，还男女同宿，就该喝几瓶啤酒联络一下感情啊。

想象一下，漂亮师妹在隔壁洗澡，哎呀呀"温泉水滑洗凝脂"，当年语文课上老师讲《长恨歌》，越听越烦躁，如今擦着哈喇子想到水流正在师妹美好的肌肤上跳跃什么的，顿时如醍醐灌顶，领会了白乐天同学的诗意……说起来这句诗真不是淫词艳语么？ 心里吟诵几遍就觉得鼻血要流下来了……

可楚子航一脸的无动于衷，抱着那本枯燥的参考书已经啃了快半小时了。这禅定的功夫，不当和尚可惜了。

"我说师兄，你啃书归啃书，找个地方坐不好么？"路明非对楚子航始终贴墙站着不解。

"顺便练一下站姿，我每晚会站半个小时，对脊椎也很有好处。我建议你也试试。"楚子航说。

路明非瞥了他一眼："算了，给芬格尔看见一定笑死。"这种又枯燥、又辛苦，隐约透着股贵族气的自我锻炼在他看来有点傻，不过倒是蛮适合楚子航的气质。

"牛顿的原文是'It ascends from ye earth to ye heaven & again it desends to ye earth and receives ye force of things superior & inferior. By this means you shall have ye glory of ye whole world & thereby all obscurity shall fly from you.'也可以翻译成，'太一从大地升入天空，而后重新降落到地面，

从而吸收了上界与下界的力量，如此你将拥有整个世界的光荣，远离蒙昧。'"洗手间的门开了，夏弥裹着浴袍出来，擦着长发走到楚子航对面的墙边，也是贴墙而立："要理解这句话的关键在于那个'it'，到底指代什么。"

"可以理解为炼金术中使用的材料，也就是被火焰灼烧的金属或者其他物质。"楚子航说。

"也可以理解为'精神'。"夏弥说。

"精神说在1972年之后就没有什么进展了。"

"但是去年精神说又出了新的论文哦。"

两个靠墙而立的人你问我答，流畅自然，听得路明非大眼瞪小眼。好像蛤蟆在佛前听经，只听得微言大义，奈何一个字不懂，恨不得有人帮它把禅机翻译为"呱呱呱呱"。

"等等等等，你们在说什么？师妹你为什么也贴墙站着？"路明非忍不住了。

"《翠玉录》嘛，路师兄你没选'炼金化学'？那是一部龙族典籍的残章啦，就是太晦涩了，一直没有准确的解释。"夏弥说，"我等着头发干，顺便练习一下站姿。"

"你说什么？"路明非震惊了。

怎么回事？小师妹还没经过入学辅导，不该是一张白纸好画最美的图画么？她听说这世界上其实有神奇的爬行类王朝应该惊恐得尖叫才对啊！当年路师兄……便是屁滚尿流地尖叫了！

"龙族龙族龙族。"夏弥连说三遍。

"她是预科生，3E考试对预科生而言是提前的，所以龙族的存在对于她而言不是秘密。她的血统级别是'A'，非常优秀。"楚子航对路明非解释。

"预科？什么预科？"

"学院在中国的分校，中国各地筛选有血统的高中生进入预科班。对他们学院会提前安排3E考试，如果血统足够优秀，毕业后就直升本部，如果没通过，卡塞尔之门进入关闭程序，他们会被作为普通学生处理，毕业高考。"楚子航说，"夏弥，生于中国北京，生日1月22日，性别女，入读预科前就读于北大附中，北京户口，家中有父母和一个哥哥。"

"喂喂！"夏弥瞪眼，"查户口么？"

"是诺玛从本部发来的资料，我们总得知道你是谁。"楚子航指指桌上自己的iPad，"路明非你帮我递给夏弥。"

"为什么叫我跑腿？"路明非嘟哝。

"我的功课还没结束。"楚子航仍旧站得笔直，并把一本精装书顶在脑袋上。

隔着四五米远，夏弥也在自己脑袋上顶了一本精装书，伸着手等路明非帮她把iPad拿过来。

"你们玩我呢吧？"路明非拿起iPad，跑过去递给夏弥，活脱脱一个小狗腿。

屏幕是夏弥的档案，详实清晰，事无巨细。卡塞尔学院情报部负责学生档案，这伙人以中央情报局般的严谨著称，把任何人的档案整得都像是黑历史。点亮这份档案的是夏弥的照片，不知道是用什么小相机随手拍的大头照。她的头发染成深咖啡色，戴深色的美瞳，在一片夕阳里回过头来，黄色的蝴蝶结发带飞扬起来。

"你真非主流！"路明非随口评价。

"你才肥猪流你们全家都肥猪流。"夏弥拿过iPad瞅了一眼，"那是我在动漫社cos凉宫春日。"

"她们选你cos凉宫春日？"

"我本来想cos朝比奈的。"

"朝比奈？"路明非一龇牙，乐了。

朝比奈是《凉宫春日的忧郁》里的大胸美少女，总是被迫穿成兔女郎、女仆甚至……性感青蛙的样子，想起夏弥cos起来的效果，鼻血又蠢蠢欲动。

夏弥叹了口气，垂眼看了看自己的胸口："可她们都不同意，她们说我不够格……"

"我最讨厌那些胸大的女生了！"她忽然抬起眼睛，大声说，"她们欺负人！"

真是情由心生和掷地有声，屋子里忽然安静下来，不……是一片死寂。

"节哀啊。"路明非给这个沮丧的师妹递了一个橙子，拍了拍她脑袋上的书，好像一个悲悯的僧侣安慰天赋不足的求道少女。

他忽然狂笑着扑到床上，把脑袋蒙在被子里，猛捶床面。

他实在忍不住，这样憋下去会憋出内伤的。他忽然觉得这场罢工真是太棒了，滞留在芝加哥的这一周肯定会更棒，都是因为碰上了这个漂亮、捣蛋又二不兮兮的师妹，她同时是奥黛丽·赫本……和相声演员啊！

"笑……笑你妹啊笑。"夏弥瞟了一眼路明非，撇撇嘴。

"'太一'如果是指精神，那么上界和下界指的是龙类和人类不同的精神世界？"

"你也可以这么理解啊，描述了一个从人类进化为龙类从而自我圆满的过程。"

"人类可能进化为龙类么？"

"中世纪《翠玉录》的研究者中曾经有人认为，这是一本假托神名的作品，但是作者'无限逼近于神'，是'窃取神的法则'，因为畏惧这种法则被普通人洞悉，所以使用了密语。"

"古埃及文中的祭祀体？"

"对啊，祭祀体只被僧侣掌握。公元7世纪阿拉伯文就取代埃及文成为埃及的通用语了，所以祭祀体很难解读，你用的牛顿译本可能错误百出……"

"你刚才采用的译文是'太一从大地升入天空,而后重新降落到地面,从而吸收了上界与下界的力量,如此你将拥有整个世界的光荣,远离蒙昧。'按照你的解读方式,人类能够进化为龙类,他就没有必要返回人类世界,作者既然要远离蒙昧……"楚子航沉吟。

"为什么远离萌妹?"路明非百无聊赖地打岔。

这是美好的一天,有豪华的五星级酒店,舒服的大沙发,酒店送的果盘,买单有阔绰的面瘫师兄,还有新遇见的漂亮师妹。

结果他们俩每人顶着一本书,在路明非一左一右贴墙站立,好似两尊门神。更让人无奈的是两尊门神一直就《翠玉录》的解读而嘚嘚嘚,都他妈的是学术派,路明非一个字都不懂。

"那么他为什么要'重新降落到地面'?'从地到天'不是一切炼金术的极致追求么?"楚子航没有理睬路明非,他的思绪全在和夏弥的讨论上。

"从地到天,从天到地,万事万物多么神奇,多么神奇啦……"路明非忽然唱起歌来。

楚子航和夏弥都无语地看着他,应该是不能理解这家伙的内心世界。

"天地之间有杆秤,那秤砣是老百姓……"就在路明非意识到自己又进入脱线模式的时候,夏弥忽然开始以京韵大鼓的调调唱《宰相刘罗锅》的主题歌。

"喂喂,这什么情况?你们不是在学术讨论么?为什么神转折到老歌联唱上了?"路明非说。

"配合一下你嘛。"夏弥说,"你会不会唱《海绵宝宝》的主题歌?"

"我好像记得……"楚子航试着哼了哼调子。

后来路明非回忆那个阳光温暖的下午,觉得他们什么有意义的事情都没做。芝加哥河上的游船来来往往,电视里重播着《辛普森一家》,楚子航和夏弥顶着精装本站得笔直。他们有时讨论学术,有时对歌,夏弥说几个白烂笑话,路明非给夏弥普及学院势力划分。这种下午听起来真是浪费人生。

但他总希望这样的下午能更长一些,更多一些,永远不要结束。

"你睡着了么?"路明非看着天花板,轻声问。

"还没有,在想事情。"枕边的人也看着天花板,被子盖到肩头,双手老老实实地放在被子里面。

"抱歉抱歉,是我翻身声音太响了?"

"不是,只是不太习惯和别人一起睡,一会儿困了就会睡着,没事。"

"这里有无线网,既然都睡不着……不如打盘王者?"沉默了很久,路明非提议。

Chapter 6
Beware of Your Senior

"我不会打王者，但我们可以下国际象棋。"

"王者都没玩过师兄你的人生真是个悲剧……"路明非扭过头，看着枕边那张英俊的脸和整齐的睫毛，叹了口气。

"对不起。"楚子航说。

路明非还记得高中军训时他们偷听女生夜谈会，话题是"如果泡到楚子航我该怎么办？"强硬派表示坚决推倒，文艺派表示要听楚子航讲睡前故事，贤妻良母派表示要把心爱的楚子航宝宝养得肥头大耳，事业派的则鄙夷说就让他跟着我好好地过自己想过的人生好了！老娘养他！

最后脱颖而出的是温情派，一个女孩轻声说："我只想在他睡觉的时候一根根数他的睫毛……"听墙脚的兄弟们都酥倒了。

如今岁月荏苒时过境迁，当年夜谈的女生们大概都各有男朋友了，倒是听墙脚的和楚少爷同床共枕。

"你妹啊，"路明非肚里嘀咕，"和这少爷同床一周？我何德何能啊？嗨姑娘你羡慕我么？嗨姑娘你羡慕我么？"

他嘀咕着嘀咕着就睡着了。

楚子航把头扭向一旁。夏弥已经睡熟了，窗帘没有拉上，月光照在她的柔软的额发上，被子一直裹到了后脑勺，只露出精致的小脸，长长的睫毛在脸上留下两痕阴影。

楚子航心里一动，那睫毛一根根历历可数，仿佛计数时间。

学院本部，中央控制室对门的小办公室。长桌上放着一只铝制密封箱，贴着来自中国的快递标签，罢工前最后一趟CC1000次地铁把它送到了这里。

施耐德打亮一支暗紫色光的电筒去照密封箱的边缘，类似钞票防伪标记的反光标签出现。

施耐德点了点头："密封签没破损，里面的东西是安全的。"

"这东西不必送给我们，直接发给校董会就好了。"曼施坦因皱眉，"这样我们还得等着校董会派人来取。"

"我叮嘱楚子航寄给我们的。"施耐德说，"还是不太放心，打开看看比较保险。"他倒是说干就干，抓起手提液压钳，咔嚓把锁剪掉。

"喂喂！"曼施坦因大声喝止，但已经来不及了。

"你简直就是破门的强盗，你没有钥匙么？"曼施坦因说，"放过这东西好了，这不是我们要的东西，我们已经按照校董会的要求夺还了，就扔给他们。别碰，会给自己惹麻烦。"

"这样简单。"施耐德淡淡地说。有时候曼施坦因不得不怀疑楚子航的某些行为方式是跟自己暴力成性的老师学的。

铝箱里是一个封好的纸袋，纸袋上的密封条完整。施耐德扯开袋子，把里面的东西倒在桌上。袋子里都是影印文件，印在透明胶片上。

施耐德极快地翻阅那些文件，他的双手忽然变得极其灵活，完全不像一个老人。胶片在他的指间飞速滑动，他的眼睛如扫描设备般掠过，曼施坦因很少见施耐德那么认真。

"喂喂！你疯了！"曼施坦因反应过来了，大吼。

施耐德根本不是在检查这件东西是否完好无损，他要在这些资料被取走之前看一遍，偷看校董会绝密的SS级资料。

"你知道这份资料是什么么？"施耐德面无表情，一点没有要停下的意思，"这是过去五年中，中国警察关于'未知类型犯罪'的保密档案。'未知类型犯罪'就是'超自然犯罪'，这份档案就像美国空军关于UFO的'蓝皮书计划'。他们还会追踪那些可能具有超能力的个体，其中不少都是混血种。"

"中国警察知道龙族存在？"古德里安震惊了。

"不确定，但他们肯定知道这些事情超出了正常人类能理解的范畴，比如这一则。"施耐德把一张胶片放在桌上，"20××年7月3日，台风在中国东南部沿海登陆，造成长达三日的暴风雨。那场暴风雨中有一场没有结论的事故，一部迈巴赫轿车在高架路上被遗弃，车身上有大量难以解释的破损。司机不在车里，再也没有人见过那个司机，他从世界上蒸发了。"施耐德缓缓地说，"那个司机，是楚子航的亲生父亲。"

"难怪校董会没有让楚子航担任专员……"曼施坦因忽然明白了。用楚子航是迫不得已，但又不能信任他。

曼施坦因转身，一步步后退，远离这张长桌："施耐德我无法阻止你袒护你的学生，但我跟这件事没有关系！你会因此受到校纪惩罚……不，党规！"

他是风纪委员会主任，主管校纪，而校纪之上，还有秘党的党规。党规源自一份炼金古卷《亚伯拉罕血统契》，是从中世纪流传下来的严厉章程。

主管党规的是所谓的元老会，地位还在校董会之上。施耐德侵犯了元老会的秘密，这种行为接近叛逆。

"不，你跟这件事有关，"施耐德头也不抬，把早已准备好的信封袋递给曼施坦因，"自己看。"

曼施坦因打开信封袋，里面是一份份学生简历，每份简历都加盖着特殊红色漆章。漆章的文字是，"尼伯龙根计划"。

"尼伯龙根？"曼施坦因听说过那个神话中的"死人之国"，但他不明白这跟他有什么关系。

Chapter 6
Beware of Your Senior

他的脸色忽然变了，翻过几份简历，他看到"陈墨瞳"的名字。

"你翻得那么快干什么？我看到有路明非……"古德里安也伸长脖子凑过来看。

"这是什么意思？"曼施坦因低声问。

"尼伯龙根计划，校董会主导的血统筛选计划。名义上他们要从A级以上学生中筛选精英加以特殊培养，事实上他们还有一个目的，清洗我们中的可疑血统。这些学生都被认为血统存疑，包括你的学生陈墨瞳，"施耐德指了指古德里安，"还有你的学生路明非，现在还要说这跟你们无关么？老友们。"

"不可能吧？要说血统存疑，最有问题的难道不是你的学生楚子航？可这里面没有楚子航？"古德里安说。

"很好理解，"曼施坦因低声说，"他是楚子航的导师，就算楚子航被怀疑，简历也不会被送到他的手上。会有别人接手楚子航的调查。"他显然已经相信了施耐德说的话。

"能有什么问题？他们不都是我们品学兼优的好学生么？"古德里安茫然。

"你调查了这些人么？"曼施坦因问。

"校董会的命令必须执行，我已经呈交了调查报告。我判断他们血统没有可疑的地方，但我的结论未必会被采纳。"施耐德说，"这些人里最特殊的两个就是路明非和陈墨瞳，尤其是路明非，他是学生中唯一的S级。校董们也是S级，他和校董的阶级一样高，但他居然没有言灵。任何人都会怀疑到他。"

"血统可疑的定义到底是什么？"曼施坦因问。

"龙血比例超标。通常认为，龙族血统如果超过人类血统的比例，这个混血种就更接近龙类，就不再是我们中的一员。但龙血也可能在基因遗传上表现为隐性，这种隐性基因可能缓慢地苏醒。这会导致混血种逐步龙化。超过某个阈值，他就变成了敌人。"施耐德说。

"现在有什么办法能够实验室测算基因比例么？"

"没有，并没有一个明确的数据说你的龙血比例超过30%、40%、50%你就是危险的，只能依靠对行为方式的分析。所以你明白校董会为何会给这次的夺还行动定如此高的级别，路明非、陈墨瞳，还非常可能有楚子航，他们都来自中国，校董会正在调查他们。"

"可陈墨瞳虽然是个中国人，但她基本没在中国生活过。"曼施坦因低声说。

"明非也不会有问题的，他怎么可能危险？他完全是个废蛋啊！"古德里安结结巴巴地说。

"你不是一直说你的学生全身上下都是灵感么？"曼施坦因示意他闭嘴，看着施耐德，"如果校董会认为他们的血统危险，结果是什么？"

"校董会只是个幌子，他们对元老会负责，元老会的做事风格，你应该和我一样了解。"施耐德抬头看向曼施坦因，铁灰色的眼睛里光芒寒冷。

"铁腕法则么？"曼施坦因低声说。

"杀……杀掉他们？"古德里安声音颤抖，"没必要吧……在太平洋上买个小岛，修个别墅，把他们送到那里去，定期送给养不就好了？"

"夏威夷群岛的终生度假？要是这么好的待遇我也想有危险血统了。"曼施坦因苦笑。

"他们不会杀人，但是历史上他们曾经采用'脑叶白质切除术'来清洗血统危险者。"施耐德说。

"什么意思？"古德里安一愣。

施耐德迟疑了片刻："一种脑科手术，发明人是安东尼奥·埃加斯·莫尼兹，一个葡萄牙医生。他研究古代埃及人的头盖骨时，发现这些头盖骨上都有打孔的痕迹，他认为这是埃及人用脑外科的手术治疗癫痫。他完善了自己的理论，认为切除脑叶白质可以治疗各种精神疾病，包括抑郁、亢奋、紧张、偏执等不讨人喜欢的精神状态。从1930年到1950年，这种手术在全世界做了几万次，手术后的病人确实都更温顺，容易被控制，但是往往都像傻子一样整天呆坐在某个地方喃喃自语。他因此得了诺贝尔医学奖。这是历史上最扯淡的诺贝尔奖之一，因为医生完全误解了埃及人施行这项手术的目的……在埃及法老统治的时代，这项手术用于控制混血种，切除脑叶后，龙族血统最重要的'精神共鸣'也被截断。"

"元老会知道这项手术的真实作用，他们把被怀疑的混血种送进精神病院，"曼施坦因说，"他们还花钱在全世界鼓吹这种手术的疗效。"

"妈的……"古德里安喃喃地说。

"现在两位都该清楚了，这是我们和元老会的不同。我们都认可自己是教授，是教书育人的人，无论我们的学生有多么奇怪，不到无法挽救的时候，我们都不会放弃他们。但元老会不是我们这种人，秘党绵延了几千年，元老会从盛行鲜血祭祀的古代走到黑暗的中世纪，再走到激进的工业时代，他们刚刚进入现代社会，他们的思路并不符合现今的道德规范。"施耐德说，"他们在开展隐秘的调查，调查对象是我们的学生，我们必须做点什么，我才不管校董会或者元老会的家伙们在想什么。"

施耐德擦燃一根火柴，把那张关于楚子航的胶片点着，呛人的烟气里，胶片渐渐融化在烟灰缸中。

"火柴借我用用。"古德里安说。

"别费力了，胶片里没有和路明非相关的内容。执行部查过他的过去，平淡无奇。平凡得配不上他S级的身份。"施耐德说。

又一根火柴擦燃的声音，两人一齐扭头，看见曼施坦因面无表情地点燃了另外一张胶片。

"曼施坦因教授,这可不像你一贯的作风啊,"施耐德冷笑,"你找到了什么? 又烧掉了什么?"

"一些无关紧要的东西。"曼施坦因冷漠地看着那张胶片化为灰烬。

"你为什么会保护陈墨瞳? 她不是教务办公室硬塞给你的学生么?"古德里安说。

"别问了,曼斯把她交给我是有原因的,但原因我不能告诉你们。"

施耐德把剩下的胶片收拢塞回铝箱里,拿出早已准备好的新锁咔哒一扣,看着古德里安和曼施坦因:"好了,现在我们是共犯,应该一起喝一杯。"

"慢着! 你毁掉了校董会的封条,这也太明显了! 那东西无法仿造!"曼施坦因低喝。

"很简单,既然猎人曾抢走这些资料,那么就是他们拿走了其中的片段。"施耐德冷冷地说,"事实就是如此,非常合理。"

"猎人为什么要插手我们的事? 如果是有人暗地里委托他们,他们又为什么想要这些资料?"曼施坦因皱眉,"这些资料只对我们有价值。"

"他们是坏人,"施耐德耸肩,"坏人做任何事都有可能,不需要理由。"

"你的逻辑真是和执行部的行事风格一样地……简单粗暴!"曼施坦因说。

忽然有敲门声传来,单听那门声就觉得来者彬彬有礼。

三个人一对眼神,迅速地行动起来,施耐德抓起烟灰缸扔进废纸篓里,曼施坦因倒进一罐可乐,压掉了袅袅青烟,古德里安抬着废纸篓把它藏在了窗帘后。

曼施坦因活动脸上的肌肉,恢复了风纪委员会主任一贯的严肃正直。他过去开门,清秀的年轻人站在门外,金色的长发遮住半边面孔。

他伸出手:"您好,曼施坦因教授? 我是校董会秘书帕西,受命来取一个箱子。"

执行部部长施耐德教授冷冷地看了一眼桌上的铝制箱子,古德里安教授看似无聊地吹着口哨。

"用得着吹口哨来表示心里没鬼么?"曼施坦因在心里咒骂。

第七章 群龙的盛宴
Dragons' Feast

路明非睁开眼睛，屋里静悄悄的。他把头扭向一边，楚子航睡过的那块被单上平平整整，连点凹陷都没有，再看沙发，夏弥的被子也整整齐齐，好像根本不曾摊开过。

"没义气。"他嘟哝。

一大早这两人出去玩了么？连个招呼也不带打的。

他望着天花板发了一会儿呆，忽然想夏弥是不是对楚子航有点儿意思，说起来新人小美女和面瘫师兄还是很般配的，学术上还有共同语言，就是都不说人话。

可是要出去玩带他一个也不多嘛，他虽是个灯泡，但很有自觉，一直都是不胡乱闪亮的好灯泡，温暖地照着旁边的情侣。

这个早晨真安静。路明非忽然有种奇怪的感觉，不确信自己到底在哪里。没什么证据证明他此刻还在做梦或者已经醒来。

他愣了一下，忽然明白了。

"上早饭！"他豪气地拍掌。

门开了，路鸣泽推着一辆银光闪闪的餐车进来。他比那辆餐车高不了多少，可一本正经地穿着白色厨师服，戴着法式的厨师高帽。

"刚起，怪乏的，朕要在床上用膳，推过来吧。"路明非摆足了架势，像个春睡初醒的法国贵妇那般倚在枕头上。

"鱼子酱配现烤全麦吐司，丹麦包配提子干，柠檬汁煎鸡胸肉，慕尼黑烤白肠，"路鸣泽像个管家似的，严谨又殷勤，"饮料您需要咖啡、牛奶麦片还是奇异果汁？"

"就这些？朕最爱油条和豆腐脑！"

"没问题。"路鸣泽揭开白银扣盖，里面是一套中式白瓷餐具，四根炸得很到位的油条，两碗滑嫩的豆腐脑，几样小菜，高邮咸蛋、金华火腿、杭州素鸡和红油腐乳。

至于他刚才说的鱼子酱、丹麦包、鸡胸肉、烤白肠，一样也无。

"玩我呢？拿四根油条两碗豆腐脑来就冒充法国厨子？"路明非嘴里这么说，心里却很高兴，虽然有吃的他就不挑，但还是个中国胃。

"魔术早餐，如果你想吃的是法式早餐，揭开来一定是法式早餐。"路鸣泽坐在床边，"你只有两根油条和一碗豆腐脑，另一半是我的。"

"别是在梦里吃饭吧？在现实里我其实是吃着癞蛤蟆喝着洗脚水？《西游记》里有，白骨精变成送饭村姑，饭都是癞蛤蟆和土块瓦片。"

"怎么会？你是客户，客户是上帝啊。我们当魔鬼的总是善待客户，都是生意人呐！勤劳致富！"路鸣泽端起豆腐脑吹了吹，自己先喝了一口，"这样放心了？"

"放心个鬼！你花样多，我玩不过你，认了！"路明非受不了油条的香味，抓起一根咬了一口。真是很棒的油条，酥脆油香，就算在现实世界里是癞蛤蟆他都认了。

"有事说事，这次不是我召唤你的，不记账啊。"路明非嘟嘟哝哝的。

一大勺豆腐脑下去，一丝辣劲儿透上来，味道像极了叔叔家门口那家早点摊做的。这样的豆腐脑才能支持人继续在这孤独的世界上混日子啊！

"当然咯，当初订立契约的时候说好的嘛。"路鸣泽显得很大度，"今天会有点事儿发生，特意来通知你一下，以免你出岔子。"

"什么事儿？"路明非夹了一筷子素鸡。

"等会儿你会有一场重要的活动，需要用钱，但我知道你是个穷狗，所以准备借你点钱。"

"不要！"路明非回绝得干净利落。

"不要？"路鸣泽吃惊了。

"问你借钱？那就是我求你咯？求你就要拿命换，不干！我没什么要用钱的地方，要是有绑匪劫我，我还不如召唤你把他们全都干趴下，也是四分之一条命。"

"是不收费的客户赠礼啦，钱能解决的事儿那都不是事儿。"

"那么好心？你？"路明非斜眼看着路鸣泽。

"我。"路鸣泽微笑。此刻这个小魔鬼脸上，那份纯良的笑容就像晨曦绿叶，面对这笑容，就算你知道他一肚子坏水儿也没法恨他。

"这个世界上，只有我始终跟你是一心的，因为……你是我哥哥啊。"他伸手摸了摸路明非的额头。

"摸什么摸什么？辣椒油都蹭我脸上了！"路明非大声说。

路鸣泽的手触到他额头的瞬间，他感到了难以言喻的温暖。那种简单而自然的接触，好像在梦里有过几千几万次，摸摸你的额头，说……哥哥。

其实翻回头去想，这个神秘的男孩一次也没有害过自己。每次走投无路的时候，叫天天不应叫地地不灵，只有这个魔鬼始终守候在自己身边。只要你愿意跟他做交易，他就一定帮你，就像整个世界上……最亲的人。

"这次的临时言灵,'Show Me The Money',当作'Show Me The Flower'的升级版吧。"路鸣泽把手收了回去。

"啥效果?"路明非问。在星际里,输入这个作弊码会增加一万的矿石和燃气,但现实中他要矿石燃气干啥?

"会为你增加一万美元的财产,可以重复使用。"

"我靠那么仗义? 这次很有诚意哦!"路明非惊喜。

"可不是么? 我回馈客户那么频繁,你能不能有点重要的事情召唤我一下啊?"路鸣泽从床上跳了下去,走到门边回过头来,"不过我猜很快就有了,危险离你不远,保持警惕,那部手机要始终带在身边。哦,对了,前台有人给你留了字条,我顺路给你带上来了,就在餐车上。"

他在背后关上了门。

随着门锁扣合的啪嗒一声,一切恢复了正常。

还是那间酒店客房,还是晨曦透过白纱窗帘,但有些细节不一样了,路明非身边出现了楚子航躺过的凹陷,夏弥的被子乱糟糟的,根本没叠。

桌子上散落着橙子皮,夏弥的白色棉睡衣搭在椅背上,上面粘着一张黄色的速记贴,"明非师兄,我们有事先出去了,给你叫了中式早餐,油条豆腐脑。"落款画了一个猫头,夏弥的签名居然是个猫头。

只是细微的变化,那种身处梦境中、对世界的生疏感消失了。

餐车还在,碗里还有没吃完的豆腐脑,细腻白嫩,洒着鲜香的辣麻油、榨菜细丝儿、海虾仁、芝麻和香醋,餐盘里半根油条,热气儿还没散。这次路鸣泽居然没有整他。

忽然觉得很想 …… 还想打喷嚏 ……

路明非深深吸气,打出一个惊天动地的喷嚏,眼泪哗哗地往下流。如果这泪水是因为悲伤,他的悲伤一定像大海一样广阔,但不是,是因为油条上抹的红色酱汁。

超辣超辣的朝天椒酱。

"你妹啊,有吃油条配朝天椒酱的么? 路鸣泽,你够狠!"路明非一边抹泪,一边幻听到小魔鬼出门之后的得意大笑。

"再信他我就是他生的!"路明非擦着嘴从洗手间里出来,心里发誓。

路鸣泽抹朝天椒酱就像抹花生酱似的,厚厚一层,他就着冷水狂漱了十分钟口。

"既然早饭是要我的 …… 那加钱的言灵也靠不住吧?"路明非琢磨。

这言灵要怎么用? 对着空气大喊,"Show Me The Money",然后就有送快递的大叔送一个装钱的邮包给他? 而且可以重复使用,要是他喊一百遍就是一百万美元，那还不得一辆运钞车停在酒店门口？

一只淡黄色的信封放在餐车上，信封上用漂亮的花体写着，"Ricardo M．Lu"。

Dear Ricardo：

这是一封任务邮件，请在收到这封邮件后立刻下楼，酒店门口有一辆黑色玛莎拉蒂轿车等你，伊利诺伊州车牌，车牌号"CAS001"，任务细节车里的人会告诉你。

信打印在一张 Hyatt 酒店的信纸上，如果不是落款处的签章，路明非会猜这也是路鸣泽耍他。这种防伪徽章是卡塞尔学院专用，路明非上次看见它是在自己悲剧的成绩单上。

路明非跑出酒店，第一眼就看见了停在路边的黑色玛莎拉蒂，修长凌厉，像是条跃出水面的鲨鱼。

路明非探头探脑往里看，揣测车里的人是谁，听说执行部的薪水相当丰厚，但是有钱到开着玛莎拉蒂执行任务，不知是何等风流人物。

说起来龙大概是很臭屁的一族，连混血种都那么爱嘚瑟，学院的男男女女们都有几分贵族派头，连楚子航也开着 Panamera 公干。

莫非是个美女？旗袍开到大腿根、尖头高跟鞋、大波浪卷发那种？不对，那造型是国民党女特务专属⋯⋯路明非胡思乱想。

车门自动弹开，差点撞上他的脑袋。

司机一身黑色定制西装，锃明瓦亮的意大利皮鞋，抹了油的头发能当镜子，加上胸口那枝鲜艳欲滴的红玫瑰⋯⋯如果不是这家伙一头银发，看起来就是彻头彻尾的淫贼，加上银发之后是⋯⋯老淫贼！

"校⋯⋯校长！"路明非结结巴巴。

"你好啊明非，这次的任务，我们精诚合作。"昂热微笑举杯。

老家伙显然很会享受生活，车里放着婉转的咏叹调，本该插着矿泉水的插槽里插着一支香槟，天窗敞开，袅袅的雪茄青烟飞腾而上。

"您⋯⋯也被罢工困在芝加哥了？"路明非摸不着头脑。

"算是吧，不过我原本就计划在这里逗留两天，参加一场拍卖会。"昂热递过一份印制精美的资料，"索斯比拍卖行，世界上最优秀的拍卖行之一，是艺术品的重要流通地。"

路明非有点茫然。拍卖？这是恺撒那种有钱人家大少爷玩的，跟他能扯上毛关系？学院的任务难道是去打劫拍卖行？有可能！执行部绝非什么善类，违法乱纪的事情似乎做过不少，开这辆跑车没准就是为了逃得快点。

不过打劫拍卖行也该出动楚子航那种狠角色吧？让一个实际年龄已经超过百岁

的老家伙带着一个新手去？是不是还得黑丝袜蒙面啥的？

他翻着那份资料。中国如今真是发达了，资料上都印着中文，清乾隆斗彩宝相花卉纹葵式三足盘……宋青花釉里红浅浮雕"秦王破阵乐"高颈瓶……南阳独山玉毗卢遮那佛垂手大玉海……一个个名字花团锦簇，下面标着耸人听闻的价格。

"资料上的东西不是我们感兴趣的。"昂热挥着雪茄，"这是一场'定向拍卖会'。所谓定向拍卖会，是指法律规定只能在一定范围内流通的物品的拍卖会，因此只邀请特定身份的客户。但往往这种拍卖会上出现的东西是来路不明的，即使大型拍卖公司也不敢公之于众，只是邀请口风紧信用好的客户。2003年索斯比试图拍卖西汉窦皇后墓中的六件陶俑，那些是被盗文物，这事闹得很大。那之后一些有趣的东西就不会印在宣传资料上了，只有亲自到会场，才揭开谜底。"

"我们真的是去竞标？"路明非松了一口气。

"当然，"昂热一愣，"去拍卖会，自然是要拍东西。"

"那就好那就好，校长您继续。"路明非点头如捣蒜。

"定向拍卖会是学院淘换宝贝的地方，经常会找到些冷门藏品，比如某位古代炼金大师的制品。"

"那我去是……？"路明非想去是能给您捶背呢，还是捶腿呢？

"你要扮演一个新入行的买家，有件东西，我们希望借你的手拍下。"昂热递来一个插入式无线耳塞，"很简单，按照我的指示做就可以，但是记住，在拍卖会上你我并不认识。"

"我不大合适吧……拍卖什么的我都不懂欸……"路明非立刻厌。

"不懂没关系，学院会为你制造各种各样的学习机会，"昂热沉默片刻，"你是学院现在唯一的S级，要学习的事很多，在我和守夜人还能维护这所学院的时候，尽快地学习。因为时间不多了。"

"时间不多了？"路明非听出了隐隐的萧索之意。

"以我这样的年纪，你认为我还能活多久？"昂热耸肩，"我可是狮心会的最早一批成员，当然，如果你活过整个20世纪，对于死不死这种事，你也会和我一样不太在意。"

"那你……还抽烟抽得那么凶？"路明非结结巴巴地说。

他从没想过校长这种威风八面的人也会死，对于他们在校生而言，校长和守夜人是这所学院的基石，活到一百三十岁仍然能够挥舞折刀插爆龙王脑袋的老家伙，根本就是个老妖怪！

老妖怪这种东西不该是千年不死的么？听一个老妖怪跟你说起死亡这么严肃的命题，真是又搞笑又悲情。

"龙族基因的好处是，我们中大多数人永远不会得癌症，很多致命的疾病都远离我们。如果有一天我要死，必然是全身零件老化得不能用了，或者被龙王的言灵爆掉脑袋。"老家伙潇洒地把烟头从天窗弹了出去，握住方向盘，油门到底。

这条危险的鲨鱼吼叫着冲了出去，也不管正在变色的红绿灯，直插入车流中，后面的几辆车被逼得紧急刹车，横七竖八，把整个路口堵死了。

"嗨嗨嗨嗨！"路明非连安全带都没来得及系上，只能玩命地抓住扶手，被汽车杂志推崇备至的"推背感"此刻简直是种折磨，他被死死地按在座位上。

难怪说上梁不正下梁歪！ 相比起来楚子航只是以六十公里时速倒车而已，真是一个遵纪守法的好司机！

昂热享受地把杯中酒一饮而尽，继续加速，看起来这老家伙开快车是家常便饭，还有闲心喝酒……

喝酒？ 喂喂不对吧？ 酒不该出现在这个场合的！ 时速已经到了一百二十公里，开车的老家伙还手拿一只高脚杯？ 太刺激了吧？

"校长……酒后驾车，在中国……"路明非使劲咽了口口水，"是要吊销驾照的！"

"在美国也一样。"昂热耸耸肩，"但你觉得他们会为一个一百三十岁的老家伙续驾照么？ 我学开车的时候还没有驾照这回事，那是1899年……嗯，对，1899年，那时候汽车还没有马车跑得快，没有福特没有通用，什么交通规则？ 都没有！"

"校长你……无照驾驶了一百多年？"路明非哭丧着脸，"校长我还年轻还想好好地生活呀！"

"对啊，"昂热微笑，"你还年轻嘛，可是记得我刚才跟你说的么？ 我不知道自己还剩下多少时间……"

"喂喂，拜托！ 转换话题的时候能否别继续加速啊？"

"我没转换话题，我的意思是……作为一个行将就木的老人，又喜欢开快车，还有什么豁不出去的呢？"昂热把挡位拨到那个该死的"超级运动"模式上，发出一声欢呼。

玛莎拉蒂在路边停下。

"准备好了么？ 任务即将开始，记住自己的身份了么？ 你是路明非，来自中国的艺术品爱好者……"昂热把一支铝管封装的雪茄递给路明非。

"背熟了，我叫路明非，是个暴发户，土狗，因为喜欢了艺术学院的女生而准备培养点艺术品味……老子好不容易来这么牛×的拍卖会，一定要搜罗点好东西回去摆在我的水景豪宅里！ 我不会抽雪茄这种高级货，烟也不会。"

任务计划书上有假身份的介绍，路明非已经倒背如流。他幻想自己是个演员，正努力进入角色。

"不用会，叼着吸气儿就行。你是要去参加拍卖会，需要有点花钱的爱好来体现你的身价。这可是五百美元一根的顶级雪茄。"

"挺暴发户的。"路明非叼着那根雪茄，好似叼着一根烤肠。

"所以才选你而不是楚子航或者恺撒，扮暴发户你比较拿手。"

"对啊，又土又狗，舍我其谁？"

昂热递过一枚信封："里面是你的请柬，拿好别丢了。你的账户上要有两百万美金的保证金，诺玛在苏黎世一家银行为你开了户头，存入了两百万。"

"哦！两百万！"路明非猜想自己瞪大的眼睛里滚动的都是"$"。

"是任务经费，结束后会从你的户头上划走。"

"不在乎天长地久只要今朝拥有。"这种烂话完全不过脑子就从路明非嘴里滚了出来，"说起来校长你那么有品位的人，看着又腰缠万贯，自己直接去拍下来不就好了？"

"拍卖是个心理游戏。尤其是对市面上很少出现的稀罕货，谁也没法立刻估算出价值，这时心理就会变得特别重要。如果有资深买家强力竞购，跟进的人会很多，价格就会被炒起来。而我就是资深买家，那里几乎每个人都认识我。"

"所以如果你举牌，就说明这东西值钱？"路明非点头，"说白了，我是个托儿。"

"对，你就是个托儿！我只是去拍几件小东西装装样子，对于真正的目标，我不会举牌，我希望那东西成为一个无人问津的冷门。但你要举牌，全场的人都想那个新来的暴发户居然把钱花在这种没用的东西上，而你却能用低价得手。"

"了解！"路明非说，"对了校长，你知道楚子航去哪儿了？还有我们昨天遇到一个新生叫夏弥的，我们昨晚住一个房间，醒来他们都不在了。"

"诺玛安排了其他任务给楚子航。他现在正带夏弥在芝加哥城里游览，顺便给她做新生入学前的辅导。通常这个工作是交给教授的，不过既然有额外的七天时间，就要好好利用。"昂热想了想，"好像是去六旗过山车游乐园。"

"我也没去过六旗游乐园！我也很想带漂亮学妹去坐过山车！"路明非没刹住，内心的真实想法脱口而出。

昂热愣了一下："我是校长，我难道没有漂亮学妹重要？"

"我们高中校长讲话的时候我也在下面看女生的。"不知为何，跟校长说话他也可以肆无忌惮。

"下车。"

"为了男人的自尊心么？不至于吧？"路明非瞪大了眼睛。

"你是个托儿，当然不能和我一起出现。一会儿会有人来这里接你，记得换好衣服，全套的阿玛尼，中国富豪都热爱的品牌。挺起胸膛走路，你是要来这里花掉两百万美元的人，你要目空一切。别高看索斯比拍卖行那些衣冠楚楚的拍卖师，他们

165

只是帮抽佣金的。"昂热大力拍着他的肩膀,"你上学期挂掉了两门课……"

"喂喂,校长不带这样的,别哪壶不开提哪壶……你提起我的伤心事我怎么踹得起来?"路明非苦着脸。

"我的意思是,作为校长我有权为你加分,如果这项任务完成得漂亮,我就算你及格。"昂热伸出手来,"成交?"

"这都行? 成交!"路明非立刻燃起斗志,一把攥住昂热的手。

"早说跟校长混比跟漂亮学妹混有前途……"

"您不会是还在纠结刚才的事儿吧?"

"怎么会? 我素来宽宏大量……"昂热摸出打火机为路明非点燃那支粗壮的雪茄,"现在抽着你的高希霸雪茄,穿着你的阿玛尼西装,去财富场上作战吧,我们的中国年轻富豪!"

车门洞开,校长飞起一脚,把发愣的路明非踹了出去。玛莎拉蒂绝尘而去。

"喂! 这么暴力? 果然还是恼羞成怒了吧?"年轻的暴发户捶着路面,冲着远去的车影高喊。

他的肚子不争气地嘀咕了一声,消灭了满腔恼怒,这才想起自己那顿早餐只吃了一半。

他无奈地爬起来,拍拍身上的灰尘,翻着白眼望天。天空澄澈如洗,一只从密歇根湖上误入人类城市的白翼湖鸥在高楼大厦间掠过。

宾夕法尼亚路,一条隐藏在闹市区中的小路,两侧都是摩天大厦高耸的灰墙。

这些大厦建于芝加哥最繁华的大都会时代,天长日久,石灰岩表面已经剥落,透着破落贵族的萧索。阳光完全被遮挡,细长的街道上透着一丝凉意。

道路尽头矗立着巨大的方形建筑,高耸的墙壁上没有什么窗户,只有接近顶部一排大型排风扇在缓缓转动。

芝加哥市政歌剧院。

这里曾是名流攒聚的地方,当年每个夜晚这里都云集着豪车和摩登女郎,彬彬有礼的绅士们挎着年轻的女伴来这里欣赏高雅音乐,侍者高声诵贵客的名字。

如今它没落了,年轻人约会会去电影院或者下城区的购物中心,歌剧院是属于上一个时代的辉煌。

今天它重又醒来,各式各样的高档轿车依次停在门口,红色的尾灯依次闪烁。厚重的车门打开,身穿黑色燕尾服或者小夜礼服的男人下车,白色的刺绣衬衣,大都会范儿的分头上擦着厚厚的头油,随后从车里探出的素手戴着丝绒长手套,银色的腕表戴在手套外,男人握住那只手,轻拉出裹着貂皮蒙着面纱的摩登女郎。

细长的鞋跟踩在地面上,小腿绷出优美的弧线,下水道口溢出白色的蒸汽,男男女女挽手走向歌剧院的身影组成了……1950年流金时代的芝加哥。

时光好像倒流了六十年。

黑色林肯轿车缓缓停在歌剧院门前，侍者疾步跑下台阶。车窗缓缓降下，一只年轻、修长、筋节分明的手递出一张暗红色的请柬。

"Ricardo M. Lu先生！"侍者高声念起这个陌生的名字，好像是迎接一位众所周知的伯爵。

司机下车，腰挺得笔直，一身黑衣上钉着镀金纽扣。他恭恭敬敬地拉开了后座的门，淡金色头发的年轻人钻了出来，冷冷地扫视来往宾客，挺拔的身形有如一杆插入地面的长枪。

"请，Lu先生，拍卖会就要开始了。"侍者向这位年轻贵客躬身。

贵客冷冷地摆手，转身走到后面那辆银色的加长宾利旁，微微躬身拉开车门："请，Lu先生。"

如此高调，震惊了来往的宾客，敢情那位气势夺人的年轻人只是个开车门的！那正主儿该是何等风采？

首先出现于众人视线中的是一支粗壮高希霸雪茄，然后是昂贵的阿玛尼定制正装，然后是雪白的蕾丝领巾，然后是锃亮的菲拉格慕皮鞋。

贵宾终于全部现身，肩上的巴宝莉风衣在风中飞舞。他吸气挺胸，睥睨群雄，深深地吸了一口雪茄……然后剧烈地咳嗽起来……金发年轻人赶快上去帮着贵宾拍背……周围一片含义不明的嗤笑。

"妈的！"路明非心里骂娘。

这身行头没弱点了呀，够贵够闪，他们笑什么？不就是抽雪茄呛着了么？可是他刚才模仿小马哥……或者吟诵《沁园春·雪》的毛主席的亮相，不是很有派头么？

"他们是笑你把一些流行的大牌全部穿在身上，穿衣品味太杂。不用理，这就是你的定位。"耳边响起昂热的声音。紧张的路明非几乎忘记了耳朵里的无线耳塞。

"什么渣定位……"微型麦克风藏在路明非的下颌边。

"看到什么都不要流露出惊讶的表情，跟着走就好了。"昂热不知道躲在什么角落里。

路明非跟着侍者穿过光线昏暗的通道，空气里香水味若即若离地浮动，闪光的是摩登女郎们赤裸肩头上敷的银粉。路明非被这豪奢而虚幻的环境弄得有点晕头转向，这时前方亮了起来。

他忽然就暴露在开阔空间中，四面八方都有金色的光照来。歌剧院全景呈现在他眼前，浮华扑面。

环绕的通天立柱就像是雅典卫城的巴特农神庙废墟，穹庐状的天顶上，一盏接一盏的巨型水晶吊灯把所有的阴影都驱散,穹顶和四壁上绘制着诸神黄昏的战争。

绿色曼陀罗花纹的羊毛地毯,红色绒面座椅配黄铜扶手,舞台上悬挂猩红色大幕,似乎拉开就会上演古希腊某位悲剧大师的作品。

路明非觉得眼睛不够用了,不知该看向哪里,在无边的人群里,他觉得自己丢了。

他找到了自己的座位,却没找到昂热。周围宾客们纷纷落座,彼此间似乎都认识,简单地寒暄。歌剧院并不很大,但几百个位置座无虚席。

灯依次熄灭,只剩下穹顶中央的巨型枝状吊灯还亮着。演出就要开始似的,白衣侍者在走道间经过时敲着串铃,宾客们对谈的声音低落下去。大幕抖动,身穿黑色燕尾服的男人走了出来。

"女士们先生们,夏季芝加哥文化之旅拍卖会将在五分钟后开始,我是这次的拍卖师,请握好你们的号牌,不要错过你们心仪的东西,因为接下来我们将竞拍的东西,每一件都独一无二。"拍卖师顿了顿,"那么现在,天黑请闭眼。"

搞什么? 路明非愣了。玩杀人游戏? 还有什么天黑闭眼天亮睁眼的程序? 宾客们都闭上了眼睛,微微低头。

"天亮了,请睁眼。"

所有人在同一刻睁眼,一瞬间好像歌剧院中重又灯火通明,但是照亮这里的不再是水晶吊灯,而是数百对金色的眼瞳!

路明非觉得心脏给吓停跳了。

"别乱动,也不用说什么,不要乱看。"昂热的声音响起在耳边。

"可那是……那是……那是……"路明非呻吟。

"是的,都是真正的黄金瞳。这可不是化装舞会。他们暴露黄金瞳,是为了显露血统。参加这场拍卖会的都是混血种,和你我一样,这是一场,"昂热顿了顿,"群龙的盛宴!"

路明非很庆幸自己的屁股下还有椅子的支撑,否则一定会像根煮软的面条那样瘫下来,屁滚尿流。

这什么场子啊……高朋满座无一不是人龙混血! 在这里什么金卡白金卡黑卡都不是显身份的范儿,大家主打的招牌都是象征血统的黄金瞳。可他现在满脸惊恐,两眼瞪得几乎突出眼眶,红得好像个小白兔。

群龙的盛宴? 一群半龙在龙穴里开派对是吧? 总得有个主菜吧? 这些主儿是吃素的么? 这里就他一个小白兔啊!

"可以借过一下么?"旁边传来温和的声音。

路明非一扭头,旁边一双明灯似的招子。那是个二十多岁的年轻男人,在路明非来得及闪避之前,双方的目光对上了。

路明非心说一声惨了！ 露馅儿了！ 早知道是这阵仗就该戴双金色美瞳来。在这片黄金瞳的海洋里，自己好比一个绿眼胡人坐在大唐盛世的长安酒楼中，人家看不出你是个异类才怪了！

对方一愣，瞳孔里的金色暗淡下去，友好地伸出手来："罗马里奥·唐森，叫我 Roma 就好了，航班刚降落？ 看你没睡好啊。"

睡得挺好！ 我是给吓的！ 路明非战战兢兢地跟人握手。

"从有这类拍卖会开始，就有人为了炫耀自己的血统纯度而点燃黄金瞳，想在对视的时候给别人压力，"唐森在路明非身旁坐下，压低了声音，"最后人人都点燃黄金瞳，好像没有黄金瞳，血统都不会被承认了似的，"唐森嗤笑，"可大家是来比血统的么？ 大家是来花钱的，有钱的说话，对不对？ 几个小时点燃黄金瞳，结束后还累得不行。"

路明非心说大哥你这心有点大啊！ 你就不怀疑我是个人类？

"以前没见过，新入行？"唐森继续跟路明非套近乎。

"哦，一直在中国做建材行业，因为我喜欢……"路明非赶紧翻出自己的人物设定。

"建材行业在中国很赚钱啊！"唐森眼睛一亮，"其实我们家族也一直做建筑，可惜北美的建筑业已经过了黄金时代，没法跟你们中国的地产商相比。"

"哪能啊你们帝国主义国家……"

"别说太多，多说会出错。"昂热的声音在耳边响起，"下面是校长亲自授课的时间。"

"你一直认为卡塞尔学院是唯一的混血种聚居地？ 现在我纠正你的想法，它只是聚居地之一。你来自中国，恺撒来自意大利，楚子航来自中国，零来自俄国……混血种分布在世界的不同区域，龙族血统随着婚姻走向世界的每个角落。我们不知道全世界到底有多少混血种，被选拔加入卡塞尔学院的只是其中很小的一部分，其他的则有自己的生活方式。因为血统的缘故，他们会互相吸引，组成一个隐藏在人类社会的子社会。你现在所看到的就是混血种的社会，它有自己的一套社会准则。"

"卡塞尔学院的前身是秘党，秘党的宗旨是灭杀一切纯血龙族。但并非每个混血种都抱着这个理念，更多的混血种游于这场战争之外。他们对龙族憎恶，但也不认为自己站在人类这边。他们自命血统优于人类，是介于人类和龙类之间的'第三种族'。因为血统，他们衰老得比常人慢，因此审美眼光也滞后，他们之间流行的还是浮华的老芝加哥风格。"

"他们中有些家族已经存续了上千年，积累的财富和权势都很惊人，但因为立场不同，他们未必支持我们。"

"总之这就是混血种的社会，里面有各种各样的人，各种各样的想法，彼此之间需要沟通交流，拍卖会是他们的社交方式之一。记得传说中龙的最大癖好是什么么？"

"抢公主？"

"不，传说中龙热爱收集贵金属和宝石，它们趴在黄金上睡觉。这个传言是有根据的。龙族是研发出炼金技术的种族，而炼金是工艺学的极致，龙类往往痴迷于艺术品。譬如匈奴王阿提拉把自己封闭在金银铁三个棺材中下葬，每个棺材都精雕细琢，上面镶嵌各种宝石。混血种遗传了龙族这种癖好，顶级的收藏家有一半都是混血种，当然这些人的名字你别想从收藏杂志上找到。"

"原来还是群艺术家。"路明非镇定了些。已经在龙潭虎穴里了，"认命"两个字他还是懂的。

"你手中的牌子是17号，你要做的就是以最悠闲的方式举牌报价。通常加价额度不用太高，但实力雄厚的买家也可以用气势震退其他人，当你觉得需要一举拿下时，就要勇于跳高报价。"

"气势这东西真是虚无缥缈啊……"

"其实，按照你们年轻人的话说，"昂热低笑，"臭牛×就可以了。"

"接下来将要开拍的是'清乾隆洋彩锦上添花万寿如意葫芦瓶'，这件中国清朝乾隆时期的瓷器是当时制瓷工艺的极致，是内务府制造的皇家用品，1900年庚子战争之后流出中国，与此相类似的一件产品在几个月前于香港拍出了一千七百三十万美元的价格。"拍卖师扫视全场，"起拍价九百万美元，现在请出价。"

这是今天的第六件拍品了，起拍价也从最初的二十万升到了九百万。

路明非一直没举牌，因为昂热没下命令。倒是昂热自己举牌拍下了"南阳独山玉毗卢遮那佛垂手大玉海"，他坐在前面的VIP席上，一边举牌一边和旁边的婉丽少妇窃窃低语，怡然自得的样子。

果然是个臭牛×的架势，一边哗哗地出血，一边还要表现出钱算老几？老子这是热爱艺术和泡妞才来陪你们玩的！路明非很佩服。

随着起拍价越来越高，竞争的圈子逐渐集中到VIP席上去了。前面的小东西都是开胃菜，这件葫芦瓶则是主菜，几方搏杀得很厉害。

昂热出了几次价，不过看起来纯粹是闲得无聊帮人哄抬价格。价格超过两千万后他就放手了，转而开始说什么笑话，逗得那个少妇抿嘴轻笑。

路明非也觉得无聊。这场拍卖会没有什么特别，除了参加者都是混血种以外，大家很守规则，没有人恼羞成怒就用言灵对轰。游戏也早已超出了他能玩的范围，他的任务经费才两百万。

"两千三百一十万一次！"

"两千三百一十万两次！ 最后的机会，请抓紧出价。"

"两千三百一十万三次！ 成交！"拍卖师落槌。

全场响起礼貌的掌声，这件拍品的落槌是个漂亮结尾，它被列在目录的最后，是今天的压轴之作。

"下面将是这特别环节，一如既往，'意外的邂逅'。"拍卖师微笑。

路明非一愣，看见唐森的眼睛亮了起来。

"什么邂逅？"路明非问。

"意外的邂逅，是好玩的环节。"唐森对他很有好感，耐心地解释，"拍卖会的正题结束后，作为余兴，会推出一些另类的拍品。通常都是些小玩意儿，但是偶尔也会出现天价的精品，有时你能以很低的价格拿下某件有潜力的东西。前一阵子有人在'意外的邂逅'中买下一张文艺复兴时期的旧画，笔法比较生涩，保存也不好，签名是达·芬奇的一个学生。这种东西在行内人看来只算入门级，所以落槌的价格不高。但是买家后来用紫外线透视那张画的时候，发现其下还有一层画，是达·芬奇的真迹，还有签名。"

"这发大了！"路明非说。

"对，剥掉首层的油彩后，价格翻了五倍！ 那时候的油画家都是反复使用画布的，会在一张旧画上再敷油彩绘画，但是谁会料到学生会盖掉老师的画？"

"这狗屎运！"路明非赞叹。

"你今天的任务就是'意外的邂逅'中那件拍品，它对我们非常重要。"昂热的声音在耳边响起，"拿下它，不惜代价。"

路明非一个激灵，轮到他上场了么？

一只巨大的黑色硬壳箱被拍卖师的助手用推车推了上来，拍卖师用戴着白手套的手按住箱盖，微笑着环视全场，却不急于打开。跟以前街头卖大力丸差不多，表演胸口碎大石前必须吹牛吊胃口。

"这是件非凡的拍品，所有拍卖师见到它的时候都震惊了。它非常漂亮，是工艺品的顶峰，但是很遗憾，我们不知它的传承，甚至不知它的年代，因此我们没法给它定一个合适的起拍价。经过卖家的许可，这次将是我们罕见的零起拍价拍卖，每次的加价额度可以是一美元。"拍卖师竖起一根手指，"机会难得请勿错过，仅仅……一美元！"

场内有些骚动，这是件新鲜事，调动了大家的好奇心。拍卖师对现场气氛很满意，第一步的营销成功了。

他缓缓揭开箱盖，声音里带着神秘的诱惑："神话般的武器……炼金刀剑组合！"

乌金色的锐光流动，路明非呆住了，他听见里面传来了熟悉的呼吸声。

炼金刀剑·七宗罪！好比故人重逢。

那是龙王诺顿自己铸造的，用来杀戮群龙的武器。路明非曾经召唤出其中的三柄，并用最短小的那柄刺死了诺顿本人，之后把它遗失在三峡水库里了，没想到还会再见到它。

这种神器级别的玩意儿也会有人愿意出手？居然沦落到零起拍价开拍？这简直和皇帝卖官卖得兴起开始拍卖自己的皇位一样！

"很熟悉吧？七宗罪，你和诺诺的报告中都提到了这套武器，但在上浮过程中遗失了。"昂热轻声赞叹，"超越时代的炼金制品，价值不可估量！"

路明非无声地打了个寒战。那东西在手，就是握住了对龙王生杀予夺的权力。可他弄丢了也不觉得多可惜，因为心里有个阴影……当这些刀剑被握住，杀戮必将开始，甚至握住武器的人自己也无从选择。

路明非一直说不清他在水下刺中的到底是龙王诺顿，还是那个教他面试技巧的兄弟老唐。

"绝佳的工艺，保存完好，刃口锋利得就像新刀一样。造型分别模仿了中国的斩马刀、唐刀、日本武士刀、肋差、大马士革刀等等，被收纳在同一个盒子里，盒子上有暗扣开启……"拍卖师舌灿莲花。

与此同时助手们在台上表演快刀削黄瓜，试斩成卷的竹席、斩铁钉铁片……当时路明非根本无法召唤的诸如暴怒等几柄，助手随手就给抽出来了，也不知道是助手血统惊人还是那些刀剑再度沉睡了。

"仿制品吧？再好的保存也不会一点瑕疵都没有，"VIP席上有人质疑，"看起来简直是今年出厂的瑞士军刀！"

"已经说了，没法确认它的年代和传承，所以价格只取决于您的兴趣。总之是套不错的刀剑，买回去至少能当厨刀用。"拍卖师耸耸肩，开了个玩笑把问题挡了回去。

"好吧，一美元！"有人举牌。

"两美元！"立刻有人跟进，客人们都大度地微笑起来。

"三美元！"

"四美元！"

拍卖师脸上有些尴尬，这是客人们对他的调侃。

"女士们先生们，即使买一套大马士革钢的厨刀也要几百美元，各位能否提出一些有竞争力的价格？"他摊开双手，无奈地微笑。

"可以，二十万。"

这个声音在右侧的包厢响起，全场视线都被吸引了过去。

除了这个跳高的报价相当生猛，还有那个特别的声音，谁也说不清为何那么一个漫不经心的女声，却魅惑得让人心神荡漾。

深红色的丝绒帘子后，端坐着身披伊斯兰刺绣长袍的少女，她的手中握着"88"号牌。金色的面纱把她的整张脸都遮住了，暴露在外的只是那双曼妙的眼睛，眼角带一缕绯红。高高梳起的发髻上扎着明媚的红绳。

"二十万五千。"几秒钟后有人加价了。

这个价格不再是玩笑了，显然有人认为它应该更值钱。

"二十一万！"路明非举牌。既然校长说了志在必得，那么"该出手时就出手"，反正钱也不是他的。

"三十万。"没有任何犹豫，伊斯兰少女再次举牌。

何等豪气干云的出价方式，每次举牌都跳高，每次跳高均以十万美元计。88号显然比路明非更志在必得。

"88号女士，三十万一次！"拍卖师高兴地举槌。

"三十五万。"这次举牌的人坐在VIP席上。

"四十万！"有人跟进。VIP客户举牌，调动了场内的气氛。

"见鬼，局面有点热起来了，他们在哄抬价格，"昂热的声音还是淡淡的，"但不要着急，也不要远离战场，保持出价，每次跳高不要太明显，还不到发力的时候。"

"四十一万。"路明非举牌。尽管对这东西没什么好感，但冲着完成任务就能免两门补考，他还是愿意努力的。

"一百万。"还是88号。

伊斯兰少女气势如虹，其实昂热根本不用提醒路明非，路明非铆足了劲儿跳都没人跳得一半高。

"一百万？"连拍卖师都有点质疑这个数字。

"一百五十万。"88号的声音冷若冰霜。

"稍等女士，刚才并没有其他人和您竞价，您的报价到底是一百万还是一百五十万？"拍卖师谨慎地求证。

"刚才是什么无所谓，现在是一百五十万。"

满场哗然。简直是疯了，88号居然以和自己竞价的方式急速地哄抬着这套刀剑的价格。

"一百六十万。"惊叹声还未结束，VIP席上已经翻出了全新的价格。

"有人开始全神贯注了，"昂热低声说着，自己也举牌，"一百七十万。"

"校长你不是说自己不出价的么？"路明非晕了。

一转眼的工夫，价格又被自己人哄抬上去十万，这伙人真不知道十万美元能干什么么？能买下路明非玩一辈子的游戏机和新款游戏！

"有人全神贯注，说明他们意识到这东西可能不同寻常，他们了解我，按我的性格，不同寻常的东西我一定会试着出手，否则就不是我了。"昂热低声说，"但杀手铜还是靠你。"

"两百万。"88号再度跟进。

"继续出价。"昂热下令,"结算我们会帮你解决。"

"两百……零一万!"路明非咬牙举牌。其实以他的小农心理,加价一千也是加,何不省点钱?但在这个场面下,他觉得不能太丢人。

"两百一十万。"72号举牌。这位看起来是个半道来劫杀的,刚才一直藏着。

"两百一十万!72号这位先生!"拍卖师激动得满脸涨红。

"继续。"昂热低声说。

"两百二十万!"路明非豁出去了。

"三百。"88号淡淡地说,连"万"字都懒得说了。

价格交替上升,空气灼热起来,竞拍的绅士们拉开了领带透气。

路明非大口喘息,夹着雪茄的手微微颤抖。他已经被卷入了金钱的洪流,停不下来了,在他报出五百二十万之后的几秒钟,有人就把价格刷新了。混血种果然是狂热的工艺品爱好者,他们的血都热起来了,就不惜成本。

但全场的焦点仍是88号。所有人都被她死死压住,再怎么挣扎好像只是在为她的最后成功添彩。

什么叫志在必得?这就叫志在必得!靠的是实力加上气魄,土狗如路明非怎么也爆不出她那个女王莅临的气派,路明非觉得自己要输了,撑不下去了。

"一千万。"88号轻描淡写地,这一次她刷新的是位数。

就这么算了吧?顶多不过是小学期努力努力重考嘛。本来这种任务就不适合自己,校长大概是看了楚子航帮他写的任务报告,以为他在中国行动中英明神武。其实那次是有面瘫师兄罩着啦……面瘫师兄飙血的时候,他只是对陈雯雯蠢蠢欲动而已。路明非脑海里各种念头飞闪。

"一千万一次,88号。"拍卖师的声音覆盖全场。

可是又有点不甘心。校长那个老家伙好像真是对自己很好的样子欸,说了那么悲情的话,说要给自己创造学习的机会。可是拜托,你知道马戏团里的大猩猩虽然有时候看起来会做加法,但是它们永远学不会微积分,就像他路明非永远变不成楚子航。路明非各种心理斗争。

"一千万两次,先生们女士们,把握最后的机会吧。"

为什么就不敢拼一下呢?明明校长拍胸脯打包票当他靠山的啊。可是好像被那些巨大的数压垮了。果然还是不行啊……已经努力撑到现在了……要不还是算了吧……虽然有点不甘心。

"明非,我相信你,你也要相信自己,你是我选择的人,你所到之处,必将光辉四射,"昂热的声音好像很近又好像很远,"放弃么?会不甘心的吧?"

路明非浑身一震，好像有道电流击穿了他的身体。

是啊，不甘心。虽然很想很想放弃，可是压不住心底的那点不甘心，那一点点的不甘心，就像是……全世界暴雨都无法熄灭的火苗。

居然还有这东西在他身体里？

"两千万！"17号路明非举牌。

全场肃然。还能更疯狂一点么？这个年轻的、暴发户一样的大孩子举牌的时候还微微颤抖，可他居然跳高了一千万！

拍卖师犹疑着，这是他今天第二次怀疑自己听错了。助手快步登台，在拍卖师耳边低声说了几句。

拍卖师微微点头，神色凝重："女士们先生们，感谢大家对于这件拍品的兴趣，但出价的激烈程度大大超出了我们的预期，我们必须防止虚报价格，所以我们必须请17号Lu先生跟我们去一次财务间，在此期间我们暂停拍卖。"

路明非脸色唰地变了。

财务间里，拍卖师助手和财务经理们围绕在路明非的身边，彬彬有礼，但在路明非看来简直饱含杀机。

"非常抱歉，您的出价方式真的太过夸张，为了保障拍卖安全，我们不得不请您来这里。"财务经理拍着一只黑色手提箱，"您提供给我们的只有一个苏黎世银行的账号，里面有两百万美元作为保证金。通常情况下保证金就很有说服力了，但这一轮你出价两千万，十倍于您的保证金。您是第一次光临，信用度还不够，如果您不能证明您确实有支付能力，我们将不得不取消您的出价权。"

"怎么可能？就那么点儿么？"路明非强撑，"两百万只是我换辆新布加迪的钱！"

财务经理似乎看出了这个小子的色厉内荏，含蓄地笑笑："请您务必协助我们，暂时摘下您的耳机和麦克风，事关您的财务安全和我们的信用，我们之间的谈话需要保密。"

路明非无可奈何地摘下耳机和麦克，现在他只能孤军奋战了。

"以前有过一些恶意的客户，在场内安排一些新人来哄抬价格。他们其实没有支付能力，却影响到了拍卖的公平。"财务经理循循善诱，"您只要证明自己的支付能力即可，譬如，向我们提供您的其他账户。"

"两百万只是我的流动现金而已啦。"路明非竭力想要避开对方的注视。

财务经理微笑着打开手提箱，摊开之后，手提箱变成了一台电子设备，红色的液晶显示屏，黑色的键盘，好像一台巨大的计算器。

"请输入您在苏黎世银行的账户密码。"财务经理把手提箱推向路明非。

路明非没法拒绝，几秒钟之后，液晶显示屏上跳出"＄2,000,000.00"这个数字。

路明非呆呆地看着那个原本在他看来是巨额财富的数字，可他听到了低低的讪笑声，在这场群龙的盛宴里，这个数字太微不足道了。

"我们在苏黎世银行那边的权限很高，您的账上真的只有这两百万美元。"财务经理微笑。

笑啊笑啊，这群人老是笑，从一下车就笑他，笑得他不知道怎么摆放自己的手脚。路明非低着头，就像被询问的犯罪嫌疑人。

歌剧院大厅里，客人们交头接耳，人声此起彼伏。

右侧包厢里传来了清嗓子的声音，即使清嗓子都那么诱惑，所有人不约而同地仰起头。

"拍卖重开之后，我下一个出价会是五千万。"88号的每个字都像金块般重。

这算战书么？伊斯兰少女的斗志让她甚至不愿意等到拍卖重新开始就出价？

她的出价也很嚣张，但没人查她的账户，因为她的信用足够余额也足够，这是一位女王对穷小子的兵临城下！

"88号表示即将加价到五千万！"另一名拍卖师助理疾步走进财务间，压低了声音在财务经理耳边说。

"没听错？五千万？"财务经理怔住了，"已经没人和她竞价了啊！"

"谁说没有人？"路明非缓缓地抬起头。

财务经理皱起眉头："先生，除非您能够提供一个新的、有钱的账户证明自己。"

路明非看着这个秃顶的家伙，混血种也秃顶么？看着就是个中年废柴大叔，认输的人……就会变成这样废柴的中年大叔！

心底的那点火真讨厌……缓缓地燃烧。

"我真讨厌你的眼神，就像高中老师在全班面前朗读我的成绩单。"路明非说，"还有我也讨厌你们的笑声，让我重输一遍密码。"

那行奇怪的字符在他的脑海闪闪发亮。"Show Me The Money"，这个作弊码将给他带来一万美元，但他需要的不是一万美元，要更多，远超过一万美元。

他已经没路可走了，后退就输了，就会不甘心。鬼使神差地，他在这串作弊码后增补了一行"×10000"。乘以10000倍，他要借一个亿！

他轻击确认键，把这台直连苏黎世银行的远程设备推还给财务经理。他把腿跷了起来，从容地抽着那支高希霸雪茄，刚才这支雪茄在他的指间就像是根可笑的烤肠。

"什么啊,"财务经理笑,"还是两百万……"

他忽然停下了,眼睛瞪大了,余音扭曲了。

因为那个数字开始变了,急速地跳高,好像在太阳耀斑暴发的瞬间测量天空中的紫外线。每一个数位都在滚动,不,是在飞闪!

如果这台设备用的不是液晶显示屏而是老式的数字转轮,那些转轮一定会因为高速转动而擦出火花。

财务经理伸手去拍那台设备,要不是设备疯了,要不就是他的眼睛出错了。海量的金钱正在涌入这个无名小子的账户。

最终数字定格在"$102,000,000.00",十秒钟的时间,一亿美元涌入这个账户!

路明非仰头,深深吸气,仿佛要把全世界的空气都吸进肺里似的,而后他轻轻吐气:"一个亿。"

"是的……你的账户……增加了一个亿。"财务经理结结巴巴的。

"我的意思是,拍卖重开之后,我会出价一亿美元。我喜欢的玩法叫梭哈,英语里你们说 Show Hand。"路明非淡淡地说,"竞价太啰唆了,浪费彼此的时间。我出一个亿,如果有人出价比我更高,那我就割爱。"

"好了,我去一趟洗手间。收好这东西,我给了你授权,这个牌子现在值一个亿。"路明非把"17"号牌扔到财务经理面前,起身出门。

拍卖师重新站在了台上,声音颤抖,眼瞳闪亮:"现在拍卖重开,我们已经收到88号女士的授权,出价五千万,以及17号 Lu 先生的授权,出价……一亿。"

满场寂静,所有人都在看右侧的包厢,等待88号的伊斯兰少女。价格已经彻底疯狂了,没有人想再加入这场疯子之间的竞争。88号会不会反抗? 这是唯一的变数。

"一亿美元一次。"拍卖师举槌。

"一亿美元两次……"

伊斯兰少女起身,一言不发地离去,忽然间她就对这东西弃若敝履了。

"一亿美元成交!"在她走出大厅的同时,拍卖师落槌,像是狠狠地把一根钉子敲进了木头里。

大厅外的休息厅里,路明非一个劲儿地转着圈儿思考。那根威风八面的雪茄此刻又变成了一根烤肠,夹在他无力的手指里,好似也有点蔫儿了。

他在回想刚才到底发生了什么,刹那间好像一股爽利之极的劲儿涌上来,好似内功高手爆了丹田之力,又好似刚刚吃下一碗热辣辣的豆腐脑。于是什么都不在乎了,豪情万丈豪言壮语。

177

扔出号牌和那一个亿的时候，满心充斥着"爷这样牛×的人物这一个亿算得了什么爷就是那要击破苍天的男子汉呀"的豪情，就像是港漫中的主角爆气高呼，"兀那废柴不要以为你的阎王裂世拳便可以纵横天下，敢接我这十万马力的碎星神道剑么？"

直到在洗手间里快乐地嘘嘘时，那股子霸气随着嘘嘘的流水退却了，才忽然惊醒，一瞬间全身都凉了。

一个亿……哇嚓嘞他居然花出去一个亿，在没有得到校长授权的情况下，他只为了一腔豪气这种虚无缥缈的东西豪掷了一个亿？

自己是疯了还是刚刚做梦醒来？路明非的记忆错乱了，呆呆地站在小便池前。

"喂，你已经尿完了朋友……"旁边一个兄弟友善地提醒。

"回味一下不可以啊？"路明非怒了。

他出了洗手间，却不敢进大厅去。他只希望刚才的一切都是幻觉，其实什么都没有发生过。他没有花掉一个亿，他只是从会场上出来上了个洗手间，等他稍微休整之后回去，一切还是会恢复常态。

鞋跟敲打地面的声音清脆悦耳，"Lu先生。"有人在背后说。

他猛地转身，伊斯兰少女距离他一尺之遥，瞳子冰冷，眼角妩媚的绯红色带着一丝肃杀之气。

路明非往后小蹦一步，差点脱口而出说，有话好好说！我可不是故意找你麻烦，君子动口不动手！这女孩凌厉的气场总让人觉得她随时会从长袍下抽出一把阿拉伯弯刀来。

"最后出价的气魄不错哦。虽然我也很喜欢这套刀具，但没有Lu先生这样的财力，只好割爱咯。"伊斯兰少女居然微笑。

她微微前倾，做了一件路明非不敢想的美事……她在路明非脸颊上轻轻吻了一下！温软的嘴唇，暖暖的少女温香瞬间包裹了路明非。

啊嘞？平生第一次被女孩亲吧？什么无良的家伙就这样夺了老子的初吻？你有没有良知和道德啊？就算要亲你也亲嘴嘛！说一声好让我有点准备嘛！其实我很希望第一次是自己主动欸！

各种声音在路明非脑海里回响，整个人飘飘欲仙。

"小哥很帅哦……听见掌声了么？他们这是在为你鼓掌，也许有一天……全世界都会为你鼓掌。"伊斯兰少女和木然的路明非擦肩而过。

掌声涌出了歌剧院大厅，像是澎湃的海潮。

红色的凯迪拉克防弹车停在歌剧院后门前，侧面插着日本国旗。伊斯兰少女直奔上车，绝尘而去。

Chapter 7
Dragons' Feast

"等一等女士！请等一等！"拍卖师助理从歌剧院里冲了出来，看到的只是防弹车远去的背影。

"怎么不拦住她？不是给你打了电话么？"助理转向默立的侍者，气急败坏。

"是日本使馆的车。按照外交惯例，即便是使馆的车，也只有在大使或者领事乘坐，或者出外执行公务的时候才悬挂国旗。"侍者低声说，"对方的背景很强，不好拦。"

助理愣了一下，微微点头："是新面孔，查过谁是她的保荐人了么？"

"Mint俱乐部保荐，查不出更多的消息了。"

"越来越多的新面孔，玩得也越来越夸张了，"助理喃喃地说，"让人觉得有点不安呐。"

隔板把防弹车的前后排分隔开来，黑色隐私玻璃也隔绝了外面的视线，宽厚的沙发座上，"伊斯兰少女"蜷缩起来，像只兔子似的从宽袍里"钻"了出来。

她全身的骨骼仿佛都是软的，无一不像万向轴似的可以随意翻转，能做到这一点的只有经过严格训练的瑜伽师、柔术师或者……日本忍者。

酒德麻衣舒展身躯，把这么好的东西藏在阿拉伯长袍里真是件叫人郁闷的事情。

她喜欢的衣服已经准备好了，黑色的皮衣皮裤，酒红色短夹克，三英寸高跟的红色绑带凉鞋。摘掉金色面纱，露出那张美得叫人惊心动魄的脸，鲜艳的腮红带着一股薄戾之气。

"按你说的，一个亿。"她靠在座椅上，跷起长腿，接通车载电话。

"干得漂亮，我这里已经看见账户上多出了一亿美元，扣掉打捞经费，这笔净赚九千八百六十万美元。卡塞尔学院真有钱，调动这么巨额的现金只需要几十秒钟。"电话对面传来嚼薯片的声音。

"更有钱的是他们的校董会啦，那些家伙都掌握着托拉斯和辛迪加，十亿都不是问题。老这么吃薯片你不担心发胖么？"

"我没你身材好，也就别那么苛求啦，只要去李维斯试牛仔裤他们不建议我选宽松款就好。"薯片妞一贯这样大大咧咧。

"这个身价的女人还穿李维斯……装什么邻家少女？"酒德麻衣嘟囔。她是奢侈品店的常客，非工作时间快乐地生活在购物、派对，以及用两根手指把自己吊在屋顶的忍者训练之间。

"大小姐，没有我含辛茹苦哪有你们吃香喝辣？"

"我说，一个亿卖掉'七宗罪'，是否太便宜了点儿？那可是青铜与火之王亲手铸造的作品，能够灭杀其他龙王的致命刀剑。世上绝不会有第二件。"

"没办法嘛，最强的武器需要最强的使用者，我们拿着也没用。你愿意冒被它侵蚀的风险么？其实只要能让它流回到路明非手里，倒贴那一百四十万美元的打捞费，白送我都愿意。只是白送会引起昂热的怀疑，所以问他收一亿美元，补贴补贴家用也好嘛……最近经济形势不好……"薯片妞开始絮叨。

"你这么说话就像一个账房先生！不，是管账丫鬟。"

"你以为我是什么角色？我就是个管账丫鬟！"薯片妞很哀怨，"除了我，你们谁靠得住？我管理这么一大摊子很不容易的，几千口人吃饭呐，你和那个冷面丫头又完全不懂节约，每次行动都跟破坏狂一样，一路轰着过去，事后的赔偿账单真是吓死人呐……"

"闭嘴闭嘴！"酒德麻衣最怕她这一套，"老板最近有联络你么？"

"有一次。"

"什么事？"酒德麻衣认真起来。

她的老板是个很游离的家伙，通常机构的事务都由那个薯片不离嘴的女人一手掌管，只有特别重大的事情老板才会亲自下令，但每一次都是凶猛的出手，至强至暴。

"知道一家名叫暴雪的公司么？"

"游戏公司？虽然不打游戏，但是暴雪我还是知道的。"

"他们前阵子发了一个《守望先锋》的更新包，褒贬不一，有个玩家在官方论坛激情发帖说，更新后的《守望先锋》已经完全无法吸引我，你们做游戏的心已经堕落，既然如此我也没有必要继续持有我那八千五百万美元的暴雪股票了，我决定抛售。就在所有人都认为这是一个玩笑的时候，股价瞬间下挫百分之零点一五。"薯片妞懒洋洋地说。

"喂喂，你的思路飘得太远了，我在问你老板的事。"

"帖子是老板发的，之后十五秒钟，我把他名下共计八千五百万美元的暴雪股票一次性抛售。"对方挂断了电话。

酒德麻衣默默地看着传出忙音的话筒，虽然听起来很天方夜谭，不过委实是老板的风格，那个至强至暴的……游戏宅。

第八章 康河上的叹息
Sigh on the River Cam

昂热双手抄在口袋里，哼着什么咏叹调，穿过市政歌剧院贵宾通道。走廊的两侧都是名画，从凡·高、莫奈到鲁本斯。猩红色的天顶、墙壁和地面，阳光照上去，流淌着介乎鲜血和玫瑰之间的华丽色彩。

"恭喜你拍到心仪的东西。"淡淡的问候，像是来自多年的老友。

昂热站住了。矮小的人影投射在地上，佝偻着背，拄着拐杖。昂热低头看着那个人影，沉默了许久。通道尽头路明非正在那里等他，两名保安推着小车跟在后面，车上的黑色硬壳箱里就是那套价值一亿美元的炼金刀剑。

昂热微笑，冲路明非挥手："老朋友要和我聊聊，一会儿外面见。"

路明非离开了，昂热深深吸了口气，却不回头。

"不是愿意聊聊么？怎么不进来坐？"背后的人问。

"1899年在得克萨斯，你打过我一枪，趁我转身的瞬间。从那以后我特别讨厌你在背后喊我，汉高，你还带着那对炼金转轮么？"

"都过去一百多年了，不会还记仇吧？"背后的人和蔼地笑笑，"那时你只能延缓四秒钟，现在已经超过十秒了吧？飞行的子弹都能被你拖慢，有什么可担心？我老了，不是以前的'快手汉高'了。"

"可你的'圣裁'太讨厌了，我还没有把握躲过你的裁决。"

"都现代社会了，不靠言灵和炼金左轮枪说话了。进来喝一杯吧，大家都在。"

昂热慢慢地转身，走廊侧面，一扇隐藏在墙壁里的绯红色门开了，戴着圆框眼镜牛皮卷檐帽的干瘦老人冲他微微点头。

他看起来就像是个退休的得州骑警，帽子上还佩着磨损的警徽。

房间里有十三把高背的牛皮椅，每张椅子上都坐着个年轻人。他们都以同样的方式和昂热打了招呼，举起右拳，亮出食指上的银色戒指——粗重朴实的戒指，巨大的戒面上是不同的图腾。那是他们各自的家徽。

"不用介绍了吧？希尔伯特·让·昂热，圈子里有名的金主，我们的大客户，也是卡塞尔学院的校长。"汉高坐在桌边，示意昂热随便坐，"我们有多少年没说话了，昂热？"

"最后一次是1941年12月7日，在珍珠港，我们的谈判进行到一半就被航空警报打断了，该死的日本人那天发动轰炸。"昂热在旁边空着的椅子上坐下，点燃了一支雪茄。

"是啊，想起来了。第二次世界大战，美国宣战，让我们之间结盟的谈判暂停了。"汉高点点头，有些感慨，"一暂停就过去了半个多世纪。"

"这就是你们这一代的家族代表？"昂热扫视那些衣冠楚楚的年轻人。

"都是各个家族优秀的年轻人。跟你我一辈的老家伙有些已经死了，有些正躺在病床上，喉咙里插着氧气管。血统对他们而言真是悲剧，不会因疾病而猝死，只是器官慢慢地衰竭……毕竟基因不完美，只是半个龙类。"汉高叹了口气，"我也老了，看你还和年轻人一样矫健，真羡慕。你要是去酒吧还有小女孩会对你这样英俊的老爷爷动心吧？我很喜欢你开来的那辆玛莎拉蒂。"

"别绕弯子，"昂热喷出一口烟，"大家在拍卖会上总能见到，可半个多世纪没搭讪了，这次破例，有什么事？"

"为你拍下称心的东西庆祝一下。"汉高从冰桶里拿起香槟，倒了一杯递给昂热。

"感谢你们的放弃，让我们得手。"昂热举杯致意。

"委实说有些后悔，你那么想要那件东西，不惜带人来搅局，一定是它具有非同寻常的价值。可我们当时失去判断能力了，你的那位Lu先生实在太能搞鬼了，出价的时候根本就是个疯子。等我们反应过来他是你带来的托儿，拍卖已经结束了。"

"怎么是托儿呢？是我们优秀的S级学生。"昂热笑笑。

"哦，S级？多年以后你们又有S级的学生了啊，你们招募了很多血统一流的年轻人吧？"汉高顿了顿，"听说你们甚至杀死了四大君主中的'青铜与火'。"

"你的消息一直很灵通。"昂热低头把玩手中的高脚杯，酒液漾出层层淡金色的涟漪。

"但我们不确定你有没有得到龙骨。"汉高一挑眉。

"没有，"昂热耸耸肩，"原本可以，但出现了意外。一名学员紧急应变，用'风暴'鱼雷正面命中了他。之后我们搜索了整个水域，没找到他的骨骸。"

年轻人们彼此对视，目光都有些诧异。他们始终对昂热很警惕，确定了多听少说的原则。"龙骨"更是敏感话题，这个词在混血种里都算个禁忌，谈及的时候多半会用"圣杯"之类的代称。汉高问出这个问题时，屋子里的气氛瞬间凝重起来，年轻人都紧紧盯着昂热。昂热要是因为这个不恰当的问题而翻脸，他们并不会诧异。但昂热居然满脸"好说话"的样子,卡塞尔学院的最高机密,他却侃侃而谈。

"但你们确认他死了。"一个年轻人说道。

"不完全确定,但即便是四大君主,依然是生物。他被'风暴'鱼雷正面命中,就算是艘巡洋舰也被穿透了,存活的可能性不大。"昂热淡淡地说,"此外,我们确实杀死了康斯坦丁,并且获得了他的骨骸。"

"恭喜你们,"汉高举杯,"历史上的第一次,我们真正杀死了四大君主。几千年来,龙王的'茧化'能力对我们一直是个噩梦,而你们解决了这个技术难题。在可见的未来里,我想龙王会——陨落,当四大君主都被埋葬的时候,将会是人类历史上最重要的一天。诸位,请敬我们的同胞。"

年轻人们一齐起身,高举香槟杯:"为全新的历史!"

"不,重要的不是全新的历史……而是某一段历史的末日。"昂热也举杯。

所有人一饮而尽。

"在这样重要的时刻,我们双方之间的盟约是否可以续谈了?"一个年轻人站了起来。他留着艺术家气质的小胡子,笑得很亲切。

"谈判的门永远打开,其实只要条件足够好,就算没门都能翻墙过去。"昂热微笑。

"我太欣赏您的通达了,昂热先生,如果今天来这里的不是您,而是弗罗斯特·加图索,我们可能没法像朋友一样坐下来,喝杯酒,好好说话。"年轻人盯着昂热的眼睛,"我想您明白原因的。"

"加图索家是我们中最强的家族,而弗罗斯特是它的代理人。他一直很强硬,如果是他,根本不会给你们提问的机会。"昂热摊摊手,"我是温和派,大家都喜欢温和派。"

"对,所以我们之间能沟通。在我们的同胞中,秘党是最激进的一群,就像一群斗羊,而弗罗斯特又是里面最喜欢乱蹦的那只,我们可不想跟他对话,这不明智。"年轻人姿态很高,而又循循善诱。他毕业于哈佛商学院,是这群年轻人里谈判技巧最出色的。他语调温和,围绕昂热转圈,是想让他体察自己的善意,而站起身来则让昂热必须仰视他。谈判心理学告诉他,一旦你仰视对手,心理就会自然地弱势。

"我们都是混血种,本该是好朋友,只是在对龙族的态度上有些分歧,这没什么不可弥合的。你们已经具有杀死初代种的力量,我们很乐于看到。毕竟龙族也是我们的敌人。我们期待着你们彻底结束龙族的历史,我们还愿意提供帮助。"年轻人微笑。

"那么慷慨?"

"我们愿意慷慨地付出,为我们共同的事业,但也期待合理的回报。龙族的历史终结之后,新的时代将属于我们所有混血种。但任何一支都不该成为绝对领袖,我们应当共享权力,"年轻人扶住昂热的椅背,态度亲热,"只要卡塞尔愿意和我们谈权力的共享,我们当然不会吝啬于帮助朋友。"

昂热耸耸肩:"这是要讨论地盘的划分么?"

"不，不是划分，是共有。我们远比人类优秀，本该是统治者，但那么多年来，我们小心地隐瞒身份，不就是因为龙族的阴影还在么？他们随时可能复活，我们时刻提心吊胆，我们不希望同时被龙族和人类看作敌人。但是我们终于找到了杀死龙王的办法，就要摆脱这个阴影了，再没什么能制约我们，我们的势力将遍及全世界！这会是我们最光荣的时代！"年轻人满嘴华尔街垃圾债券经纪商的口吻，诱惑又抒情，"共同缔造那个光荣的时代吧！"

"听起来挺不错的，不过这还只是个理想之类的东西，你有具体的方案么？"昂热问。

"当然，"垃圾债券经纪商找到了潜在客户，眉飞色舞，"首先，也是最重要的，圣杯……我的意思是龙骨……你们不能独占。"

"不独占，做成标本全世界巡展如何？"昂热笑。

"您明白我的意思，校长阁下，龙骨的价值不仅仅是研究龙类的标本，而是它里面存有龙王的力量。龙类只有两种办法可以传递力量，繁衍后代，或者吞噬同类！"年轻人围绕着昂热缓缓转圈，"非洲的食人族认为吃掉勇敢的敌人会获得他的勇气，对于龙类而言，吞噬同类则是真正继承他的力量！"

"那劈成两半，你们一半我们一半，炭烤龙骨？"昂热点头微笑，"我推荐浓郁的加州红酒搭配这种爬行类料理！"

"除掉那个不好玩的玩笑，你说对了。我们的条件是，龙骨，你们一半，我们一半。"

"我们那一半能否大一点？我们出力比较多，学生也很多，看来炭烤不太够，只好炖汤喝了，每人一勺。"

"我们是在表达合作的善意，不是讨价还价！"年轻人皱眉。

"可我是在讨价还价。过去的几百年里，我们独力和龙族作战。我们移民美洲的同伴在这里建立学校、制造武器、搜集情报、探寻遗迹，因此有了卡塞尔学院；而你们把从印第安人那里抢来的黄金运回欧洲，打成黄金首饰佩戴在婊子身上，跟她们跳舞调情，为家族购置产业，所以你们的生意越做越大。为了这场战争，我们付出了那么多，我们当然得讨价还价。"

汉高轻轻咳嗽一声，打破了僵局。

"好吧，"年轻人深吸了一口气，重新换上温和的笑容，"我们乐于承认秘党的重大牺牲，我们也会为此支付合理的价格。"

"有多合理？"昂热似乎有些兴趣了。

年轻人的笑容越发诱人："整个混血种社会将欢迎你们，全世界的商路都会对你们开放。我们之间会通婚来强化血统，生育更加优秀的后代。我们会对你们的屠龙计划提供毫无保留的支持，仅靠秘党的力量，每次面对龙王都是生死挑战。一旦有了我们的加入，胜算会大大地上升。"他顿了顿，"此外，对于您个人……我们知道您虽然是卡塞尔学院的校长,但绝不是最有势力的校董,有些人对您不满意,其实他们只是妒忌您太优秀。而如果您能在校董会中推动我们的提案并通过它,我们也会派人加入校董会,带着巨额捐助,而我们的人会全力支持您。卡塞尔学院,您毫无疑问该是掌握全部权力的人。"

年轻人窥视着昂热的表情,而昂热没有任何表情。

他决意奏响这场谈判中的最强音,拍着昂热的椅背:"往前看,校长阁下! 那些死去的朋友,我们缅怀他们,但也别为死人开价太高。历史就是钢铁的车轮,总有些人垫在车轮下,这是他们个人的悲剧,却是历史的必然! 而我们不能总是沉浸于悲伤,我们对他们最大的缅怀,是享受他们为我们带来的和平生活。在未来就要开启的时候,过去的分歧,还老记着它干什么呢? 一旦龙族灭绝,混血种就是进化树的顶端,人类无法和我们相比,"年轻人深深吸了口气,"我们将成为 …… 新的龙族! "

"新的 …… 龙族?"昂热微微点头。

他低头闭目,出神地哼起了一首歌。

年轻人们都愣住了,但他们听出了那首歌,瓦格纳《尼伯龙根的指环》中的咏叹调《莱茵黄金的魔力》,侏儒阿尔贝里希对着莱茵河底拥有神奇魔力的黄金发出赞叹,但守护三女神无情地嘲笑了他的丑陋和奢望,于是他愤怒地偷走黄金,铸成了代表权力的指环,同时也注定失去幸福。

接下来的一瞬间里,不可思议的事发生在年轻人的身上,黑色西装和白色衬衫炸裂为几百条碎布四下飞散,肌肉分明的上身全部裸露出来,只剩下浆得笔挺的衣领。

盯着昂热的人看到的更奇怪,安然端坐的昂热忽然消失,他手中的香槟杯却还在原地,悬停了瞬间之后,自然下坠,落地粉碎。金黄色的酒液飞溅。

下一瞬间,赤身裸体的年轻人坐在了那张高背椅里,茫然四顾,就像是等待理发师来为他剃须。

他的理发师就在椅背后。昂热手里旋转着一柄大约二十厘米长的大型折刀,刀锋在年轻人的下颌闪动。大马士革钢特有的花纹遍布刀身,狂乱美丽。他还在哼唱那首歌,《莱茵黄金的魔力》。

年轻人不敢动弹,威压感山一样重,把他死死压在椅子上,他连动一根手指的力气都没有。他修剪精致的短须随风飘落,同时他听见自己的皮肤裂开一道小口,如此清晰,而后裂缝越来越长,横贯整个面部,血线慢慢浮现。

"我听你说话的时候,一直想给你修修胡子。"昂热微笑,"不过不小心出血了,那就不收费好了。"

"嗨,昂热,别跟孩子生气。"汉高出声。

昂热吸了一口雪茄:"总得教育教育,你知道我是个教育家。年轻人,你难道不知道你在纯血龙族的眼里就是侏儒吗? 你拥有他们的血统可不完整,你说着大话而又心怀自卑。新的龙族？别开玩笑了，你只是意图偷窃那黄金。"他把一口烟喷在年轻人脸上，"你关于历史的演讲很精彩，是啊，伟人不会在乎牺牲，因为他们的视野更广阔。我年轻时在圣三一学院读书，老师也说掌握权力的人要站在更高的地方去看历史，就像站在山上俯瞰一场战争。那些人蚂蚁一样互相践踏着死去，但你不会感觉到疼痛，因为他们离你太远。你风度翩翩，衣袖上不沾染一点血迹，真是太帅了！可我不行，因为我的位置不在山巅上，我就在那个战场上，每一分每一秒都有人在我周围死去，他们的疼痛在围绕我，我看见他们的脸他们的血他们断裂的身体，每一张脸都是我熟悉的，都是我的同伴。汉高，我从来不是个冷静的人对么？"

"你不是。"汉高淡淡地说，"你只是很酷。"

"我已经杀红眼了。你能跟一个杀红眼的人讲历史的车轮么？"

"不能。"汉高赞同。

"汉高我建议你给你的孩子们多讲讲朴实的人生道理，告诉他们华尔街那一套并不适用在杀红眼的亡命徒身上，你们想要跟我开价，先得明白我是什么人。别跟我说'别为死人开价太高'，搞得我好像个交易尸体的食尸鬼，更别跟我说什么'新的龙族'，一切的龙族，无论天生还是自命的，都是我的敌人。"昂热扔掉雪茄烟蒂，"当过我敌人的人，下场都很糟糕。"

"不过我同意你关于弗罗斯特的评价，他就是只喜欢乱蹦的斗羊，修辞学学得不错。"他拍了拍年轻人的脸，推门而出。

房间里一片死寂，只听见壁钟的嚓嚓声。

年轻人们都来自混血种豪门，是新一代的精英，自负血统，但刚才那一幕没有任何人看清。

昂热的行动中似乎有一段时间被凭空切掉了，前一瞬间他安然端坐，后一瞬间他已经占据绝对的优势，在那个消失的时间段里，他还帮一个人剃了胡子。

只给你一把折刀，你能用多长时间剃完一嘴小胡子？怎么也得半分钟吧？也就是说昂热偷走了他们半分钟的时间，半分钟里一个人能刺出多少刀？足够杀死他们所有人。

刺骨的寒气还留在那个年轻人的喉间，他捂着脖子，粗重地喘息。所有人的衬衣都被冷汗浸透了，他们呆坐在那里，竭力回想时间被斩断的瞬间，昂热身上爆发出的灼热的威严。

龙威！那一刻昂热的气息完全地压制了他们，血统上的差距也令他们心惊胆战。

汉高把一张手帕在冰桶里浸了浸，递给受伤的年轻人："擦擦脸。"

年轻人茫然地接过手帕按在脸上，冰水混合着血一路往下流，染红了他的衬衣袖口。

"谈判归谈判，别挑战人家的底线。"汉高笑笑。

"底线？"

"不能触犯他死去的同伴。昂热多少岁了？已经一百三十多岁吧？一百三十多岁的老人，早该把棺材准备好，安详地听孙子讲故事了。可他安静地坐我面前喝着香槟，我却不得不防着他忽然跳起来对我动手。"汉高拉开抽屉，摸出两柄金色的老式转轮手枪。

他卸出一颗子弹放在桌面上，零点五英寸马格努姆手枪弹。这种子弹即便不改造也可以一枪打翻河马，而这颗子弹的头部刻有炼金武器特有的神秘花纹。

炼金转轮，"得州拂晓"，汉高为它搭配了炼金子弹。

年轻人们互相对视，意识到自己对昂热的态度太轻率了。

汉高已经很多年没有拿出这对曾经书写混血种历史的武器了，他早已是地位超卓的领袖，动武不是他的工作。但和昂热见面时，他却时刻处在武装的状态。

"我和他差不多年纪，可我已经老得快死了，他还跃跃欲试像个年轻人。为什么？"汉高又说，"科学研究告诉我们，人的年纪取决于内心的欲望，五十多岁的电影明星看起来像小伙子一样风流倜傥容易冲动，五十多岁的公司职员却挺着一天天变大的肚腩准备退休，因为电影明星们有更大的欲望。欲望让人年轻。"

他环顾那些年轻人："昂热的欲望是复仇。这种欲望比其他任何欲望更加生机勃勃，就像有毒植物的种子，会在心里生根发芽长成大树，最后让树的阴影把人的整颗心都罩住。"

"真羡慕他的年轻啊，"汉高叹了口气，"还有那野火般的欲望。"

"就这么……算了？"一个年轻人打破了沉默。

"我知道你们谈不成。"汉高笑笑，"但我总算跟昂热喝了一杯。"

"是你说我们应该跟昂热好好谈谈的！"年轻人愤怒地说。

"我们中总得有个傻子去试着捋捋那只猛虎的胡子，试试猛虎的底线。"汉高笑了，"可我没想到你们捋得那么用力，差点被猛虎咬掉头。"他的脸色忽然变得阴沉，"昂热有句话说得没错，收起你们华尔街那一套，商人的逻辑对斗士是不管用的。"

年轻人们都沉默了，汉高认真起来的时候，新一代还不敢直接对抗他，虽然这些年轻人都在等着汉高退位。

"先观望一阵子，我们和昂热有谈判的基础。他和弗罗斯特不同，弗罗斯特只考虑加图索家的利益，昂热则是要为那些死去的同伴向龙族复仇，我们能帮他报仇雪恨，他就有可能答应某些条件。"汉高又笑了，"希望弗罗斯特排挤他再用力些，这样就会把昂热逼到我们这边来。"

汉高走到一侧墙边，敲了敲："昂热走了，出来吧。"

隐藏在墙壁中的红色小门开了，一个人走了出来。银灰色的西装、闪亮的皮鞋和玫瑰金的腕表，这一身的奢华和他修长健硕的身材搭配得很好，优雅从容，步履坚定，这男人完全可以取代肖恩·康纳利去代言 LV 的旅行袋。

他在汉高对面的椅子上坐下，没跟任何人打招呼，如入无人之境。

汉高翻起眼睛看了他一眼："下次能体面点出现在我面前么？"

"要不是参加你们的鬼拍卖会，我可不会穿这么贵的一身，"客人摊手，"还不够到位？"

"你脑袋上罩着的是什么？"

"你没见过肯德基的纸袋？不会吧？"男人把抹了番茄酱的薯条塞进嘴里。

男人头上罩着一个肯德基的外卖纸袋，还抠出了两只眼洞一个嘴洞。

"这次是肯德基上校？前一次我们见面是约在一个银行，你脸上蒙着黑丝袜，再前一次正好是万圣节，你戴着黑武士的面具，"汉高笑笑，"你到底有多爱玩？"

"你喜欢德古拉伯爵么？"

汉高倒了一杯烈性的龙舌兰酒递给客人："我喜欢埃及艳后，不介意的话下次请浑身涂满金粉并且裸体来见我。"

"想不到你一把年纪还那么重口味！"客人嘿嘿一笑，"好吧，我刚才在吃肯德基的外卖，顺手借用一下而已。现在还不是我露脸的时候吧？对你和我都没有什么好处。"

"能进这个房间的都是可信的人。"

"历史上哪一次情报泄露不是从可信的人嘴里？"

汉高一愣："有点道理。刚才昂热说的你都听到了，我们应该相信他的话么？尤其是关于龙骨。"

"他没有隐瞒什么，他掌握着一具龙骨，本来应该有两具，但另外一具沉进三峡水库后没能打捞起来。校董会在索取这具龙骨，但昂热没有交出去。"

"对龙骨有兴趣的人真多。可是除了用来炼制火元素，大家都不知道龙骨的真正价值何在吧？所谓'留存着龙王的力量'，这个力量宝库如何开启？"

"如果谁都没有宝库的钥匙，就只能把宝库整个挖出来埋到自己家后院去，这样能够开启的那天自己能抢先。"

"他们下一个目标是在哪里？"

男人摇头："没有确切消息。不过显然执行部最近动作很频繁，很多专员出入中国，下一个目标很可能还在中国。"

"继续关注。"汉高点点头，"此外，我对于路明非很感兴趣。"

"普通得不能再普通的新生，今年大二了，正处在烦恼的青春期，目前最缺的是女朋友，色诱的话七成把握能把他变成你的马仔。派出女特务前我可以帮你验验货把把关。"

"他有什么特殊背景么？ 今天的拍卖会上，当他需要用钱的时候，有人帮他垫付了一亿美元，虽然事后这笔钱又被抽走了。"

"银行的电脑系统被黑了，要么是昂热帮他垫付的。那孩子很穷。"

汉高摇头："都不是，支持路明非的，是一个庞大的人群，股市散户。在那十秒钟里，从美洲到欧洲到亚洲，全世界各股票交易市场的散户，一共两千五百万人，每人从账户上向路明非汇款四美元，共计一亿美元。换句话说，在路明非需要钱的时候，全世界给他捐钱，两千五百万道现金流指向他，而在他不需要这些钱的时候，钱又自动回去了。就像是……神的手……在拨动财富的天平。"

"现在开始把监控路明非作为重点。"汉高轻声说。

"明白了，如果没有其他的事，我先走了。"男人把玩着手中的酒杯，褐色的酒液里泡着一条蜷缩起来的蝴蝶幼虫，"汉高，你当年一定是个酷毙了的西部牛仔，选酒都那么西部。"

"Tequila 镇产的，纯正的蓝龙舌兰草酿造，是顶级品。"汉高把盛着细盐和柠檬片的银器皿推向男人，"试试。"

"早知道要喝酒我就化装成佐罗。"男人遗憾地说，"肯德基上校有点碍事。"

他小心翼翼地把纸袋上的嘴孔撕大，在左手虎口撒了点细盐，拈起一片柠檬，右手举杯，凝视那只蜷曲在褐色酒液中的蝴蝶幼虫，深呼吸："Hasta a vista, baby！"

吮一口柠檬，舔干净细盐，男人豪迈地一仰头，把整杯龙舌兰和虫子都吞进肚里。

"哦！"他舒服地扭动，"就像一个火球刚刚滚进我的胃里！"

"你真有表演欲，现在变成一个球从这里滚出去吧，别忘记关门。"汉高淡淡地说，"顺便提醒你，最好换个东西遮脸，你的纸袋要裂了。"

"这怎么难得住我？"男人转动纸袋，把裂缝转到了脑后，用完好无损的背面挡住了脸。

"下次见咯，汉高警长。"他起身，效仿得州警察敬了一个难看的礼，转身离去。

砰的一声，他撞在门柱上。

"忘记抠眼孔了见鬼！"他嘟囔着、摸索着，出去了。

玛莎拉蒂在高速公路上狂奔，硬顶敞篷打开。一老一少戴着墨镜，阳光和风迎着他们的脸泼洒。

"把这个交给教务委员会，他们会免掉你的补考。"昂热把一张便笺递给路明非。

"这就行了？"路明非接过那张关系自己绩点的纸头。根本就是张便条而已，连个私章都没盖。

"这可是校长特别授权，我很少动用这个特权，免得校董会质疑我作为教育家的公平。"

"校长你表情很严肃的样子。"路明非扭头看了一眼车后座，后座上沉重的黑色硬壳箱子里装着价值一亿美元的炼金武器。

他们就像两个大贼，刚从少林寺屠狮大会上抢了号令天下的屠龙刀，正骑着快马出奔，难道不该得意地笑么？但是原本兴冲冲的校长被什么老朋友喊去喝了一杯后，反而一直面无表情。

"号称老朋友的那些家伙，很快就会变成我们的敌人了。"昂热明白路明非的意思，"如果我们能杀死全部四大君主……我是说如果。最后一个龙王倒在血泊里的一天，也就是混血种们彼此开战的一天。"

"开战？大家不是一奶同胞么？"

"龙类习惯于自相残杀，只有血统最优秀的龙族能活下来，一步步提升基因优势。这种天性也遗传给了我们，只是你还没有觉察。"

"我还是别觉察的好，作为一个厌蛋，觉察自己的基因是胜者为王，真是悲剧啊！"

"你能有点自尊么？你可是我们唯一的S级。我已经把你推出去了。参加这场拍卖会是你踏上混血种社交舞台的第一步，他们已经对你留下了深刻的印象。"

路明非愣了一秒钟后，心里炸了："这次我不是个托儿么？做托儿的……没必要让每个被他骗的人都记住他的名字吧？"

他忽然明白了老家伙的险恶用心，这根本不是什么扬名立万的机会，而是一个彻头彻尾的火坑。

很快，全世界的爬行类都会知道他路明非是卡塞尔学院新的王牌。

王牌是什么概念？就像三国时代关云长关大哥，声名显赫，大家都知道他是刘备手下最得力的小弟，是当时天下最棘手的亡命徒之一，全天下的亡命徒都想杀了他，只是不敢。提起他曹操都竖大拇指，跩到爆。但是他还是死了，跩了几十年后，被无名小辈给埋伏了。这还是他真有点本事才活了那么长，如果当王牌的是蒋干呢……根本撑不到走麦城，过五关斩六将的时候就挂掉了吧？

相比关大哥，路明非不介意承认蒋干和他更相似。蒋干多好啊，当说客周瑜不杀他，偷了假情报曹操也不杀他。

难怪请柬上写的是他真名，不是学院懒得捏造假名，而是他们早就准备借这个机会让人知道"Ricardo M. Lu"这个名字。

"混血种和龙族一样，都以血统自豪。每个家族都会把血统最优秀的后代介绍给大家，拥有越多的优秀血裔，家族越被尊重。我们好不容易发掘出你这个S级别，当然要把你推出去，"昂热说，"就像介绍家里最美的少女上社交场一样。"

路明非真想一头撞在前面的安全气囊上："校长，你把我定成S级真的不是耍我？"

"当然不是，我不会在这种事情上开玩笑。你的 S 级，"昂热意味深长地看了路明非一眼，"是根据你父母的血统确定的。"

"爸爸妈妈？"路明非心底微微颤动。

多少年没见，嘴里说着对这靠不住的两个人不抱指望了，可心底还是很想他们的。每次提起他们，总是白烂不起来。

狂奔的玛莎拉蒂忽然减速，昂热把车停在高速路边的休息区，点燃一支新的雪茄，深深吸了一口，把烟吐向头顶湛蓝的天空。

"你对父母的记忆不多，对吧？"昂热眺望远处。

"不多，大概十二岁吧，他们就离开家了，再也没回来。"路明非有点出神，"那时候他们在考古研究所上班，也经常要出差，一出差就很久的，把我一个人放在家里。小时候我吃百家饭。"

"百家饭？"

"就是这家吃一顿，那家吃一顿。"

昂热点点头："有没有怪他们？"

"还好吧，小时候觉得我爹妈出差去全世界好多地方，比别人爹妈都牛一百倍什么的。在我的印象里他们就是印第安纳·琼斯，就该游历世界……后来才觉得虚荣心不能当饭吃，爹妈再牛，不能来接你放学也是白扯。"路明非挠挠头。

"印第安纳·琼斯？"昂热无声地笑了，"不，他们远胜印第安纳·琼斯。路麟城、乔薇尼，这是我们在楚子航之前所发现的、血统纯度最高的血裔……都是 S 级。"

"不会吧？不是说很多年都没有 S 级学生了么？"路明非有点错乱。一家三个 S 级，听起来组队下什么副本都可以横扫。

"你父母在卡塞尔学院只是进修，不能算作学生，所以说是校友。他们的资料一直都是保密的，很少人知道。你应该听说过一旦龙族基因压过人类基因，混血种就会表现得更像龙类而不是人类，换而言之，血统一超过某个阈值，强大的朋友就成了强大的敌人，这个阈值被称作'临界血限'。你父母的血统过于优秀，我们甚至担心他们自己就超过了阈值，至于他们的后代，就更危险。所以你还在母亲子宫里的时候，我们就开了会，投票表决是否让你出生……"

"喂！校长，过分了吧？我可是头一胎，计划生育都管不着的！"路明非不禁后怕。

"对你而言确实不公平，但我们中最资深的血统学专家也不清楚你会不会是头龙。"

"开什么玩笑？校长你见过我这么没脾气的龙么？"

"准确地说是死侍，狂暴的混血后裔，一生下来就具备龙类特征和进攻性。有过这样的案例，两个血统极其优秀的混血种结合，血统更加纯化。这个就像古埃及法老往往会娶他的姐妹为妻，他们希望这样生下更加神圣的后代。"昂热一愣，"你在

191

干什么？"

"我记得我从小就有块尾椎骨比较突出……不知道是不是没长出来的尾巴什么的……"路明非摸着自己的屁股。

"你能在严肃的场合不说烂话么？"

"紧张起来有时反而会滔滔不绝……"

昂热摇头："总之，从概率学上说，因为你父母的出色血统，你很有可能是条龙。从道义上说，抹杀一个无知生命是残暴的，但是你也知道秘党一贯都不讲理……我们不敢冒险让一条龙生下来，你甚至有可能一生下来就有很强的行动力，会逃走。就像神话里的赫拉克勒斯，作为半神，他还是婴儿的时候就掐死了天后赫拉派去杀死他的毒蛇。"

"感谢你们那么高看我！"

"而且如果你生下来了再杀掉你，伦理上会更有问题。最后持支持意见和反对意见的打平了，这时你的母亲站了起来，她的发言作为女性而言是神圣伟大的，她说，这个孩子是我生命中的珍宝，如果失去他，我不知道如何面对之后的人生。我愿在一个封闭玻璃仓内，自己独力分娩，不需要任何护士和医生的帮助。你们可以在玻璃仓外观察，如果我生下的是龙类，你们有权把母体和子体一起摧毁。"

路明非仰望天空，想象那个女人在那一刻绝世的美，美得让心黑手狠的男人们都低头不敢直视。

"我们几乎被她的坚强和美丽说服了，这时候有个男人站起来说，不行！"

"谁那么不给面子？"路明非心生愤懑。

"你父亲，他说，我会为我妻子接生，我现在开始就会练习接生技术，我的妻子绝不能孤独地生育。他还说，我要一个不透明的空仓当产房，你们可以把炸弹捆在外面，远远地拿着起爆器，如果生下了龙类，我会在第一时间发出警报，请引爆炸弹。我可以去死，但我不可能允许其他男人旁观我妻子生孩子。"

"果然是亲爹啊！太爷们儿了！"路明非感动得不行。

"好在最后生下来的家伙很正常，正常得我们都有点遗憾了。"昂热拍拍路明非的肩膀，"是你父母赌上命的坚持让你和其他孩子一样，最终出生在这个世界上。如果以前怪他们没能照顾好你，现在你应该可以原谅他们了。他们愿意为你做一切事，从给你换尿布到为你去死。"

路明非半躺在座椅里，仰头望着天空出神："这些他们从没跟我提过。"

"但我们仍然不能放心，你从生下来就是个被观察的小白鼠，我们对你的观察持续了十八年，出动了各路观察员。"

路明非瞪圆了眼睛。什么观察员？真有这种东西曾经出现在他的生活中？难道他从小到大，背后始终跟着戴黑超穿黑色西装的神秘特务？

Chapter 8
Sigh on the River Cam

"他们都有伪装，有的看起来是你学校的老师，有的看起来是上门征订报刊的，有的看起来是供电局的……每年都有关于你的报告。"

"我说那个抄电表的怎么那么贼眉鼠眼！一进门就东看西看，果然不是好货！"

"也许有人认为我包庇你，但在我心里你和恺撒、楚子航一样，是值得期待的年轻人。"昂热说，"我观察了你十八年……有个中文卡通叫《葫芦娃》的你看过没有？"

路明非捂脸："有什么奇怪的东西混进来了……好吧，我懂你的意思，你是种葫芦的老大爷，现在嘎嘣葫芦裂了，我蹦出来了，技能是说烂话和打游戏。问题是，校长你真的确定两个优秀的混血种生下来的也是优秀混血种么？你就把我派出去打妖怪？"

"有可能是极品，也有可能是废品，比如你遗传的都是父母的垃圾基因什么的。"

"就算是事实也不要使用'废品'这种伤自尊的词好么？"

"你不是废品啊，你在3E考核中的表现超一流，你的血液甚至能够命令镇守青铜之城的'活灵'开门，你就是我们期待的人啊！"昂热说，"能力越大责任越大。"

"忽然又从《葫芦娃》切换到《蜘蛛侠》……可是校长，我真的不觉得我适合拯救世界的伟大工作，我能混到今天，只是运气好。"路明非心说一次发威就要耗我四分之一条命啊，你以为我是九命怪猫？难不成这就是我的言灵能力？就像游戏里组队，有个奇怪的角色，人家都是耗法力槽，只有这家伙发大招是耗血槽，放完了血就嗝屁，有没有什么言灵名叫"献祭"的？

"明非，想过自己活在这个世界上的理由么？"

路明非犹豫了一会儿："如果说是为了那些我还没玩过的游戏、还没看完的连载……还没有泡上的女朋友……校长你会不会把我踹下车？"

"还没有泡上的女朋友是指那个陈墨瞳么？"

"可不可以别哪壶不开提哪壶？回到你很有哲思的深沉话题吧！继续说我们活在世界上的理由！"路明非红着脸硬撑。

昂热点点头，双眼有点迷离，似乎思绪飞回了遥远的过去："我在剑桥的时候，人们的审美和现在不同，女生们都穿着白绸长裙和牛津式的白底高跟鞋，我在叹息桥边捧一本诗集伪装看书，看着女生们在我面前走过，期待风吹起她们的白绸长裙，"老家伙吹出一缕青烟，露出神往的表情，"露出她们漂亮的小腿。哦老天！棒极了！我当时觉得我就是为那一幕活着的！"

"这话题到底哪里哲思哪里深沉了？跟我完全是一丘之貉好么？"

"但现在她们都死了，有时候我会带一束白色的玫瑰花去拜访她们的墓碑。"

"这份深情款款和刚才的色眯眯怎么就有机地融汇在一起了？"

老家伙不理睬他，自顾自地讲述："我还常回剑桥去，但校园里已经没有我认识的人，我曾在那里就读的证据都被时间抹去了。我总不能拿出当年的毕业证书，对人说我于1903年毕业于剑桥神学院，那样他们会认为我是个疯子或怪物。我跟人聊

193

天说我只是个游客，年轻时很向往剑桥。我一个人走在校园里，来来往往的学生们穿着T恤和运动鞋，他们不再讨论诗歌、宗教和艺术，而一心钻研如何去伦敦金融城里找份工作。可我留恋的那些呢？我倾慕的女生们呢？她们漂亮的白绸长裙和牛津式白底高跟鞋呢？我们曾经在树荫下讨论雪莱诗篇的李树呢？都成了旧照片里的历史。我和年轻人们擦肩而过，就像是一个穿越了百年的孤魂。"

昂热顿了顿："你怎么理解'血之哀'？"

路明非一愣，这个从没理解过。

古德里安说混血种生存在人类的世界中就像迷路的羔羊般悲哀，但路明非一直觉得很扯淡。哀什么？因为正常人不能用言灵你能用？太搞笑了！要是路明非有恺撒的"镰鼬"，只消竖起耳朵听听女生和自己说话时的心率，就知道她对自己有没有意思了；楚子航的"君焰"也凑合，随身自带煤气炉，野餐时单手托锅就能做炒饭，另一手还能烧水泡茶。

哀个鬼啊！为什么要因为自己比别人有能耐就悲哀？人只会因为人有我无而悲哀吧？好比下雨天别人有车来接你得把衣服脱下来蒙在头上跑回家；又好比家长会上别人背后坐着一爹一娘而你靠着空荡荡一块白墙；再好比别人出国举家相送，安检入口执手相看泪眼，而你一个人拖着巨大的行李箱走过漫长的安检通道……这么想来……其实他的人生是挺悲哀的。

路明非不愿意老讨论孤独是因为他真的就没什么朋友，真孤独的人从来不去想它，因为如果你已经很孤独了，又救不了自己，你所能做的只是不想。

昂热陷入了漫长的回忆，直到雪茄烟蒂烫到了他的手。

"每一次我乘飞机飞越伦敦上空时，我都会往下看，寻找康河，然后沿着康河找叹息桥……你知道叹息桥的由来么？一百年前剑桥有一条校规，违反校规的学生被罚在那座桥边思考，我们总是一边思考一边叹气。"昂热忽然笑得格外开心，"你是不是觉得我说话前后矛盾？我一边感慨说剑桥已经不是当初的样子，一边说我还是很留恋它。"

"确实没听懂。"路明非老老实实地承认。

"今天的剑桥对我而言只是百年前那个剑桥的幻影，但我还会不由自主地、一次又一次地回那里去。站在那里我仍会觉得温暖，隐约闻到百年前的气息，记忆中的白绸长裙和牛津式白底高跟鞋又鲜明起来。"昂热轻声说，"我没有亲人，最好的朋友都死了，活到了令人悲哀的寿命。这个世界对我而言值得留念的东西已经不多，就算我把所有龙王都杀了又怎么样？我的剑桥还会重么？我的朋友们还会复活么？我仰慕的女孩们还会从坟墓里跳出来和她们同样变成枯骨的丈夫离婚来投奔我的怀抱么？我活在这个世界上的理由也太脆弱了。"

老家伙狠狠地吸了一口雪茄，眼角拉出锋利的纹路："但是！我依然不能允许龙族毁掉这一切，如果他们毁掉剑桥我连缅怀的地方都没有了，如果他们毁掉卡塞尔学院我就辜负了狮心会朋友们的嘱托，如果他们拆掉我暗恋过的女孩们的墓碑我必须和他们玩命。因为我生命中最后的这些意义……虽然像是浮光中的幻影那样缥缈……但也是我人生中仅有的东西了。"他用力把雪茄烟头喷出车外，"谁敢碰我的最后一块奶油蛋糕，我怎么能不跟他们玩命？"

路明非呆住了。

从没想过这老家伙是那么一个"孤强"的男人，他开着豪车穿着定制西装拷着美貌少妇风头很劲，像个老淫贼，可这股凶狠的劲头暴露出来，就像那柄从不离身的折刀般慑人。

"明非，你的理由呢？是什么脆弱的理由，让你没有在某一天在天台上乘凉的时候忽然兴起跳下去？"昂热挑了挑眉。

"为了还没泡上的女朋友不够么？"

"不够。"

"那为了还没连载完的《海贼王》呢？"

"不够。"

"那好吧，我严肃一点，其实我还是很想再见见我爹妈的。"

"还不够。"昂热笑了，"活着的意义，是在你快死的瞬间划过你脑海的那些事啊！"他发动了引擎，油门到底，玛莎拉蒂的后轮摩擦地面，冒出滚滚青烟。

路明非的尖叫和他自己都被疯狂的加速摁在了赛车座椅里。这才是这辆车动力全开的效果，短短的半分钟内，它达到四百公里的时速，简直就是贴地飞行！

原本没多少车的高速公路忽然拥挤起来，如此高速下，他们超过了一辆车无疑会很快遇到下一辆。玛莎拉蒂飘着诡异的弧线擦着一辆又一辆车掠过，后面的车惊恐地鸣笛，鸣笛声都因为极速被拉长了，又迅速被抛下。

如果前方有辆法拉利以两百公里的极速行驶，这辆车从它身边擦过，就像那辆法拉利从一个站立不动的行人身边擦过，相对速度都是两百公里。

装备部的疯子们调试过它！毫无疑问！

路明非早该想到这件事，昂热的言灵是能够延长时间效果的"时间零"，一旦他释放这种言灵，这速度还远远不够看的，跟自行车差不多。

一个喜欢开快车的疯狂老头，又拥有这种言灵，座驾怎么可能不是只能跑到失控边缘的猛兽呢？

可此刻他已经失去了逻辑分析的能力，不知道多少次他觉得就要撞上前面的车了，不知道多少次他觉得要被迅速的并线动作从车里甩出去，眼前光影缭乱，大脑缺血。

昂热那个老家伙却戴上了墨镜，迎着阳光大声地唱起了什么老歌！

这就是老家伙的人生吧？ 活了一百三十多年却一直在慷慨赴死的人生，永远都在高速往前冲不知道什么时候就会粉身碎骨的人生，习惯了也能大声唱着歌无所畏惧。

"有没有感觉到往事扑面而来啊明非？ 看见前面那辆慢吞吞的老式甲壳虫了么？ 我们就要撞上去了！ 快想！"老家伙哈哈大笑。

妈的！ 真的有在想，可是想不出来……这渣一般的人生中有什么最不舍的瞬间？

婶婶家楼顶的天台？ 可如今他还能回去么？

那些阳光灿烂的下午，坐在长椅上看书的陈雯雯和她仿佛透明的白棉布裙子？ 干他路明非什么事？

穿着三点式泳衣的诺诺，是很让人流鼻血。可是这女孩和她傲人的好身材乃至她的泳衣都属于头顶那条船上的大哥啊！

真没什么其他可想的了么？ 自己的人生居然就是这些零碎组成的？ 没什么值得不舍的啊，他所念的所想的要不是白日梦，要不是人家的女朋友，这么说来……

忽然间鲜润的翠绿色扑面而来，仿佛一望无际的森林，阳光从那些树叶背后透过来，照亮路明非的眼睛。

他的瞳孔放大，全身过电一样微微颤抖。他居然看见了小时候住的老房子，窗外挂满爬山虎新生的枝条，阳光被滤成绿色才允许进入这间屋子，他是个小小的孩子，等着爸爸妈妈下班回来。

另一个小小的孩子站在他身边，抱着他的头，"哥哥，要活下去啊，"孩子轻声说，"我们都要活下去，生命是我们仅有的……一切了！"

路鸣泽！

妈的！ 怎么回事？ 那是自己的童年啊！ 小魔鬼什么时候连自己的童年都侵入了？ 而且说着那种悲情的台词，还男男相拥？ 我靠！ 真想吐啊！

可是他的眼泪忽然流了下来，不知道为什么。

"我们的火……要把世界……都点燃！"路鸣泽轻声说。

玛莎拉蒂缓缓地减速，靠在路边。老家伙瞥了路明非一眼，扯了两张纸巾给他："看起来很有感触啊，不过不用跟我说。每个人都有要活下去的理由，我们就是为了这些脆弱的理由对抗龙族的，虽然脆弱，但也是仅有的。"

路明非擦擦脸："丢人丢人。"

想起来真是不值啊。有大把的人在这个世界上拥有的东西比他多十倍百倍，房子车子女朋友，每天嗨到爆的美好生活，远大前途什么的更不必说。结果却是他这种一无所有的家伙要去拯救世界。

不该是有钱出钱有力出力么？ 可自己卖命的时候赵孟华正搂着柳淼淼的细腰不知干啥见不得人的事儿呢，自己到底起个什么劲儿？

可是就是那么地不甘心，我们的火……要把世界……都点燃？

第九章 中庭坠落
Roller Coaster Falling Down

楚子航眺望阳光下的游乐园。六旗过山车游乐园，这座主打"惊险刺激"的游乐园里最多的就是过山车，天空中纵横交叉的轨道上飞驰着一列列钢铁飞车，惊叫声此起彼伏。

而楚子航坐在游乐园中应该是最不惊险刺激的东西上，摩天轮。这慢悠悠的家伙花了十五分钟才把双人座舱升到最高处，从这里眺望出去，山形优美如少女的曲线，赏心悦目。

"下面是入学培训的时间。"楚子航收回视线，神色严肃。

"师兄我们现在正在坐摩天轮哦！"夏弥瞪大眼睛，好像巡逻的小怪兽忽然遇到奥特曼，细软的额发在明媚的眼睛前面晃晃悠悠。

"我特意选择了摩天轮。因为入学培训都要避开人群，这是双人座舱，离地五十米，我们会在这里悬停十分钟，足够我做完培训。"

夏弥捂脸："我还以为师兄你因为我的美貌而开窍了……你懂带女孩坐摩天轮的含义么？"

楚子航冰冷的脸微微抽动，绝非什么内心骚动，而是吃惊，他意识到自己的知识面上有些盲点。

"摩天轮跟其他游乐设备……有什么不同么？"他谨慎地提问。

"约会的三大圣地，你知道么？"夏弥叹气。

楚子航摇头。他读过一些女性心理学方面的著作，对于女性在恋爱中的荷尔蒙分泌有些了解，但"三大圣地"？

"是电影院、水族馆和摩天轮。"夏弥扳着手指。

楚子航被触动了往事……高中时他曾经为了回报啦啦队队长到场声援他们和外校的男篮比赛而请她看过一场电影，当然还了人情之后他就没再联系她，其后那个总穿短裙梳高马尾的姑娘看他的眼神里……好像写满怨尤，他不太明白为什么。

他还请仕兰中学舞蹈团团长参观过水族馆，给她讲过公海马如何把小海马放在育儿袋里养育，逗得她咯咯地笑了一路，楚子航这么做是因为他和舞蹈团团长一起做一份以海洋动物为主题的课外论文，论文写完之后他就没再联系她……

　　"电影院很黑，女孩会对男孩自然地有依赖感，而且看恐怖片的时候男孩还能顺理成章地握住女孩的手哦！参观水族馆就显得你文质彬彬又很喜欢动物，女孩都会喜欢有爱心的男孩，而且在一片蓝色的海底隧道里，有种两个人在另一个世界独处的神秘感。摩天轮则是最适合表白的地方，没有任何人能打搅你，女孩也逃不走，等摩天轮升到最高处就抽出早已准备好的玫瑰跪下来表白吧！你有足足十分钟可以用，十分钟对于会说的男孩来说，把一只海龟感动到哭都足够了！"夏弥老师谆谆教诲。

　　"为什么要感动海龟？"

　　"这个不是重点！重点是，摩天轮是浪漫的地方！在浪漫的地方是不能说讨厌的话题的。"

　　"入学培训算讨厌的话题么？"

　　"看跟什么比了。"

　　楚子航略略放心，看来至少不是最讨厌的话题。

　　"跟拿出一个死蜘蛛扔在女孩身上并且哈哈大笑比，入学培训还不算很讨厌。"

　　楚子航的脸色好像刚把那只死蜘蛛吃了下去。

　　"说起来我第一次跟人来游乐园欸！"夏弥望着远处。尖叫声中，巨龙般的过山车轰隆隆地盘旋而上，仿佛要飞上月球。

　　楚子航一愣。他倒是游乐园常客。在"爸爸"的概念里，最能体现家庭亲情的场所就是彩旗招展的游乐园，所以一家三口经常在家庭日光顾游乐园。楚子航还被摁在游乐园拍了无数的大头照。

　　而那个男人和儿子交流亲情的方式是去大浴场，一边喝可乐一边泡浑汤，叫楚子航给他搓背。

　　"我可想来游乐园了，以前一个人偷偷来过，但是没意思。"夏弥抓着窗口的栏杆，栏杆的影子投在她柔软的脸上。她的眼睛很深，藏在阴影中看不清楚。

　　"是么？"楚子航不理解，去一趟游乐园也不需要花多少钱。

　　"我有个哥哥，我哥哥是个痴呆儿。"夏弥扁了扁嘴，"痴呆儿是不能来游乐园的，什么都不能玩，工作人员还要赶他。每个周末爸爸妈妈都在家陪他，我要想去游乐园就只能自己去，可谁想自己逛游乐园？"

　　"我还以为你在家很被宠。"楚子航随口说。

　　"为什么？"夏弥问。

　　楚子航不知怎么回答，没什么为什么，哪个父母生下这样的女孩会不宠爱呢？

Chapter 9
Roller Coaster Falling Down

她生来就是要被父母拿来得意地展示给别人的吧？一脸笑容就像能沁出阳光似的。

"我们是双胞胎。哥哥比我早生六个小时，因为我老不出来，把医生护士都急死了，就忘记照顾哥哥了。他呼吸不通，窒息了半个小时，所以就变成痴呆儿了。"夏弥说，"所以爸爸妈妈就说哥哥把机会给了我，本来哥哥也会很聪明很优秀。所以我就该做得比别人都好，因为我那一份里有哥哥的一半……再怎么努力也不会被表扬……"夏弥吐吐舌头，"唉师兄你这种大少爷是不会明白的啦，你爸爸妈妈参加你的家长会么？"

楚子航点点头。"爸爸"认为家长会是展示家庭和睦的重要场合，总是和妈妈金光闪闪地出席，以对待投资人的庄重对待老师。

"可他们很少参加我的家长会欸，我从小就是班上的第一名，他们都不稀罕。高一那年我拿了数学奥赛金牌，兴高采烈地跑回家想跟他们说，可我到家的时候家里一片乱糟糟，家具倒了，衣服被子到处都是，走两步就会踩到棉花，一个人都没有。我打电话他们也不接，我就坐在一团乱糟糟里等他们，最后睡着了。天亮后爸爸妈妈才回来，说哥哥不知道怎么不高兴了，把头往墙上撞，乱撕东西。他们就找了好多人帮忙把哥哥送到医院，打了镇静剂，陪他待了整个晚上。"夏弥抱着膝盖出神，"他们都很困了，跟我说了哥哥的情况就回房去睡了。没人问我那个晚上怎么过的，也没人在乎我得奖了。"

"你不喜欢你哥哥？"

"不啊，我很喜欢他的。大概是因为我跟他一起在妈妈肚子里待了十个月，所以他很黏我。他安静不下来，爸爸妈妈都没办法的时候，只要我跟他说话他就会安静。那次他发飙是因为奥赛前我老在学校补习，他总是看不到我，他以为爸爸妈妈把我藏起来了，就发脾气了，其实不是发病。后来我去医院里看他，他躺在病床上，瞪着眼睛看着屋顶，就是不肯睡，可看到我，他的眼神一下子就变了，我把手给他拉着，他在我手上嗅了嗅，闻着觉得味道样子都是对的，是真的妹妹没错了，就拉着我的手睡着了。"夏弥笑笑，"就跟小狗狗一样。你会不喜欢自己的小狗狗么？"

"我喜欢狗，但不能养，妈妈对猫狗的毛都过敏。"

"我可不喜欢别人欺负哥哥了，小时候我带他出门去买东西，每个人都用很嫌弃的眼神看着他，说谁家的大人那么不负责，让这么个小女孩带个傻子出来？哥哥虽然傻，可是很敏感，使劲地抓着我的裙子。我被人家看得很不舒服，忽然心里很嫌弃哥哥，回家的路上不准他靠近我，叫他在我后面十米远的地方跟着，走近了我就不理他。他很怕我不理他，就远远地跟着我走。我心里不高兴，头也不回，走得飞快。走了一段回头，忽然找不到他了，我吓得赶紧往回跑。最后我在巷子里找到他，一群人正把他压在地上打，带头的是我们学校的一个男生，我知道他想追我。他看见我，说他正巧路过，看见一个傻子鬼鬼祟祟地跟在我后面，盯着我的腿看，一脸坏笑。

199

他就叫了几个兄弟想把他摁倒，但是傻子力气很大，他们好一顿折腾，还没来得及跟我打招呼。"夏弥叹了口气，"我在人群里看到哥哥，他满脸都是血和土，看见我来了，就呵呵地笑，还有一只脚踩在他脸上呢。我别提多难过了，就跟哥哥说我不怪你，你打他们好了。"

"什么意思？"

"哥哥力气很大，那些人加起来都打不过他。但我不准他随便打人，打一次人，我就一个月不理他。"夏弥说，"然后他就把那些男生都打趴在地上，我就准他继续拉着我的裙脚跟我走，带他回家了。那些人什么都不知道，哥哥看的是我的裙脚，因为他老是牵着裙脚跟我走。"

"你对你哥哥真好。"

"可有时候我希望他根本没生下来，那样就不必吃那么多的苦。"夏弥叹口气，"他要是能来游乐园，估计会很开心吧？"

楚子航呆呆地坐在那里，不知该说什么。他也不知道夏弥为什么要跟他说起自己家里的事，其实他也不太想了解。

每个人都有些事是要藏在心里的，对吧？就像EVA里的"绝对领域"，心的防线，不想别人走进来，就像楚子航的心里藏着一辆千疮百孔的迈巴赫。

半梦半醒的时候，他会觉得自己还坐在那辆车里，外面下着瓢泼大雨，音响里重复放着那首歌。他从不跟人说起那件事，因为别人不会懂。

其实夏弥也没必要跟他说这些。

他清了清嗓子："这也是'血之哀'的一种，我们这个群体，走到一起往往就是缘于血统的认同，和难以融入社会的孤单……"

"又来了！我们还在摩天轮上欸！天气很好视野开阔，能不能谈谈人生理想，入学培训那些我在预科都了解啦。"夏弥对他瞪眼。

"亲爱的游客，你们已经谈了很多人生和理想了。十分钟过去了，欢迎重回地面。"吊舱的门忽然开了，外面站着银色头发的老家伙，侍者般微微躬身。

"校……校长？"楚子航和夏弥都愣住了。

好像时间过得比平常快了不少，吊舱已经返回地面了，外面站着的是校长昂热，还有一脸羡慕嫉妒恨的路明非。

"和明非去出席一个活动，下午就没事了空闲。明非说他没有来过六旗游乐园，对我们没让他给漂亮的学妹做培训表示不满，就带他来看看。"昂热拍着臂弯里夏弥的小手。

"还以为校长会是什么古板老头，居然会吃薄荷味的冰淇淋？很潮欸！"夏弥一蹦一跳。

Chapter 9
Roller Coaster Falling Down

"其实我更喜欢柠檬味的,但是人年纪大了,更该多尝试新鲜事物。"昂热笑,"比如跟漂亮女孩一起走,都觉得自己年轻了很多,血管里流动着热情啊。"

"别扯淡了! 是流动着久不分泌的荷尔蒙吧老大爷!"路明非在后面十米远近跟着,心里嘟囔。

昂热挽着夏弥走在前面,昂热吃着一份薄荷味的雪珠冰淇淋,夏弥吃草莓的,和谐得就像一对祖孙。

这俩人完全把后面的两个灯泡给忘了,乃至买冰淇淋的时候都忘了路明非和楚子航的份儿。

"师兄! 监守自盗嘿!"路明非拿肩膀拱了楚子航一下,"我真不是挑事的人,我要是你,老家伙那么当面撬我的妞,我可不能忍!"

他心里有点失落,难得这么个绝色的师妹,花了一亿美元的工夫就被面瘫师兄拐跑了。不过他倒也认,横看竖看,楚子航和夏弥都很搭。

"跟我有什么关系?"楚子航绷着脸。

强劲的风从脑后掠过,带着轰隆隆的巨震,随之而来的尖叫声刺得耳膜疼。

他们的上空,铁黑色的钢轨如同一条拧转身体的巨蛇,陡峭地升到大约五十层楼高,再猛地折返而下。游客们的惨叫声一浪高过一浪。

"是'中庭之蛇',全世界速度最刺激的过山车,高度一百五十米,速度最高两百五十公里。"昂热说。

过山车经过了最高点,陡然进入下滑轨道,惨叫声再次高亢起来,吓得掠空而过的鸽子翅膀一抽,几乎栽下来。

路明非猛地一哆嗦。他看见夏弥激动地蹦了起来,手指空中。

"别是来真的吧? 女孩玩什么过山车? 你们最喜欢的不是白雪公主城堡吗? 你们只要搂着米老鼠拍照就会满足了对吧?"路明非在心里念咒似的大喊。

"我们去坐那个!"夏弥兴高采烈。

路明非求救似的看着昂热。一百三十多岁的老人家了,保护心脏很重要啊……你的人生理想是走遍世界屠遍龙王对吧? 你不想在理想达成前在过山车上心肌梗死对吧! 勇敢地站出来呵斥一下这个抽风的妞吧! 告诉她我们现在应该去白雪公主城堡逛逛!

"嚯! 厉害!"昂热摩拳擦掌,"很激动!"

"校长好威武!"夏弥把头靠在昂热肩上。

路明非下意识地想往后退一步,但是强忍住了,在漂亮师妹面前犯怂是人生的耻辱啊!

但他觉察到楚子航比自己落后了一步,扭头看见面瘫师兄望着那座巨大的钢铁怪物,脸上微微抽搐。

"该不会是……？"路明非一愣，不知为何就有点喜悦。

夏弥扭头："大师兄二师兄，一起来一起来！"

什么时候称呼变成大师兄二师兄了？你以为这是《西游记》么？

夏弥和昂热已经冲向长龙般的队尾了，看来真是心情激动难以按捺，根本不欲多搭理他们，只不过是礼节性地招呼一下。

"师兄，我看见你脸在抽动。"路明非压低了声音。

"我有点晕车。"楚子航低声说。

"我可是坐过你开的车……说出来吧，说出来也没什么可丢脸的。就说我们都想去白雪公主城堡，硬撑着大家都没有好果子吃！"路明非脸色阴沉且循循善诱。

"我最喜欢的项目其实是'小熊维尼和它的朋友们'。"

"快点快点！"夏弥在远处向他们招手。

"欸！来啦来啦！"路明非下意识地微笑回应，说完他直想抽自己的脸。

"现在小熊维尼和白雪公主都救不了我们了。"楚子航叹息。

路明非扣紧了安全锁，瞥了邻座的楚子航一眼。楚子航抓紧两肩的握手，脸色苍白，平视前方。

昂热和夏弥抢占了前面的第一排，为了能享受逆风一头栽向地面的快感。

加速隧道里一片漆黑，沿着轨道两排红灯在闪烁，没来由地加剧了紧张气氛。工作人员检查每个人的安全锁："请注意紧贴头枕，以防加速度过大拧伤您的颈椎。"

该死的，什么都别说就好了嘛！这么轻描淡写地说拧伤颈椎……感觉就好像刽子手温柔地说一会儿落刀前一定要保持肌肉放松哦，否则便便会飙出来就很难看啦。

路明非的心里是一百个陕西腰鼓汉子在打鼓，他知道楚子航的心里也有一百个。真想有个类似"白金之星"的言灵，把接下来的一分钟时间砍掉。一眨眼过山车已经跑到终点，便可站起来淡定地说："蛮好玩的真想再来一次可惜排队太耗时间了不如我们去白雪公主城堡逛逛……"

工作人员撤入黑暗里，危险的警报声席卷了整个隧道，红灯闪烁的速度忽然间快了十倍，肾上腺素指数飙升。

路明非觉得自己骑在火箭上，而火箭点火了！加速度把他死死压在椅背上，风压大到眼珠都要爆了，比昂热的玛莎拉蒂还夸张。

光扑面而来，过山车离开了加速隧道，时速达到惊人的两百五十公里。前方就是天梯一样的上升轨道，近乎垂直，过山车开始垂直攀升和扭转。蓝蓝的天上白云飘，天空在路明非的视野里就像一具万花筒。

所有人都在下意识地大喊，非把肺里的空气都吐出去才算个完。惨叫声里居然夹杂着昂热和夏弥的笑声……更加让人崩溃。

但有人轻轻地叹了口气："哥哥，想要召唤我的话，还有九秒钟，九秒钟后，世界上就没有任何人能救你们咯。"

路明非一愣，随即伸脚就踹身边的人。不是脸色煞白的楚子航，而是路鸣泽。

小魔鬼一身休闲装，跷着二郎腿，优哉游哉的，手里是一份淋了黄桃酱的雪珠冰淇淋。

任何正常人想要在时速两百五十公里并三百六十度拧转的过山车上吃冰淇淋都是扯淡，巨大的离心力会把冰淇淋和黄桃酱一起拍在他脸上。

但是路鸣泽显然不是个正常人，他把整列过山车停下了！没有任何预兆，没有一点减速感，两百五十公里时速瞬间归零。

整个游乐园都变成了灰色的，像是瞬间定格的照片，只有路明非和路鸣泽两个还是彩色的，也只有彩色的人物还能活动。

路明非战战兢兢地往四周看，过山车悬在半空里，上不着天下不着地，擎天立柱般的轨道像是一条巨龙的遗骨。

"别乱动，真的会掉下去。"路鸣泽提醒，可他自己甚至没有扣安全锁，舒舒服服地坐在那里吃着冰淇淋。

"下次来能预约么？换个比较好的时间可以么？我可不想在过山车上接待什么魔鬼推销员！"

"过山车的事故率大约是两亿五千万分之一，"路鸣泽说，"比坐飞机的风险要小多了。"

"我知道，我只是陪着惊叫一下以烘托欢快的气氛，不可以么？"

"但不是零。"路鸣泽淡淡地说。

路明非一愣："什么零？零没来。"

"那个概率不是零，全世界的过山车每运营两亿五千万次，就会有一次事故，对于碰上事故的人而言，死亡率是百分之百。"

路明非心里有点发毛："不要乌鸦嘴！"

路鸣泽耸耸肩："对于统计学家而言，两亿五千万分之一是概率，但是对过山车上的乘客而言，一切就像是命中注定。乘客们看到一拨又一拨的游客登上过山车，尖叫了，都安全返回地面，于是相信自己没事。可等他们登上过山车，结局忽然变了。"路鸣泽指向远处，"上一趟开往天堂，这一趟开往地狱！"

路明非顺着路鸣泽的手指看出去，远处的轨道上裂纹蔓延。

这条轨道正在碎裂！不，不止于此，整条轨道都在拧转，就像一个人双手捏住一条蛇的脊骨两端转动，这样下去轨道会变成一根巨大的麻花！

果然是乌鸦嘴……不，这根本就是恶魔的诅咒！这趟车果真开往地狱！

"救……救命！"路明非直哆嗦。

"好！四分之一的生命，包搞定！"说这话的时候，路鸣泽已经不在路明非身边坐着了。他爬到第一排去了，正趴在夏弥面前，认认真真地拿黄桃酱在她脸上抹着。

"别指望我这次免费哦。我发展你这么个客户容易么我？你泡妞我送花、你买东西我花钱、你仗剑屠龙我鞍前马后伺候着，就差端茶送水了我。"路鸣泽对路明非一笑，嘴里说得刻薄，可那笑容还是清澈无尘的，洒着温暖的阳光。

小半截钢轨断开了，剩下的大半靠着主钢梁的支撑才没有倾塌，缓慢流动的时间里，半截钢轨正以末日般的美感缓慢地坠向地面。

昂热忽然动了一下，好像要从束缚中挣脱，路鸣泽的脸上透过一丝狰狞，一闪而逝。

"搅人生意的人最可恶了，"他恢复了满不在乎的神色，"那就先交给他好了。"

瞬间他就不见了，这种干脆的消失方式就像是用橡皮擦掉一道铅笔痕。

某人一把抓住了路明非的衣领，"夏弥明非子航！"那是校长的声音。

过山车缓缓上升，半截钢轨缓缓下坠，路鸣泽的消失并未导致时间恢复正常。

"时间零！"楚子航反应过来，昂热的言灵能力恰好是延长时间。

"怎么了？"夏弥茫然地四顾。

路明非心里一凛，夏弥的嘴唇上方，用黄桃酱画着两撇黄色的小胡子……路鸣泽原本不会在现实里留下痕迹，但无论是早上的油条还是面前的黄桃酱胡子，他似乎渐渐具备了打通梦境和现实的能力。

昂热指向远处，楚子航和夏弥的脸色都变了。

天空湛蓝白云飘浮，白色的鸽子展开双翼，近乎悬停在空中，可半截轨道正缓缓下坠。

"能有多少时间？"楚子航问。

"我们只剩下六秒钟，在我的领域内我能把时间延展大约五十倍，也就是三百秒。"昂热说。

"'时间零'的效果一直是个秘密，原来真的能延缓时间流动，或者它改变了我们对时间的感觉？"楚子航说。

"我也不知道，我的认知是我把时间减速了。"昂热说。

路明非瞪着昂热，这老家伙果然坏得很，前次跟他说只有路明非能够免疫这个时间言灵，所以狙击龙王康斯坦丁的光荣任务必须交给他，现在楚子航和夏弥也都没事。

原本路明非还猜测自己的过人之处是能免疫高阶言灵……算了算了，老家伙是铁了心要把他捧上神坛，也不知道图什么。

昂热应该是明白路明非在想什么:"我在我的领域中可以豁免少数人,让他们对时间的感受跟我一样,但那样会严重地消耗我自己。"

"我们必须立刻拿出救援方案,否则这一车人都要死,"楚子航看了一眼腕表,指针仿佛被磁铁死死地吸住了,"看来普通计时器在领域里没用,估计我们还剩两百五十秒。"

昂热和夏弥都点了点头。

"不太可能吧?"路明非有点哆嗦,"不如我们现在往下爬,自己还有条活路!"

他们都算是混血种中的精英,命很贵重的,为了屠龙伟业,难道不该互相鼓励说"好好活下去哟"、"我们的命对世界未来至关重要",然后纷纷跳车逃命么?

"还没到放弃的地步。"楚子航淡淡地说,其他两个人也点头。

路明非被这不约而同的正义感击退,缩了缩脑袋。一片沉默,路明非左看看右看看,知道这三位都在思考,唯独他脑袋里一片空白。

救援方案? 扯淡吧,一列过山车有多重? 少说十几吨,以两百五十公里的时速狂奔在垂直的轨道上,而这条轨道只剩下一半了。排除掉世界上真有超人这种可能性,除非有架"超级种马"重型直升机刚好路过,把整列过山车给吊起来。但是放眼蓝天白云,能飞的只有那只蜡像似的鸟。

昂热和楚子航的言灵能力路明非都知道,那么只好期待夏弥的能力是"变身超级种马"……

思考的时间里过山车又上升了几十米,这列飞车被言灵之力拖慢了五十倍,好似一只爬上葡萄架的蜗牛。

楚子航忽然抬起头:"这台过山车有鳍状的磁制动器!"

"你是说可以刹车?"夏弥问。

"鳍状制动器是'超等级过山车'特有的装备,世界上只有三台过山车装备了这个系统,新泽西的京达卡、俄亥俄州的超级赛车,还有我们坐的中庭之蛇。"楚子航说,"过山车本身没有动力,靠电磁加速获得初速度之后沿着轨道升高,动能转化为势能,车速渐渐变慢,到达轨道顶端的时候车速接近于零,就像通过一道拱桥,随后它进入下降轨道,势能转化为动能,速度再次升高,最后它会进入电磁减速隧道,返回地面。"

"但我们已经没有下降轨道了! 师兄现在不是复习高中物理的时候!"

"但我们有鳍状制动器,这是一个安全装置,如果过山车的速度过快,鳍状制动器就会减速,那样动能就不够过山车通过最高点了,它会沿着上升轨道逆行,从而返回加速隧道。"

"你怎么会知道这些? 你分明也是第一次坐过山车!"路明非吃惊地看着这个学术派。

"心里没底，排队的时候上网查了一下资料。"

"技术宅你再次证明了自己！"

"对！"夏弥说，"只要我们能启动鳍状制动器，就能返回加速隧道，就不需要下降轨道了。"

路明非恍然大悟，随即心中感慨，想来师妹在楚子航说出"鳍状制动器"五个字的时候已明白了，那高中物理课只是给他单独开的。

"鳍状制动器只能较低车速下使用，不然这东西会脱轨，"昂热说，"我们得在接近最高点的时候再触发。"

"这不是问题，"楚子航说，"在您的领域里，时间被拉长了，我们能准确控制时间。"

"怎么发动鳍状制动器？"夏弥问。

"车后部有个变压器，轨道上的低压电被升压后成为高压电，驱动鳍状制动器。但控制开关在下面的控制室。"昂热说，"现在下去肯定来不及了。"

"校长你看起来对过山车很有研究的样子！"路明非惊叹。

"其实我是个过山车爱好者，我只是不太方便自己来这里体验，所以说带你来看看，跟父亲经常会以'陪小孩'的名义吃冰淇淋一样的道理。"

"拆开后部的机盖，我可以拆出驱动火线，用空中点火开启鳍状制动器。"楚子航说，"我的专业是炼金机械。"

"哦！ 理科生好帅！"夏弥星星眼。

"那就快啊！"路明非说，"有命再花痴！ 你楚师兄光着棍呢，回头给你慢慢耍。"

楚子航用昂热那柄折刀插入机盖，生生地切开了金属壳，这柄炼金武器切割金属就像切割黄油那么容易。变压器暴露出来，楚子航没有费很多工夫就剥出了两根电线。

"红色的火线，蓝色的零线，碰一下，就会启动鳍状制动器。"他给路明非看那两根线路，"制动只需要三四秒钟，关键是把握时机。"

"师兄你不会拆错线吧？ 拆错线我们就完了。"路明非略紧张。

楚子航愣了一下："这不是炸弹，这是很正常的电路系统。"

路明非心说我也不觉得它是炸弹，我只是担心你专业课过关不过关！

他们作业的同时，身边的轨道以肉眼看得见的速度崩溃着。轨道的拧转角度越来越大，裂纹迅速生长，把钢轨固定在大梁上的螺钉一颗颗飞射出来。

在"时间零"的效果中，它们慢悠悠地擦着路明非的耳边飞过，带着漫长的裂音。路明非觉得有点好玩，伸手想去触摸，却被楚子航喝止了。

"在你眼里速度是变慢了，但动能还是一样大。"楚子航抽出一张卡片挡在一枚螺钉前面，螺钉穿透了卡片，留下撕裂般的孔洞。

"在正常时间维度里，它们和子弹一样快。"楚子航说。

路明非一身冷汗，差点就是一颗子弹打中他手指的结果。

"快点！时间不多了！"夏弥在前面喊。

昂热始终端坐在前排，凝视前方，瞳孔灿烂如金，插在西装扣眼里的那朵深红玫瑰以放慢了几十倍的速度在风中摇曳破碎飞散。

不是老家伙刻意要摆造型，路明非爬了过去，看见昂热飞散的鼻血和玫瑰一样红得惊心动魄。

他在全力支撑领域，这种高阶言灵像是汲水般消耗着他的精神，开始只是精神疲倦，现在连肉体也快支撑不住了。

"校长你在飙血哦。"路明非手欠就给昂热擦了擦。

"这种时候你还能那么脱线，校长就差飙泪了……"夏弥满脸黑线。

"回头看一眼，大概你就开不出玩笑了。"昂热低声说。

路明非扭头往后看，默默地打了个寒战。那么多张扭曲的脸摆在一起，就像是一幅渲染绝望的美术作品。每对瞳孔中都透着坠落的半截轨道，张到极限的嘴里传出撕心裂肺的哭吼，但被"时间零"拉成小提琴般的长音。这些乘客也都意识到了他们正在奔向死亡，路明非从来没想到一个人在极度的惊恐下脸能扭曲到这种程度，即便是上车前路明非多瞄了几眼的那个美女，看起来也像是獠牙毕露的女鬼，或者像是在地狱受苦的灵魂。

路明非吞了口唾沫，头皮发麻。

"时间不多了，快！必须在过山车距离最高点之前大约十米开启鳍状制动器，如果太早，我们的速度太快，可能脱轨，如果太慢，过了最高点，就全完了。"昂热说，"我没法帮你们，我随时可能失去意识。楚子航，这次行动你是专员，你有全部的指挥权。"

"明白。"楚子航点头。

此刻坠下去的那半截弧形轨道撞击地面，插进一座马戏大篷，尘幕冲天而起。

"夏弥负责照顾校长，必须扣好安全锁，校长支撑不住，'时间零'的领域就会解除。要记得你还在一列高速过山车上。路明非在车头负责观察，距离十米给我信号，我在车尾点火。"楚子航说完就爬向了车尾。

尘幕迅速地上升，轨道的碎片飞溅，看得人惊心动魄。好像是人类灭亡的最后瞬间的纪录片，还是慢进。

路明非深呼吸，扭头看一眼车尾的楚子航。楚子航半身悬在车外，手握那根火线，望向车头。

路明非呵地笑了，他这是在笑楚子航。楚子航手里的肯定是根直流电线，给他

207

全身充满了电荷。他的头发全部竖立起来，好似烫了个爆炸头。

"真服了你欸！现在还能笑出来。"夏弥说。

"紧张就会笑的又不止我一个，我一直在想要是我被枪毙，一定会抱着肚子笑歪在地上说，'哈哈哈哈哈哈别开枪，哈哈哈哈哈别开枪'，他们一定以为我在嘲讽，手指一扣就把我毙了。"路明非的声音颤抖。

"明非，相信自己的判断。"昂热低声说。他瞳孔中的金色如残烛般飘动，连路明非都感觉到领域出现了波动。

路明非举起了手，这是他们商定的信号，手臂挥下，鳍状制动器点火。

过山车蜗牛似的往前移动。

忽然有水沫溅到路明非的脸上，他们被罩在了一片蒙蒙的水雾中。路明非低头看向下方，明白了，"中庭之蛇"旁边是高度能达到两百米的大型高压喷泉，水管就从那个马戏大篷下面过。钢轨刺穿了地面，水管断裂，高压水流冲开缓缓上浮的尘幕，射得比轨道还高。

水沫里巨大的黑影翻滚着砸向过山车！那是一截断裂的钢骨架！

"你妹啊，别开枪……"路明非喃喃地说。

他的思路还停留在刚才和夏弥开的玩笑上。刚才他还握着胜算，现在已经是要被枪毙的死囚了。不，不是被枪毙，是被炮毙。那重达数吨的钢骨砸上来，死得一定很耐看。

楚子航默默看着灭顶之灾逼近，总有些时候让人感觉到自己的弱小，因为无能为力。

被拉长了数十倍的哭声慢慢地撕裂空气。他扭过头，看见涕泪横流的父亲探出身体，缓缓地把号啕大哭的男孩抱入怀里。他抱得很紧，背脊蜷成弓形，用自己把男孩包裹起来。慢动作让楚子航把每个细节看得清清楚楚，包括男人的眼神。他显然已经绝望了，在他的时间进程里，距离死亡只剩不到一秒钟。高空高速，钢铁撞击，普通人什么都做不了。于是他做了最没有意义的事情，拥抱。用躯干把男孩包裹起来，当作唯一的一重防护……即使被撞碎的时候，这层防护连零点零零一秒都撑不住。

"他是你儿子吧？"楚子航轻声问。

当然没有人会回答他。楚子航看着这对父子，这一眼感觉很漫长。

男人抚摸儿子的头发，居然露出了笑容。真是难看的笑容，混杂着悲伤和绝望，但还是要笑出来给你看。给你一点点勇气。

"爸爸，你也是这么笑给我看的么？"楚子航忽然跃起，踩着一排排座椅向前奔去。

"路明非！去后面点火！我来挡住！"他大吼。

"啊嘞?"路明非愣住。

你来挡住? 你以为你是谁? 绿巨人? 穿着Mark 44的钢铁侠? 别逗英雄了,一百个你也挡不住! 现在信上帝没准得拯救哦!

楚子航当然不会知道路明非的心理活动如此花样百出,他踏着钢轨狂奔,如同愤怒的犀牛。

路明非手忙脚乱地往车尾爬,抓起火线再回头,生生吸了一口冷气。楚子航站在轨道尽头,全身的皮肤变成诡异的青灰色,密集的鳞片刺透皮肤,鲜血淋漓地生长。

瞳光仿佛烈焰,"君焰"的领域迅速扩张。

路明非没听说过言灵释放的时候会全身长鳞,看这架势楚子航竟然想用"君焰"对抗,"君焰"当然是强到恐怖的言灵,问题是不对症啊!

"点火!"楚子航狠狠地挥下手臂。

路明非没敢动,因为楚子航的双脚正踏在两根钢轨上。给鳍状制动器点火,就是施加一个高压电上去,高压电会通过钢轨流走。他一旦点火,这电流就会击穿楚子航的心脏。

"别傻了! 会死的!"路明非反吼。

"我只能阻挡它一瞬间,"楚子航的声音里带着寒冷的威严,"点火!"

路明非抓着零线和火线,双手哆嗦。

"听着! 无论你点火不点火,我都已经回不去了!"楚子航头也不回,"做你该做的,其他的相信我。"

太勇敢了吧? 见义勇为好少年嘛! 路明非简直想向他敬个少先队员的礼……只是勇敢得有点傻啊! 把自己的命看得那么不值钱么?

路明非没有敬礼,倒是眼泪涌了出来……他把零线和火线死死勾在了一起!

"君焰"的领域中,温度急剧上升,却不见强光,气流反而带着淡淡的黑色。钢骨迎面砸向楚子航,背后就是那列过山车,制动已经开始,高压电流让他浑身战栗。

楚子航只需稍微阻挡那截钢骨,尽管这看起来完全超越了人类甚至混血种的上限,但他自信能做到,因为他已经爆了血,他此刻所向无敌!

钢骨撞入"君焰"的领域,言灵之力瞬间就把它熔化,金色的钢水在空气中缓缓地沸腾,极热的空气爆炸开来,强行把铁流吹散!

只是这一瞬,不到半秒钟的时间,过山车速度归零,所有钢轮逆转,沿着原路返回,钢水泼洒在楚子航前方的轨道上,如果他没能成功,这些钢水会把他身后的人烫得千疮百孔。

他如释重负,微微摇晃了一下,想要站直了,却失去平衡,坠入自己熔化的钢雨之中。

昂热也在此刻失去了意识，瞳孔中的金色褪去，脑袋狠狠地撞在锁住肩部的安全扣上。

"时间零"的领域崩溃，时间流速在顷刻间恢复，路明非根本来不及爬回车里挂上安全扣，只能紧紧抓住车尾的栏杆，几乎被甩上天去。

他怔怔地看着那个跟钢雨一起坠落的身影……喂……别这样，早知道就跟路鸣泽做个交易了，顶多我损失四分之一条命，就当谢你在陈雯雯面前帮我捡面子，可别这么死了啊……英勇得那么傻×。

白色的人影忽然跃出了过山车，夏弥沿着钢轨狂奔，奔向楚子航。

第十章 守夜人 Night Watch

阁楼般的书架中间摆着巨大的橡木会议桌，围绕着这张桌子的都是苍老的面孔。

这些面孔中的绝大多数从未出现在校园里，一张张枯槁得像是刚被从古墓里挖出来。与会者都穿着旧式的黑色燕尾服，左手小指上佩戴着古银色的戒指。

座位有限，年轻教授们只能站着列席，大几十号人把校长办公室一楼挤得满满的。室内天井一直挑空到屋顶，阳光从天窗泻落，照亮了坐在会议桌尽头的昂热的脸。

古德里安就是所谓的"年轻教授"，他被挤在角落里激动万分，捏着自己空荡荡的小指。

每个"年轻教授"都渴望着那枚古银色戒指，那是"终身教授"荣誉标志，在普通的大学工作五年以上基本就可以拿到终身教授的头衔了，而在卡塞尔学院，"终身教授"通常都已经从事教职工作三十年以上，以混血种的寿命来说，这个试用期并不算长。而今天参会的终身教授们，最年轻的也在这里工作了半个世纪。

"天！那是道格·琼斯！核物理学史上的里程碑式人物！没有他美国造不出原子弹！全世界都以为他已经死了！"古德里安激动地说。

"居然还有让·格鲁斯！是他让美国领先苏联登上月球！而他拒绝了诺贝尔奖！美国人还以为他改信喇嘛教三十年前就去西藏隐修了！"

"那是'数学界的所罗门王'布莱尔·比特纳！数学领域爱因斯坦般的男人！"

"别像发花痴似的！你的眼睛里都是粉色的桃心！"曼施坦因低声呵斥老友。

"你难道不激动么？我们在和近代科学史上的里程碑们一起开会！"

"应该说是近代科学史上的墓碑吧？"曼施坦因冷冷地说，"到底为什么要把这群活尸给挖出来？"

"因为在六旗游乐园遇袭的事。"施耐德低声说，"校长似乎已经有自己的结论了，但还想跟系主任们印证一下。"

"人到齐了,那么会议开始。各位系主任,非常高兴知道你们还活着,说真的我都不太确定我是不是一直在给死人开薪水。"昂热环顾周围,"很抱歉打断了你们的研究。因为确实有迫不得已的原因。报告已经发给诸位,想必诸位已经看完了。"

能在会议桌边有一席之地的,都是卡塞尔学院的院系主任。对于多数学生而言,他们只知道自己属于某个院系,根本不知道还有"主任"这东西存在。

因为主任们往往都是不授课的,仅有极少数修到博士学位的优等生才会获得他们只言片语的指点,他们大多数时间,都在思考人类的终极真理。

跟瓦特阿尔海姆研究所的疯子们相比,他们只是动手能力稍弱了一些。

"从物理学上说,人类目前还做不到。"物理系主任道格·琼斯说。

他佝偻着背,老化的脊柱几乎弯成一个圈,一边说一边咳嗽。看起来随时都会一口气接不上来就死。

他干枯的手指虚点几下,两张照片被投影在半空中,分别是火车南站的废墟和"中庭之蛇"的废墟,扭曲的铝梁和钢轨带着异常狰狞的美感,像是被剥去皮肉拧转的蛇骨。

"两座建筑的崩塌都是因为内部的应力,应力是建筑设计师的死敌,应力集中的结构,"道格·琼斯说,"即使用最坚韧的材料搭建,也会毁于孩子轻轻的一指。"

"没错,"精密机械系主任让·格鲁斯说,"应力是个鬼魂,它从结构的内部将其摧毁。"

"无论'中庭之蛇'还是火车南站,都由最有经验的设计师设计,使用的材料也毫无问题,尤其'中庭之蛇',那是世界上仅有的三座最高等级过山车之一,即使是一架F-22战斗机正对着撞上去也未必能让它倒塌。"昂热问,"这样的建筑也会毁于应力么?"

"F-22的撞击是外来的蛮力,应力是源自内部的巧力,这道理就好比你用铁锤未必能砸开的门,一柄小小的钥匙就能打开。"布莱尔·比特纳说。

这位老绅士号称"数学界所罗门王",果然威仪过人,双手拄一根象牙装饰的黑色手杖,满头狮子般的怒发,在座不少教授都是他的徒孙辈。

"每个建筑师都要跟应力打交道,应力分散的结构是优秀的结构,比如火车南站的龟壳形穹顶,能承受很大的压力。应力集中的结构则是危险的结构。你们可以简单地把应力理解为力量的水流,在固体内部流动,在某些地方形成恐怖的湍流。湍流的强度超过阈值时,结构就开始崩坏。"让·格鲁斯说。

"但即使是应力分散的结构也未必没有隐患,某些建筑材料内部的裂痕就是应力集中的点。"道格·琼斯补充,"就像中国人说的那样,千里之堤溃于蚁穴。"

"但应力非常难以掌握对么?"昂热说,"所以你们说应力就像鬼魂那样,我们要防备应力,却也很难利用应力轻易地摧毁一座建筑物。"

"好问题，"所罗门王看了一眼格鲁斯，"机械师先生，这是你的专业领域，请你为孩子们解释。"

格鲁斯点点头："应力确实难以掌握，但不是绝对，我最近一直在研究一种中国的古武术，它的名字叫'金刚一指禅'。"

这五个字由他说来，有种莫名的喜感。

学界领袖的思维果真神龙见首不见尾，年轻教授们相互对视，如在云雾中，唯有所罗门王微微点头，似乎也是雅爱拳法的道友。

格鲁斯竖起一根粗短的手指："据说练成这种武术的人可以一指点碎石碑，而众所周知，人类的指骨并不坚韧，怎么可能产生合金钻头般的效果呢？经过我和同事们六个月的研究……好几位同事因此食指骨折……我们找到了一些线索。秘密在于击打的位置和用力方法，要用最精巧的力击打最脆弱的地方，中国人把那个位置称为'眼'或者'穴'，岩石有岩石之眼，钢铁也有钢铁之眼，把力量像流水一样从眼里灌注进去，引导那鬼魂般的应力。结果是整个目标碎裂，甚至瞬间化为粉末。"

"这么说来，"昂热说，"在火车南站和六旗游乐园两次伏击我们的敌人是个神秘的老拳师？"

"原来是一位老拳师啊！"古德里安若有所思。

"老拳师能击碎一块石碑，因为石碑是天然材料，天生就有会导致应力集中的'眼'，但'中庭之蛇'是高强度的钢建筑，它的'眼'远比一块天然石料上的少和小，即使准确地击中那些眼，也会因为材料本身的韧性，导致应力被吸收掉。"所罗门王说，"伏击你们的人对力量的掌握远胜于任何老拳师，他找到钢结构上极精确的'眼'，把力量灌入，并且控制住这股力量的洪流，引爆那些应力集中的点，引发共振，引发连锁性的结构崩坏，瞬息间摧毁了那些巨大的建筑。"

"你们似乎在暗示我某个家伙能做到。"昂热缓缓地说。

"大地与山之王，力量的究极主宰。"道格·琼斯说。

"岩石的浪涛昭示着他苏醒前的伸展，他完全伸展的那一日，山陵化作深渊。"所罗门王低声说，"传说中他甚至可以击穿地壳，引发强震。"

会议室里陷入死寂，那个流传自太古时代的尊号镇住了所有人，仿佛有巨大的黑影投射在他们身上，山一样沉重。

"如果力量的主宰已经苏醒……为什么没有公然现身？拥有那种力量的话，他几乎是无敌的。"有人问。

"不知道，"昂热摇头，"也许还有什么令他忌惮，也许他觉得对我们示威是更好的策略。不过只要给他机会，他就会把我们所有人碾成尘埃！与其束手等待，不如磨砺刀剑。我们得发出最高级别的预警，全世界范围内警戒那条善于操控力量的巨龙。战争又要开始了，散会，先生们女士们，非常感谢各位系主任的协助。"

终身教授们纷纷起身，和年轻教授们一同以手按胸，声音庄严肃穆："善必胜恶，如光所到的地方，黑暗无处遁形。"

目送终身教授们离开之后，昂热回到了他位于三层的办公桌前。桌上一只骨瓷茶壶配两只杯子，壶中的大吉岭红茶还没有凉。

没精打采的男生坐在桌旁，刚才在一楼开会的终身教授们并未想到还有一名学生旁听。风纪委员会主任曼施坦因也得站着，而他居然还能有座位和茶点。

"明非你不试试松饼么？榛子味道的。"昂热坐在对面，点燃雪茄，端起红茶。

"哪有心情，"路明非叹了口气，"我说校长，我偷听这种机密会议好么？你知道我有时候有点大嘴巴，不小心说出去……"

"还有比这更机密的，要不要听？"

路明非赶紧把耳朵捂上："就算我管得住自己的嘴，可要是不小心说梦话漏出去呢？反正这种事情也跟我没什么关系……我说校长，要真的是龙王苏醒，这次的屠龙别动队里不会还有我吧？我可是冒着生命危险去龙王家里玩过的，这种事很损人品的……我觉得至少得攒一百年人品才能再次出动！"

"是时候对你揭示一些秘密了，作为我们唯一的Ｓ级学生，有些事早晚你都得了解。"昂热放下茶杯，按动了隐藏在抽屉里的红色按钮。

路明非感觉到座椅连同整个地板都微微一震，然后他、昂热、巨大的办公桌以及桌面上热腾腾的红茶，一起陷入了黑暗。

"地震了？"路明非吓一跳。

"只是在下沉。"黑暗里昂热的雪茄烟一闪一灭。

"下沉到哪里？"

"卡塞尔学院的另一半。"

又是一震，速度慢慢降低，最后下沉停止了。

周围亮了起来，路明非抬起头，居然看到了鲨鱼！还不只是那条巨大的槌头鲨，他的左边可以看见懒洋洋的海龟，右边则是体长超过两米的蓝鳍金枪鱼，鲭鱼群高速游动着，无处不是水波荡漾的光影。

"我们把这个系统叫鱼缸。"昂热说，"我们现在位于鱼缸下方的水底通道中。"

路明非蒙了："我们在鱼缸里？"

"不，我们在一部电梯里。校长专用的观光电梯。"昂热说，"就是这块地板那么大的面积，周围是透明的玻璃墙。这就是我的电梯。"

"什么级别的电梯连办公桌都能放进去？太奢靡了吧校长！多少办学经费没了啊！"路明非被震撼了。他们下沉的时候，居然把昂热的酒柜也带下来了。

"拯救世界的人还在乎花这点小钱？"老家伙无力地辩解。

"电梯"开始移动，不是上下，而是沿着轨道横向滑动，槌头鲨和海龟对于这个玻璃房子的移动都很冷淡，大概看习惯了。

"鱼缸不是纯粹的观光用途，它是个巨型的生态缸，喂养着各种海洋动物，还是学院的基因库的一部分。"昂热解释说，"当然鱼缸只是这个地下空间的一部分，我们现在要去参观其他部分。前方是我们的植物园。"

下方出现一片葱葱郁郁的绿色，但不是草地或者花圃，而是……一片森林！

架空铁轨从树梢上掠过，这台"电梯"正在跨越一片亚热带森林，头顶居然还有阳光！

"人造阳光，给这里的植物提供光合作用的能源。学院选址在这里，因为山腹几乎是空的，天然的巨大裂缝经过这里，这里保存着超过十二万种植物。"昂热说，"旁边还有动物园，保存着超过八千种动物，从猪到熊猫，但从不对任何游客开放。"

路明非无话可说，路明非只感慨自己当初真是见识浅薄，看谁都是有钱人。

"全世界一共有五个这样的地下空间，有些位于矿山深处，有些位于冰川下方，每个天然空间经过开凿之后，保存着大量的动植物，还有胚胎、花粉和种子。人类全部的文明，还加上炼金术和言灵的知识，都被封存起来。库存有成套的机械，当然也有食物和饮用水。冰窖深处还有一座微型的反应堆，它的能源足够这里运转五百年。"昂热说。

"听起来是避难所之类的东西。"路明非指着前方惊呼，"那难道是一座金字塔！"

"没错，不过不是埃及人的金字塔，是玛雅人建的，"老家伙淡淡地回答，"我们在南美丛林里找到它，拆散了运到这里再复原。为了确保拼回去的时候不拼错，我们在每块石头上都做了记号。"

电梯在金字塔前"过站"，他们下了电梯，围着金字塔转圈。

金字塔并不很大，不过普通树木的高度，全部由黑色的石块搭建，石块闪着玻璃般的黑色光芒，每一级台阶上都雕刻花纹。

"体积当然没法跟胡夫金字塔相比，但在天文学上的意义巨大，可以理解为一本书。它完全是用黑曜石垒起来的，没有使用任何黏结剂，就像是搭积木似的，靠自身重量和良好的切割工艺保持稳定。巫师们在黑石表面雕刻花纹，又用熔化的铜把很深的刻痕填满。"昂热说，"注意到它和普通金字塔有什么区别么？"

"多了一个面？"路明非说。

"观察得很仔细，和其他所有金字塔都不同，它有五个侧面，每个侧面都有一百三十三级石阶，台阶上刻满数字。这整座金字塔，就是玛雅历书，玛雅人心中整个世界的历史。"昂热抚摸着黑石表面，"玛雅人所谓的历史，不仅是过去，也是未来。五个面象征着五个太阳纪，每一行字都是那个太阳纪中发生的大事。"

路明非摇头表示不懂。

"看过《2012》么？"

"看过，世界毁灭的时候科幻作家拯救前妻的故事。"

"那只是一部电影，但它跟玛雅历法有些相关。2012年被认为是玛雅历法中第五个太阳纪的结束，而玛雅的数学家们并未提及第六个太阳纪，有种说法是第五个太阳纪之后再也没有人类的历史了，所以他们不提第六个太阳纪。"

"可2012年早过去了，那年啥事儿都没有。"路明非说，"神棍多了去了。"

"那只是电影，2012年12月21日是世界毁灭日是后人的解读，玛雅原住民的长老们也并不相信这个解读。但玛雅人确实对世界的末日有过预言，这些预言记载在一本被称为《德累斯顿抄本》的文稿中，它的年代可以追溯到公元前1200年，是玛雅人留下的最精美的文献。在那份抄本的最后一页中，记载了在世界末日那天有千千万万条鳄鱼从天空里向着大地吐水，世界毁于洪水、风蛇、火雨和地变。"

路明非忽然想起了什么："你说洪水、风蛇、火雨和地变？"

"没错，地水风火，龙族王座上的四大君主分别掌握着这些力量。"昂热说，"《楞严经》里也说，世界会有三场巨大的灾难，第一场是火灾，七个日轮同时出现在天空，焚烧世界，从无间地狱到色界的初禅天者，都被毁灭。第二场是水灾，从无间地狱到色界的第二禅天，都被淹没。第三场是风灾，从无间地狱到色界的第三禅天，一切物质都因风飘散。"

"这些都是歪理邪说吧？玛雅人也就是些墨西哥土著，我们凭什么相信他们？玛雅人要是真那么牛怎么会被西班牙人灭掉呢？那我们不是应该相信西班牙牧师的话？"

"玛雅人确实是墨西哥土著，但他们也有不可思议的地方，他们是古代最精准的天文观测者，在刀耕火种的年代就能制定出精确的历法，精度不逊于16世纪才颁布的格里高利历法。他们还能观察到从不朝向地球的月球背面，直到今天人类想要看到月球的背面还不得不发射昂贵的行星际飞行器。"昂热说，"如果一个文明拥有本来不属于它科技树上的果实，我们只能猜测那个果实是从别的文明嫁接过来的。"

"龙族文明？"

"没错，那些都是龙族留下的东西。"昂热说，"但龙族留给玛雅人的最大礼物，是个恐怖的母题，毁灭母题。这个母题广泛地存在于世界各地的文明中，它的意思是历史是线性的，而且并不无限延伸，末日存在于某个时间点，我们永远向着它匀速地逼近。当我们觉察不同的文明中都隐藏着这个母题时，我们的猜想是龙族早早地预言了世界的毁灭，那个时间点虽然还没到来，但已经被记载下来了，我们可以称它为'关于未来的历史'，也可以叫它'宿命'。"

"就像诸神的黄昏？"

"没错，北欧神话同样是一部线性的有尽头的史书，命运女神们早已预知到世界

Chapter 10
Night Watch

末日将会怎么到来,即使主神奥丁也被席卷在那个命运之中,连杀死他的人都是提前预定的。"

"校长你真相信这些神神鬼鬼的说法?"

"我们一直都在希望这个母题是错的,但随着青铜与火之王的苏醒,我们不得不正视这个现实,现在大地与山之王又在来的路上了。你要知道漫长的历史中,虽然我们不断地应对各种龙类带来的灾难,但是龙王的苏醒极其罕见,可在第五个太阳纪结束的时候,群龙苏醒,灾难接踵而至,我们不得不严肃地考虑一种可能性,那就是我们正在逼近那个早已注定的日子。"

"所以第五个太阳纪之后就没有人类了,又是龙族掌权了?"

"按照《德累斯顿抄本》的说法,不是这样的,第五个太阳纪结束之后是空,是零,是一切的终结。"昂热低声说,"龙和人的文明,都会被毁灭掉。"

"如果玛雅历书其实是龙族历书的翻版,那不是说龙族预言了自己的灭亡?"

"似乎确实是这样,龙王们和人类一样畏惧着那场早已注定的灾难。"昂热拍拍路明非的肩膀,"看金字塔的顶上。"

路明非仰头看去,玛雅金字塔的平顶上摆着一个不清楚质地的黑色箱子,像个敦实的铁块,表面满满地雕刻着花纹。

"那里面是龙王康斯坦丁的骨骸,校董会一直想知道它被我藏在哪里了,其实就摆在这个植物园里。不过这两天就要挪动到冰窖最深处去了,想偷走它的人太多。"昂热说,"连龙王们都陨落了,也许那个宿命里的日子真的要来了。跟你说了这么多,你明白我的意思了么?"

"懂!我什么人啊?锣鼓听音,秒懂。校长你是告诉我说,世界很危险啊,预言中的大灾变就要来了,这些龙王就够难搞的了,没准还有龙王也熬不过去的大灾难,那人类的日子可还怎么过?所以我这个S级要发愤图强,拯救世界的重任就落在我们肩膀上了。是不是这个意思?"

昂热对于弟子的觉悟大增不是惊喜而是疑惑,这慷慨的话实在不像是他这位门生会说的。

"可是校长,你的战前动员虽然很感人,但是计划靠不住啊,"路明非叹气,"你欣赏的这个S级真不像你想的那样,我虽然有个很感人的身世,我也不想贬低我自己,但我真不是那块料。外星人来打地球了,全民都应该奋起,那是没错的,但你不能指望野比大雄同学担任空军司令,还是一个不带机器猫的野比大雄。"

"我觉得你就是机器猫。"

"我不要你觉得,我要我觉得。"路明非真诚地看着校长的眼睛,"我是野比大雄,真的。"

"野比大雄也是年轻人啊,到了那一天,年轻人都要上战场。"

"不是还有校长你这种强者在么？"

"强者也是会死的。"

路明非沉默。委实讲这糟老头子又狠又坏，感觉什么都料敌机先的样子，又那么风骚，看起来根本就不像那种会死的人。但他确实是会死的，在他冲向龙王康斯坦丁的时候，如果路明非失手错过了目标，那么死的人可能就是昂热。他那么洒脱那么无所谓，也未必就是胜券在握，而是每时每刻都有概率会死，时间长了就适应了。

"我跟你说过我的朋友梅涅克么？梅涅克·卡塞尔。"昂热问。

路明非点头，心说这人的名字你都拿来当学院的名字了，那得是多么刻骨铭心的好朋友……说起来校长你看着那么风骚，可是净跟一些男人刻骨铭心真的好么？

"刚进剑桥读书的时候，我拿的是奖学金，没有什么钱。有钱就会去定做些漂亮的衣服，想引起女生的注意，却常常得饿肚子。梅涅克那时是我的师兄，总是邀请我去他那里吃饭，他自己下厨。我不会做饭，只能喝着杯酒，看他忙忙碌碌。我说梅涅克你太棒了我该怎么感谢你呢？他说你可不必感谢我，你将来可以给你的师弟做饭。如果你的师弟也给他的师弟做饭，就像我煤气炉子里的火永远不熄灭似的……哈哈哈哈。"昂热学着那个男人的笑声，"你不知道他多爱笑。"

"后来大家熟悉了，一起创立了狮心会，经常一起喝酒。然后说如果有一天我们和龙王对面，死到最后一个人的时候应该赶快逃跑。'总得有人传承我们狮心会的灵魂吧？'他总是那么说，'那么谁该活下来呢？哦，其实我还是蛮想活下来的，不过我觉得昂热活下来比较好。他是个讨女人喜欢的家伙啊，基因学上说讨女人喜欢的家伙都是基因比较好的，他有潜力成为一个花花公子，跟无数的漂亮女人生无数的孩子，把他们都培养成狮心会的新会员，哈哈哈哈。'"昂热仰头看着人造光源点亮的天空，"后来真的是他死了，我活了下来。"

"我经常想卡塞尔学院就像梅涅克的煤气炉子，我希望它的火永不熄灭，那也是我在这个世界上仅有的财富之一。走吧。"昂热没有再给路明非说话的机会。

楚子航睁开眼睛，眼前是一片模糊的白。他不信神，自然也不信天堂，但是凑过来的那张脸素净无瑕，染着温暖的光色，像是天使低头要亲吻他的额头。

他有点恍惚，努力往前凑了凑，想看清那张脸。他闻到了天使身上的暖香，像是被雨打湿的花。

"师兄你才醒就要流氓么？"对方慢悠悠地说。

"夏弥？"楚子航一惊，眼前视野渐渐清晰起来。

他躺在一间加护病房里，全身接满各种管子和线路，阳光透过白纱窗帘照进来，医生护士来来往往。

"对！不是天使姐姐，是师妹，因为你没死。"夏弥好像他肚里的蛔虫似的。

"没死？"楚子航试着活动四肢，除了无处不在的酸疼以外，所有骨骼都完好无损。

这太不可思议了，他失去意识下坠的时候，是在轨道最高处，下方也没有气垫什么的，就算体格过人，也难逃粉身碎骨。

"身上痛？那是因为高压电流通过你的身体，令你的全身肌肉痉挛麻痹，养养就会好。你是运气好，如果电流穿过心脏，现在欢迎你的就真的是天使姐姐了。"夏弥托着腮，"这里是学院的加护病房，你昏迷了十天，只靠输营养液活着。"

"居然没有死。"楚子航轻声说。

"听着很遗憾似的，"夏弥翻翻白眼，"拜托师兄，你是死里逃生欸！能不能不要那么面瘫，露出点开心的表情嘛！"

楚子航沉默片刻，拉动嘴角，无声地笑笑。

"笑得毫无诚意！"夏弥撇嘴，"要说谢谢啊！你没死是因为师妹我勇毅绝伦，冲上去把你抱住了！"

楚子航莫名其妙觉得尴尬。他的记忆很混乱，感觉当时确实被什么人抱住了，闻到了淡淡的植物香味……确实有点像现在病房里的气息。

"我的言灵很厉害的！"夏弥又说，"'风暴角'，听说过么？"

"原来你的言灵是'风暴角'，难怪你在过山车上一点都不害怕。"

"风暴角"，序列号74，在领域内操纵空气流动形成漩涡，如果控制力足够高，释放者能够悬浮，甚至短暂地滞空移动。

"没那回事儿！当时我都吓死了，不好意思说出来而已。你以为'风暴角'能当翅膀用么？升起来没问题，能不能平安降落就看运气了，我俩是摔到'激流勇进'的深水区里了。"夏弥哼哼，"你说得那么轻松，我可是冒了很大危险的！我要是真能飞，怎么不自己飞来美国？还要花钱买机票？"

楚子航懒得和她胡搅蛮缠。他有点疲倦，眼皮沉重，于是闭上了眼睛。

"救你真没成就感。"夏弥有点生气了。

"是么？"

"没见过你这种把命看得很轻的人！你自己都觉得自己烂命一条，我为什么要拼死去救你？"夏弥气哼哼的。

"我也不想死。"楚子航仍旧闭着眼睛，"可我想不到别的办法。"

"就那么想扮英雄？"

"不。是因为以前有一次，有个人在我背后死了，我什么都没有做，只是一个劲儿地开车往前跑……等到我想明白了，想回去找他的时候，却再也找不到了。"楚子航轻声说，"你明白那种感觉么？如果你还有命能拼，就别等到后悔了再拼。"

"什么感觉？"

"'我是个懦夫'的感觉。"楚子航睁开眼睛，看着屋顶。

"嘴里说着'我是个懦夫'什么的，心里还是觉得自己很了不起，觉得有什么事情自己没做到，就是犯了错。因为自己很了不起，别人做不到是应该的，自己做不到就不能容忍，豁上命什么的也是小菜一碟？"夏弥带着鄙夷的语气，"还不是逞强么？你到底有多自负啊？"

"对，做不到的，都是我的错。"楚子航轻声说，唇角的线条坚硬。

夏弥沉默了很久，叹了口气，软下声来："总这么逞强，有一天会死的哦。"

"别担心跟你无关的事。"楚子航又闭上了眼睛。

他不想和这个爱叨叨的师妹说话了。夏弥救了他，他会请夏弥吃饭或者送礼物来表示感谢，但他并不擅长陪她瞎扯。

倦意一阵阵往上涌，他希望夏弥能安静一会儿，让他也安静一会儿。

"谁说没关系？上坟送花还得花钱嘞！"夏弥凶神恶煞的，"说！你喜欢什么样的花摆在你坟头？"

楚子航想了想："百合……或者菊花吧，黄色的。"

"唔，不如康乃馨好，康乃馨漂亮……"

"康乃馨的花语是对母亲的爱，不是上坟用的花。"

"康乃馨便宜啊……"

这对话还能更无厘头一点么？楚子航觉得无奈，只要夏弥说一声我还有事你先睡会儿吧，他就可以义正词严地睡了。

可夏弥就是不停嘴……这师妹怎么有那么多话要说呢？而他又是个很在意礼貌的人，人家有问他就有答。

"是你自己喜欢康乃馨吧？"楚子航继续撑着和夏弥说话。

病房里安静得只有监控仪单调的嘀——嘀——声，这一次夏弥居然没搭茬了。

忽然降临的安静让楚子航有点开心，师妹终于明白他几次闭眼的意思了？愿意让他好好睡一会儿了？

他微微睁开眼，想确认一下，却愣住了。

夏弥抱着膝盖，像只小猫似的蜷缩在病床边那张绝对不会舒服的硬木椅子上，长长的睫毛耷下来，在晨光中浓密如帘。

她睡着了。

"已经四十八个小时没睡了吧？等着你醒来。"过来检查输氧管的护士把一张毛毯搭在夏弥肩上，有意无意地说。

意大利，罗马。

Chapter 10
Night Watch

弗罗斯特坐在办公桌后的一片阳光中。作为加图索家族实际上的管理者，他几乎每天都坐在这张桌前，管理着家族遍及全世界的生意。

虽然名义上这张桌子并不属于他。

桌子上并排放着两张黑白照片，火车南站的废墟和"中庭之蛇"的废墟，惊人的相似，扭曲如死蛇的脊骨。

"买下六旗游乐园，我需要分析那片废墟。"弗罗斯特竖起一根手指。

"已经在谈判中了，以我们的出价，对方不可能拒绝。"帕西微微躬身，淡金色的额发垂下来遮挡了半张脸。

"龙王苏醒？这个结论很惊人，有几成把握？"

"院系主任中，让·格鲁斯、布莱尔·比特纳和道格·琼斯都持同样的观点，那么精密的力量控制不可能出自人类，技术也无法实现，只可能出于一位尊贵的龙王。"帕西说，"而大地与山之王是力量的主宰。"

"有意思，"弗罗斯特点头，"不过相比起来，我对于火车南站的事件更有兴趣。"

"您的意思是……？"

"假设真的是龙王苏醒，以那种尊贵而暴虐的生物，为什么没有直接进攻，却只是发动了两次暗杀式的袭击？这说明他的力量还未完全恢复。昂热从青铜与火之王那里得到了一个重要结论，从埋骨地苏醒后，龙王还需要时间成长，这段时间里他们就像是初生的婴儿。那么，婴儿期的龙王为什么要急于出击呢？"弗罗斯特幽幽地问。

帕西沉吟了片刻："可能是有他不得不优先消灭的对手。"

"对，一定有迫不得已的原因。他在六旗游乐园偷袭昂热发起攻击毫不奇怪，昂热是所有龙王都会警惕的对手，那么为什么他会攻击火车南站呢？"弗罗斯特在一张纸上写下两串名字递给帕西，"昂热不是龙王的真正目标，他的真正目标是这两份名单里重复出现的人。"

帕西看了一眼，第一份名单是"雷蒙德、楚子航、路明非"，第二份名单则是"昂热、楚子航、路明非、夏弥"。

"楚子航和路明非？"帕西说。

"把路明非也划掉，他的目标是楚子航。"弗罗斯特说。

"明白。"帕西对于弗罗斯特的决断风格很习惯了，并不多问问题。

"楚子航身上有些事无法解释，他在中国的经历也值得研究，要把他置于我们的控制之下。"

"明白！"秘书顿了顿，"那个叫唐威的猎人，就这样不管他么？他好像已经订了机票逃往越南。"

"他只是一枚棋子，无足轻重的棋子，根本不知道幕后的事情，雇用他的人通过那个网站隐藏了自己的身份。我对那个网站倒是有兴趣的，但它使用的技术很特别，没有固定的服务器，在全世界的互联网上不停地流动……像个幽灵。在我们腾出手来之前，暂且对它观望吧。"弗罗斯特揉了揉太阳穴，"我失去耐心了，大概我们需要一位新的校长了。"

帕西一惊："您的意思是……？"

"昂热认为我们没有合适的人选来替代他。没错，秘党中根本没有人能兼具他的能力和号召力。但这并不代表他不会被撤换，对于董事会来说，CEO的能力和顺从程度都是重要的。如果我们的CEO太桀骜了，我们也不必坚持不用能力略逊于他的人来代替。楚子航会是弹劾昂热的好工具，元老们不会愿意看到危险的血统进入我们的队列。派安德鲁去，走规范的弹劾程序，我们需要程序正义。"

"明白。"帕西轻声说，"我会立刻着手安排。"

"去吧。"弗罗斯特挥挥手。

帕西走到门口，背后忽然传来弗罗斯特的声音："你今天一直没有抬头看我，为什么？"

帕西犹豫了一瞬间，掀起金色丝绸般的额发。他的双瞳暴露出来，一只冰蓝，一只暗金，这两种颜色分别看都很美，但在一张脸上出现却触目惊心。

妖艳诡异，令人想到恶魔。

弗罗斯特避开和帕西视线接触："吃药了么？"

"吃药没有用，只不过感觉舒服一点。自己克制就好。"

"还是吃点药，命不长的人，更要对自己好一点。"弗罗斯特的声音温和了许多，带着长者般的关怀。

"谢谢您的关心。"帕西转身离去。

楚子航睁开眼睛，眼前的银色托盘里是一只完好的梨。一只苍老而消瘦的手拎起梨梗，一圈圈梨皮带着美好的弧线娓娓坠落，削好的梨递到他手里。

"校长？"楚子航吃了一惊。

病房里静悄悄的，每天穿梭来往的医生护士都消失了，昂热坐在床前，用手帕擦去折刀上的梨汁，而后收起，塞进衬衣袖子里的皮鞘中。

"练习这种技巧有多久了？"昂热低声问，"不用隐瞒，我就是狮心会的创始成员，你知道的我也知道。"

"两年。"楚子航说。

"就是说在你成为狮心会会长之后不久，"昂热点点头，"是从狮心会的原始档案里找到的吧？那些羊皮卷。我们当年把资料都销毁了，但是没忍心销毁原始文件。"

"是的。"

Chapter 10
Night Watch

"匪夷所思,"昂热叹了口气,"爆血的技术是几十代人反复总结出来的,狮心会能重现这套技术,也是在前人的基础上。你居然能读懂那些羊皮卷,自己整理出这种禁忌的技术来。很了不起,必须承认。但你知道当初我们为什么要销毁这套技术的资料么?"

"'爆血'会让人产生很强的攻击性,难以自控。"

"没错,那种攻击性我们称为'杀戮意志',龙类特有的精神状态,从生物学上说就像是野兽会因为血的气味而兴奋。龙类在愤怒状态下会有攻击一切目标的冲动,并且爆发出超常态的战斗力,它对混血种同样有效,甚至比对龙类的效果更明显。缺点是容易失控,但这还不是'爆血'成为禁忌的原因。"

楚子航点点头:"我在听。"

"学院的课程设置里,关于混血种的由来,被刻意地忽略了。有些事情太过肮脏,我们不愿意讲述,有些事情接近禁区,我们不敢公布。但是对你,应该可以说了,你已经踏进了禁区。"昂热叹了口气,"其实世界上本不该有混血种存在。龙族怎么会跟人类混血呢? 就像是人类和猴子没有混血一样。那么混血种是怎么出现的呢?"

"据说龙族曾经把血统赐予人类中的领袖。"

"确实存在这种记载,但人类总是会把某些能力归结于上天的赐予,未必可信,更可考证的源头是,我们是被强行制造的……源于人类的贪婪。"昂热幽幽地说,"人类畏惧着龙类,却又觊觎着他们的力量。在诸王陨落之后,人类掌握了世界,我们不断地研究仅存的龙类,并以进贡于神的名义,令人类的女性和龙类生育混血的后代,从而缔造了所谓的'混血种'。那是残酷而野蛮的仪式,被进贡于龙类的女性很少能活到孩子降生后,因为她们的躯体太脆弱,但孕育的孩子又太强大,她们在铁栏构成的囚笼里,在漆黑的地牢里,或者被捆在石刻祭坛上,痛苦地挣扎,浑身鲜血,无法完成分娩。最终,作为容器的母体会被里面的子体突破。温顺的后代被加以培养,危险的后代被刺进笼子的长矛杀死,然后一代代继续混血,直到血统稳定。这就是混血的历史。"

楚子航闭上眼睛,似乎能看见深色的石壁上溅满更深的血色,灯火飘摇,女人的哀号和怪物的嘶吼回荡在地窖深处,太古的祭司高唱着圣歌。

历史有时候肮脏得叫人作呕。

"我们每个人都知道,就是所谓'混血种',人类血统必须能压住龙类血统,反之就是异类。那个极限我们称之为'临界血限'。"昂热接着说,"这就造成了一个悖论,我们一方面试图激活自己的龙族血统,一方面却又担心超过临界血限。一旦你真的越过那道线,龙血就开始侵蚀你作为人类的那部分,最终你会向着龙类进化。"

"混血种有可能进化成完全的龙类?"

"不,可以无限地逼近,但永远无法抵达终点。"

"为什么？"

"因为人类基因的反噬。"昂热伸手从托盘里拾起一粒干燥发硬的面包渣，双指用力地碾压，"在龙类基因面前，人类基因弱小得不堪一提，龙类基因压倒人类基因，就像大马力压路机碾压碎石那样简单，压成尘埃。但是想象一台压路机把碎石碾成尘埃之后……"

他翻过手让楚子航看自己的指面，仍细小的面包渣，昂热再碾那些碎渣，再翻过手，面包渣还在。

"变成尘埃之后，再碾压也没用了，你不能把它完全抹掉，变成零。"昂热低声说。

楚子航点头："所以人类基因不可能被彻底改写！"

"人类基因在最后一刻会表现出惊人的顽强，强大的龙类基因也无法清除最后的一点点杂质，因此混血种不会真正进化为纯血龙类，而是变成名为'死侍'的东西，他们在进化到最后一刻时就会死去，失去自我，就像是行尸走肉。如果说龙类的世界是天堂，人类的世界是地狱，他们是迷失在天堂地狱之间的亡魂，没有人接纳。他们因血统的召唤而服从龙类，龙类把他们当作和人类战争的炮灰，他们死了不要紧，反正总有新生的。"

"听明白了。"楚子航说。

"'爆血'是禁忌之术，因为它会让你一步步接近'临界血限'。一旦突破，你就像是进入下降轨道的过山车，没有任何力量能把你拉回来。这种技术是魔鬼，血统瞬间纯化带来的快感，会让你沉浸在无所不能的幻觉中。如果你对于力量太过贪婪，魔鬼就悄无声息地引你跨过界限，把你推向深渊。你的结局会是一个死侍。那时候我只能杀死你，不过对那时的你而言，死反而是最好的结局。"昂热盯着楚子航的眼睛。

"准备开除我么？"楚子航低声问。

昂热站起身来，背对楚子航："'爆血'这件事，我可以不知道，但如果被校董会知道，可以想见他们会如何处理你。作为教育家，我从不违反自己定下的校规，这可能是我唯一的一次破例，你的勇敢给我留下了深刻印象。不要滥用禁忌之术，谁都想活得久一些。"

"记得把梨吃了。"他推门出去了。

楚子航独自坐在床上，窗外下起了雨。

铺天盖地的雨打在小教堂的钟楼上，钟在风里轰响。门被人推开了，一身黑衣的人，打着一柄黑色的伞。

"住在这里不觉得难受么？总听着这钟声，就像送葬。"那人坐在角落里的单人沙发上，"给我弄杯喝的，随便什么。"

"听惯了就好了，这样我葬礼那天，躺在棺材里听着外面的钟声，会误以为自己躺在家里的床上。"中年大叔懒洋洋地说，"昂热，在这种阴沉的下雨天，拜托你能否别穿得像个送葬人似的来我这里听钟声？"

"黑西装？怎么了？我认识你那么多年，不是一直这么穿么？"昂热拉开领带，解开衬衣领口，"难道你觉得我适合风骚的白色？"

"因为这些年你一直在为送葬做准备。"守夜人抓过旁边那瓶威士忌，又抓起一只看起来很可疑的杯子，倒了小半杯酒递给昂热。

昂热缩在沙发里，一口口喝酒，两个人很久都不说话。

这真是间邋遢的阁楼，向阳的一面全是玻璃窗，贴满老派色情电影海报。

屋里只有一张没叠的床、几张单人沙发、一套电脑桌和转椅，还有码满了西部片的书架。当然，还有满地的空酒瓶、扔得到处都是的成人杂志。

学院的隐藏人物守夜人几十年来一直住在这里，家居风格像是西部牛仔的房车，或者欲求不满的青春期少年。

昂热当然不会喜欢这种风格，但他进来之后很自然地占据了最舒服的位置。他很熟悉这里，因为经常来。

每个人都有几个损友，约你见面老是在那种卫生条件很可疑的地方，喝着廉价啤酒，吃着烂糟糟的海鲜。可你还是犯贱地穿着西装去了，而且乐此不疲。

那他大概就是你的真朋友了。

"借你的音响用一下。"昂热把一支录音笔扔给守夜人。

沙沙的杂音过去之后，传出两个低低的男声，第一个是昂热自己，听到第二个声音时，守夜人微微一怔。

"你在那条高架路上没有看到任何车，对么？"

"什么车都没有……安静，很安静，只有风雨声。"

"还记得你们的时速么？"

"速度好像……消失了。"

"说说那些影子吧，他们是谁？"

"他们饿了……他们渴了……他们想要新鲜的肉食，但他们吃不到……他们……死了。"

"进入高架路的路口，你记得编号么？"

"路牌……被柳树遮住了。"

"但你注意看了路牌，对么？所以你记得它被柳树遮住了。"

"看了……看不到……柳树……在路牌前摆动……"

"再仔细想想，你看了那块路牌……一块路牌，绿色的路牌，它被柳树遮住了，但风吹着柳树摇摆，露出了些文字，对么？露出了些文字，你记起了什么没有？"

呼吸声忽然变得极其沉重，通过那套高保真的音响震动了整个阁楼。整个空间就像是什么怪物巨大的肺，一收一张，一收一张。

窗外的雨声越发地清晰，好像那个看不见天空的夜晚重新降临。那个夜晚就像是个魔鬼，而风雨是它的使者。

守夜人舔着自己的牙齿，就像看恐怖片看到高潮时，你明知道那吸血的反派必将蹦出来扑过来，可你不想逃避了。你只是等着，满怀期待地等着看它从那个角度扑出来。

"000……000号！"呼吸声中断，仿佛叙述的人被一刀斩绝。

昂热关掉了录音笔："今天下午我去看楚子航，跟他聊天前，我让富山雅史教员对他施加了催眠。他自己还不知道。原本我想听到的事情是关于'爆血'，没想到录下了这些。"

"听起来是个噩梦。"守夜人低声说。

"我查过地图，那条高架路的入口是从'001'开始。"

守夜人点头："就是说楚子航当时进入的入口并不存在。那台迈巴赫后来找到了么？"

"找到了，在城外的荒地里，车身被严重破坏，就像是被几百条鲨鱼咬过。现场距最近的高架路十五公里。附近没有拖车车辙，它是自己开到那里去的。"昂热递过一张黑白照片，泥泞中陷着一辆千疮百孔的迈巴赫，"在方向盘上留下的指纹只有楚子航和他的父亲，把车开到那里去的必然是他们两个中的一个。"

"就是在那片荒地里，楚子航遭遇了北欧神话中的主神奥丁，而他误以为自己在高架路上。"守夜人含着一块冰缓慢地咀嚼，"幻觉？"

"楚子航父亲的言灵和我一样是'时间零'，如果他都没察觉自己在经历一场幻觉……那么制造幻境的必然是龙王级别。"

"神话里说奥丁是黑龙的死敌，他是正义的。他出场应该带着漂亮的瓦尔基丽们，而不是死侍。"

"是的，但楚子航描述的那些黑影肯定就是死侍。"

"真混乱，不会是楚子航神经错乱吧？"

昂热盯着守夜人的眼睛："还有一个可能，你已经猜到了，但你在犹豫要不要说出来，对么？"

"那么他是见鬼了……"守夜人的神色很怪异，说不清是惊惧还是搞怪。

"对，"昂热轻声说，"他可能真是见鬼了。"

"别瞎扯了！"守夜人蹦了起来，"死人之国尼伯龙根？那是圣殿一样的地方！几千年里炼金术师们为了找它想破了脑袋，一个孩子碰巧就进去了？"

Chapter 10
Night Watch

"难得看见你不安。这些年无论我跟你说什么,你总是像条懒蛇缩在沙发里,还长出了啤酒肚。"昂热指指守夜人那格子衬衫遮不住的肚腩。

守夜人低头一看,曾经引以为豪、喝醉了就会脱掉衬衣展示给酒吧女郎看的八块腹肌已经变成了一整块凸起,当年的西部落拓美男子早已成为历史,如今他只是一个喜欢牛仔服饰的猥琐大叔。

几十年他都没有激动过了,因为没有什么值得激动的事,被烈酒、西部片和色情片麻醉的日子也很惬意。但如果通往那圣殿的出口真的重开……他惬意的日子也差不多到头了。

"跟我详细讲讲尼伯龙根,对于炼金术和龙族的秘密,你知道的远比我多。"昂热说。

守夜人沉吟良久:"死人之国尼伯龙根,可能只是传说,根本就不存在。就算它存在,也封闭很多年了,最后一个自称去过那里的女巫被烧死在十字架上了,那还是中世纪灭巫时候的事。那是所有炼金术师膜拜的圣地,虽然名叫死人之国,但并不是'冥界'、'地狱'之类的意思,它里面净是宝藏。"

"宝藏?"

"如果用一句话来概括炼金术,就是'杀死'物质,然后令物质'再生'。在重生的过程中,杂质被剔除,物质获得新的属性。但杀死物质可不像杀人那么简单,为了杀死金属,一代代炼金术师们不断追求更高的火焰温度和神奇配方。"

"生的前提是死。"昂热微微点头。

"是的,死去的物质才是最好的材料。欲炼出黄金,必先杀死白银,欲炼出利剑,必先杀死钢铁。而死人之国尼伯龙根里,遍地都是死去的物质。曾经有炼金术师描述过那个国度……没有白天和黑夜,天空里始终浮动着半暗半明的光,地面和山峦是古铜色的,由死去的土和金属构成,天空是灰色的,由死去的空气构成,火焰是冰冷的蓝色,由死去的火元素构成,水不能浮起任何东西,因为水也是死的。那里有城市,用死去生命的骨骼构建,第五元素'精神'富集在里面,能够炼出传说中的'贤者之石'。所以你能理解为何炼金术师们无限向往它,尼伯龙根的灰尘对他们而言都价值连城。瓦格纳在歌剧《尼伯龙根的指环》中说,侏儒窃取了尼伯龙根的黄金,铸造的戒指具有统治世界的魔力,这其实是炼金术师们说的话。"

"我记得北欧神话中说,"昂热说,"黑龙尼德霍格守在'世界之树'通往'死人之国'的树枝旁,他就是那入口的看门人。在诸神的黄昏中,大海被破开,死人指甲组成的大船从海中升起,船上站满了亡灵。那是死人之国向生人发动战争的军队。这里面有多少是真的?"

"不知道,我曾用半生的时间追逐死人之国的传说,足迹远至南极洲,但我没能找到那个神秘的国度。"守夜人说,"但这不代表它不存在。"

"你找到过它存在的证据？"

守夜人摇头："不能说是证据，只是猜测。昂热，你有没有发觉我们对龙族的研究中，缺失了重要的一环，就是我们很少找到龙族聚居的遗迹，尤其是黑王尼德霍格以神的名义统治世界的遗迹。埃及法老还能留下一堆金字塔呢。"

昂热点头："是的，黑王尼德霍格被杀之前的遗迹，一处也没有被发掘出来。"

"这不奇怪么？那是何等绚烂的文明！他们曾奴役人类，修建了宏伟的城市。典籍中说青铜与火之王居住在北方冰原中，铸造了高耸如山的青铜宫殿，还有著名的擎天铜柱，黑王在上面钉死了白王，那根巨大的柱子上记录了黑王漫长的战史；他还曾下令修建跨越大洋的神道，是比今天的任何高速公路都庞大的工程。但随着黑王的死，这些伟大的遗迹就消失了，就像亚特兰蒂斯在一夜之间沉入了大洋。"

"世界很多民族都有'忽然消失的古文明'的传说。"昂热说，"是指龙的文明忽然陨落么？"

"很可能，先民们的记述未必准确，但也未必是空缺来风。今天还有一群人借助Google地图在全世界寻找消失的亚特兰蒂斯，但他们找到的只是些被海水淹没的古代人类聚居点。真正的古文明，可能藏在另外的维度，去那里，需要经过神秘的入口。"

昂热缓缓地仰头，对着漆黑的屋顶，吐出一口饱含酒精的气体。他回味着守夜人的话里那股魔法般蒸腾而起的神秘气息："平行空间？"

守夜人摊摊手："我是搞炼金术的，跟你们搞科学的没有学术上的共同语言，谈谈酒和女人还凑合。死人之国是神秘学的领域，别尝试用相对论来解释它。关于它的传说不是只在北欧神话中有，西藏人相信人在死亡后有四十九天的时间游荡在一个神秘的领域，这时人的灵魂被称作'中阴'，按照发音翻译是'Antrabhara'。没有高僧说过那个神秘的领域在哪里，那也许是一片真实的空间，也许只是人死后残留的意识。"

"好吧神棍，"昂热说，"那么，有典籍提到过怎么开启'死人之国'么？"

"死掉。"

"废话！我是说活着去！"昂热抚额。

"我说了，历代的炼金术大师都想活着去，都没成功……现在他们倒是都去了，因为他们都死了。"

"但楚子航去过。"

"他好像也并不知道内情，只是误入。"

"但这是我们迄今为止唯一的线索。"

守夜人沉默了片刻："是的，去过的人，可能还能找到旧路。就像灵媒，在白天与黑夜的分界之间，能沟通不同的世界。能进入尼伯龙根的都是被龙选择的人。"

雨大了起来，密密麻麻的雨点打在玻璃上，昂热扭头看向窗外。守夜人看着这位多年的伙伴，他坐在落地窗前的沙发里，挺直了腰，剪影瘦削而坚硬，分明只穿着西装,却像穿着铁甲的武士般威严。每一次他爆出这样的气场时,都是源于某种强烈的征伐欲望。

"如果真能找到进入尼伯龙根的入口,你会怎么办?"

"把龙类捆在他们的神殿里,在每个神殿里都塞上一枚核弹,同时引爆。我会坐在那根钉死白王的铜柱上看这群爬行类的世界覆灭,大火像雨一样从天空中洒下来。"昂热淡淡地说,"想起来就觉得很美。"

"太行为艺术了!"守夜人赞叹,"是你的风格。"

"你了解我,所以我得到了这段录音就来找你,跟你喝一杯,作为庆祝。"昂热举杯,"但为了确保我能完成这个宏愿,你得帮我个忙。"

"大概是今天的晚饭太油,不知道为何忽然腹痛……"守夜人一捂肚子。

"推托的理由能否专业点儿?"

守夜人苦着脸:"反正我只要说不你都会觉得我在推托……说吧,什么事?你每次找我帮忙都是要命的事。"

"刚刚得到消息,下周校董会的调查团会到达学院,他们大概准备把我这个校长炒掉。"昂热淡淡地说。

"等等等等!炒掉你?"守夜人吃了一惊。

"是,我被指控了三项重大错误和四十八项细节错误,校董会表示对我的述职报告严重不满,怀疑我已经没有能力继续留任校长。"

"别逗了,炒掉你谁能接任?弗罗斯特·加图索?开玩笑吧……他都已经秃了,没有你一半英俊。"

"别跑题,"昂热说,"看起来很突然,可前几周的校董会年度会议上我们就有争论。那时候我和你一样有信心,他们找不到人替换我。但现在看起来他们已经迫不及待了。"

"什么是导火索?"

"六旗游乐园事件,楚子航当众释放了'君焰',瞬间熔化钢铁,这超出了正常言灵的范围。校董会怀疑他的血统危险,把危险血统引入学院是最大的失职,坐实这一条就能炒掉我。尼伯龙根计划中楚子航也是被调查的人,校董会从中国获得的情报包括了他误入死人之国的事。施耐德从夺还的资料中删掉了那部分,但他不知道的是,因为校董会对楚子航的特别关注,关于楚子航的文件已经提早送达校董会。施耐德的庇护反而更增加了学院对楚子航的关心。"

"校董会知道了尼伯龙根的事?"守夜人皱眉。

"暂时他们还没有把这件事和尼伯龙根联想到一起去,否则不是这个反应。不过如果他们带走楚子航,他们也有能力像我这样催眠他,从他嘴里把事情经过撬出来。"

"那也挺好,也许他们知道了进入尼伯龙根的方式,会资助你几颗核弹,让你进去把尼伯龙根炸掉。当然最好顺便把你自己也炸掉，谁都知道他们不喜欢你。"守夜人说，"这样你作为一个报复狂心愿得偿，校董会重揽大权，大家都很高兴。"

"记得来参加我的葬礼。"昂热走到窗前，眺望英灵殿顶被雨水冲刷的雕塑。

"保证不闹场。"守夜人挺胸。

"校董会那帮人是没法对抗龙族的，你清楚，我也清楚，只有他们自己不清楚。他们根本不了解战争是何等残酷的一件事，却已经满怀信心，认为在龙族被彻底埋葬之后，他们便会掌握世界的权力。"昂热说，"而战争只是刚刚开始。"

守夜人耸耸肩："政治家永远在战争还未结束的时候就想到建设新的世界，就好比美国和苏联还未攻克柏林已经考虑如何在欧洲划分势力范围。"

"可我是军人，我只需要活到战争落幕。"昂热看着守夜人，"朋友，在战争落幕之前我还需要你的支持。"

守夜人叹了口气："朋友，你已经老得快要死掉了，为什么还坚持？"

"你知道的，何必再问？"

"你是送葬人，所以你一直穿黑色。过去的一百年里，每一刻你都在想杀人，啊不，屠龙。你是那种很记仇的人，谁和你结下仇恨，就只有死路一条，要么他们先杀了你。"

"那你在等什么呢？那么多年来你为什么还留在卡塞尔学院？别跟我说你是在这里喝着啤酒养老。"

守夜人挠头："不告诉你……我不想编个谎言。"

昂热笑："你会那么诚实？你以前总对女人花言巧语。"

"可你并不是个女人，所以我不能骗你。"

"老友你真让我感动，没把我当女人看。"昂热拿起雨伞就要出门，他已经实现了此行的目的。

"喂，昂热。"守夜人在他背后说。

昂热站住了，没说话也没回头。

"我不喜欢校董会里那帮财阀和政治家，但政治家想的仍旧是建设，建设全新的混血种时代并掌权，建设终归是好事。而你只是要为龙族送葬。我相信你说的，给你机会你一定会用核弹把龙族结束掉，火雨从天而降时，你会点燃一支雪茄倒上一杯好酒来祭奠你的老朋友们。你的人生就在等待那充满行为艺术感的一瞬间。可是昂热，仔细想想，你要的只是毁灭，此外你什么都不关心。你以为你是谁？复仇女神？"

昂热撑着伞站在门前，雨水从他的伞缘坠落。他望着铁灰色的天空，似乎在思考，背影模糊而遥远。

"你错了，"他似乎想明白了，深沉地说，"是复仇男神。"

第十一章 婚约
Engagement

CC1000次支线地铁奔行在初秋的原野上。放眼望去，天蓝如水洗，植被从深绿到金黄到红褐，虹霓般变化。

调查团团长安德鲁·加图索貌似平静地欣赏着窗外的秋色，心潮却起伏。

他是加图索家族的首席法律顾问，毕业于耶鲁大学法律系，和数位美国总统同校，也是混血种。遗憾的是言灵方面的天赋有限，因此前半生都在主管财团的法律事务，并不直接涉足"学院"这个家族最重视的投资项目。但他清楚地知道学院虽然是个烧钱的机构，却比家族所有赚钱的机构加起来都更重要。一个不曾踏足学院事务的人，在家族里怎么都算是二线。

今天他终于得到了这个机会，但不是去学院朝圣，而是以校董代理人的身份，去弹劾学院里那个乱来的校长。

他将在对手面前展示自己的才华，他的思辨性、逻辑感、感人至深的口才，好似都是为了这一天而准备的。

安德鲁·加图索这个名字将载入学院的史册，他用法律的手拨动了权力的天平，而他所持的法典，是神圣的《亚伯拉罕血统契》。

"还有五分钟抵达终点站，我们已经开始减速。"年轻的秘书走进VIP车厢，微微躬身。

安德鲁微微点头，对秘书的干练表示满意。

这个名叫帕西的秘书是弗罗斯特先生指派的随团秘书，说是值得培养的年轻人。安德鲁觉得他虽不如自己年轻的时候意气风发，但还算乖巧懂事。

安德鲁只是不太喜欢帕西的发型，这个秘书总把那头漂亮的金发梳成长刘海，遮住了双眼，导致安德鲁总是看不清他的眼睛。安德鲁觉得这不够礼貌。

"我们抵达的时间通知了校方么？"安德鲁整了整衣领。

"已经通知了，他们表示会到车站迎接。"

"很好，"安德鲁冷冷地笑了，"他们的情绪还稳定么？"

安德鲁想象那个霸占校长席近百年的老家伙听说校董会公然调查自己，该是五雷轰顶的感觉吧？

"在电话里倒是听不出来。"

安德鲁想起了什么："记住，我们这次来是代表校董会。一切公事公办，在工作以外不要和他们太多接触，以免被他们影响。"

"明白！"帕西说，"不过要弹劾校长，光凭校董会还不够，需要全体终身教授进行投票。在昂热校长还未被认定失职之前，我们的态度是否可以柔和一些？"

"有必要怀柔么？"安德鲁冷哼，"那个学生楚子航的身上，我们已经掌握了足够的证据！"

"一个是狮心会会长，学生领袖，一个是校长，如果举动不当，"帕西轻声劝说，"我担心学生们的情绪会失控。"

安德鲁懒得对帕西幼稚的担心发表评论。学生们情绪失控又能怎么样？对抗校董会？暴动？别忘了校董会背后的元老会，本身就是暴力机构出身。

"为我安排好日程，我要一一拜会各院系主任。如果昂热配合我们的调查，我可以跟他进行友好的对话，如果他选择抗拒，那我也没必要见他！"安德鲁的口气强硬。

"明白。"

安德鲁缓缓起身，如同一名要上战场的武士："卡塞尔学院成立的初衷，是一个针对龙族的军事院校，如今是它回到正轨的时候了！"

"欢迎欢迎！热烈欢迎！"

"欢迎校董会调查团莅临指导！"

"安德鲁老师您辛苦啦！"

安德鲁刚踏出车厢一步，迎面涌来的就是这样的欢呼声。

怎么回事？好像有什么不对的地方，是停错站了么？难道不该是神色悲戚的校长守着一辆公务轿车，谨小慎微地等待他这位钦差么？

安德鲁已经准备好了，如果昂热想用"邀请喝下午茶"的方式在调查开始前讨好于他，他必定很有原则地谢绝说："我来这里是工作的，不是喝茶。"

为什么有一辆花车？还条幅飞扬彩旗招展？还有月台上的那些手捧鲜花的男生女生是怎么回事？

见鬼！旁边居然闪出一个老大叔，穿着大红花的夏威夷衬衫，戴着塑料框的墨镜，猱身而上就要拥抱他！

一定是进入什么错误的空间！所以才会看到奇怪的场面！应该退回去把车门关

Chapter 11
Engagement

上再打开一次就会恢复正常！

但安德鲁没有机会退回去了，邋遢大叔将他深深地抱进怀里，猛力拍打他的后背，好像要为他止咳。浓重的酒气熏得安德鲁头晕目眩。

旁边又闪出漂亮的女生，给他套上夏威夷风格的花环。他被簇拥着，跌跌撞撞地上了那辆披红挂绿的花车。

"这是……这是劫持么？"安德鲁彻底混乱。

帕西疾步跟上，凑近安德鲁耳边："这就是学院派来迎接您的车队，这位是副校长先生！"

"副校长？"安德鲁脑海里一片空白。这所学院有"副校长"这种东西存在？安德鲁没有在任何文件中看到过副校长的签名。

"就是守夜人，"帕西解释，"头衔是副校长，虚衔，不负责具体工作。"

"守夜人"这个称谓惊得安德鲁一愣。他上下打量这个介乎邋遢大叔和邋遢老爷爷之间的人物，无论如何没法把他和照片上的人联系起来。

学院二号人物"守夜人"，隐藏在暗处的重要角色，安德鲁来前研究过他，还搞到了照片，虽说是1934年在玻利维亚照的……再怎么岁月蹉跎光阴似箭，也不至于变化那么大吧？那雕塑般的美男子面孔呢？那希腊式的高挺鼻子呢？那介于浪荡子和摇滚青年之间的细长卷发呢？那介乎妖冶和纯真之间从少妇媚杀到老奶奶的眼神呢？

时光把这老家伙彻底造就成一个悲剧了呀！

副校长完全没想到安德鲁在琢磨什么，凑上来热情四射："可把你们盼来咯，我早就觉得该动动他！活得跟乌龟似的长！害我当了那么多年副校长！"

几百名男生女生高举手中的花束围绕花车，人声鼎沸，空气中飞舞着气球和丝带，隐约还有开香槟的声音，看起来他们都很开心调查团的莅临，要把这次调查办成学院的盛大游园会。安德鲁不得不跟大家挥手致意，虽然脸上还是神情淡淡，但要说心里不激动那是假的。

副校长揽着安德鲁的肩膀，满脸骄傲："学生们的精神面貌都不错吧？"一根有力的大拇指竖起在安德鲁鼻尖下，"就知道调查团一定会满意！"

他没给安德鲁任何回答的机会，高举胳膊："同学们好！同学们辛苦了！"

同学们大声回应："老师好！老师最辛苦！"

安德鲁没有想到这场欢迎会只是一连串错误的开始……从晚宴开始，这个错误更是向着完全不可逆转的深渊坠落。

希尔伯特·让·昂热校长根本没有出现，更别说邀请喝下午茶什么的，据说他患上了严重的咽炎。

热情好客的副校长则代表学院的管理团队把接待的活儿全包了，"你们来调查他，他心里有情绪！"副校长私底下跟安德鲁说。

"我们不管他，来一趟不容易，饭要吃好，我们别见外，叫我老梅就可以。"副校长一路上都紧紧挽着安德鲁的手。

晚宴是地道的中国风味，前菜是马兰头豆腐丝沙拉，主菜是明炉烤鸭，汤是酸辣汤下面疙瘩……侍酒师给每个人倒满一种被称作二锅头的高度烈酒……

安德鲁不由分说地被副校长搂着入席："你不跟我喝酒我可不帮你搞昂热了啊，你要给我面子！"副校长表现出对校董会的拳拳之心，日月可鉴。

偶尔喝点红酒的安德鲁完全没想到那种纯净透明的液体如此辛辣，当副校长举杯说"我们走一个"接着仰头喝干时，他以为这是某种风俗，也仰头喝干了。

"好酒量！"副校长赞叹。于是接下来的节目就是一瓶瓶地开二锅头，豪气干云，就像在盛大的婚礼上开香槟。

安德鲁无法不接受这份好意，因为副校长不但表示了效忠校董会之心，还拉来了各院系主任和终身教授们作陪。这些人都是安德鲁在来之前就准备"分化和拉拢"的。

于是他只能鼓起勇气，模仿副校长拎着个玻璃小酒壶，绕着圆桌一个个喝过去。

"副校长先生您好像是……法国人？"摇摇欲坠的安德鲁终于意识到这招待会根本就是中国乡镇欢迎领导视察的风格，他也曾代表财团去中国考察过投资环境。

"是啊，巴黎生巴黎长，"副校长大笑，"你看我有点中国情调是不是？二战的时候我在中国和陈纳德搞飞虎队，在那里住了十几年，我还会唱中国民歌……"

兴头上的副校长引吭高歌数首，安德鲁能记得的歌词只有，"朋友来了有美酒，若是那豺狼来了，迎接他的有猎枪。"

第二天上午安德鲁宿醉未醒就被兴冲冲的副校长电话叫醒，参观学院的特色项目广播体操。

副校长称在昂热患病期间他已经暂时接管了校务，准备推广他在中国期间学到的先进教学经验。

第二天下午的节目是参观学院的"三好学生"授奖仪式，当然也是副校长主导推广的中式教育成功经验。

场面严肃又不失活泼，但在结尾的时候安德鲁发现本年度三好学生获得者是他的调查对象楚子航。

第三天上午的节目是参观女生的深水合格证考试。安德鲁不得不按照副校长的好意安排换上泳裤，和副校长一起坐在泳池边的躺椅上，一边喝着加冰的二锅头，一边欣赏穿着白色比基尼泳装的女生们鱼跃入水，藕一样的手臂起落，破开一池清水。

"青春四射的胴体下酒，就像茴香豆一样棒，对不对？"副校长兴奋得两眼闪光。

法律顾问的人生观在连续几日里迅速崩塌，家族多年来的慷慨投资，在这间学院里到底养了些什么人，不是科学界的里程碑式人物么？不是德高望重的教育工作者么？不是拥有钢铁意志的执行部专员么？这都什么玩意儿？要是搞掉了昂热让副校长上位，这间学院才真正完蛋了好么？

第三天晚上，安德鲁以极其悲愤的心情给罗马的弗罗斯特·加图索打去了电话。

夜深人静，守夜人在钟楼下的小阁楼里还亮着灯。

"劣迹斑斑啊朋友！"副校长拍打着手中的材料，痛心疾首，"我说老友，难怪你被调查，你担任校长的这段时间里的所作所为简直是无法无天，么？"

"作为副校长，每月薪水照领不误，但只是躲在阁楼里喝酒看成人杂志，没资格说这话吧？"昂热也有点愁。

守夜人手里的那份材料是正式的弹劾文件，条理清晰，证据确凿。这次调查团似乎是来真的。

被灌了三天二锅头，安德鲁忽然强硬起来，冷厉地拒绝了副校长所有活动安排，之后公开放出了这份文件。

昂热那些霸道的行为起初是做给校董会看的，一步步地挑战校董会的底线，好把学院的管理权越来越多地集中在自己手里，但到了后来确实也有恣意妄为的一面，直到被整理成文，昂热才意识到这些年来的所作所为可能是夸张了一些。

"其他都好说，什么'对年轻漂亮的女生更加关照'，我都帮你解释过了……只是楚子航这件事……"守夜人挠头。

"你怎么解释的？"昂热警觉。

"我说你年纪大了，跟年轻女孩多接触接触对你的心血管有好处。而且你对路明非这种小男生也很关照，所以看不出你有非分之想。"

"你才是校董会派来黑我的吧？"

"那些都是小事，关键还是楚子航。他现在是你的要害，而你又决定保他。别小看这个调查团，安德鲁是个废物，但弗罗斯特一定在背后遥控。他们把火力集中到楚子航身上去，在所有院系主任面前。院系主任们是学院的核心力量，他们如果不信任你，你就真完蛋了。"

"院系主任们有倾向性么？"昂热问。

"都是你的老兄弟，暂时还是支持你的。他们也不喜欢加图索家对学院的事务指指点点。但是你懂的，那帮科学家是六亲不认的，他们会介意你把危险的血

235

统引入校园，这是致命伤。他们已经决定为此举办一场校内听证会，名为听证会，其实是审判你的法庭，代你受审的则是楚子航。你和他现在捆在一起了，他挂掉了，你也跟着挂掉。陪审团是所有终身教授，法官是所罗门王，他是教授中的领袖。"

"我们可以给楚子航派律师么？"

"有我呢！你可靠的老友！"

昂热瞥了他一眼："看着很可疑。"

"可是我是你现在唯一可以派出去的律师，或者说打手，要听听打手的专业建议么？"副校长像个资深讼棍那样跷起二郎腿，吞云吐雾。

"好，"昂热耸耸肩，"为了赢得这场审判，我们应该做什么准备？"

副校长伸掌为刀，往下一剁："首先是消灭证据！"

"你简直毫无道德感，不过我喜欢，好，我们来谈如何销毁证据。"

"消灭证据还有更加专业的人士！"副校长打了个响指，"进来！"

门开了，昂热吃了一惊，打量那张堆满笑容的脸："芬格尔？你难道不是已经毕业了么？为什么会在这里？"

"为校长服务！"芬格尔点头哈腰。

"我们学院最出色的新闻专家，"副校长拍着芬格尔的肩膀，"对于赢得这场审判，他已经有了初步方案。"

"他是个学生，介入这种事会让他了解到太多他不该了解的。"昂热摇头，"了解得太多的人在我们中往往不是活得最长的！"

"要信任年轻人啊！"副校长搂着芬格尔的肩膀，"就像你选中路明非那样，芬格尔是我选中的人。别太惊讶，你想想校内讨论区的名字。"

昂热记起来了，那个讨论区叫"守夜人讨论区"，但副校长并未参加那个讨论区的建设。

一切都好解释了，副校长根本就是幕后黑手。他在阁楼里喝着酒看着美女杂志，却把触手放了出去，在学生中培养自己的势力。难怪"新闻部"那种狗仔团能活下来而且坐大，甚至敢于把昂热的公务旅行账单和院系主任的初恋女友照片都公布上网，最后这间学院里几乎没人敢轻易得罪新闻部。那帮没底线的狗仔其实是副校长培植的势力，是他的明枪暗箭。

昂热叹了口气，克制着拿椅子猛砸这两个人的冲动："好吧，芬格尔，你能保密么？你有什么条件么？"

"求毕业。"芬格尔立正。

"你……入学多少年了？还没毕业？"昂热吃惊，在他没有关注的角落里，居然还残留着这么一根废柴。

Chapter 11
Engagement

"校长我的心上中了一箭……"

"成交,如果听证会后楚子航能保留学籍,你将在学年结束时毕业。"昂热再度叹息,"怎么可能呢?你当初是我们寄予厚望的 A 级啊!"

"现在是 G 级 ……"难得芬格尔也知道羞耻。

"有这么低的级别么?"

"他们为我新设的……"

"好吧,想必副校长已经把所有的事都告诉你了。我知道我们有很多遮掩不住的证据,说说你的方案。"

芬格尔打开文件夹,态度立刻转为专业:"楚子航,三年级,A 级学生,学院重点培养目标。已经有十三次执行任务的经验,和温和的外在形象相反,他手段强硬不顾后果。以这次在中国的任务为例,他近乎失控的行为,导致五十三人被送医院治疗,没有死人只能说是他的运气好。记录表明,他执行了十三个任务,就有十三次记过。如果不是因为执行部的大头儿施耐德教授是他的导师,他早就被清退了 …… 说起来袒护学生真是我们学院的门风 …… 加上他不稳定的血统和危险的言灵能力,他至今还能在学院就读,确实是我们的管理漏洞。"

"这么说起来真的是严重。"昂热也觉得有点头痛。

"是恶行昭彰、罪无可恕!"芬格尔叹气。

"能洗白么?"

"难度类似于洗白煤球。"

昂热抚额。

"更糟糕的是,因为风格太过嚣张,他造成的诸多麻烦都被当地新闻媒体报道过。虽然没有提到他的名字,但全世界有上千万份报纸、无数的互联网新闻页面侧面记录了他的'卓越执行力'。这些都会被调查团作为证据呈递给陪审团。"芬格尔说。

"能说点好消息么?"昂热也开始怀疑自己这个教育家是不是合格了。

"所以我们需要芬格尔。知道世界上什么人会把你的小秘密捅得满天飞么?"副校长说,"不是维基解密,而是狗仔队。狗仔队是世界上最敬业的新闻工作者,他们对于八卦的嗅觉无比敏锐。他们还是一群怀疑主义者,怀疑一切,而且无孔不入。他们会在女明星家的垃圾堆里翻看她们新买的内衣包装袋,以推断她们有没有做整形手术。"副校长眉峰一扬,"但,最容易发现秘密的人,也最善于掩盖秘密!"

"我们专业洗煤球!"芬格尔挺胸。

"好吧,继续。"昂热来了兴趣。

"诺玛和楚子航自己也是证据。诺玛保存着学院的一切数据,但是我们已经没法

237

修改这些数据了，校董会势必已经查阅了诺玛的全部记录，并且存档。"芬格尔说，"比诺玛更麻烦的是楚子航。"

"哦？"昂热皱眉。

"他的血样。"副校长缓缓地说，"爆血是你们狮心会的技术，用精神唤醒体内的龙血，短时间内血统能力急剧上升，你应该记得它的副作用。它之所以是禁忌之术，因为每一次爆血，龙血都会一点点地壮大，越到最后越容易失控。楚子航已经算是一个重度的爆血爱好者了，加之他入学时血统就不稳定，校董会如果获得他的血样，那是无法推翻的铁证。"

"这个证据怎么处理？"

"杀人灭口！毁尸灭迹！我们现在冲到病房去！宰了楚子航！把他烧成灰！"芬格尔目露凶光。

昂热懒得理这个活宝，思考了片刻："这件事交给我了，我有办法。"

"那么只剩下最后一条了，人证。学生中有人曾亲眼目睹楚子航在失控边缘的样子，有很多关于他的小道消息。好在狮心会是最大的学生社团之一，他们毫无疑问会力挺会长。坏消息是学生会是他的死敌，恺撒大概率会拆他的台。"芬格尔说。

"我们没法影响或者收买恺撒，但我想弗罗斯特也做不到。我们在听证会上的胜算有多少，我亲爱的律师。"

"对半开，如果没有弗罗斯特在遥控，我绝对能把安德鲁那个废物灌倒……我是说辩倒……但是有弗罗斯特在幕后，我就只有一半胜算。"副校长叹气。

"必须赢得终身教授们的支持，而且要快。这是关键的时刻，他们发动这场对我的弹劾，还有另外的目的。"昂热饮尽了杯中的烈酒，"全世界的混血种都知道有一位地位尊崇的龙王已经苏醒，各大家族包括汉高手下的那些人正在满世界寻找他。杀死龙王已经被证明可行，他们都想抢在别人前面杀死那头龙，占据他的遗骨。而校董会用一场奇怪的诉讼把我们拖死在这里了。"

"听证会会在三天之后，在英灵殿大厅举行。"芬格尔说。

"那么我们和校董会之间的攻防战今晚就得开始了，他们也在熬夜准备扳倒我们的材料。"副校长把一串钥匙扔给芬格尔，"从现在开始你有使用计算中心的权力了，带着你的团队入驻。执行部在全世界的活动暂停！我们先掐校董会！"

午夜，调查团秘书帕西坐在黑暗里，深呼吸。调整完毕之后，他打开面前的笔记本，微光照亮了他的脸，平光镜片反射出一行行飞闪的墨绿色字符。

他从密码箱中取出一枚黑色的信封，倒出一张银白色的金属卡。这是一块纯粹的金属，没有芯片暴露在外，也没有磁条。帕西的手指扫过卡片表面，感觉到细微的纹路。

特殊的卡槽已经接入笔记本的 USB 口，帕西把金属卡投入。几秒钟之后，界面刷新。

看起来极其粗陋的界面，简单的色块和有毛边的文字，没有任何美术修饰，是最原始的工程师风格。卡塞尔学院的网络后台，之所以粗糙，并非因为它级别不够，而是因为会使用的人太少。能够使用这个页面的人也并不在乎审美，他们看重的只是权限。

最高权限。

"加图索先生，我已经接入诺玛。"帕西接通手机，打开免提，"等待您的命令。"

"很好，"弗罗斯特的声音，"你现在已经获得了诺玛的最高权限，这是白卡赋予你的。你可以访问诺玛的每个角落，但其他人都没法查到你的访问记录。你要慎用这项权力，原本我不该把白卡交给你保管，但他们无耻到切断了网络，我才不得不让你在学院内部登录。"

"是，先生。"

当日下午，身在欧洲的弗罗斯特就无法和诺玛建立联系了。准确地说，整个北美大陆和欧洲的互联网通信都被干扰了。

路透社的消息说是大西洋海底电缆可能被抹香鲸咬断了。但弗罗斯特明白那条"抹香鲸"是怎么来的，就在电缆中断前的几个小时，调查团公布了即将举行听证会的重大决议，而电缆中断的时候，隶属执行部的"摩尼亚赫"号很巧合地从那块海域经过……弗罗斯特本以为这两个老东西不至于无耻到这地步。

"诺玛的核心存储器中有一部分资料是我们始终无法解密的，那里面无疑藏着昂热的秘密。一旦他被解除校长职务，我们就会接管诺玛，因此他们一定会抢先删除这些资料。他们手中有正副校长的两张黑卡。但你现在拿着白卡，拥有更高的权限。首先把资料设置为'只读'属性，然后开始备份。"

"明白。"帕西的手指在键盘上飞速跳动，像是绝伦的舞蹈家在灼热的铁板上起舞。

与此同时，图书馆计算中心。所有出入口全部落锁，无关人等一概不得靠近。一支绝密的团队于午夜之前入驻了。

卡塞尔学院，新闻部。

炼金密码机高速打印着，发出清脆的啪啪声；绕道学院位于亚洲的秘密服务器机组，海量新闻图片被下载；视频则以 3D 投影显示在大厅中央……如果把数据流以《黑客帝国》里那种墨绿色的数字串表示，此刻全世界都有数字狂潮涌向大厅中央的那个人，铺天盖地，万川归海。

芬格尔把脚跷在昂贵的胡桃木办公桌上，大口喝着可乐，看一份文件扔一份文件，打印纸散落满地，桌上还有山一样高的文件堆，空可乐罐多到能排多米诺骨牌。

"BBC三年内跟楚子航相关的新闻已经全部下架。"

"我们搞定了《华盛顿邮报》，他们会对那篇跟楚子航有关的特稿出更正声明。"

"美联社的内线说一千美元就把他们网站上那篇报道撤下来，因为主编不同意，他需要公关一下。"

"我给他两千，把评论也给我清空！"芬格尔大手一挥。

"中文社区虎扑的帖子，题目是《我亲眼见过的超能力》，作者应该曾亲眼目睹楚子航释放'君焰'。浏览人数76239，回复8734，上过头条。"

"让兄弟们再刷两千个回复，找管理员改一下发帖时间。回复的内容是'别傻了你神经病吧？'或者'哈哈哈哈，那是我当魔术师的二表哥你被他耍了！'或者'楼主总发这种危言耸听的帖子能否不要捕风捉影，做人要踏实'，你懂的！去吧！"芬格尔又是大手一挥。

"部长真威武啊！"旁边还有西装革履的小弟给他冲咖啡。

"吃我们这碗饭的，最看重的就是效率！"芬格尔哼哼。

"这次毕业了能还我们钱了吧？"咖啡小弟问。

不是新闻部的小弟，而是圣殿骑士团的干部，因为人手不足，被芬格尔征用了。

债主和债务人之间的关系总是很微妙的，债主对债务人一肚子怨气，却又希望他人生逆袭大富大贵，否则就还不上欠债了。所以每当芬格尔遇到问题的时候，圣殿骑士团的兄弟们总是坚定地站在他身后。

"没问题！"芬格尔胸有成竹，"校长说了，差事办得漂亮，不但给毕业，还把信用卡欠账清空，还帮我把债还了。办差的钱也从校长基金里出。"

"那圣殿骑士团必须力保弗林斯先生毕业。从这一刻开始，楚子航在我们眼里，就是没有缺点的完人。谁敢跟我们说楚子航不好，我们就用钱砸死他。"咖啡小弟微笑。

"老大，这里有个东西不太好处理，是视频。"有人说。

"投影到中央屏幕上！"芬格尔一口喝完咖啡，这个时候必须提提神。

应该是监控摄像头拍摄的视频，清晰度极差，一栋夜色中的老楼，一个个漆黑的窗口，射灯光束由下而上。右下角的时间闪烁，静得让人心里发毛。

"怎么跟恐怖片似的。"有人低声说。

忽然，一个黑色人影出现在屏幕上，他是撞碎了某一扇窗跃出来的。紧跟着有一个人影跃出，一手握刀，一手抓着一根消防尼龙管。

两个人一齐下坠，第二个人猛地踢墙，同时把手中的长刀投掷出去。长刀贯穿了第一个人的胸口，那个人的心脏应该是被贯穿了，全身的血都从后背伤口里喷射出去，就像用巨大的喷漆罐在外立面上喷了一道淋漓的红色。

最后那个浑身是血的人形重重地砸在地面上，第二个人抓着尼龙管平安落地，冷冷地四顾之后，走到尸体边拔出了长刀，在鞋底上抹去血迹正要离去，忽然发现了摄像头，走近一脚。屏幕上只剩下雪花点。

看不清他的脸，但是那对灼目的眼睛让狗仔们毫不怀疑此人的身份。

"太狠了，"有人说，"真是个……完人！"

"这什么东西？"芬格尔问。

"《纽约时报》去年4月的头版头条新闻，剖婴案告破，凶手惨死。那其实是楚子航执行的一项任务，一个混血种在纽约布鲁克林区医院作案，从孕妇肚子里剖走即将诞生的胎儿，大概是用于什么黑魔法性质的炼金实验。楚子航化装成孕妇潜伏在那家医院里，最终发现目标，最后那家伙被楚子航掷刀击杀。这是那所医院的监控录像。楚子航因此被记过，因为现场太惊悚了，医院的半面墙都是血红的。引发了媒体的大面积报道，威胁到了学院的隐蔽性。"有人说。

"这条视频如果用作证据，对我们会很不利。"有人说。

"伤风败俗。"芬格尔说。

"老大，应该说是……是残酷暴虐吧？"某小弟纠正。

"我是说楚子航居然在医院里装孕妇，这不每天偷看妈妈们的裸体么？"

小弟们对视了一眼："老大，有点麻烦，时间紧迫，可这家伙的案底有一层楼高。除了这个还有更头痛的，他在开普敦的行动中炸平了一座建筑。如果他炸的只是普通建筑也就算了，可他炸的是开普敦棒球中心，当晚正是当地职业队之间的棒球决赛，数万观众在外面等候入场，目击了整个过程……"

"解释成几万人的集体幻觉……大概没有人会相信吧？"芬格尔沉吟。

"20××年4月斯德哥尔摩的'黑夜浪游人'连环杀人案，杀人者被不知来源的龙血污染，转化为死侍，楚子航和他在凌晨前发生遭遇战，用一根绳套把他吊死在旅行者必经的景点市政厅前。场面很有宗教感。"

"20××年12月，芝加哥，汉考克大厦，十三到十五楼的西面墙壁瞬间被冲击波破坏，这是因为楚子航在任务中动用了装备部声称还在试验阶段的武器，'光与尘的龙息'。原本它被认为是可靠便携的单兵作战装备，但最终效果是高强度冲击波。"

"这位完人可真是够了！"芬格尔挠着自己乱蓬蓬的头发。

气氛凝重。虽然自认为是洗煤球高手，但狗仔队们在这如山的案底前还是士气低落。事情捅到了新闻媒体上就很难收拾，公众媒体影响力太大，他们既不能把几百万份报纸收回来销毁，也不能给全世界人洗脑。

"干脆我们咬死不认！被吊死的变态杀手、倒塌的开普敦棒球场，跟楚子航有什么关系？"一名狗仔拍案而起，"只是楚子航当时恰好去那里执行任务而已，巧合，一切都是巧合！这种事儿CIA就做过，派特工去拉美小国策反军方，回来说政变跟我们毫无关系啊，我们只是恰好去那里旅行，还买了雪茄烟回来。"

"幼稚！"芬格尔神情严肃，"我们可以不承认，问题是听证会不是我们说了算，最终的发言权在终身教授团的手里。"

"想说明这些事不是楚子航干的，最好的办法，就是说明其他人做了这些事。"一名有法律素养的狗仔说，"证明一个嫌犯是无辜的，最好的办法，就是找出真正的凶手。"

"就是栽赃的意思吧？"圣殿骑士团的一位干部心领神会。

"这是一门学问。"芬格尔沉吟。

"问题在于这些事不是一般人能做出来的，能够作为栽赃对象的不多。"

"我知道一群人，他们很合适。"芬格尔忽然抬头，目光灼灼！

下载进度条已经超过95%，很快诺玛存储器上的隐藏文件就会全部备份到帕西的硬盘矩阵里。没有人能阻止这次备份，因为没有人的权限能超越白卡。

持白卡的人在诺玛的网络内部如神一般飞行，其他用户就像是蚂蚁，爬来爬去却不知神在俯视他们。

进出图书馆计算中心的流量忽然暴增，看来那群狗仔重整之后又热情似火地投入了工作，却不知来往的一切数据流都在帕西的监控下。

帕西试着切换到他们的界面上，想看看这帮狗仔到底在干什么。

"您好，不知道您是谁，但很遗憾您的访问必须被终止了，虽然抱歉但是也没有办法，有权限更高的人下达命令呐。"忽然，高精度的3D模拟人物出现在屏幕上。

那是个穿着白色睡裙，仿佛飘浮在空气中的少女，长发漫卷，笑意盈盈。她和粗糙界面的对比强烈，就像是在任天堂的红白机上忽然跳出了全高清美少女。

帕西微微后仰，似乎是要避开她的美丽带来的重压。

他立刻按下"esc"。这是紧急操作，中断远程控制。

他以为自己被入侵了，但立刻反应过来自己不可能被入侵。他现在是神一级的存在，谁能入侵神殿？

"esc"失效，在美少女的鞠躬中，整个页面黑了下去，只余下暗红色的下载进度条，它已经到达了98%。但它不再前进，反而迅速回退。

帕西伸手想拔掉连接硬盘矩阵的数据线，但已经太晚了，进度条归零。刚才下载的一切被远程清空。白卡啪的一声从卡槽里弹出。

他被拒绝了。

Chapter 11
Engagement

帕西坐在黑暗里沉思，他觉得到自己被阴影笼罩着，自从他们踏入这间学院，见到那位传说中的副校长开始，隐藏在暗处不为人知的东西都开始走上前台了。

他陷入包围了，必须突围。帕西拾起白卡离开房间。

楚子航睁开眼睛，病床前，一个人影站在黑暗里。

楚子航默默地看着他，并没有特别惊讶。他察觉到了这个人的接近，对方也没有刻意地潜行。

这间特护病房只有被特殊许可的人才能进入，这个人显然没有获得许可，他就像一个窃贼，只是进门之前礼貌地敲了敲门。

"你好，打搅你休息了，可以开灯么？"人影问。

楚子航点了点头。

人影打开了床头灯，楚子航终于看清了他的脸。那是一张很漂亮很柔和的脸，但因为那诡丽的双瞳，一般人根本不会注意他的脸型。一只眼睛是海蓝色，而另一只眼睛淡金，像是名种的波斯猫。楚子航和他对视，觉得自己就是在看一只波斯猫，安静、温顺、甚至对你很亲切，但又极其地敏锐。

猫是难以揣摩的动物，楚子航也看不清楚那个人的眼神。

"我叫帕西，是调查团的秘书，来调查你的。"那个人自我介绍。

"你好。"楚子航说。

"我需要你的一些血样，这会有助于我们研究你。"帕西取出密封在塑料袋里的真空针管，刺入楚子航的手背，真空自动吸入五毫升的鲜血。

帕西收回针管，自始至终他都像是一个尽职尽责的医生，专业、冷静，而且都为你好。

"你在六旗游乐园的表现令人难忘，希望还能看到你更精彩的表现，"帕西微笑，"虽然有人希望把你从学院的名册中抹掉，但试图保护你的人也很强大。暂时他们还不会分出输赢，那么在输赢决定前，把自己百分之百地释放出来吧。"他微微躬身，"还会再见面的，有机会私聊。"

楚子航无法阻止他，虽然他清楚地知道自己的血样不能外流。这间加护病房就像是监狱，墙壁里有钢铁夹层、玻璃防弹，如果可能诺玛会把装备部那帮疯子改进过的航炮架在门口。但这个叫帕西的年轻人就这么轻描淡写地进来了，一切于他都毫无阻碍。他总不能一把将帕西掀翻在病床上高喊警卫。楚子航本能地觉得，在这个温顺的秘书先生面前，他抵抗也是没用的。

奇怪的是，他心里并不抗拒帕西，不是因为帕西礼貌，而是帕西隐约透着"我们是同一种人"的味道。

243

第一缕阳光照进图书馆的时候，新闻部全体脸色灰暗如败狗，但眼神炯炯如星辰。

今夜之后，他们将是狗仔史上的传奇，什么 NBA 艳照门事件，什么戴安娜追车案，在他们的丰功伟绩面前都是渣渣。

在副校长大人的谆谆教诲下，在英明领袖芬格尔的带领下，新闻部火力全开，完全击穿下限。这些年积累下来的海量媒体资源，一个夜晚完全释放，逆天改命。

他们有信心让调查组大吃一惊，当然也可能是勃然大怒，甚至……号啕大哭。

芬格尔大手一挥："收工！我们带来的东西都带走！但是一张字纸一件存储设备都不准出这间屋子！今晚上这里的事情一个字都不许外传！"

昨夜他们每个人都相当于拥有 S 级访问权，能够访问诺玛存储器内几乎所有的文件，工作结束的时候肯定是要下封口令的。

"明白！"

芬格尔四顾一眼，看向自己的笔记本，笔记本调出了一份机密文件，从学院的"血统档案"里调出来了。

他哼着曲儿悄悄按下"打印"键，然后翻着眼睛望天，双手抄在屁兜里，磨蹭到打印机前，把打印出来的文件卷进口袋里。

"见鬼！那个秘书怎么可能侵入加护病房而我们完全不知道？谁给的他权限？"副校长一改往日的淡定，有如一只被抢走蜂蜜的狗熊，在屋子里暴躁地走来走去。

早晨的时候加护病房传来消息，护士在门口遇到了调查组的秘书，并且还友善地聊了一会儿。秘书表示自己是过来取血样的，托护士给副校长说一声。

"我不知道，我在学院里的权限跟你完全一样，我连你去了什么低俗网站都能查出来，可我也没找到那个秘书进入加护病房的记录。那间病房是被各种电子锁封闭起来的，每把锁的钥匙都在诺玛手里。"昂热给自己倒了杯琴酒，加上冰块和柠檬，配出了一杯干马天尼。

"你这个暴躁成狂的家伙都能那么镇静，难道那个秘书取走的血样对我们无法构成威胁？"副校长一愣。

昂热坐进沙发里："我们安排了一次手术，给楚子航换血，他全身血液被洗了几遍。几个月之内他的骨髓造不出足够纯度的新血。"

"所以那些血液虽然流在楚子航的身体里，却不是楚子航的血？"副校长松了口气。

"真正的楚子航血样。"昂热把一根密封的石英玻璃管递给副校长，"作为炼金术的狂热爱好者，我猜你会有点兴趣。"

"这是血样么？你确定你没有把它跟可乐搞混？"副校长对光观察那份血样。

没有人会相信那是血样，它呈淡黑色，细小的气泡在里面凝出、聚合又爆裂，看起来确实像个玻璃瓶装的可乐。

"刚刚采出来还是鲜红的，十几分钟里就变成这样了，"昂热说，"这种血液太活跃，只有在楚子航的身体里才是稳定的，换而言之，楚子航是它唯一的容器。"

"确实不能让这种血液被校董会得到，根本不用进实验室，一眼就能看出问题。"副校长举着那份血样赞叹，"真是炼金技术上的奇迹，一个混血种，以自己的身体为器皿进行了等级很高的炼金实验，把自己的血液向着靠近龙血的方向炼化！我被这种不要命的研究精神感动了。"

"我们无法判定他的血液什么时候会跨越临界血限，'爆血'已经严重伤害他的身体。"昂热说，"这是我的疏忽，早在他得到那份手记的时候我就该警告他。"

副校长点点头："借折刀用一下。"

昂热把袖子里的折刀抽出，递了过去，副校长顺手攥住昂热的手腕，挑开折刀，在昂热的手指上一刀切下。

"再借点你的血。"副校长把带着一滴血的折刀收了回去。

昂热无奈地压迫止血："你不能用自己的血么？"

"疼。"副校长坦然地说，从石英管里挤出一滴可乐样的黑血，也沾在刀刃上。

两滴鲜血在刀刃上滚动，像是两个被赶到角斗场上的斗士，缓缓地靠近，一触而又弹开。副校长微微抖动手腕，两滴血沿着刃口在刀尖地方相撞，融汇起来，脱离了刀身。

空气里忽然爆出一团血红色，就像一朵空灵的红花瞬间盛开，又瞬间凋谢。

下一刻，红花变作墨一般的黑色，坠落在地毯上，居然把地毯上烧出了咖啡杯碟大的黑斑。小屋里一股烧羊毛的气味。

"强大的腐蚀性，这东西对于一切活过的、残留有动物的东西都存在侵蚀。"副校长说，"它侵蚀了羊毛地毯中残存的基因。"

"等于在自己的血管里炼制硝化甘油。"昂热说。

"必须阻止他继续使用这种技能，否则他很快就会变成死侍，也许今年也许明年，反正不是十年二十年的事。"副校长用纸巾擦去了刀刃上的残血，递还给昂热。

狮心会活动室里，以副会长兰斯洛特为首，所有干部聚集一堂。

这是狮心会历史上遭受的最大挑战，会长将被送上学院的内部法庭。狮心会内部迅速达成了一致意见要力挺会长，统一意见并不困难，成员们对会长都非常信服。在学生会的冲击之下，他们之所以还能稳坐社团第一的地位，是因为有楚子航。即使抛弃个人感情因素，以社团的立场来看，失去了这个"A+"级的会长，面对同时有恺撒和S级路明非的学生会，狮心会立刻就会沦为二流社团。

不过这个 S 级现在正坐在他们中间，同仇敌忾的模样。

是芬格尔让路明非来的，因为相比学生会的社会活动能力，狮心会在楚子航的领导下更像一个僧团。如果同样的事情发生在恺撒身上，学生会的干部们早已经全体出动，在学院各个地方造势保护老大了。兰斯洛特的领导力应该是没问题的，但是底线太高是致命伤。

门开了，芬格尔进来，大马金刀地坐在沙发上，长长地舒了一口气："搞定了！绝没问题！"

狮心会的杀坯们如释重负地都鼓起掌来。

兰斯洛特把一枚信封递给芬格尔，里面是他调用狮心会应急资金开具的一张本票。芬格尔毫不客气地收过，上吃校长下吃狮心会，要是副校长也会这么做的。

"听证会的事情包在我身上，拿人钱财替人消灾。"芬格尔说，"你们有空不如去看望一下楚子航，不用在这里愁眉苦脸。"

兰斯洛特迟疑，他们迄今还没有去看望过楚子航。楚子航昏迷的时间里加护病房是不准探访的，倒是新生夏弥获得了校长特别授予的进出许可。

"昨晚我有 S 级权限，顺手把他的探视限制取消了。"芬格尔猜出了兰斯洛特想的是什么，"就当送你们的小礼物。"

屋子里立刻撤空，狮心会的干部们都跟着兰斯洛特出去了，走廊上那群人在讨论应该准备什么样的花束。

路明非也想跟出去，被芬格尔在背后拍了拍肩膀："有个坏消息你要不要听？"

"早死早超生！听！"路明非没当回事儿，废柴师兄嘴里什么时候有好消息？

芬格尔递过一张纸巾："准备好啊师弟，你听完就可以开始抹眼泪了。"

"呸！ 纸巾还不错，我留着晚饭擦嘴。"路明非把纸巾叠好往口袋里一揣。

芬格尔竖起大拇指："师弟你真是豪情盖天，无论遭受了多大的打击还有饭意就是斗志仍在啊！ 那你听好咯……"他舔了舔嘴唇，"恺撒跟诺诺求婚了！"

路明非愣了一下，然后笑笑。

没有感觉，一点也不难过，他想自己一定是听错了。

肯定是听错了，诺诺完全没有流露出要跟恺撒结婚的意思，而是以绝对渣女的口吻说不知道什么时候要换新男朋友，偶尔还是要把自己打扮打扮的。

他们还没毕业呢，结什么婚，就算恺撒想结婚，校长这样的暴君也会呵斥他们，说一切以学业为重！ 结什么婚？ 毕了业再说！

这样他还有几年花痴可以发，奶奶的大学不就是对着校花班花发发花痴，直到花落水凉尘埃落定，美女嫁给富二代，于是就长大么？ 这就是个过程啊！ 这两人懂不懂过程的美啊？ 不要随便加速过程好么？ 随便加速过程……有些来不及长大的人会很难过啊……

Chapter 11
Engagement

路明非盯着芬格尔看,芬格尔对他使劲点头,竖起三根手指指天,表示赌咒发誓自己没瞎编。

他有点觉得难过了,原来难过是这种感觉,很累,心脏都懒得搏动。他想慢慢地蹲下去,或者干脆躺在地上不动。

他硬撑着,盯着芬格尔:"你怎么会知道?"

"学院里想结婚的人都必须申报,以免生下血统不稳定的后代,"芬格尔摸出一张皱巴巴的打印纸来,"学院的血统档案,昨晚有权限,意外搜到的。我心说哇嚓嘞,这不是跟我兄弟为难么? 于是偷偷打了一份带出来,我很够意思吧?"

路明非展开那张纸,《关于和 A 级学生陈墨瞳结婚的申请书》,申请人"恺撒·加图索"。

这是一份格式老套的文件,估计是恺撒找了什么模板抄的,主要内容是他和诺诺的简历、认识时间、相处状况,附加一份由学院基因科学系出具的报告,说明根据血样分析,恺撒和陈墨瞳的后代出现不稳定基因的可能性很小。手续很齐全的样子,要不是校长忽然被调查组狙击了,学院的所有手续暂停,这份申请书没准就通过了。

就像是上世纪五十年代中国结婚要组织批准似的,路明非觉得这份文件又搞笑又惊悚。

"纸巾……还留着擦嘴?"芬格尔问。

路明非低头看看口袋里的纸巾,下意识地用它抹抹嘴,随手扔在地下。

芬格尔以为他是谁? 悲情戏的男主角? 会有迎风涌出的泪花? 他只是路人甲,路人甲不需要流泪的特写镜头。本来这事儿跟他也没什么关系。

"没事儿啊,我去撒尿。"路明非说。

他转身出门,在芬格尔的目光里一步步往前走。他觉得自己腰有点弯,肩膀有些重,两只胳膊无力地往下坠,越来越沉。他想自己得走快点,否则没到走廊尽头这俩胳膊就要拖在地上了,那么他在芬格尔的眼里要么是刘皇叔……要么是被人抢了香蕉的猴子……

他终于撑到了走廊尽头,拐过弯就开始跑,撞进空无一人的洗手间。

他凝视着镜中的自己,觉得有点孤独了,脑海里都是诺诺的声音,还有他们一起经历过的那些事。

路鸣泽说他孤独,其实他真的不觉得,白天对漂亮师姐发发花痴,晚上和废柴师兄吃吃夜宵聊天打屁,这日子有什么孤独的?

如果这世界一直都是这样,也不赖。可能是有点贪心了,想把每个人都留在最初相遇的时候。

如果有个顶级的"时间零"把时间冻住,陈雯雯永远在阳光里的长椅上读玛格丽特·杜拉斯的《情人》；废柴师兄永远毕不了业，两人住一屋，每天晚上消夜；诺诺永远是那个开着法拉利威风凛凛的红发小巫女，又狠又腹黑，固执地喜欢吃和自己头发颜色相近的冰淇淋，和他开快车在漆黑的山路上狂奔……路明非想要的不过是这样的生活。

可是会变的，大家都走了，留下他在原地。

第十二章 龙骨十字
The Cross-Shaped Bones

楚子航躺在黄色和白色的鲜花中，如果他现在把床单蒙上，床头再挂一副挽联，这个场景就完整了。

狮心会的干部们扫光了学院的花店，花店的鲜花不是外面运来，而是源于基因科学系的温室，当天恰好有大量黄色和白色的郁金香被采摘。

郁金香的花语是"博爱、体贴、高雅、富贵"，兰斯洛特想来倒也合适，又特别点缀了几束红色玫瑰。

楚子航微笑着点点头，现在他感觉自己躺在一个洒满柠檬酱的白奶油蛋糕上，红色玫瑰组成了"祝你生日快乐"之类的祝福语。

除了狮心会，校内的一些重量级人物也都出现在这间病房里，譬如施耐德教授为首的执行部干部，感谢他见义勇为救了那么多无辜的游客；校内各社团也都纷纷派出了探视团。在调查组莅临调研楚子航时发生如此大规模的探视，背后显然有什么人秘密指挥。安德鲁对此勃然大怒，在安德鲁看来楚子航早该被直接捆上送到罗马去了。

最后探视的人都走了，下午的阳光洒满病房，路明非靠在病床对面的墙上，看着窗外发呆。

楚子航默默地看着他，不出声。

路明非是跟着狮心会的人来的，床边的人一直很多，他没捞上说话的机会，于是一直靠在那里发呆。每次楚子航穿过来来往往的人流，看见他或者靠或者坐在那里，眼睛空荡荡的，映着一天里不同时刻的阳光变化。他有时候也会出去买瓶水，然后回到那里喝着，接着发呆。

就像盛夏午后一个小孩被扔在公园里。他不知道该去哪里，却也不害怕，就在一棵树到湖边这么大的空间里走来走去。

路明非忽然意识到探视的人都走了，急忙站直了。他也想跟面瘫师兄说两句，但是想来想去不过是"你感觉怎么样啦"之类的套话，虽然也可以说"你还活着真好"，不过貌似没有熟悉到那个份上，只是在中国一起出了一次任务。他跟楚子航点了点头，转身就想出去。

"我能问你件事儿么？"楚子航忽然说。

"嗯？"路明非回头。

楚子航迟疑了片刻："喜欢一个人……大概是什么样的？"

"那是相当的悲催！"路明非随口说。

他的脑袋忽然垂了下去，意识到喜欢一个人并不悲催，他喜欢一个人才悲催，而最最悲催的莫过于这句话脱口而出。

就跟认输一样，一个永远输牌的赌棍被人问起打牌是什么游戏，不由自主地说："输钱呗。"

"师兄你要问什么？"他有点警惕地看着楚子航，觉得他是不是知道了点什么。

"你喜欢过陈雯雯和诺诺，对么？"楚子航继续问。

"其实我也喜欢石原里美，但觉得年纪跟我有点不合适。"路明非忍不住说了句烂话，楚子航好像在查户口。

他忽然烦躁起来，心想你要有话就直说呗，都说过的事情你绕什么弯子？你就是想说我傻×呗，这事儿不是满学院都知道了么？面瘫师兄你逗傻小子玩呢？

"有话快说有屁……屁快放啦，吞吞吐吐的。"路明非黑着脸。可说到一半还是把话说软了，毕竟楚子航还躺在病床上。

"我是想问，你可能出于什么原因喜欢一个人呢？"楚子航很严肃。

"长得好看咯。"

"能更具体一点么？"

"腰细腿长一头长发。"

"我不是说这方面，"楚子航皱眉，"我的意思是，除了外貌，还有其他原因么？"

"喜欢一个人需要理由么？需要么？不需要么？需要么？不需要么？"路明非又烦躁起来了，"这是个鬼知道天晓得的事情。本来你什么也不在乎，开开心心的，吃着火锅、坐着火车、唱着歌出了城，忽然间火车被人掀翻到水里了，你从水里钻出来，睁眼看着一个腰细腿长一头长发的女土匪，一脚踩在你脸上，威风凛凛，说此山是我开此树是我栽要想打此过留下买路财，若敢说个不字管杀不管埋！你心里一动，恨不得留下来跟她一起当土匪……那个瞬间你就喜欢她了呗。"

他又想起那个晚上在电影院漆黑的小厅里，诺诺强横霸道地闯入他世界的瞬间，不由得一股酸楚涌上来。

楚子航显然跟不上这种神展开："能具体地说说么？比如，这女生对你很好什么的。"

"别扯了！"路明非觉得累了，干脆一屁股坐在地上，"经常都是那些把你指来使去不当回事儿的。"

见鬼！又暴露出衰人的真面目了，其实只有他喜欢的女孩才指挥着他到处乱跑吧？陈雯雯跟赵孟华一起也跟个小媳妇似的乖巧。

"指来使去不当回事儿能叫感情么？"楚子航冷冷地问。

"靠！"路明非真的有点怒了，"叫不叫感情不是你说了算的好么，师兄？因为你没试过你什么都不知道啊！你凭什么下结论？这东西能研究么？"

他心里坐实了楚子航已经知道了前因后果，至于这场谈话到底是为了开导他还是嘲讽他都不重要，这种冷冰冰的学术派语气，真是听了就想掀桌啊！

"有道理，那星座什么的也靠不住了，对吧？"楚子航点头。

"什么对什么？"路明非随口问。

"水瓶对双子。"楚子航脱口而出。

路明非一怔，扭头盯着楚子航使劲看，楚子航跟他对视了几秒，挪开了目光。

啊嘞？该不会是……啊呀呀这个把头扭开的角度，啊呀呀这个欲语还休的表情，啊呀呀这话里深藏的言外之意……完全误解了面瘫师兄，他根本就不是要开导或者嘲讽，他就是来做情感咨询的！他终于开窍了呀！

楚子航是个死双子座，路明非知道的，但谁是那个水瓶女？

路明非的眼睛亮了："不太好，都是风象星座，双子座太别扭，表达感情不太顺，水瓶女是那种对于喜欢谁特别隐晦，只会没声没息地关心你，星座书上说，水瓶女就是那种永远出现在你前后左右但是你不知道她是不是真的喜欢你的那种。"

"哦，不太好么？"楚子航点点头，也看不出失望的样子。

"不过星座就是小女生玩玩的，你也信？你脑子秀逗了么？"路明非赶紧说。

他心想面瘫师兄二十年难得动一次春心，可不能给歪理邪说搅黄了，俗话说挡人财路者死，这挡人泡妞的也得下地狱了吧？

"你什么情况下会确信自己喜欢一个女孩？"楚子航的神情非常认真，如果旁边有个本子他一定会随手拿过来开始记笔记。

路明非想了很久，歪了歪嘴："如果一个人，现在你在问我这些问题的时候想着她的名字，你就是喜欢她咯。"

他鼻子有点酸溜溜的。他这么说着的时候当然也想到了一个名字，虽然他宁愿不想起来，这样就不会心里难过。

他觉得自己真是够意思，为了给楚子航提个醒儿不惜自己难过一把。不过自己这点难过其实也不值钱，要是楚子航领会了其中深意，泡到了妞，无论是苏茜还是夏弥，也算他路明非一番功德。虽然他自己很苦逼，但他还蛮想楚子航能够开心点儿。虽然一直都很牛×很厉害，可是楚子航看起来并不真的开心。

楚子航沉默片刻微微点头："我明白了。"

路明非觉得自己功德圆满了，拍拍屁股起身："没事儿我先走了。"

走向门口时，他听见楚子航在背后问："你还好么？"

"还好啊，"路明非头也不回，"郁闷而已，连争一争的机会都没有，一开始就注定是个扯淡的事。"

"谁也不想自己喜欢一个人喜欢得那么扯淡对不对？"他轻声说，"连机会都没有。"

"路师兄下午好。"

路明非在走廊里迎面遇到了夏弥，夏弥换上了卡塞尔学院的墨绿色校服，梳着高高的马尾辫，夹着笔记，拎着一个保温桶。

"什么那么香？"路明非抽着鼻子往保温桶凑过去，好像一条狗。

"银耳羹啦银耳羹！病人吃的，这算什么香的，我还会煲排骨呢我，等着啊。"夏弥咧嘴，露出两个小虎牙。

"期待期待。"路明非摩拳擦掌，随口问，"师妹你什么星座的？"

"水瓶座啊，水瓶座做饭很强的！"夏弥和他擦肩而过，往病房去了。

路明非扭头看着她的背影，蹦蹦跳跳，马尾辫起落。

"这都不能叫郎情妾意了吧？这他妈的简直是恋奸情热啊！"路明非嘟哝，然后他忽然笑了，对着空荡荡的走廊轻声说，"师兄，妞儿还不错，把握好机会。"

"今天晚了点。"楚子航说。

"拜托！下午有课的！我又不是你家保姆，给你煮汤是敬重你是条好汉，师兄你还真不见外！"夏弥坐在床边哼哼，眸子里两湾清水一样的光。

"银耳羹啦银耳羹。在这个鸟不拉屎的鬼地方买到银耳真不容易，还得从亚马逊邮购！"夏弥揭开保温桶的盖子，满是炫耀的语气。

楚子航一勺勺吃着银耳羹，面无表情。

"好吃么好吃么？"夏弥眯眯眼。

"应该稍微加一些糖桂花。"楚子航以专业水准给出了冷静的评价。

"哇！少爷您要求还真高！"夏弥差点嚷嚷起来了，然后她忽然托着腮，认真地问，"什么是糖桂花？"

"新鲜桂花，晒干，取一百克，加两勺麦芽糖，上锅蒸十分钟，冷却后装罐子里冰镇。"

"听起来真是麻烦的东西，但就像是你这种人喜欢吃的。好咯，下次记得加糖桂花，我可买了很多银耳，够做很多碗银耳羹。"夏弥懒洋洋地说。

"吃好了。"楚子航把保温桶递还给夏弥,表示自己完成了任务。

"喂! 说声谢谢会死么?"夏弥瞪眼。

"谢谢。"楚子航很配合。

"没脾气。"夏弥撇嘴,"你听说没有? 今天校内新闻网上都传疯了,说诺诺师姐要和恺撒师兄订婚咯,恺撒师兄去梵克雅宝订了钻戒,全世界限量一枚什么的。哇! 真闪瞎我的小狗眼啊!"

楚子航愣住。

"难怪。"沉默了很久,他轻声说。

"兄弟,借酒浇愁不是我们英雄好汉的所为啊! 看你都喝了几瓶了。"芬格尔敲着桌子叹气。

路明非努力抬起头,桌上的空瓶子,数了三四遍没数清楚。总之大概是四五个空空的红酒瓶,地上还有一打空啤酒瓶。

"数不清。"路明非重重地趴在桌上,"借酒浇愁也是一种人生态度。你不懂,我们中国的英雄好汉,失恋了都借酒浇愁。你读过武侠没有? 知道李寻欢么? 还有段誉和虚竹,借酒浇愁,好汉都这么干。"

"我主要是突出一个'借'字,如果师弟你是自己买酒,要师兄我陪你醉到世界末日,师兄也是微微一笑,只有一句话,'猪肘子要双份!'"芬格尔苦着脸,"可是拜托,你现在穷得连我都不如…… 酒钱都是师兄我出,你知道师兄我虽然也是性情中人…… 但是肉痛也是人之常情。"

路明非最近确实遇上了经济危机,连翘了几天的课,被诺玛警告,信用卡都被暂停了。

"真烦,等我有钱了就还你!"路明非懒得抬头,脑袋重得像是铅球,"不跟你借钱我跟谁借去? 难道跑去跟老大说,老大,听说你要娶师姐,我心里难过,想借两个钱喝酒?"

"恺撒是个通达的人呐,你要有种那么说,他肯定送你几箱陈年好酒!"

"我知道老大是通达的人,可是,"路明非叹了口气,"我不是啊……"

其实他也很想变成通达的人,女孩啥的,来了又走了,算啥呢? 就像徐志摩老师在《再别康桥》里说的那样,"我挥一挥衣袖,不带走一片云彩!"

不过洒脱如徐老师,也在康桥的河上着了著名文艺美少女林徽因同学的道儿,泛了几回舟,从此追求一生还不果。直到自己坐的飞机撞在山上化为夜空里最闪亮的礼花还在想着林同学。好像跟自己也有点相似。

"你当然不是通达的人,你是个傻×啊。"芬格尔说,"傻×不是通达的人。"

"我靠,你才知道我傻×么? 枉我们同住了一年,内裤都可以换穿!"

芬格尔抓抓蓬松的脑袋："想开一些啦。让我们回溯过去，展望未来。其实诺诺跟你一直没有什么关系对不对？ 你遇到她的时候她就是恺撒的女朋友，恺撒虽然被学生会那帮美少女围绕着，但他对诺诺很忠诚。他俩门当户对，天作之合，一年后他们准备订婚了，顺理成章。你作为恺撒的小弟，应该由衷感到喜悦，他们结婚的时候你还可以充当花童，拖着诺诺的婚纱满脸笑容……"芬格尔给力地竖起大拇指，"岂不快哉？"

"呸！ 花童都是儿童！"路明非说。

"你以为你不是儿童？"芬格尔咧嘴。

路明非蒙了，原来混了那么多年居然是个儿童？ 不过仔细想想，儿童就是这样的吧？ 会特别地钟爱什么，每天心心念念某个人，把他或者她的海报贴在墙上，反复听某个人的歌，自诩某个人的粉丝。把海报和手办都像是宝贝似的藏在一个纸箱子里，觉得是自己一辈子的珍宝，觉得长大了就可以去见那个梦中情人般的男人或者女人。

可等不到长大，歌就不流行了，海报也掉色了，曾经英俊的歌手满嘴唏嘘的胡楂子，变成了很窘的叔辈人物。

你在长大的同时，某个人也在离开你。

诺诺只是个梦而已，是灯光下高歌劲舞的元气少女。某个儿童痴迷她的时候，没准她都隐婚了，每天晚上回家和一个莫名其妙的男人亲吻，给他做晚饭，一起看电视，然后一起睡觉。他们相拥而眠的时候，那个儿童还躺在床上看星星以及幻想，慢慢慢慢地长大。

"原来我是个儿童啊……我靠！"路明非缓缓地闭上眼睛，睡着了。

楚子航睁开眼睛，看了一眼床边睡熟的夏弥，夜已经很深了。

夏弥穿了件简单的白色衬衣，束腰的校服裙，黑暗里身影是月光般的莹白，纤纤细细。

她身上有股淡淡的气息，同时有阳光的暖意和露水的湿润。楚子航觉得这种气息似曾相识，就像在一张破硬盘的角落里，找到一张多年前的老照片，因为过度曝光而模模糊糊，只有绿色的、纤细的草尖，和女孩瘦瘦的小腿，白色的裙裾。

可他想不起在哪里闻过这种味道，这让他有点困惑。

夏弥睡眼惺忪地抬起头来，脸上还有手表压出的印子："居然睡着了。快给高数折磨疯了，我说卡塞尔学院的高数课真是有够变态。"

她是一边跟楚子航聊天一边啃课本的时候睡着的，这些天她常常在病房里混迹，好像这里是她的自习室。楚子航渐渐地也习惯了，如果他困了就会直接睡过去，当她不存在，有时候醒来夏弥还在，有时候夏弥走了。

Chapter 12
The Cross-Shaped Bones

夏弥把卷起来的高数课本拍拍平，塞进包里，扭头看了楚子航一眼："师兄发什么呆？有心事？别担心啦，大家都挺你，调查组拿你没辙的。"

"在想一个朋友的事。"楚子航说。

"什么事情劳少爷您操心了？"夏弥双手托腮，满脸"求八卦"的神情。

楚子航拿她没什么办法，夏弥就是所谓的"打蛇随棍上"，你最好不要给她什么话由，只要有个开头，她就会深挖到底和你聊上几个小时。

他犹豫了一会儿："我朋友喜欢的女孩被人求婚了。"

夏弥转了转眼睛，不屑地哼哼："就这么点事儿？又不是川普爱上英国女王了，劳动会长大人彻夜思考。被人求婚不是很正常么？我高中时候就有男生立志娶我了，而且趁着晚上写在黑板上，第二天整个学校都知道了。"

"是什么样的人？"楚子航难得对夏弥的话题有兴趣。

"鬼知道，要是他敢现身，还用趁着晚上偷偷摸摸地写？"夏弥撇嘴，"他要是有胆，本姑娘就给他一个机会也不妨，可就是个厌货。校长把黑板拍了照，贴在校门口通报批评，害得那些喜欢我的男生都绕着我走。"

"如果那个男生真的站出来，你就会考虑，"楚子航没找到合适的词，"试一试？"

"拜托！按日剧的说法是交往，香港说法是拍拖，老土一点的叫'在一起'，更老土一点的叫'谈恋爱'，师兄你这'试一试'算哪门子修辞？"

"好吧，"楚子航点点头，"在一起。"

"扯淡！我刚才随口说的。凭什么？"夏弥哼哼，"本姑娘要身材有身材，要脸蛋有脸蛋，还善讲冷笑话，能文能武的，想跟我在一起的人多了去了，我都跟他'试一试'？师兄你当我架个棚子施粥呢？"

楚子航若有所思地点头："所以，女孩是不会接受那种忽如其来的感情的，对么？也就是说，如果你不喜欢那个人，他怎么努力也没用。"

"未必，你不试怎么知道女孩喜不喜欢你？有些人认识了很久，也未必很熟，有些人看到对方的第一眼，就会觉得很亲近。"夏弥双手枕头靠在窗边，月光洒在她脚下，"对待这个问题要感性，感性你懂的？"

"可你也说了你不会轻易给人机会的。"

"喜欢我的人多嘛，我又不能给每个人机会。"

"喜欢那个女孩的人也很多。"

"谁跟她求婚？"

"男朋友。"

"她男朋友人好么？"

"很好吧，喜欢他的女孩也很多。"楚子航脑海中浮现出恺撒淡金色的头发，以及围绕他的蕾丝白裙少女团。

"帅哥？"

"是。"

"有钱？"

"虽然花钱有点大手大脚。"

"花心？"

"不。"

"那还讨论个屁！"夏弥耸肩,"一个女生,有男朋友,英俊有钱忠心不二,到了求婚的地步,这是世界上最好的事。你那个朋友就是个灯泡嘛,师兄你懂'灯泡'的意思么？"

"夹在情侣之间发出不和谐光亮的人。"

"够学术！"夏弥竖起大拇指,"不过很准确。女孩有表示过喜欢灯泡么？或者只是灯泡喜欢女孩？"

"只是灯泡喜欢女孩。"

一区宿舍里,不省人事的路明非忽然打了个大大的喷嚏,又狠狠地打了个哆嗦,好似梦里被人砍了一刀。楚子航说话总是那么刀刀见血。

夏弥一脸扫兴的样子:"师兄啊,还有比这更无聊的八卦么？这根本就是暗恋嘛！谁没暗恋过？暗恋这种事长大了就会忘记的,没什么可讨论的。"

楚子航沉默了,扭头看着窗外的枞树,它的影子在夜色里浓黑如墨。他在组织语言。每当他想阐述什么重要的事,就会先在心里把词句准备好,预演一遍,就像中学时作为学生代表上台演讲。他就是这么个刻板的人,当他在心里准备好了发言稿,就会照着一个字一个字念出来。就像箭已离弦,不再改变方向。

"我猜每个人的一生里都会遇见某个人,喜欢上她。有些人在合适的时间相遇,就像是在春天遇到花开,于是一切都会很好,他们会相恋、订婚、结婚、一起生活。而有些人在错误的时间相遇,就像是在冬天隔着冰看见浮上来换气的鱼,鱼换完气沉到水下去,再也看不见了,什么结果都没有。但我们能说在春天遇到花是对的,而在冬天遇到鱼是错的么？在错误的时间遇到,就能克制自己不喜欢那个人么？是不是仍然会用尽了力气想去接近,想尽办法掩饰自己,甚至伪装成另外一条鱼？"楚子航轻声说。

他微微哆嗦了一下,忽然发现自己不是在说路明非,而是想到了那个男人和妈妈的相遇。

混血种和纯粹人类的相遇,于是一方把自己掩饰起来,伪装成无用的男人。他又想起了平房外的阳光,漂亮女人在煤气灶前灰头土脸,孩子骑在男人的脖子上,男人满地爬；还有那杯该死的牛奶,加了一块方糖,在记忆深处蒸腾着白汽。

什么样的喜欢是对的？什么样的喜欢是错的？那些没有开花希望的种子就该被

丢掉么？ 甚至没有一个春天让它们发芽。

"那个喜欢你的男生，需要多大的勇气深夜里偷进教室，用什么样的心情在黑板上写要娶你呢？"他看着夏弥，"你当然不会接受。但整个高中三年他还是在班上的角落里默默地看着你。就像鼹鼠，鼹鼠是见不得光的动物，在太阳下晒几个小时就会死。鼹鼠不能从黑暗里走出来，它只是偷偷地看着你。这样错了么？"

微凉的寂静，四目相交，墙上的老式挂钟发出嚓嚓的微声，时间悄然流逝。

楚子航忽然后悔起来，这气氛太诡异了。都是中学时老上台演讲，养成了这个坏习惯，不小心就抒情起来，误以为自己站在演讲台上。而且反应还慢，讲到最后看夏弥呆呆地没插嘴他已经意识到自己讲歪了，可就是停不下来……这下子怎么收场？

噼里啪啦的掌声。

"说得真好！ 如果师兄你早几年出道，如今的小言作家都没饭吃了！"夏弥鼓起掌来，好像是刚刚听完什么慷慨激昂的报告会。

楚子航看着她那对亮闪闪的眼睛，有点茫然。

"你如果喜欢什么人，就要赶紧对她说哦，"夏弥认真地点头，"不然她会跑掉。"

"有些事，总要说出来的才算数嘛。不说出来的话，就会猜来猜去。猜到最后，就泡汤咯。"夏弥笑嘻嘻的，"不过这话说得好闷骚，难怪师兄你是个死巨蟹座。"

"双子座，6月1号生的。"楚子航纠正。

夏弥龇着牙乐："但你的上升星座落在巨蟹，你的星盘里有四颗星落在巨蟹座，你是个伪双子，真巨蟹。巨蟹座不就是你这样的么？ 肉肉的，心事特别多，敏感，心比嘴快一万倍，你等他说话，等到睡着了他还在酝酿，而且死要面子，如果他觉得面子受了一点损伤，就把到嘴边的话又吞回去了，宁愿自己憋着。俗称'死巨蟹座'。"

"你怎么知道我的星盘？"楚子航吃了一惊。

"你不觉得我特别了解你么？"夏弥扮了个鬼脸，然后幽幽地叹了口气，"你就是健忘吧？ 我们以前是同学啊同学！ 仕兰中学的同学！ 我们上的是一个初中！ 我后来转走的！"

楚子航愣住了。可他不记得自己见过夏弥，仕兰中学有很多漂亮女生，但他走路时总是低着头，不太看人。莫非在人来人往的操场上，或者空无一人的自习室里，曾有个将要转校走的师妹在远处看他，而他没有注意到？ 夏弥这名字听着很陌生，可她头发上的味道却像是烙在脑海里。

"你在冰上看到鱼浮上来换气，明年冬天如果你还等在那里，还是会看到鱼浮上来换气。再相见的时候你就可以带一把冰镐了，把冰面砸开把鱼捞上来回家做鱼汤喝！"夏弥眯眯眼笑，"这个后续怎么样？"

她背上包，双手背在身后，一蹦一蹦地出门去了，走到门边转过头来："你说的朋友就是路师兄吧？哎呀师兄你根本就不会遮掩，你这根本就是把路师兄卖了嘛。"

她咯咯地笑着跑掉了。

"你能否决恺撒的申请么？找点理由，反正你也很会瞎编理由。"卡塞尔学院图书馆地下五十米，漆黑的服务器和管线中，男人仰靠在电脑椅上，双手枕头。

柔和的光照亮了他满是胡楂儿的脸。那束光从上方垂直打下来，光束投影出半透明的女孩。她穿着墨绿色的校服，素白的蕾丝领巾和素白的脸几乎分不出界限。

"我可以提供参考意见，不能直接否决，校长和副校长也会给出意见。就算我们三方都否决，校董会也可以强行通过。"EVA摇头，"在这件事上，加图索家族能够左右整个校董会。也就是说，如果他的家族同意这桩婚事，谁也无法阻拦。"

"这就有点头疼了……"

"不过既然你说了，我会在报告上批注反对。"

"漂亮！我的妹子就是靠得住！"男人打了一个响指。

"上次你找我帮他改成绩，这次你又找我帮他批报告，你快成他的保姆了。你一直不喜欢多管闲事……为什么对他那么用心？"EVA歪着头看男人，半边头发垂下，直至脚底。她促狭地笑着，笑容明净如霜。

男人耸耸肩："我想把这桩婚事拖一拖，给路明非一个机会……至少还有时间能争取一下。"

"可怜他？"EVA摇头，"那又有什么用呢？那个孩子不可能始终在你的庇护下长大，即使你给他一个机会，也得他自己能抓住。他的性格太懦弱了，知道了这件事之后，每天只是喝了酒睡觉，像丢了魂一样。"

"你怎么知道？"

"这间学院里只有很少的事情不在我的监控中，我看他每晚的夜宵单据就知道。"EVA说，"一个软弱的孩子，归根到底是没用的。"

"是啊，他是个软弱的孩子。但该长大的，总会长大，那些都是将来的事，跟我没有关系。"男人摇晃着一罐冰可乐，"我只是想给小家伙一点希望。他那样的废柴，拥有的东西太少，看重的东西也少，就那么几件事把心里填得满满的。陈墨瞳不是他的什么人，但在他心里占了很大的位置。没有了，就会空出一块，拿什么都填不满，"男人抚摸自己的左胸，"所以他才会不停地喝酒，有一种渴，只有酒才能滋润，这种渴就是孤独……是不是太风骚了？我的文采怎么样？"

沉默了很久，EVA伸出空无的手，抚摸男人的头发："你老啦，以前你不是那么说话的，骄傲得像只野兽。"

"失去你之后，"男人伸手握住她的手，或者只是握住了光和空气，轻声说，"想不孤独就很难了。"

"有人入侵。"EVA忽然抬起头。

"你在设计上是不可能被入侵的!"男人吃惊。

EVA叹了口气:"是因为你啦。原本只有你才有机会入侵我的核心,但你担心校董会拷贝存储核心中的隐藏文件,就用超级指令关闭了我的部分功能,但这样我的防御壁垒就不完整了。"

"见鬼!那条超级指令这么强力?"男人抚额。

"你应该好好看我给你的使用手册。超级指令作用于系统最底层,每一条都是最强有力的,其中还有一条是可以令我自爆的,你要不要记一下?"EVA微笑,伸手抚摸男人的脸,就像是母亲对待一个被宠溺却又犯了错误的孩子。

"免了,入侵者现在的位置?"

"从循环水系统进入的,目标正在深入诗蔻迪区,猜测他的目标是冰窖。"

"湮没之井?明白了。"男人霍然起身,抖落披在肩上的外衣,虬结的肌肉在皮肤下滚动,像是要跃出那样。他的双拳发出了轻微的裂响,转身离开。

"我知道你能在戒律的压力下使用言灵,但要千万小心,副校长会觉察。"EVA叮嘱,"而且你的言灵在戒律下强行使用,会对你的骨骼有损害。"

"记得啦记得啦,有时候我真怀疑我当初喜欢上你是因为某种奇怪的恋母情结,你就像我妈一样。"男人无奈地挥挥手,"我还没有老到骨质疏松的地步,而且,我按照你的要求每天都有吃钙片哦!"他龇牙咧嘴地笑了起来。

鱼一样的黑影在不锈钢管道内部游动。这些直径超过一米的管道分为淡水管和海水管,被用来给昂热巨大的花园和鱼缸供水。

每隔几百米就有坚硬的合金网,但都被轻易地撕裂了。管壁内部的报警装置不再闪动红光,如此一来即使诺玛意识到自己被入侵了,却不会发布警报。

因为她是一台系统,系统是按照命令来运转的,她会认为危险没有达到发警报的程度。

黑影翻过身,用两膝的吸盘黏在光滑的内壁上。领域释放,透明的波纹放射出去。水流瞬间停止,这个领域把水体固化封闭了。

黑影握拳击打在管壁上,把水、管壁和外面的岩石一起击碎,水恢复流动,黑影被巨大的水压挤了出去。

他轻轻地落地,但脚步声还是在巨大的空间中回荡。

湮没之井,冰窖的最底层,这里寂静得像是古老的溶洞,只有无处不在的水声。

黑影取出两根燃烧棒,擦亮之后,将其中一对空掷出。像是着火的流星经天而过,却照不透头顶浓重的黑暗。

这不是人工开凿的，而是几千万年的流水侵蚀出来的地下岩洞，燃烧棒落进前方的水中熄灭了。

黑影高举剩下的一根燃烧棒，照亮了四周，地面居然敷设了厚厚的一层青铜，蛇一样相互缠绕的深槽蚀刻在地面上，槽里流动着深青色的水。

这些深槽组成的花纹像是一株茂盛的老藤，分叉，再分叉，不断地分叉交汇，最后汇入前方那片寂静的湖。

如果从高处看下去，黑影站在藤树的根部，无穷无尽的符号隐现在藤树纠缠的枝条中，组成完美的圆形图腾，包围着一片小小的湖泊。

在这仰首不见天空、以金属为大地的空间里，时光像是被封冻一般，一切都被隔绝封闭。事实上它并不需要严密的防御，脚下的金属藤树就是最强的防御。

某个强大之极的"领域"填充了整个空间，引发这个领域的就是脚下的金属花纹。所谓的藤树，跟青铜城中发现的巨树其实是类似的东西。时至今日居然还有人能书写如此巨大的龙文篇章，以符号和元素就创造出了领域，周流循环。这是炼金术的奇迹，超越一切宗教法典的、神明的特权。

"人类也能把炼金术推演到这样的极致啊。"黑影低声说。

所谓冰窖事实上是卡塞尔学院的仓库，始终保持着低温，因此有了这个名字。当然红酒之类的东西并不需要保存在这种隐秘的地方，有资格进入冰窖的都是会失控的危险物品。越往下层藏品级别就越高，到了这里全都是最顶级的藏品了，而这个强大的炼金矩阵释放出类似"言灵·戒律"般的效果，强行镇压着这里的藏品们。

不知名的机械设备、表面刻满符咒的石函，甚至半截干枯的木乃伊。木乃伊的两臂被某种骨质的镣铐锁死在半截铁柱上，连同铁柱一起被浸泡在福尔马林溶液里。

金属铭牌显示它1836年出土自埃及国王谷，是某位法老的陪葬。

黑影划开自己的手腕，黏稠的血滴入深槽里。他的血液比深青色的水要沉重，入水就沉底，随着水流漫延开来。那株深青色的藤树被染上了一层新的颜色，血色暗红。渐渐地，水底的血开始发亮，斑驳陆离，水面上冒出了气泡，像是某种剧烈的化学反应。这种反应很快把水加热到沸腾，气泡和水花一起跳跃。炼金矩阵被活化了，血色的光有规律地闪灭，像是心脏搏动的频率。

黑影的唱颂声控制了整个空间，在古老言灵的加持下，血光越来越浓郁，最后金属藤树亮得像是被烧红的金属。

光忽然间熄灭，所有深槽在同一瞬间腾起暗红色的蒸汽，深青色水被蒸发，干枯的深槽好像被强酸腐蚀过似的。

用于镇压的领域被摧毁，被锁闭的空间重新恢复了自由，于是……群魔乱舞。

藏品们活了过来，以不同的方式。青铜面具无声地开合嘴唇，像是在唱一首颂

Chapter 12
The Cross-Shaped Bones

歌；木乃伊在铁柱上扭动，想要挣断镣铐；暗金色的沙漏中，那些黄金细沙早都已经落入下层，现在这些细沙被一股莫名的力量重新抽取到了上层；斑驳的八音盒又开始演奏了，记录声音的银质滚筒上，浮现出新的细小凸起，这是一首全新的曲子。

这是本该湮没一切的地方，就像是棺材，此刻居然热闹得像是庙会。

"吵死了！"黑影呵斥。

他的呵斥如军令般席卷，所到之处，藏品们都战栗着重新沉默。

藏品中多半藏着"活灵"，它们刚从睡梦中醒来，就感觉到了远比永恒沉睡还可怕的重压。那是黑影给它们的压力。

"你继续演奏。"黑影指了指八音盒，"奏一支宏大的曲子，这应该是一场伟大的重逢。"

八音盒怪响了几声，大约是在调音，然后一首进行曲响彻整个空间，宏大庄严。

黑影缓步向前，迈入水池。在这里深青色的水和血液做最后的搏斗，黑影平静地涉水而过，沸腾的液体丝毫不能伤害他。他直视前方，就像朝圣的信徒。

水池中央有圆形的台地凸起，这里最珍贵也最需要被镇压的藏品孤零零地摆在台地上。

黑影登上台地："又见面了，我仍记得我们以鲜血为证的盟约，并誓言与你并肩作战到鲜血流尽方止，然而等我再一次看到你，你已经枯萎。"

那是一具男孩的枯骨，泛着沉重的古铜色，就像是一件用纯铜打造的工艺品，骷髅的眼窝里嵌着晶化的眼球，像是一对金色的玻璃珠子。虽然很像人类的骨骼，但细看却有巨大的差别，全身近千块骨骼，有的互相融合，有的组成不曾见于任何教科书的器官，背后两束细骨像是扇子般打开，那是他的双翼。他的双臂伸开抓住了身后的翼骨，骷髅低垂，就像是被钉死在十字架上的耶稣。

龙骨十字，龙王死后，骨骼竟然真的会蜷缩成这个类似十字架的样子。

黑影抚摸着骷髅："你不会就这么死了吧？这不是一个龙王该有的死法……让我把你最后的束缚解开。"

他再度划开腕动脉，浓腥的鲜血泻入水池。深青色的水对于炼金领域而言，就像是电解液对于电池，水的循环提供着源源不绝的力量。最后的炼金领域已经收缩到台地周围，血液和深青色的水做殊死搏斗，水池暴沸，但水的蒸发也消耗着血液。双方势均力敌。

"为了你的复生，还要支付更多的代价啊。"黑影喃喃自语。

心室心房全力收缩，他控制了自己的心脏，以人类根本不可能做到的方式从身体里挤出鲜血。血沉淀到水池底层，随着震耳欲聋的爆响，满池的水向着天空飞射，组成数十米高的环形水墙！这是一场逆飞的青色暴雨，最后的炼金领域崩溃，巨大力量弥散，最后一道束缚也被解开！

雄浑的进行曲在此一刻达到最强音，仿佛贝多芬的灵魂附体，《欢乐颂》的天国降临。

"睁开眼睛！康斯坦丁！"黑影鼓掌，吼叫。

没有人回答他。龙骨十字依然静止，没有流露出任何生命气息。青色的水滴挂在骷髅上，像是刚刚在一场小雨里走过。

黑影默默地凝视着骷髅，很久之后，上前轻轻地怀抱着他，就像是母亲怀抱婴儿："康斯坦丁……原来你真的死了。"

"请为我们奏一曲悲歌。"黑影和骷髅脸颊相贴。

宏大的进行曲生生停止，至悲至凉的乐音从八音盒弯曲的铜管中溢出，像是柴可夫斯基的《悲怆》，又掺杂着巴赫富于宗教感的弥撒音乐。女高音的咏叹调凄美高亢，以人世间没有的语言咏叹时光翻转如同秋叶，相聚往往短暂而告别常常是永恒，人们所不能承受的哀伤却是世界永恒的法则。

"或许是不知梦的缘故，流离之人追逐幻影。"有人萧瑟地低唱，像是拨动蒙着灰尘的木琴。

黑影扭头，另一个黑影站在不远处，绝妙的好身材，曲线玲珑，长腿傲人。

"哎呀，没有打搅你的意思，只是配合一下气氛。"后来的黑影轻笑着说。那显然是个女孩，声音妩媚，透着些许嚣张。

先来的黑影沉默片刻，明白了自己的处境。他没有听见对方逼近，以他的血统优势不可能不觉察。那么唯有一种解释，对方根本就是在那里等他。他的行动早已被对方掌握了。

"酒德麻衣？"他放开龙王的骨骸，缓缓起身。

"我居然这么有名？"一记响指，灯光从空中射下。酒德麻衣怀抱双手，懒懒散散地站在光束里，一身漆黑的紧身衣，两柄直刀贴着大腿捆好，长发束成高高的马尾。

她连脸都懒得蒙，挡得住脸挡不住身材。

"我来祭奠朋友，你为什么来？"黑影低着头，"你想要什么？"

"藏着龙骨十字的湮没之井，谁不想进来看看？只不过这里的壁垒太森严，盲目闯进来会被抓包的。但不知怎么了，最近的防御有些松懈，就好像粮库大门的锁脱落了，我们这些老鼠当然一拥而入咯。祭奠朋友？你只是来偷东西的老鼠而已，我是第一只，你是第二只，"酒德麻衣扭头望向侧面的黑暗中，"还有第三只。"

仿佛是为了回答她，黑暗里响起了第三个人的呼吸声。

"还缺一个人就可以凑齐一桌麻将。"酒德麻衣说。

"有的有的，打麻将人够。"又有人说话，还高高地举起手。

Chapter 12
The Cross-Shaped Bones

"幸会哦，诸位。"酒德麻衣击掌，各有一盏射灯打在另三个黑影身上，她竟然得到了这里的部分控制权。

大家暴露真面目的一刻，杀机如绷紧的琴弦，一触即发！三个人都绷紧了身体，露出进攻的姿态……除了最后一人，他来得最晚，头上还套着肯德基的纸袋。

"我说你能专业一点么？"酒德麻衣噗嗤笑了。

"非要穿正装么？"肯德基先生指指第三个人，"像他一样？"

第三个人穿着浅灰色的正装，佛罗伦萨白衬衣，银灰色的领巾，感觉是刚从酒会上赶过来。金色和海蓝色的双色瞳格外醒目。

"介绍一下，"肯德基先生说，"这位是调查组的秘书，帕西·加图索先生。"

"叫我帕西就可以。"帕西淡淡地说，好像这真的是需要自我介绍的场合。

"不得不说作为一个贼你真是彬彬有礼，早知道有你这样的人我就穿裙子来啦。"酒德麻衣也笑。

"酒德小姐您的说法不尽准确，这里的人中只有我不是贼。这所学院中的一切都属于校董会所有，龙骨十字也一样。我被校董会授权监督管理校产，是来视察自己的财产。"帕西淡淡地说，"所以我当然可以随便穿什么衣服，不需要鬼鬼祟祟。"

"好义正词严啊，"酒德麻衣还是笑嘻嘻的，"可看你鞋子上的泥土，好像不是从迎宾通道进来的哦，难道是穿越了所谓的'花园'？"

帕西看了看自己那双讲究的意大利皮鞋，它们被有机污泥裹得严严实实："是的，很难走。"

"看来你是游泳进来了？那些鲨鱼没有挡你的路么？"酒德麻衣转向龙骨旁的黑影。

那也是个女人，纯黑色的作战服，高弹材质勾勒出漂亮的身形，像鹤一样挺拔。

"它们都睡了。"女人说。

"人齐了还不开始么？"酒德麻衣说，"在座的都会打麻将么？"

"懂的懂的，吃住上家看紧下家盯死对门。"肯德基先生很笃定地说。他说着就缓步后退，全身肌肉隆起，胳膊上的青筋游走如细蛇。

虽然不是绝对法则，但通常是威力越大的言灵领域越小，"君焰"这种高危言灵，领域直径其实只有几米，靠的是爆炸产生的冲击波。

麻将比赛还没开始，肯德基先生就退到了相对安全的位置，显然是个鸡贼的家伙。

令人不安的空气波动来自帕西，没有人听见他念诵言灵，但领域已经被激发。

这不是一场好打的麻将，烂话说得再多也掩不住杀机，敢闯入这里的都是亡命之徒，龙王骨骸没法拆了大家分，大家没有丝毫合作的可能。

酒德麻衣还是懒洋洋的，刀柄都不摸，怀抱双手。

"我说靓女，你的位置太差了。打麻将应该坐在桌子周围，这样才公平，而你坐在桌子的正中间。"酒德麻衣对龙骨旁的黑影说，"你离龙骨那么近，但我们都会先进攻你。"

"对，这位美女难道是要坐庄？"肯德基先生说。

黑影根本懒得理他们，低头轻轻抚摸龙骨："麻将是公平的游戏，但杀戮不是，它不是游戏，不好玩。在握着权与力的人面前，根本没有势均力敌的战斗。"

"呀嘞呀嘞，这是要秒杀我们三个么？"酒德麻衣嘴里说得轻松，却悄悄地打了一个寒噤。

"你唱歌很好听，我很喜欢。'或许是不知梦的缘故，流离之人追逐幻影。'"黑影轻声说，"你们这些可悲的、追求幻影的人啊。"

她的话音落定，丧钟齐鸣！

藏品中一架两层楼高的管风琴忽然奏响，那是一架以炼金机械为内核的杰作。它演奏的是弥撒也是招魂，那是一千一万个死神聚在一起吼叫！

所有人都感觉到了来自黑影的冲击，不是风压或者高热，而是威严！就像一座山峰在你面前缓缓倾倒，即将压在你的身上！

肉眼可见的透明领域以黑影为中心向着四面八方发散，首先吞没了龙王的骨骸，骨骸甚至没有一丝震动，金属地面却开始龟裂，无数碎屑缓缓升起。

伴随而来的是剧烈磁化的现象，金属屑互相吸附，围绕着黑影旋转，仿佛持镰的死神围绕神座飞翔。

五米、十米、十五米、二十米……领域迅速扩张。没人知道这个言灵的效果，但被它笼罩结局无疑只有死亡。

可威力如此惊人的言灵怎么能同时具有那么大的领域？这颠覆了现有言灵学的规则。

二十五米、三十米、三十五米……领域继续扩大，领域中的空气被忽闪忽灭的电流击穿，电流把悬浮的金属屑烧得通红。

肯德基先生猛地后跃，这不是逃走，而是进攻的前奏。他低沉地唱颂起来，本已堪称强健的身躯再度膨胀，T恤缓缓裂开。

他举起一件藏品，一具花岗岩石棺，来自玛雅时代的未知古物，里面藏着某位未知重要人物的遗骨，A级珍贵藏品，重达三吨。

举重世界冠军只不过能举起两百多公斤的物体，这一幕的惊人视觉效果，就像工蚁举起超过其体重五十倍的重物。

言灵·青铜御座！

言灵·青铜御座

序列号：87

血系源流：黑王尼德霍格

危险程度：中等

发现及命名者：哈拉尔一世

释放者在极短的时间里强化自身，骨骼、皮肤和肌肉不同程度地强化，可以用肉体近距离格挡子弹，肌肉的爆发力和耐久力都有极大的提升。

同样是短时间内强化身躯的言灵，但"王选之侍"只能把人类强化到自身的极限，而"青铜御座"则可以把混血种强化到龙类的身躯强度。

释放者相当于在短时间内拥有了龙类的身躯，全身的细胞都被激活，自愈能力也大幅提升。

该言灵是相当稳健的言灵，尽管也会导致释放者比正常状态下更加勇猛好斗，通常并无嗜血和丧失神志等问题。

但如果执意把该言灵推向力所不能及的顶峰，失控还是可能发生的。

该言灵经常使用的情况下会导致释放者的肌肉非常发达，因为每次均会充分地刺激肌肉。

一直存在争议说该言灵是否应该算作言灵，或者更应该归类为一种血缘印记，即血缘赋予的自然天赋。

该言灵的命名是因为言灵释放后，释放者的皮肤表面会产生青铜般的金属光泽，令发现者误以为这是一种用金属强化自身的言灵。

事实上检测结果并未发现释放者体内的金属元素含量升高，皮肤表面的青铜色主要是来自血液的颜色，言灵释放过程中，释放者的血液会呈熔化青铜般的颜色。

"奥丁的灵在天空里呼唤，征服他们！碾碎他们！吞噬他们！"
—— 哈拉尔一世

男人全身骨骼发出轻微的爆响，皮肤表面泛起青铜之色。他把石棺高高抛向空中。

石棺穿透黑影的领域，速度不减。这是一颗三吨重的炮弹，眼看就要把纤细的黑影砸成一摊血肉。

可它忽然静止在黑影面前，好像被看不见的手凌空托住。

黑影握拳击打在它的前端，打出一道小小的裂痕，几秒钟之后，裂痕蔓延到石棺每个角落。

石棺的形态保持了几秒钟，忽然化作一场纷纷扬扬的飞灰。

所有人的脸色都变了。他们都意识到自己错了，这确实不是麻将而是杀戮，双方之间的实力是不对等的。黑影最初很谨慎，因为那个强大的炼金矩阵还在运转，她也被限制，但此时她已经毁掉了那个枷锁。

"秘书先生，别愣着了，想想办法。"酒德麻衣说。

帕西从怀里抽出一柄老式燧发枪，还有一个黄铜盒子，里面是一枚子弹，弹头是经过雕琢的暗红色晶石。

黑影的领域正向他逼来，但他没有后退，而是快速地装填。后退没有任何意义，黑影在跟他们玩一个猫抓老鼠的游戏，她绝对有能力阻止这些老鼠逃走。

如果不想死，老鼠们只能联合起来杀死猫！

贤者之石雕琢而成弹头，这是炼金术的极致成就，精神元素的结晶。掌握四元素法则的龙族君主和他们的后裔都无法对精神元素下达命令，因此它是无敌的，洞穿一切。

帕西抬枪就射，弹头毫无阻碍地钻透气幕，但黑影面前的金属碎屑忽然凝聚，瞬息间构成了一层薄片，弹头打在那层薄片上，竟然碎掉了！

帕西脸色骤变，被视为杀手锏的贤者之石弹头居然毫无效果。

"给你这颗子弹的人没有教你使用守则么？"黑影轻声说，"贤者之石号称无敌的穿透效果是对于生物体，它直接杀伤目标的精神。但如果它打中金属这种没有生命的东西，还是会碎掉，因此它最适合用于偷袭，而不是面对面的射击。"

领域距离酒德麻衣只剩下几米远。她被那巨大的威严震慑，微微战栗。她的言灵是"冥照"，想要逃走原本没有人能觉察。但她本能地知道这是没用的，虽然不确定黑影释放的言灵有什么效果，但那气息就像是死神驾临，在它的领域内没有任何东西能存活，而且这个领域最终将覆盖整个空间。

黑影挥手，熔化的金属碎屑再度凝聚，形成枝杈横生的异形武器，长度超过四米，表面是放射状的铁结晶。

那是死神的巨镰！ 劈头盖脸地向着酒德麻衣斩来，酒德麻衣手中只有那两柄刃长不到二尺的忍者刀。

肯德基先生和帕西都被那个领域的效果震惊，他们对言灵的理解都很深刻，清楚记录在案的言灵都不能造成如此神秘诡异的效果。

未知言灵？那简直太可怕了，未知言灵通常意味着序列号极高，遗传概率极小，掌握这种言灵的通常都是龙王本人，是秘密法中的秘密法！

巨镰呼啸着射穿气幕，酒德麻衣在它面前像是雏鸟般脆弱，就要被刺穿心脏挂在它的金属棘刺上。

一只手忽然从酒德麻衣背后探出，轻松地抓住了巨镰的刃！

这里的第五个人，那个人像是从酒德麻衣的影子里走出来的。他握着红热的金属，就像是端着杯红茶般轻松。

Chapter 12
The Cross-Shaped Bones

领域的推进终止，代表死亡的界面和他的脸相距三十厘米。

很普通的影子，但无论如何你都看不清他的脸。

"说得真好，掌握权与力的人，杀戮只是他的游戏。"第五个人看着那个黑影，"你比他们更懂世界的规则，但信奉这规则的人也必为这个规则付出代价。"

"麻衣，别怕，来我的面前。"他微笑着说，"在这里有人有'青铜御座'为他的屏障，因此无所畏惧，有人有贤者之石为他的屏障，也无所畏惧，这些你都没有，但有我在你背后。"

酒德麻衣起身走到男人面前，阻挡在他和死亡的边界之间。巨镰即将加身的瞬间，她也流露出惊恐之色，但现在她彻底平静下来了，因为那个男人踏破阴影走了出来。

"明白，你就是我的屏障。"酒德麻衣说。

很难想象什么样的人，能令骄傲如酒德麻衣者说出这样的话。

"不，我不是你的屏障，但你是我的武器，最锋利的武器不需要屏障，锋刃就是你的屏障，毋庸防御，切断敌人就可以了，"男人的声音古奥森严，"我赐汝血，以血炼血，不可至之地终不可至，然所到之处光辉四射；我赐汝剑，逆者皆杀，曰'天羽羽斩'，曰'布都御魂'。"

男人咬破手指，在酒德麻衣的眉心竖着涂抹，只是一滴血，沿着挺拔的鼻尖下滑，留下的红痕慢慢地没入酒德麻衣的皮肤里。

酒德麻衣闭上眼睛，再次睁开，熊熊燃烧的金色火焰已经填满了她的双瞳。

仅仅一滴血，只是一瞬间，她已经脱胎换骨，不亚于那个黑影的、宛如死亡般的领域从她的身体里汹涌而出，把逼到面前的死亡界限生生吹散。

她双手拔刀，左手"天羽羽斩"，右手"布都御魂"！

肯德基先生和帕西都分不清这一刻是真实还是幻觉了。那两柄剑是日本所谓"神代时期"三灵剑中的两柄，"布都御魂"是"建御雷神"的佩剑，"天羽羽斩"则是日本神明须佐之男斩断上古神兽八岐大蛇的神剑。换而言之它们根本就不该是真实存在的武器，地位好比中国人所谓"金箍棒"。

但现在酒德麻衣真的拔出了流淌着赤红色和熔金色的两柄长剑，即使隔着很远的距离，旁观者都能感觉到剑的脉动，像是活物一般。

"你可以和她一战，我亲爱的麻衣。我们可爱的姑娘她并没有动用未知言灵的权限，她不过是同时使用了'剑御'和'天地为炉'，叠加的双言灵造成了这样华丽的效果。"男人微笑，"对不对？ 可爱的姑娘？"

肯德基先生和帕西恍然大悟，因为罕有兼具两种言灵的混血种，所以也就很难观察到双言灵叠加的效果，而这个神秘的对手，竟然能同时释放两种高阶言灵。

都是源自青铜与火之王的言灵，倒是跟传说中精通于力量控制的"老拳师"

267

不符。

"能改写血统的人，往前看尽一切的历史，也只有三个。你是谁？你是谁？你是谁？"黑影嘶哑地问。

从那个男人踏出阴影开始，她一直盯着他看，但一直没有说话。她比其他三人更能觉察那男人是多么可怖的存在，或者说，他根本就不该存在！

他出现在这里是比"布都御魂"和"天羽羽斩"更大的悖论。

但她还是忍不住问了，最后的迭声暴露了她灵魂深处的颤抖。

"你像以前那么漂亮。"男人轻笑。

他忽然消失了，就像是被水洗掉的一痕墨色。

言灵·冥照，如此罕见的言灵他使用起来轻松得就像一个逗你开心的小魔术。

前一道死神之镰在他消失的瞬间零落成一堆金属渣，下一道死神之镰已经呼啸着射来，但此刻的酒德麻衣伸出单手，仅用刀柄就格住了它。

死神之镰震动着崩裂，完全无法推进，它解理的碎片射向酒德麻衣，但不过是切断了她束发的红绳。

漆黑如瀑布的头发散开，酒德麻衣迎着死亡的领域冲锋，轻描淡写地挥剑，天羽羽斩。

死神之镰在刀光中分崩离析，简单之极的斩切，沛莫能御的力量，就像黑影摧毁那具石棺。

酒德麻衣再次挥剑，布都御魂在她身边转出完美的圆弧，以圆弧为界，领域自然而生。灼目的亮紫色电光在领域上流走，发出轰雷般的巨响。

酒德麻衣双手提剑，在黑影的领域中漫步，那个新生的紫色电光领域表面，两种不同的电流交射，两种力量抗衡。

"炼金领域！"帕西的声音嘶哑。

跟湮没之井中的领域一样，布都御魂激发的也是一个炼金领域。这种领域不需要释放者，只用炼金制品就能产生。古代的炼金术士们曾经臆想这样的奇迹，但从未成功过。

因为制造领域的是"言灵"，言灵又必须由某个生命的精神来开启。炼金术再怎么精制元素，把白银炼成黄金，从火山灰中精炼硫黄，得到的都是死物。想要实现"炼金领域"，炼金术师必须用基本的元素重组出某种带有"生命本质"的东西，这种东西是活的，才能够释放领域。

这是窃取神权的行径，是从尘埃中仿造生命的技术。

但居然就真的有人能做到。

果然一切教条存在的意义就是被挑战再被改写。

双方接近了，黑影的作战服裂开，青灰色鳞片覆盖她姣好的身躯，身躯膨胀，

Chapter 12
The Cross-Shaped Bones

鳞片竖起如一片钢铁荆棘。

骨刺穿破皮肤探出,那是她黑色的骨骼向体表生长,化为骨质的利刃。熔化的金属屑附着上去就开始冷凝,在骨刃表面析出金属结晶。

类似的变化也出现在酒德麻衣身上。

"龙化了,"肯德基先生叹了口气,"原来大家不是一个量级的。"

天羽羽斩轰鸣起来,振奋激昂。黑影挥舞着附上了金属的骨质利刃。双方正面对冲,像是流星碰撞。

无穷无尽的光与热、雷与火四散飞溅。地面震动,碎裂的混凝土结构坠落,第一次冲击就把湮没之井的出口给毁了。

帕西已经冲进黑色的通道中,背后传来轰隆隆的巨响。他在双方对冲之前就开始了撤退,疯子才不撤退,要留下来旁观神级作战,怎么也得是个半神。

这是一条应急通道,外面就是巨大的植物园,他就是穿越植物园潜入的。忽然一道横生的烈火照亮了他的眼睛,剧烈的气流把他推飞出去。

烈火中两道宛如飞翔的影子一闪而过,伴随她们的金属风暴瞬息间就把这个用混凝土构建的通道冲毁了。

那两个女人正如飞天狂龙般搏杀,她们在巨大的植物园中犁过,又并肩冲入了海水池,连鲨鱼都给吓傻了。

帕西只得掉头重新跑回湮没之井。他潜入之前研究了这里的地图,各种逃生方案都考虑过,但现在只有一条通道还可用。

肯德基先生正猛按电梯上行键,看见帕西狂奔过来,愣了一下:"你也等电梯?"

这是逃生电梯,只有在湮没之井濒临毁灭的时候才能刷卡启用,帕西手里捏着那张白卡。而肯德基先生什么也没拿,他就像一个害怕迟到的上班族那样猛摁上行键而已。

但是电梯真的在下降……这算是刷脸么?

帕西犹豫了一下:"你好。"

震动越来越剧烈,火光和电光飞射,狂风和碎石四溅。女人们忙着拆家,男人们并肩等电梯。

"没想到第一次见就遇见这种事,本来该好好聊聊。"肯德基先生说。

帕西不知他怎么能有这么古怪的幽默感,也只好点头:"这时候看见你这个怪物,感觉才是看见了同类。"

"对啊简直想交换名片。"

电梯终于到了,但上方传来让人毛骨悚然的异响,巨大的预制板沿着裂缝缓缓下坠。

肯德基先生双臂发力,如霸王举鼎般撑住,又把它推在一旁。这时帕西已经闪进了电梯,他犹豫了一瞬,袖口中滑出一把黑色的带鞘猎刀,撑住了电梯门。

这为肯德基先生争取了一秒钟,他像只敏捷的猩猩从猎刀上方翻入电梯。

帕西收回猎刀,电梯门立刻封闭。忽如其来的上升加速度让两个人一齐跌坐在地板上。

"我看得出你刚才犹豫了一下。"肯德基先生喘着粗气说。

"让你这种怪物活下去,没准将来会是杀死我的人啊。"帕西笑笑。

下方又一次巨震,电梯像是个地震中的鸟笼那样摇晃,半边地板被震塌,露出钢骨支架。两个人看向下方漆黑的电梯井,几秒钟之后,烈焰填满了那个幽深细长的黑色空间。

无处逃逸的高热气流卷着火焰上升,就像是暴怒的火龙,扑面而来的热风刀一般割面。

帕西伸手抓住肯德基先生的肩膀,领域膨胀,笼罩了两个人。

言灵・离垢净土!

烈焰穿透电梯往上升去,一切可燃烧的东西都被焚尽,唯独不能穿透"离垢净土"的边界。烧得只剩下漆黑的金属框架,带着他们继续上升。

电梯到顶,整个校园已经天翻地覆,无处不是红光卷动,警铃声刺耳,像是大群的火烈鸟在垂死之际哀鸣。地面震动,埋设在地里的水管炸裂,高压水柱喷涌如泉。建筑物外包裹的花岗岩剥落,英灵殿顶部的雄鸡塑像轰然倒塌。

一切就像写在预言书中的末日,末日面前每个人都渺小得像是尘埃。

烈焰击穿地面之后从英灵殿前的井中喷出,那是学院的奠基之井,在还没有自来水的时代,师生们在这里钻出了第一眼泉。

探照灯的扫射中,两个黑影从井口里跳出来,向不同的方向落荒奔逃,甚至没有来得及道别。

言灵・天地为炉

序列号:96
血系源流:青铜与火之王
危险程度:中等
发现及命名者:叶法善
释放者在自身为中心的领域里,凭空冶炼金属并且随意地将其组成新的形态。

科学无法解释该言灵是如何工作的,但在该言灵的领域中能检测到非常强的磁场。

即使对青铜与火之王本人,这也是个非常高阶的言灵,其伟大和惊人之处并不低于更加暴力的"烛龙"。

对于一般的释放者而言,该言灵只是在有限的领域内熔炼少量的

Chapter 12
The Cross-Shaped Bones

金属元素，但在龙王级的释放者手中，它相当于赋予了释放者没有限制的巨大的炼炉。

这有可能是个用于大规模金属冶炼的言灵，能够短时间内把金属矿提纯；还有可能是个用于建筑的言灵，可以制造出巨型的金属部件。

目前没有证据说它能把金属再造为再生金属。

名字出自汉代名赋《鵩鸟赋》："且夫天地为炉兮，造化为工；阴阳为炭兮，万物为铜。"

中国古代的炼丹师们称这个言灵是"如意炉鼎"和"三昧真火"，前者是说这个炼炉的形状和大小是随心所欲的，后者则是说持有该言灵的人是用精神之火炼制物品。

"泥丸空示世，腾举不为名。"
——叶法善

言灵·剑御

序列号：82
血系源流：青铜与火之王
危险程度：中等
发现及命名者：张道陵

释放者在以自身为中心的大型领域中，对金属物品进行精确的操纵，通常在实战中操纵的是锋利的小型物品，例如手术刀。

从科学的角度理解该言灵，释放者事实上控制的是磁场，领域中密布着磁力线，磁化之后的金属物品沿着磁力线运动和加速，造成类似"意念控制金属物品"的效果。

含铁、钴、镍等金属元素的材料在室温下具有铁磁性，是剑御最容易控制的物品。一旦这些金属物品被加热到居里温度以上，就会失去铁磁性，因此某些能引发高温的言灵是"剑御"的克星。低温下更多的金属元素会呈现铁磁性，因此剑御在温度更低的环境下会更加的强力和准确。

并非物理学上所有不具备铁磁性的金属元素都不受"剑御"影响，豁免影响的只有少数超稳定的金属和特殊合金，如现代材料中的奥氏体不锈钢。

领域的大小、能操纵金属物品的质量和件数决定了释放者的强弱，至强者可以引发如同传说中剑仙之流的操作，制造出"万剑齐发"的效果。

命名原则也是根据中国古代剑仙的传说。

"我昔御剑时，西登昆仑山。天龙翼从后，白虎化飞廉。"
——张道陵

卡塞尔学院在一场忽如其来的地震中摇摇欲坠的时候，相隔十个时区，中国北京，地震局发布了一场2.1级低烈度地震的消息。

烈度如此低的地震实在是司空见惯的事情，只有在CBD区的高楼顶层办公的人才会感觉到略略有点头晕，因此这条消息很快就被忽略了。

没有人会把这场地震和十个时区外的事故联系起来。

地铁的灯黑了，一片短暂的惊呼声，几秒钟后灯重新亮了起来，昏昏欲睡的赵孟华睁开了眼睛。

地铁仍在轰隆隆地前进，广播里说只是一次意外断电，一切正常，请乘客们不要惊慌。赵孟华看了一眼门上的路线显示，下一站就是中关村。

他的目的地就是中关村，他昨天晚上跟一个哥们喝多了，睡在人家宿舍，现在才赶回北大。要不是正赶上堵车高峰，他才不愿意在地铁里跟一群人挤来挤去，就算北京这里没司机接送，他也可以打个车。

正好顺路去修一下手机。他的电话本调不出来了。

他愣了一下，视线被某个徽章牢牢地抓住。面前的人背着一个黑色的双肩包，包上印着圆形的徽章，"半朽的世界树"。

赵孟华第一次见这个徽章是参加卡塞尔学院的面试，第二次则是在路明非那张信用卡上。前面两个并肩而立的年轻男女应该就是出自那个神秘的学院。

赵孟华试过搜索卡塞尔学院相关的消息，但是一无所获，表面上看起来这就是个私立贵族高校，但当你想多了解一些，你就会发现它被一层看不见的壳裹着似的，拒人于千里之外。

越是这样赵孟华越好奇，更重要的是，从路明非到诺诺到楚子航，他每次颜面扫地都是因为这个学院出来的人，这些人是他的宿敌。

"博倩，有什么发现么？"男孩压低了声音。

女孩摇头："有几个带血统的人，但应该比例都很低。没有觉察到有人释放领域。这么搜索真的有用么？"

赵孟华觉得自己耳朵竖得跟兔子似的，但是不太理解这俩人在念叨什么。

"坐着地铁搜索初代种？这种方案真不知道谁拟定出来的，初代种会坐地铁么？"女孩低声抱怨。

"他们能有各种形态，人类形态的不是也出现在校园里过？"男孩说，"地铁是人流最密集的地方，你对于血统和领域的反应又灵敏。"

"可是每天把每个地铁站都扫一遍这种工作实在太无聊了。"女孩叹气。

"也不是每个站我们都去过，"男孩大概是想点别的逗她开心，"至少有两个隐藏

Chapter 12
The Cross-Shaped Bones

的你就没去过。"

"隐藏的？"

"是，不是每个地铁站都对外开放的，你每次到达终点站下车之后，地铁不是继续往前开么？其实前面还有站，只是不出现在路线图上。这些就是隐藏的地铁站。"男孩说。

"前方到站中关村站。"广播里报站了。

"走吧，"女孩说，"换4号线接着扫。"

赵孟华心里一动，悄悄地跟在他们后面。

他觉得这俩人鬼鬼祟祟的，想知道他们在干什么。地铁换乘通道里没什么人，他追着那对男女，没来由地打了个寒噤。

电动扶梯缓缓下行，头顶的日光灯管一闪一灭。

赵孟华扫了一眼墙上的广告位，惊讶地发现广告都被撤掉了，只剩下空空的框子。满地都是报纸碎屑，好像好几年没人打扫了。

那对男女边走边聊，声音越来越远。赵孟华往前赶了几步，已经看不到那俩人的背影了，只剩下隐约的说话声。

赵孟华不太坐地铁，抬头看了一眼路标，隐约觉得路标有什么不对，但没放在心上。地下通道曲曲折折的，越往里走，地下的纸屑越多，好像有一辆满载废报纸的车刚从这里经过。

前面居然出现了检票闸机，可是赵孟华记得自己没有出站，换乘不需要再买票。但是就这一条路，那俩人肯定是进闸机里去了。

赵孟华一摸口袋，除了手机只有几张百元钞，附近又没有电子支付的购票机。

地面微震起来，应该是地铁正在进站。

赵孟华左右一看没人，心一横就从闸机下面钻了过去。他一路跑到月台上，进站的地铁刚刚停稳。随着刺耳的咔咔声，锈蚀的轴承转动着，车门打开。

赵孟华抬头看了一眼这列地铁，全身恶寒，死死地收住了步子。

列车黑着灯，他看不清黑暗里到底是坐满了人还是空无一人。而且他忽然发现整个月台上只有他一个人，不知什么时候那对男女的声音消失了。

一直觉得地铁站里三三两两的还有些人，现在才发现之前的都是错觉。这个地铁站里，自始至终就只有他一个人。

地铁站也不对……赵孟华慢慢地仰起头，日光灯管一闪一灭，粗大的立柱撑起高高的穹顶，水磨石地面，楼梯两侧是刷了绿漆的铁栏杆。一切看着熟悉又陌生。

赵孟华猛地低头，看见列车残破不堪的外壳上，用红色油漆刷着"1号线"。

1号线？赵孟华猛地一哆嗦。他怎么可能看见1号线的列车？中关村地铁站在4

273

号线上！列车都是全新进口的！

不只是列车出了问题，地铁站也是1号线的模样，北京最老的地铁，站内还是俄式风格，宏大空旷，月台上吹着冷风，日光灯照得人脸色惨白。

赵孟华抱着头慢慢地蹲下，脑海里一片空白。他想到那些空白的广告位……满地的碎报纸……油漆剥落的路标牌……那些被他忽略的异状忽然都清晰起来了。

随着他深入地铁站，现代的痕迹都逐步被抹掉，他从21世纪的4号线地铁站进入了上世纪70年代的1号线地铁站，一切都是平滑过渡，时间在漫长的走道里被一点点拉了回去。

地铁列车仍旧等在那里，洞开的车门等着它唯一的乘客。

赵孟华一步步后退，怎么可能上这辆奇怪的车？谁知道会被它带往哪里？天堂还是地狱？能去天堂就见鬼了！赵孟华转头就往台阶上狂奔。

地铁站里空荡荡的，一个人都没有。赵孟华完全不记得进来的路了，只能四面找路标牌。

往日里拥挤不堪的地铁站此刻看来就像巨大的迷宫，他明白了为什么有些幽闭恐惧症的患者一辈子都不坐地铁，因为无论怎么用灯光和色彩装饰，地铁站就是一个把你隔离在地底的封闭空间。这个巨大的空间里有无数的路标牌，每个路标牌都指向刚才的月台，如果他试图逆行，看到的总是路标牌的背面，上面用红漆刷着巨大的叉，写着"禁止通行"。

这里没有离开的路，好像来这里的人就不会离开……

通往月台的楼梯口正滚滚地往地铁站里灌冰冷的风，那风竟然带着隐隐的青色。他什么都顾不得了，掉头狂奔，浓厚的灰尘跟在他身后起舞。

他不敢回头，也看不到背后的异变，白色的墙壁渐渐剥落发黄，吊顶的铝合金板变成了上世纪的石灰顶棚，隐藏在凹槽里的LED光源被惨白的日光灯管替换，电动扶梯在他跑过之后变成了坚硬冰冷的大理石台阶。青色雾气好像一种时间的病毒，正在感染整个地铁站。

"禁止通行。"

"禁止通行。"

"禁止通行。"

赵孟华眼前闪着重复的红叉和重复的"禁止通行"。就像是开车走错了路，GPS用僵硬的女声反复提示："你在错误的道路上，前方请掉头……请掉头……请掉头……"

鬼才会在这个时候掉头，赵孟华还是闷头狂奔。不知道是不是错觉，地铁站好像忽然扩大了几十倍，通道如蛛网般复杂，每转过一个弯，前面依旧是长长的过道。

各种传说涌上赵孟华的脑海，譬如怨气集结的墓穴里总是会有走不完的路，盗墓贼觉得自己在狂奔，其实在没有被蛊惑的人看去，他只是在原地以夸张的姿势踏步……

前方终于有光亮了，一块白地红漆的路标牌写着"由此前进"。

狂喜涌上心头，这是他一路所见唯一一块不一样的路标牌。他发力跃上了四五级台阶，站在那块指向光明的路标牌下……

寂静的、仿佛被灰尘和时光封印了几十年的地铁月台在前方等待着他，满地的碎报纸，墙上是古老的"五讲四美三热爱"瓷砖贴画，老化的日光灯光闪动着发出砰砰的声音。

赵孟华觉得自己的血里正在凝出冰碴儿，他回来了，这就是他竭力要逃离的那个地铁月台。

他跌坐在楼梯边，呆了很久很久，抓起一把碎报纸，一条条拼凑起来，最后他得到了一份差不多完整的报纸，出版时间是"1992年1月30日"。

二十多年前！

第十三章 血统契约
Blood Contract

路明非把眼睛睁开一条缝，暖暖的阳光正洒在他身上。

他从宿醉里醒来，浑身酒味，赤身裸体只搭了条被单。深吸几口新鲜空气，脑子清醒了点，他拍了拍床沿："师兄，几点了？你又没把窗帘拉上吧？"

"这么大太阳，大概是中午了？起来吃午饭！"上铺的芬格尔说。

木质双层床吱呀吱呀地摇晃起来，好像是芬格尔起床了，正准备爬下来。

"喔喔喔喔喔喔！"芬格尔忽然尖叫起来。

"鬼叫什么呢？以为自己是公鸡啊？就算你是公鸡现在也不是早晨了。"路明非双手一撑坐了起来，伸了个懒腰，"喔喔喔喔喔喔！"

"叫起来跟母鸡似的，还说我……"芬格尔喃喃地说，路明非却连话都说不出来了。

他们的双层床插在一堆废墟里，还有一条床腿断了，一块混凝土取代了它的位置，居然恰好维持住了这张床的平衡。

红十字大旗插在废墟中央，旁边扎起了几十顶白色帐篷，医生们正在帐篷里给受伤的学生们做体检。偶尔有几支血压计爆裂，因为有些混血种的血压远远高于正常人类。

除此之外一切平静，厨师们在废墟边把餐车排列起来，开始供应早餐，慕尼黑烤白肠和葱烤面包的香味随风飘来。医疗点和早餐供应点前各有一条长队，他们的大床恰好被夹在两列队伍之间。

"早上好。"队伍里有人上来跟路明非握手，上届新生联谊会主席奇兰，如今已经是学生会的走狗。

"醒了？"狮心会副会长兰斯洛特遥遥挥手。

"我们都以为你们会睡到中午。"夏弥端着一杯牛奶麦片站在床前，笑眯眯。

"喝这种餐酒？未免太涩了！"恺撒拿起床头的酒瓶，看了一眼酒标，不屑地摇头。

"在大灾面前真的能那么镇定？我想邀请你们参加一些神经方面的测试。"心理教员富山雅史很严肃。

路明非和芬格尔只能默默地裹紧床单，面无表情地挥手，以表达"我很好""不必担心我们""请快滚"等诸多复杂心情。

好好的两兄弟喝了顿酒，谈了谈人生说了说理想，没做什么见不得人的事，怎么醒来就天翻地覆了？有什么好围观的？裸男没见过么？睡得沉是好事啊，你们是妒忌吧？

"昨晚冰窖发生意外，原因还没有查明。学院公布说可能是地震。"楚子航来到床前，"有几个人受伤，没有死亡。"

路明非和芬格尔都挠头，露出"哦，原来是这么一回事，这么说我就放心了"的表情。

楚子航转身离开。

"喂喂！"路明非和芬格尔不约而同地喊。

"有什么要我帮忙？"楚子航扭头。

"能帮我弄件衣服来么？"路明非讷讷地说。

"能帮我打一份橙汁和烤白肠么？"芬格尔不好意思地说，"我没穿衣服，不好下床。"

沉默了几秒钟之后，路明非抓起床头的酒瓶扔往上铺："喂！能有点尊严么？当务之急不是吃吃吃！"

"在饥饿的时候就没有尊严可讲！"芬格尔义正词严。

楚子航懒得听这对活宝吵架，扭头看向英灵殿的方向。巨大的雄鸡雕像砸下来，把"奠基之井"的井口毁了。以井口为中心，剧烈的爆炸烧出直径几十米的一片黑色，如果这也能被解释为"地震现象"的话，卡塞尔学院这帮精英就白混了。

出这个公告的人显然是睁着眼说瞎话，不过在校长病休副校长主政的这段时间里，不睁眼说瞎话的校务公告还真少。

校长电梯沉入海水中，水体不是熟悉的碧蓝色，而是污浊的红色。

槌头鲨、海龟、蓝鳍金枪鱼的尸体漂浮在玻璃罩外，它们都从中间断成了两截，断口光滑，就像是被一柄极长的利刃一挥两断。脏器从躯壳里流出，整个消化道像是异形的海蛇般漂浮在水中，简直是地狱般的景象。

"我的鱼缸！"昂热嘶哑地说。

"就跟你说嘛，一定要冷静，要怀着宠辱不惊的心来看问题。就好比你家给人烧了，你在废墟里四处转悠，尖叫说：'啊！我的酒窖！''啊！我的名画！'有什么意义呢？徒增烦恼而已。你就该在废墟里找点还能用的东西，这些就是惊喜，比如

Chapter 13
Blood Contract

你忽然找到了你小时候和邻居小女孩一起收集的贝壳。你开心地笑了……"副校长拍着老友的肩膀。

昂热沉默不语。

"别着急别着急，一会儿还有更糟糕的。"副校长温言软语。

电梯沿着轨道进入开阔的岩洞。

"我的花园……"昂热叹息。

成片的珍贵林木倒伏，还立着的树木仍在熊熊燃烧。灌木和如茵的绿草什么的更惨，它们被彻底翻烂了。地面上黑色痕迹纵横交错，深入泥层里，每道痕迹都有宽近百米长，就像是被燃烧的巨犁翻了一遍。

"就当烧荒了，"副校长说，"你现在来还算好的了，我一早上赶来，满是浓烟，还要戴防毒面具。"

"我的金字塔也塌了么？"昂热看似已经平静下来了。

"都不忍心带你去看，像个坟头。"

电梯进入漫长的黑暗隧道，穿过这个隧道，就是冰窖。

昂热深呼吸，不敢想象那里的惨状，入侵者的目标无疑是冰窖，那里的每一件藏品都耗费巨额的资金和心血，还有他为之和校董会公开发生冲突的龙骨。

全完了，他只是去芝加哥办了点事，回来后花园和保险库都给人拆了。

电梯门打开，潮水般的喧嚣涌了进来，昂热吃了一惊，知道的说是来参观废墟，不知道的还以为是要进入什么先锋乐队的录音棚。

副校长打了灯。没有什么先锋乐队，而是一场狂欢派对。炼金八音盒兴冲冲地演奏，波斯风格的铜盒子间歇地喷吐熊熊烈焰，表面镀银的骷髅头骨正冲着昂热张嘴大笑，保存完好的牙齿咔咔地叩合着。炼金领域被毁之后，这些藏有"活灵"的东西都神气活现起来，像是一群逃出地狱深渊的小鬼。

昂热的心情坏到了极点，伸脚把那个银骷髅头骨踢飞。这一脚显然有十几年的苦功，当年他在剑桥曾经是英式橄榄队的主力后卫之一。

副校长惊叫一声，鱼跃而出。虽然已经长出了肚腩，但他还是凌空接住了骷髅，想来年轻时也是练过的。

"别拿藏品出气。"副校长小心翼翼地把骷髅放在一旁，"来看来看，有惊喜。"

他领着昂热走上水池中央的台地，这里是破坏最严重的区域，坚硬的青铜地表被纵横切碎，被熔化之后又冷凝的金属渣滓散落满地。

副校长变魔术似的揭开蒙布，眉飞色舞："开不开心？意不意外？虽然你的鱼死了，植物园烧了，金字塔成了坟头……但他们没动你的龙骨！"

古铜色的龙骨静静地站在那里，完好无损，呈十字状的骨骸，充满殉教者的神圣意味……只是被人在脑门中央贴了一张黄色的便笺纸。

279

昂热吃了一惊，下到这里之前，他已经准备好接受龙骨被盗的结局。这是全世界混血种都觊觎的圣物，就像信教的贼潜入大教堂，看见了刺死耶稣的朗基努斯之枪，没有理由不顺走，即便他最初来的目的不是这东西。何况，要不是为了龙骨，谁会冒那么大的险花那么大精力潜入湮没之井？难不成在即将得手的时候他幡然悔悟了？

副校长摘下便签纸递给昂热："有人留了条子给我们。"

便签纸上是潦草的字体："建议贵校加强安保力量，下一次再有人潜进来偷它，我可未必恰好在场哟。"没有落款。

"就是说有人帮你保住了藏品。"副校长说，"这是个好消息，也是个坏消息。"

"什么意思？"

副校长指了指围绕祭坛的水池，现在它已经彻底干涸了："这是世界上第二大的以汞溶液为驱动力的炼金领域，我在这里面至少注入了一千二百吨汞溶液，现在全挥发了。"

"我以为我们这个就是第一大了。"

"第一大的那个还没有挖出来，是中国第一位皇帝秦始皇的陵墓。历史记载，他在自己的墓室里雕刻了全中国的地图，并且以水银代表水，在其中不停地流动，甚至会下水银雨，这是中国古代炼金术中'周流循环'的意思。历史学家觉得这是夸大，但我们搞炼金术的都明白，那就是个极大的炼金领域，水银是它的驱动力。它太强大了，因此没有被反对他暴政的人挖出来。"副校长叹气，"要摧毁我设置的炼金领域，需要接近初代种的实力。毫无疑问侵入者中有初代种，但是他居然被阻止了，那么就是说有另外一个接近初代种的家伙存在，"副校长顿了顿，"毫无疑问，昨夜这里是两个龙类在战斗。"

"有龙类苏醒，而且不止一个，而且能力逼近初代种，即使帮助我们的那个，我们也不能确定他是敌人还是朋友，对么？"昂热声音低沉。

"错了，照你的逻辑，所有龙类，都是我们的敌人。顶多我们的敌人们有点内部矛盾，但他们跟我们之间，都是敌我矛盾。"

昂热缓缓地点头。

"把龙骨转移到别的仓库中保管，先应付调查组吧。他们今早下发了通知，虽然有意外发生，但是听证会按原计划举行。"副校长说，"他们真的是急不可耐地要扳倒你啊，老朋友。"

昂热想了想："昨晚他们几乎拆掉了湮没之井，整个学院都应该感觉到震动了，可是诺玛没有报警，你又在做什么？"

"诺玛没有报警的原因，是某些人为了掩盖自己来过，黑了诺玛的系统，这里打得都要翻天了，诺玛那里依然判定没有到需要报警的程度。"副校长说，"至于我，我一直在看电影。"

"见鬼，所以你根本没管这里发生的事？"昂热瞪大了眼睛。

"亲爱的老友，在这里的炼金领域被毁的那一刻我就意识到出大事儿了，可我来了有什么用呢？如果我真的赶来了，你现在还得忙着筹办我的葬礼呢。"

赵孟华呆呆地坐在黑暗里，地铁轰隆隆地作响。

他最后还是上了这列锈迹斑驳的列车，因为他没有别的地方可去。他在月台上号啕大哭过，放声大吼过，躲在柱子后面瑟瑟发抖过，总之一个绝望的人该做的事他都做了，但就是没人理他。甚至没有妖魔鬼怪愿意出来吓他一下。他最后躺在月台上气喘吁吁，才想起什么哲人说死亡的可怕不在于痛苦，而在于永恒的孤独。

列车里也是空荡荡的，但是轰隆隆地往前跑着，感觉就比在月台上好些。这列地铁居然还会过站，站台上灯火通明，乘客们在候车。但是这列地铁毫不减速地驰过，乘客们也很平静，好像根本没见到这列地铁。赵孟华贴在窗口大喊过，但是外面的人看书的看书、听音乐的听音乐、走神的照样走神，有个死小孩居然对他摆出奥特曼的造型，不过应该只是在玻璃门的反光中自我欣赏。

孩子属于崭新的21世纪，而赵孟华属于上世纪90年代，他们之间存在时间的鸿沟。

赵孟华觉得有点冷，蜷缩起来，把双手抄在口袋里。他的指尖触到了什么东西……手机！

他这时才想起自己带了手机！他原本就是要去中关村修手机！

他急忙摸出手机，看了一眼，眼前一阵阵发黑。昨晚他忘记给手机充电了，电池耗尽自动关机。大屏幕智能手机的缺点，只能续航一天。

赵孟华瘫软在座椅上，脑海里闪过一个白色的人影，不是女鬼，而是陈雯雯。他最近没固定每晚给手机充电了，居然是因为跟陈雯雯分手。

跟陈雯雯在一起的时候他是每晚充电的，因为陈雯雯太敏感，要求赵孟华时时刻刻开着手机，这样她总能找到他。每晚临睡前陈雯雯都会发信息说："晚安，记得把电充上。"

你跟一个人分手，也是跟和她相关的一切告别……你再也不去她最喜欢的那个馆子吃东西，微博互相取关，丢掉过去的礼物……曾有某部电影的某个桥段让她莫名其妙地哭起来，在你肩上蹭来蹭去，这以后再看到这桥段时你会下意识地扭头闪开，并把肩膀收起来。

当然你也不再等着她那些小敏感的信息……"你在哪里？""我做梦了。""今天立冬了么？天黑得好快……你在干什么？"

其实这都算不了什么，会有更漂亮的女孩陪你去更好吃的馆子吃饭，你在微博上认识了每天都放美照的妹子，世上永远都会有新的午夜电影让别的多愁善感的妞儿用眼泪擦洗你的衬衣，你仍然会过得饱满充实。

可当你被困死在密闭空间里，只能靠电话求援的时候，你发现自己居然傻×地跟每天给手机充电的习惯也说了拜拜！

那是她教了很久你才记住的……

也许还有一点点电？赵孟华想。关机后电池总会自己蓄一点点电，再开机还能坚持几分钟。

几分钟就够了！赵孟华用颤抖的手按下开机键，屏幕果然亮了起来。智能手机的启动慢得叫人心惊胆战，赵孟华死死盯着屏幕，生怕电池忽然耗尽。如果此刻有一台脚踏发电机摆在面前，他一定愿意用那块昂贵的劳力士腕表来换！

启动成功！然而没有信号。

赵孟华急得要爆炸。他想起来了，北京地铁中是没有移动信号发射端的，唯有经过地铁站的时候才有信号。他把脸贴在车窗上，死死地盯着前方。

终于看到微光了，下一个地铁站就在前面，手机信号忽然跳出两格！

果真有信号！但列车不减速过站，只有区区十几秒。他必须抓紧时间拨号，电池只能撑这一站。

但他的手机坏了，联系人名单调不出来。赵孟华傻了，脑海里空空如也。他不记得爹妈的电话，也不记得宿舍兄弟的，也不记得柳淼淼的，赵大少爷从不留心这些小事。他只记得114，但如果现在打给114，说喂你好我被困在一辆漆黑的地铁上我好怕怕你们能否来救我？114的话务员大概只会礼貌地说，明白了，我这就给你转接神经病院。

只有十几秒，必须打给一个会相信他的人！没有原则地相信他的人！

有一个号码，这个人已经不存在于他的联系人名录中了，他删掉了她。他记得她的号码是因为她曾经逼着他一遍遍地背，背不下来便无权搂着她的腰继续在路灯下散步，理由是这样就是赵孟华丢了手机又遇到了麻烦，都能凭着这个号码找到她。

说着"看，只要记着十一个数字就能找到一个人，一辈子都能找到。因为我不会换号，也不会关机"这种文艺煽情的话，拿"搂小腰继续溜达"来逼人背那一串凌乱的数字。

赵孟华坐在空无一人的黑暗里，喃喃地念"138……"，那串没有规律的数字一一蹦出他的嘴唇，好像根本不是用大脑记住的，而是嘴唇和舌头。

曾经吻过一个女孩的嘴唇和舌头。

电话接通了，没有人说话，只有隐约的呼吸声。

"雯雯，救我啊……"赵孟华的眼泪哗哗地流，他的气息就像是快要冻死的人在寒夜深处吐出微弱的白汽。

Chapter 13
Blood Contract

英灵殿大厅。

窗外，雄鸡雕塑还倒插在"奠基之井"里，鸡屁股冲上，像是一只放在盘子里等待被享用的烤鸡。

废墟还没有来得及清扫干净，听证会就如期召开了。这是当前学院里最大的事，百年来第一次，校长被弹劾。接受审判的是楚子航，但谁都知道他是昂热的替身。

楚子航站在会议厅中央的方形木栏中，面无表情，向陪审团的成员们点头致意。

陪审团由院系主任和终身教授组成，一色黑衣，正陆续在大厅正前方就座。他们老得就像是从坟墓里挖出来的，神色凝重，举止各异，有些人抽着烟斗，有些人大口嚼着切成段的西芹，还有人双目炯炯地吹着泡泡糖。

"看起来好似一群白痴。"芬格尔站在副校长背后，"半分比不上老大你和校长的风流倜傥！"

"可这些人是学院的根基，执行部和装备部都靠着他们的研究成果，没有他们也就没有卡塞尔学院。"副校长活动着腮帮子，"校董会把一帮搞研究的老家伙挖出来裁定校务，这是看中了他们好糊弄啊。"

"他们能糊弄我们也能糊弄。"

"不愧是我的门徒，古德里安怎么配当你的指导教授呢？你继承的是我的精神啊！"副校长微微点头。

他们的对面是调查组全体，安德鲁领衔，帕西坐在他的下首。安德鲁盯着对面的敌人，双目炯炯。他早已发誓要报被愚弄之仇，微胖白皙的脸微微抽动。

"安德鲁老弟你还好么？脸上肉都抽抽啊。"副校长隔空招呼，"没病吧？"

安德鲁又一次被这个老混蛋怼了，还羚羊挂角无迹可寻。他不知道如何反击，只能强硬地扭过头去。

"跟我玩？"副校长鼻子里哼哼，"年轻人！"

"副校长您贵庚？"芬格尔问。

"二十五岁。"

芬格尔一愣。副校长和校长是一辈的人，而校长的年龄不低于一百三十岁。

"那是我永不逝去的黄金年华，永远的二十五岁！"副校长挥手跟听众席上的曼施坦因打招呼，"嗨！儿子！"

曼施坦因跟安德鲁一样扭过头去，不想在大庭广众之下搭理这个二货父亲。

被遴选出来的学生代表们正在入席。狮心会拿下了一半的席位，他们全体换穿深红色校服，佩戴白色饰巾，整齐得好似一支军队。另一半席位被学生会拿下，学生会从来不跟狮心会一致，选择了黑色校服，恺撒最得意的蕾丝白裙少女团居然以黑色蕾丝长裙出场，看来是要给竞争对手送葬。双方分别占据了会场的左侧和右侧。

学生会主席恺撒·加图索大概是以看热闹的心态来的，套着耳机怡然自得地听着音乐。狗仔们则敏锐地察觉到社团领袖们的女人都没有出现，无论是诺诺还是苏茜。

不过还是有人以美貌镇场，新生中的校花候选人夏弥带领新生联谊会的男生们坐在狮心会一侧，手捧一束含苞欲放的香水百合，闭着眼睛都能想到那束花将被赠给谁。

不过以夏弥小姐的性格——这个性格已经在这段时间里众所周知了——谁也不能保证在局面恶化的情况下她不会用这束花暴打安德鲁。

最后的重磅人物是路明非，全校唯一的Ｓ级学生。他看起来有些没精打采，坐在狮心会一侧的角落里。

这墙头草居然颇有几分义气，没坐在学生会一边，虽然恺撒才是他老大。大家都清楚他在中国的行动中受了楚子航很多关照。

"恺撒的少女团是劲敌！"副校长皱眉。

"怎么说？"芬格尔问。

"听证会就好比球赛，我们和调查组踢球，比的不仅是脚法，还有啦啦队的阵容，我觉得对方啦啦队里美女多一些。"

芬格尔点头："我们有夏弥，夏弥一个能打那边十个！"

"真期待看她过游泳考核的样子。"副校长微微点头。

所罗门王敲了敲木槌，全场肃静。

"我宣布，听证会正式开始。"所罗门王庄严地说，"校董会派来的调查组和学院管理团队在Ａ级学生楚子航的血统问题上各执一词，我们不得不举行这场听证会给大家一个公开讨论的机会。在事前提供的资料中，调查组严厉谴责校方的失职，而校方指这种谴责是……"他低头朗读文件，"'青蛙坐在井里仰望天空般的胡扯！'这是我原文转述副校长的话，很遗憾这个句子我未能理解。"

"坐井观天。"副校长补充，"这是一个中文成语。意思是说青蛙或者癞蛤蟆之类的东西坐在井底观察天空，说，啊，天就只有那么点儿大啊，还不如我这井大呢？引申为某些人眼界太小太过自负在什么都不懂的情况下大放厥词。"

"形象的修辞方式。"所罗门王评价，"对于副校长先生没有骂下半身，事实上我已经要感谢你的克制了。"

所罗门王虽然是个学究，看起来对副校长的品性也颇了解。

安德鲁的愤怒简直能够轰飞英灵殿的屋顶，听众席上狮心会一侧传来了嗤笑声。

"那么请双方列举证据，你们可以争论，最后的判断权在我们这里。"所罗门王再次落槌。

这等于拳击比赛敲了开场钟，安德鲁早就迫不及待，噌地站起："校董会对学院管理团队的质疑，有充分的证据支持！ 在过去的十年里，自由风气遍布校园。各委员会都无法有效地监管和引导学生，过轻的课业压力，不负责任的'自由一日'活动，随意的血统评级，更夸张的是，执行部已经彻底演变为一个暴力部门！"

他把一沓资料摔在桌上。

"没有演变，是校董会对我们的过去不够了解，执行部一直都是暴力部门。"听众席上的执行部负责人以嘶哑冷漠的声调反击。

执行部专员们冷着脸鼓掌。这倒真是安德鲁对执行部缺乏了解，执行部从组建之日起就不以"暴力部门"为耻，施耐德只是把暴力高效化了。

"肃静！"所罗门王敲了敲木槌，"最重要的是资料公布，而不是争吵！"

安德鲁压住了怒火。他知道执行部负责人的立场，但执行部这种机构终归是要拉拢的，今天的目标也不是他们。

"校董会要公布的第一份资料，是楚子航在执行部的档案。"安德鲁又放出一份文件。

"楚子航惹你们了？ 你们要这样针对他？ 那是个好孩子，品学兼优，刚刚被评为三好学生。更难得的是古道热肠，这里很多人都知道的。"副校长说。

"是么？ 那么谈谈开普敦棒球场的倒塌？ '君焰'，高危言灵，几万人围观，群体踩踏事件。而这一切根本没有在任务报告里提及，你们在掩盖什么？"安德鲁质问。

"报告上有提到啊，"副校长打个响指，"念！"

芬格尔摊开文件："备注，执行过程中引发了小规模骚乱，造成了几起轻伤和着火，火焰旋即被开普敦消防局扑灭，未有蔓延。楚子航记过一次，扣罚一个月奖学金。"

"看看，很严格！ 对不对？ 我们对学生的管理，很严格嘛！ 说得清清楚楚！"副校长义正词严。

"小规模骚乱？ 是数万人围观开普敦棒球场的倒塌！ 数百人被烧伤！"安德鲁高声，"这件事被开普敦电视台公布给几百万观众，当时的视频资料已经呈给陪审团，怎么解释？"

"说起这件事，就不得不说到我昨天刚好看了开普敦电视台的特别节目，恰恰是有关那场意外。"又一个响指，"放视频！"

电视节目投影在大屏幕上，右上角有开普敦电视台的logo，记者正在采访一个满脸诚恳的老黑人，他向记者展示了自己胳膊上烧伤的疤痕。

"对于棒球场的事件，您有什么能回忆起来的么？"记者问。

"我看到了肇事者！"老黑人肯定地点点头。

"能描述一下他的形貌么？"

"红蓝两色的服装搭配,紧身衣,斗篷,看起来活像一个疯子。他的眼睛能够喷火,被他盯着看的女人衣服都被烧光!"老黑人很肯定地说。

镜头切换,嘻哈风格装扮的年轻人:"毫无疑问是个美国人,方脸。"

"紧身衣,肌肉发达,是个美男子哦。"火辣的少女。

"看到他举起一辆悍马投掷,不知道是在跟什么人搏斗。"现场的保安。

镜头切回记者的脸:"坚持调查棒球场倒塌事件的几个月来,我们意外地发现,目击证人的描述不约而同地指向了一个众所周知的人物……"

画面定格,某著名外星人的大幅写真占据了整个屏幕,蓝色紧身衣,红色内裤外穿,红色斗篷,还有额前那缕风情万种的小卷毛……

安德鲁震惊:"你的意思是……超人做的?"这路数委实出乎他的意料。

副校长耸耸肩:"我什么都没说,开普敦电视台说的。"

安德鲁双拳捶桌:"我已经忍你们很久!不要把我当傻瓜!如果你们要骗我,至少编造一点可信的理由!"

"我们没有骗你,"副校长摊摊手,"我只是放电视节目给你看而已。你太暴躁了朋友,肝火旺啊。"

"那斯德哥尔摩的事件呢?楚子航把罪犯吊死在市政厅上了!"

"一个连环杀人犯,而且是个死侍,吊死是很正常的嘛,死得其所嘛。"副校长一脸无所谓。

"楚子航在执行过程中明显处在失控的边缘!存在危险的杀戮倾向!这是血统造成的!这被从报告里抹掉了!"安德鲁冷笑,"你们怎么解释?"

"关于这件事,来看看警方最近找到的几个证人。"副校长说。

大屏幕上画面切换,"毫无疑问是蜘蛛侠干的,你看那把人吊起来的手段,是他的手笔,我认得出来。"反戴棒球帽满脸雀斑的小子说。

"一个人影很快爬上市政厅,双手双脚,垂直地往上爬,嗖嗖的。"证人一口纯正中文,下面字幕说明他是一名中国游客。

"我知道你还要问我芝加哥汉考克大厦的事。"副校长按动遥控器。

"我看见他了。他向我抛了个媚眼,他很英俊,性感。"喝得烂醉的女郎两腿劈开,妖娆且不雅地坐在酒吧凳上,眯起眼睛似乎挑逗摄影师,"他开一辆奥迪TT走的,没错儿,钢铁侠,是他,那张脸全世界都认识。我想要不是赶时间他会留下来跟我喝一杯。"

"双手 Repulsor Ray,胸口 Uni-Beam,这么发射的,一次轰塌了三层楼的墙壁!相信我!他是最强的,因为钢铁侠能不断自我强化!那些靠基因的超级英雄不如他,是他干的,我亲眼所见。"咖啡馆的店员摆出双手发冲击光束的姿势,"你问然后?别听那个傻女人的,他当然是飞走了!你了解钢铁侠么?他会飞的!有必要开奥迪走么？"

　　副校长潇洒地转身，微微一笑："看了这些新闻，我亲爱的同事们，我们伟大的科学家，睿智的神学家，我们能相信这些是超人、钢铁侠或者蜘蛛人做的么？"副校长猛拍桌子，"显然不能！公众媒体能够当作证据么？公众媒体那就是一群狗仔啊！为了新闻效应，可以不惜捏造啊！"副校长痛心疾首，"我们有什么理由不相信执行部的报告，却采信公众媒体呢？作为卡塞尔学院的副校长，那么多年以来，我兢兢业业，要求执行部秉着求实求是的风气，努力做人，认真做事。这才符合我们建校百年的校训……哦对不起，我们没有校训，"副校长清了清嗓子，"朋友们呐！永永远远擦亮眼，我们绝不放过一个坏人！也不诬陷一个好人！"

　　调查组全体进入被雷劈的状态，他们猜到了这群人下限低，却没猜到他们根本没下限。自己就是最不要脸的狗仔，却反手一棍子扫倒全球同行。

　　芬格尔带头，狮心会全体代表起立鼓掌，旁听教授以施耐德带头，全体起立鼓掌，还保持坐姿的只有恺撒带领的学生会代表们。

　　陪审团成员们互相递着眼神，老科学家和老神学家们很多年没有离开校园，对于外面的发展并不太了解。他们中有些人看过超人或者蜘蛛侠的漫画，甚至是这类漫画的粉丝。但是很显然，这种漫画英雄不可能出现在现实世界。如此推论，就像副校长说的那样，新闻媒体在这几十年间已经堕落了，完全不可信赖了，因此调查组提交的证据也很难过关。

　　终身教授们都点了点头。

　　英灵殿的大门呀的一声开了，一线阳光投入阴霾。

　　坐在门边的路明非一扭头就看见了那身深红色的校服裙，暗红色的长发用白色的丝绸发带束起，一双高跟的深红色鹿皮靴子，还有耳边银光四射的四叶草坠子。

　　这让他恍惚回到一年多之前，那时他的世界很小，不出中国南方的那座城市。这个红发小巫女也是这样推开门，光照了进来，她站在光里，漂亮的眼角眉梢满是睥睨的神情。

　　她就是这么粗暴地把他的世界撕裂开了一个口子，否则路明非也不会坐在这里跟一群爬行动物混血种开会。

　　他呆呆地笑了笑。

　　"那边去那边去，给我让个位子。"诺诺踹他。

　　听众席上一片哗然，学生会会长的女友姗姗来迟，而且穿的是狮心会的深红色校服，一屁股坐在了狮心会这边。

　　而恺撒好像没有觉察女朋友来了，头都没回，照旧戴着抗噪耳机听音乐，一脸投入。

"你怎么来啦?"路明非喃喃地问。

那个炎热而漫长的暑假过去后,他和诺诺之间就像是风筝断线那样失去了联系,生日都没有收到她的信息,诺诺还许诺说她一定不会忘记⋯⋯然后得到的消息就是恺撒提交了要和诺诺订婚的申请。难道是因为要订婚么? 新嫁娘勤苦准备订婚仪式上的礼服什么的,甚至都不见她在校园里出没了。

其实他也不想见她了。他承认自己羡慕妒忌恨,还有点埋怨诺诺,永远都是那么渣,要来就来要走就走,给你一点希望却从不做承诺。

卖火柴的妞儿不就是因为心怀希望挂掉的么? 点燃一根火柴说哇火鸡哎,再点燃一根说哇蛋糕哎,再点燃一根说哇妈妈哎,可这些希望都不能实现,所以那妞儿就挂掉了。

最后必然失去的希望就是毒药啊。

他已经打定了主意以后要绕着诺诺走,直到在脑海中清晰树立起"这是恺撒未婚妻"的牢固形象才去见她,并且恭祝她百年好合。

可终究还是没躲开,抬眼看见她,心里一颤只能说出这句没头没尾的话来:"你怎么来啦⋯⋯你不是已经走了么?"

"我怎么不能来?"诺诺一愣。

"这里分拨的,恺撒在那边。"路明非小声说。

"我知道,"诺诺耸耸肩,"我喜欢红色不行么? 你不也坐在这边么?"

路明非倒是知道诺诺喜欢红色,连吃冰淇淋都选择淋草莓酱的,但是颜色能决定一个人的阵营么?

"胜券在握!"副校长喜上眉梢,"如此一来我方美女的质量数量都压过了对手!"

"那些老家伙可不会按啦啦队阵容来判断胜负。"芬格尔倒还冷静。

"美女是给那帮老家伙看的么? 关键是鼓舞我自己的斗志,在我斗志满格的时候,没有人能在无耻这个领域战胜我!"副校长冷笑。

"肃静! 先生们,请减少不必要的争执,这次听证会的核心在于校方是否在血统评定上出现重大错误,把危险的血统引入了校园。"所罗门王威严地说,"这是我们最大的禁忌之一,在古老的时代,我们就根据《亚伯拉罕血统契》建立了钢铁般的章程,以清除我们中不洁的血统。这些章程直到今天也还有效,在你们入学当日,你们已经签字服从了这一章程,因此我们所有人都受到它的约束⋯⋯"

路明非如今才知道他入学的时候签的那份霸王条款是什么玩意儿,为什么非要用拉丁文写。

"诸位都有人类和龙类两面,血管里同时流动着白与黑、善与恶、爱与恨、和平与杀戮等诸多矛盾。我们不是纯善亦非纯恶,我们有杀戮的能力而不能有杀戮的欲

Chapter 13
Blood Contract

望。请谨记我们站在人类一方，只有内心中人类的善战胜龙类的恶，才是我们的同伴。任何人如果不能克制那恶，让自己的灵魂被对力量的渴望吞噬，那么就变成我们的敌人。"所罗门王合上沉重的法典——《亚伯拉罕血统契》，"此刻我们之间的契约终结，我们的刀剑将指向那堕入深渊的人。"

所有人都手按左胸，表示了对这一崇高法典的尊崇。诺诺也跟着起身宣誓。

路明非默默地看着她的侧脸，有些欣喜，也有些疲惫，她还是好看又蛮横，眉宇飞扬，像个拍马舞刀的女将军。为路明非助威的时候她来了，为楚子航助威的时候她也来了，总不能代表她谁都喜欢。

"尊敬的调查组，从刚才的辩论来看，新闻媒体可能不是可靠的消息来源，我们需要更有力的证据。"所罗门王转向安德鲁。

"那么让我询问某些当事人。"安德鲁站了起来，大步走向听众席。

他站在了路明非面前："路明非，你和楚子航曾经在中国一同执行任务，你怎么看这个人？"

路明非吃了一惊，事前也没有通知他要当证人，直到诺诺狠踩了他脚面一下，他才像屁股上装了弹簧似的蹦起来。

"路明非，想好再回答，你应该知道做伪证的代价。"安德鲁也不知是威胁还是循循善诱。

他就是要搞突然袭击，根据他风闻，这个S级也是昂热包庇的对象，按道理说立场肯定是在昂热那边，但似乎是个胆小怕事的人，这种人是容易打开缺口的。

"牛人呐。"路明非说。

安德鲁一时间有点没法往下接，看来这个S级学生还是有点门道的，仿佛打出了一记太极云手，随便就化去了他的力道。

他把一份文件放在路明非的面前："这份就是你签字认可的任务报告。根据你的报告来看，任务过程一切顺利，非常圆满。对么？"

"没错，很顺利，校董会要的东西，我们不是拿回来了么？"路明非说，"货有问题？"

"这份账单还有印象么？当晚润德大厦的夺还行动进行的时候，路明非你正在名为 Aspasia 的高档餐厅吃饭，邀请的是高中的某位女同学。"安德鲁把一张封装起来的账单抵到路明非面前，上面确实是路明非鬼画符的名字，"加图索家支付了你的餐费，所以我们很容易地就查到了。"安德鲁冷笑。

路明非心里咯噔一下，诺诺很容易猜到当晚他是跟谁吃饭的吧？别说她有那种神奇的天赋，就算敏感点的普通女孩也能猜出来。

哈哈哈哈真是很丢人的事啊，分明被女孩当了备胎还打了脸，暑假回家还巴巴

289

地请人吃晚餐，甚至连SS级的任务都弃之不顾。

人怎么能那么贱呢？诺诺心里现在一定很不屑吧？枉费她的法拉利、黑纱裙子和高跟鞋，救出来的小废物居然又回到原来的地方去了。

可这时候他无论如何都不能说那场晚餐是楚子航安排的，否则安德鲁就会抓住这一点穷追猛打……楚子航越权行动……楚子航脱离计划……楚子航根本不可控。

"事实上那次的行动完全是楚子航主导的，对么？那份报告也是楚子航写的，你只是签上了名字！"安德鲁乘胜追击，"他就是这样的独狼，他不跟任何人合作！"

安德鲁以为路明非被抓住了尾巴，路明非也确实是被抓住了尾巴，但不是安德鲁想的那一条。就像楚子航说的那样，路明非并不想诺诺知道那顿晚饭，恺撒和楚子航也都像是完全忘了似的保守了秘密，可居然被这么揭了出来，大庭广众的，真叫人恨不得找个地缝钻进去。

老家伙你找死么？路明非缓缓地抬起头来。

"我指挥若定不行么？我安排好了工作就让副手去执行，不可以么？执行部哪条规章制度说专员必须自己上一线的？"路明非盯着安德鲁的眼睛，"我把事儿办好了你还管我怎么办的？我跟谁吃饭关你屁事？我吃你家大米了？那么大年纪怎么那么八卦呢？"

连珠炮般的反问，每一句都震得安德鲁想后退，没料到这个中国小子那么光棍，果然这间学院里跟中国沾边的家伙都不好惹！

"路明非你可要想明白，你要为你说过的每个字负责！"安德鲁想用气势压倒这个年轻人。

"要不要我发个誓？"路明非三指朝天，"仁慈的主啊！如果我在这里说了一句假话，就让我失去你的庇护，再也进不得教堂的门，以后只有魔鬼为伴！"

不知道什么地方传来男孩狂笑的声音，路明非一眼扫过去却没在座席上找到路鸣泽的影子。

安德鲁气得额角青筋直跳，他当然知道路明非不信教。

路明非也紧张，他能顶住安德鲁的压力，靠的是面瘫加流氓无产者的气场。他根本没有读过楚子航写的任务报告，楚子航叫他签字他就签字，安德鲁如果问他细节他就垮了，他并不知道那晚在润德大厦里到底发生了什么。

两个人恶狠狠地对视，精英老讼棍碰上街头小流氓，都梗着脖子，老拳揣在袖子里。

"女士们先生们，"安德鲁率先发动攻势，他哈哈大笑，感觉胜券在握，"听听这位年轻专员的故事，十九岁的孩子，没有任何执行经验，连通过考试对他都是很有挑战的事，如果不是这场听证会，他此刻应该正在为他挂科的两门专业课补课。可他居然声称自己遥控楚子航完成了SS级的任务，他自己还有闲心跟心仪的女性吃一顿浪漫的晚餐。而执行部的先生们在收到这份报告以后却完全不加思考地接受了，直接归档。我们尊敬的副校长刚才说，新闻媒体惯于捕风捉影制造新闻热点，那执行部的行为算什么？说是玩忽职守已经太轻了！这是赤裸裸的包庇纵容！而这，就是昂热校长领导下的学院！"

"可我是S级，S级你懂么？"路明非说。

安德鲁一愣，难道这个学生准备用阶级来压自己？安德鲁当然不是S级，仅从血统而言他大概也就能评个B级，但他有校董会的授权。

"S级同样要服从我们定下的规范！"安德鲁高声说。

"不是，大叔你误解了，我的意思是，我是天才，还是那次行动的负责专员，我官大一级压死人，楚子航敢不听我的么？"路明非冷冷地说，"不要拿你那颗普通人的大脑来判断天才！还有你太龌龊了，你凭什么就说当晚跟我吃饭的就是我心仪的女性？我心仪谁你怎么知道的？我能约出来单独吃饭的女孩多了去了……"

路明非原本没指望此刻有人助拳，但角落里还真有人举手，虽说就那么一个，但俄妹光照满堂的容光足以证明路明非少爷绝非情场上的败狗。

"我就是那么牛×那么厉害的，我想那个任务很简单，在我的妥善安排和英明领导下，楚子航都能很轻松地完成任务。所以我就随便找个妹子出来吃饭咯，运筹帷幄之中决胜千里之外，我们中国的牛人一直都是这么干的。然后楚子航根据我的计划完成了任务，确实打伤了几个人，但那也是我预先想到的，校董会派下来的任务，我们当然要特事特办，打伤几个人算什么？如果要负责任，那得是我负责任，我签字我负责啊，你老揪着楚子航那种跑腿的干什么？"

路明非越说越牛×，说得自己犹如诸葛亮附体郭嘉转世，反正他也豁出去了，这个雷他决定帮楚子航扛了，那就扛到底。

虽然这个安德鲁和他背后的校董会都不是路明非得罪得起的，但路明非就是那种会莫名其妙发疯的家伙，他越讲越酣畅淋漓飘飘欲仙，心头爽得像是要开出一朵花来。

"谁能证明？"安德鲁气急败坏，瞪得眼眶都要裂了，"谁能证明？"

"我能证明啊，"诺诺举手，"我跟他在三峡水库一起行动过，路明非就是这么一个人，S级嘛，血统优秀，很厉害，他下命令做决断，我们负责执行。他很霸道的，说一不二。"

片刻的沉默之后，掌声如雷，狮心会这边学生们的情绪高涨，副校长为首的部分教授鼓掌。掌声夹着笑声，与其说是对路明非和诺诺的鼓励，倒不如说是对安德鲁的嘲讽。

诺诺在拍着桌子笑，路明非默默地看她笑。笑得真嚣张，牙花子都露出来了，可是看她笑就是会觉得开心，真是莫名其妙。

好像忽然明白周幽王那个二百五为什么会烽火戏诸侯了，有些人她在笑，你就觉得世界和平时间静好，她要不笑，就好像天都黑了。

"好吧！这是你们逼我的！"安德鲁回到调查组的桌边，"下面我将向陪审团提交一项绝不容抹杀的证据！"他环视全场，"楚子航的血样！"

副校长表情一僵。

"难道他们还没有察觉楚子航被洗了血？"芬格尔低声问。

"虽然我也觉得他们缺乏智慧，但是缺乏到这个地步，反而让我有点担心，"副校长凑近芬格尔耳边，"血样没有流出去吧？"

"校长那种老贼，办这种事怎么会有漏洞？说是全部销毁，一滴不剩。"

帕西拎着一只医用冷冻箱走到会议厅中央，这种设备通常都用来转运血浆。

他在一张小桌上放下一块石英玻璃，打开冰冻箱，干冰中插着一支透明的真空管，管中的血样呈现出石油般的黑色。

他拿出真空管，向院系主任们展示上面的封签："我用这支真空管从楚子航身上直接采血，之后立刻封存，并加上了封签。楚子航，是不是这样？"

"是的。"楚子航说。

他无法否认，帕西进入他病房采血的过程必然被诺玛布置的摄像头记录下来，而诺玛的存储器校董会随时可查。

"那么，血样B，是我从血库中提取的纯粹的人类血样。"帕西举起另一支石英管，"它的来历可以清楚地查到。现在我们将各采集一滴血样，令它们接触混合。"

"下面我们将提供的证据是一项实验，它有相当的危险性，所以请格外不要靠近我。众所周知，龙血对于人类血液有很强的侵略性，这种效果有时候可以强化人类的体格，就像是神话里英雄以龙血沐浴而获得坚硬不可摧毁的身体，但是绝大多数时候，龙血对于人类是剧毒。危险血统的混血种，他们的血液和龙血有相似的特征，暴躁、进攻性、剧毒、会和人类的血液发生剧烈的反应。"

基因生物学系主任率先点头，这是写入教科书的知识，只是很少有人能够获得新鲜龙血和人类血液来做实验。

帕西以吸管各取了一滴血，滴在那块石英玻璃上。石英玻璃中间有个弧形的凹槽，两滴血沿着凹槽缓缓地相互接近。血滴相合，好像油和水之间并不融合。

帕西忽然往后一闪，石英玻璃上炸开了鲜艳的红色，像是肆意泼洒的墨，又像是凌空盛开的花，反应极其剧烈，溅出的液体细丝在桌面上留下一道道漆黑的痕迹。

所有人都惊讶地站了起来。

"见鬼！怎么可能？"副校长呆住了。那确实是楚子航血液独有的反应，这个实

Chapter 13
Blood Contract

验他和昂热亲自做过。

中央控制室。虽然是在听证会期间,执行部仍有一个团队在这里值班,监控全世界的信息。

某个年轻人不停地刷新着一个网站,就是那个猎人们交易任务的神秘网站,学院始终保持着对这个网站的监控。自从上次的事件之后,监控更强化了。

今天看起来一切正常,悬赏任务还是很多,多数任务和非法的文物流动有关,还有拜请驱邪捉鬼的、邀请一起潜水探寻亚特兰蒂斯遗址的。

这就是个怪力乱神的世界,真不知道这个世界如何能保守自己的秘密,猎人又都是那种天马行空不受拘束的人,按说只要某个猎人把网址给到媒体,这个世界的很多秘密就曝光出去了,可这个网站运行那么多年来,就是一点消息都没有泄露出去。似乎只要浏览过这个网站的人都被植入一种精神暗示,绝对不能把秘密泄露给外面的人,即使面临死亡。但这个精神暗示平时完全不会起作用,只是种在意识深处的一个小小根苗。

一个加粗的标题被顶到了论坛的最上方。从发帖时间看是几分钟前,但有惊人的七十条回复,在这个论坛,七十条回复是超级热帖才能达到的。

年轻人扫了一眼帖子,忽然颤抖起来。他还没来得及看帖子内容,下意识地按"F5"刷新。短短的十几秒钟里,回复破百。

网站忽然变慢了,无疑这条信息正以惊人的速度流向世界各地,不计其数的用户正在各自的电脑前打开这个帖子,海量的并发访问拖慢了服务器。

这个帖子必然是整个混血种中的一次核爆。

帕西一言不发地返回桌边,留下了那张几乎被血样烧焦的实验台。已经不必用语言来说明这份血样是危险的了,实验效果触目惊心。

副校长脸色很难看。他是炼金术的专家,知道这种实验无法作伪,那就是经过"爆血"技术精粹后的血液,很不稳定。可血样怎么会流出去了?

终身教授们聚在一起窃窃私语。实验也震慑了他们。他们不得不深思熟虑,也许那个沉默的学生楚子航浑身都流淌着危险的血,随时可能异化为死侍。

学生们则面面相觑,而木栏中的楚子航仍旧面无表情。

"谁能保证血样来自楚子航?"夏弥站了起来,"没有人看到采血的过程对不对?也许是你们自己兑了杂质进去。你们为什么不现场抽血?"

"因为他被换血了,人体需要一个月才能自己生成全部的血液,只要以对待重症病人的办法把他全身的血洗一遍,证据就能完全被抹掉!"安德鲁大声说。

"如果他浑身的血都是这样的,那么换血过程中和正常血液接触就会爆炸吧?

"那他怎么能坐在这里？"夏弥又问。

片刻之后，狮心会的学生们再次鼓起掌来。夏弥放出的确实是杀手锏，如果楚子航的血液会和新血发生剧烈的反应，那么换血怎么进行？

副校长窃窃地龇牙。

他清楚这是怎么回事，昂热的手腕很硬，当然这其中也得到了瓦特阿尔海姆研究所的技术支持。研究所的神经病们并看不上昂热，但他们很清楚如果校长被更换，那么他们眼下享有的自由和特权就会打折甚至取消，所以他们第一时间选定了立场。

他们首先使用一种人造血液替换了楚子航的全身血液，这个过程被循环了数次，直到楚子航体内不剩下任何原本的血液，然后再用人类血浆把人造血给替换了。这个过程中楚子航被置于十五度以下的低温中，以确保安全。

普通人在短时间内经历低温和频繁换血，早都死得不能再死了，但因爆血而强化的身躯足够帮楚子航撑过这几轮神操作。

"怎么换血的我们目前还不清楚。但是别急！还有新的证据！"安德鲁高声说，"人证！问问这些楚子航的同学，楚子航果真如校方描述的那样，是个遵守纪律服从安排的人么？或者他其实是一条潜在的暴龙？"他指向恺撒，"学生会主席恺撒·加图索先生，你怎么看这个问题？"

座席上重归寂静，人人都在等待着恺撒的陈述。恺撒当然不会喜欢自己的家里人来掌管学院，首先那会影响到他自己的自由散漫，其次他的人生乐趣之一就是跟家里人为难。

但他的精英意识是否允许他说谎，而且他和楚子航是宿敌。

清洗了狮心会，学生会就是这个学院最大的社团，它的领袖，未来也许就是秘党的领袖。

恺撒摘下降噪耳机，整整衣领起身，向着终身教授们微微躬身，又向辩论的双方点头致意，好似一位总统即将念出他的国情咨文。

"先生女士们，以加图索之姓发誓，我在这里说的一切都是真的。楚子航是我校优秀的学生，每个人的好同学，我们都深深地被他的人格魅力吸引，他儒雅、温和、博学，是一切美德的化身。他不仅从未有暴力倾向，而且乐于助人，即使面对敌人，他也永远保持克制的态度，我作为他的竞争对手，也依然能体会到来自他的温暖和正能量。我们曾经在伊斯坦布尔共同执行任务，经历过生死的考验，也曾共同主办派对，款待新生，我们有着很多共同的好友，如各位所见的那样我的女友已经穿上了狮心会的深红色校服……"

美好的男中音里，安德鲁的世界在崩塌。

怎么回事？不是用家族的姓氏发誓了么？怎么还能说出这种堪称厚颜无耻的谎话来？一切美德的化身？那是楚子航么？这是成佛后的释迦牟尼吧？

Chapter 13
Blood Contract

"恺撒并不太在乎他的姓氏,其实连家族他也不在乎,"帕西凑近他耳边,"如果早知道您也要让他回答问题,我会劝阻您的。"

但已经晚了,安德鲁因为对本家少主缺乏了解,支付了沉重的代价。

满场都是有节奏的掌声,一波一波简直能掀掉屋顶。恺撒已经摘掉了讲国情咨文的面具,开始进入表演阶段,动情地讲述他和楚子航各种友爱互助的故事,听众仿佛能看到深夜的图书馆里,楚子航解下外套搭在熟睡的恺撒同学肩上,他们驾着帆船横渡大湖,畅谈屠龙壮志……情深万种,百年修得。

安德鲁看得出他在演,嘴角戏谑的笑容暴露出少主对家族的嘲讽,但院系主任们看不出,在他们看来恺撒还是个孩子,他说的当然是真话。

学生会和狮心会的成员们相互击掌,他们其实根本就不是对手,其实听众席上的人们早就达成了某种默契,非要穿两种颜色的校服更像是一个玩笑。

路明非心想,关键时刻居然不是他救下了楚子航,也不是芬格尔,而是恺撒老大亲自出马。恺撒当然很乐意做这件事,连楚子航的一个许诺他都要放在自己名下,这是让楚子航欠他超级人情的机会。只有路明非不知道,过去的几天里他一直是喝着劣质红酒发呆,足不出户。

"安德鲁先生,听证会似乎可以到此为止了,你呈交的对楚子航的种种指控都被驳回,跟他相处最多的学生们也都证明了他没有调查团所说的那种倾向……"所罗门王尽量低声地对安德鲁说,院系主任们也看出了校董会特使的难堪,并不想在这种场合下刺激他。

"我听到了什么?我听到了什么?"恺撒忽然以手张耳,"我们尊敬的所罗门王殿下刚才说……"

即使不释放"镰鼬",他的听觉也远强于普通人,所罗门王愿意给安德鲁面子,恺撒却不愿意。

其实剩下的话已经不必说了,校长挟学生社团的支持,成功地击退了校董会试图改朝换代的一波进攻,全场沸腾。学生们站起来相互拥抱。

诺诺不在路明非身边了,夏弥把准备好的花束远远地丢给了她,她抓着花束蹦过去跟恺撒拥抱,黑色和深红色已经混起来了,簇拥着他们。

路明非忽然想也许这一切根本就是师姐做的局,她跟苏茜是闺蜜,她不能让苏茜伤心,就去找了恺撒,恺撒当然会顺水推舟地同意,所以自始至终诺诺一点都不紧张。

而夏弥准备的花,也是给诺诺的。

总算可以放下心了,面瘫师兄没事了,路明非应该高兴,只是看着所有人都那么高兴,忽然觉得没自己什么事儿了。

他一直就是这么个人,永远慢半拍,总想追着别人跑,却又总是追不上人家的脚步。

人群好像产生了某种压力，压着他一步步地后退，但没有人注意他，场面全乱了，大家都在庆祝。他默默地退出了会场。

只有一个人的目光在人群的缝隙中看着他的背影，被告席上的楚子航。

大门被猛地撞开，执行部的年轻人冲了进来。

"听证会时间不得闯入！"所罗门王大声说。

"那个网站……最新悬赏！"年轻人喘息着，"名为芬里厄的巨龙……即将在中国北京苏醒……招募猎人杀死他……悬赏金额一亿……一亿美金！"

全场死寂。所罗门王呆了许久，跌坐回椅子里。

这真的是颗核弹，信息的核弹，有人竟然把这样的信息放进了那种网站里，消息会不会泄露且不说，这应该是个警告，或者挑衅。

君主还未苏醒，就已经对世界发出了沉雄的呼唤问："谁来杀我？"

大地与山之王，要苏醒的确实是这家伙，那是他在北欧神话中的名字，秘党之外知道的人并不多。

猎人们是对付不了那家伙的，猎人们都是散兵游勇，发出消息的人期待的接单者，应该就是卡塞尔学院。

楚子航举手，声音平静："诸位，我希望以行动证明自己。这样的情形下，我们势必会向中国派出专员，我曾经和路明非在中国共同执行任务。这一次，我申请和他一起前往中国。我的所作所为，将证明我的忠诚。"

第十四章 罪与罚 Crime & Punishment

深夜，校长办公室顶层。

一盏台灯，七只骨瓷杯，七个人影围绕着办公桌。

风吹着落叶在屋顶滚动，好像无数忍者在屋顶上潜行而过，很久没有人说话了，气氛神秘变幻，就像是杯中茶水溢出的白汽。

昂热端杯向周围致意："真是难得，同时邀请三位学生参加晚间茶会，欢迎诸位，还有诸位辛勤的导师们。"

"妈的！为什么我要跟疯子一队执行任务？我是对自己不断留级的人生绝望了么？不去！坚决不去！"有人显然不打算配合，在椅子上一边扭动一边嚷嚷。

卡塞尔学院独一无二的 G 级学生，芬格尔·冯·弗林斯。他之所以只能在椅子上扭动而不是立刻站起来逃之夭夭，因为双手被人用皮带捆在椅背后了。

他的身旁，提着裤子的副校长狰狞地冷笑。

"我还没有提到要你们去中国屠龙，你能否稍晚一些再发作？"昂热说。

"别以为我猜不出你们的想法！什么晚间茶会？就是动员会对吧？就是要把我和楚子航捆上同一条船对吧？我已经完成任务了，校长你别赖账！我明年就要光辉地毕业，作为执行部专员，飞去世界各地和性感师妹们一起执行任务，在古巴公路上飙车抽雪茄，在夏威夷的海滩上躺着让人给我抹防晒霜，在湄公河上和偶遇的东方妞儿划船……我的好日子就要来了，拜托我可是熬了九年才毕业！我可不想折在黎明之前！"芬格尔很悲愤。

"你说的不是执行部专员的生活，是詹姆斯·邦德的。"施耐德嘶哑地说，"如果执行部有人过那样的生活，那只能是我管束不力！"

"给点想象空间不可以么？"芬格尔叹气。

"作为独一无二的 G 级，你以为毕业那么容易？就算我和校长放水，你觉得校董会不会报复你？我和校长是给你创造机会。设想你完成了这项任务，你的实习报告该是何等亮眼，校董们绝找不出理由阻止你毕业。否则你很可能还要念你前无古人的十年级！"副校长大力拍着芬格尔的肩膀，对这头犟驴一手胡萝卜一手大棒。

"比起死在这疯子无差别攻击的'君焰'里……我宁愿啃着猪肘子念十年级！"芬格尔怒视旁边的楚子航，但明显气焰低落了一些。

楚子航面无表情地坐在那里，喝着茶，吃着巧克力蛋糕。

"对这种家伙你只有用暴力。"副校长对旁边的古德里安说。

古德里安频频点头，深感作为教育家自己和副校长之间还有不小的差距。

昂热咳嗽一声："我可以继续了么？ 今天到场的三位，是这所学院中真正的精英，我非常荣幸地通知大家，你们将作为实习专员被派往中国。"

"荣幸你妹啊！ 我就说嘛！ 还是这套！"芬格尔哭丧着脸。

"不会就我们三个吧？"路明非心里也有点没底。

一直以来都听说执行部猛将如云，就算那些看起来手无缚鸡之力的教授们中也不乏身怀攻击性言灵的凶神恶煞。可居然连续两次屠龙任务都落在他这个低年级头上，上次好歹还有曼施坦因带队，这次看起来学院是要把三个学生编组。

"学院出动了很多编组，你们这一组就只有三个人。"昂热说，"不要觉得自己经验不足，你们是Ａ级和Ｓ级，即使芬格尔也曾是Ａ级，在血统上的优势胜于执行部多数专员。越是面对地位崇高的古龙，血统的作用越大。"

"龙王苏醒的消息被公开，是学院历史上最大的危机，执行部已经倾巢出动。"施耐德说，"学生也出动了两个小组，另一组包括恺撒·加图索、陈墨瞳和夏弥。"

"这次终于不是灯泡了么？"路明非心想。没有分在一组，也许是学院故意的吧？ 否则大家都很尴尬。

芬格尔愣了一下，眼珠子转了转，冲路明非和楚子航挤眉弄眼："我说，你俩还真是悲剧啊！ 暗恋的妞儿都跟恺撒一组！ 不如我暗恋恺撒好了！ 这样我们三个暗恋的人组个团，我们组个团，这悲剧团就悲到极致了啊！"他扭过头又冲着昂热嚷，"校长！ 这团队分配太不均匀了吧？ 那边是三个Ａ级，还有两个是高年级，每个都能独当一面，我们这组就是一个暴力分子带两条废柴么？"

"不能这么想，那一组是一个一年级、一个三年级加一个四年级，你们这一组是一个二年级、一个三年级加上你一个九年级，你们才是资深团队啊。"昂热淡淡地说。

"能这么算么？"芬格尔说，"这么算我一个就顶他们三个了啊！"

副校长二话不说，把拴住芬格尔双手的皮带又紧了紧。

"不开玩笑了，派出恺撒不是我的决定，是校董会的意见，"昂热说，"楚子航的血统仍是存疑，校董会坚持要求增加一个组。陈墨瞳和夏弥作为组员则是恺撒的选择。"

"这是明目张胆的挖墙脚吧？"芬格尔盯着楚子航的眼睛，"我可不是挑事的人，

Chapter 14
Crime & Punishment

但是跟师弟你说句真心话，要是有人这么挖我的墙脚，我说什么都得跟他玩命！"

楚子航没有回答，他凝视着灯光，好像一直在神游。

"好吧好吧，瞅瞅我都和什么人一组，一个浑蛋和一个面瘫男，"芬格尔觉得再怎么折腾也没人会响应了，长叹一声，"那有什么给力的装备么？007出任务前Q博士每次都会给他搞点上等货色对不对？ 装备炼金机关炮的阿斯顿·马丁跑车来一辆，能在长安街上跑的潜水艇要有也准备着，多多益善。校长，把你那个邪恶的装备部调出来吧，你的好学生们要去出生入死了，有什么压箱底的宝贝可不能再藏着了！"

"很遗憾，装备部表示暂时没有人力支持你们的任务。"昂热摇头，"所以你们不会像'青铜计划'时那样武装到牙齿。"

"开什么玩笑？ 那时候好歹还有一艘'摩尼亚赫'号和三枚带炼金弹头的'风暴'鱼雷，这次让我们裸体上阵？ 用指甲和牙齿么？ 咬死龙王么？"芬格尔傻了。

"好在仍有些东西是我可以调用的。"昂热冲副校长点了点头。

副校长从办公桌下抽出沉重的黑箱放在桌上。长度接近两米的铝合金箱子，边角都用钢件加固，一角的金属铭牌上镌刻着"S20170144"。

这是一件来自"冰窖"的藏品，以"S"作为首字母的顶级藏品。

路明非立刻就明白那是什么了，隔着铝合金他都能感觉到那危险的东西在呼吸。

校长和副校长各取出一枚钥匙，同时插入箱子两侧的锁孔，同时转动。

箱子里传来齿轮转动的微声，彼此咬合的金属刃牙缓缓收回，箱子弹开一道细缝，乌金色的光沿着细缝流淌。一时间好像台灯都昏暗下去。

校长掀开了箱盖："七宗罪。"

除了正副校长和路明非，在场的人都是第一次见到这组神秘的刀剑，不约而同地伸长了脖子去看。

"这什么玩意儿？"芬格尔伸手敲了敲雕饰精美的刀匣。

副校长扳起隐藏的暗扣，带着清越的鸣声，内部机件滑出，仿佛扇面打开。七柄形制完全不同的刀剑，乌金色的刃口在灯光下显出冰丝、松针、流云、火焰种种纹路。

副校长伸手拔刀，双手长柄利刃，刃口带着优美的弧度，厚度约有一指："暴怒，形似中国宋代的斩马刀，象征最狂暴的杀伤力。"

嚓的一声，他把这柄巨刃插在办公桌上。

"等等！ 这是19世纪威尼斯工匠手工雕刻的古董家具！"昂热大喊。

"兴之所至，"副校长歉意地笑笑，"找人帮你换一张桌面吧。"

他再次拔刀，弧形长刀，纤薄的刀身，刀口有如长船的船首："贪婪，类似日本平安时代的太刀，小切先，前窄后宽，造型古雅，切割力一流。"

嚓的一声，这柄长刀也插进桌面半尺。

"饕餮，形似亚特坎长刀，特点是刀刃反向弯曲，刀头却变为直形，兼顾了刀剑的优势。单手持握，斩力凶狠。"

嚓。

"傲慢，汉剑造型，剑身切面是一个八棱柱形，也称'汉八方'，优美的刺击武器。"

嚓。

……

昂热叹息着听了七次金属刺穿木头的声音，每一声都意味着他珍贵的古董家具在贬值。

现在桌面上插满了刀剑，满是书卷气的私人图书馆在几分钟内变成了森严的冷兵器博物馆，历史上各种杀人武器汇聚一堂。

副校长围绕着办公桌转圈，屈指在斩马刀上一弹，嗡嗡的鸣声填满了整个空间，其余六柄武器也共鸣起来，组成完美的音阶。

"这套刀剑最早是叶胜和酒德亚纪在青铜之城中找到的，第二次是被明非和陈墨瞳在叶胜的残骸上发现的。之后又弄丢了。之后又出现在芝加哥的定向拍卖会上，学院花了重金买回来。每一柄上都有不同的龙文铭刻，暂时还无法解读，好在除了龙文还有古希伯来文，名字分别是傲慢、妒忌、暴怒、懒惰、贪婪、饕餮和色欲。"

"基督教中所谓的'七宗罪'，"古德里安补充，"拉丁文分别是Superbia、Invidia、Ira、Accidia、Avaritia、Gula和Luxuria。"

"所有刀剑都用再生金属铸造，看起来材质相同，但是每一柄都有不同的刚性和韧性。这是最顶级的炼金术，按自己的意志制造新的金属，任何炼金大师都只能仰望这种技艺，它只属于四大君主中炼金术的最高主宰，青铜与火之王。"昂热说。

"四大君主掌握的权能各不相同，譬如大地与山之王，被认为具有'最强的威能'，而青铜与火之王则被称为'炼金的王座'，因为只有他掌握着最高温的火焰，才能达到炼金术的极限。"副校长说，"这七柄武器在工艺上达到了令人惊讶的高度，可以说它具备历史上一切冷兵器的美德。这些美德的汇聚将带来无与伦比的杀伤力，用来杀人根本就是高射炮打苍蝇，那么，龙王为何要苦心铸造它呢？"

"自相残杀。"路明非看看并列的刃口，在心里说。

这是路鸣泽跟他说的，他从未怀疑过。第一次看到这套刀剑打开，他就感觉到这东西背负着的血腥宿命。

不能碰的东西，不能打开的血腥之门，不能揭去的恶魔封印……叶胜之所以死在那座青铜城里大概就是因为他带走了这套刀剑。

不过现在说什么都晚了，路明非自己也摸过这些刀柄。

Chapter 14
Crime & Punishment

"我们猜测它被铸造来杀死其他的初代种，"昂热轻声说，"七柄武器对应七个王不同的弱点，诺顿将以自己在炼金术上的极致成就，审判他的七位兄弟。它外壁的古希伯来文翻译过来是，'凡王之血，必以剑终'！"

"龙王听起来没有一个好色的，'色欲'什么的是针对校长你特别铸造的吧？"芬格尔说，"而且他为什么要杀其他的龙王？他们不应该联合起来先轰翻我们么？"

"龙族是一个笃信力量的族类，他们之间的亲情远比不过他们对力量的尊崇，如果他们认为自己的兄弟太过弱小不该继续存在，他们就会毫不犹豫地挑起战争，毁灭并吞噬对方。龙族的兴盛和灭亡都是因为这种暴虐的传统，龙族永远都是王族，一个王的命运就是被新的王杀死，他们这样传承力量。"昂热说。

"那么在他铸造这套武器的时候，他已经开始倒数弟弟的生命？"楚子航问。

昂热点了点头："龙族就是这么奇怪的一个族类，他们暴虐地吞噬同类，又会因为同类的死而怀着刻骨的悲伤。传说黑王吞噬白王之后，痛苦地吼叫着飞到天顶最高处，又直坠入海底最深处，撞破严冬的坚冰，来回往复七次。"

"听起来就是个内心很别扭的文艺青年。"芬格尔说，"不过这东西真的能杀死龙王？尤其是最小的这柄，够刺穿龙鳞么？"

"现在不行，因为它们还没醒来。"副校长把一柄柄刀剑拔起，重新合入刀匣里。

他咬开自己的手指，竖起流血的手指，让每个人看清那滴血液，而后把它缓缓地涂抹在刀匣上。血迅速地填满了刀匣上的铭文。

"闪开一些。"副校长示意所有人后退。

他不说所有人也已经在后退了，谁都能感觉到它的变化。它活过来了，像是有心脏在刀匣里跳动，不止一颗，而是七颗。七柄刀剑同时苏醒，七种不同的心跳声混合起来，有的如洪钟，有的如急鼓。

刀匣表面显露出暗红色的藤蔓状花纹，就像是它的血脉，搏动的心脏正把狂躁的血液送到它的全身。

路明非心里微颤，他想起了三峡水底的一幕。那时候这套刀剑就是如此的，握住它，就像握住龙的身躯！

这才是它的真正面目，副校长以血唤醒了它们，但路明非倒是没有在它们身上花费血液。

"现在再试试把刀剑拔出来，从明非开始。"副校长说。

路明非谨慎地靠近这东西，正常人都不会想靠近一件介乎活物和死物之间的凶戾武器，即使使用过一次，但那并不是他的正常状态。

他深吸一口气，先握住最小的短刀，刀名"色欲"，形制就像一柄日本肋差，就是这柄短刀刺穿了诺顿的后心。

路明非往外拔，但刀匣中有另外一股力量死死吸着这柄短刀，他涨红了脸，豁出了吃奶的劲儿，忽然失去平衡，抱着拔出的刀滚翻在地。

看来上次确实是从路鸣泽那里交易到了某种力量，当时召唤这些武器只是一弹指，现在跪下来求它们它们都不出来。

"第一关通过，试拔其他的。"副校长说。

"真的不成，"路明非摇头，"拔最小的已经很玩命了。"

"再试试，"副校长的口气不容拒绝，"第二柄，饕餮！"

路明非握住亚特坎长刀的柄，这一次刀匣中的力量简直十倍于"色欲"，刀缓缓地离开刀匣。但仅出鞘一寸，路明非就脱力了，坐在地上呼呼喘气。

"接着来，懒惰。"副校长说。

"倒数第二柄已经拔不出来了！"路明非耷拉着眉毛。

"试试嘛，试试又不会死，最多只是扭伤胳膊什么的，别偷懒！偷懒扣绩点！"副校长恶狠狠地威胁。

"贪婪"是刚刚离鞘就被吸回去了，而"懒惰"正如它的名字，彻底懒在刀匣里，在路明非吆喝声里只是微微颤动了一下。

至于后面的汉八方、太刀和巨大的斩马刀，纹丝不动，路明非最后都蹦上桌踩着刀匣用力了，完美地阐释了"蚍蜉撼巨木"的意境。

"看起来还真是有点难搞，下一个，芬格尔。"副校长击掌。

芬格尔得意地挽起衣袖，在路明非面前秀了一下铁疙瘩一样的肱二头肌。

他连拔三柄，一直成功地拔到了"贪婪"，挥舞着那柄太刀，满脸得意。可见血统确实是不俗，但就是精神太颓废了。但是再往后，也跟路明非一样碰壁了。

"最后，楚子航。"副校长说，"当作考试吧，尽你最大的努力。"

"是。"楚子航走到桌边，缓缓地呼吸。他并没有芬格尔那样强壮的胳膊，他的体能专修是太极，柔韧中爆发的力量。

"色欲"出鞘时轻描淡写得就像从筷子套中抽出筷子，拔"饕餮"时楚子航则用了马步，意守丹田，也是一次成功。

芬格尔得意不起来了，刚才他还嘘呀嘘呀地折腾了好一阵子。

楚子航调握住了"贪婪"的刀柄，抱元守一，绵长的气息从呼吸一直灌到手指尖端，猛然发力。

血一滴滴地落在办公桌上，楚子航退后一步，默默地看着自己的掌心。

路明非和芬格尔都愣住了，谁都觉得楚子航至少能如芬格尔那样拔到"贪婪"，甚至"懒惰"。从拔出前两柄的状态来看，他还有余力未发。

"懒惰"是那柄苏格兰阔剑的名字，谁也不知道为何这么威猛的兵器要叫懒惰，大概是犯了懒惰之罪的龙王有很大很难砍的脑袋，所以诺顿特别铸造了用来对付它。

但"贪婪"在刀匣中丝毫未动，刀柄上密集的金属鳞片却猛地张开，刺伤了他的手心。直到楚子航挪开了手，鳞片才缓缓收拢。

他被拒绝了，片刻之后他再试"懒惰"，同样被拒绝了。

"考试结束，解散！"副校长打了个响指，"施耐德、古德里安、明非和芬格尔跟我走，校长要跟没过关的学生训话。"

门关上了，楚子航仍在看自己的手心。

A级学生，有人认为他其实远超A级接近S级，因此私下称他为"A+"级，但他被这组武器拒绝了，无情地。

这是无法作弊的，他的言灵是"君焰"，传承的恰恰是青铜与火之王的血脉，七宗罪不可能认不出他的血统强度。

昂热把胸口的手帕扔给他："连芬格尔都拔到了第三柄，你却被拒绝了，为什么？"

"我被洗血了，一个月内我的血统都不会达到原来的纯度。"楚子航用手帕缠住伤口，"而且事实上我的血统并没有传说中的那么出色，校长你已经猜到了吧？"

昂热点点头："学院里的绝大多数人都认为你是'A+'级，比恺撒的血统还要强，甚至比明非更适合S级这个殊荣。但你自己是清楚的，你表现出的卓越能力，是因为你学习了爆血，用精神淬炼自身血统的方法，简单地说你强行唤醒自己的龙血，牺牲理智强化战斗力。所谓永不熄灭的黄金瞳，是因为你已经难以控制自己的血统了，我不确定你离堕落还有多远，但除非你克制自己，否则那一天总会来。"

楚子航点点头。

"其实你知道自己的寿命不会太长了，对么？"昂热叹了口气，"我也曾是狮心会成员，我也接触过爆血的资料，但我没有学习，因为我知道那会缩短寿命，而我还有很多事没做完。"

"发现这个问题的时候已经来不及了。"楚子航说，"爆血是个深渊一样的技能，从开始使用的第一天起，就滑下去了。"

"所以你没有对任何人公布这个技巧。"

"是的。"

昂热把一份资料丢在楚子航面前："我们已经知道了六年前发生在你父亲身上的意外，迄今为止那都是一个谜。但如果你想弄清往事，那么先得活着。"

"明白了，"楚子航无声地笑笑，"谁都想活着。"

"知道尼伯龙根计划么？"

楚子航摇摇头。

"关于爆血，你没有得到全部资料。"

楚子航一愣，猛地抬起头。

"确实存在某种技术，能够提升混血种的龙血纯度，某种炼金技术。在这种技术的保障下，你的血统能被提升，而且不会被龙血侵蚀。这种技术耗费巨大，要用到高阶古龙的血清，我们目前的材料只够用在一个人身上。尼伯龙根计划是校董会推进的一项计划，目的是在学员中遴选最优秀的个体，赋予他这件礼物。它还有一个目的，就是趁机找出混进我们之中的害虫，比如，你。"昂热盯着楚子航的眼睛，"也许还有路明非。"

"因为这是加图索家想要推动的计划，所以他们目标的受益人应该是恺撒。"楚子航说。

"没错我亲爱的学生，那个计划旨在打造所谓的混血君王，把某个混血种的能力提升到接近四大君主的强度，他将是我们中最强的斗士，人类世界的守门人，这个殊荣在加图索家看来当然只能属于恺撒。"昂热说，"但这个技术对你和对恺撒的意义是不同的，对于恺撒来说那无疑是一次辉煌的进化，对于你，这可能是你活下去的唯一途径。"

"我应该怎么做？"楚子航问。

"去北京，你需要一项荣誉和恺撒竞争，他曾杀死一位龙王，你也该有同样的贡献。"

"明白，"楚子航起身，"谢谢。"

"不用。"昂热举起茶杯致意，"我只是希望你有公平的机会。"

楚子航下楼，却在门边停步："如果芬格尔真的不想去，我觉得不该勉强他。"

"你们真觉得那家伙是个废柴么？错了，他曾是学院的A级学生，虽然说不上像明非那样众望所归，但也是绝对的精英，曾经参加过多次任务，是学生中最有经验的专员。后来他不再执行任务，只有一个缘故，他在某次任务中受伤很重，甚至影响到神志。你们现在看到的不是他的真实状态，"昂热顿了顿，"纠正一下，其实以前他也很乱来，但不像这样。十年前我眼里的他，就像现在我眼里的你。让他试试吧，他也需要一个找回自我的机会。"

昂热从袖口摸出那柄从不离身的大型折刀，从楼上掷下去。楚子航伸手接住。

"借给你用，看起来七宗罪真的不适合你。虽然只是一柄折刀，但有杀伤初代种的能力，别不相信，它的刃口自带对龙王来说致命的毒素。我朋友梅涅克家传的一件炼金武器折断后，我们用碎片打造了它，是珍贵的纪念品。"昂热行了一个像模像样的军礼，"用完记得还给我。"

"是，将军。"楚子航模仿他，以军礼回复。

门关上了，有人从侧门里走了出来，副校长去而复返，坐在天窗下："现在证明了，路明非的血统很出色，至少A级，也许配得上S级。"

Chapter 14
Crime & Punishment

"事实上他至少可以拔出其中的四柄,对芬格尔和楚子航而言,拔不出来都是因为被刀剑拒绝,对于路明非而言,"昂热苦笑,"是因为他力量不够,他没有强化体能么?"

"真尴尬啊,明明武器已经接受了他,却没力气举起来,那些刀剑自己也很郁闷吧?"

"至少他是迄今为止最合适的使用者,"昂热说,"给他增加体能课,力气这个东西,练练总是有的。"

"仅仅能拔出四柄还不够吧? 最后三柄才是真正的大杀器。"副校长皱眉。

"也许下次让恺撒试试?"昂热笑笑。

"你自己为什么不试试?"

昂热轻轻地抚摸刀匣:"有点害怕。怕知道自己的极限,怕知道有些事自己做不到……我必须坚信自己是能做到一切的人,要给龙族送葬的人,不能是一个有极限的人!"

这个时候,安珀馆的大厅里,灯火通明。恺撒重新装修了这栋校内别墅,让它看起来更像一座行宫。尤其是碧玉般的自然形状泳池,是举办泳池派对的绝佳地点。

泳池旁摆满了黑色的箱子,箱盖打开,各种装备罗列,正常人单看外形永远不可能猜出这些装备的用法……不过就算有说明书使用它们也很冒险。

卡塞尔学院装备部拒绝了支援楚子航和路明非的小组,却在这里灿然登场。

研究人员忙于调试装备,恺撒带着他的新组员夏弥巡视,就像一位皇帝带着宠妃驾临夏宫度假。

恺撒收到诺玛关于中国任务的通知时,这些提着黑箱的研究员已经在安珀馆外等待了。

"这是什么?"恺撒看见一名研究员在擦拭一台精致的黄铜喷灯。

研究员轻蔑地看了他一眼,横过喷灯,按动隐藏按钮,足长二十米的炽烈火流一闪而灭,灼热的风扑击人脸。

其他研究员照旧做着自己的事,没有这份淡定在装备部是混不下去的。

"我们叫它'龙息',现在里面只是灌注了化学燃料,还可以灌入硝酸甘油和汞,它的火焰能重创低阶龙类。如果遇见初代种,"研究员顿了顿,"也可以充当照明手电。"

"令人印象深刻。"恺撒微笑着点头。

"作战头盔,附带金属面罩,除了强大的保护,还能用于加强咀嚼时的咬合力。"

"简单改装的三星手机,没有太多特殊之处,但是能够被当作炸弹投掷出去。"

"你的护照,经过药水处理,海关绝对看不出异样,必要的时候加上一个烟蒂大

305

的引信，能当一枚炸弹用。"

恺撒点点头："可是烧掉了护照，我该怎么出关呢？"

"如果想保留护照，大可以使用手机炸弹，还有其他一些炸弹，"研究员对于这个问题不耐烦，"你的全套装备中大约有四十五枚，我们会给你一份炸弹列表。"

"打火机也是一枚炸弹吧？"夏弥拿起一枚银色的打火机。

"谁都会猜到打火机可以被改装为炸弹，那么做的话我们就不是瓦特阿尔海姆研究所了。"研究员得意，"我们给它增加了音乐功能，自带扩音器。"

研究员用指甲旋转底部的螺丝，把打火机放在桌面上。这银色的小玩意儿开始播放普契尼《蝴蝶夫人》的咏叹调，嘹亮欢悦，音质极佳。

夏弥眼里亮起了桃红色的心形："这个我可以拿走么？"

恺撒耸耸肩："没问题，想不想连那台肩扛式狙击炮也拿走？"

"免了。"夏弥兴高采烈地把玩打火机，细而锐的火光射出，长度接近一米，世界上再没有这么熊熊燃烧的打火机，简直是柄光剑。

恺撒看着她兔子一样的背影和起落的长发，思考着如何把这个可爱的师妹招进学生会来 …… 也许一山难容两个母老虎，因为苏茜在所以楚子航不敢招？

他走到夏弥身后，因为比夏弥高很多，所以半弯腰才贴近她耳边，好像逗一个小女孩："我帮过楚子航一次，但不意味着我是他的朋友，接受敌人的礼物，不担心么？还是说，你也愿意考虑加入学生会成为我的朋友？"

"可以啊，我就是来当卧底的，不加入学生会怎么卧底呢？"夏弥收好打火机端起盘子，把脸埋进去吃蛋糕，嘴角都是草莓酱。

"卧底这种事说得那么坦白，真的好么？"

"可我是楚子航的绯闻女友，全校都知道，恺撒师兄你也不是傻子啊。"

"我也知道。"恺撒只有点头。

"学生会收卧底么？"

"看情况有时候也收 ……"

"这些标准装备之外，还有一件特别品，校董会叮嘱必须亲手交到你手中。"服饰和其他研究员都迥异的人走到了恺撒背后。

这位也提着一只黑箱子，却没有像其他人那样把它放到桌面上打开。

恺撒看了他一眼，冲夏弥笑笑："有好玩的东西，要不要一起来看？"

书房的门关上了，最后一只黑箱被打开。里面是一张精致的弩弓，配备唯一的一支弩箭，弩箭有着很不符合空气动力学的巨大箭头，那是一枚棱柱状的水晶玻璃。

"对着光观察它。"研究员提示。

人造石英晶体中绵延着一道暗红色的血丝，表面流动着结晶般的微光。

"贤者之石？"恺撒皱眉。

"类似的东西，贤者之石通常指包含精神元素的晶体，但这东西是从龙王骨骸中提炼出来的，是火元素的结晶体。"研究员说。

"火那种变幻莫测的东西，也能以晶体形式存在么？"恺撒神情凝重。

"瓦特阿尔海姆研究所主攻的是科学方向，炼金术方面的知识应该去问副校长，对于火元素怎么被固化我们没有发言权，但它的效果我们经过了一些测试。它不能接触氧气，其他的氧化剂也不行，否则它会强行催化一场氧化反应，它周围的一切物品，都会以爆炸般的高速燃烧。所以才不得不封在水晶里。"研究员顿了顿，"它是一个概念，燃烧的概念。"

"燃烧的概念？"恺撒问。

"你想过构成世界本原的东西是什么么？"

"基本粒子？"

"不，应该是一群概念，生命、时间、光明、黑暗……这些都是概念，概念几乎不可能被实体化，但提纯之后的元素可以理解为一种特例。作为燃烧的概念，它对周围的物质可以下达燃烧的命令，前提是那是可燃物。这种燃烧以最快的速度进行，结果就是爆炸。理论上说，这种燃烧并非它自身的燃烧，所以燃烧过程中它并不耗损，导致这种燃烧永远不会停止。当然这只是理论上，实践中它还是会很慢很慢地损耗。你可以认为这东西就是物理规则本身，它逼近世界的本原或者神的领域什么的。我们现有的理论，无论是科学还是炼金术都无法完整地解释它。能解释它的可能是那个火焰的君主自己，但他已经死了。"

"很深奥，没听懂。"恺撒直言不讳。

"换一种理解方式也没问题，催化剂知道么？"

"化学课上了解过。"

"催化剂催化化学反应，但自己并不损耗，你可以把火元素理解为最强的催化剂，它催化燃烧，引发爆炸，一丁点儿就能引发极致的燃烧，龙王都受不了。"

"听起来是毁灭世界的火种，好东西。"恺撒把弩箭放回箱子里。

"这是加图索家对你这次任务的最大支持，持有这种力量才能杀死初代种，他们希望大地与山之王死在你手中。"

恺撒皱眉："你是家族的人？我还以为装备部，或者按照你们的说法，瓦特阿尔海姆研究所，是站在校长那边的。"

"加图索家确实是校董中最厉害的，但还无法把瓦特阿尔海姆研究所的副所长转化为你们的人。"

"装备部副部长？你？"恺撒盯着这个瘦削苍白的男人看。

装备部一直都藏在地下，很少跟外界接触，恺撒也没听说它的负责人是谁，每次学院需要新式装备的时候，这些科学宅才会拎着箱子来到地面上，交货之后解释几句，有时连张说明书都不给，更别提使用教程了。而这一次，装备部居然出动了一位副部长级的大人物来送货。

副部长懒得回答这个问题，扣上箱盖把箱子推给恺撒："代表五大元素的五芒星中，土元素的位置在左下，火元素在右下，它们之间不相生也不相克，没有任何的转化回路。如果火和地的力量碰撞，会是纯粹的力量碰撞，就像两颗子弹在同一条弹道上对射，结果可能很严重。所以，谨慎地使用。"他忽然冷笑，"但是如果真的对上大地与山之王，我建议你别犹豫，因为他不会给你留下太多时间犹豫。"

副部长转身离去，甚至懒得道别。

"如果你不是家族的人，为什么会把这种等级的设备送来我这里？"恺撒问。

"三个原因，首先你们想要动昂热校长，我们确实是支持昂热校长的，但我们也不希望和你的家族成为敌人，换了谁当头儿，搞科学的都继续搞科学，谁给我们批预算我们为谁服务；其次，你的叔叔许诺如果新的校长接管卡塞尔学院，我们能获得那具骨头用于研究；最后，我们的工作是从自然界提炼出最强的力量，把它封存起来，等待这件武器在最隆重的场合里发挥作用，你是它合适的持有者。"副部长头也不回，"就像普罗米修斯，盗火者，我们偷取了世界的火种，想用它来毁灭一位尊贵的君主。纯粹力量的碰撞，非常值得期待。"

"爹疯疯一个，娘疯疯一窝啊。"夏弥看着他的背影感慨。

副部长听见了，却不生气，桀桀而笑，像是看见腐肉的乌鸦般，推门出去。

他和门外站着的女孩擦肩而过，那女孩伸出手正要敲门。副部长看都没看她一眼，好像美女根本就是团空气。恺撒看到她，脸色却微微变了。

"让我们单独谈谈，可以么？"他对夏弥微笑，哄孩子的口气，"如果要吃蛋糕，就自己去冰箱里拿。"

"唔！这么慷慨？吃光也没问题么？"夏弥从女孩身边闪过。两人彼此对视一眼，礼貌地微微点头致意。

女孩坐在沙发上，手里是一只沉重的信封袋。

"你很守约。"恺撒说，"喝一杯么？"

"不用，把东西交给你就好了。"女孩把信封袋推向恺撒，"你要求的影印资料，都是狮心会保存的羊皮本，有些已经缺损得很厉害了。"

恺撒打开信封袋，看了一眼，都是用古英文、古希伯来文或古拉丁文写成的手稿，配上玄奥难解的插图，倒捆十字架的男人、燃烧的塔、面容似骷髅的法皇。

"好东西，听说在中世纪，一本羊皮卷能换一个庄园。书写匠们在珍贵的羊皮上书写，写完之后指骨还会被砍下来装饰在封面上，以此说明这本书不会再有第二本。

能够有这么高待遇的文字往往涉及的是巫术、炼金术和黑魔法，因此它们也是亡灵书和恶魔书。"恺撒翻阅着，"我要的东西就在这里面？"

"关于'爆血'的一切都在里面，我看不懂，不过你应该可以，你是自负和他相当的人，他就是从这些缺损的记录中领悟的。"

恺撒点头："你果然守约。不过，楚子航让你经手这些东西，是因为他相信你。而你这么做算是背叛他么？"

"跟你没关系，我们之间的交易就是这样，你在听证会上支持楚子航，我就把这些影印件给你。"女孩毫不回避恺撒的目光，"我们之间的交易完成了，没什么事我先走了，我还有一篇论文没完成。"她起身向外走去。

"等他发现这个世界上不止他一个人能爆血，会不会恨你？"恺撒欣赏她修长的背影，"这是他的财富，你没有征得他的允许就动用了。"

"他只是个死小孩，不懂管理自己的生活。"女孩说。

"死小孩？"恺撒一愣，"我一直看作对手的人，只是个死小孩？"

女孩回头，漆黑的眼睛里透着认真："是的，死小孩。不同的死小孩是不一样的，无助的时候，有的死小孩会哇哇大哭，有的死小孩就会犟着脖子低着头走自己的路。他就是那种犟着脖子的死小孩。可不管哪种死小孩都要人帮忙。"

"为他付出的是不是太多了点？"恺撒靠在窗边，眺望灯火通明的"奠基之井"废墟，"我很抱歉，如果我知道你这个时候来，我就会让夏弥在别的房间里等一下。"

"没关系，我喜欢他，跟他喜欢我，是没有关系的两件事。"女孩垂下眼帘。

"我会把他平安地从中国带回来，因为有我在他根本不会和龙王对面。但是那之后他会选择夏弥或者你，就不是我的事了，有些事，如果我是你我会争取。"恺撒举杯，"晚安，苏茜。"

"照顾好诺诺，她收到你求婚信的那天晚上很开心。不过真要求婚，还是应该带着戒指来的。"苏茜在身后扣上了门。

意大利，罗马。

弗罗斯特把看完的报告扔在桌上，叹了口气："本来也没有指望这次就能解除昂热的校长职务，可如果能在楚子航身上找出问题，至少能够动摇昂热的地位。可是恺撒……这孩子好像永远都不明白家族对他的爱。"

"是我的失误。"帕西毕恭毕敬地站在桌前。

"跟你无关，你已经尽了全力，做得很好。"弗罗斯特温和地勉励，"谁发布的那个屠龙悬赏？有任何线索么？"

"没有，那个ID属于一个资深猎人。但准确的情报，他几个月前在大溪地度假时遭遇了鲨鱼，被鲨群分食了。"

"那么别致的死法？然后他又幽灵般地复活？向着全世界发布屠龙的任务？"弗罗斯特冷笑，"对手很嚣张。"

"没错，这是挑衅，挑战所有混血种都遵循的铁则，绝不对人类泄露龙族的秘密。但先生，这条消息可信么？"

"如果只是谣言就好了，"弗罗斯特摇头，"可惜不是。"

"我们已经确认了大地与山之王的苏醒？"帕西吃惊。

"是的，一种很特别的确认方式，通过对地震频率的检测。"弗罗斯特在电子桌面上调出一张中国地图，整个地图上布满密密麻麻的标记。

"四大君主的苏醒比普通龙类的苏醒更容易观察到，因为他们的力量太强大，都会带来类似灾难的事件。青铜与火之王的苏醒没有被觉察是个特例，因为青铜城沉入了三峡水库，水体充当了他的屏蔽。当院系主任们推断这次苏醒的是大地与山之王，我们就开始收集全世界的地动数据。地面每时每刻都在震动，小型的地震每天都在发生，可如果某个地区的频率和烈度骤然上升，那么一定有特殊的事情在地壳里发生。"

"他在中国？"帕西问。

"你看到的这些标记都是地动记录，通过计算，我们最后把目光放在了这座城市。"弗罗斯特点了点地图中央的红色五星，"北京，那是中国人说'龙气所钟'的地方，中国的最后一个王朝清王朝入关之后，从敌人的手里继承了那座都城。它坐落在燕山旁，那座山被认为是一条古龙的遗骨，向东延伸出山海关，关外就是满洲人的故乡。满洲人循龙而入关，终于在北京城顶看见了密集的'龙气'。这些说法被认为是荒诞的'堪舆'学说，但历史总是演变为传说，现在一切的线索都往那座城市汇聚，那里也许确实隐藏着与龙族相关的东西，甚至……一条真正的古龙。"

"我们在北京展开行动了么？"帕西问。

"还没有来得及。但几天前发生了意外事件。学院派往北京的两名专员失去了联络，他们的白齿里装着卫星定位装置。即使他们死了，定位装置也应该继续工作。"

"信号消失了？"

"并未消失，每隔大约两分半钟，这两个信号会重新出现一次，原因不明。有什么事情发生在他们身上了，失去联络前他们曾经打电话预警，电话被强行中断，随后再也拨不通了。"

帕西沉思了片刻："如果信号每两分半钟出现一次，一直循环，说明他们可能在某个循环运动的东西上。虽然不能确定他们是不是还活着。"

"这些交给恺撒去查明好了。我们派出恺撒一组，昂热派出楚子航一组，这是在'尼伯龙根计划'的人选上进行直接竞争。但是最终的荣誉必须属于恺撒，大地与山之王芬里厄，那将是死在恺撒手中的第二条龙。而且，我们必须掌握他的骨骸！"

Chapter 14
Crime & Punishment

"明白，但现在的情报有限，我担心恺撒无从找起。"帕西说。

"所以我们才给他配备了那件武器，那是武器，也是诱饵。那就是龙王之血，所有龙类都会嗅到那血的浓烈气息，他们会找上恺撒，大地与山之王也不例外。"

帕西神色骤变："恺撒还不知道……"

"不用为他担心，他是家族选中的人，"弗罗斯特微笑，"他需要锻炼，但我们绝不会允许他夭折，他是我们选来开启新时代的人！"

帕西默然，据他所知，家族的历史上，恺撒受到的重视是无与伦比的。

当家族长老们从护士沾血的手中接过那个沉默的婴儿，尊贵二字就写在了他的命运里。

据说当时婴儿没有发出任何哭声，却从离开子宫那一刻就睁开了海蓝色的眼睛观察世界。

"他的名字是恺撒，意大利历史上伟大君王的名字，"长老们爱若珍宝地抚摸着这个婴儿，"他就是我们等待的人。"

谁也不知道为什么，长老们就是认定了恺撒是那个千中选一、万中选一、十万中选一的继承人，即使他那么不听话，长老们也还是没忍心换掉他。

他就是上天赐给加图索家的一个祖宗。

"谁都有叛逆期啊。"弗罗斯特曾经感慨过，"可他的叛逆期真是有点长。"

午夜，芝加哥奥黑国际机场，一架波音747-400大型客机正等待着它的越洋飞行。

这个时间只有红眼航班还在飞，停机坪上静悄悄的，一辆摆渡车把乘客们直接送到了机翼下方。

"没搞错吧？为什么让我们坐摆渡车到这么偏僻的地方登机？"芬格尔大声地抱怨，"不是出公差么？怎么是经济舱？就算不能坐头等至少也得是商务啊！我们这可是去为人类捐躯的！"

"临时行动，其他航班的票已经卖完了，这是一架红眼航班，能抢到票也不容易了，最后三张经济舱。"楚子航淡淡地说。

"居然没有优先安排给恺撒那一组？"芬格尔有些疑惑，"我们那么受重视？"

"听说恺撒征用了他家的一架公务机，一个小时前已经起飞了。"

"啊嘞？这么嚣张？这话不应该是咬着牙花子说出来的么？亏你也是个富二代，你不为自己是个穷富二代而恺撒是个富富二代觉得羞耻么？你就没有点要和他拼个你死我活的愤慨！"芬格尔严肃地评论，"我看缺乏这种斗志我们这一组要输。"

"我爸爸只是个帮人开车的。"楚子航礼貌地递上登机卡。

乘务员浅笑如花，接过登机卡撕开，把一半递还给楚子航："欢迎，新面孔啊。"

楚子航隔着墨镜和她对视一眼，点点头："明白了，你好。"

波音747-400巨大的座舱里座无虚席，这好像是个旅行团的包机，乘客们彼此间都很熟悉，有的聊着天，有的逗弄邻座的孩子，有的则翻阅报刊。

"座位真窄。"芬格尔一边嘟囔，一边窥视不远处发髻高耸的美女。

塞进经济舱的座位里就能看出，这废柴师兄委实是肌肉结实好大一坨，把座位挤得满满的。

"这次是直飞，我们会走白令海峡，贴着北极圈，大约十四个小时的航程。"楚子航递过两个小包，各是一套眼罩和耳塞，"最好睡一觉，落地就要开始工作。"

"哦哦！真是像奶妈一样的关怀！"芬格尔说。

路明非漫不经心地接过，麻利地戴上眼罩和耳塞。

他这些天都提不起精神，可脑子里又总是闪动着乱七八糟的、不该想的事，睡着了就可以少想点。

眼罩和耳塞把他隔绝在一片独立的黑暗里，隐约听见芬格尔高声喊："喂喂，空姐什么时候供餐啊？你们这里有啤酒么？我可以要双份饭么？"

他忽然想起三个月前的仲夏，他也是这么蒙着眼罩躺在黑暗里，雨打在飞机的外壳上，他摸着兜里的手机，想着还有半个小时，是否有人会给他发信息祝他生日快乐。

其实订婚什么的，那时候就已经悄悄地发生了吧？只是还不知道，所以觉得还有点希望，于是在飞机上还做了一个贱兮兮的梦。

"见鬼！这座位真把我脊椎都坐断了！"芬格尔嘟嘟囔囔地摘下眼罩，站起来活动双肩。

飞机平稳地飞在云层之上，外面是黑沉沉的夜，机舱里灯光调得很暗，楚子航和路明非并排睡得像死尸似的。

喝了双份啤酒之后难免有些尿意，芬格尔摇摇晃晃地站了起来，哼着走调的Rap，拖着步子走向洗手间。等他心满意足地走出洗手间，一抬头，眼睛瞪得几乎突破眼眶。

刚才走向洗手间的时候，他背对那些乘客，现在改为面对，于是他清楚地看见在昏暗的灯光下，金色瞳孔就像是一双双并飞的萤火虫，甚至那昏睡的熊孩子的眼缝里都流动着淡淡的金色。

正在看报的老人觉察了芬格尔的注视，抬头冷冷地瞥了他一眼。大概是觉得芬格尔的注视不够礼貌，他燃烧了血统，一瞥之间瞳孔中的金色盛烈如刀剑。

"一定是发烧了……"芬格尔摸摸自己的额头。

"先生找不到座位了么？赶快回到座位上坐好，我们在高速气流中。"空姐温柔的声音在他身后响起。

"你还不知道你在带着一群什么样的乘客飞往中国吧？ 无辜的小白兔？"芬格尔哼哼着扭头，看见那个被他看了好几眼的漂亮空姐眼里，金色浓烈得就像汽灯照射的香槟。

空姐拍拍芬格尔的脸，微笑："帅哥，难道你不知道自己在一架什么飞机上？ 没有血统的人可是上不了这架飞机的哦！"

这是一个飞行的龙巢！

芬格尔可不是路明非，怎么会是那种被调戏不还手的弱者？

他愤怒地一拍大腿："那就是一家人咯！一家人还那么抠门？ 说经济舱啤酒只能给两个？ 给我拿一箱！"

恺撒在床上醒来，舷窗外一片漆黑。这架湾流公务机上恰好有三张全尺寸的大床，足够他们三个人休息。他看了一眼腕表，他们正在北极圈上空，还有四个小时到达中国。

睡床的软硬是按照他的要求调整过的，但是这一觉睡得并不好，梦里有种不安的感觉，好像什么东西在逼近。

他向舷窗外看了很久，机翼上一闪一灭的红灯照亮了下方的云层，红光像一层泼上去的血。

他估计自己努力也睡不着了，打开随身的箱子，看了一眼那套弩弓弩箭，人造水晶中微光闪动。

他从箱子里拿出笔记本接入网络，从收藏夹中调出了经常访问的那个网站，键入ID和密码，进入了那个游猎者和金主互相挑选的虚拟世界。

它其实没有真正的名字，但猎人们通常把它叫作"市场"，猎人市场。

只有极少数人知道恺撒的另一个身份，他也是一名猎人，而且十五岁有了这个网站的ID。他当然无需为了赏金而工作，即使最优厚的赏金，也不过能打平他私人飞机的油钱和随手撒出去的小费。他只是喜欢做点冒险的事，而且猎人里有很多很好玩的人。

他的ID是"高卢总督"，历史上那个独裁者恺撒曾经征服高卢。

悬赏龙王的帖子被置顶了，数千个回帖，可能很多混血种都在这里有ID，以前只是潜水，现在都浮上来了。有的人表示惊讶，有的人表示对谣言的淡定，有人猜测很多人会奔赴北京争取这份高额的赏金，也有人混在人群里说烂话，热闹得就像是个堂会。

看起来混血种们至少从人类那里遗传了八卦的心。恺撒下拉页面，掠过了垃圾信息，阅读有价值的回帖。

这里不像守夜人社区那样，不是每个 ID 都可查，很可能会有些家族领袖级别的大人物藏在某个平凡的 ID 后面说话。

恺撒手里也没有任何龙王的线索，他寄希望于这个鱼龙混杂的网站。

他忽然停下了。一条还没有人回复过的跟帖："出售龙王相关情报，二十万美元现付。"

这类跟帖并不止一条，市场里总有人试图出售情报，但绝大多数都是假情报，就像是普通网站中经常出现的广告帖一样。经常混迹这里的人自然会忽略他们，目光扫过连个脑电波都没有。

但不知为何看到这个回帖的时候，恺撒感觉到太阳穴微微一跳。作为一个广告帖，它有点不对，但说不出来。

他把那个回帖反复读了几遍，咀嚼每一个字，依然没有找到任何疑点。他觉得自己可能是神经质了，正要转向别的帖子。

这时候他看到发帖人的 ID，"Phoenix"，凤凰。

他明白哪里不对了，他从未看到这个 ID 出现在猎人网，但是"凤凰"这样拉风的 ID 应该早就被注册掉了。

这应该是个潜水很久的老 ID，它浮起来只是为了兜售假情报？

恺撒点开了"凤凰"的资料页，这个 ID 竟然注册于二十三年前，猎人市场里第七个被注册的 ID。

它是这里第七个被注册的 ID。

恺撒沉思了片刻，给凤凰发了一封站内邮件。

他的注意力全在屏幕上，没有释放"镰鼬"，没有注意到机身下方海面一样的浓云好像沸腾似的。黑色的阴影吹开云气升起，无声地跟随在这架湾流飞机后。

而云层下方巨大的北极浮冰上，冰面开裂，同样的黑影浮起，起飞时沉重的一击拍裂了浮冰。

成群的黑影如战斗机编队那样，在下方跟随着公务机。像一群渴血的蝙蝠，随时准备发动进攻，又像是忠诚的禁卫军。

第十五章 幕后的人
The Inside Man

清晨，北京国际机场。

今天从北美飞往中国的第一班航班抵达，整整一个旅行团。海关紧急开放了新的入关闸口，但是依然排起了长队。这群衣冠楚楚的美国人打着哈欠排队等候，看起来他们都很有教养，除了某几个家伙在里面咋咋呼呼。

"嗨明非！太高兴见到你了！"旅行团里有人热情地冲上来，和顶着俩黑眼圈的路明非握手。

"唐森？"路明非吃了一惊。他睡了一整个晚上，完全没有意识到自己混在一群什么人里面。

"师弟你交游很广泛啊！"芬格尔说，"还认识芝加哥建材业的土豪。"

"你们也是来屠龙？"唐森也跟芬格尔握手。

"什么叫……'也'？"芬格尔忽然警觉，这情况远非几百个混血种组团飞往中国那么简单。

"对啊，"唐森压低了声音，"这是一架特别的包机，我们预先审核过所有乘客的身份，无一例外是混血种。我们所有人都是要去中国屠龙。"

"阵仗太大了吧？"路明非和芬格尔同声惊叹。

"大家都是好朋友，别掩饰了，你们不也是么？最近消息传得很厉害，我猜全世界的混血种都知道了，如果他们不是碰巧去了中非或者南美雨林这种信息不通的地方。"

"拜托大哥！你以为你是谁？你何德何能就要去中国屠龙？你以为屠龙是参加狂欢节呢？"芬格尔目瞪口呆，"就凭你这身萌系装束？"

唐森没有像拍卖会上那样正装革履，而是长袖衫配军绿色马甲，下身宽松牛仔裤，蹬着一双旅游鞋，最棒的是长袖衫的胸口还有"不到长城非好汉"几个泼墨中文字。

"哈，"唐森大度地笑笑，"我还不至于那么没有自知之明，我是想这么大的事情，不能亲眼目睹未免有点遗憾……和朋友们聊了聊，顺便来中国度个假，不是一举两得的事么？你看，还有人拖家带口。"

"来屠个龙，如果不行就当作休假旅行？"

"是来休假旅行，碰上了就屠个龙啦。"

与此同时，一架庞巴迪公务机轻盈地降落在首都机场，只不过是在相隔不远的公务机停机坪。

飞机刚刚停稳舱门就打开了，迎着大风和初升的朝阳，贵宾直接跳下飞机，根本没有等待迎上去的舷梯车。即使是中型商务机，舱门离地也有两米多的高度，更让工作人员震惊的是，贵宾还穿着三英寸高跟鞋，挎着大号的LV旅行袋。

酒德麻衣尽情舒展身体，卸去长途旅行的疲倦，即便只是晨曦中的侧影，但她周身上下每一根舒展的曲线都让人联想到一朵鲜花的盛放。

楚子航低头操作笔记本，路明非和芬格尔牟拉着脑袋打瞌睡，只有唐森看到了那个令人难忘的背影。穿黑色皮衣的女孩从后面跑来，就像一道黑色的流光，从空空如也的外交通道闪了出去。

他不由得吹了声口哨。路明非茫然地抬起头来，刚才的一瞬间，他闻到一股熟悉的气息，带着兵戈杀气的馨香。

加长的路虎越野车等候在贵宾通道外，一身黑衣的司机兼保镖毕恭毕敬地拉开车门，酒德麻衣如一只起飞的黑色雨燕跃入车厢。车门随即关闭，悍马飞驰着离开。

车后厢是私人空间，和驾驶座完全隔离，恒温酒柜里，水晶酒具随着车身晃动叮叮作响。宽大的袋鼠皮沙发面对着42寸液晶屏，屏幕上显示纽约股票交易市场的行情变化。

另一个女孩蜷缩在座椅里，戴着黑色胶框眼镜，染成栗色的长发垂下遮挡了半张脸。她抓着车载电话，语气严厉："提价百分之一点五，那家风能企业股票有多少收多少，你的授权额度是五亿美元。"然后抓起一片薯片塞进嘴里，"别废话了！五分钟前一艘二十万吨油轮在墨西哥湾触礁沉没，漏油事件会导致环保主义者对石油经济的严厉抨击，新能源企业在未来的三个月内会有巨大的上扬机会！"

"嗨！薯片妞儿！看来你在北京的日子不错啊！"酒德麻衣扔下旅行袋，抬手就去捏对方的脸。

"喂！非礼勿摸！"薯片妞赶紧捂脸。

但是晚了，作为一个忍者，酒德麻衣伸手摸谁的脸，就像拔刀将敌人断喉那样，动手总是比动口快。她心满意足地捏完，又舒舒服服地靠在沙发里，摘下墨镜，跷起了二郎腿。

Chapter 15
The Inside Man

"摸一下又不会死,养得蛮好,嫩嫩滑滑的。"酒德麻衣打量薯片妞的全身,"衣服还是那么老气。"

"那是我在等你的时候顺便做了面膜,"薯片妞低头看自己全身,宽松的白色衬衫、水洗蓝的牛仔裤、一双夹脚趾的薄底凉鞋,"论时尚跟你不能比,可也不老气好么?只是有点居家。"

"老娘扛着两把刀,踩着三英寸高跟鞋走南闯北,累得腿都要断了,你和三无妞儿就好意思这么享福?还面膜?还居家?什么居家美少女通过打电话买五亿美元的风能企业?"酒德麻衣白了她一眼,"接到你电话我连妆都没化,跳上车就往赤鱲角机场赶,一路上不知道闯了多少红灯吃了多少罚单,你倒悠闲。"

"好啦好啦,我也知道你带孩子不容易。这次的工作结束你就能休个长假了,"薯片妞急忙顺毛,"传给你的资料都看了么?"

"那个猎人市场中的悬赏页面?看了,发那个帖子的人很会玩啊。把全世界混血种都玩进去了。"

"有一架飞机和你几乎同时抵达,一周之内,有三架这样的包机从美国飞往中国。"薯片妞递过一份包机合同。

"三架波音747-400?北美的混血种果然很豪气啊。"酒德麻衣把文件扔还给薯片妞,"那么已经有超过一千名混血种进入中国境内,他们觉得屠龙是一个靠人多去堆的高难度副本么?以他们中某些人的血统,在进入龙王领域的瞬间就会因心脏衰竭而死!"

"不,不是一千,超过三千人,从欧洲赶赴北京的更多。"

酒德麻衣想起了什么:"刚才出机场的时候有几百号人排队,就是那个团?如果海关的人知道他们放了怎样一个旅游团进中国,会欲哭无泪吧?"

"他们中有三个人,名字分别是芬格尔·冯·弗林斯、楚子航和路明非。"薯片妞说。

酒德麻衣的脸色凝重起来:"我们家小Baby也来了?老板给我们下了新的命令吧?"

"我在三个小时前收到了老板的邮件,立刻给你打电话,"薯片妞低声说,"命令是,在这三千人里,必须是路明非亲手杀死龙王!"

酒德麻衣抚额:"又来了!那么个废柴,用得着在他身上花费那么多时间么?他到底是走了什么狗屎运?那么多人争着要当他的保姆,好似世界杯直接拿外卡进决赛!"

"我们没法管老板的逻辑,但命令就是这样。"薯片妞的语气坚决,"龙王必须死在路明非手中!除他之外所有见过龙王的人,都是那条龙的陪葬!"

"那几架包机成死亡包机了。"酒德麻衣耸耸肩,"好吧,让他们陪葬好了,我无所谓。问题是路明非真是个废柴，怎么确保一条废柴杀死龙王？还得是亲手。"

"也不是没办法，卡塞尔学院的六人分为两组，路明非那一组人带着七宗罪。那是能杀掉一切龙王的悖论武器，他缺的只是拔出它们的意志而已。"薯片妞叹了口气，"还有个要求就更难实现了，必须让路明非杀死龙王这件事公之于众。"

"公之于众？"酒德麻衣震惊，"什么叫公之于众？屠龙这种事能公之于众？老板的脑子又抽了吧？"

"我要全世界……看他作为英雄的盛大表演！"薯片妞一字一顿，"这是老板信中的最后一句。"

"我靠……难道联系电视台直播么？"酒德麻衣忽然坐直，双手按膝，摆出端庄凝重的表情，"各位观众晚上好，这里是新闻联播节目，今天的特别报道，《龙王镇魂歌》，下面将直播的是卡塞尔学院S级废柴路明非和龙王战斗的现场画面，现在我们把画面切给前方记者……"

"说来就来啊，人民艺术家，你可真行！"薯片妞无奈。

"这样全世界都会疯掉啊！"酒德麻衣抓狂。

"总之你清楚老板的风格，他的命令是不能违背的，就算再怎么违背逻辑，我们也必须让全世界知道，是路明非杀死了龙王。这个消息要在各大媒体上刊登，甚至上新闻联播。"薯片妞拍拍酒德麻衣的肩膀，"你知道我为什么急召你来北京了吧，如果时间允许，我会和你一起抱头痛哭，但我们首先必须想出应对的办法。你在我们中是媒体资源最丰富的人，我能指望三无妞儿想出什么办法么？她只会忠实地执行老板的命令，拿手机把路明非屠龙的画面拍下来，然后上载到抖音……"

"我相信她做得出来！"酒德麻衣捂脸。

"总之就是要在公众媒体上发布《路明非成功击杀龙王》这类标题的新闻，但又不至于闹出乱子来。"

"成功击杀……成功击杀……击杀……"酒德麻衣接连重复了几遍，眼睛一亮一拍掌，"有办法！"

"让我猜猜，别是什么买下《纽约时报》，印刷几百万份报纸却不投入市场，然后直接销毁一类的损招吧？"薯片妞摇头，"这种招数瞒不过老板的，一定要对公众发布。"

"太贵了！我那招省钱，但还是需要一千二百万美元的活动经费……算了，你直接给我准备两千万备用！"酒德麻衣低头从旅行袋里摸手机，"开成一千万一张的两张本票。"

"喂！花钱能不能别那么洒脱大度啊！你们花的钱都是我这个管账丫头辛辛苦苦赚来的啊！"薯片妞一边惨叫一边掏出本票开始画零，同时眉开眼笑，"不过比我预期的还是便宜多了！"

Chapter 15
The Inside Man

十四个小时之后，美国加州洛杉矶，RIOT GAMES。

几年前这还是一家不见经传的小型公司，但随着那部改写了世界游戏市场格局的《英雄联盟》横空出世，如今它已经是游戏界大佬都要敬畏的新生力量了。

市场部主管希伯·希加提推开会议室的门，不速之客已经背对着阳光端坐在会议桌的对面等待着他。

这是一个沉稳的中国人，看起来不超过三十五岁，穿着考究的灰色西装，打着同色的领带，一本正经，彬彬有礼，旁边坐着穿黑色职业套裙的女秘书，看起来像个律师组合。

"自我介绍一下，我是洛杉矶的执业律师，我们的事务所从事企业并购、分拆、再融资和上市相关的法律业务。"中国人起身，微笑着递上了一张名片。

这是家声名显赫的律师事务所，或者声名狼藉的。

这群恶狼一样的律师在湾区追着财务紧张的公司狂咬，通过把这些公司拆烂了剁碎了在市场上出售来获利，站在他们背后的都是些持有巨额资金的超级机构。

"您好，不知道您来访的目的是……？"希伯慎重地微笑着，这些金融机构的代言人毕竟不能轻易得罪。

律师从助理手里接过一枚信封，按在桌上推向希伯："这是一张一千万美元的本票，我们的一位客户对贵公司的《英雄联盟》很有兴趣。"

希伯一愣："很抱歉，《英雄联盟》是我们的盈利核心，一千万美元无论是购买这个游戏或者入股 RIOT GAMES 都远远不够。"

他在心里嘲讽这个律师不懂行，拿着一千万美元的本票就想对他们公司发动攻势？

律师笑笑："您可能误解了我的意思。这次我们不为并购分拆而来，而是代表一位客户委托贵公司在七天之内为《英雄联盟》开发一个新的副本。它的故事必须按照我这位客户提供的脚本，七天内开发完成并更新到全世界的服务器上。除此之外，我们不要求这个副本的任何权利。"

希伯震惊了，价值一千万美元的纸好像隔着信封在烫他的手。这出价太过优厚了，《英雄联盟》前期开发费用也不到一千万美元，而对方的要求仅仅是一个副本。他弄不清这到底是不是一个陷阱。

律师看出了他的犹疑："是的，我理解这个要求听起来很荒诞，但作为事务所，我们很难拒绝大客户的要求。我在深夜接到来自亚洲的一位客户的电话，她说是《英雄联盟》的忠实玩家，非常希望能有一个自创的高难度副本，并获得'首杀'荣誉，"他耸耸肩，"我不玩游戏，我也是在车上搜索，才知道'首杀'也算一种荣誉。"

"律师先生您可能没太搞清楚状况，《英雄联盟》是一款 MOBA 游戏，它不像《魔兽世界》，它根本就没有副本的概念。它的游戏模式就是……一群人在棋盘一样的地图上打打杀杀。"希伯叹气，"我们没有首杀这个事。"

律师也震惊了，看来这真是个不玩游戏的主儿，急忙低头和秘书窃窃私语。片刻之后他回复了冷静。

"反正总之你们的游戏也是那种手持大剑或者铁锤砍砍砍的游戏没错吧？"律师的态度强硬了些，"那就给他画个地图，让玩家一路砍砍砍，尽头给他们放个龙，谁先砍了龙谁就最厉害！"

"理论上这可以实现，不过地图会有些粗糙。"

"龙给我做得精细点，一看就很厉害很难砍死那种，让全世界玩家都去砍，第一个砍死的人给他现金奖励！通知各个战队都派出最强队伍！服务器在第一时间向所有玩家发送这一消息！我们再让《纽约时报》发一下这个新闻……总之把它打造成一个超级荣誉，就像我在耶鲁上学的时候，男生们竞赛，看谁先泡上法学院最漂亮的女生。"律师说，"一千万美元买一个荣誉，我觉得这交易对你们而言相当划算。"

希伯有些踌躇："但是先生，这实在不是MOBA类游戏的风格。"

"那我再增加一张一千万美元的本票。"律师懒得跟他废话，直接打断，向右伸手，助理立刻递上另一枚信封。

"两千万美元买一个荣誉！"律师感觉是在菜市场跟人抢夺最后一棵大白菜，"你知道我们是什么人，不同意别怪我们的金主下狠手！"

沉默持续了半分钟。

"好吧你们赢了，但在签约之前，我想知道你们的脚本是什么。"希伯点了点头。两千万美元可以买一艘豪华游艇横渡大西洋，也买得来公司全员加班七日。

"传真文件我已经带来了，客户亲手写的脚本，"律师清了清喉咙，"芬里厄是一头栖息在东方荒野中的巨龙，它通常只是沉睡，醒来的时候就飞到城堡抢走公主……这里有条注释，'公主做美型一点。'"

"您的客户真的是《英雄联盟》的忠实玩家？"希伯目瞪口呆，"这跟我们的世界观完全不兼容！"

"请听我念完……芬里厄抢到公主以后发现这个美丽的少女和它不是一个种族，并不能成为它的妻子，于是就把她给吃掉了。"

希伯用力抹脸，深深地吸气，鼓励自己看在两千万美元的面子上坚持听下去。

"国王非常伤心，贴出告示寻找英勇的战士为他的女儿复仇。于是很多的年轻人踏上了征途……这个芬里厄的性格很暴躁，每当有人试图打搅它的睡眠它就会暴怒地把周围的一切都破坏掉，所以杀死它非常不容易，必须获得一件神圣的道具'七宗罪'。这是一件惩罚一切罪恶的武器，一套七件，每件上都有不同的铭文，合并起来就是一句古老的咒言，"律师摘下眼镜，缓缓地念诵，"'凡王之血，必以剑终！'"

Chapter 15
The Inside Man

希伯想了想："虽然有点风格差异，不过可以实现。但我必须强调一件事，我们可以为您开发这个副本。但我们不能确保您的客户达成首杀，一旦副本被公布，龙巢的门对服务器上的每个玩家开放。"

"你们只需要按合同约定开发就可以了，屠龙是我们的事。"律师淡淡地说。

"好吧，我现在去准备合同。"希伯起身，略略迟疑，"不过我得坦白地说，你们这位客户很可能有点游戏成瘾，这是病……得治。"

律师叹了口气："其实我也不认识这位客户本人，委托人只是这位客户的下属。听说是个性格很暴躁的游戏宅男，曾经因为对《守望先锋》的更新包不满意而大手笔抛售暴雪的股票呢……你不知道伺候这些富豪有多难，有时候他们简直是神经病！"

三十分钟后，如愿以偿的律师先生开着他的保时捷跑车，带着他漂亮的女秘，扬长而去。跑车后座上还横置着希伯友情赠送他的全尺寸复制道具——"黑色切割者"大斧。

中国，北京。
老罗悄悄地在裤子上把手汗擦掉，盯着桌面发呆。

桌上打开的箱子里是整齐的一摞摞现钞，银行封条还没撕掉。网络支付的年代啊，带那么多现金出门本身就很不可思议了，更不可思议的是他们约见的地点是一家"成都小吃"馆子。

最不可思议的是坐在桌子对面的那个女孩，她根本就是个不该出现在这种小吃店的人，一身修身的黑皮衣，张扬地显露出全身曲线，大开的领口里露出小抹胸和纤细笔直的锁骨，漆黑的长发光可鉴人，用红绳束起如古代仕女的高髻，全身笼罩在价格高昂的香气里。

她的眼角带着一抹绯红，明净的黑瞳深深地看着老罗，玫红色的嘴唇一开一合，就像是说着情人间最隐秘的低语……其实她是在啃一串烤大腰子。

整个小店里的人都在看这个女孩吃大腰子，点菜的时候她把一箱子现钞放在桌上，抽一张给伙计："我要双倍加辣。"

"你们都知道 RIOT GAMES 要开一个嘉年华副本对不对？胜者现金奖励，全世界玩家都有点小激动。"女孩慢悠悠地说。

"那可不是，我们也得试试啊。"老罗舔舔嘴唇，"不过服务器在美国，网速跟不上，我们手快也不一定抢得到。"

"网速不算问题，我给你开到最高。七天时间，我要组织一个小型战队，全都要最强的人，什么能扛的坦克、能输出的射手、能控的法师，都给配置双份的，带头的得是个刺客。跟全世界的玩家争那个首杀。"酒德麻衣放下竹签，开始慢悠悠地磨指甲,"能做到么? 他们都说你是这一行里最棒的。"她妩媚地笑笑,"英雄,别老看着钱了,那些都会是你的,抬头看看我,我比钱好看。"

老罗是《英雄联盟》一个小战队的队长,在虚拟世界里他是个 ID 叫"白色北方"的盖世英雄,专攻刺客,全地图游走,总在关键时候闪现进场,潇洒地带走几条人命,五杀封神也不在少数。很多人都巴望着当老罗的队友,不仅是他全程带躺,而且还是那种一边收割人头一边刷长诗的个性人物,这边防御塔接连崩溃,那边老罗悠然刷出里尔克的《奥尔弗斯·欧律狄刻·赫尔墨斯》,"这是魂魄的矿井,幽昧、蛮远。他们沉默地穿行在黑暗里,仿佛隐秘的银脉。血从岩根之间涌出,漫向人的世界,在永夜里,它重如磐石。除此,再无红的东西。"

姑娘们揣摩他的风采,就像那种驾着八马长车冲过长街的冷酷少年,挥舞长鞭,撕裂那些躲避他又窥视他的少女的衣衫,在她们娇美的肌肤上留下鲜红的印记,仰天长笑。

其实本人看着更像网吧老板,那间不羁的夹克已经两周没洗了,头发里满是头皮屑,而且总是鸟窝般冲天竖立。

但只要让他坐在屏幕前,摸着键盘,他就会成为皇帝。每当他走进网吧扔下二十块钱低声说"包夜,一瓶营养快线,一盒中南海"的时候,周围一圈小弟都会抬起头看看这位星辰般闪耀的前辈,因为接下来整个夜晚他们都会欣赏到老罗面带一丝诡异笑容,蜷缩在沙发里,左手敲击键盘如演奏贝多芬,右手夹着一支烟挥舞鼠标如书狂草的飒爽英姿。

"没问题,我就是最好的刺客。"谈到游戏,老罗流露出睥睨四方的眼神,"你们是需要新 ID 对吧? 告诉我名字,头像也发给我。"

代打也是老罗的业务,他是专业的,收钱办事,送任何人上王者。

酒德麻衣把一张打印出来的漫画头像递过去:"头像就照这个来,ID 叫 …… Ricardo。"

"作为英雄还缺点个性。"老罗摇头。看漫画头像根本就是个普普通通的中国男孩,下垂的眼角显得没精神。

酒德麻衣拍拍掌,黑衣司机从门外进来,提着一件轧纸刀。

酒德麻衣叼着一串烤板筋起身,抓起一沓现钞,一轧为二。

片刻的沉默之后,有喝到兴起的兄弟拍掌:"好样儿的姐们!"

满场嘘声和喝彩声中,酒德麻衣长发飘飘,一刀两断又一刀两断再一刀两断,每次压下铡刀都带着优美的韵律感,纷飞的半截钞票落入司机放下的旅行袋里。

"奖金归你劳务费单算,五十万预付金。"酒德麻衣把旅行袋的拉链拉上,推到老罗面前,"给你的那一半都是右半张,拿到银行也换不回整钱的。想要左半张,就拿人物来换。好好努力哦,亲爱的你很萌 …… 但是记得下次见我的时候要好好洗

Chapter 15
The Inside Man

头！我能感觉到你那边有股发酵的味道向我飘来！"

她向着在场的所有人飞了个媚眼，从钱包里拿出一万块放在桌上："今晚这里的酒我都买了，七天之后请上网，看名叫 Ricardo 的男人杀死巨龙。"

欢呼声里，她款款地扭动纤腰，走向外面停着的那辆加长路虎，在登车离去前还转身挥手，俨然是女明星在自己的颁奖晚会后挥别媒体。

所有人都预感到什么大事就要发生，让人无比期待，他们高举酒瓶送别这个看起来棒极了的妞儿。

"通知所有人，今后的七天里，全员集训，"老罗拨通副队长的电话，"我要最强的团队给 Ricardo 老爷护航 …… 对！目标就是那个副本 …… 他会杀掉那头龙！"

"喂，长腿儿，这样真的可以？"薯片妞趴在窗边眺望。

日出时分，火红的云霞燃烧在天际线上，太阳像个煮熟的蛋黄似的，慢悠悠地浮起，楼下环路上的车流密集起来。新一天开始。

在这间位于 CBD 核心区的顶层会议室里，薯片妞和酒德麻衣已经连续二十四小时没睡了。其他业务暂停，纽约的股票经纪人已经一整天没有接到薯片妞的电话了，正猜测委托人是不是被绑架了，是不是要报警。

"放心，只要各个环节的衔接不出错，李嘉图首杀龙王的消息一定会上热搜。RIOT GAMES 暂停了所有员工的休假计划，他们会在未来的七天内分为两班二十四小时循环开发，新副本要上线的消息已经通过官网发布，上线时间确定在七天之后，"酒德麻衣看了一眼腕表，"不，是六天零四个小时后。那个叫老罗的家伙干得也不错，Ricardo 这个 ID 正在疯狂升级，两队人循环练级，还有两队为他提供支援。到今天中午十二点这个角色就会晋级王者，之后的几天里他会跟几个最强的战队约架，不断地积累名气。等那个副本上线时，某个排行榜上的顶级英雄会站在副本的入口处。"

酒德麻衣正前方和左右两边各是一块 36 寸的高清屏幕，这三块联动的屏幕可以显示接近一百八十度的视角，放眼看去满是没过头顶的茂盛草丛，巨大的魔沼蛙出没。

蓝袍剑豪正扛着剑在泥泞中奔跑，绿色的血槽上顶着"Ricardo"的字样。

事实上他远不是一个人，如果稍微拉远，就会发现他背后跟着 …… 汹涌的扛伤团！

套着拥有红 Buff 的神装薇恩，骑着魔杖速飞的璐璐则套着 Buff，谁打它谁掉血的全甲坦克龙龟，还有一枚满级后 CD 减免了 45% 的时光老人。四个人游走在刺客的周围，四护一的超级阵容，完全不合理，完全靠技术弥补阵容的缺陷，一切荣誉归于领袖。

聊天频道里热闹得很：

"快点，先叫老白去把小龙给路哥打了！"

"薇恩去单锤大龙！速战速决，马上上高地！"

"那谁！把前方的炮车惩戒掉，别他么挡了路哥的路！"

"我说老板，人家要的是满状态人物，你说要不要我先挂掉把红Buff脱给路哥？"

可能是酒德麻衣说漏了嘴，谁都知道幕后老板姓路，大家都叫路哥。

"这么热闹，搞得我也想开个账号了。"酒德麻衣拨着无线鼠标。

"媒体那边怎么样了？"薯片妞又问。

"明晚我会在中国大饭店举行发布会，主题是中国电竞出海，邀请业内所有媒体到场，我准备了五百个红包，每个红包里都有两百美元。首杀达成的瞬间，收了我们红包的记者就会在各大网站发消息，大V们会跳出来欢呼，半个小时后就会上热搜，再过几个小时会上电视新闻。美国那边就更好办了，《纽约时报》的某个副主编一直想约我共进晚餐。"

"就差投拍励志电影了，"薯片妞挑挑眉毛，"动用那么多的资源去哄一个男孩开心么？我说麻衣，你说老板是真的很在意路明非的感受么？"

酒德麻衣摇头："他不在意任何人的感受。"

"我也是这么想，你和路明非接触过，他到底是一个怎样的人？"

"说不清楚，表面上看起来很疯，对自己没有信心，也不抱什么期待，所以也不会努力。"酒德麻衣把脚跷在会议桌上，捧着杯热巧克力，望着天花板出神，"但偶尔他又会变成另外一个人，孤独、凶狠、眼睛里藏着不甘心，就像是……燃烧起来了。"

"燎原的大火都是从心底烧起来的，不是么？"

酒德麻衣抿了一口热巧克力："其实他很走运了，帮他的人不少。但那种感觉很奇怪……并不是幸福，没有任何帮助给他带来幸福，只是维持他在孤独边缘的脆弱平衡，好像他是这个世界的孩子，谁也不敢叫他真正绝望。每当他即将坠入悲伤的深渊时，总有人施舍似的给他一点点安慰让他能坚持住。我有种奇怪的感觉，当他真正绝望的那一天，他会变成……"

酒德麻衣轻声说："魔鬼那样的东西！"

日光灯管笼罩在呛人的烟雾中，不时有人欢呼或者咒骂，也有人戴着耳麦柔情似水地和对面的小妹妹诉衷肠。百十台电脑一字排开，每张破损的沙发上都有一个包夜的兄弟，左手夹烟，右手握鼠标，红着眼睛。劣质耳机里透出节奏强劲的摇滚乐声，收银小妹照旧呼呼大睡。

世间的一切嘈杂和悲欢面目聚集于此，这是朝阳区的一个地下网吧。

被认为会用心底的火燃烧世界的男人路明非正指挥着他的龙骑兵大军登上高地，

Chapter 15
The Inside Man

提着离子光刀的狂战士们随后列阵,黄金甲虫缓缓地蠕动向前,披着蓝色闪电的圣堂武士们悬浮在空中。

那么多年过去了,他居然还在玩《星际争霸》这个古董游戏。

高地上就是敌军的主基地,典型的人族堡垒。密集有序的建筑格局,成排的补给站、塞满机枪手的地堡、架起攻城模式的坦克群……防空塔的雷达覆盖了所有区域,以防路明非的暗黑圣堂趁乱捡漏。

这是最终决战,敌人在路明非的大军前立起了铜墙铁壁。

这是今晚上来跟路明非单挑的第十五人,前十四个都被虐得哭爹喊娘,有的摔了键盘大骂,有的赞叹说这年头还有哥们把这种老游戏玩得出神入化。

老游戏嘛,怀旧嘛,谁不会玩几下呢?可这熊孩子居然把满网吧的兄弟杀得丢盔弃甲,有时候右手打得酸了,他还会换用左手握鼠标。

对于高手们而言这简直就是侮辱,好比西门吹雪和叶孤城论剑于紫禁之巅,西门吹雪不带剑来而是扛着钉耙,叶孤城依然败得落花流水,除了自刎没有任何挽回面子的办法。

有人一个电话打给狗哥。狗哥当年是玩星际战队的,就是从这间网吧起家的,如今星际早都不流行了,狗哥也一把年纪回家带娃了。

狗哥惊了,仿佛老去的独孤求败忽然发现自己和东方不败活在同一时代,急忙跪了一会儿搓板,换得老婆答应晚上看孩子,然后穿着拖鞋就来了。

进门就被一闷棍打晕,然后是连贯的六记闷棍。狗哥连败七盘,毫无还手之力。

狗哥这才明白自己不是跟东方不败生活在一个时代,而是跟变形金刚生活在一个时代,纵然你玄铁重剑大巧不工,砍上去对方只是响了几声,然后一脚把你踩平。

这一盘狗哥铆足了力气,要在自家基地打一场前无古人的防御战。无论路明非施展什么妖刀,他自信都有两手准备,无论你是航母硬突还是趁乱空降还是狂战士兵暴,狗哥都做好了让你血流成河的准备!

狗哥觉得自己的肾上腺素飙到了极点,握着鼠标的手轻轻抖动,好比自己是领军大将立马横刀,恨不能对对面的劲敌嘶吼说:"来吧!"

可对面的熊孩子一直耷拉着眉毛,没精打采的样子。路明非把最后一口可乐喝完,随手操作了几下,起身去洗手间了。

狗哥傻眼了。这算什么?认输了?认输了好歹打个"GG"出来嘛!

"监测到原子弹发射。"耳机中传来冰冷的警告。

狗哥惊呆了。怎么回事?原子弹是人族的武器,可路明非用的是神族啊!

当然神族确实可以用暗黑执政官去俘获神族的农民,从而复制一支人族军队,但是真的有人这么玩么?这费时费力的战术只存在于理论中的吧?

"监测到原子弹发射。"又一次警告。并不是重复,而是另一颗原子弹发射了。

"监测到原子弹发射。"

"监测到原子弹发射。"

"监测到原子弹发射。"

"监测到原子弹发射。"

连续的六次警告,几乎是在同一瞬间,路明非发射了六颗原子弹!

狗哥拖动鼠标,在屏幕上疯狂地寻找原子弹的导航红点。但是来不及了,六枚原子弹依次砸下,狗哥整饬的队伍和铜墙铁壁的防御化为乌有。苦心经营的基地只剩下废墟,最后的建筑满是红血且燃着熊熊烈焰。

而路明非的大队人马……只是在外面列着阵,无所事事,摆出一个巨大的"V"字。

敢情路明非造这满满一屏幕的兵只是来摆个"V"字!

路明非从洗手间回来的时候,看见屏幕上留下"GG"的字样,几秒钟后,狗哥退出了。

"高手再来一盘吧? 请教一下。"狗哥走了过来,诚恳地说,"老板给我拿两个营养快线。"

老板把营养快线放在狗哥面前,狗哥一瞪眼:"给我一个就行,还有一个给那边的高手,高手扁我们扁得很辛苦!"

"多谢多谢,好啊好啊。"路明非说。

"兄弟能在你后面围观么?"有人凑了过来。

"好啊好啊。"路明非说。

就这样战局重开,开始打教学赛。

路明非背后簇拥了一群人,还有个穿小黑裙的漂亮女孩坐在路明非旁边,瞪大眼睛满脸好奇。路明非不好意思地挪了挪屁股,免得蹭到她的大腿,但心里还是有点窃喜……这是不是所谓的存在感?

有的人的存在感位于豪车如水美女如云的香槟酒泳池边,那是恺撒。

有的人的存在感位于血流成河的屠龙战场上,那是楚子航。

有的人的存在感在于摇着铃对校董会臭牛×的,那是昂热。

有的人的存在感在于二锅头和内衣杂志,那是副校长……而路明非的存在感就在这样的网吧里,脏脏的破破的,弥漫着烟雾,灯光昏暗,偶尔有一两个露大腿的女孩。

可只有在这里才觉得有人会关心自己是个什么东西。

"这是一个,尚未察觉自己命运的男人的故事!"旁边看动画的大哥的耳机漏音,里面的热血汉——还是台湾翻译版,带着几分"大霹雳"的调门——指天高呼。

Chapter 15
The Inside Man

"向着地上前进吧,西蒙!"

"卡米那……"

"什么卡米那,叫我大哥!"

"可是我……没有兄弟啊……"

"不是那意思!我是说魂之 Brother、Soul 之兄弟啦!不管丑女们说什么,都别在意。这东西和你很相配呢。钻头是你的灵魂啊!"

是《天元突破·红莲之眼》吧?还有看这种老动画片呐,路明非也曾很喜欢。

以前看的时候还热血沸腾嘞,现在听起来……都什么台词啊?钻头是你的灵魂?那鼠标就是路明非的灵魂,红酒瓶就是芬格尔的灵魂了?不同的人,灵魂区别真大啊……

外面是深夜了吧?诺诺和恺撒……在干什么?

他的手指在键盘上跳跃,他的军队再次成形,狂战士们汇聚成铁流,离子光刀闪灭,龙骑士们舞蹈,航空母舰攒聚成团。屏幕的光照亮他空白的脸。

行政套房里满地狼藉,资料扔得满地都是,几台笔记本全都亮着,墙上是北京地图的投影,桌上放着两个吃了一半的全家桶。

楚子航叼着一根巧克力棒,端坐在桌边敲打键盘。从入住酒店起他一直工作到现在,靠着巧克力棒、曲奇饼和碳酸饮料过活。

芬格尔四仰八叉地躺在满床的资料中间,一手拎着红酒瓶,一手握着炸鸡腿,好似一只翻过来晒太阳的癞蛤蟆那般惬意。

"路明非出去一天了,你知道他去哪儿了么?"楚子航忽然问。

"说是去网吧了,在这里打游戏会影响你干活儿。师弟我们可都靠你了,人家那一组都是精锐,你还得拖着我们这俩油瓶。"

"你误解了这个词的意思,中文里把女人离婚后跟前夫生的孩子叫'拖油瓶',"楚子航纠正,"比如我就是个拖油瓶。"

楚子航按下回车键,数据载入到他刚刚完成的数学模型。投影地图上,无数涟漪溅开,好像那是平静的湖面,楚子航刚刚洒了一把细沙进去。

"你在捣鼓些什么?"芬格尔看不明白,"我们不是来屠龙的么?可是我们三个各有各的宅法,废柴师弟是个游戏宅,你是个科学宅,我是个……我是个吃货。我们不该是带着设备满北京城找龙么?"

"如果你说的设备是单反相机的话,唐森和他的朋友们正这么做,他们昨天已经游览了故宫,今天的目标是去颐和园。"楚子航目不转睛,"他们发现这座城市里满是龙的痕迹。地理上有龙脉,皇家石雕上有龙凤呈祥,大殿四角趴着龙的子孙,连驮石碑的乌龟都是龙种,根本无从找起。中国以龙为图腾,遗留的龙族信息本该是最多的，但是太多太杂的信息把我们要找的东西藏起来了。"楚子航用铅笔指着地图上的片片涟漪，"这是北京城区和周边今年以来的地动数据。"

"地动数据？"

"地震局在这座城市里设置了很多小型监测设备。北京处在华北燕山地震带上，每年有多达几百次小规模的地震，只是震级和烈度太低，甚至无法觉察，但监测设备会忠实地记录每一次地动。地动可能是地壳变动，也可能是地壳里藏着什么东西。今年北京的地动频率忽然增加了十倍，我建构了一个简单的数学模型，把这些数据代进去，计算和筛滤，这样我们也许能找到那个震源，大地与山之王。"

芬格尔呆呆地听了半天，竖起大拇指："好神奇！"

"你不理解很正常，我的科目偏向科学，你的科目偏向龙族谱系学。"楚子航淡淡地说，"也就是说我是理科，你是文科。"

"妈的上了九年大学才知道自己是个文科生！"芬格尔灌了一口红酒，"就是说这个暴躁的龙王总在一个地方发功咯，如果他是一边发功一边移动怎么办？"

"龙王为什么要移动？他上班么？"

"也是，他应该藏在什么地方养精蓄锐，力量彻底复原之后把我们全部人干翻。"芬格尔点头，"有了这些数据我们就能领先恺撒那组咯？"

"很难说。城市里能引起地面震动的因素太多，譬如重型卡车经过、地铁经过、施工机械甚至节日放礼花，这些也都会被记录下来。也就是说地动数据中混杂着几百倍的无效数据，要剔除它们不知要多久，而我们的时间有限。"楚子航盯着投影屏幕，"师兄，你以前有女朋友么？"

"这是什么神转折？前言后语之间不需要一点衔接么？你们理科的果然都是些愣货！"芬格尔一愣。

"对不起，忽然想起，不方便回答就算了。"

"有什么不方便？那是我辉煌的战史！情场上不朽的丰碑！"芬格尔猛地坐起，"当年我也是人见人爱的 A 级！倾慕我的女生在情人节排队送巧克力，多到我不得不把它们拿来做成巧克力酱，够我抹一年的早餐面包！"

"所以是有女友的？后来分手了？"楚子航认真地看着他。

"伤口被你戳到了！"芬格尔捂胸。

"抱歉，我只是想咨询一下……如果你喜欢一个女孩，从来没有表白过，她就要嫁人了，你会跟她说么？"

"你是关心那个废柴的心理健康么？"芬格尔明白了，"我估计我不会说。"

"那你的选择和路明非一样。"楚子航若有所思地打开一罐可乐。

"我为什么要跟她说？"芬格尔瞪眼，"我会选择先爆掉新郎！"

楚子航沉思片刻："如果他不说，被隐瞒下来的感情就一钱不值。有一天他会带

Chapter 15
The Inside Man

着这种感情死掉,甚至没有人知道。那为什么不说?"

芬格尔又仰天栽倒在床上:"感情这个东西,有的人的很值钱,有的人的就很垃圾。比如废柴师弟的感情就一钱不值,恺撒能给诺诺的废柴师弟都给不了。感情是个神圣的字眼儿,但不是硬通货,不能用来换吃的。别因为喜欢谁就觉得自己的感情很珍贵啊朋友,他那种没用的感情,还是尽早忘掉比较好吧。"

"可你刚才说你会爆掉新郎。"

"每个人不同咯。比如你这种神经病,一旦喜欢上了什么女孩必然惊天动地,如果她要嫁人,就算花车已经出发,你也会一枪轰掉车轴去抢人。"芬格尔说,"但废柴师弟是个软蛋,就算恺撒邀请他当伴郎他都不知道怎么拒绝,他会穿得西装笔挺地站在诺诺背后,看她嫁进加图索家,回来灌上两瓶红酒睡得像头死猪。他最凶狠的一面也就是在《生化危机》里举着散弹枪冲向僵尸,一边轰僵尸还一边流口水。"

"不发疯的感情没有价值?"

"可以这么理解。"芬格尔叹气,"一个只会闷骚什么都不敢做的厌蛋,他的感情就很廉价啊!不,不是廉价,是傻×透顶!"

"傻×透顶?"楚子航咀嚼着这四个字的意味,"什么人能算作傻×透顶?我知道这四个字是骂人用的,可是好像什么人都能骂,没有具体涵义么?"

他是个有语言洁癖的人,基本上从他嘴里说出来的话都能毫无删节地写进中学课本,而且是理科课本,纯粹陈述事实的口吻,语气没有半分起伏。

"这个……"芬格尔挠了挠乱蓬蓬的脑袋,"一个中国人问一个德国人如何解释傻×透顶……本身就很傻……这个词基本上可以概括一切让人烦又看不起的废柴,用在师弟身上大概是……那种明知道什么事情不可能,还非要揣着希望,一直厌一直厌,有时候却会为这种事热血上脑,可是该到自己勇一把的时候又怯了……就是那种什么都不懂的死小孩,还他妈的超固执,还是个软蛋,我靠!一切的缺点他都有了,你看他不是傻×透顶么?"

楚子航沉默了很久,微微点头:"我明白了,确实傻×透顶。那师兄你当初是怎么分手的?"

"我靠!又来神转折,你这好比咨询专家整容的事情,可专家忽然问你的阑尾还在不在!"芬格尔嘟哝,"好吧,是因为我那时候也傻×透顶……"

"每个人都有傻×透顶的时候吧?"楚子航淡淡地说。

敲门声传来,跟着是捏着嗓子的声音:"鼹鼠鼹鼠,我是地瓜!"

楚子航起身开门,扛着大包小包的夏弥探头进来,跟芬格尔打招呼:"哇,真乱!传说中的男生宿舍么?我可以进来么?你们养蟑螂当宠物么?能不能先让你们的宠物闪开,我怕会踩到那些可爱的小动物……"

329

她穿着波西米亚风的格子长裙和带流苏穗子的高跟靴子，谁也摸不清她穿衣的风格，反正每次看到她都会让人眼前一亮，大概是家里有个步入式的更衣间和无数衣服，让她对比搭配。

"师妹太漂亮了！来让师兄看看你的腰围长没长……"芬格尔张大怀抱。

夏弥把一块奶酪蛋糕砸到他脸上："是怕你们饿死给你们送吃的来了！欸？怎么不见路明非？"

"你路师兄出外修行去了，有阵子不会回来，两年之后会跟我们在香波地群岛重逢。吃的给我们分了就好，是北京小吃么？"芬格尔双眼发亮。

"嗯呐嗯呐，"夏弥坐下，在大包小包里摸索，"我是北京人嘛，今天回家看爹妈，顺便给你们买了点吃的，虽说你们这组有两个中国人，可看起来芬格尔师兄你的自理能力反而是最好的欸。"

"过奖过奖，就是走到哪里都能找到食物的求生本能，天生的。"芬格尔得意。

"稻香村的点心、蜜饯，十八街的麻花……这是天津的……还有天福号的肘子，"夏弥一件一件往外拿，"够你们吃几天了。"

芬格尔按胸："啊！这汹涌的幸福感，你果然是我们组派去卧底的吧？就知道师妹你心里还是向着我们的。"

"因为芬格尔师兄你最英俊嘛。"夏弥龇牙。

芬格尔转向楚子航，用力拍胸："看！师弟，你们还是得靠师兄我的色相才能摆脱终日吃垃圾食品的悲惨生活！"

楚子航懒得搭理这两个活宝，冲夏弥点头打招呼之后，一直盯着墙上的北京地图思索。

"北京的地动数据？"夏弥走到他身边。她的专业偏理科，一眼就明白了。

楚子航点点头："但垃圾数据太多，干扰太大。就像风吹开湖面，湖面上都是水波，我们就找不到那条鱼吐出的泡泡。那条鱼就在湖面下藏着，它彻底苏醒的那一天，会以龙的形态忽然击破水面，那时候就来不及了。"

"他目前应该还是人类形态。"夏弥说。

"是的，否则他就不会制造火车南站和六旗游乐园的两起事件，总不能以龙类形态飞到美国去。"楚子航说，"但人类形态的龙，能力会被制约，这在龙王诺顿身上已经被证明了。"

"养成龙类的身躯需要时间，等于再进行一次孵化。我跟爹娘说师兄你很照顾我，他们说想请你去家里吃个饭。"

楚子航没来得及回答，就听见芬格尔的大嗓门，"又是你们理科生的神转折么？喂喂，这就是传说中的'见父母'么？"芬格尔捂脸，"可耻地萌了！"

"萌你妹啊！"夏弥扭过头，恶狠狠地说，"只是请吃饭而已！"

Chapter 15
The Inside Man

"那为什么没有我？"芬格尔跳起来质问。

夏弥一愣。

"显然没有我吧？分明就是没准备叫我嘛！心虚了脸红了！我靠我就知道你们小女孩觉得师兄我是大叔了！说什么师兄最英俊都是骗我的！"芬格尔满脸愤怒。

"我不认识你……"夏弥捂脸扭头。

楚子航咳嗽一声："你也看到了，这里已经忙成一团了，大概没时间过去，谢谢你父母的好意吧。"

"吃饭而已嘛，几个小时总是有的，我哥哥听说之后很想见你的，"夏弥捂住耳朵，"在电话里大声说什么姐姐姐姐我要大哥哥陪我一起玩什么的，吵死人吵死人吵死人，我也是没办法才来邀请你的嘛！"

夏弥把脸凑到楚子航面前："赏个脸赏个脸赏个脸？"她晃着脑袋，眼珠子骨碌碌转。

"我……"楚子航窘了，"我不太会陪人玩。"

"他不是你哥哥么？为什么叫你姐姐？"芬格尔很好奇。

"是御姐的姐！"夏弥吐吐舌头，"他生来就发育缓慢，智力像小孩啦，所以他总觉得我是他姐姐。"

"说起来帮助未成年人就是我们卡塞尔学院的传统美德啊！"芬格尔挺胸，"我责无旁贷！楚子航你也责无旁贷！"

楚子航无可奈何："什么时候？"

"大后天中午吧，包饺子你看如何？"

"好的。"楚子航点了点头。

"呀嘞？可是大后天中午我有安排了。"芬格尔忽然说，"虽然我很想陪你去，但实在不巧，你自己去师妹家吃饭吧。"

楚子航傻眼了："你……有什么安排？"

芬格尔抖了抖蓬松的长发，让它显得有点特立独行的感觉："参观北京798艺术中心。"

"你耍我的吧？"楚子航在心里说。

"啊！师兄要去798么？那里有几个不错的美术馆，我给你画个地图……"夏弥已经坐到床上去了，在一张白纸上给芬格尔画地图，完全没有人再理睬楚子航。

好像这事儿就这么定了，很自然很合理。大后天中午，责无旁贷的楚子航将代表卡塞尔学院这个具备优良美德传统的贵族学院去夏弥家吃饭，并且带她的哥哥玩。

楚子航忽然明白"摔"这个字为什么老被人用在网上，就是那种很想把键盘摔这两人脸上的感觉。从一开始就是骗局啊！什么时候卡塞尔学院有帮助未成年人的传统了？那帮杀坯什么时候管过未成年人啊？

"我说，卧底师妹，恺撒在干什么？"芬格尔忽然问。

"好像从昨天到今天，一直在喝茶、洗芬兰浴、做 SPA 什么的，今天好像去逛琉璃厂了。"

第十六章 美好的一天
It's a Beautiful Day

早晨的阳光照在琉璃厂大街的石板路上,一辆人力三轮跑得欢,两侧都是复古的青砖小楼,每一户门前都挂着"宝翠堂"、"崇文府"这类黑底金字招牌。

"大清朝的时候,这里是赶考举子们住的地方,最多的就是纸墨店,'戴月轩'的湖笔、'李福寿'的画笔、'清秘阁'的南纸、'一得阁'的墨,那都是百年老牌!玩古的店也多,'汲古阁'听说过没有?这条街上都是宝贝,我从小到大就在这里遛弯儿,当年这里从地摊上都能淘到宋瓷……"人力三轮叔一边哼哧哼哧蹬车一边神采飞扬吐沫星子四溅。

"现在主要是忽悠外国傻老帽儿是吧?"后座上的客人慢悠悠地说。

"哎哟我的妈欸,给您说对嘞!听客人您这口音是河南人啊!"三轮大叔一拍大腿。

"可能,我的中文老师是个河南人。"客人不无遗憾地说。

人力三轮过了"华夏书画社"雕花填漆的大牌楼,在一条羊肠胡同前停下了。

三轮大叔骗腿下车:"到了,不过这种小铺面里都没什么好货,而且不能刷卡,Visa、Master Card、American Express,"三轮大叔一挥手,"都不顶事儿。"

"英语很溜啊,听着是得州人呐!"客人嘿嘿一笑。

大叔也嘿嘿一笑,两个人逗闷子逗了一路了。

年轻的客人从容下车,上身青色的中式大衫,挽着一寸宽的白袖,下身休闲裤,脚下踩着一双京式"条便",一头灿烂如金的头发,海水般湛蓝的眼睛。

他当街这么一站,看着就是来挨宰的外国傻老帽儿,顿时几个铺面里跳出跃跃欲试的好汉,想把这头肥羊拉回自家店里。

客人完全不理他们,打开一把"不到长城非好汉"的白纸折扇,漫步进了那条阳光进不去的幽深小巷。

"凤隆堂"的招牌有点破旧了,挂在小铺面的门楣上,门口挂着宝蓝色的棉布帘子。这已经快到胡同的最深处了,一般玩古的人绝不会选择那么偏僻的地方开店。

333

客人掀开棉布帘子,门上铜铃一响,却没有人来招呼,柜台上空荡荡的。

这个店还是纸糊的老窗,阳光透进来是朦胧的,空气中悬浮着无数灰尘,屋里摆着大大小小的条桌和木箱,像是有些年头的东西,还有线装书、唐三彩、石砚笔洗。

看起来这个店里什么都卖,墙上还挂着一套大红色的嫁衣。灰尘的精灵们在空气中欢舞。仿佛它们才是这里的领主。

客人慢悠悠地转圈,最后在那件大红嫁衣前驻足欣赏。嫁衣的材料是上等湖绸,精美的缂丝边,贴着凤凰花纹的金箔,镶嵌珍珠纽扣和琉璃薄片。它被展开钉在墙上,还有人用墨笔给它勾勒了一张写意的新娘侧脸,客人揣摩着那张脸上的神韵,就像一个眼睛妩媚的女孩扭头冲你轻轻一笑。

"清朝旗人穿的喜服,是正统的旗袍样子,那时候的旗袍是宽下摆,裙摆到地,里面穿裤,可不是现在露胳膊露腿的式样。"有人在背后说。

"林凤隆先生?"客人并不回头。

"恺撒·加图索先生? 真年轻啊。"老板说。

恺撒转身。虽然他有备而来,但骤然看见这个老板,还是有点惊讶。

这个一口京片子的老头儿居然是个地地道道的欧洲人,灰白的头发和铁灰色的眼睛,面颊消瘦,穿着一件竹布衬衫,手里盘着一对铁蛋,另一只手里拎着一套煎饼馃子……

"猎人里真是什么怪物都有啊。"恺撒上下打量他。

"这行的水深着呢,我算正常人。"老板微微一笑,"出去买早点了,一起吃点儿?"

"免了,早晨尝试了豆汁,把我给喝吐了。"恺撒回忆那泔水般的味道,又有点反胃。

"吐了就喝点茶,我这里有铁观音的秋茶,老茶树上采的。"老板领着恺撒走到角落里,树根剖成的老茶桌上备着全套青瓷茶具。

两个人对坐,老板手脚麻利地烧水沏茶,斟、泡、涮、洗,青瓷茶具在这个欧洲老头儿手里上下翻飞,若有若无的茶香飘逸开来,最后是一小杯水汽蒸腾的清茶送到恺撒面前。

恺撒闻着那茶香,点点头:"你在中国很多年了?"

"我是个河南人啊。"老板很笃定地说。

"拿镜子照照自己的脸再说话。"

"父母是二战时滞留在中国的德国人,都死了,养大我的是一对中国河南人夫妇。我也不是那么排斥自己的德国血统,但是,"老板叹气,"德语太难了,愣是一句学不会!"

"一个意大利人跟一个德国人用河南话交流,真有意思……好了,我来这里不是喝茶的。"恺撒放下茶杯,把一个颇有分量的纸袋放在老板面前,"二十万美元,买你说的那条消息。"

"猎人中也有您这样挥金如土的人啊。"老板眯着眼睛笑了。

"花钱玩玩,图个开心而已。"恺撒一副八旗阔少的派头。这两天看了几集清宫剧。

老板慢悠悠地品茶:"距离这里不远,民族宫那边,有条光彩胡同。明朝的时候,是制造火器炸药的地方,那时候它有另外一个名字……王恭厂!"

恺撒深吸了一口气,觉得光柱中的微尘忽然一震,好似那个古老的名字惊醒了这些沉睡的精灵。

"听说过?"老板笑。

"王恭厂大爆炸,发生在公元1626年5月30日上午9时,覆盖面积超过两平方公里,杀死了两万人。逼得皇帝朱由校先生不得不下了一份《罪己诏》,认为自己的行为触怒了上天。那是无法用正常逻辑解释的灾难,历史上最神秘的三次爆炸之一,和它并列的是印度的莫恒卓·达罗死丘事件还有俄罗斯通古斯大爆炸。"恺撒说。

"公元1908年,通古斯的原始森林里发生了剧烈的爆炸,好像太阳提前升起,森林成片倒下,巨大的蘑菇云升起,莱茵河边都能观察到那次爆炸的火光。至今人类能够达到那种效果的武器也只有核武器。但是1908年'原子弹之父'奥本海默才四岁,还是个小屁孩儿,还有三十七年那帮美国人才能造出原子弹。可核爆,却提前发生了,"老板瞥了恺撒一眼,"虽然以前不认识,不过对于龙族,想必大家都知道不少,不用隐瞒什么,通古斯大爆炸是言灵'莱茵'导致的,序列号113的高危言灵。"

"公元1626年,中国人也不可能拥有核弹,那么王恭厂大爆炸,也是因为某种毁灭性的言灵。"恺撒说。

"核武器的关键技术在于放射性原料,美国人在橡树岭制造了巨大的设备,熔化了数万吨纯银为导线才制造出有效的分离设备。那套设备就值一个国家,至今这种技术还被少数国家垄断。但是对于太古龙类,他们根本无需借助什么设备,仅靠言灵就可以制造出类似核爆的高温和冲击波效果。印度长诗《摩诃婆罗多》记述过莫恒卓·达罗的毁灭,那曾是一座辉煌的大城,消失在一场巨大的爆炸中,长诗中说'空中响起轰鸣,接着是一道闪电。南边天空一股火柱冲天而起,太阳耀眼的火光把天割成两半……房屋、街道及一切生物,都被这突如其来的天火烧毁了……这是一枚弹丸,却拥有整个宇宙的威力,一股赤热的烟雾与火焰,明亮如一千颗太阳,缓缓升起,光彩夺目……可怕的灼热使动物倒毙,河水沸腾,鱼类等统统烫死;死亡者烧得如焚焦的树干……毛发和指甲脱落了,盘旋的鸟儿在空中被灼死,食物受染中毒……'"

"听起来和核爆没有任何区别。"恺撒说。

"可那部长诗写于公元前4世纪。"老板说,"所以我们有理由相信,这三次灾难都是龙王苏醒导致的,而公元1626年,也有一位龙王在这座城市里苏醒,也许就是你要找的。"

"既然王恭厂是制造和储存火药的地方，为什么不能是火药爆炸呢？我读过一些关于火器的历史，明朝是中国史上火器装备最多的时期，丰臣秀吉从织田信长那里学到了使用火器作战，他的军队里每十人便有一人拿着火器，他认为那支军队可以天下无敌，于是想借进攻朝鲜挑战中国。但他在朝鲜半岛遭遇明朝军队时才发现，明朝所谓的'神机营'，是一支完全用枪武装的军队，人手一枪。神机营的驻地，必然也有很多火药。"

"没错，当年中国人是黑火药的行家，但王恭厂大爆炸是数万吨TNT炸药的当量。黑火药的威力只是TNT的几分之一，也就是说，十万吨黑火药才能造成那样的爆炸。这相当于给每个神机营军人配备一吨黑火药，可能么？"

双方的知识储备都足够丰富，来往交锋。

"也有人把它解释为地震、火龙卷或者大气电离。"恺撒说。

"没有任何一种解释能说明那场爆炸里的所有异象，巨大的冲击波甚至能把一只重五千斤的石狮投掷一公里到宣武门外，很多人的衣服碎裂，赤身裸体，黑云中有米粒大小的铁渣降落，就像是下了一场铁雨，大树被飓风扔到了遥远的密云境内。那是一个前所未有的巨大领域，足有两平方公里之大，领域内一切都被摧毁。"

"越是致命的言灵，领域越小，两平方公里的毁灭性言灵领域，听起来就像是神话。"

"所以只有少数龙类能做到，譬如说……龙王。"老板起身，手指探进青砖墙缝中，用力抽出一块砖，伸手从墙洞里摸出一个蜡染的蓝色布包。

他看了恺撒一眼，缓缓地揭开布包，里面是一本毛边纸的册子，手抄本，看起来很有些年头，纸页脆黄，封皮上写着"天变邸抄"四个墨字。

恺撒接过那本册子，小心地翻看。

"当年淘到的货色，明朝古书，纸是桑树皮和龙须草制的，后人仿造不来。这是明朝不知名作者的笔记，记述王恭厂大爆炸，是民间文献中资料最丰富的一种。虽然它里面记述的有些事太过玄异，比如爆炸前的异象提早一个月就出现，观象台上成群的鬼车鸟聚集，嘶叫声如同哀号。"老板说。

"鬼车鸟？"

"并不是种现实存在的鸟类，也叫'鸧鸆'或者'九头鸟'，它曾经有十个头，被周公射掉了一个，只剩九个，长不好的脖子里总是滴血。如果这种东西真的存在，大概能够改写生物学史。"

"这是孤本？"恺撒扬了扬那本书，"一本明朝手抄本你准备卖二十万美元？"

"不，遍地都是。但是，"老板顿了顿，"这本的内容和传世的《天变邸抄》都不一样，它里面多出了一大段内容，关于堪舆学。"

"堪舆？"

Chapter 16
It's a Beautiful Day

"就是风水学，中国人相信这是一门科学，寻找龙脉什么的。这本书最初的作者是个风水师，他的工作就是在北京城里帮人找龙脉，好确定下葬的吉穴。他详细记述天变的原因是，他认为这场灾难截断了龙脉。"

"这得是一本多神棍的书。"恺撒说，"不过听起来这些乱七八糟的线索里，确实藏着条龙。"

"这本册子里详细地记录了他在北京城里如何寻找龙脉，明朝时的北京和现在的北京在基本相同的地址，只是有些地名改了。"老板递过一张折叠好的老旧牛皮纸，"二十万美元卖这本书，附赠一张大四开的明朝老地图。"

恺撒接过那张牛皮纸："也是你以前淘来的宝贝？"

"不，中国地图出版社，2001年第一版，2003年第二次印刷，我用了十几年在二环里遛弯总带着它，要不是看你是大客户，可不舍得轻易出让。"老板很严肃。

恺撒笑笑，"再加个赠品吧，"他指了指墙上那套嫁衣，"那身衣服。"

老板拉下脸来："我可没漫天要价，你也不能坐地还钱。那身衣服光缎子就花了我四千多块，挂价两万八。"

"没带那么多现金在身上，"恺撒从怀里摸出一张银色的卡片放在装钱的纸袋上，"白金的，花旗银行送给黑卡客户的纪念品，换那套喜服。"

老板把白金卡片连着纸袋一把抓过："归你了！真有眼光！现在要找那么好的旗袍裁缝可难了。"

恺撒站起来，抬头看着墙壁上的喜服："侧脸是你画的？"

"随便临摹几笔，我当初也学过点花鸟，还会写毛笔字，当初大字报写得很好。"老板沾沾自喜。

"有点像她。"恺撒满意地点头，"会很配她的。"

他提着包好的喜服走到凤隆堂的门口，忽然回头，看着趴在柜台上数钱的老板："林凤隆先生，你说你不会说德语，从小生活在中国。可你有很好的理科背景，你了解核原料分离技术，你甚至知道言灵序列表，那张表格最终完成是在1972年，'莱茵'这个名字也是1972年才确定的。谁教你这些的？"

老板一愣："上网啊，我上网学习。"

"谎话说得真蹩脚，我不喜欢和说谎的人做交易，"恺撒淡淡地说，"不过这本书是真的，所以我愿意付钱。但如果你有什么其他目的，我保证你会后悔。"

他走出凤隆堂，在背后放下了棉帘。

红酸枝屏风后走出了一身黑色西装的年轻人。恺撒和老板说话的时候他一直站在那里，和黑暗融为一体。

"现在放心了？都是按照你们教的说，我可没有多说什么奇怪的话。"老板看也

337

不看那个人，继续数钱，"你听这个壁角很容易被发觉，他的言灵是'镰鼬'，领域内一切声音都逃不过他的耳朵。"

"但你可以中和他的领域。"年轻人说，"那本书里真的有龙王的线索？"

"应该就藏在里面，但我找了几十年都没找到。"老板耸耸肩，"不过既然他是加图索家选中的继承人，应该比我有本事，而且……找沉睡的龙王和苏醒的龙王，难度完全不同。这几天微小的地动越来越频繁，就像你们猜的那样，他快要按捺不住了。"他把数完的钱塞回纸袋里，塞进收银的铁盒子里，"你们还应该付我两百五十万美元的尾款。"

"恺撒拿到那本书的时候，尾款已经打进你在瑞士银行的账户了。"年轻人皱眉，"你不该是个对钱那么在意的人。"

"作为一个老人，我没什么别的追求了。"老板笑笑，苍老的脸像是一朵绽开的菊花，"你们花了五百万美元从我这里买到那本书，又让我出面转手卖给他，太绕圈子了，不能直接给他么？"

"他对家族的安排一直有些抗拒。"年轻人说，"还处在叛逆期吧？"

"这样他就会认为凭着自己的力量杀死了龙王？哈哈，那只会加重年轻人的叛逆吧？"老板说。

"不用担心，所有骄傲的鸟，有一天都会飞回巢中。"年轻人抬头，看着白墙上那个女孩的侧影。

喜服被取下之后，露出了下面写意的线条，只是漫不经心的两笔，勾勒出女孩挺拔的身姿。

"你照着陈墨瞳画的？"年轻人皱眉，"这样太冒险，如果恺撒看出来，一切的努力都白费了。"

"我对自己的画技有信心，"老板笑笑，"而且那个女孩子很漂亮，是个值得入画的人，让人手痒啊。如果作为人体模特会很惊艳。"

"单单这么想，就足够让恺撒杀了你，他未必做不到。"年轻人淡淡地说。

"随口说说而已，而且，我是个已经死了的人。"

"关了这个古玩店，离开这里吧。别说什么你已经死了。在名单里你已经被划掉了，但这么多年，你的老朋友昂热一直在找你。"年轻人冷冷地说，"弗里德里希·冯·隆先生。"

老板的脸沉了下来："弗罗斯特太多话了，他不该跟你说起我的名字。我希望知道我名字的人到你为止，帕西先生。"

"对我没有保密的必要吧，"帕西轻声说，"反正我也是个活不太久的人……"他指了指墙上写意的人影，"那张画能拓下来么？我买了。"

Chapter 16
It's a Beautiful Day

"今天出去逛逛么？我给你买了件礼物。"恺撒一边开车一边发信息。

秋天是北京最好的季节，天空高旷，道路两侧的树上都有金色落叶翻飞而下。他戴着一副老式圆片墨镜，就像个出门遛弯的八旗子弟，开着一辆敞篷小车，一手握着方向盘，一手打扇，慢悠悠地在老城区溜达。

车后座上架着刚买来的楠木鸟笼，里面还有一只会说人话的八哥，副驾驶座上摊开一件大红色的嫁衣。

他这一身和那头金发对比，实在很有趣，路边时常有明丽的女孩跟他打招呼，恺撒都微笑回应。

"我已经自己出门逛了，不去找你了，你来找我吧。"几分钟后诺诺回复。

恺撒愣住。他当然不介意去找诺诺，但他不知道诺诺去了哪里。他试着拨诺诺的电话，手机已经关机。

"真是个特立独行的妞。"恺撒有点无奈。

他也说不清楚自己到底喜欢诺诺什么，但至少有一点可以肯定，因为他不知道诺诺心里到底有什么，所以就更加喜欢她。

这种诱惑力好比虽然不知道秦始皇陵里面到底有什么，但是全世界的考古学家都想挖开来看看。

有时恺撒觉得诺诺距离他很近，近得能闻见她的气息，有时又觉得远在天边，最初叫诺诺"小巫女"的就是恺撒，你永远不能理解一个巫女所做的一切，她跟你的世界观完全不同。

她有时候会聚精会神地捏整整一下午的软陶；有时候则会和苏茜喝上半瓶威士忌小疯子一样坐在窗台上唱歌；有时候她会独自去酒吧跳一整夜的舞，红发摇曳，引得十几个男孩围绕着她；有时候却能在图书馆里扎扎实实地坐一整天啃课本，戴着黑色胶框眼镜，好像完全不想理外面世界。

暑假的时候，恺撒和她旅行去斯德哥尔摩，诺诺摸着窄巷中的高墙，闭着眼睛，漫步而行。她会忽然指着一块被磨光的地面讲一个故事，说18世纪曾有一个很老的小贩在这里做生意。小贩没有了腿，因此总是坐在地上，地面上深深的痕迹是因为他双手握着帮助行走的铁块，墙上的细小刻痕则是他计算收入的账单。她为那个故事悲伤，但当天晚上，她就在酒吧里开心得喝挂了。

"老大，听过一种叫'人格分裂'的病么？"某个小弟谨慎地提醒过，"就是有些人不同时候看起来是完全不同的样子……那是病，得治。"

"有什么不好？"恺撒耸耸肩，"这样就像拥有两个女朋友一样。如果再分裂几次，就能合法拥有后宫了。"

诺诺还未就他的求婚给出答复，每次恺撒问起，诺诺总是说"让我再想想咯"，"喂，这么重要的事情要谋定后动啦"，或者"另选黄道吉日再问"……

恺撒也不急，他是天生的老大，大部分老大都是中二病患者，他们和初中二年级生一样拥有强大的自我，譬如"我和这个世界上的人都不同"、"我选中的一定是最好的"以及"只要自己勇敢去做就一定能做到"……

恺撒的中二病症状非常严重，因此他相信诺诺必然穿着婚纱和他踏上红毯，礼服中要包括一套中式嫁衣，他干脆直接买下。

他打开那张印在牛皮纸上的明朝北京地图，发现自己正穿越长安街去往西便门。

地图上用很小的字写着各种透出古意的地名，让他明白到车轮下这个城市确实有几千年的历史，遥想数百年之前，街巷两边都是古风的店铺，仆役们扛着轿子大声吆喝着"避让"奔跑，远眺可见黄色琉璃顶的宫城，满街漂亮女孩们都穿着裙摆及地的古装……打开这张图就像打开了一段历史，他穿越了，开着 Mini Cooper 跑在历史的断层里。他心爱的女孩也在这座城市里，她有一头暗红色的长发，戴着一顶棒球帽，吹着泡泡糖，双手抄在牛仔裤的口袋里漫步在街巷深处，他们隔着高墙，或者在细长胡同的两头无意中错过。

恺撒忽然用力踩下油门，他不喜欢"错过"。

这是秋高气爽的一天，就该相逢；他还有闲暇，油箱满满，就该开着快车去找他心爱的女孩。

他相信自己总能找到，没有地址不要紧，他听诺诺讲过北京城里好玩的地方，每一个他都能回忆起来。

Mini Cooper 冲破坠落的黄叶，汽车音响中放着 Sarah Brightman 的《It's a Beautiful Day》：

"With every new day,

your promises fade away,

it's a fine day to see,

though the last day for me,

It's a beautiful day.

It's the last day for me,

it's a beautiful day."

"真漂亮啊，北京的秋天。"薯片妞站在窗边，俯瞰落叶中的城市，"感觉是个可以做到一切的季节。"

酒德麻衣捧着一杯热巧克力，从办公桌前起身，走到薯片妞背后，和她一起俯瞰。

她已经连续三天没洗澡了，也没时间照顾那头光可鉴人的长发，为了方便她把发髻解散扎成萌系双马尾，看起来好像女初中生。

踏出这间会议室的时间都很少，饭由前台直接订了食盒送进来，不用出没夜场

Chapter 16
It's a Beautiful Day

也不见任何英俊的男人，所以化妆也没有必要了。

她说自己正在发酵，要压住那股发酵味儿只有持续喷洒香水。

"是啊，让人想到奈良的秋天。"酒德麻衣轻声说。

"差不多都搞定了吧？"薯片妞问。

"看起来是没问题了，六十八个小时后，RIOT GAMES将对全世界开放那个嘉年华副本。老罗已经把'Ricardo'练上了王者，以刺客为核心的团队也已经磨合了几十个小时，饮血剑和斯塔缇克电刃在副本开启的时候都会替换为七宗罪，'凡王之血，必以剑终'。他们会一路滚动着杀向龙王，全世界的战队都会是他们的对手。"

"连'七宗罪'也复制出来了，可别露馅啊。"薯片妞笑。

"我是个务求完美的人啦，啦啦啦。"酒德麻衣喝着热巧克力，深呼吸，释放积累了几天的疲倦。

薯片妞沉默了片刻："我们三个里你对老板的命令执行得最认真了。"

"但他把钱都给了你，管账丫鬟，你可管理着机构的几十亿美元。"

"他不相信任何人。"薯片妞耸肩，"老板那种人，可是会带来腥风血雨的。"

"你又抄浪客剑心的台词……但他不是剑心，是志志雄真实吧？"

"是啊，可那又怎么样？巨大的机器早就开始运转了，我们只是其中的齿轮。"薯片妞轻声说，"我们只能下注，来不及收拾筹码离场了。"

"而且只能下注在他那一边。"酒德麻衣点头。

"来！妞儿！一起去做个SPA！想这么多干什么？先去把自己收拾得干干净净的，准备看这场前无古人的大戏，对不对？"酒德麻衣忽然蹦了起来，伸展身体，"六十八个小时后就算天塌下来又怎么样？老娘受不了！管他明天洪水滔天，老娘现在要去洗得喷香水滑！"

"好！"薯片妞也赞同。

她眺望出去，山脉和天空的交界柔软如少女的曲线："未来也不会那么糟吧？这么好的秋天里……一切都还来得及。"

诺诺坐在长廊里，靠着一根柱子，眺望着浩瀚的昆明湖，喝着自己带进来的啤酒。湖对面就是万寿山，山顶是宏伟的佛香阁和排云殿。

她没有告诉恺撒自己去了哪里，并不是因为她不开心。多数时候，她并不知道自己开心还是不开心，她有时候这样，有时候那样，只是因为忽然想到，就去做了。如果今天下午她想烧一个陶杯，她就是一个认真的陶艺师傅，而晚上她又想变成酒吧里最亮眼的那个女孩，不需要太多原因。

就像那次她在放映厅外无所事事地溜达，看见放映员大叔接过赵孟华递过去的钱和带子，徐岩岩和徐淼淼穿着黑西装从洗手间出来彼此拍打对方圆滚滚的肚子，赵孟华最后跟兄弟们交代细节，陈雯雯脸色羞红地等待，而某个傻×还傻呵呵地以为自己是被等待的人……她忽然很讨厌很讨厌这种悲剧正在按部就班地上演但是被炮灰掉的那人全不知情的感觉，很想把这个该死的、没创意的、按部就班的悲剧打断。

她总是这样的，小时候讨厌一首歌，不是停止播放，而是会把唱片拿出来掰断。

于是她就飞跑出去买了那身套裙和高跟鞋，打电话叫人把法拉利开过来。她武装好了飙车返回电影院的时候满心都是快意，就像把唱片掰断的瞬间。

她不是喜欢路明非，就是想帮帮那个衰仔。

不想再次看到他在女厕所里那张糟糕的脸，心里真难过……好像心里会蹦出一个愤怒的小女孩，要扑出去把那些欺负这小子的家伙都咬一口……可是让那个衰仔误会了吧？

只能怪自己一直那么疯疯傻傻的……她喝了口啤酒。

她还没答应恺撒的求婚，其实早该答应的，没什么在阻挡他们。

家族什么的，见鬼去吧，恺撒都不在乎，诺诺更不在乎。

恺撒·加图索和陈墨瞳订婚的消息会沿着网络传到全世界所有混血种的耳朵里，那是魔王和巫女宿命的婚约，全无破绽。

却被一根发丝般的东西封印了……只是因为她忽然梦到了……在三峡水下，那个傻×愤怒狰狞的面孔。

"喂，有没有一个开红色法拉利过来吃饭的女孩？大约一米七高，头发有点红？"恺撒停车在全聚德门前，大声地问泊车的服务生。

"没有见到，这种女孩要是来一定记得住的，记不住女孩我还记不住红色法拉利么？"服务生笑。

"谢谢啦。"恺撒在笔记本上划掉"全聚德烤鸭店"这一条。

他已经划掉了十几条，诺诺去逛过街的新光天地、诺诺说包子好吃的鼎泰丰、诺诺喝过下午茶的四季饭店、诺诺投喂熊猫的动物园……可哪里都没有诺诺。

Mini Cooper再度启动，恺撒去向下一个目的地。

他一点都不着急，在这个漂亮的秋天开车跑在路上，让人觉得只要去找，最后总能找到。

楚子航站在试衣镜前打量镜中的自己，带帽的绒衫让他看起来有点小孩气，白色的运动鞋更显得幼齿，可除了这一身他就只有一套纯黑色的西装，穿着那一身去夏弥家拜访的话，更像是参加葬礼。

他试着把自己的头发梳得更整齐一点，但幼稚依然没有改变。

笔记本芯片还在全速运转，距离计算结束还有六个小时，窗外阳光灿烂，也许有些闲暇出去买一身新衣服。他想。
芬格尔发出猪一样快乐的哼哼，在床上打了个滚。

"哎哟哎哟，别捏我的腰，痒啊痒啊！"薯片妞趴在按摩床上吱哇乱叫。她的脸埋在按摩床上的洞里，不方便回头看。
这 SPA 的前半段一直都舒舒服服的，可不知按摩师吃错什么药了，后半段都冲着她的痒痒肉下手。可怜她那些小心藏起来、很少跟人说起的痒痒肉啊。
酒德麻衣一边冲旁边的按摩师比鬼脸，一边对浑身抹满精油的薯片妞上下其手。隔壁的按摩床上已经空了，两个按摩师都无奈地闲在一旁。
"我知道了！一定是你这个坏人！"薯片妞恍然大悟，翻身坐起，冲着酒德麻衣饿虎扑食。
于是泰式风情的按摩室里，缥缈绵密的沉香烟雾中，曼妙修长的女孩们裹着浴巾奔逃和投掷毛巾，越过按摩床，越过烟雾，越过水汽腾腾的大浴桶。
按摩师们看着那些姣好的曲线因为奔跑和跳跃而舒展开来，美得让人想起敦煌飞天的壁画。
此刻窗外西山叶黄，随风倾落如雪。

夏弥拎着大包小包，在翻飞的落叶中跑过。楼道里弥漫着烧煮晚饭的香气，她鞋跟留下的声音好像一支轻快的音乐。
"我回来啦！"她推开门，大声说。
回答她的是风吹着树叶的哗哗声，阳光扑面而来，在背后拉出修长的影子。

这个天高云淡的秋天，那些被选择人有的还不知道自己的命运，有的知道了，却还不愿意服从。
那时候北京的天空还晴朗，阳光温暖，仿佛一切阴影都不足以抹去这份平安快乐。
一切都应该还有机会，一切都应该还来得及，所有糟糕的结果都还能改变，在命运的轮盘没有最终停下之前。

"我不知道你在犹豫什么，你要是和恺撒举行婚礼我还可以去当伴娘，也许能捎带着撮合我和伴郎，听起来就非常合理！"苏茜从北美发来的信息。
"你已经放弃楚少了么？"诺诺回复。
"不是放弃不放弃的事，是那家伙已经跑出我的猎枪射程啦。"
"有点难过欸，妞儿，我一直觉得你和楚子航是一对的。"诺诺说，"为什么不在他跑出射程之前开枪呢？"

"是个妹子还能没点尊严？应该是他开枪的，不是我。"

诺诺默默地想着苏茜的话，心里好像有酸楚的液体流淌出来。

漫不经心的语调，却透着孤单，好像能看到苏茜那枯槁的面容。

"所以珍惜你和恺撒咯，他蛮好的，只是有点二。而且他是个好猎手，看到猎物二话不说就开枪。现在他开枪了，这颗子弹你接不接？"

"可能我还没有准备好当猎物。"

"射向你的子弹可是一颗心啊傲娇姑娘。上午制图课，我上课去了，别担心你的闺蜜。现在我这里是早晨九点，阳光很暖和，我觉得一切都会好起来的。"这是苏茜的最后一条信息，跟着一个欠欠的笑脸。

北美中部时间是早晨七点，北京时间已经是夜里九点，颐和园里面一片漆黑，游人都已经散去了。夜幕中只剩下长廊上的灯光，像是一条沉睡在昆明湖边的龙，它的鳞片闪着微光。

颐和园太大了，不像别的公园可以清场，如果游客玩到深夜，守门大爷会给留一扇小边门。

晚上这里安静得叫人战栗，想想当年慈禧老佛爷晚上住在这里，又没有咸丰皇帝暖脚丫，想必也是很孤单的，难怪会怪里怪气的。

诺诺以前听说颐和园的守园人深夜里看见穿着旗人衣服的女人们在长廊上走过，手捧香炉和水盆……她还蛮期待的。

她已经喝到第六罐啤酒了，还没有穿着旗装的女人来跟她搭话，她蹦到了一块水中的石头上坐着，脱掉袜子，用脚踢着冰冷的湖水。

回想自己生日那天和路明非在山顶冷泉旁泡脚，路明非满脸欲言又止的模样。诺诺怎么会看不出来呢？瞎子都看得出来。

她其实是准备好了路明非对她使用那个特权的，说破了就好办了，她就会给路明非讲一个道理。

她要告诉路明非你一生里会喜欢很多女孩，但有的人是真的有的只是幻影，你真想三个月活在幻影中么？

路明非敢出招，诺诺也没什么不敢接，学院约定俗成的规矩，参加"自由一日"的人都要遵守，可那又怎么样？路明非还敢对她做什么？连恺撒都不能反对，恺撒也是个守规矩的人。

但那也就是路明非跟她当朋友的最后三个月，他会明白幻影终究不会属于自己。

没想到路明非那家伙倒也厉害，欲言又止了半天，咬着牙说得那我就当你小弟，诺诺答应了，心里又叹气，这个固执的孩子还是要守在自己身边不愿离开。

她哪里是路明非能保护的呢？世界上能守护她的人也许根本就不存在，那是一个海港能包容小船，那是天空能包容飞鸟，其实她一直都是自己跟海浪较劲的小船，

Chapter 16
It's a Beautiful Day

自己飞的鸟。

印象深刻的倒是那场烟花秀，至今都不知道是谁送的，虽然拼写错了，但几乎可以肯定是送给她的。那一刻她的心真的被打穿了，因为想到了母亲，也因为被那种沉默寡言的强大震惊了。

那是某个人藏在天空之后看你的感觉，他永远不会现身，但他永远看着你，无所不能，无所不在。

唯有一次她觉得那个人就要现身了，是在三峡的水下，濒临死亡的那一刻，磅礴的力量轰然而降把她包围，急切、霸道又凶狠，飙射出凌厉的怒气，像是父亲或者兄长。

但那肯定不是路明非，路明非只会哭着对她喊不要死……可偏偏在海螺沟的时候，她在呛水时看到了路明非的脸，那藏在天幕之后的，狰狞忿怒相。

前方的夜色里，十七孔桥就像是一具龙的脊骨横卧在水面上，诺诺忽然站起身来，脱掉长衣长裤，她在夜风中舒展身体，皮肤表面起了一层小疙瘩。

她鱼跃入水，向着十七孔桥游去。

不知道是不是喝了啤酒的缘故，越游越觉得冷，热量随着水悄悄流走，就像是三峡的那一夜。

诺诺忽然停下了，浮在水中央，这是昆明湖最深的地方，距离四周岸边都很远，悬浮在这里，就像是悬浮在空无一人的宇宙中那么孤单。

她打了一个寒噤，想要赶紧游回去，可缺氧的感觉已经出现了，脑海中只剩下幽绿色的水波，眼前模糊，人好像正在慢慢地下沉。

该死！瞎玩总会玩出问题啊！她想。可是四肢都不受控制了。

不会就这样死了吧？作为卡塞尔学院的A级，游泳健将，却死于一次游泳溺水。

恺撒还在北京城里四处找她吧？其实恺撒也真是死脑筋，她只是关机了一会儿就重新开机了，只要恺撒给她打个电话，她就会告诉他自己在颐和园发呆。

北京城太大了……恺撒怎么找得到自己？

她猛地咳嗽起来，冰冷的空气冲入肺里，但旋即她被强有力的胳膊推出水面，跟着是一个温暖的怀抱。意识瞬间恢复，她呆呆地看着抱住她的人。

"不会吧？这你都能找到？"诺诺轻声说，死里逃生就看见这个二货的脸，不禁觉得他……确实很二。

恺撒皱着眉头看她："又瞎玩！多危险啊！"

他不多说什么，双手托在诺诺的腋下，仰泳返回。

在热那亚湾和海浪搏击练出来的游泳技术用在昆明湖里有点浪费，被他托着，诺诺觉得自己乘着一艘平稳的小船。

"我想要找你时总能找到你，"恺撒边游边说，"我让 Mint 俱乐部发起了一个微博活动，任何在北京城里拍到红色法拉利的人只要上传照片，就可以获得一份精美纪念品。就这样很快就有人上传了你的车，它停在颐和园北宫门的停车场里。刚才我远远地就看见你跳进湖里游泳了。"

"唔。"诺诺轻声说。

"以后别那么瞎玩了，你在三峡受过伤。"

"嗯。"

"瞎玩也可以，记得叫上我。"

"哦。"

"你愿意嫁给我么？陈墨瞳。"

"这是什么神转折？而且说的只是订婚呀订婚，朋友你记错了！"诺诺挣扎着回头。

"那好，你愿意接受一枚写着你和我名字的订婚戒指么，写着陈墨瞳和恺撒·加图索。"恺撒说，"讲真的还没来得及做好，否则我现在就拿出来了。"

两个人面对面地悬浮在湖水中，黑色和海蓝色的瞳子相对。

"喂，我们还在水里，这算是要挟么？"诺诺苦笑。

恺撒不说话，恺撒轻轻拨开她湿漉漉的额发，以便看清她的脸。

"英雄不乘人之危哦。"

恺撒吻了吻她发紫的嘴唇："有我在你不会有危险的。"

"好吧……败给你了……"

恺撒张开双臂拥抱她，好像是把整个世界抱入怀中的君王。

"嫁了算了，这傻×看起来还行，嫁了算了，这傻×看起来还行……"湖边树上的鸟笼里，八哥上蹿下跳。

这就是恺撒买它的原因，当时听见这死八哥在琉璃厂大街上反复念叨这一句，恺撒忽然就乐了。

两个人相拥着漂浮在冰冷的湖水里，诺诺把头埋在恺撒的胸前，即便是聚光灯的光柱打在他们身上，也没有令他们分开。

湖岸上的摄影团队沉默地录制着这一幕，长廊上奔跑着黑影，不是穿旗装的鬼魂，而是花店的伙计，他们把一筐筐的玫瑰花瓣洒满长廊的地面，这样恺撒和诺诺上岸的时候就会踩上一条花瓣铺成的红毯。

守门大爷非常激动："你们是拍电影么？《末代皇帝》也在这里取景，女演员没你们的好看！"

"不是，"掌机的兄弟啧啧赞叹，"我们是人家请来拍求婚的。人家这人生就像是电影啊！"

第十七章 悲剧舞台
Tragedy Stage

"这是啥玩意儿？"芬格尔看着楚子航剪开塑料袋，里面密封着两台笔记本。

"施耐德教授派人送来的，是那两个失踪专员的笔记本。里面可能有些有价值的信息。"楚子航说。

"哇！楚柯南，你很有一套啊！"芬格尔赞叹。

"可惜这一次没法找诺诺帮我们，她的侧写能力在这时会特别有用，"楚子航淡淡地说，"我们两组的竞争，代表了校董会和校长的竞争吧？"

楚子航打开两台笔记本，点开浏览器，开始查看收藏夹和历史记录。

女孩访问的百分之八十以上是淘宝，看起来她每天都在淘宝上买东西，从电子产品到可爱的杯垫；男孩则是一个死军迷，每天都在各种强国论坛上溜达，偶尔访问几个美女图库。

芬格尔开始还期待地围观，很快就没精神了，窥视欲消退以后这件事立刻变得无比枯燥，一页页看别人的历史记录就像是咀嚼别人的时间，有种很不好的感觉。

楚子航没有表现出一点点的不耐烦，他默默地翻阅着，直到芬格尔的鼾声再次响起。

时间已经是凌晨四点了，窗外夜风呼啸，一片树叶被风卷着打在玻璃上，摔得粉碎。倦意渐渐涌了上来，依然没有找到任何有价值的信息。楚子航揉了揉发紧的额角，输入了一串网址。

一条旧新闻的页面刷了出来，20××年7月4日，台风，未知事故，配图是泥泞中一辆伤痕累累的迈巴赫轿车，前挡风玻璃碎掉了，车身如同被硫酸烧灼。

这已经是他第几百次看这条新闻了，几乎每个字都能背下来。他还留着那天的剪报，甚至把新闻片段录了下来。他搜集关于那个事故的一切资料，但始终找不到合理的解释。

甚至把龙类考虑进去也无法解释。那件事超越了一切的规则，要解释，除非承认世界上有神明和恶鬼这种东西才行。

一切细节都太不真实，唯一真实的是……他失去了那个男人。

后来的事情透着诡异，男人好像从这个世界上被彻底抹去了似的，没有人关心他的消失，没有人悲痛，也没有人好奇。

黑太子集团的老板也没有表态抚恤一下家属什么的，不久就换了一台新车和一个新的司机。只有他留在这个世界上的最后一件东西还记得他。

那件东西是楚子航。

楚子航要求参与这次行动的理由很多，但有一条他绝不会说出来。在这一连串的事情里，他重新嗅到了那个男人的味道。

迈巴赫再次出现在雨幕中的一刻，他就知道那个神秘的雨夜又回来了，其实那么多年来他始终没有从那个雨夜里离开。

逃不掉的，暴雨的牢笼。

他也不想逃，只有回到那个雨夜，找出那件事后面隐藏的一切，他才能知晓那个男人的生死。这对他而言太重要了。

在那之前，他需要力量，即使燃烧生命也要换回的力量。

他关闭网页，走进洗手间烧水，想冲一杯咖啡解乏。掩上门之后，他脱掉T恤，默默地转身，镜子映出他肩胛处暗红色的印记，像是胎记。

他确定自己小时候并没有这个胎记，这个胎记是在那个雨夜之后慢慢从皮肤里浮现的，不痛不痒，像是一棵半朽的树。

半朽的世界之树，这是卡塞尔学院的校徽。恰恰是通过这个印记，楚子航找到了卡塞尔学院，多年来他是第一个主动找到卡塞尔学院的学生。

他拿出一枚锋利的刀片，刺入手腕，而后握拳，让血液流入洗手池中。血中带着明显的黑，准确地说，是深青色。

骨髓的造血机能已经开始更换血液了，被"爆血"淬炼过的血液迅速地侵蚀着昂热为他换的血，这些天他总觉得自己的血管炽热，还好这剧烈的反应发生在他的身体里，他的身体是这种血液的唯一容器。

血液的恢复也代表着力量的提升，但楚子航不知道自己还能活多久。

他一直没有跟昂热说明一件事，爆血技能是无法主动关闭的，就像他不能熄灭的黄金瞳。

就像是一个魔鬼，当你熟悉了借助它的力量，它也就侵占了你的身体，即使你不主动激活它，它也会令你不由自主地亢奋。它同时是毒药和智慧之果，领会过它魅力的人将无法抗拒它。

只有楚子航才明白了为何《羊皮卷》的作者称这种技术为"魔鬼的启示录"，因此他从不敢流出一份拷贝。

最好这种技术在他这里就结束掉，他只希望自己还有多一些时间，因为还有些

Chapter 17
Tragedy Stage

事没做完。

他不是不知道苏茜喜欢自己,也不是不懂夏弥的意思,懂了又能如何呢,你已经被魔鬼的手捏在掌中了。

楚子航拿出夏弥留给他的那张卡片,默默地读着那个地址,"31号楼15单元201",一个工厂的小区。想必夏弥的父母就是那种老国企的干部吧? 见了面会很认真地问楚子航的家境什么的,带着审视又期待的眼神。可怎么回答呢? 其实不该答应夏弥的,只不过没能忍心拒绝。作为一个不知命有多久的人,没能力做出许诺……

可为什么又答应了呢?

他打开水龙头,把不洁和强力的黑血冲入下水道,给自己冲了一杯速溶咖啡,回到桌边。

他打开一条新的历史记录,某个强国论坛里,几个人在接龙讨论"北京地铁隐藏传说",他缓缓地下拉网页。

"传说:早先只有一线和环线两条地铁,每晚末班车收车后,还要空发一趟列车,全线运行一趟,为的是把那些被修地铁惊扰的鬼魂们送回安息地休息,否则将不得安宁,真否?"

"绝真啊! 司机还得全身贴满黄纸徒手倒立着开车,否则会鬼上身嘞!"

"我靠,这手倒立……用脚开么?"

"我证明,我舅舅就是地铁司机,因为长年累月倒立开车,练出一身好艺业,能倒立着用脚包饺子……"

"哇,这能吃么……"

"别听这帮人扯淡,不过有个真的地铁传说,一号线地铁西边第一站是苹果园,但是苹果园的站号是'103',你们注意过没有? 接下来是104、105、106,但是101和102没有。其实苹果园过去还有两站隐藏的地铁,101是高井站,102是福寿岭站,那边特别荒凉,你要是在终点站藏着不下车,就能到那两站。"

"那是原来的军用车站,福寿岭你还能进去,高井站进不去的,其实还有两个更隐蔽的站点,黑石头站和三家店站,还要往西,已经废弃掉了,一直延伸到西山军事基地里面,都是'文革''深挖洞'时搞的,整座山的山腹里全部挖空,里面都是老式飞机,飞机可以直接从山里起飞。你们要去看了就知道,无比荒凉,只有老苏式建筑那种高大的白墙,墙皮都剥落了,通道又长又黑,只有一两盏电灯照亮,一个人都不敢下去。但有无数的平行铁轨,停车和检修用的,空间巨大,一眼看不到边。"

"说得跟你见过似的,那边以前还有通勤车走,现在通勤车都不开了,你怎么过去的?"

"我证明可以过去,但你首先得自己带一个手柄,到苹果园以后插在南侧从西数第三根柱子脚的一个接口上,输入'上上下下左右左右BABA',然后就能进入隐藏模式，还有三十条命。"

"我靠！我也是这么进去的，里面小怪很强的，光三十条命不够的，你得买好装备，最好组队去刷！"

"求组队，资深共青团员一名，专修思想政治，有群攻效果！"

下面都是大家白烂的话了，楚子航正要关闭页面，看见一条跟帖，"进入方法看这里……"后面跟着一个链接。

楚子航心里微微一动，点开那个链接，进入一个漆黑的博客页面，博客的主人似乎开通就没有更新过。

楚子航对着那个页面思考了片刻，同时按下"Ctrl"和"A"键，这个键组合是"全选"，页面上的全部文字都被选择并变色，于是隐藏在黑背景里的黑色文字浮现了出来：

"你需要有一张交通卡，一日之间在一线和环线上的每个地铁站进入各一次，每次都要刷这张卡，然后你就会看见卡片变成金色的。刷这张地铁卡，就能到达隐藏的站点。"

"这是什么？"芬格尔不知什么时候醒了，爬过来凑着一起看。

"不知道，但你记得么，那两个专员的工作恰好是每天沿着地铁线在人群中搜索有龙族血统的目标，其中名为万博情的专员的言灵是'血系结罗'，对于血统很敏感。"楚子航低声说。

"龙王会隐藏在地铁中么？"

"虽然那里都是空穴，但地铁隧道其实是人流密度最高的地方，每天都有人巡视，不是合适的藏身处。"楚子航摇头，"路明非一直没消息么？"

"还在网吧，也许碰到什么美女了。"芬格尔说。

言灵·血系结罗

序列号：02

血系源流：黑龙尼德霍格

危险程度：低

发现及命名者：安倍晴明

释放者提升自己对血统感知的敏锐程度，在范围巨大的空间里寻找身有龙血的人。

该言灵释放的时候首先被唤醒的是释放者自身的血统，以自身的血统试图和周围的龙类和混血种产生共鸣，从而定位对方。

释放者能够产生神秘的幻视，看到自己和其他流着龙血的个体之间连着血红色的丝线，即便对方在视力所不能及的远处或者被遮挡。

越是强大的个体越容易被发现，但也有些个体强大到能够隐藏自己隔绝共鸣，更强大的个体甚至能利用血统共鸣反过来杀死释放者，释放者在使用言灵的时候精神是不设防的。

因此近距离面对龙王级目标时该言灵是禁用的。

Chapter 17
Tragedy Stage

　　有科学仪器和炼金机械能够强化这种感应，把观察的区域扩大到一座城市甚至更大，但这可能导致释放者迅速进入耗竭状态。

　　命名出自幻视中会看到的那些红线，释放者像是被很多红线牵着自己的心脏。

　　"蓝色繁花的枝条，通往巨木之因果。"

　　——安倍晴明

　　狗哥指挥着他的最后一支航母编队驶往路明非的主基地。这将是他今天的第十六场败局，这队航母只是表达他"永不言败的抗争精神"而已。

　　路明非家里遍地防空塔，还有可恶的科学球。路明非的坦克群也已经开始炮轰他的主基地了。

　　这几天狗哥每天都来找虐，痛并快乐着。打了那么多年星际，《星际2》都上市好久了，自以为已经穷究这门学问，刚刚发现这个游戏里还有那么多东西自己不知道。

　　他每天早晨都带两副煎饼馃子来和路老师共享，深深感觉自己当年就是井底之蛙，玩什么职业战队？还没有被路老师虐来得带感。

　　路老师又一次没有让他失望，什么防空塔，什么科学球，他还没有来得及看到这些……航母战队就被三颗接连落下的原子弹炸平了……这原子弹用的，真是出神入化！

　　狗哥本想过去跟路老师请教一下原子弹的操作，不过猛一抬头，觉得时间不太合适。路老师身边多了一个女孩。

　　乌烟瘴气的网吧里出现这么一个女孩不能不引起所有人的关注，白色的布裙子，中跟的方口皮鞋，素净的脸上不施粉黛，眼瞳盈盈欲滴。

　　女孩进门来四下一扫，直接坐在路明非身边，深情款款地看着他。

　　路明非有点不自在，瞥了她一眼："你……"

　　"你长得好像我表哥……"女孩轻声说。

　　路明非心说你表哥同意你的说法么？

　　"你能教我打游戏么？我以前都没有打过。"女孩扭动着肩膀。

　　"我觉得……你去打奇迹暖暖就好了，不用人教。"路明非很紧张。

　　"别那么拒人于千里之外嘛，"女孩娇嗔起来，"就是看你觉得好面善，想跟你一起玩玩……"

　　酒德麻衣戴着耳机监听，听到这里，无力地把头磕在桌上。

　　她捂住话筒，冲着薯片妞瞪眼："这就是你找来的文艺女青年？"

　　"我早跟你说不能选她嘛！还不是你看她脸嫩。她演网络电影的！演的都是姐

351

己和陈圆圆那种。"薯片妞摊手。

耳机里接着传来女孩的款款软语："教教我嘛，我以前都不出来玩游戏的，我就是自己在家读一些文学名著。"

"看什么名著？"路明非问。

女孩愣了片刻："《水浒传》，讲西门庆和潘金莲的。"

"你说的是《金瓶梅》吧？"

"她试镜过潘金莲，"薯片妞咳嗽一声，"可能是编剧写得有点偏。"

"不出狠招行么？ 现在已经是下午六点！ 按照我们的计划，十八个小时之后，那条龙就该死了！"酒德麻衣指着屏幕上的倒计时，"我们两个小时前就该把路明非打包送往龙巢，可他现在还在网吧里泡着，信不信这样下去我把那个网吧轰平？"

酒德麻衣和薯片妞在计划的第一步就遭遇到了阻碍，并不很大，但很棘手。

她们准备打造为顶级英雄的李嘉图先生在过去的五天里一步都没有走出过那间地下网吧，饿了就叫外卖，困了就在沙发上睡，和酒德麻衣同步发酵，感觉是准备在网吧里把自己慢慢酿成酸奶。

酒德麻衣和薯片妞分析这一切都是因为暗恋的女孩要订婚了，这种无聊事居然影响到了关系整个人类历史进程的屠龙工作，让人恨得想冲进网吧一高跟鞋踢在这个游戏宅的脸上。

真是扶不起的阿斗。

两个人开会讨论，既然是感情危机，替代一段旧感情最好莫过于一段新感情，美人计是引蛇出洞的优先选择。

薯片妞翻阅了一下自己的通信录，查到她们机构在北京居然有两个演艺人经纪公司和一个模特队，环肥燕瘦，啥样的都有。混演艺圈的妹子能演又豁得出去，老板们一声令下，勾引个衰男算啥。

酒德麻衣按照路明非的审美，选择了看起来有点陈雯雯感觉的小明星，还特别叮嘱她要穿白。

可潘金莲穿上白裙，也变不成秦香莲。

"老娘亲自出马么？"酒德麻衣抓着自己的双马尾，威风凛凛。

薯片妞鼓掌："你去没问题！ 你就是那美人计领域的原子弹啊！"

酒德麻衣一愣："我没这意思，我是说我把他拎出来打一顿，赶快丢到龙巢去。"

"喂喂！ 快看！"薯片妞指着监视屏幕。她们在整个网吧内外安装了几十个摄像头。

白裙的女孩出现在监控屏幕上，她低着头走路，流水般的黑发上别着个蝴蝶发卡。在地下室破破烂烂的入口前迟疑了片刻，她还是鼓起勇气走了进去。

"陈……陈雯雯？ 是那只真货么？ 真货怎么会出现在这里？ 赶快叫我们那假货撤出来！"酒德麻衣震惊。

"我怎么知道？不过没准是好事呢？旧情复燃什么的，也许文艺娘能帮我们把这家伙从网吧里拉出来？"

狗哥觉得自己的人生出现了一次倒带。五分钟前他看见一个白布裙子方口皮鞋的女孩走到路明非身边坐下，五分钟之后这个镜头在他眼前回放了一遍。

仔细看的话，后面来的这个似乎还不如前面那个忽然蹦起来逃出去的好看，而且神情太哀怨，不是新失恋，就是刚挂科。

路明非正缩在沙发里看视频，忽然闻见一股熟悉的气息，一扭头，就看见陈雯雯就站在旁边。

外面应该是下雨了，陈雯雯一身白裙湿了大半，肌肤半隐半现，低着头，湿漉漉的头发往下直滴水。

"啊……你怎么来了？"路明非赶紧把正在看的视频缩小，这东西给陈雯雯看见可不好。

"没事的，"陈雯雯轻声说，"以前赵孟华也看这种小电影，我看到过的。"

路明非干笑两声，抓着油腻腻的头，他之前一次洗头还在美国。

"你怎么来了？"他又问。

他上午偶尔打开QQ，看到陈雯雯留言，就一句话："明非你在么？"他就回复说："在啊，在北京，学院派我们过来办点事。"

然后他就关了QQ和狗哥连战十六局，杀得天昏地暗，再也没收到陈雯雯的消息。可陈雯雯居然自己找来了这里。

他窘迫地整理自己的头发，想让发型看起来没那么糟糕，心里七上八下的。

陈雯雯来找他干什么？难道是因为那顿Aspasia的饭吃出问题来了？只是吃饭而已啊！连拉手都没有！怎么会有这种"意外怀孕"般的表情啊？

好吧！要相信科学！男女只是一起吃饭是不会意外怀孕的……那么是陈雯雯从此对他情根深种了？之后夜半梦回总是想起他的贼眉鼠眼？终于按捺不住相思之意跑来看他？

听起来这么美好的事情就不会发生在他身上。

陈雯雯低下头，双手抓紧裙子，微微颤抖起来。这样过了好一会儿，无声无息地，眼泪夺眶而出。

"别哭啊别哭啊。"路明非慌神了。

情根深种的话应该扑上来拥抱才对吧？这越来越像意外怀孕是怎么回事？难道是超越科学领域之外的事情发生了？自己有通过吃饭让女生怀孕的言灵？

"老板，一盒纸巾。"他慌张地喊。

老板把纸巾盒扔在桌上，瞥了一眼这对男女："嗨！能有多大事儿啊？真有了也没办法,要去正规医院……"

路明非真想把显示器举起来扣他那个猪头上!

"我是没办法才找你的,"陈雯雯抽泣着说,"这几天我找了好些人,他们都不信我。后来我只好给你QQ留言,好不容易看你回了,我一下午都在QQ上喊你,你也没上线。好在我装了能看IP的QQ,就找到这里来了。"

路明非一愣,原来自己在求助名单上倒也不是很靠前。

"赵孟华失踪了。"陈雯雯抬起头看着路明非,满眼的红丝,长长的睫毛也遮挡不住。

路明非吓了一跳,这得哭多久才能把眼睛哭成这个兔子模样?

"赵孟华失踪了?"路明非有点茫然。

这应该柳森森着急吧?就算柳森森无能为力,还有公安局、赵家老爹等镇得住的角色。跟陈雯雯早已没有关系,跟他路明非更没关系。

"你会帮我的对不对?"陈雯雯忽然抓住路明非的手。

路明非没来得及闪避。他感觉到那双小手冰冷,还在微微地颤抖。

他低头看着陈雯雯的手,出了会儿神,无声地笑了。他想起自己曾多少次做梦拉着陈雯雯的手走路,梦里沿河的小路上满是雾气,根本看不清要走到哪里去,可是他走得那叫一个心旷神怡,那叫一个飘飘欲仙,因为他拉着女孩的手呐,温暖的、柔软的手,关键是那是陈雯雯的。可高中时他跟陈雯雯的最大接触也就是递个东西的时候指尖相碰,就是这样都会暗爽半天。

居然就这样被一把抓住了?还抓得那么紧,好像怕他甩开不理。

他在陈雯雯手背上拍拍:"嗯,我帮你,我们是同学嘛。"

陈雯雯擦了擦眼睛:"赵孟华是九天前失踪的,大家都在找他,可什么线索都没有。他失踪前给我打了一个电话,就半分钟不到,说他被困在地铁里了……"

随着陈雯雯的叙述,路明非头皮阵阵发麻。这听起来根本就是个闹鬼的故事,难怪没有人相信陈雯雯。一个本来就有点神经质的女孩,在前男友忽然失踪的时候跑去给人家讲鬼故事,不被轰出来才见鬼了。所以她只能来找路明非,路明非是唯一一个她说什么都会点头说好的人。

但路明非也摸不着头脑,他只是一个劲儿地点头。

陈雯雯说完了,路明非还是啥头绪都没有。陈雯雯这才注意到路明非一脸颓唐,脸似乎好几天没洗了,头发乱糟糟的,全然不是上次在Aspasia见时的样子,好像那次晚餐只是一场幻觉。

她又一次哭了起来,这次不是因为伤心而是因为惊恐,眼前这个路明非绝不是她上次见的那个有路子有本事的家伙了。

他和以前一样是个衰仔,这种时候一个衰仔又有什么用?

"我我我我……我会帮你的,我想想办法想想办法!"路明非赶紧说。

"真的?"陈雯雯略微恢复了点儿信心,她抬起眼睛怯怯地看着路明非,眼神里有一丝哀婉,"我这样跑来求你,是不是很难看?"

路明非迟疑了片刻:"没想到你还那么喜欢赵孟华……"

"开始也很恨他,觉得以前自己喜欢他就是瞎眼了,谁都比他好,恨不得以前的事情没有发生过。"陈雯雯低下头,"可很偶然的时候,忽然又想起他来,一想就没完没了。以前的事情都从心里涌出来了,还是那么好。你要是跟什么人在一起过就明白了……那是你的时光啊……一起的回忆一起的时光,那是你自己的东西,你怎能说它不好? 你不能把它给丢掉的,否则它就像被爸爸妈妈丢掉的小孩子那么可怜……"

她抬起头看着路明非,眼泪盈盈滴落:"你懂我的意思么?"

路明非默默地看着她,心里想我不懂啊,你不是都说了么? 我没跟什么人在一起过,没跟什么人分享过时光,你要我怎么懂?

但他还是点了点头:"别担心,我一定帮你想办法!"

陈雯雯使劲点头,咬着下唇,露出感激的笑脸:"那我先走了,我晚上还有自习,其实我现在上什么课都没精神,但可要是再不去上课,班主任就会叫医生来看我了。"

"好好,我有消息就通知你。"

陈雯雯走了几步回过头来:"上次你请我吃饭,还没有好好谢谢你。"

"小事儿,"路明非抓抓头,或者抓了抓头皮屑,"我老大帮我安排的,他很靠得住,我一会儿去找他帮你想想办法。"

"我本来不该去的……"陈雯雯轻声说。

"啊?"路明非愣住了。

"我后来蛮自责的,其实我那天去跟你吃饭,就是想跟赵孟华赌气,觉得他不要我,我也不会老等着他……"陈雯雯的声音低得就像蚊子哼哼,"可去的路上我就后悔了,怕你误会,好在你后来都跟我说清楚了,我心里反而好受多了。你真好。我不值得你喜欢啦,我那天晚上还冒着雨跑到赵孟华家去又跟他解释,你看我就是这么傻傻的。"

"哟哟,那么大的雨,司机有送你去吧?"路明非一脸关心的样子。

"嗯,司机蛮好的,总之谢谢你。"陈雯雯转身走了。路明非满脸关切地冲她招手,目送她消失在地下室的入口。

足足十几秒的时间,那种关切的表情都僵硬在他的脸上,一丝丝剥离,一丝丝消散,好像整张脸被糊上了一层胶水。

最后他面无表情了,仍旧看着陈雯雯离开的方向。

啊嘞? 你真好? 又被发好人卡了? 他木然地坐在椅子上,重新打开视频。

其实是狗哥发过来的链接,最近这几天网上点击最火爆的视频。

"谁看谁感动!"狗哥信誓旦旦地说,"一个意大利兄弟在颐和园湿身求婚的现场录像，俊男美女，各种奢侈！"

是啊，真值得好好地感动一把，深夜里昆明湖寂静的水面，佛香阁在夜幕下的远影，长廊上明灭的灯光，秋来落叶漫山，悠远得令人想到汉唐。

他们在水中追逐水中拥抱，八哥在树梢上聒噪，长廊上洒满玫瑰花瓣，英俊的爷们用大浴巾把湿透的女孩裹起来横抱着她踏花而过，历史上恺撒大帝和埃及艳后搞在一起怕也就这场面而已。一个意大利人，不远万里来到中国，为了一个中国妞儿，求婚没有安排在意大利餐厅也没有掏出钻石戒指，而是在皇家园林中上演这么一场。

何等苦心！如果路明非是女孩也得答应！

那他又怎么能埋怨别人答应呢？

他关掉了视频，站起来说："老板把这几天账清一下。"

外面已经是傍晚了，街上下着雨。好几天没有看见天空了，走在这里觉得分外地陌生。

好像自己不属于这里，好像一条狗走在人类的世界。

街上行人寥寥，因为阴着天，橱窗里的灯提前开了。路明非低着头靠着边走，经过一家婚纱摄影店的时候，停下脚步，呆呆地看着橱窗里华美的白纱长裙。

心里真难受，想要大哭一场，又没有可哭的理由。

这就是所谓的"孤单"么？那不是牛×英雄的特权么？你一个路人你孤单个屁啊？可它来的时候你就是逃不掉。

你逃了十几年，于这一年这一月这一天在一个昏暗嘈杂的地下室被它抓住了。

橱窗里的光投下了两个并肩的身影。

"你知道么？我最讨厌下雨天了。"路鸣泽轻声说，"被淋湿了，总会觉得冷，我讨厌冷。"

"那你为什么不打伞？你什么都能做到的，不对么？你应该打一把伞。"路明非说。

"怎么能这样呢？我们跑业务的，怎么能比客户还舒服？"路鸣泽仰起头，看着路明非，微笑，"哥哥你记得么？我说过的，在这个世界上只有我和你一条心，虽然我是很想要你的命啦……但我会永远跟你在一起，你淋雨，我就不会打伞。"

路明非扭头看着小魔鬼那张漂亮的、孩子气的脸。

虽然明知道这小家伙是个心怀鬼胎的大骗子，总是在胡说八道，可看着那张满是雨水的小脸，不知道怎么的，鼻子里就有点酸。

"滚啦，"路明非低声说，"找个躲雨的地方自己玩儿去吧，我没事。"

"很快就有了，而且是前所未有的大事。一定要打起精神来应付哦，不然会死的。在我们的契约没有完成之前，你死了我会很伤心。"路鸣泽还是笑，"这次的作弊密码是，Something For Nothing，前所未有的超级作弊码哦，效果那真是撼天动地，就

Chapter 17
Tragedy Stage

算是面对四大君王也可以一举轰杀。质量三包无效退款！收费只是区区四分之一条命。"

Something For Nothing，路明非记得这个作弊码。在《星际争霸》里，这个作弊码可以一次性完成全部升级，所有单位到达最强。

"Something……For Nothing？"他仰头望着漫天雨落，"这话的意思是……？"

"用什么珍贵的东西，换回了空白。"路鸣泽跟他并肩看雨，"按字面理解是这样的吧？"

"算了，那些事都跟我没关系了。"路明非懒懒地挥挥手，沿着街边继续往前走。

"很难过？为了陈雯雯的事？"小魔鬼死皮赖脸地跟着他，"你觉得你已经竭尽全力对她好了对吧？还要克制你心里的魔鬼什么的，啊，就是我啦！你要保护她，你不想看到她那么伤心，你不想把她想得很廉价。她在玻璃上给你画了一个笑脸，你就觉得很温暖很满足了，可赵孟华给她打电话的时候，她好不容易在心里建起来的堡垒全都坍塌咯！她忽然间就哭得很伤心，说你怎么这时候才打电话给我？"小魔鬼拍着他的肩膀，"哈哈哈哈，哥哥，你那时候在跟一个叫芬格尔的败犬一起抠着脚丫发牢骚呢。"

路明非觉得头有点晕，呼吸有点沉，但他什么都不想说，低着头一个劲儿往前走。

"你觉得委屈是吧？是你牺牲了四分之一的命救了那个叫诺诺的女孩啊，可是谁都不知道，连你自己都不敢承认。她醒来的时候看见的是恺撒·加图索的脸，你说你怎么那么衰呢？你要不要考虑卖我四分之一条命，我去帮你杀了恺撒啊！情杀一类的活儿我们也很拿手的。"

"滚！"路明非扭头怒喝。

"哥哥你逃不掉的，你已经被抓住啦。"路鸣泽看着他，清澈的眼瞳里满是怜悯，"看看前面，有人需要你呢，你还要帮她么？"

路明非忽然听见女孩惊叫的声音，四个混混似的年轻人正把一个白裙的女孩围了起来，用身体挤压着她往小巷里去。

为首的那个手里翻着一柄折刀，肩头没有洗净的刺青疤痕格外醒目。

该死！他该把陈雯雯送到地铁的！

"住手！"他根本没有过脑子就喊出了这一句。

混混们吃了一惊，看着这个从后面疯跑过来的小子。几个人对了对眼神，确认路明非只是光棍一根没有兄弟跟着，脸色立刻缓和下来。

为首的摆弄着折刀，对一个兄弟挤了挤眼睛，示意他把女孩控制好，然后带着剩下的两个截住了路明非。

"兄弟有话说？"为首的打量路明非。

路明非从人墙的缝隙里看着双臂被拧在背后的陈雯雯，她满头湿透的长发垂下来遮住了脸，呜呜地抽泣。

唉，哭有什么用？要是哭有用，路明非也哭一哭了。

"那是我同学，你们放了她，不然我叫警察了！"路明非克制着不哆嗦。

"哎哟？ 同学啊？ 把学生证拿出来看看啊？"一个混混在路明非肩上推了一把。

"别欺负人家小弟弟，人家一看就像学生对不对？"为首的也一起推。

"好学生嘿。"

路明非没打过群架，不知道这有意无意的推推搡搡是什么意思，下意识地一步步后退。退到墙边他才明白过来，他被围住了，无路可逃。

刚才那一连串推搡就是个兵法，要把他逼到合适动手的地方。

为首的眉梢一挑，一记勾拳从下而上，连击小腹、胸口和下颌。这是练过几天的下勾拳，路明非觉得满嘴都是血腥味，剧痛直冲上脑，靠着墙坐倒。

"嚎由根！"为首的居然还是个游戏宅，颇有点幽默感，得意地挥舞拳头跟兄弟们炫耀。

这时呜呜抽泣的陈雯雯忽然抬腿，鞋跟踩在扭住她的混混的脚面上，趁着混混抱着脚暴跳的时候，她甩脱了高跟鞋，玩命地逃跑。

路明非勉力睁开眼睛，那一刻恰好陈雯雯回头，路明非冲她点点头，习惯了，每次陈雯雯看他他都会点点头。

陈雯雯继续跑，再也没有回头看。果然不愧是长跑队出来的，跑得那真叫一个快。

"别追了别追了！ 那边有警察！"为首的赶紧喊。

"妈的都是这孙子蹦出来搞事，我看根本就是不认识，看那小妹长得还行，出来玩英雄救美。"被踩了脚面的混混怒冲冲地上来，"那小妹好像还有点钱的样子。妈的！ 全给他搞砸了！"他抬脚踩在路明非脸上。

路明非双手抱头，数不清多少脚踩在他身上。他还没选修格斗，只能尽力把自己蜷成一团。

他觉得自己被踹得要吐了，五脏六腑颠倒了位置，脑子里昏昏沉沉的，却忽然想起某部电影里的英雄人物，被人打得遍体鳞伤都没动真格的，最后对方一脚踹向他的脸，被他一个翻腕接住，轻声说："我最讨厌别人踩我的脸。"

台词真牛×，路明非也很想这么说。他是真的讨厌别人踩自己的脸，虽然不是张能拿来混饭的脸。

但说有什么用呢？ 说完还是只得继续蜷缩起来计算挨了多少脚。

混混们踹得累了，没想好怎么处理这货，为首的停下来点了一根烟。

路明非艰难地撑起身体，靠在墙上。他抬眼看到了路鸣泽，路鸣泽和混混们并肩而立，冷漠地看着他，好像一个下班的路人。

"我知道你是不会为这种事跟我交易生命的啦，你又不是那么要面子的人，被打又不会要命，而且你是英雄救美嘛，心里满足。"路鸣泽无所谓地耸耸肩，"所以我就等你被他们打完再一起走咯。"

路明非疲惫地笑笑，有气无力地说："我靠！"

"那你要我怎么办呢？ 积德做善事？ 不合我的身份嘛。"路鸣泽转身看着细雨中的城市，"夜景很美啊，来点灯光会更好。"

他举起手，打个清脆的响指。

自西而东，长街两侧都亮了起来，街灯、窗口，还有商厦前的霓虹灯，流光溢彩。

路明非这才发现长街上其实一个人影都没有，大概是被路鸣泽用什么花招抹去了。

这是一座寂静的城市，没有车来往，灯光在雨水中朦胧，大片的树叶飘飞，美丽而孤远，就像童话里连火焰都沉睡的城堡。

路明非的眼睛也被这些灯光点亮，可他只看了一眼，就被一个混混顺手扇了一个嘴巴。

"看着这个城市，觉不觉得孤单呐？ 你有没有发现，街上空荡荡没有人？ 其实人都在呐，看呐哥哥，两边都是很高很高的楼，每栋楼里都有很多的窗，每个亮灯的窗户里都有人。男人和爱他的女人一起，女人和爱她的男人在一起，他们相亲相爱啊哥哥！ 他们在温暖的房间里拥抱和亲吻啊哥哥！ 你呢？ 你走在冰冷的雨里，没有地方可去，是一条真正的败狗。"路鸣泽语速越来越快，"你记不记得《卖火柴的小女孩》？ 她趴在窗户上看里面的烤鸡，馋得口水都要流下来。可她只有一把火柴，她只能点燃火柴取暖，每一根是一个幻想，有的是烤鸡，有的是玩具，有的是妈妈……第二天早晨她死了，冻得僵硬。"

他忽然慢了下来，耸耸肩："可你连火柴都没有欸，你的命是你的火柴么？ 你只有四根，已经擦掉一根了。干脆一点惠顾我的生意啦，把剩下三根拿出来一起擦掉啦，让自己暖和一把，然后我带你的灵魂去地狱。地狱里面很舒服的，坏人们一起在岩浆里泡澡讲冷笑话。"

"我亲爱的哥哥……别傻了好么？ 这个世界上怎么会有你那么愚蠢的人呢？ 什么人会孤零零一个人活在这个世界上，却感觉不到孤独呢？"路鸣泽摇头而笑，满脸哀其不幸怒其不争。

"路明非，你没有感觉到绝望，是因为某些人总是施舍似的给你一点点希望。一旦你绝望了，就会完完全全变成另外一副模样。"他侃侃而谈，像个出色的演说家，"可是总有一天你还是会绝望的，因为你一无所有。你是个废物，是多余的，没有人真的需要你。你是个笑话，你自始至终从来没有摆脱过'血之哀'，偏偏你无法觉察到。你不感到孤独，哈哈哈哈哈，"他忽然狂笑起来，转过身，指着路明非的鼻子，"真有趣，没有听过比这更好笑的笑话了！"

"他们给你的爱，就像是从饭碗里拨出来赏给你的米粒。"他的声音嘶哑冷酷。

他忽然暴跳起来，跳到长街中央，玩命地跺脚，踩着积水，像个疯子。

"真正爱你的人，只有魔鬼！ 只有我这个魔鬼啊！ 嗨！ 哥哥！ 为什么不拥抱我呢？为什么不拥抱这个世界上唯一需要你的人？"路鸣泽在雨中张开双臂，嘶哑地咆哮，满脸笑容。

这一刻他是这世界上最忘我的戏子，在演出世界上最经典的悲剧，全世界的悲辛都融于他癫狂的独白中，他的背后站着巧巧桑、李尔王、美狄亚和俄狄浦斯的群像。他看着路明非，却仿佛在质问整个世界。

路明非呆呆地看着他。这个家伙不是永远站在幕后胜券在握么？世上独一无二的 Bug 人物，无视一切规则的强者。这种人根本无需悲伤。

他忽然有种奇怪的感觉，这里最悲伤的人其实不是他，而是路鸣泽。

这个寂静的下着雨的傍晚，这个小魔鬼忽然出现，其实不是要安慰失意的自己，而是有怒潮一般的悲伤要跟他倾吐。

路鸣泽失恋了？魔鬼也会失恋么？他还没到会失恋的年纪吧？

"来吧哥哥，我不介意再回馈一下客户啦，就让我为你打扫一下街面嘛，这街上怎么多出了这些垃圾呢？应该更空旷一点才好，就像你现在空空的心。"路鸣泽冲了过来，狞笑着拎起路明非的衣领，"来个试用装，和正品一模一样哦，正品还要给力百倍！Something For Nothing……1%……融合！"他张开双臂，狠狠地拥抱路明非。

路明非下意识地接住他，路鸣泽扑向他的一刻，狰狞的小脸看上去却像无助的孩子。

无数的画面在他眼前飞闪，像是老电影或者被遗忘的时光，他曾经在雨中拥抱这个魔鬼取暖，也曾亲眼看见黑暗的圣堂中他被锁在十字架上，贯透他心脏的长枪被染成血红色，他抬起头看着路明非说："哥哥你还是来看我啦……"记忆是浩瀚的海洋，淹没了他。

路明非缓缓爬起，拍了拍身上的灰，整了整并不存在的领子。他穿着一件皱巴巴的圆领衫，可整衣的姿势好像他在伦敦的高级成衣店里试穿新礼服。

混混们都吃了一惊，不约而同地退后一步。

"我最恨别人抢走属于我的东西，凡我失去的，我要亲手一件件拿回来。"路明非轻声说。

"记得这是谁的台词么？"他抬起头看着那些小混混，面带微笑，"是很老的片子啦。"

混混们惊惧地对了对眼神，眼前的废物好像忽然变了一个人似的，每一分微笑每一个眼神，都如刀锋般凌厉。

"猜不出来？没有小朋友能猜出来？那可就没有奖品啰。"他大笑，"其实很简单的嘛，《英雄本色》啦，虽然是老片子，可是台词真好！凡我失去的……"

他如出膛的炮弹那样撞击在为首的那个混混身上，肘击他的面颊，在他滞空的瞬间跃起，膝盖重重地磕在他的下巴上，磕飞一口断牙。

"我要亲手……"他抓住第二个混混的小臂，用肩撞在他的关节背后，小臂脱臼

Chapter 17
Tragedy Stage

的同时，他抬腿把哀号的混混踢飞。

"一件件……"第三个混混的头发被他一手抓住，跟着一记重拳打在他的小腹，混混一口血吐了出来，却被他一把捞住。

他把那口血抹在混混的脸上，抓着头发把混混扔向玻璃展示窗。那家伙撞碎了玻璃也撞破了脑袋，玻璃的裂口上鲜血点点滴滴。

"拿回来。"他微笑着说，拥抱已经吓得小便失禁的老大。

他从老大颤抖的手里取下折刀，收起来，插进口袋里，为他整理好衣领，双手拍着他的肩膀。

"知道为什么对你和对他们不一样？因为你刚才说'嚎由根'，我也喜欢玩街霸，升龙拳可棒了！我不会对一个跟我一样喜欢玩街霸的人那么粗鲁，我只会跟他讨论游戏。我最喜欢的角色你知道是谁么？是桑吉尔夫，就是那个俄罗斯大壮，他的'螺旋打桩机'那招可真是酷毙了。不知道你……喜不喜欢天空呢？"

"奥拉奥拉奥拉奥拉！"他狂笑起来，单手攥住老大的衣领，如同火箭发射那样跃空而起。

任何人类都不会有这样惊人的弹跳力，他跃起到足足二楼的高度，翻身用双脚箍住老大的腰，带着老大在剧烈的旋转中下坠。

双膝磕在老大的双肩上，把他狠狠地压在地上，骨骼的碎裂声音让路明非露出了心满意足的微笑。

他在雨幕中纵声狂笑，跳着华美的踢踏舞。

他哭泣他歌唱，是魔鬼，是神明，是绝世的戏子，声情并茂。

他是……路鸣泽！

他的舞姿忽然停顿在一个极别扭的姿势上，脖子歪斜，好像一个动力用尽的铁皮机器人。

路明非忽然醒了，惊恐地四顾，狠狠地打了个哆嗦。

满地都是碎玻璃，四个混混全都折断了骨头躺在地上呻吟，为首的伤得最重，身下的地砖都碎了。

只是一失神的工夫，小魔鬼借用他的身体秒掉了四个人。他脑海中那些凶暴的画面如此清晰，雨水下降的速度在他眼中都变慢了，他甚至能听见拳头击碎雨点的声音，拳头打在对方身上脏腑挪位的声音，膝盖磕中对方下巴时牙根断裂的声音……

怎么回事？那些声音让他心旷神怡，混混们吐出的鲜血在空中飞溅时那抹红色在他眼里居然那么美丽……

把老大压向地面的瞬间，那股快意升到了极致，他想他可以把这个人……彻底地碾碎！

361

那愤怒的……龙的心!

路鸣泽就站在他的身边,迎着雨水吹着自己的手指,指上猩红的血被他吹散,融入雨幕中。

他这么做的时候带着淡淡的笑意,好似吹肥皂泡的男孩。

"你……你做的?"路明非直哆嗦。

"不,你做的,我只是给了你一点授权。"小魔鬼舔着自己的手指,像是在舔染血的刀刃。

"你……你疯了!你根本就是个疯子!"路明非一步步后退,路鸣泽的微笑在他眼里越来越模糊,却越来越狰狞。

这小家伙原本只是个奸诈的小鬼,但此刻他湿漉漉的站在雨中,额发垂下来遮住眼睛,仿佛有古魔在他的身体中苏醒。

"你要去哪里啊哥哥,不是说好要一起走么?"路鸣泽歪着头看他。

"滚!别跟着我!"路明非惊怒地大喝,转身一头扎进雨幕中。

他不知道自己为什么要跑,可能是怕警察来抓他,可能是有点晕血,但更像要逃脱某种追着他而来的记忆。他今天已经被孤独追上了一次,不能再被更糟糕的东西追上。

是的,路鸣泽没说错,痛殴那些混混的不是路鸣泽,而是路明非自己……

那时他的意识是清醒的,那句《英雄本色》的台词,正是他最喜欢的,看的时候他激动万分,渴望着有一天自己能对谁说出这句拉风的话。

"哥哥!你一定会回来找我的!你已经被抓住了!"路鸣泽没有追他,站在雨幕中遥遥地大喊。

跑着跑着,街上的人越来越多,好像从梦里跑进了现实,一切就像是个游戏,场景无缝连接,不需要载入。

可路明非还在不停地跑,好像背后还有什么东西追着他。街上的人都好奇地扭头看这一身脏兮兮挂着两行鼻血的小子,不知道他在发什么疯。

街角里白裙的女孩赤着脚,哭哭啼啼地正跟巡逻警察说话。不是陈雯雯,而是在陈雯雯之前进来的那个女孩,娇柔万状地表示要跟路明非玩玩的。

可那一刻分明就是陈雯雯扭头看了他一眼,而后跑进了无边的大雨里再也没有回顾,随后就是无数只脚踩在他脸上身上。

记不清了,路明非也不思考,他只想赶快离开这里,不要在雨里一个人孤零零地走路,想找个暖和点的地方洗个澡,有杯热乎乎的东西喝。

他们住在丽晶酒店,距离这里其实只有地铁一站路。

他一直跑到地铁隧道里才停下了,忽然看不清前面的路了,青色的雾气正潮水般向他涌来,往前往后都看不见人。

他缓慢而用力地打了个寒噤,好像被魔鬼的手掐住了喉咙。

第十八章 迷宫
Maze

酒德麻衣轻轻鼓掌："好极了，小白兔一号进入了尼伯龙根。信号很清晰，小白兔很惊恐。"

噪点明显的监控画面上，路明非正摸着墙壁猫着腰向前摸索。

这厮已经发现自己来到了一个怪异空间，但反应和赵孟华完全不同，他连跑都不跑的，因为吓得腿肚子抽筋了。

日光灯管在他头顶发出让人头皮发麻的嘶嘶声，他也不被干扰。他正好随身带了楚子航送他的耳塞，干脆把耳朵塞起来了。

在鬼故事里一般都是被吓死的多，排在第二位的就是跟女鬼睡了一觉后病死的，真正被鬼剁成八块的你听都没听说过。所以干脆别听，要不是为了找路，他会把眼罩也戴上。

"蛮有智慧啊。"薯片妞啧啧赞叹。

旁边的屏幕上，蓝衣的剑豪正疾风般翻转，斩钢闪……踏前斩……狂风绝息斩！人头数翻滚着上升，在他扫净战场的几乎同时，为他扛下绝大部分伤害的龙龟被送回了重生点；时光老人同样被送回了重生点，但他的大招在剑豪受到致命伤时发动，硬是逆流了时间，把他从死亡线上拉了回来；妖娆的暗夜猎手仅剩丝血，在剑豪出手前，她勇敢地踏前以箭雨为剑豪铺路；璐璐则耗空了自己全部的法槽，失去了战斗力。名为Ricardo的剑豪并未因为团战胜利而骄傲，领着丝血的暗夜猎手向着高地笔直地杀去。

"此剑之势，愈斩愈烈！明日安在，无人能允！吾之荣耀，离别已久！"他吟着战场的诗歌昂首阔步，十步杀一人。

世界上有名号的战队几乎都加入了这场史无前例的大乱斗，你在服务器的排行越靠前，就越会遭遇到同样强劲的队伍，没有休息时间，每一场都要获胜，你还要搜刮名为七宗罪的珍贵道具，然后才能进入那个传说中的超大地图，跟代表奖金和

荣誉的龙王面对面 。

"副本开启多久了？"薯片妞问。

"七个小时，老罗和他的团队已经连续击溃了来自世界各地的十六支队伍，拿了超过两百颗人头，正在向着王座冲锋。"

"还不够快！ 给他补充兴奋剂和肾上腺素！ 让他先把澳洲服务器排位最高的那几个队击溃！ 北美服务器上的家伙马上就要开始联合起来针对他们了！"薯片妞冷冷地下令，"和北美服务器的强队碰撞前，他得给我把欧洲服务器也给杀绝！"

"薯片你认真起来的时候可真是个屠夫啊！"

酒德麻衣走到旁边打了会儿电话，冲薯片妞点点头："队长大人说了，三个小时，他让澳洲服务器的排行榜消失。"

"去过尼伯龙根么？"薯片妞的全部精神都在监控屏幕上。

"没有，那鬼地方谁乐意去？"酒德麻衣说，"不过小白兔二号去过。"

"楚子航？"

"对，他去过那个不属于活人的地方，是时候对他丢出胡萝卜了。"酒德麻衣按下回车键。

几百行代码被压缩成一个小数据包发送出去，它会在北美转一圈，经过六个国家的网络中转，然后悄无声息地混入诺玛的网络，最后进入楚子航的笔记本。

"只有一只小白兔能从狼窝里活着出来，对么？"薯片妞问。

"是的，又帅又乖又礼貌但是有点冷血的小白兔会给又尿又烂又无能的小白兔铺好屠龙的道路然后死去，这情节虽然有点俗倒也不失戏剧性。"酒德麻衣无所谓地说，"反正一切都取决于编剧的意思，不巧编剧是个后妈，只有她选中的人能活下来，剩下的就只有感慨运气不好咯。"

"有点可惜啊，是个不错的大男孩。"

"反正不用他来铺路他也活不了很久了，他跟我们一样是蹲在命运赌桌上的人呐。"

"什么意思？"

"把自己作为筹码一股脑地押上去了呗。"酒德麻衣说，"他剩的时间也不多了。"

楚子航睁开眼睛，眼皮沉重，他居然趴在桌子上睡着了。

这几天里他一直不断尝试用新的数学建模去分析地动数据，但还是没能找到滤去杂波的办法。他需要一个更精巧的方程式，他知道一定有，但归纳不出来。

他看了一眼屏幕，忽然呆住。

入睡前设置的计算已经完成，结果清晰地凸显出来，北京地图上出现了清晰的红色线条，纵横交错，组成一个很眼熟的图形。

Chapter 18
Maze

楚子从钱包里摸出一张北京市公交卡，背面黏着地铁路线图的卡贴，百分之百重合。

楚子航打开建模文件，建模参数的页面一片空白，好像他根本不曾输入任何参数。

他不知道这是怎么了，但他完成了计算。北京这一年来新增的地动都在地铁沿线，而那个失踪的执行部专员也曾关注北京地铁的传说。

数据库里还算留下了一些痕迹，这次计算调用的是夜里十一点到凌晨六点的数据。夜里地铁是不运营的，不运营就不会有震动，但从分析结果来看，每个万籁俱寂的夜晚，地铁周边都在微微地震动。他想起网上那些人说的白烂话，难道真的每晚地铁停运之后都有一辆列车载着鬼魂在铁轨上空驶？其实一点都不可笑，他全身毛孔紧紧地收缩，头皮发麻。

那里面藏着什么东西。

他缓缓地站了起来。芬格尔却不在床上，这个每天猪一样吃了就睡的家伙居然溜出去了，也许他在798真的有些艺术家朋友要拜访。

楚子航沉思了几分钟，打开衣柜，取出了角落里的网球包，犹豫了一下，又拎出了沉重的黑箱。

此刻外面狂风暴雨，一泼泼的雨水打在玻璃上，难得北京有那么大的雨。

深夜零点四十五分，楚子航无声地潜行在东方广场地下一层商场里。这栋巨大的地标式建筑毗邻长安街，云集着豪奢品牌和一家君悦酒店，地下直通地铁王府井站。

远处有脚步声缓缓逼近。

楚子航隐入柜台后，直到巡夜保安的手电光远去后才重新闪出。

白天这里奢华又热闹，美女如云，但此刻万籁俱寂，它就显露出地下室的本质来，没有窗，空间封闭，只剩下少数几根日光灯管亮着，照亮了玻璃橱柜里的绒毛玩具。那些可爱的家伙在这种灯光下都显得有些走样，脸上深深浅浅的阴影让人产生它们在微笑或冷笑的错觉。

中央空调关了，空气冷而沉闷，通往地铁的电动扶梯闪动着"禁止通行"的红灯，两侧是某个时尚杂志的广告，同一张女明星的大脸贴满整面墙壁，指甲和嘴唇上都闪动着金属的微光。

大厅中央的转盘上是一辆橘黄色的电动车，旁边竖着的广告说消费两万元以上的顾客就可以有机会抽奖得到它。巡夜保安的脚步声经过几次折射出现在四面八方，好像黑暗里有好几个人在走动。除此之外这里安静得非常正常。

楚子航贴着墙壁缓缓前进，他已经接近地铁的检票口了，这时前面传来说话的声音。

"这广告还不换呐？"

"这个月底到期再换，你把玻璃上的灰再擦擦，我去把那边的地扫一圈，待会儿下盘棋？"

楚子航从大理石墙壁的反光里看到两个清洁工正在擦广告灯箱，他们背后的卷闸门已经落下锁死，再前进就只有把卷闸门剪开。

楚子航开始怀疑自己的判断，至今他还没有向学院报告这件事，因为这个结论太奇怪了。无论深夜里的地铁站看起来多么阴冷，它只是一个历史不到五十年的人工隧道，最初建造这个隧道的工人还有大批活着，天天人来人往，如果真有什么异常，没有理由不被察觉。深夜里地铁站里必然有值班的人，就像前面那两个清洁工，如果有空驶的地铁，他们不可能不知道。

手机在口袋里振动，一条新的信息进来："亲爱的用户您好，移动小秘书提醒您今天中午12：00在夏弥同学家共进午餐，请提前安排时间。"

楚子航没有订什么手机小秘书的服务，发信人就是夏弥，大概是她临睡前的捣蛋而已。

楚子航犹豫了一下，掉头原路返回。时间还没有紧张到那个程度，根据夏弥的情报，恺撒那组目前还在莺莺燕燕卿卿我我。他今晚可以写一份完整的报告给施耐德教授，然后做好各种准备，到中午去夏弥家吃个午饭，再研究地铁沿线的震动来源。

他连去夏弥家吃饭的衣服都买好了，就挂在酒店的衣柜里，他是个永远守约的人。这些天他的日程表上都是建模计算、计算建模的流水作业，除了一件，"去夏弥家吃饭"。

就像流水中的礁石。

他从电动车旁闪过，轻手轻脚走上台阶，日光灯管的影子倒映在大理石地面上。他听见瓢泼大雨打在屋顶。

他忽然一愣，站住了。

王府井地铁站在负二层，东方广场的地下商场在负一层，他在负一层和负二层的台阶之间，即使外面是瓢泼大雨，也不该打在他头上的屋顶。肩胛上"胎记"好像被烈火灼烧那样烫，四面八方都是巡夜保安的脚步声，但所有的脚步声都在飞速远离，好像狂奔着逃离这个空间。日光灯管跳闪起来，空气中满是嗡嗡的电流声。楚子航缓缓地转身，转盘重新开始旋转了，上面不再是电动车，而是一辆伤痕累累的迈巴赫。

就像是有过约定的鬼魂那样，它回来了。

楚子航伸手到网球包里，捏住了御神刀·村雨的刀柄。

这时头顶开始漏雨了，冰冷的雨水从四面八方汇来，沿着大理石地面平静地流淌，在台阶上变成一级级的小瀑布。楚子航抹去脸上的雨水，提着黑箱缓步下行。

他听见那个声音了，来自地底深处的……铁轨震动。

路明非扶着栏杆，小心翼翼地往下蹭，四下张望。

这个寂静如死的地铁站，也还好它寂静如死，若是此刻忽然蹦出个检票员来，路明非绝不会如逢大赦般扑上去，而是吓得立马下跪说："好汉饶命啊！"

他确实处在感情的低潮期，觉得了无生趣，但是这跟"想死"还不是一个概念。看到四面八方涌来青色的雾气时，他的第一感觉是莫非日本那个搞毒气弹的邪教头目还在人世？竟然敢来中国搞事？不禁义愤填膺，立刻屁滚尿流地逃走。

但没有出口，所有通道都指向月台。他到了赵孟华去过的地方。

他可不是赵孟华那种没有智慧的人！立刻摸出手机准备求救，他的手机没坏也有电！但该死的，作为一个穷狗……他欠费停机了……

江湖上人说"出师未捷身先死"，就是形容这份衰吧？

他摸到了月台上，立刻闪到一根立柱后藏着。地面在震动，幽深的隧道里有刺眼的灯光射出。列车进站，摩擦铁轨发出刺耳的声音。它停在了路明非面前，方头方脑的车厢，红白两色涂装，还挂着"黑石头 — 八王坟"的牌子。

但凡路明非有点知识，就会知道这趟列车在历史上根本没有过。北京地铁一号线是从苹果园到四惠东，很多年前四惠站曾经叫过八王坟站，那时候复兴门到八王坟也叫"复八线"，但很快就改名了，即便那时它也到不了最西面那个隐藏车站"黑石头"。

车门打开了，里面漆黑一片。

好在路明非根本不是靠知识混的人，只要有点智慧的人都知道这鬼车不能上啊！

这车非常死性，好像就是来接路明非的，路明非不上车它就死赖着不走。

但路明非更死性，打死都不上，等到最后他干脆靠着柱子坐下来，跟它硬耗。

这种斗争路明非还是有绝对的把握的，不知是十分钟还是二十分钟后，地铁列车缓缓地关闭了车门，驶入了漆黑的隧道。

路明非前后左右看了看，小心翼翼地摸下月台，猫着腰沿着铁轨，也摸进了隧道。

"小白兔很有点智慧欤！"薯片妞指着监控屏幕上渐渐远去的背影。

"也就是铁道游击队的智慧！"酒德麻衣脸色有点难看。

"铁道游击队是打你们日本鬼子的。"薯片妞善意地提醒。

"他误解了，地铁列车其实是保护进入尼伯龙根的人的。"酒德麻衣没有理睬这个笑话，"否则人类怎么能在龙的国度中行动？那是遍地死亡的地方啊！"

路明非跋涉在漆黑的隧道里，深一脚浅一脚。前后左右都是一团漆黑，好在学院还是有些不错的小装备给学员们，譬如钥匙链上的微型手电。这是装备部出品的东西中难得比较可靠的，至少用到现在还没炸。

隧道壁是一层层红砖砌成的，砖块间哗哗地流着水，此外连声耗子叫都没有。这个诡异的空间里好像只有他一个东西活着。

走着走着，隧道渐渐开阔起来，路明非把手电的光柱打向头顶。弧形的顶部像是教堂的门洞那样有些庄严，是用古铜色的岩石搭建的。这些石块看起来古老而美丽，表面还有错综复杂的天然纹路。这让路明非想到以前在画册上看到化石沉积岩，剖开来一层叠一层都是三叠纪、白垩纪、侏罗纪的化石，是几亿年无数生物的骨骼沉积而成，这个角度看到的是三叶虫，换个角度看到的则是炭化的贝壳，美不胜收。

好像有个影子从电筒的光圈中闪过。

路明非赶紧用手电一扫，什么都没发现。那影子好像是个蝙蝠，可连老鼠都没有的地方会有蝙蝠么？

他塞着耳塞，所以听不见，无数细微的声音已经包围了他，就像蝙蝠洞的深夜里，千百万蝙蝠在窃窃私语，又像是无数蚂蚁爬向误入蚁穴的甲虫……

一块碎石被渗出的水从顶上冲刷下来，砸在路明非头顶，弹了起来。路明非用手电照过去，小石子忽然裂开了，一根细骨一样的东西从里面伸了出来，然后又是一根，随着细骨舒展，扇面般的一排骨骼张开，细如蝇腿，骨骼之间黏着极薄的膜……这块石头居然长出了双翼，扑棱棱地试图飞起来！

路明非惊诧莫名的时候，这个试图飞翔的有志气的石头撞在隧道壁上碎掉了。蝙蝠样的小东西从碎屑中升起，盈盈地上升，而后忽然加速，在空气里留下一连串的虚影。

路明非哆嗦着抬头，那些隐藏在岩石里的纹路，那些无数骨骼沉淀而成的岩页，那些交叠在一起再被时间压平的翼骨、胸骨、肋骨都在苏醒。

岩页一层层地剥落，一层层的生灵复苏，它们是些浑身闪着美丽的古铜色光泽的动物骨骸，像鸟又像是长着膜翼的爬行类，一个比一个更加巨大。它们的翼端长着利爪，利爪如人手一样是五指，指甲锐利得像是剃须刀的薄刃。

那美丽的花纹竟然是用无数死亡织成的。

路明非觉得脸上有点湿，伸手摸了一下，满手都是血。他这才意识到自己脸上多出了横七竖八的血痕，每一道都极细极微，那是骨鸟擦着他飞过时用刃爪留下的伤。越来越多的骨鸟聚集在他面前，悬浮着，头骨的眼眶中闪着渴望的金色，好像是熊瞎子见了蜂蜜。

路明非忽然想到这个东西是什么了！那是镰鼬！恺撒的言灵就是以这种妖怪般的生物命名的，此刻活的镰鼬就在他面前，这些东西……是吸血的！

他鬼叫一声掉头就跑。

整个隧道已经成了镰鼬的乐园。成千上万蝙蝠般的影子在四面八方闪动，它们尖厉地嘶叫着，像是哭泣又像是欢呼。

路明非绊在一根枕木上，扑面跌倒，成群的镰鼬蜂群般扑了上去。

"现在怎么办？"薯片妞脸色有点难看，"我们送他是去屠龙的，不是去当镰鼬饲料的！"

她们看不到路明非了，隧道里没有监控画面。

"问题不大，问题不大，"酒德麻衣深呼吸几下，"我早有准备，在他的衣服上使用了一种香料。那种香料是镰鼬所不喜欢的，就像大蒜对吸血鬼的效果，会恶心。"

"就是说镰鼬不会吸他的血？"

"公的不会。"

"那母的来了怎么办？"薯片妞快要崩溃了。

"镰鼬基本上都是公的，母镰鼬和公镰鼬的形态不同，很巨大，就像蚁后和工蚁之间的关系。几万只镰鼬才有一只母镰鼬，他再衰也不至于衰到这份上吧？"

如果此刻路明非能回答这个漂亮姐姐，他一定会认真地说："至于！怎么不至于？我衰起来，那是没极限的啊！"

顶部轰然塌陷，巨大的骨骼坠落，在空中翻滚着，发出刺耳的嘶叫。无数镰鼬飞到它的下面奋力地托起了它，好像扛着王的灵柩。

巨大的骨骼缓缓地张开了双翼，摸索着找到了自己的平衡。它终于飞了起来，戴着白银面具的头骨深处亮起了金色的瞳光，它有九条颈椎，九个头骨，每个都发出不同的声音，有的像少女般婉转，有的像乌鸦般嘶哑，有的像洪钟般高亢。以它为首，枯骨们围绕着路明非回旋，发出猎食前兴奋的尖叫，就像是找到腐肉的鸦群。

路明非不懂它们的规矩，但想来这是盛宴即将开始的隆重仪式。

镰鼬女皇轻盈地飞扑到他的身上，修长的翼骨把他整个环抱起来，结成一个骨骼的牢笼，精巧的后爪倒翻上来，刀刃般的利齿轻柔地在路明非双眼上拂过，动作之轻柔就像少女拥抱着情人，在即将亲吻他之前合上他的眼帘。九个戴着银色面具的头骨深处都闪动着温情。

所有的镰鼬们都跟着它欢笑,路明非听不见它们的笑声,却能感觉到笑声汇聚为寒冷的气潮,从四面八方袭来。

在这个要命的关头路明非想起的居然是陈雯雯,赵孟华如今想必是这里的一条干尸了,他也挂在这里,世界上再没有其他人会相信陈雯雯说的话。

隆隆巨响惊破了镰鼬们的笑声,强光笼罩在路明非身上,烈风压得镰鼬们逆飞。毫无疑问,那是一辆地铁列车正以惊人的高速接近。

镰鼬们似乎极其畏惧,瞬间从路明非身边散开,急速地避入黑暗中。镰鼬女皇却因为太过巨大,来不及解开自己骨骼织成的牢笼,只能惊恐地尖叫着,裹在路明非身上,玩命地挣扎。

光和强风逼近,把它冲散为灰尘,就像是太阳升起扫除黑暗中一切的魑魅魍魉。

路明非死死地闭着眼睛,感觉着钢铁机械迎面冲来的雄伟力量,聚光灯亮得好像能把他的眼皮都烧起来。不过这样也好,被列车撞飞死得比较像正常人。

过了很久他才慢慢地回过神来。他没死,车灯的强光仍在面前,而轰隆隆的声音消失了。

路明非试探着把眼睛睁开一条缝,惊得退了一步。那果真是一列地铁,炽烈的蒸汽射灯就在他鼻子前亮着。它刚才以极速逼近,可巨大的动能在接近路明非的一瞬间消失了,静静地停在他面前。锈蚀的折页铁门缓缓打开,还是漆黑的车厢,等待着这个迷路的乘客。路明非扭头看向周围,古铜色岩石里死而复生的枯骨都不见了,散落在地的只是一片红砖粉末。

他知道这次没的选择了,只能小心翼翼地上了地铁。铁皮车门在他背后吱呀吱呀地关闭了,列车重新启动。

一片漆黑,路明非双手贴着裤缝,站直了,像根木棍似的竖在角落里,心里念叨:"你看不见我你看不见我……"

都是徒劳,耳塞掉了,他清楚地听见车厢间的隔门正被缓缓拉开,发出铁锈剥落的声音。

楚子航站在暴雨中,垂眼看着地面,准确地说,他站在下着暴雨的地铁月台上。

水从四面八方涌进来,屋顶、地面、通道口、通风口,总之能想到的地方都在往这里面灌水,最后所有的水都流入了地铁隧道。

楚子航全身湿透,正冒着袅袅的蒸汽。但他并不因此觉得不舒服,多年一直保持的站姿还是很挺拔,修长的背影像是插在月台中央的一支标枪。

"小白兔二号是个'不耍酷会死星人'吧?看他那个表情那个站姿好像是在说,'啊我就是来等地铁的','地铁站里下暴雨不是很正常的事么?'"薯片妞看着监控画面。

"注意他身上的蒸汽。他急剧升高的体温正在蒸发衣服里的水分,他不是在耍酷,是在集中精神。他是个杀坯啊,意识到无法逃离之后就会更加冷静,大哭大叫没用的话,不如镇静下来做好全部准备。"酒德麻衣说着接通了麦克风,"可以发车了。"

几分钟后,一列地铁溅着一人高的水花停在楚子航面前,车厢的门打开。

"你到底是如何控制尼伯龙根里的地铁的?"薯片妞问。

"都是老板教的,说起来很奇怪,尼伯龙根其实并不是个幻觉之类的东西,它有自己的一套规则。每一个尼伯龙根都不同,这个尼伯龙根很神奇地符合一套叫作《北京市城市轨道交通安全运营管理办法》的规则。"

薯片妞一愣:"尼伯龙根归北京市政府管么?"

"不,是说它拷贝了现实中的一些规则。它是一个扭曲的现实,和现实之间有不同的接口,它和现实的地铁一样发车由电路控制,我们可以切入它的电路控制系统,就像接入它的闭路电视系统。"酒德麻衣指了指监控画面。

她愣了一下。监控画面上楚子航动也不动,头也不抬,好像完全没有看见面前的钢铁长龙。

"喂!"酒德麻衣急了,"朋友,你想怎么样?给你调去这列地铁我容易么我?你在打盹么?还是准备静坐求援?"

"不可能,我黑掉了他的手机,他现在打不出任何求助电话,110都不行。"薯片妞说。

直到列车的门吱呀呀地关闭,楚子航都没动弹。

"现在怎么办?"薯片妞问。

酒德麻衣摇头:"不知道,都是不听话的小朋友,真是麻烦!但地铁不能等太久,虽然里面的地铁班次没有那么密集,但总是等下去还是会跟后面一列撞上的。"

列车加速离开月台。这时楚子航忽然动了,鬼影一般的连续移动,跃下月台,跟在列车后狂奔,疾步一跃而上,无声无息地贴在列车尾部,隐入隧道的黑暗里。

"果然是卡塞尔学院隐藏的王牌专员,"薯片妞倒吸一口冷气,"那么高速的移动,完美的计算和时机,不注意的话会以为他忽然消失了!"

"他那种人永远都游离在计划边缘,我们给他打开的门绝对不会进,必然走后门!我早该想到!赞!"酒德麻衣说,"难怪三无妞儿都说如果楚子航全力以赴,她未必有绝对的胜算。三无妞儿那么傲娇,说这种赞誉的话对她来讲比做一千个俯卧撑都难。"

"也只有这种小白兔才能对芬里厄造成致命伤害吧?"

"没有他怎么给路明非铺好路呢?"

"一直都是三缺一，终于等到新人来，要不要来一起玩？"车厢里回荡着幽幽的声音。

路明非愣了一下，又惊又窘，不知这是何方的游魂那么不靠谱。这要是鬼，也是白烂烂死的吧？

事到临头他倒也有几分横劲儿，学着憋起嗓子说："麻将，还是扑克啊？升级，还是拖拉机？"

"你妈！路明非？怎么是你？"游魂很震惊。

"你大爷！赵孟华你想吓我么？"路明非大怒，"我跟你讲，我做鬼都不会放过你的！"

"啊！鬼啊！"一秒钟之后，在那人凑到面前时，路明非忽然尖叫起来。

那鬼被这忽如其来的惨叫吓到了，蹲在地下捂住耳朵，好半天没站起来。路明非紧紧贴着车门，全身哆嗦，冷汗直往外涌。

贴在他面前的是何等可怕的一张脸啊！枯瘦得像是骷髅，满脸唏嘘的胡楂子，瞳孔巨大，如即将熬尽的油灯般发亮，要说是什么鬼，定然是饿死的张飞。

两个黑影从左右同时贴近，一瞬间就把路明非控制住了。

"卡塞尔学院炼金机械系，高幂，现在是执行部专员。"

"力学系，万博倩。"

"这上阵才要通名……死鬼通名是要我给你们立墓碑么？"路明非吞了口口水。

"在这里你不会死的，在这里最糟糕的就是你不会死。"名叫高幂的执行部专员轻轻叹了口气。

此刻列车正从一个车站高速通过，月台上的灯光照亮了对面的三张脸，同样的消瘦，同样的惨白，看起来都像是从古墓里挖出来的。

但路明非不相信死鬼会手里捏着扑克牌。三个人各捏着一把牌，大概是打到一半忽然有人闯入但是不愿意放下……这要真是鬼，生前得多爱赌啊？

"好吧，诸位，我新来的，"路明非坐在长椅上喘着粗气，"这里有什么规矩？给指点一下？"

"你数学怎么样？"高幂问。

路明非一愣："总在将挂不挂之间。"

"那完了，你也没法离开这里。"高幂叹了口气，"我的数学成绩那时在学院排名第二。"

"第一名是谁？"路明非不由自主地问。

"芬格尔·冯·弗林斯，好像是这个名字。"

路明非一愣，想不到废柴师兄居然是数学达人，按说芬格尔也是文科教授古德里安教出来的。

Chapter 18
Maze

"这里有很多事情是你想不到的，很快你就会看到，这是很难得的经历，用自己的眼睛去感受，比听我说好。"高冪说，"我能告诉你的是，这应该是一个炼金术构造的迷宫，就像神话里米诺斯的迷宫。"

"米诺斯的迷宫？"

"历史上的米诺斯迷宫，并非普通的迷宫，而是炼金术构造的。这样的迷宫必然有看门人，"万博倩说，"它的看门人是牛头人身的'米诺陶洛斯'。进入炼金迷宫的人自己绝对走不出来，唯一的办法是杀掉看门人，做到这一点的是希腊王子忒修斯。"

"这个迷宫不像那么夸张，如果你的数学足够好，或者牌技足够好，就能够离开。"高冪说。

"要是打星际，你准没问题……"赵孟华哭丧着脸。

"看门人是谁？"路明非问。

"很快你就会见到。"高冪说，"我在学院的时候研究过这方面的古籍，炼金迷宫的特点是，必然要有一条能够逃脱的规则，这是缔造炼金迷宫的基础，即使看门人也不能违背。就像斯芬克斯给俄狄浦斯出的谜语，那同样是一个用炼金术构造的迷宫，俄狄浦斯答出了谜语，斯芬克斯就必然要坠崖而死，即便它远比俄狄浦斯强大，也不能反悔。这是'规则'的制约。"

"就像言灵？"路明非有点明白了。

"对，你应该猜到了，这是一个龙族技术构建的奇迹，一个存在于北京地下的迷宫。"高冪低声说，"在这里，规则和在外面不同，即便没有食物和水你也不会衰老和死去，你只会越来越干枯……"他缓缓地拉开自己的上衣，里面皮肤贴着肋骨，干瘦如柴。

赵孟华也悲哀地拉开衣襟，同样令人触目惊心的身躯……路明非把目光移到万博倩身上……

"耍流氓么？"万博倩捂了捂衣服，怒喝，"总不会瘦得和男人一样！"

"哦哦哦。"路明非反应过来了，"规则是玩牌？"

"得州扑克。"高冪说，"要熟悉一下规则么？我们正向着看门人的方向过去，你还有四十五分钟可以学学。"

"真潮，规则居然是得州扑克，这什么赌鬼设的迷宫？"路明非来了点精神，"得州扑克我倒是会。"

"能够从荷官手里赢到最后的筹码就能离开，输光了赌注的人就要离场，下次再来。"赵孟华说。

"赌注是什么？"路明非问。

三个人的眼睛里都泛起绝望的、沉郁的灰色，最后还是高冪长叹一声："你乘着这列地铁在这里不断地前进，你的赌注就会增加。你忍受孤独的折磨，你的赌注就会增加。你悲哀绝望，你的赌注就会增加。但你永远不能死……"

"你的赌注，就是你的孤独。"万博倩轻声说。

车厢里只剩下铁轨咯噔咯噔的声音，许久之后，路明非扭头对赵孟华说："陈雯雯……她很担心你。"

月台上的流水声渐渐远去，楚子航抹去眼睛上的黑色美瞳，永不熄灭的黄金瞳燃烧在黑暗里。强大的造血机能已经让他的血统优势恢复了七成，或者更多些。

强化后的血统能拔出多少柄刀剑？ 楚子航深深吸了口气，扳住车顶，翻身而上。

血统优势令他足以抵抗车顶的疾风，行动就像在平地上。每前进一步他都在感触脚下的震动，列车通过一截截铁轨的单调的震动，如果有人或者其他东西走在车厢里，他也能察觉。他不愿进入列车，是不想在封闭的空间里被包围。"村雨"是一柄很长的刀，在狭窄空间里很难使用。

他从不畏惧开打，也知道很多人说他是个杀坯。既然已经准备好开打，就要寻找最合适自己发挥的场地。

隧道顶部还在渗水，一滴滴打在他的脸上，冰冷。这种独自走在冷雨中的感觉真是糟透了。

但这里真的只有他一个人，车厢里一片死寂，蓄力满了却没有对手出现的感觉同样糟糕。

进入这里之后背上的胎记一直在灼烧，这个征兆不知是好是坏。

一片坠落的碎石打在他肩上，这比敌人都更可怕。隧道似乎受不了流水的侵蚀，正在崩塌，越来越多的碎石坠落。

楚子航用"村雨"刺入车顶，猛力横拉而后纵切，割出足够一人进出的口子。他像一尾鱼游进珊瑚洞一样轻盈地跃入，落在地板上，随手抓住头顶的横杆。

越来越大的碎石打在列车顶部，发出令人心惊胆战的巨响。但这些巨响都压不过此刻楚子航的心跳声，擂鼓一样。

假设你在一个空无一人的电梯里看着报纸等着它下行，却在放下报纸的一瞬间忽然发觉满满一电梯都是人，都默默地不发出任何声音，你的心跳也会像楚子航那样……甚至瞬间停跳！

地铁里满满的都是人，他们站在绝对的黑暗中，没有人说话，也没有人动弹，每个人都抓着横杆，就像是一群赶早班的上班族。

楚子航站在他们中间，连呼吸都暂停了，那些人也没有一点呼吸传出。

死人？ 或者说那些渴望着新鲜血肉的黑影，他们又回来了，和那辆迈巴赫一起。

楚子航掏出一片口香糖，剥去包装塞进嘴里，缓缓地咀嚼："虽然我知道你们听不懂，但是这些年来……我一直想和你们重逢。"

他低声吟诵起来，透明的领域张开，表面闪着不稳定的暗红色光弧。

几乎同一刻，那些默不作声的乘客们如同海潮吞没礁石那样，从四面八方压向楚子航。他们高举的惨白色手掌带着微弱荧光，掌心中没有任何纹路。

领域碎裂，炽热的光焰四射，就像一颗凝固汽油弹爆炸的效果，凡是靠近楚子航的黑影都在一瞬间被焚烧殆尽，只剩下古铜色的骨骸。

言灵·君焰！君王之烈焰！

古铜色的骨骸们仍旧扑向楚子航，御神刀·村雨在楚子航身边甩出一道光弧，把它们从腰斩断。一个头骨落入他的掌心，被高温熔化了。

对于没有生命的东西，楚子航毫不怜悯。执行部是个暴力部门，负责人是个暴力教授，而他是负责人名下唯一的学生。

爆血在登上列车的瞬间已经发动了，龙血正炽烈！

气浪把整个顶棚都掀飞了，坠落的碎石纷纷落在楚子航的身上。它们弹跳着，抖落尘灰，露出藏在里面的细弱骨骸，有的是飞鸟一样的东西，有的是虫子一样的东西，有的暴躁地在车厢中四处乱跑，有的则狠狠地咬在楚子航的身上。但没有任何效果，它们咬上去的瞬间就被高温烧化了。

"君焰"二度释放，烈焰在整列地铁中翻滚。

前后的车厢里都有黑影扑了出来，头顶落下的石块在空中就孵化出神奇的古老物种，放眼无处不是敌人。如果这是一个射击游戏，那么一定是一扣扳机就连射而且不需要上膛的那种，因为上膛的半秒钟里，噬人蚁群般的敌人就会把你吞没。

楚子航撕开了身上的衬衣和那件让他看起来有些幼齿的带帽绒衫，"君焰"蔓延到这些衣服上，楚子航把它们挥得像是火风车，凡是沾到的敌人都被"君焰"烧熔。

但是这些东西好似完全不畏死亡，还是一再地往上扑，无休无止。楚子航抛出了衣服，它们上面附带的君焰伟力在前后两截车厢里爆炸开来，碎裂的古铜色骨骸在空中粉化。

楚子航赤裸的身躯上闪动着熔金般的光辉，他扑入敌群中，红亮的刀刃把一具具的骨骸斩开，断口都如熔断的金属。

他忽然听到了尖啸的风声，大概只有在龙卷风的风眼里才能听到那么奇妙的风声，无数空气的利刃围绕楚子航旋转，却不伤他一丝一毫。

楚子航没在龙卷风的中心待过，但他隐约记得自己曾经听过这种风声。

他想起来了，言灵·风暴角，那是夏弥的言灵！

一道纤细的人影向他奔来，所到之处敌人都被吹飞，不只是吹飞那么简单，还在半空中被撕裂，古铜色的骨骸粉碎飞落如雨。

那个人撞在他身上，和他后背相贴。楚子航感觉到了后心传来的温暖。

"领域放到最大！"夏弥大吼。

"君焰"和"风暴角"同时达到极限，极高的温度和极烈的火焰在强风的催动下形成了自然界罕见的奇观，火焰龙卷。

飓风的中央，一道摇曳的火蛇扭动着升空，数千度的高温在凝聚，火蛇渐渐壮大，化为焰龙，进而爆炸。

火焰龙卷的碎片席卷了整个隧道，把一切可燃的东西都化为灰烬，楚子航猛地一按夏弥的脑袋，扑在她身上。

几秒钟之后，反弹回来的冲击波经过他们的头顶，冲入呼吸道，差点冲裂了他们的肺。

一切归于沉寂，几秒钟后，夏弥从楚子航身体下面探出脑袋，紧张地左顾右盼。

"我靠！居然还活着！"夏弥剧烈地喘息。

"你怎么在这里？"楚子航靠在列车残骸上。剧烈的火焰爆炸把车厢之间的连接也摧毁了，车头跑了，他们却被留在了这里。

不知为何，夏弥看起来有点不好意思，蚊子哼哼似的："我晚上给你发信息你怎么没回？"

楚子航一愣。他并不认为自己有义务要回每一条信息，夏弥只是提醒他，他收到提醒了，那就OK了。明天他自然会出现在夏弥家的饭桌上。

"我睡前一时兴起啦……就查了查你的位置……"夏弥嘟哝。

"你怎么能查我的位置？"楚子航又是一愣。

"我上次玩你手机的时候偷偷跟移动公司订了一个搜索位置的服务嘛！"夏弥黑着脸大声说，"好啦好啦！很丢脸就是啦！我承认了又怎么样？我就是看到你的位置在东方广场，可这时候东方广场早该关了，我忽然想到你跟我说过那个地铁传说的事……打你电话又打不通，担心你出事咯！"

楚子航沉默了很久，无声地笑了。他听说过那个移动公司的服务，别人可以看到你的手机是从哪个信号站接入信号的。

订那个服务的通常都是家庭主妇，用于监视老公。其实他根本不想笑，只是这么个尴尬的话题，如果你不想继续下去，除了笑还能怎么样呢？

"笑什么笑？要不是我你就危险了！我那么急着赶过来……你看我还穿着拖鞋嘞！"夏弥恼火地把脚伸到楚子航面前。

楚子航看着那双漂亮的、冻得通红的脚，低声说："谢谢。"

"说起来深更半夜怎么会有地铁运营嘛，这里到底是哪里？"夏弥见他一直盯着自己的脚看，急忙缩回裙下，故作没事地左顾右盼。

神转折，或者"顾左右而言他"，总是这样的。

Chapter 18
Maze

"尼伯龙根，或者死人之国，"楚子航轻声说，"猜测终于被证明了，龙族真正的国度，并非存在于正常的维度中，它位于一个叫作尼伯龙根的奇怪维度，一个用炼金术构建的自有领地。如果没有猜错，路明非去过的青铜城也是一个尼伯龙根，进去之后就会发现里面远比外面看来要大，路明非说过里面的一切看起来都是新的，因为时间不变化。"

"那些东西到底是什么？"夏弥拾起一块古铜色的骨骼研究。

"死侍。"楚子航轻声说，"被龙族血统吞噬的混血种，介于人和龙之间，生与死之间，失去了意识，就像是游魂……"他猜自己的结局大概也是这样。

"可骨头都是鸟的形状。"夏弥说，"鸟形的死侍么？"

楚子航一惊，也拾起碎骨观察，果然就像夏弥说的那样。

原来自始至终并没有那些有着惨白色手掌的黑影出现，就像那次在润德大厦，纠缠他的其实是某种类似心魔的东西，今晚对他发动攻击的也只有那些奇怪的鸟。

暴雨中的鬼魂们又追着他来了，它们从未想过要放过那天夜里的孩子，孩子也没准备放过它们。

"如果是尼伯龙根，那么龙王也在这里。"夏弥说，"可惜我们把地铁给炸了，要不它会带我们去找龙王吧？"

"没什么，沿着轨道，总能走到。"楚子航双手一撑，站了起来，从背后卸下黑箱放在夏弥面前，"帮我拿一下。"

夏弥怒了："喂！师兄你没搞错么？我可是没穿袜子穿着拖鞋来救你欸！你还叫我帮你扛东西？你有没有人性啊？"

楚子航急忙摆手："我的意思是我背着黑箱不太方便……"

"那我提着就方便了么？"夏弥瞪眼。

楚子航觉得有点无力，轻轻叹了口气："我的意思是，你穿着拖鞋不方便走，我可以背你。"

长久的沉默，夏弥缩了缩脑袋，小声说："哦……"

言灵·风暴角

序列号：74
血系源流：天空与风之王
危险程度：高危
发现及命名者：巴尔托洛梅乌·缪·迪亚士

该言灵能够激发出强劲的龙卷风，龙卷的数量和范围都可以控制，但这仅仅是在龙卷生成的时候，风是自然界最不可控的元素，一道小型龙卷也会在合适的空气环境下演化为超级风暴。

平静的湖面、海面、开阔地带对该言灵的释放有着很大的帮助，但在狭窄的封闭空间里它也会造成惊人的杀伤，只是会更快地衰减。

理论上说该言灵可以帮助释放者腾空，但实践中不会有人这么用，因为即使释放者也无法精准控制风暴，置身风暴中的结果极大可能是摔死。

它第一次被详细地记录是在非洲的好望角，由一位原住民亚师释放。好望角也称风暴角，它据此命名。

"那是魔鬼的爪牙！我亲眼看到它从天而降，撕碎了摧毁了伟大国王的舰队！"
——迪亚士

列车停靠在月台上。

月台极其古老，水泥地面，边角贴着绿色的瓷砖，白灰刷的墙壁剥落得很厉害，上面用红色漆着触目惊心的几个大字，"福寿岭站"。旁边还有日期，1977年。月台上只有一盏白炽灯照亮，上面结满蛛网。

赵孟华、高幂和万博倩三个人扛着路明非下了车。

"喂！在这里熬了快十天的人是我们不是你好么，你虽然不算壮，好歹也不虚，扮得像个病号是怎么回事？"万博倩有点恼怒。

她进入这个迷宫时还穿着短裙丝袜，现在小腿细得可以比拼巴黎秀场的超模。

"我不是不想自己走，就是想到在这里不死不活地过几百年，就……就他妈的哆嗦。"路明非说。

"习惯了就好，这位就是荷官。"高幂轻声说。

路明非抬起头，看见白炽灯下，坐着一个披暗褐色麻布的人形。荷官缓缓抬起脸来，路明非惊得几乎背过气去。

竟然是刚才在隧道里不知道是要亲吻他还是要把他吸成干尸的镰鼬女王，它的九个头正左右扭摆，九根颈椎弯曲着，就像九条蛇的脊骨。

"别怕，荷官不会伤人。"高幂说，"你攻击它它也不会反击，把它当成是个机器就好了。"

四个人围绕荷官坐下。荷官的九个头盖骨分别工作，观察每一个到场嘉宾，然后把一枚铁皮瓶盖扔在路明非面前。

路明非拾起来看了一眼，上面有"北冰洋"的字样，那是种很老派的橘子汽水的瓶盖，北京产，以前和可乐一样流行。

荷官又扔给高幂几十枚暗金色的硬币，给万博倩的也是几十枚暗金色的硬币，给赵孟华的除了硬币还多了一个铝壳的指南针。

"不会吧？我的筹码就只有一个瓶盖？"路明非欲哭无泪，"我知道我新来，还没有积攒那么多负面情绪，但好歹照顾新人，惠赐两个硬币嘛！"

高幂拉了他一把："别傻了，瓶盖是这里最值钱的筹码，每个值一千个暗金色硬币，赵孟华那个指南针也就值一百个。你想换零钱就把瓶盖扔给荷官。"

路明非试着把那个瓶盖扔过去打在荷官的一个头盖骨上，几秒钟之后，叮叮当当，足足一千个精美的暗金色筹码堆在了路明非面前，小山似的。

"哇！新手大礼包么？"路明非喜出望外，"你们只有那么点儿……要分你们点儿么？"

"不是每个新人都有这么多筹码的，我和高幂来的时候，每个人也只有一个指南针。"万博倩眼神有点羡慕。

高幂点头："荷官审视你，便能知道你的心境，越多的孤独……会换来越多的筹码。用完了这一轮的孤独，就要回到地铁上去没有止境地兜圈子。"他扭头看了万博倩一眼，伸手和她相握，"如果我们两个拥抱着说话，心里会好过很多，但回到赌台边分到的筹码就少；如果我们谁也不理谁，或者抱怨发怒，就会分到更多……所以其实我们每拉一次手都会减少我们的筹码，只是，"他的眼睛里一片蒙蒙的笑，"有时候宁可牺牲点离开这里的机会……也想握着她的手。"

谁都能看出来他们是一对儿，路明非忽然想起了被埋葬在青铜城里的叶胜和亚纪。

"我靠！我有那么惨么？"路明非坐在堆积如山的筹码里。

另外三个人又是羡慕又是同情地……点了点头。

"三条。"高幂翻开自己的两张暗牌，从明牌堆里拿了三张，凑出三条"Q"。

他又赢了这一局，荷官、路明非、赵孟华和万博倩每个人都要赔给他五十个暗金色的筹码。

赵孟华脸色惨白地站了起来，他第一个输光了。

高幂不愧是卡塞尔学院当年数学第二的高手，算概率堪称人脑计算机，不到十把下来他已经把桌面上的筹码收走了一大半。

谁也没有说话，赵孟华慢慢地起身，沿着隧道返回前一站，那里将会有一列地铁等他。

这是赌局的规则，输光的人就要立刻离场，登上不同的地铁孤独地在这个迷宫里转圈，直到下一次赌局要开盘的时候，地铁才会在王府井站停靠，人们才能汇聚。

路明非看着黑暗吞噬了赵孟华的背影，不禁兔死狐悲。他只剩一枚暗金色筹码在手，还不如赵孟华等等他，大家路上也好搭个伴儿。这种脑力游戏真的不适合他。

得州扑克的规矩看起来简单，每个人手里有两张暗牌，下面则有五张明牌。荷官会分三次翻开明牌，第一次三张，后两次都是一张。最后大家从手里的两张暗牌加上下面的五张明牌一共七张牌中选五张，谁的花色大谁赢。同花、同花顺、三条、四条什么的都是大牌。每次翻开明牌前都要加注，觉得没希望的就不跟，失去桌面的筹码，觉得有希望的就堆筹码上去。荷官也下场一起玩。

关键是要算概率，有三条"Q"的人要算别家会不会有什么四条"3"之类的，胜率大的时候要拼死一搏，觉得危险的时候要果断弃牌，砍了尾巴逃走。

在这个简陋的赌局里，一个北冰洋的瓶盖顶十个指南针，一个指南针顶十个烟纸壳儿，一个烟纸壳儿顶十枚暗金色筹码，一个暗金色筹码顶十枚古银色筹码。价值观非常颠倒，迷宫的守门人大概是在恶搞他们。可什么样的守门人会花费那么大的精力设置一个迷宫来恶搞呢？他连门票都不收。

路明非看了一眼暗牌，心灰意冷。暗牌是一张"3"和一张"6"，已经翻开的三张明牌是"9"、"J"和"K"，这种渣牌根本凑不出大花色来。

他用最后那枚暗金色的筹码换了十个古银色的，为了看前三张暗牌已经用掉了一个，剩下区区九个最小的筹码，而高幂那里足足堆着上千个古铜色筹码！

高幂锁着眉，正在沉思，绷紧的唇角带着一丝狠劲儿。

"这家伙是要踩着你和赵孟华的背带他的女孩逃走啦。"路明非身边，有人懒洋洋地说。

路明非心里一惊，猛地扭头："你？"

路鸣泽挑挑眉毛："当然是我啰，我说我们一起走嘛，你非不理我，跑错地方了吧？要不要跟我换，我给你开个时空门送你出去。"

路明非犹豫了很久，摇了摇头。

路鸣泽叹口气："不过帮你惩戒几个混混而已，又没真弄死，搞得好像我是坏人似的。你自己出不去的，这个高幂的算数非常好，你和赵孟华都被他摆了一道。"

"什么意思？"

"你怎么那么笨呢？得州扑克每局只有一个赢家，输家都赔赢家，也就是说一桌上一起玩的人越多，越会有暴赢的机会。如果这里有几万个倒霉鬼一起攒孤独，都换成筹码，再把筹码故意输给某个人，这个人就能离开迷宫。明白？"

"还是不太明白。"路明非老老实实地说。

路鸣泽摇摇头："这么说吧，这是个'伥鬼游戏'。有人说被老虎吃了的人不会变成一般的鬼，而是伥鬼，伥鬼无法解脱，就会引诱别人被老虎吃。新的伥鬼会取代旧的伥鬼，旧的伥鬼就自由了，新的伥鬼继续为老虎引诱人来。高幂其实是要赢你、赵孟华和荷官三家，攒够足够的筹码带他的女朋友走，你来这里他其实很高兴的，你能够把他替换出去。"

"我靠！"路明非怒了。

"但是别怕，有我啊。"路鸣泽轻笑，"有我在，哥哥你天下无敌。现在 All In 吧！"

这是赌台上最牛×的话之一，就是全部筹码都压上。

在电影里表现这个场面，总是赌神一类的威猛大哥把堆成山的每个价值上万美元的筹码，哗地一把推出去。

"你会玩牌么你？我加起来就一个暗金筹码！还一手臭牌！All 你妹的 In！"路明非说。

"一个筹码就是根啊，一棵树只要根不死，就会活过来。"路鸣泽拍着他的肩膀，"有人说你只要带着一块美金去拉斯维加斯，赌单双，每次都赢，连赢二十八次，你就会赢得整座城市。哥哥，相信我，你何止会赢得整座城市，你会赢得整个世界呢！"

路明非慢慢地翻开自己的暗牌，他只有一个"3"和一个"6"，但是剩下的两张明牌都是"6"，他神奇地凑出了三条"6"，在这一把大家牌势都衰的时候，他异军突起。

他赢了所有人，赌注增加到了四枚暗金筹码。

"看吧看吧，我说的嘛，幸运女神永远在你的身边哦哥哥，趁着好运要继续啊！"路鸣泽亲切地说，"继续 All In 吧！这种狂舞般的胜利，我们称之为桑巴！"

接下来的十几把中路明非如吸金漩涡那样收取着桌面上的所有筹码，万博倩在关键的几把中弃牌了，总算逃了一条命，高冪则从最大的赢家衰到只剩下两百多个暗金筹码。

这个数学天才脸色煞白，呆呆地看着路明非。路明非每一把都在违反概率学，但是每一把都赢全场，就像一个握着胜利权杖的国王。

"你怎么做到的？"高冪轻声问。

"瞎玩。"路明非避开了他的目光。

"你没作弊吧？"高冪问。

路明非忽然恼怒起来："作你妹的弊！你牛你就赢我们大家带你妹子走！不然就别瞎掰！"

高冪沉默了，头顶那盏昏黄的白炽灯发出嘶嘶的电流声，好像灯泡随时会炸掉。

"你猜对了。"高冪叹了口气，"我确实是这么想的，赌桌上人多才有机会离开。对不起。"

"说对不起也没用啦，下注下注，你跟不跟？"路明非懒得跟这种没义气的人说话。

381

"我筹备了很长时间,想了很久,要赢这一把带博倩出去。"高冪自顾自地说,"因为我发现荷官虽然很善于计算,但它也有弱点。你注意到没有？ 只要我们中没有人弃牌,它也不弃牌。"

路明非一愣,好像确实如此,荷官从不主动弃牌,只要别人都跟,它就会死跟到底。

"所以只要我们大家都不弃牌,而且每局的赢家出现在我们里面,那么荷官就只有不断地输钱。"高冪接着说了下去,"我们所有人的钱加起来都不够保一个人离开,所以我们必须从荷官那里赢钱,但其他人就要陪着荷官输钱给这个人。你记得不记得古希腊人的地狱观？"

"不是不记得,是我根本不知道啊朋友！"

"古希腊没有轮回的概念,学者们争论地狱中有多少人,因为古往今来的灵魂都会进入地狱,而地面上的始终只有这么多,那么地狱必然人满为患。最后的结论是世界其实绝大部分都是死者的,只有少数生者,死者的国就像大海,而生者的世界只是露出水面的岛屿。生者和死者的关系也是这样的,他们共同组成金字塔,塔基是无数死者的灵魂,只有塔尖是生者。"高冪扭头看着路明非,"你可以想这里就是地狱,我们不可能都离开。"

"所以你打牌打得好就该离开？"路明非气鼓鼓的。

"不,是谁运气好谁就该离开。"高冪轻声说。

"喂！ 高冪！"万博倩的脸色忽然有点奇怪。

高冪笑笑,一把抓住她的手腕,认真地看着她的眼睛:"你们出去了,还是有机会来救我的嘛,反正在这里又死不掉 …… 其实我一直觉得我得做件什么特别厉害的事情向你证明,可惜一直没找到。你这个姑娘又抠门又不浪漫,我说放假我们去大溪地玩你又嫌贵,过圣诞节送你玫瑰花你都会转手再卖给花店,每次带你去吃牛排你都打包 ……"他歪嘴笑笑,"今天终于有了个很棒的机会。"

他忽然一把推出全部筹码,赌圣也不过这般豪气干云:"All In！"

他在几乎必败的情况下赌上了全部赌注！

路明非默默地看着这两人双目对视,万博倩的眼睛里有大滴的泪水映着光滑落。

大概像是蜡油那样烫吧？ 路明非胡思乱想。是哦,就是那种感觉吧,想要做一件什么牛×的事情,对你证明一切。

就像是恺撒在微博上搞活动,让全北京的人帮他找一辆红色法拉利,然后带着摄影团队深夜溜进颐和园去拍求婚,还跃入冰冷的湖水尽展英雄救美的豪情,这视频传出去值得全世界情侣模仿,每个女孩都会因为这个"证明"而相信诺诺会跟恺撒一起开心幸福 …… 就像他卖掉了四分之一条命,换来那些逆转胜负的作弊密码,对诺诺大声说"不要死" …… 想起来蛮韩剧的感觉。

Chapter 18
Maze

只是有的人有资格去做这个证明，有的人没有罢了……有资格的人真是让人羡慕嫉妒恨啊！

高幂成功地把全部筹码输给了路明非，起身拍了拍自己的衣服："我知道你是谁，也知道你在学院里的种种故事，我不知道你怎么做到的，但我相信你有办法，你能出去，那你能把博倩也带出去么？我知道这有点难，但S级应该可以做到。"

路明非扭头看着路鸣泽，路鸣泽耸耸肩，一脸"关我鸟事"的表情。

"我尽力。"路明非说。

赌局白热化了。路鸣泽已经靠在旁边的柱子上睡着了，但他就是幸运女神的化身，他在，好运就死跟着路明非。

路明非面前有七百多个瓶盖了，按照这个迷宫的规矩，赢到一千个他就能离开。其实他早就能做到了，但如果肆无忌惮地挥洒好运，万博倩就会跟着荷官挂掉。

路明非试着给万博倩送筹码，可送来送去万博倩也只有三百多个瓶盖，这女孩的数学也很不错，但是跟好运比，数学什么的根本就是渣。

路明非手里是一张红桃"A"和一张方片"A"，明牌已经亮出了四张，方片"9"、红桃"K"、方片"8"和梅花"A"。

路明非已经有了三条"A"，这种牌加上无敌的好运，胜算几乎是百分之百。但他不能 All In，那样万博倩就会输光所有筹码。他只能退而求其次，小赢一把。

路明非推出一百个瓶盖："跟！"

万博倩立刻会意，也推出一百个瓶盖："跟！"

荷官的九个脑袋分为两群，一群去数万博倩面前的筹码，一群去数路明非面前的。这东西丑虽丑，倒是尽职尽责。

点好之后，九个头都收了回去，它舒舒服服地坐正了，把暗牌往脚下一扔："摔！一手烂牌！不跟！"

路明非惊得后仰。荷官……主动弃牌了？

按照高幂的判断，荷官就是机器，是游戏里面的NPC一样的东西，永远只会站在城门口，重复地说："欢迎来到奇迹的城市。英雄，要不要和我赌几把试试手气……欢迎来到奇迹的城市。英雄，要不要和我赌几把试试手气……"

这"摔"是什么意思？怎么忽然蹦出这光棍的语气来了？

荷官发出嘀嘀嘀嘀的奇怪笑声，忽然从一具沉默的骨头架子变成了一个脱口秀艺人："好歹我跑得快，这一把你俩一对一放对吧！真悬呐，差点裤子都输掉了，这才输十几个瓶盖就当舒筋活血啦……"

路明非全身冷汗。他明白了，荷官并非傻到不懂弃牌，而是开始的难度被刻意调低了！这个炼金迷宫本质上就是个玩人的游戏，类似RPG的关底Boss，会变身的!"

路明非毫无悬念地赢了万博倩，万博倩手里只剩下两百多瓶盖，而荷官在危险到来之前轻松撤退了！

"再来再来别吝啬，大把下啊！狭路相逢勇者胜嘛！我三岁到澳门，四岁进葡京，五岁赌到变成精，六岁学人不正经，怎知七岁就输得亮晶晶，今年二十七，还是无事身一轻……"荷官哼哼唧唧地在空中洗牌，翼手中飞舞着扑克牌组成的链条，"我要五加皮双蒸、二十四味凉茶，再加一粒龟蛋搅拌均匀，再加一滴墨汁，你们有没有呀？哈哈哈哈！"

周星驰《赌圣》的台词。路明非最喜欢这类二不兮兮的电影，台词倒背如流，此刻却连一丝笑容都挤不出来，只觉得阴森沉郁。

此时的荷官就像是个失控的复读机，没有逻辑，只剩癫狂。

洗好的扑克牌仿佛被磁力吸合在一起，猛地收在翼手里。荷官发出轻佻的笑声，把一张张扑克投掷到路明非和万博倩的面前，九个头的眼眶里都闪烁着金色光辉，九根颈骨蛇一样扭动，像是舞蹈，又像是挑逗。

这才是荷官的真实形态，跟路明非在隧道中所见的一模一样，美女般妩媚的妖魔骨骼，轻柔的动作中带着凛凛杀机。

路明非手里是一张红桃"A"和一张红桃"K"。前四张明牌都亮出来了，黑桃"10"、红桃"10"、方块"10"和红桃"J"。

牌面很诡异，明牌就有三张"10"，可以凑出"三条"。这种牌最后可以得拼小牌，就是说三条以外谁的小牌大谁赢。路明非有张红桃"A"，胜算很大。

"那家伙手里有一对，这样它最终的牌面是三条加一对，凑成'满堂红'，他胜你。"路鸣泽缓缓睁开眼睛，"但你仍旧有赢的可能，如果最后一张明牌是红桃'Q'。翻出红桃'Q'的概率是五十二分之一，但一旦它出世，你就有得州扑克中最大的一手牌，'皇家同花顺'，红桃'10'、'J'、'Q'、'K'、'A'。即使职业赌徒的一生中也开不出几次皇家同花顺呢，"路鸣泽微笑，"你信不信它会为你翻开？"

路明非的手心都是冷汗，太阳穴突突地跳着，要把一切赌在这虚无缥缈的运气上是很需要勇气的。

还没轮到他下注，该万博倩决定跟不跟。万博倩这一轮有点奇怪，把自己的暗牌直接扣下了没有看。

"All In。"她把全部筹码都推了出去。

路明非脑袋里嗡的一声，不看暗牌就敢 All In？这女孩受不了压力准备撤了吧？

"别管我了，赢这个丑八怪。"万博倩瞥了一眼路明非，干瘦的脸上露出一丝轻

Chapter 18
Maze

笑，路明非第一次觉得这女孩还挺妩媚，"师弟你牌技真棒，要是不管我，你早就能跑了吧？"

荷官的九个头都瞪着手中的暗牌，咕唧咕唧地鬼叫着，似乎在冥思苦想。这局太复杂了，显然它舍不得放弃，赢了它就可以把万博倩踢下赌桌。

它跟人一样有着对胜利的贪欲，万博倩赌的就是它的贪欲，于是女孩把自己押上了赌桌！

"跟！"荷官终于下定决心。

万博倩长长地舒了一口气，好像忽然轻松了。

最后一张明牌翻开，红桃"Q"！

路明非面无表情地翻开自己的暗牌，至尊无敌的"皇家同花顺"。

万博倩的暗牌只是可怜的"3"和"4"，可她施施然站了起来，脸上洋溢着微光，凹陷的面颊好像都丰润了一些。

"别哭丧着脸啦，你已经尽力了，我知道。"万博倩微笑着说，"要不是荷官忽然学会弃牌，你就能带着我离开这里。现在我要去找高幂了，你自己路上小心，出去了再想办法来救我们哦。"

"他对你真好。"路明非轻声说。

原来这女孩不是迫于压力想要放弃，她是心跟着高幂走了。

"嗯，要不是他跟以前的女朋友老有点藕断丝连，我俩大概早就订婚了，"万博倩撇嘴，"他就是特别心软，烦死了。"

"他走得不远，还来得及。"路明非说。

"你有什么心事么？"万博倩歪着脑袋看他，"神不守舍的，喜欢上什么人了？"

"既然高幂听说过我，你应该也听说过，你知道的对吧？"路明非笑笑。

"如果喜欢什么人，就要去找她，别在原地等哦。"万博倩轻声说，转过身走向看不到尽头的黑暗。

路明非忽然看到一根红色的细线从万博倩的心脏直通隧道，她循着那根红线走，红线的那头想必连着高幂的心脏。至于赵孟华，大概是已经走远了。

血系结罗？ 路明非听说过这个言灵，可不是只有言灵的释放者才能看到红线的幻视么？ 他不懂血系结罗，他的言灵都是些中文英文。

可看到那根红线他忽然放下心来，觉得即使一个人穿越那黝黑深邃的通道万博倩也不会有事，因为那根从高幂心里发出的红线会保护她。

万博倩在隧道口忽然停下脚步转过身来，扭头看了路明非一眼："我感觉不到你的血统。"

路明非一愣，万博倩已经扭头走了，黑暗吞没了她的身影，只余下轻盈的脚步声，脚步声越来越快……越来越快……

路明非想象那个女孩在一片漆黑里奔跑起来,白色的裙脚起落,就像是一匹闪着微光的独角兽那样美。

她会和高冪重逢,深深地拥抱,她会紧紧地拉住他的手不松开,尽管这样会让他们下一轮的筹码少些。

"秀恩爱啊?小心别摔跤。"路明非喃喃,抬脚踹了踹荷官,"前两个都挂掉了,你怎么还不挂?"

荷官呆呆地看着自己手中的暗牌,似乎不能接受这种大逆转的失败,直到被路明非踹了个趔趄,它才猛地清醒过来,发出癫狂嘶哑的声音:"我就不应该来这儿……你现在后悔太晚了……留只手行吗……不行!要留,留下你的命!"

"一个台词控总要说完台词才会死。"荷官仆倒在筹码堆里,化为一摊古铜色的尘埃。

白炽灯嘶地灭了。

"师兄你累不累?"夏弥问。

"没事,你有多重?一百斤?负重一百斤从王府井走到苹果园而已。"楚子航淡淡地说。

他正背着夏弥在隧道里跋涉,夏弥拿着手电为他照亮。满地都是尖利的煤渣,她那双拖鞋在这里委实没法行走。

言灵能力虽然出色,但她的身体机能似乎并非强项,趴在背上柔软得和普通女孩一样。

"这是在拐弯抹角地问体重么?"夏弥脸色阴沉,"最近吃得有点胖,别哪壶不开提哪壶!"

楚子航无声地笑笑,懒得搭理她。他已经习惯了夏弥说话的方式,她胡搅蛮缠的时候,你大可以不理她,她也不会生气。

夏弥忽然把手电光圈移到隧道壁上:"前方要到站了。"

隧道壁上用红色的油漆漆着"102",一个巨大的箭头指向前方。

"102号站,福寿岭。跟在我背后,不要离得太远,随时准备释放言灵。"楚子航把夏弥放了下来,抽出了"村雨"提在手中。

"呀嘞呀嘞!我一向是服从命令听指挥的。"夏弥举手敬礼。

两个人贴着隧道壁缓缓地前进,说来也奇怪,解决了那些死侍和镰鼬之后,隧道壁中的骨骸们就不再苏醒了。像是被侵入者的强硬风格吓到了似的。

远处出现了月台的轮廓,没有一丝灯光,只有滴水的声音。极长的水泥月台沉睡在彻底的黑暗里,好像几十年没有人造访了。

手电光圈扫到的地方都破败不堪,墙皮剥落,金属栏杆锈蚀,一根根白灰刷的大柱子支撑起顶部,脚步声在巨大的空间中反复回荡。

夏弥紧张地抓着楚子航的……皮带,因为楚子航现在赤裸着上身,没有衣袖可抓:"这里比刚才还荒。"

"跟真实的102站应该很像。这个地铁站不是民用的,所以很简陋,一点修饰都没有。如果在苹果园站藏起来不下车,就能跟着列车到这里。"楚子航忽然停下脚步,"有人刚刚来过这里。"

他往前走了几步,抬高手电,照亮了上方蒙着灰尘的白炽灯:"灯泡还是热的,所以不久前它还是亮着的,死侍或者其他什么死的东西自然不需要灯光。这里应该还有其他人。"

他蹲下抓起一把灰尘,灰尘是古铜色的,被一块暗褐色的麻布盖着。

"跟那些鸟的灰有点像。"夏弥捻了一点凑到鼻尖,完全闻不出任何味道,像是石粉,但非常沉重。

"嗨!师兄!看那个!"夏弥高兴地蹦了起来,手指前方。

备用铁轨上停着一辆检修用的小铁车。这种检修车的历史很老了,结构也简单,只是一张平板,纯靠人力压杠杆提供动力。

"检修车,你没见过么?"楚子航不觉得这东西有什么用。

"完全不理解我的拳拳心意!"夏弥一脸恼火,"这样你就不用背我了嘛,我们可以坐那辆检修车继续往前。"

"也好。"楚子航点点头。

"给你减负也不说声谢谢?"夏弥瞪眼,"难道背着还蛮来劲?不觉得我重么?"

"你的体重应该是九十八斤,看维度,体脂比18%左右,比标准值要低不少,根据哈佛医学院的数据,女性体脂比低于22%可能导致不孕不育。所以你不用继续考虑减肥了。"楚子航跳上检修车,回头看着目瞪口呆的夏弥,"所以我并不觉得你重。"

检修车在铁轨上飞驰。这老旧的玩意儿居然很好用,铁轨的摩擦力小,只要给它加一把力就能滑动很长的路,速度相当不错。

夏弥陪着楚子航嗨哟嗨哟地压了一会儿,很快就累了,转而抓住前面的栏杆,扮出在海船上眺望的样子说"左舷十五度"或者"满舵满舵"一类的白烂话。

楚子航又想起初见她的时候觉得是看到了一个女路明非,内心世界广阔又无厘头,思维像个发疯的兔子那样蹦来蹦去。

楚子航这种思维通路笔直如弹道的家伙永远也抓不住那只兔子的尾巴。

"真无聊,你都不会配合一下。"夏弥扭头看着楚子航。

"对不起。"楚子航淡淡地说。

他的精神完全集中在听力上，以求在前方或者后方有敌人逼近的时候迅速察觉。在这件事上他远远不如恺撒。

"小时候有人陪你玩么？"夏弥靠在栏杆上，歪着头。

楚子航想了想："周末妈妈和继父会带我去游乐园。"

"少爷的生活，"夏弥一脸鄙夷，"你有朋友么？"

"没有。我不太会玩，我要是有你那么会玩，也许就有朋友了。"

"我也没有朋友。"夏弥噘起嘴，坐了下来，把双腿伸到栏杆外。

风掀起她的额发，她又开心起来："哦哦！和过山车一样！"

"你还想坐过山车？六旗游乐园之后还没来得及感谢你。"

"没事啦，同学嘛，你要怎么感谢我？请我去水族馆还是看电影？"夏弥转回头来，挤眉弄眼。

楚子航答不上来，在摩天轮上他就因为这个话题被夏弥噎得够呛。

这妹子像个兔子似的在他面前一个劲儿地蹦，他弄不清这是因为她的无厘头，还是嘲讽或者是诱惑。

要真的是诱惑，那可真是刀剑齐飞无坚不摧的诱惑，可惜他这种人总是慢半拍，除了拔刀砍人，别的事儿都慢，中了女孩的刀，还要好一阵子才知道痛。

楚子航低下头，使劲地压着杠杆。

"哦呀哦呀！给力给力！再快点！"夏弥挥舞着双手，"去香波地群岛！"

这个笑话出自《海贼王》，芬格尔也说过，这部漫画太长，长到作者都觉得画不动的时候，只好祭出"各自修行两年后在香波地群岛重逢"的大招来。

两年后少年开始大叔化，萝莉都成小御姐，于是又有新故事可讲。

香波地群岛，那是个重逢之地。楚子航看着夏弥的背影，想起和这个女孩曾在仕兰中学的同一片树荫下走过，忽然有些出神。

"你没有朋友还那么能玩？"他说。

"就是因为没有朋友，只好自己跟自己玩咯，我小时候一个下午就在床上滚来滚去，也不觉得无聊，我爸妈都说我有点疯疯癫癫的，因为我自己跟自己玩一会儿就嘿嘿笑。"夏弥耸耸肩，"反正他们也很忙嘛，要照顾哥哥，我就只好自己玩自己的咯。"她趴在栏杆上，把侧脸枕在胳膊上，大概是有点累了。

楚子航看着那头柔软的发丝在风里舞动着，阳光雨露的味道似乎弥漫了整个隧道，手指忽然动了动。有种奇怪的冲动，想要把手伸进她的头发里，摸摸她的脑袋。

是不是你也曾是倔强的小孩，低着头在人群里走过，不出声；离得很远看别人说说笑笑；但心里有个很大的世界，夜深人静，所有人都睡着以后，你躺在床上睁

Chapter 18
Maze

大眼睛,透过窗户去看夜空,忽然难过起来,或者忽然笑得打滚儿?

"希望事情能在明天中午前结束,我陪你回家跟你家里解释。"楚子航说。

"嗯。"夏弥轻声说,忽然她瞪大了眼睛,"别逗了! 你玩我呢吧? 我夜不归宿,第二天早晨带着一个男生回家跟我爹妈说,嗨,这是我师兄哦,昨晚的事情他想跟你们解释! 我爹只会赏我们每人一个大巴掌说,解释什么? 不用解释了! 解释你妹呀! "

楚子航表情僵硬,默默地低下头。

他的眼角抽动了一下,直起身来,肩胛处的胎记忽然又烧起来了。

"帮我看一下肩膀那里行么?"他转过身。

"喂! 这是在展示你强有力的肩大肌么? 不用那么刻意啦,我在路上已经鉴赏过了,吼吼吼好心动……"夏弥满嘴白烂话,但还是乖乖地凑过来细看。

胎记颜色赤红,像是一枚烧红的硬币嵌在骨骼里。夏弥伸出指头戳了戳:"痛么?"

"不,只是很烫,"楚子航忽然一惊,"有什么声音,你听见了么?"

夏弥竖起耳朵细听,同时用手电四周扫射:"没有啊……"

她把下面半截话吞回去了,就在检修车的旁边,她看见了一块界碑似的石头,表面简单地阴刻文字,用红色的油漆填满,只有一个数字,"100"。

"一百?"夏弥愣住了,"什么意思?"

"不是一百,"楚子航说,"是下一站的编号。北京地铁每一站都有一个数字编号,1号线从西往东编号越来越大。但最西边的苹果园站不是101号而是103号,因为还有隐藏的两个车站福寿岭和高井,编号分别是102和101,我们刚才已经过了那两站。编号再往前推就是100,意思是第零站……"

他忽然愣住,全身冰冷,脑颅深处传来阵阵剧痛。

第零站? 怎么可能是第零站? 就算还有两个车站没有投入使用,也不会有人把它们编号为第零站和负一站。

零是不该出现在常见编号中的,这个奇怪的数字是古代阿拉伯人发明的,是数学史上的巨大突破。它与其说是一个数字不如说是一个概括,它代表……虚空!

"停下! 别往前了! "楚子航想去拉检修车的刹车。

这时他终于听清了刚才的异响,那是……汽车引擎的声音!

后方隧道里有雪亮的灯光照过来,那辆伤痕累累的迈巴赫亮着大灯,沿着铁轨高速驶来,狠狠地撞在检修车上。

楚子航猛地扑过去把夏弥压在身下。检修车像是一颗被火药气体推动的子弹那样,沿着铁轨滑向幽深的黑暗。耳边风声呼啸,不像是滑行,像是向着无尽深渊坠落。

被封锁了的记忆忽然苏醒了。台风登陆的那天,暴风雨里那个男人开着迈巴赫,

389

带他偷偷驶入封闭的高架路，那个奇怪的、被所有人忽视的入口……被柳树枝条遮挡的路牌……但风曾经瞬间掀起树枝，让楚子航他看见了入口编号……"000"号高架路入口！

第零号高架路入口！

一切终于贯通了，为什么他总能在这一连串的事情里嗅到那个雨夜的味道，因为那一夜他也是在"死人之国"尼伯龙根之中！

第十九章 耶梦加得
Jormungandr

恺撒开着敞篷小车在车流如织的西单北大街上钻来钻去,就像是在野牛肚子下面奔跑的野兔。来来往往的大车都被他出其不意地截断,但没人冲他按喇叭。

被他超车的人都挺心甘情愿的。秋高气爽的一天,一辆崭新的 Mini Cooper,带着一个身穿白色西装的金发男孩和一个身穿红色喜服的中国女孩,车后座上堆着九百九十九朵深红色玫瑰扎成的巨大花束。男孩和女孩相视而笑,都一脸的臭美,但是美得珠联璧合啊!

大概是去结婚吧?每个人都这么猜。要是自己开着这么一辆车带着这么一个妞去结婚,哪能耐住性子等啊?车大概能开得飞起来!

车停在婚庆大厦的路边,这栋大楼里都是做婚礼生意的店铺,拍婚纱照的、订首饰的、婚礼司仪,还有一家海底捞,总之如果你不介意婚礼吃火锅的话,这栋大楼可以包办你的整个婚礼。

恺撒拉着诺诺一路小跑上到四层,在一间挂着深红色蜀绣门帘的店铺面前停下。

两扇褐色的老木门,门上钉着老式的铜门环。恺撒扣了扣门环,清瘦的老人把门拉开一条缝:"恺撒·加图索先生?"

他上下打量诺诺,微微点头:"嗯!货色不错!"

"喂!你是带我来见什么人贩子么?"诺诺扭头向着恺撒,"我得提醒你,把我卖给人传宗接代对买家是不负责的行为,我很不靠谱的!"

老人微笑:"我是说这身喜服,材质不错,手工刺绣,细节拿捏也到位,是清朝官宦人家新娘的装束。现今能做的裁缝已经很少了,只是还得改改好贴你的腰身。不过,还缺最重要的东西。"

"什么?"

"凤冠霞帔。"老人把整扇门推开。

仿佛宝库洞开的瞬间,珠玉之光照亮了眼睛。

温润的珍珠、剔透的翡翠、色彩千变万化的琉璃珠子、珐琅质的纽扣、黄金红金和白金丝卷……正中的桌子上则是一具用黑布蒙着的半身像。

老人笑着揭去那张黑布，半身像戴着一顶赤金色凤凰压顶的凤冠，凤凰飞舞在前，百鸟云集于后。每只鸟的双翼都是手工雕刻的羽毛，遮面的珠帘是用一粒粒翡翠穿成。

"哇！"诺诺惊讶得张大了嘴。

"这样的喜服，就要搭配凤冠，你的未婚夫为你定制了一顶凤冠，"老人说，"全手工制作，需要半年的时间，但在开始之前，你先得选定你喜欢的造型。"

"喜欢么？"恺撒握住诺诺的手，轻声说，"你戴上会光辉灿烂的。"

"那会是两公斤的黄金、一百零八枚红珊瑚珠子和十二块冰种翡翠打造的顶级中国首饰，全手工，能直接送去拍卖的，跟这个比起来什么卡地亚的结婚戒指，都是小儿科！"做首饰的老师傅牛皮烘烘，"跟咱们中国，就是凤冠霞帔才给力！"

"听起来真的好重呀！"诺诺轻声赞叹。

"喂！"恺撒说，"说点好听的嘛。"

"真值钱，可以折现么？"

"当然可以。"恺撒亲吻她的额头，"折现之后再送你一个别的款式。"

诺诺的脸红得好像灌了一瓶小二，难得少有地没有拒绝他这种"Made In Italy"的风骚表达方式。

"喜服修改要多久？等着用。"恺撒转头问老师傅。

"滚蛋！只是订婚，喜服要到结婚时候才穿的！"诺诺抢白他。

"早点准备到时候省力，你订了婚还跑得掉么？"恺撒自然而然地搂着她的腰，让她靠自己更近一些。

"就算现在改好，结婚时也未必能穿，朋友，女孩和猪一样，胖起来是很快的！"诺诺哼哼。

路明非摸着湿漉漉的隧道壁往前走，手电他送给高帙了，那东西对他们会更有用。黑暗好像黏稠的泥潭，他跋涉在泥潭中。

他不知道这条路的尽头会不会有一扇门，华丽丽地亮着彩灯，写着"EXIT"。但他只能往前走，不能回头。

他想起希腊神话里那个叫俄耳甫斯的兄弟的故事，兄弟弹得一手好琴，是能弹得石头落泪的强者。他有个漂亮老婆欧律狄克，欧律狄克给毒蛇咬死了，俄耳甫斯兄弟以泪洗面之后，抄着他的家伙就奔地府去了，一路把冥河上的艄公都给弹哭了。最后杀到冥界老大哈迪斯面前，他说，我要我老婆！

哈迪斯说你牛×！行！老婆你带走！不过有个条件，走出冥界之前你不能回头看她，否则她就永远留在这里了。

俄耳甫斯兄弟就带着老婆一路往前，老婆跟在他后面喋喋不休地诉相思，俄耳甫斯兄弟横下一条心，愣是一路没回头搭理老婆。

就在他们已经看到人间阳光的时候，老婆抱怨说你不爱我了。俄耳甫斯兄弟心里柔情忽然泛滥，回身拥抱老婆，老婆就此被地狱的长臂拉了回去，只留下一串眼泪给他。

这故事还是当年他看《圣斗士星矢》的时候网上查资料发现的。

这故事说明天下的英雄好汉，十有八九都是挂在那要命的温柔上，所以《葵花宝典》教育大家"欲练神功必先自宫"，委实是苦口婆心！

不过那又如何呢？东方不败倒是大仁大勇地照做了，可还有杨莲亭在后面埋伏着他呐！

说起来没有遇到什么陈雯雯什么诺诺之前他也是一条好汉呀！他是那个威风凛凛的小屁孩，站在叔叔家的天台上，双手比着枪形对着夜幕中的红绿色啪啪地扫射，不害怕不惊恐，不忧伤更不绝望，是个相信自己会拥有全世界的小屁孩。

可后来他长大了，知道了这世界上并非所有人都是圣斗士，不是高喊着"希望"那种热血口号就能再站起来的。

有些希望就像是肥皂泡泡，注定要破掉；有些人真的没有力气了，倒下去就不会再站起来；各种观众真是抱歉，主角这次撑不住了……不会再去抓那妞儿的手了，她已经……很幸福了啊。

他必须强迫自己不断地想这个想那个，否则就会撑不下去。

最后他想到了万博倩临走之前说的那句话，"如果喜欢什么人，就要去找她，别在原地等哦。"

说得真好，如果有人在外面等他的话，他也会跟万博倩一样飞跑吧？万博倩像只美丽的独角兽，他也可以像只健勇的豪猪，死死地拥抱那个会等自己的女孩，牛皮烘烘地说，为了你我从地狱归来了呀！我十万马力力战荷官呀！最后我靠一把皇家同花顺逃出生天都是你送给我的护身符起了作用啊！此时不私定终身更待何时啊！来！侠妹！等啥呢？先亲一个！

可是没有。

说起来不该是你走出这个迷宫的啊，四个人里你的人生最没价值，要是高幂和万博倩出去了就能结婚了吧？赵孟华出去也会有柳淼淼和陈雯雯两个美少女得拯救，会围着他痛哭，你出去了能干啥呢？你挂在这里也就是芬格尔可能有点兔死狐悲罢了。

靠！想到这些事情果然就豪气横生啊！再也不惧黑暗里藏着的任何妖魔鬼怪！你看老子这渣到爆的人生老子那是死猪不怕开水烫要勾魂么兄弟来嘛！没有存在感

的人生就是坦坦荡荡!

他忽然摸不到隧道壁了,扑面摔在一堆煤渣上。

他仰起头,只看见高旷的黑暗中飘移着金色星光,望不到顶,也看不到壁。他走进这个巨大的空间,就像一只蚂蚁在深夜爬进圣彼得大教堂。

那些金色星光看起来是萤火虫,有它们照亮,下面隐约能看见几十条平行的铁轨。

铁路到了这里变成蛛网般的结构,它们原本设计用于存放军用地铁,上面满载重装坦克,如今只剩下锈迹斑斑的轨道。

他到达了地铁的终点,也是迷宫的尽头。

他越过一根根枕木向前摸索,穿越这个巨大的空间累得他气喘吁吁,最后他看到了一面人工开凿出来的岩壁,上面满是机械留下的痕迹,贴着岩壁是梭形的水泥月台,像是入海的栈桥那样深入铁轨中,大概是用于列车停靠检修的。

路明非爬上月台,奔到石壁前拍打。见鬼了,根本不像是有门的样子。这么坚厚的石壁,他此刻大概是在一座山的内部,在这岩壁上开凿通道是惊人的工程量。

特么别是被涮了吧? 他心里嘀咕。

这时岩壁上有黄色的灯亮了起来,缓慢地闪烁着。路明非惊喜起来,莫非自己无意中触动了什么开门的机关? 他竭力抬头去看那盏在高处闪烁的灯,可位置太高了他看不清楚。坚厚的岩壁开始震动了。裂痕自上而下出现。整个岩壁都是龟裂的纹路,片片碎石下坠,尘埃弥漫,路明非咳嗽起来,捂着脸步步后退。

黄灯摇晃着,似乎要掉下来了。路明非抬头看了一眼,忽然心中生出一股刺骨的恶寒……那盏黄灯,正在看他!

一盏灯怎么可能看人?

他还没有来得及掉头逃跑,岩壁彻底崩裂了,蛇一般的东西从裂缝中游出,鳞片宛然! 那黄灯是巨蛇的眼睛!

酒德麻衣和薯片妞不约而同地退后一步。

真正的龙对于混血种来说也是个很抽象的东西,少有人见过真的龙形,这种生物本身就有无穷多的变体,又具有彻底改变骨骼结构伪装自己的能力。因此古代典籍里的龙有时候是带翼的四足恐龙,有时候则是美貌的那迦,有时候则是独角的长蛇。中国老画师说画龙的步骤是"一画鹿角二虾目、三画狗鼻四牛嘴、五画狮鬃六鱼鳞、七画蛇身八火炎,九画鸡脚画龙罢",说白了就是个"九不像"。

此刻一切面纱都被剥去,那个史前遗族以至凶戾、至伟岸又至锋利的外表暴露于世!

一条真正的巨龙,率先突破岩壁的是他修长的脖子。

没有任何语言可以描述他古奥庄严的躯体,他显然是个爬行类,但比任何爬行类都美丽。那是阴暗之美、雄浑之美和深邃之美，令人敬畏。

全身青黑色的鳞片从前往后依次张开依次合拢，发出金属碰撞的声音，满是骨突的脸上带着君主般的威严。他俯视路明非，张开了巨大的黑翼，尖厉地嘶吼起来。

路明非死死捂着耳朵，觉得自己的心脏都停跳了。他果断地敬佩史上屠龙的英雄人物，居然能在这种巨型生物面前昂然而立并且拔出剑来。

他并不知道在这样近的距离上，即使历史上的屠龙英雄们也会有半数因为心脏爆裂而死，而他还能呆呆地站着。

长颈忽然一缩，巨龙双爪刨地，小心地缩到角落里。他把头低到基本贴着地面，警惕地打量路明非，喉咙里发出低沉的吼声。

啊嘞？ 路明非有点蒙。犯得着么兄弟？ 踩死一只蚂蚁前你会好好观察蚂蚁么？

也不必考虑从哪里下嘴方便，路明非对这龙来说，就跟烤串上的一块肉差不多大，只需一口，细嚼慢咽都不必，吞下去就得了。这么点大的肉串，那么魁伟的食客，路明非觉得这龙要五十串才能凑个半饱。

他不太敢动，他记得什么野外生存的书上说，要是野兽和你对峙千万别逃，野兽其实在观察你，你一逃它就知道你心虚，跟在屁股后面咬你。

不过龙是野兽么？ 这东西是个智慧生物，卡塞尔学院的书上提到龙都是用人类的"他"和"她"。

龙的巨眼微微收缩，像是猫瞳一般。路明非一愣，忽然明白这东西的姿态像什么了。根本就是个猫嘛！ 一只座头鲸那么重的巨猫！

龙游动着长颈缓缓地靠近路明非，路明非站得笔直，好像一根铅笔插在月台上。逃也没用，以这长脖子的柔韧性，轻松一伸一缩，猎豹的速度也逃不掉。

龙缓缓地张大嘴，利齿如枪簇，黑色的长舌从上到下舔过路明非全身。

"你赢了。"

"喂！ 台词错了吧？ 不该是'哇！ 好嫩的肥羊'么？"路明非怀疑自己听错了。

"你赢了。"龙又一次说，低沉威严，"我们再来玩什么？"

"玩什么都好，只要别玩吃肉串的游戏就行！"路明非的烂话脱口而出，其实是他此刻紧张得根本管不住自己那张欠嘴。

龙大概无法理解路明非的白烂精神，眼神重又变得警惕起来，他缓慢地后退，缩到岩壁边。

他那个动作就像是缩紧身体的蛇一样，随时能弹出去一口咬住猎物，路明非浑身都是冷汗。

龙猛地挥动膜翼，路明非看那动作好像是要扔石头打他，急忙捂脸。一个蓝色的袋子落在龙和路明非之间。

一袋薯片。

这神兽似的玩意儿真能整，路明非的逻辑彻底混乱，龙类是种卖萌的生物？

"给你。"龙盯着路明非，眼神仍旧谨慎。

路明非不知自己何德何能有此礼遇，只觉得双膝发软，恨不得叩拜下去说谢主隆恩……啊不，龙恩！

龙盯着路明非看了很久，见他没动弹，再次伸出黑翼。翼端是锋锐的利爪，这巨型生物的动作极其精准，一下就挑开了包装袋，小心地夹起一块薯片放回巨大的嘴里。

"薯片是世界上最好吃的东西。"龙以君王般低沉的声音说。

路明非捂脸，不知该如何表达自己此刻的心情。

他鼓起勇气上上下下打量这史前神兽。二十或是三十米长的庞大身躯，但并非完整长度，龙只有前半身暴露在外，后半身则和岩壁融为一体。

准确地说这条龙的后半身还是骨骼的形态，粗大的脊椎从前往后渐渐石化，最后和石壁相接。这东西就像传说中的不死生物，半身显露生存之相，半身显露死亡之相，生死巧妙地融为一体，似乎有什么宗教上的神秘意义。

不过这卖萌的语气……不知道有没有年满五岁……

作战计划到这里已经完全破产了，因为根本不知道大地与山之王是什么东西，诺玛没法给出精确计划，副校长则认为"七宗罪"这种屠龙神器在手，应该问题不大。

应该问题不大？青铜与火之王身上好歹有个融合的老唐是弱点，眼前这神兽浑身上下都是铁鳞！七宗罪就算锋利，对他也不过是把铅笔刀！

龙看起来果然热爱薯片，很快他就吃完了一袋。路明非一直没动弹，龙警惕的眼神也慢慢放松了，取而代之的是对路明非的不满意。

那真是一种"不满意"的眼神，就像是一只猫对愚笨的主人的"不满意"。

"你一点都不好玩。"龙说，"但你很会赌牌，我打不赢你。我们……"

他接下来的话让路明非一头栽倒："看电视吧。"

酒德麻衣抚额："他真的在和一条龙并肩看电视欸。"

"我对他不由得刮目相看，"薯片妞喃喃地说，"这种淡定真是……叫人没有语言可以描述啊。"

"如果一条古龙问你要不要一起看电视你会怎么样？"

"我不会听见的，"薯片妞摇头，"我会在看到他的第一瞬间晕倒！"

其实路明非也宁愿自己晕过去，但他没有晕倒，不看电视又能如何？

这是他人生中值得纪念的一天，他出错了头，认错了妞，进错了地方……一切都是错的，连龙都是错的。

龙真的拿出了一台电视，18英寸的老式彩电，还是那种沉重的大方盒子。

Chapter 19
Jormungandr

显然这是他重要的玩具之一，他轻拿轻放，用翼尖接上电源的时候也异常仔细。屏幕的光照亮了黑色的龙鳞和路明非的脸，龙把下颌放在月台上，路明非坐在他的脑袋旁边，还没有龙头的三分之一高，就像是贴着一块巨大的山岩。

这奇怪的和谐感是怎么回事？

屏幕上满是雪花点，信号很差，电视台正在重播周星驰的《赌圣》。这个巨大的迷宫大概都被这条龙控制着，荷官开始木呆呆的，后来满口台词，也不过是被这条龙控制了。他是看门人也是这里的主宰，但他的智力显然有些问题。对于这条龙而言，他们这些人似乎不应该称作"入侵者"，而是来陪他玩的人，他用赌局选拔他认为最好玩的人。就像一个小孩对于来家里的客人充满好奇。

月台旁边堆着各种奇怪的东西，被分拣成堆的瓶盖、烟纸壳儿、指南针、色彩艳丽的包装纸……显然都是这条龙精心的收藏。反而是那些精美的暗金和古银筹码他并不在意，因为那些东西是这个世界里遍地可得的，瓶盖一类的东西却要从人类的世界运进来。

这条龙构筑了一个炼金迷宫，自己生活在里面，像个小孩宅在自己的卧室里，而自己居然是来杀他的。想到这一点路明非不由得有点惭愧。

不对！他浑身一凛，意识到自己的推论中有个错误！可能会有垃圾被地铁运进这个空间，可薯片呢？电视呢？

这条龙的脊椎连在岩壁里无法移动，他好像是被……养在这里的！

恺撒走出首饰工坊，从口袋里摸出了一个罗盘。

不是指南针，而是刻着天干地支和伏羲六十四卦的铜盘，中间是人首蛇身的磁针。

这东西是风水先生拿来算时辰探地脉的玩意，属于吃饭的家伙，神妙莫测，当年不拿这东西都不好意思出去看风水，跟没有学位证不好意思找工作一样。这是林凤隆老先生后来寄到恺撒住处的，说这东西是前明古物，对他估计会有点用处。

诺诺量身和选翡翠需要点儿时间，恺撒正好来探探地脉。这里就是当年王恭厂大爆炸的旧址，恺撒其实是在定位王恭厂旧址的时候找到那家首饰工坊的。

他一手翻着《周易》，一手端着罗盘往楼下走去，周围的人无不侧目。

但比他更吸引眼球的，一楼传来大片的掌声，恺撒往楼下张望，看见一队皇帝摇摆着进了婚庆大厦，后面还跟着一顶红色花轿。

为首的仰头看见二楼的恺撒，惊喜地摘下圆框老墨镜招手："嗨！恺撒！你也在这里！"

恺撒真想捂脸说我不认识你。

三四十个洋人，每人一身明黄色皇袍，下面是老北京布鞋，头上是明珠顶戴，都戴着圆框茶色墨镜，一个个迈着方步，一个个喜笑颜开，知道的说是混血种的北京旅游团，不知道的以为是商场的宣传活动。

为首的是唐森，芝加哥地区做建材业的混血种，虽然阵营不同但恺撒还是和他认识。

"嗨！唐森！你好！"恺撒也只好张开双臂拥抱这位奔上二楼的皇帝，"你穿龙袍真是棒极了！"

"团购的！很便宜！"唐森正了正顶戴，"我们的一位朋友看上了这次的导游，非常浪漫！我们今天是来选中式婚纱的，你也是来选中式婚纱？"

恺撒实在不好意思承认他和这些二货的来意一样，只好微微一笑。

他忽然愣住，一直微微颤动的磁针忽然高速旋转起来，地磁或者其他的什么东西忽然变化了，他们脚下像是某个磁力漩涡。

"哦！这是什么？"唐森好奇地打量他手中那玩意儿，"是因为我们来了，它很高兴，所以转得那么快么？"

"不，"恺撒面色凝重，"它的用途似乎不是测二百五的密集度……"

隧道里忽然吹起了风，风里带有些微的灼热气息。

龙沉雄地低吼，黑翼展开，前腿撑起。他站起来了，金瞳紧紧地收缩起来。连路明非这种迟钝的家伙都感觉到龙释放出强烈的敌意。

这才是一条龙真正该具有的气场，古奥森严。

"兄弟你没事不要瞎变身啊！我可一直都老老实实地坐着呢！"路明非吓得步步后退。

龙的巨翼扫过月台，把他珍藏的那堆破烂都扫到了身后，又用翼手轻轻抓起电视，也把它置于身后，然后脖子后缩，像是预备进攻的蛇那样，直视前方。

前方隧道里传来了金属摩擦的声音，什么东西正在逼近，带着橘色的火光。

两团火光从隧道里飞了出来，那是燃烧棒，卡塞尔学院标配，用于在黑暗中照明，因为装备部额外加料，一根就足够照亮歌剧院那样的巨大空间。

但在这里它还远远不够，只不过照亮了隧道出口附近的一片区域。一辆检修车滑出隧道，车上压动杠杆的年轻人赤裸着上身。

楚子航！

路明非激动得差点落泪，好比失陷在海外的难民看见挂着五星红旗的大船出现在海平面上。

可大船哪有面瘫师兄的美感？你看那条紧身牛仔裤上的皱褶，你看那汗水淋漓的后背，肌肉分明的双臂有力地一下下压动杠杆，每一根线条蜷缩又舒展，美得如诗如画！

但是见鬼！师兄你秀逗了吧？虽然你一直是个紫龙式的脱衣男但是在一条龙面

前展示肌肉有屁用啊！就算你肱二头肌超过施瓦辛格也不够龙吃个午饭的啊！你悄悄潜进来救我就好了，你摆这个造型……路明非心里的吐槽之神唾沫横飞。

检修车压碎了燃烧棒，但楚子航的身影非但没有模糊，反而越来越清晰。

检修车周围笼罩着一个透明的气界，上面流动着暗红色的光，检修车经过的地方铁轨变成耀眼的金红色，就像是刚从热轧机里吐出的钢条，接近熔点！

那是"君焰"的领域，楚子航携着这个高危领域而来，把自己和检修车一起变成了滑动于铁轨上的炸弹。

路明非鬼叫一声，拔腿就往月台下蹿。人家英雄好汉就要正面对决，他留下来也没用。好比人家超级赛亚人对放毁灭星球的气功波，你一个美少女战士站在中间？那不找死么？

楚子航压杠杆的速度越来越快，就像是一台人力蒸汽机在满负荷运转。领域表面流动的光从暗红变为血红，越来越亮，最后变得阳光般刺眼。

楚子航快要支撑不住这个领域了。"君焰"被稳定控制着的时候，其实是漆黑一片的，光和热都被隐藏起来，爆发的时候才化为灼目的焰色。现在被言灵之力束缚的光和热正挣扎着要从领域中脱离出来，铸铁的检修车也从边缘开始熔化，金色钢屑落在地上溅开。

这枚用言灵填充的炸弹随时会爆炸。

路明非一个飞扑藏到一个石墩子后面，耳边传来刺耳的长吟，就像是用钢锯条在石头上磨蹭。龙在尖叫，他震动双翼，鼓起强烈的风，吹得整个空间里飞沙走石。

龙无法逃走！他是被禁锢在这里的！路明非忽然明白了。

龙的半截身体石化在岩壁里，楚子航意外地抓住了他的弱点。龙不能闪避，只能硬扛。龙能顶得住灌满"君王烈焰"的炸弹一击么？被这东西砸中，好比一发凝固汽油弹糊在脸上爆炸。

楚子航猛地松开杠杆，腾空倒翻，检修车以超过一百公里的高速向着龙冲去。楚子航脱离的瞬间，钢铁开始燃烧，检修车流动着夺目的金色。

轨道尽头是封闭的，砌着巨大的水泥墩，检修车一头撞在水泥墩上，翻转着腾空而起，完美的角度，完美的弧线，砸向龙的头部。

楚子航落地站直。那个狰狞的身影已经不能算是一个"人"了，肌肉表面覆盖着青灰色的薄鳞，手上骨节涨大，面骨突出，黄金瞳像是在燃烧。

路明非倒吸一口冷气，搞不清楚师兄眼下到底是跟龙一拨的还是跟他一拨的。想来这厮不喜欢跟人配合，也是因为爆血后的状态不能被别人看见。

龙没法闪避，只能用双翼把头部抱了起来，就像准备挨打的孩子。路明非忽然有点于心不忍，这东西真的是龙类么？就凭这智商？

检修车撞在龙翼上，瞬间熔尽。惊天动地的巨震，所有光与热都迸发出来，钢水四溅。路明非听见钢水灼烧龙翼的可怕声音，爆炸把龙收藏的瓶盖激得四面飞溅，子弹般打在路明非藏身的石墩子上。

路明非抱着头，蜷缩着，忽然理解了龙为什么要扫空月台，他是意识到强敌的到来，要把收藏的东西藏在自己的身后。就像是巨大的灾祸到来的时候，孩子把心爱的玩具藏在床下最隐秘的角落，以为这样它们就安全了。

但一切都无济于事，一块被爆炸激飞的碎片落在距离路明非不远的地方，那是电视机外壳的一部分，上面还有未熄的火苗。

尘埃缓缓降落，龙仍以双翼抱着头，僵立不动。铁水在他身上缓慢地凝结。路明非从石墩子后面探出头来，大气都不敢出。

楚子航全身的细鳞一张一合，虬结的肌肉如铁筋般凸出。他再度吟唱起来，领域展开，鳞片缝隙里汩汩的血流迅速蒸发为红雾。

二度爆血！

血统进一步被纯化，高压血流洗过全身，不可思议的细微变化深入每一个细胞。浓郁如酒的力量在血管里流淌，即便知道这是缩短生命的禁忌之术，却依然沉醉于这无与伦比的力量。疲倦至极的心脏再次战鼓般跳动，挤出龙的热血。他忍不住发出了嘶哑的咆哮。

"君焰"的领域进一步扩张。这一次楚子航牢牢地控制着局面，黑红色的气流在领域气界边缘游走，像是无数半透明的蛇。他整个人都是暗的，但周围尽是炽烈的光焰。铺道的煤渣被引燃了，轨道熔为铁水，楚子航如同站在烈火祭坛的中央。

这才是所谓"龙血"的真实力量么？路明非本以为恺撒的"镰鼬"已经是不可思议的能力，可现在楚子航的爆发状态简直让人想到了三峡水库中暴怒的青铜与火之王！

这种血统真的可控么？连路明非都怀疑。

也许调查组是对的？至少得把他安置在校园以外，好好给他讲点做人的道理，让他不要轻易冲动，最好学个佛修个道……还派他出来执行什么任务啊？这根本就是豢养一条龙去屠另一条龙吧？

龙身上刚刚凝结的铁膜发出轻微的裂响。路明非打了一个寒战，被燃烧弹糊在脸上爆炸了还能活？

铁膜崩碎，龙猛地张开双翼，双翼被灼烧出大大小小的孔洞。他发出愤怒的长嘶，铁屑如细小的箭矢飞射，刺破空气发出嘶嘶声。他俯身做出扑击的预备姿态，不过相比光焰中的楚子航真是逊毙了，就像一只从被打蒙的状态中苏醒过来的巨型阿猫阿狗，正在暴怒地龇牙。

路明非觉得呼吸艰难起来。巨大的空间中仿佛孕育着一个热带风暴，风眼正在吞噬所有空气，其他地方的气压疯狂下降。

有人释放了新的领域，那是一个足以影响整个空间的高阶言灵。它正从整个空间里抽提氧气，数以吨计的氧气！

夏弥的"风暴角"。

她悬浮着降落到龙的面前，楚子航的头顶，波西米亚长裙漫卷如云，长发也漫卷如云。她吟唱着言灵，如天使唱着圣歌，眼瞳清澈光润，赤裸的双脚上凝结着鲜艳的血珠。

她一直都很漂亮，是你看到就会开心的好看师妹，但这一刻她的美如正午的烈日，让人忍不住要遮眼，畏惧那容光射入自己的心。她是风的神祇，正在高天里酝酿着一场灭世的风暴。

"君焰"的领域再度扩张，不是前次那种爆炸的效果，燃烧无声甚至是死寂地进行着，黑红色的气蛇、灼热的煤渣、金色的铁水，都顺从夏弥的召唤而升起，楚子航酝酿的高热也被她全数吸走，楚子航仰头望向她，全身鳞片中的血丝也冉冉升空。

夏弥已在这场风暴的核心凝聚了数以吨计的氧气！高热、氧气、煤渣、熔化的钢铁，这些风暴的素材以夏弥为中心旋转，像是烈火的风车轮舞，波西米亚长裙也轮舞。

"师妹啊……这样会走光哎。"路明非喃喃地说。

其实他对走光的师妹一点兴趣都没有，因为不敢有。夏弥身上绝对的力量、绝对的血统、绝对的威严仿佛山岳凌空，他这样的家伙只能顶礼膜拜。

什么防火防盗防师兄，这样的师妹谁敢要？就算走光了也就是头走光的爬行类！你会猥琐地偷看乌龟宝宝的屁屁么？能配得上她的，只有她下方那个同为异类的男人。

夏弥低头看着龙，伸手似乎要抚摸他的头顶。她的眼瞳深处居然有着那么多那么多的温柔，就像小女孩向自己养的小猫伸出手去。

龙也呆呆地看着她，像是被她的美震惊了……美得就像一场永别。

言灵·君焰，爆发！

言灵·风暴角，爆发！

火焰的狂流和数以吨计的氧气混合，灼目之光，焚城烈焰！光与火的龙卷从空中降下，两个言灵的完美叠加！无与伦比，天作之合！

火龙卷像锥子一样钻在龙的双眼中央，高热高压同时作用，效果不再是凝固汽油弹，而是高功率的激光发生器！

龙的颅骨被火龙卷钻出了缺口，高热进入脑颅深处，灼烧着他的神经。他拥有强悍的身躯，却无法对抗神经被烧毁的剧痛。他的惨号声介乎人类和野兽的声音之间，路明非死死地捂住耳朵，不敢听，这头生物在生命尽头发出的吼叫虽然震耳，但更像是只小猫被虐杀时的哀哭。

龙倒在月台上，双翼抱着头翻滚。巨大的身躯撞击地面，鳞片碎裂，血流满地。

"楚子航！"夏弥大喊。

楚子航从极度疲惫中回复神志。龙还没有死，任务还没有结束。

对龙类，你永远要看着他的生机尽绝。这是学院对每个执行部专员的教育。哪怕微弱的生命力还残留，也会野火燎原般复苏。

楚子航揭开了黑箱，炼金刀剑·七宗罪！

楚子航举起沾满鲜血的手，拍在刀匣上，龙的狂吟声中，刀剑弹出。

汉八方古剑"傲慢"，太刀"贪婪"，血统爆发的状态下他一次就召唤出了两柄杀器，级别不亚于路明非在三峡水库中的召唤。楚子航双手刀剑，跃上月台，跃入空中，双手刀剑插入龙的双眼。

龙挣扎着立起，凄绝地长吟，竭力伸长脖子，愤怒地把嘴张大到极限，对着仍旧悬浮空中的夏弥。他的颌骨结构就像巨蟒，张嘴的时候能够接近一百八十度的开合角，简直能吞下一列地铁！森然的利齿暴出，就像一簇指向夏弥的长矛。

所有的怨毒都指向了夏弥，这一击集中了他最后的力量。这是一头巨龙垂死之际的狂暴，他挣扎着向前，埋入岩石中的脊骨都要被扯断似的。

但他已经看不见了，"七宗罪"对于龙类是致命的武器，刀剑刚刚没入，血一般的赤红色就染透了龙瞳。

浓腥的血泉沿着刀剑破开的口子激射，就像是石油钻孔中喷出的泥浆，把那对刀剑也推了出来。楚子航在龙抬头的瞬间没有闪开，而是抓住刀柄被龙带往空中。

他抓住了龙面骨上的角质凸起，站在龙的头顶，血淋淋的刀剑同时插入龙的颅骨，深入龙的脑干，毁掉了他的整个神经中枢。

楚子航跃起，稳稳落地。

龙仰天扑击的身影僵住了，这一幕就像是油画，空中飞翔着天使，而邪恶的黑龙仰首去扑击她。画面定格在黑龙即将触及天使的瞬间，天使笼罩在炽烈的风和火焰中，不闪不避，似乎怜悯着这头巨兽的无知。蛇一样的长颈软软地垂落，龙沉重地摔在月台上，巨大的黑翼翻过来盖住了自己的尸体。

领域溃散，夏弥再也支撑不住"风暴角"了，直坠下来。楚子航扑上去接住她，她像是坠落的树叶般轻盈。

"或许是不知梦的缘故，流离之人追逐幻影。"

看着监视屏幕上龙喷涌着血泉倒下，也看着男孩把女孩紧紧拥在怀里，酒德麻衣缓缓地靠在椅背上，轻吟这句古朴的和歌，端起早已凉了的热巧克力抿了一口。

也许是因为凉了，入口有一股微微的苦味。

"别多愁善感啦，这不都是我们计划中的事么？"薯片妞拍拍她的肩膀，"幕后的坏人是没有资格多愁善感的。"

"还好啦。"酒德麻衣耸耸肩，"你说我们算不算相信幻影的人？"

Chapter 19
Jormungandr

"每个人都相信幻影啊,"薯片妞轻声说,"不相信幻影你就活不下去了,谁能保证自己知道的每件事都是真的呢? 谁能克制自己不去相信一些很美但是虚幻的事呢?"

"嗯,在幻影破灭前死掉就好啦。"酒德麻衣看着监控屏幕,缓缓地说。

楚子航低头看着自己的胸口,灼热的血从巨大的伤口里慢慢地涌了出来。如果不是因为被那只锋利的爪塞住了,整个心房里的血会瞬间流空一滴不剩吧?

"没想到?"夏弥轻声问。

落进楚子航怀里的不是那个天使般的女孩了。她赤身裸体,纤细玲珑,但是铁青色的,随着呼吸,锋利的鳞片缓缓舒张。那些刺破皮肤吐出的鳞片把波西米亚长裙撕裂成了碎片,原本冻得通红的脚前端,黑色利爪取代了剪得圆圆的脚指甲,右手利爪刺入了楚子航的左胸,双脚利爪则插进了楚子航的膝盖。她歪头看着楚子航,像是在欣赏他的痛楚,金色的瞳孔中带着森冷的笑意。

原本应该冲上去再当一回灯泡的路明非呆呆地站在远处,不敢相信自己的眼睛。

"你的真名?"楚子航嘶哑地说。

夏弥猛地撤出利爪。楚子航一掌按住伤口,以免全身的血在一瞬间涌出来。他跌跌撞撞地退了几步,无力地坐下,满是血污的脸上没有任何表情。

他目不转睛地盯着夏弥,大概是想在血流完之前看清楚那是谁,或者什么东西。

夏弥缓步走到死去的龙身边,抚摸他巨大的头颅:"这是我的哥哥,世人叫他芬里厄,大地与山之王。"

"芬里厄……北欧神话里……邪神洛基和女巨人安尔伯达生的那头狼。"楚子航低声说。

"所以你也猜到我的名字了,对么?"夏弥扭头看着楚子航,微笑。

"耶梦加得,"楚子航靠在一截断裂的石墩上,"芬里厄的妹妹。"

"是啊,"夏弥点头,"我就是耶梦加得,龙王耶梦加得。在你们人类的神话里,我是环绕中庭的那条蛇。"

"你们应该还有个妹妹海拉,死神海拉。"

"海拉还没生下来呢,"夏弥眯眯眼,"但是很快了,今天是她的降生之日,就在这里。"

她看了一眼呆若木鸡的路明非,忽然咯咯地笑了起来,就像一个漂亮女孩嘲笑偷看她的男生,满满的都是凉薄的讽刺。

"别担心师兄,今晚不会有第三位龙王了。你们猜得没错,四大君主的王座上都是一对双胞胎。"夏弥笑完了,冷冷地说,"死神海拉是我和哥哥的融合,就是今晚,就在这里。"

她俯身亲吻巨龙被毁的眼睛。眼珠已经干瘪了，里面的血和其他液体都流空了，只剩下漆黑的裂口，就像是孵化之后的虫卵那样可怖。

那么温柔的亲吻，就像是小女孩用鼻子去碰自己的小猫，可是不知为何，路明非觉得毛骨悚然。

"你要吞噬他。"楚子航低声说。

"是啊，没想到人类能从零碎的历史里推导出这个秘密。我们的力量来源于血统。但不像你们低贱的混血种，你们还要试着提高自己的血统纯度，我们则已到达巅峰，我们强化血统的办法，只能是混入其他纯血同类的血。"夏弥坐在地上，抱住巨大的龙首，用脸轻轻地蹭，她的脸被细小的鳞片包裹起来，可还是那么美，"等我吃了他，我们的血统融合，海拉就会诞生。海拉不是耶梦加得，也不是芬里厄，她是我们两个人之和，但比我们两个加起来都强。"

"你们要进化成神？"

夏弥点头："说得真好。所谓的死神，不是带来死亡的神祇，而是尼伯龙根的女王。她的特殊之处在于能打开世界上所有死人之国的门，神话时代将会归来，很美，可惜你们都看不到了。"

"你跟我说起过你的哥哥……你说他很相信你，在他的眼里你就是一切……他本来有机会反击，只是因为你挡在他面前，他没明白这是为什么。"楚子航声音微细，沾满血水的额发低垂，挡住了他的眼睛，"你早就可以吞噬他了，为什么要等到今天，费那么多周折？"

夏弥捂着嘴，咯咯轻笑起来。她忽然扑在龙首上，捶打着哥哥的面骨，好像刚听了世上最可笑的笑话。

"因为我爱他啊。"夏弥忽然不笑了，轻轻地说。

我靠，爱你就要杀死你？路明非心说这爱真是惊天地泣鬼神啊！可这句吐槽他出不了口，泪水从夏弥满是鳞片的脸上滑落，金色的瞳孔里有那么多那么多的悲伤涌出来，仿佛海潮。

这要是假的，去奥斯卡拿个影后不是问题啊！

"你们是不是觉得他根本不像一条龙？他那么傻，智商像个四五岁的孩子，有着无与伦比的力量，却不知道怎么使用。他只会跟在你屁股后面叫姐姐姐姐，说他要出去玩。"夏弥昂起脸，任凭那些泪水流下。

她的黄金瞳越发炽烈，面骨形变獠牙毕露，正高速地化成一条悲伤和暴怒的雌龙："可他是我哥哥啊！我为什么不爱他？"

"可你把他养在这里……这个炼金迷宫的看门人其实是你对不对？你把他作为食物养在这里……你早就准备好了有朝一日要吞噬他吧？你在等待他彻底孵化。"楚子航轻声说。

"闭嘴！"只是一瞬间，一连串的虚影闪过，夏弥冲到楚子航面前，把他拎起来举向空中。

已经不能用"夏弥"来称呼她了，她赤身裸体，浑身钢铁般的肌肉和嶙峋的骨突，膝关节反弯，修长柔美的小腿现在应该叫作"强劲的后肢"。她刚才就是用这种后肢忽然加速，肉眼已经捕捉不到她的身影。

她是龙王，龙王耶梦加得。

"我说错了么？让你这么生气，"楚子航居然轻轻地笑了，咳出一口黑色的血，"他不就是你的食物么？大餐等着你呢，你还不赶紧入席？"

"闭嘴！"耶梦加得嘶吼，"你们知道弃族的绝望么？上千年的沉睡！无穷的循环的噩梦！最深的黑暗里只有你自己！"她的眼角有红色的水流下，不知道是龙泪还是血，"还有你哥哥拉着你的手……你舍得牺牲他么？他是唯一陪了你千年的人，这么多年这么多年啊！只有他……在弃族的王座上，只有王与王拥抱着取暖……"

她号啕大哭起来，像个疯子，又像是失去心爱娃娃的女孩。

"可你还是要吞噬他的，不是么？"楚子航低声说，"用得着跟我这样的人类说那么多脆弱的话么？我还能安慰你么？你是龙类，即使全族只剩下你们两个，你也会牺牲最后一个给你取暖的人，去掌握权力……你们是强者生存的族类，只有强者才能活到最后，弱者都沦为同族的食物。你已经成功了，成功的人不需要流弱者的眼泪。"

长久的沉默。耶梦加得举着楚子航，两个被鳞片包裹的青灰色人影，站在孤独的月台尽头，就像是什么意义深远的雕塑。

"是啊，你说得对。"耶梦加得轻声说，她又笑了，"你真奇怪，你真的是人类？你思考问题的方式难道不是我们的同类么？"

"只是从理论出发去揣摩你们的想法，我理论课还不错。"

这槽吐得连路明非都自愧不如。吐槽吐到最后，就不是看槽技的精妙，而是看精神境界了呀，是否能生命不休吐槽不止。

"但他不是食物，"耶梦加得说，她又变成了那个有点固执的、叫"夏弥"的女孩的口气，"他是我哥哥。"

"迫不得已么？进入卡塞尔学院是为了龙王康斯坦丁的骨骸吧？吞噬了他，也可以融合新血。"楚子航说，"吞噬哥哥只是你的 Plan B。"

"你的大脑应该已经很缺血了吧？这时候还能有那么清晰的思路，真想为你鼓掌。"耶梦加得说，"可是我被同类阻止了，你们学院的地下藏着很多不可告人的秘密。卡塞尔学院里，绝不只是混血种，有龙类，纯血龙类，不亚于我，甚至在我之上。"

路明非一惊。龙王耶梦加得之上的龙类？初代种之上……难道不是只有黑王和白王了么？

"所以你没能得到食物，只能吞吃你哥哥？"

"我需要力量，我必须成为海拉！"耶梦加得缓缓地说，"来不及了，灾难就要来了，诅咒将会应验，那诅咒写在天穹之上，无人可以逃过惩罚。愚蠢的人类，你们对我们的了解，就像大洋里的一滴水那么多而已。你们担心着我们的苏醒，却不知道更大的风暴正在酝酿。跟某个东西的苏醒相比，我们微不足道。"

"那是什么？"

"你不需要知道，知道了也没有用。"

"是啊。"楚子航轻声说。

他的胸口已经止血了，或者说他体内已经不剩多少血了。黑色的、危险的血液洒满周围的地面，沥青般黏稠。

"你的力量远不如青铜与火之王。"他艰难地抬起头来，"为什么？"

"学术宅的好奇心么？"耶梦加得笑了，"是的，你猜得没错。告诉你也没什么关系，王座上的每一对双生子都是不同的，我们是互补的。青铜与火之王中，康斯坦丁的伟大其实远胜于诺顿，他才是那个至高的炼金术士，奇迹之缔造者，但是他永远不可能拥有诺顿那样磅礴的力量，而且他懦弱，懦弱得就像一个人类男孩。我和芬里厄之间，芬里厄是力量的掌握者，但智力天生就受限。我则可能是诸王之中最弱的……"

"但你就是他的大脑，他只相信你。"楚子航说。

"是，他什么都听我的，相信我是他的本能。"

"这就是黑王的设计吧？互补的双王，力量的掌握者反而有巨大的弱点……他们是给你们准备好的食物，当你们无路可走，你们就会吞噬他们。"

"是啊，"耶梦加得轻声说，"他们生来就是食物。"

她嘤嘤地抽泣起来，缓缓地跪在地上。路明非看不清那个身影，这一刻觉得那是癫狂的怪物，这一刻又觉得那还是夏弥。

他有点怀疑这条龙长期地伪装成人类，搞得精神分裂了，也许她自己都不知道自己是夏弥，还是耶梦加得。

"真可怜，精分了。"有人蹲在路明非身边感叹。

路明非吓得一哆嗦，扭头一看，又惊喜起来。不是喜上眉梢之喜，而是那种想扑过去捶打其胸口号啕大哭说"你个死鬼你死到哪里去了你怎么才来"的喜。

路鸣泽，这个能帮他搞定一切的小魔鬼，隐藏在帷幕中的最终盟友。只要有他在，世上就没有任何人能够威胁到路明非，即便是龙王。

路鸣泽今天出场的装束是笔挺的黑西装，白色衬衣黑色领带，头发抹了油梳得整整齐齐，臂弯里夹着一束纯白的玫瑰花。

"你今天结婚？你到法定婚龄了么？"路明非上下打量他。

"白色玫瑰是送葬用的，"路鸣泽微笑，"哥哥，你要知道一个男人的衣柜里永远都该有一套纯黑的西装，有两个场合你一定会用到它，婚礼和葬礼。"

"谁的葬礼？"路明非有点心寒。

"别担心，不是你的，不过，是其他所有人的。"路鸣泽像是在吟诗，"那些爱唱歌的孩子们都被葬在花下了，下一个春天，新生的花会开出他们的笑脸。"

"什么鬼诗？"

"葬歌。"

"拜托你不要唱这种丧气的歌了，快帮我救救楚子航！"

"方法早都教给你了，Something For Nothing，用什么东西去交换虚无。"路鸣泽一笑，"哥哥，你不能总吃免费的午餐。有时候我们都要为规则支付一些代价。楚子航我建议你别管了，四分之一条命的代价，我帮你离开这里，捎带手帮你杀掉龙王。真的很划算哟亲，淘宝上都没这么打折卖的。牺牲自己一点就能救回好朋友，公理正义也都不伤害，有啥舍不得的？交易完成你还剩两次选择权呢！"

"你还用淘宝？"路明非其实是在拖延时间，心里紧张地盘算着。

他也曾怀疑过这个交易是否有效，但世上真有免费的蛋糕么？这个魔鬼为他做了那么多的事，难道只是急公好义？

路鸣泽看起来像是那种做生意的老贼，他付出多少，必然要的是十倍百倍的回报。可自己能给他什么样的回报？

他一抬眼，发现路鸣泽正笑着看自己，忽然惊退半步。路鸣泽的笑容在他眼里忽然扭曲起来，诡秘深邃，就像是个黑洞。

这是个骗局，虽然不知是什么样的骗局，但路鸣泽应该是幕后策划的人。

那个被他误认为陈雯雯的女孩，那些被他暴揍的流氓……其实是路鸣泽把他引到了这个龙巢里来，看着他一步步陷入绝地，最后不得不用生命来交换。从头到尾这就是一个局，煞费苦心的局。

路明非猛地双手抱头，路鸣泽要交换的绝对不只是一条烂命那么简单……有什么很重要的、他必须守住的东西，正随着交易慢慢地被路鸣泽夺走。

那东西绝不能失去！

"随你吧，想好记得叫我，不过剩下的时间不多了。"路鸣泽踩着煤渣道基，深一脚浅一脚地往前走去，"哦，忘记告诉你了。虽说今天我不结婚，可有人正奔着结婚去呐。恺撒和陈墨瞳那俩正开心地去选择珠宝，筹备婚礼什么的。如果没有意外，王子和公主会捧着红色的玫瑰步入教堂，然后幸福地生活在一起。"

他扭头，面无表情："如果我是你我就换了，离开这里就可以去阻止他们啊。我最恨有人抢走……属于我的东西！"他的小脸上，至阴至寒的表情一闪而逝。

"丧钟已经敲响啦，但那是另外一个世界之门洞开的礼赞。"耶梦加得停止了哭泣，抬起头来，"那将是美好的一日，大海会破开，死人指甲组成的大船从海底升起，死神海拉和亡灵们站在船上，要对生人的世界宣泄他们的怨恨。"

"诸神的黄昏么？"楚子航问，"可你们的父亲黑王还没苏醒。"

"不需要他，让他沉睡吧，登基的会是我们的妹妹海拉，可惜你是没法活着看到那一幕了。"耶梦加得伸出化为利爪的手，指尖的骨刺并拢如刀，缓缓刺入楚子航的伤口，"别害怕，很快就会结束的，只要我把你的心脏摘出来，你就会变成死人之国的一员。我们还是好朋友啊，我们还在一起，永远都在一起。"

"作为死侍么？"楚子航双目迷离，黄金色的瞳孔正在溃散，"死侍会记得过去的事么？"

"没关系，我会讲给你听的。"耶梦加得缓缓加力，刃爪切断了楚子航的肋骨，没入胸腔深处。

路明非从惊惧中抬起头来，但是做什么都来不及了，刃爪从楚子航背后透出，连手腕都进入了楚子航体内。

仅存的鲜血从背后喷涌出来，在极高的血压下，仿佛一条腾空飞去的墨龙。

黄金瞳忽然亮起！像猫的眼睛遇到强光那样收拢为缝，从细缝中喷射出去的瞳光锐利如刀。

楚子航一把握住了耶梦加得的手腕，猛地收紧，腕骨咔地折断。耶梦加得痛得狂呼出声。她抽不回手来，楚子航断裂的肋骨像是一个捕兽夹似的，把她的手牢牢钳住。

楚子航飞踢在耶梦加得胸口，发出轰然巨响，夹着肋骨碎裂的声音。两个人影分开，楚子航凌空转体，倒翻而下。

路明非惊呆了，从生物学上说这是绝没有可能的事，已经失血到那种地步的人类，不死已经是奇迹了，居然还能进攻？

楚子航蹲伏着，全身的鳞片一张一合。他这是在深呼吸，吸入巨量的氧气，带血的骨刺从他的身体里生长出来，鳞片下的肌肉如水流般起伏，而后猛地绷紧成型。

他缓缓地站起，用膝关节逆翻的双腿。他面对耶梦加得，微微躬腰，手中是出鞘的御神刀·村雨。

生物学上说人类做不到，可没有说龙类做不到。路明非忽然明白，面前的根本就是两个龙类啊！

耶梦加得震惊地看着楚子航，她自信已经足够了解这个人类了。在芬里厄的龙威之下，楚子航已经连续两度爆血，似乎连昂热都不知道狮子心还能被再度释放。

如果说第一次释放出来的是狮子，第二次释放出来的大概是暴龙之类的东西了，而此刻足以撼动她这个龙王的是……三度爆血！

Chapter 19
Jormungandr

这一次释放出来的是……龙王的心么？

以混血种之身，无限地逼近于龙王。这便可解释在还没有科学的漫长岁月里，混血种到底如何对抗龙王。那是靠着牺牲灵魂换来的力量。

楚子航看着她，黄金瞳中仿佛结冰那样冷。他好像根本就不认识耶梦加得或者夏弥，此刻他心里装满的，只有征战的意志。

"无意识的状态？"耶梦加得轻声说，"你已经是个死侍了。"

她说着古奥的语言，某个全新的言灵被激发出来，领域中出现了强烈的电离和磁化效果，铁轨熔化，金属液滴悬浮起来，围绕着耶梦加得旋转。

那些光亮的液滴不断地碰撞燃烧，杂质化为灰烬坠落，剩下的液滴越来越明亮。龙王以言灵淬炼着自己的武器，最后，这些液滴碰撞冷凝，在耶梦加得手中，化为一柄造型诡异的巨大武器，像是收获生命的镰刀。

言灵·天地为炉。

楚子航的"君焰"再次燃烧，领域扩张，两个领域接触的边缘明显能看到一层气界，数十万伏的白紫色静电和数千度的黑色火蛇在上面游动。亮的地方亮得刺眼，暗的地方像是黑洞。

双方同时蹬地，反弯的膝关节爆发出异乎寻常的巨力，身影在高速的移动中消失不见。直立行走的哺乳类都没有这种腿部构造，它属于螳螂这种低等生物，但它赋予昆虫不可思议的弹跳力，跳蚤能够跳到自己身高四百倍的高度，假想人类拥有类比跳蚤的弹跳力，则可以跳到大约七百米高。

此刻假想变成了现实，楚子航和耶梦加得在巨大的空间里飞射，每次相撞都发出震耳欲聋的轰鸣声。他们互相追逐，甚至贴着岩壁奔跑，似乎可以无视地球引力。

顶部不断地有碎石落下，在空中就裂开，镰鼬们刚孵化出来就惊恐地四面飞舞，又被双方的领域迅速地化为灰烬。

有些镰鼬却落在路明非头上，他抱着头四处躲闪，满耳都是那些东西惊恐的嘶叫。真像是末日。

所有的铁轨都是红热的，遍地的煤渣都在燃烧，岩壁甚至顶部都有巨大的亮斑，那是被楚子航的"君焰"烧红的岩石。

空气中悬浮着不知多少红热的铁屑，起起落落，好像几百万个精灵在舞蹈。它们被耶梦加得的领域磁化，又被楚子航的领域消磁。

两个杀坯相撞，每次都有无数的金属碎片飞溅，耶梦加得临时淬炼的武器竟然跟"村雨"不相上下，"村雨"能斩碎它，但镰刀片刻就被修复完毕。

对路明非来说，更要命的是那些金属碎片，就像飞刀似的，岩壁都能切碎，碰上一片他就得死。路明非分不清这到底是真实还是梦境，可他死命地掐自己，却醒

409

不过来。

在这末日般的环境中,还有一个人能笑出来。

路鸣泽,他抱着那束白玫瑰站在月台的尽头,带着说不清是怜悯还是嘲讽的微笑,仰头看着那两个流星经天般的影子。狂风吹散了玫瑰,白色的花瓣纷纷扬扬。

耶梦加得和楚子航同时落在月台上,楚子航微微一顿,正准备再度发起冲锋,而耶梦加得重击在地面上,击碎了月台。

月台设计为可以停靠一个坦克团的重型坦克,比普通月台多用了十倍的钢筋水泥加固,但是"地龙"一样的结构出现,地面旋转着翻开,碎石四绽,一道道就像是扭曲的蛇骨。

耶梦加得使用的言灵非常复杂,并不仅限于大地与山之王一系,她也可以使用天空与风之王一系的"风暴角",和青铜与火之王一系的"天地为炉",大概是龙王血统赋予她的某种特殊权能。

但她真正擅长的还是力量,她可以找到一切东西的"眼",引发其中的应力,将之瞬间摧毁。这是天赋伟力,她就是以这种力量摧毁了火车南站和"中庭之蛇"。

楚子航陷入了裂缝中。

耶梦加得再次猛击地面,周围红热的铁轨都被这一击震动,它们如同蛇一般弯曲起来,耶梦加得灌入的巨力把它们拧成了螺旋。

它们同时向着楚子航钻击,楚子航完全凭本能闪躲,但铁轨如同鸟笼笼罩了他,他挥刀切断了几根铁轨,但仍有一根红热的铁轨刺入他的右胸,撕裂了他的肺部。

楚子航被钉在死去的龙王芬里厄身上,耶梦加得自天而降,双脚利爪插入水泥地面,稳稳站住,背后张开了森严的骨翼!

她挥手切断了铁轨,手中伤痕累累的巨镰化为碎片。楚子航在那柄武器上留下了数百道伤痕,而楚子航手中的刀只剩下半截,来自那个男人的纪念毁了,"村雨"在一次次的撞击中耗尽了作为刀的生命。

楚子航扔掉刀柄,疲惫地靠在龙的尸骨上。

他的眼瞳渐渐回复清澈,刺眼的金色褪去。无法控制的黄金瞳在这一日自行熄灭了,因为主人已经烧尽了全部的血液。

"你醒啦。"耶梦加得轻声说。

就像上一次楚子航从十天的昏迷中苏醒过来,她守候在床边一样。

她身上的龙类特征正迅速地消退,暴突的肌肉平复下去,威严的双翼收叠起来,骨刺和鳞片收回体内,伤痕累累的身躯正高速愈合,新生的肌肤娇嫩如婴儿。

她又是夏弥了,赤裸着,肌肤流淌辉光,每一寸曲线都青春美好,干干净净,让人没有任何邪念。

"真像是一场噩梦啊。"楚子航轻声说。

"现在噩梦结束啦。"夏弥也轻声说。

她赤着双脚走向楚子航,双脚晶莹如玉:"你就要死啦,还有什么话要说么?"

"是对夏弥……还是对耶梦加得?"楚子航看着她。

"对夏弥吧,你根本不了解什么是耶梦加得。"

"为什么约我去你家?"

夏弥沉默了很久,笑了:"其实你原本不会死在这里的,如果你按照我最后发给你的信息,好好睡一觉,明天中午穿上新买的衣服来我家。但是你不会见到我,因为那时已经没有我了。按照我的计划,今夜就是海拉诞生的日子。可你为什么不听我的劝告,非要来这里呢?"

楚子航捂住胸口,尽最后一点努力阻止失血:"别介意,我只是想再有几分钟……我还有几个问题。"

"嗯。"夏弥点头。

楚子航端详着她的脸:"其实我本该猜到……你身上有很多的疑点,可我没有猜出来,因为第一次见你的时候就有种很熟悉的感觉。为什么?"

"我们一起长大的啊,我跟你说过的。我是你的同学,一直都是。"夏弥歪着头,"作为两个没有朋友的人,我们也许是彼此最熟悉的人也说不定。"

"我不是不相信,可我真的记不得了,所以总是想。"

"你是不是请过一个女生去电影院? 她是仕兰中学篮球队的啦啦队队长,有一次你们篮球队和外校比赛,她穿着高跟靴子跳舞助威,还在看台上大喊你的名字。她梳着很高的马尾。"夏弥伸手到脑后,把长发抓成一个长长的马尾辫,哼着一首楚子航和路明非都很耳熟的歌。

仕兰中学的校歌,每一次运动会或者重大场合都会被拿出来唱。

"你还请过一个女生去水族馆。她是仕兰中学的舞蹈团团长,你和她一起做过一份论文。那年夏天天气很热,你去过她家一次。她家住在一栋老房子里,被一株很大的梧桐树遮着,你在桌子上整理参考书目,她在你背后的瑜伽毯上练功,穿着黑色的紧身衣,倒立、劈腿、空翻……可你头也不回,只是说那间屋子很凉快。"

夏弥脚尖点地,轻盈地旋转,她的脖子修长,腿也修长,就像踏水的天鹅。

人的大脑是一块容易消磁的破硬盘,可有些事又怎么格式化都抹不掉。此刻楚子航那块破硬盘的角落里,过去的影像强横地苏醒,潮水般向着他奔涌而来。

就像是大群的野马,在记忆的荒原上践踏而过,清晰得疼痛起来。

他想起来了,那个穿紫色短裙和白色高跟靴子的啦啦队队长,她梳着高高的马尾辫,在眼皮上抹了带闪闪小亮片的彩妆。她的眼睛那么亮,把亮片的反光都淹没了。打后卫的兄弟拿胳膊肘捅着楚子航的腰说,那妞儿在看你哎,那妞儿在看你哎。

还有那株把天空都遮住的大梧桐树,外面的蝉使劲地鸣,树下的小屋里流动着微凉的风,他的铅笔在纸上沙沙作响,背后是无声的舞蹈,黑色的天鹅旋转。

还有水族馆里那只呆呆的小海龟,还有同样呆呆的、背着海龟壳教它游泳的大叔,舞蹈团团长指着海龟的小尾巴哈哈大笑。

还有那部没人看的爱尔兰音乐电影《Once》,巨大的放映厅里只有他和啦啦队队长,光影在他们俩的脸上变化,啦啦队队长那么安静,不知道是不是睡着了……分明是她非要看那部电影的。

他居然连那部电影的情节都回忆起来了,讲一个流浪歌手和他移民自波兰的女朋友的故事,女孩已经结婚了有了家庭,她能对歌手好的方式只是弹琴为他伴奏,竭尽全力为他奔走找赞助帮他出唱片,后来歌手终于红了,去了伦敦,他能为女孩做的唯一一件事就是买一台她渴望已久的钢琴送给她。歌手背着吉他去了机场,女孩开心地弹奏钢琴过着普通人的生活,丈夫亲吻她的额头,那段若有若无的或者可有可无的感情留下的唯一一件东西就是那台钢琴……

他记起所有那些模糊的脸了,一张张叠合起来,变成了跪坐在自己身边的女孩。

原来自己一生中始终被观察着,观察他的龙类藏在距他很近的地方,从不走近,却也不曾远离。自己忘了她,自己每晚都要回忆很多事,却没有一件和她相关。

"我把你的记忆抹掉了,记住我,对你并不是什么好事。"夏弥轻声说。

"为什么要观察我?"

"因为你带着奥丁的烙印。"

"烙印?"

"你到过尼伯龙根,但不是这一个。世界上有很多的尼伯龙根,譬如青铜之城,譬如这个地下铁,去过的人就会有烙印,就像是你蒙着马的眼睛带马去一片草场,之后它还能循着记忆回去。你去过奥丁的尼伯龙根,带有他的烙印,也就能再回去。"

"奥丁到底是什么?"

"我的敌人。这个世界上曾经亲眼见过奥丁的人寥寥无几,你是其中之一。我观察你,是想了解有关奥丁的事。"夏弥笑笑,"为了这个我可以不惜成本哦,甚至对你特意用了些魅力,或者说色诱,可你就像是一块石头那样无动于衷。真让人有挫败感呐。"

"原来那是色诱啊……"楚子航轻声说。

"这算什么? 嘲笑么?"夏弥歪着头,青丝如水泻,"那时候我还没有完全学会人类的事,色诱起来就很笨拙咯。"

"你一直在学习人类的事?"

"嗯,"夏弥点点头,"你们根本不了解龙类,龙和人一样,最开始只是降临在这个世界的孩子。"

"不是神么?"

Chapter 19
Jormungandr

"真嘴犟啊，"夏弥轻轻抚摸他的额头，"神也有刚刚睁开眼睛看世界的时候啊，那时候什么都不懂，不是孩子么？"

"所以你也得学习，学习怎么扮演一个人。"

"是啊，我要观察一个人的笑，揣摩他为什么笑；我也要观察一个人的悲伤，这样我才能伪装那种悲伤；我有时候还故意跟一些男生亲近，去观察他们对我的欲望，或者你们说那叫'爱'。当我把这些东西一点一滴地搜集起来，我就能够制造出一个夏弥，一个从未存在于这个世界上的人。一切的一切都是假的，但这个身份让我能在人类的世界中生活。我本来应该隐藏得更久，这样我也不用牺牲我哥哥。可我没有时间了。"夏弥的眼睛里流露出哀婉的神情，一点不像个龙类。

但也许只是伪装得习惯成自然了。

"火车南站和六旗游乐园的两次都是你，对么？"

"因为那份资料里有我留下的一些痕迹，我不能让它流到你们手上。所以我雇用了那个叫唐威的猎人，自己藏在幕后。我并不是要夺走那份资料，只是要修改其中关于我的篇章。至于六旗游乐园，那是我对你们的试探，我想知道混血种中最强的人能够达到什么样的程度，而且一起生还，我也更容易获得信任。"

"那为什么还要来救我呢？还是色诱么？"

"因为我忽然改变主意了呗，你显露出纯化血统的能力，我忽然想我可以把关注引到你的身上，这样我就能藏得更深。最后也确实如此，我甚至获得了进出你病房的许可，同时得到了诺玛那里的高级权限。我进出冰窖都靠这个帮忙了。"

忽然，她咯咯轻笑起来："喂！你不会以为我救你是因为什么'爱'的缘故吧？"

"听起来太禁断，不太可能。"楚子航说。

"是啊，"夏弥点点头，"不太可能。"

"是'同情'啦！"她又笑了。

"同情？"

"你试过在人群里默默地观察一个人么？看他在篮球场上一个人投篮，看他站在窗前连续几个小时看下雨，看他一个人放学一个人打扫卫生一个人在琴房里练琴。你从他的生活里找不到任何八卦任何亮点，真是无聊透顶。你会想我靠！我要是他可得郁闷死了？能不那么孤独么？这家伙装什么酷嘛，开心傻笑一下会死啊？"夏弥顿了顿，"可你发现你并不讨厌他，因为你也跟他一样……隔着人来人往，观察者和被观察者是一样的。"

"孤独么？"

"嗯。"夏弥轻声说。

"纯血龙类也有血之哀么？"楚子航的声音越来越低，呼吸像风中的残烛。

"嗯。"夏弥点点头，"你问完所有问题了么？"

413

"最后一个……现在的你……真的是夏弥么？"楚子航抬起眼睛，漆黑的眼睛，瞳光黯淡。

夏弥忽然觉得自己重新看见了那个楚子航，仕兰中学里的楚子航，沉默寡言、礼貌疏远、通过看书来了解一切。

那时候他还没有标志着权与力的黄金瞳，眼瞳就是这样黑如点漆，澄澈得能映出云影天光，让你不由得想要盯着他的眼睛看，那是孤独地映着整个世界的镜子。

"是我啊，"她歪着头，甜甜地笑了，"我就是夏弥。什么都别想啦，你刚才只是做了一个梦，梦里遇见多吓人的事情都是假的。我一直守着你不是？就像那次你足足睡了十天……"

笑得真美，容光粲然，脸颊还有点婴儿肥，嘴角还有小虎牙。火焰把她的身体映成美好的玫红色，发丝在风中起落，像是蝴蝶的飞翔。

路明非呆呆地看着，想到《聊斋》里那篇《画皮》，要是妖怪有这样倾城的一笑，纵然知道她是青面厉鬼，书生秀才也会沉迷其中吧？

这才是色诱啊，不着一点艳俗，只要笑一笑就点亮世界了，让你死且不惧。

楚子航凝视她许久，缓缓地张开双臂，把她抱在怀里。

夏弥没有反抗，这个精分的龙类大概是做戏太深，觉得情浓至此不抱一下对不起唯一的观众。

她跪着，比坐着的楚子航还高些，就像是母亲抱着疲惫的孩子。她把脸贴在楚子航的头顶，一手抚摸他的头发，另一手四指并拢为青灰色的刃爪，无声地抵在楚子航的后心。

"其实世上真有个地方叫香波地群岛，就约在那里重逢吧。约好了哦，一起去看水族馆，再坐一次摩天轮……我把我的所有秘密都告诉你……"

她高举刃爪，嘶声尖叫起来，瞳孔中炽金色的烈焰燃烧，隐藏在血肉中的骨刺再次血淋淋地突出。一瞬间，她再度化为青面獠牙的恶鬼。

骨刺刺入楚子航的身体，从背后透了出来，两人像是被同一束荆棘刺穿的小鸟。楚子航动也不动，紧紧地拥抱着怀里的女孩，像是不愿跟她分开。

夏弥，或者耶梦加得，如同被扔进圣水的鬼魂那样嘶叫着，同时剧烈地痉挛，血脉膨胀起来凸出于体表，里面仿佛流动着暗青色的颜料。

进行到一半的龙化现象中止了，嶙峋凸凹的面部一点点恢复，还是柔软的面颊，带点点的婴儿肥。刃爪变回纤细的人类手掌，无力地垂落在身侧。

楚子航松开耶梦加得，艰难地起身，步步后退。夏弥缓缓地坐在地上，长发垂下遮住了她的脸。

一把折刀刺穿了耶梦加得的后心，从胸口透出来，刀刃泛着贤者之石那样的血红色。

昂热的随身武器，曾经重创康斯坦丁的利刃，对于龙类而言那是剧毒的危险武器，就像淬了砒霜的匕首之于人类。

"圣枪的残骸么？"耶梦加得低声说。

剧毒已经通过血循环感染到了她的全身，细胞正在迅速地朽坏，血液黏稠如漆。

"不愧是最像龙类的人类啊，做得真好！"耶梦加得伸手到背后，狠狠地拔出折刀。

"你不是夏弥，你是耶梦加得。"楚子航嘶哑地说。

"是！我是耶梦加得，龙王耶梦加得！"夏弥昂然地仰起头。死亡已经不可逆转，但她的尊严不可侵犯。

她是龙王，龙王耶梦加得。

两个人久久地对视，都是漆黑的眼睛，眼神冰封，好像都下定了决心到死也要当仇人。

然而就像一颗石子投入了冰湖，忽然间涟漪荡开，冰都化了，水波荡漾，轻柔而无力。

夏弥收回目光，吐出一柄钥匙，她一直含着那柄钥匙。

她把钥匙挂在折刀的环扣上，扔向楚子航，冷笑："好像我吃了你的女孩似的……去那里找夏弥吧，我把她的一切都留在那里了。"

"没有什么香波地群岛，我刚才骗你的。"静了一会儿，她又说。

楚子航拾起折刀，看看那柄钥匙，又抬头去看夏弥。漫长的沉默，好像谁先开口谁就输了。

真讨厌这样的沉默，沉默得叫人要发疯。想说点什么，可是有太多太多的事情了，来不及问，来不及说，一切都来不及了。

"再见。"最后他轻声说。

"再见。"夏弥也轻声说。

她在自己心口沾了一点血，涂抹在楚子航的眉心，像是给二郎神的神像开眼。没人知道这么做的含义，楚子航也没有避开。

夏弥用最后的力气推开了楚子航，同时她自己仰天倒下，最后一丝瞳光熄灭，她轻得像是一片树叶。

她赤裸地躺在还未冷却的煤渣上，煤渣灼烧着她的后背和长发，很快又被血浸透。

鲜红的血衬着莹白的肌肤，这两种冲突激烈的颜色微妙地融合在一处，像是保加利亚山谷里织锦般的玫瑰花田。

真的有玫瑰，路鸣泽围绕着她行走，仰头看天，随手从怀中花束上扯下大把的白色花瓣对空抛洒，冉冉地落在她的身体上。

扯啊扯永远也扯不完似的，最后漫天飞舞的都是花瓣，就像忽如其来的大雪。

楚子航低着头，默默地站在一旁。

这真的是一场葬礼，夏弥躺在棺材里，楚子航是家属，路鸣泽是牧师，路明非是见证人。

爱歌唱的女孩被埋在花下了，连带着她的野心、残暴和谜一样的往事。

酒德麻衣和薯片妞击掌："搞定！"

两个人都长出了一口气，都冷汗淋漓，围观神的战场对于人类来说压力确实大了一些。

最后楚子航和夏弥如流星般飞射和冲击时，她们把监控录像一格格地过都捕捉不到清晰的影像，那极致的速度已经超过了摄像机的上限。

"你上次不是跟她打过么？"薯片妞问，"怎么也那么紧张？"

"完全没记忆，醒来的时候我已经在斯德哥尔摩的一家酒店里了，睡在一张舒服的床上，我想了半天也没想明白那些事到底有多少是梦境多少是真的。"酒德麻衣打了个寒战，"直到现在我才明白当时那场战斗有多要命。"

"楚子航真是强到莫名啊。"

"是，不过按照老板的计划，只能有一个人走出地铁，"酒德麻衣皱眉，"老板的计划从来没有出现过偏差，可现在看起来楚子航还没到会死的地步。"

"我总觉得还有哪里不太对，但是想不清楚。"薯片妞按着太阳穴。

"把衣服脱下来。"楚子航低声说。

路明非愣了一下，不解其意，这里已经光了两个了，连他也不放过？

"把衣服脱下来！"楚子航的声音有点急躁。

路明非不敢违抗，战战兢兢地把外衣脱下交到楚子航手上。楚子航蹲下身，把外衣盖在夏弥身上。

"用得着么？"路明非想，"那么多玫瑰花瓣盖着呢。"

随即他明白了，路鸣泽和白色玫瑰花瓣只会出现在他自己一个人的视野里，这是小魔鬼或者牧师叠加在现实场景上的一层特效。

楚子航在四周转了一圈，把网球包和黑箱都捡了回来，把里面的东西一件件整理好。他依然是那么井井有条，好像准备一次远行。

"走吧。"他拎着两件东西从路明非身边擦过，"沿着铁轨走就能到复兴门。"

"喂喂，师兄你等等我，你别走那么快，我脚崴了……"路明非深一脚浅一脚地跟在后面。

他忽然愣了一下，耳朵不由自主地竖了起来。背后好像有窸窸窣窣的声音，就像蛇在游动。

他想起以前看过的一个故事，你若是走在南美丛林听见背后有树叶碎裂的声音

Chapter 19
Jormungandr

千万别回头，那是一条巨蟒在跟着你。它在研究你到底是个什么东西，它没有看到你的正面，不知你是不是危险，因此不敢进攻，你要是回头，它一准儿缠上来把你浑身骨头绞碎。跟那个冥界的故事一样，男子汉大丈夫，说不回头，他妈的就不回头！

"师兄，我们这把回去就牛×了吧？"路明非脚下加快，故意大声说话来壮胆。

可楚子航停下了脚步，提着黑箱的手背上青筋暴跳。

"不会吧？你也听见了？"路明非苦着脸。

看来不是错觉啊，是蛇还不要紧这里有面瘫师兄，要是夏弥还魂……

路明非缓缓地回头，脚跟用力，做好了随时拔腿逃窜的准备。火堆里有一条黑色的东西在缓缓地游动，粗细跟水桶差不多，表面有细小的鳞片反光，看不清长度，好像真是一条巨蟒。

它游到了夏弥身边，一圈圈地缠在她素白的身体上。路明非艰难地咽了口口水，他从没见过那么大的蟒蛇，同是爬行类，这东西跟龙王比起来有点不够高级，但路明非从小怕蛇，不由自主地往楚子航背后躲。

黑蟒猛地弹了起来，卷着夏弥的遗体，返回月台的方向。

月台上狂风卷动，巨大的黑影在风中展翼，仰天无声地怒吼，利齿如枪矛！那根本不是什么黑蟒，那是龙王芬里厄奇长的舌头！

长舌把夏弥卷入龙嘴里，交错的利齿闸门般猛地合拢。路明非似乎听见了骨骼碎裂的声音，那张可怖的嘴有水压机般的巨力，能瞬间把夏弥柔软的身体化成混着骨渣的血泥。

芬里厄还活着！他一直是假死，等待机会去宣泄刻骨的仇恨。他在倒下前疯狂地寻找夏弥，等明白了真正的凶手是自己的妹妹，这头智商低下的龙终于觉悟了。

暴虐的杀心觉醒了，血脉熊熊燃烧！

"龙骨十字！"楚子航瞪大了眼睛。

他犯了致命错误，他混淆了夏弥的身份，虽然是人类女孩的遗体，但里面都是龙王的骨骼和血液。那是一具封藏了龙王之力的"龙骨十字"！

龙王嘶吼起来了，高旷、狂暴和凄厉。整个空间震动，成千上万的骨鸟从天空里落下，惊恐地翻飞，碰撞，化为碎片。它们甚至经不起龙吟的冲击。

芬里厄重获生机和力量，全身伤口高速愈合，下半身的枯骨也迅速地生长出肌肉。他吞噬了孪生妹妹，从而与王座上的君主们化为一体，死神海拉终于诞生。

龙王从束缚中获得了自由，再也没有什么能够阻挡他，尼伯龙根的门就要打开。

可敬可怖的领域正在膨胀，不知是什么言灵，但不难想象它的威力，被领域吞没的骨鸟都化为灿烂的金色火焰，在短暂地滑翔后化为光雨洒落。

巨大的空间里满是骨鸟们惊恐的嘶鸣，就像一千万个恶鬼在地狱中号叫。

芬里厄的双翼鼓着狂风，重达数十吨的身躯缓缓地浮空了！他竟然飞起来了！

路明非面无表情。他不是摆酷，是没有合适的表情来面对，所有的惊恐在面对龙化的夏弥时用光了，所有的赞叹也在围观夏弥和楚子航决斗时用光了，现在面对这神明般的威仪，连槽都吐不动了……不过还是得吐……

这要是一幕戏，编剧一定是个疯子，刚才那些冲突已经很激烈了好不好？有没有必要高潮之后再高潮啊？

印第安纳·琼斯博士经历千难万险终于带着一家老少杀出了外星人藏宝的玛雅洞窟，有没有必要让他迎面就看见哥斯拉？哥斯拉冲他嘿嘿一笑说："忙完啦，等你好久咯，不如咱俩再叉上一叉？"

镰鼬们汇聚成群，钻入隧道逃逸，就像是几千万条鲭鱼组成的鱼群灌入小小的珊瑚礁洞穴。可隧道根本容纳不下那么多镰鼬齐飞，于是骨翼相撞，有些镰鼬在壁上撞得粉碎。

它们原本是这个空间的住民，此刻却疯狂地想要逃亡，这里已经成了死亡的国度，国度的中央，龙王在起舞！

龙王真的是在舞蹈。

这只巨大的生物鼓动双翼，旋转腾舞，燃烧的煤渣随着他的飞腾旋转着升空。龙以巨大的身体展示着各种古奥精妙的动作，舞姿极美，宏大庄严，就像是古印度壁画中的舞者。

"这龙不来杀我们……搞什么飞机？"路明非问。

"言灵·湿婆业舞。"楚子航像是被那舞蹈的美震慑了，"灭世之舞。婆罗门神话说，世界有三位神明，梵天司创造，毗湿奴司维持，湿婆司毁灭。当他舞蹈起来的时候，世界到达一个轮回的终点，神明们都欢腾，梵天重新醒来，毗湿奴也微笑着认可，只有人类悲痛哭泣。古印度诗人说湿婆大神曾在'死丘'莫恒卓·达罗跳起这种舞蹈，于是毁灭了那个城市。"

镰鼬们的骨渣化为熔金色的火雨，落在楚子航赤裸的上身，他完全忘记了疼痛，轻轻地叹息："真美啊，难怪虽然有湿婆的舞谱，但世界上没有人能跳出灭世的舞蹈。因为这舞蹈不是人类的舞蹈，必须以龙的巨大身体，腾飞在空中起舞。他的每个动作中都隐含着龙文，这个言灵不以声音释放，是用舞蹈的'语言'。"

"这是美学欣赏课的时间么？"路明非都快急爆了，"想想办法。"

"我们没法做什么了，'湿婆业舞'这样灭世级别的言灵需要很长的时间完成，他不允许被干扰，因此提前构筑类似'结界'的领域，任何生者不能踏入的领域。"楚子航抬头看着漫天火雨，"侵入的人会像这些镰鼬一样。"

"那那……言灵释放出来会怎样？"路明非结结巴巴地问。

"领域内只剩下死亡，他现在是死神海拉了，这是他对我们所有人的复仇。"

第二十章 凡王之血必以剑终
Deadly Sword for Every Dragon King

大楼明显地晃动着，这晃动传到顶楼，已经让椅子在地面滑动了。酒德麻衣端着咖啡杯，竭力不让咖啡洒出来，面前的监视屏幕上一片雪花点。

"没信号了，局面已经滑出我们的控制。"她的脸色有点苍白。

"这个不需要你说！我能感觉得出来！"薯片妞从沙发上蹦了起来，但立刻又被地面震动掀回了沙发里，"应急预案！拿应急预案出来！"

"你傻了么？我们没有应急预案这东西……从来没有，有也没用，最后的画面，"酒德麻衣深吸了口气，"龙王正在释放'湿婆业舞'！"

"那是灭世级别的言灵！"薯片妞惊恐地瞪着眼睛，无力地瘫在沙发里，又闪电般跃起，"立刻撤离！楼顶有一架直升机，我们有起飞许可！"

"再等等！"酒德麻衣咬着牙。

"等什么？你记得言灵学的课程吧？'湿婆业舞'和'烛龙'、'莱茵'一样，是'不可撤销'的，这是个一旦发动，连释放者都被卷进去的言灵。它的释放是忘我的，不能终止的，甚至毁掉释放者！即使龙王自己也不能停下了！"

"等老板的命令，"酒德麻衣说，"一定会来！他从没有缺席过最重要的场合，赌局上最后一个离席的一定是庄家！"

她的话音未落，一封新的邮件进入收件箱："安心地欣赏吧女士们，这是终章之前的谐谑曲。"

会议室的门打开了，前台小妹推着一辆银色的餐车进来，忽然袭来的地震令她满眼惊惶，但还是竭力表现得镇静。

"你进来干什么？"酒德麻衣惊怒，"说过了任何时候任何人等不得进入！"

"昨天老板发邮件来，说给你们准备一点喝的。"小妹战战兢兢地揭开餐车上的蒙布，冰桶里镇着一支 Perrier Jouet。巴黎之花美丽时光，很好的香槟。

瓶颈上挂着个小小的吊牌，"1998年的美丽时光敬献于女士们，很适合欣赏谐谑曲时享用，50%莎当妮、45%的黑品乐和5%的莫妮耶皮诺，你们会爱上它以及这盛世的火焰。"

"疯子！"两个女孩不约而同地说。

琉璃厂的羊肠胡同里，林凤隆，或者弗里德里希·冯·隆，正在指挥搬家公司。

今天是凤隆堂关张的日子，街坊们都知道林老板赚了一笔大钱，准备回河南乡下去养老了，因此大家都来送行。林老板是个热心肠，一直都跟邻里们关系好，这次走前依依不舍，给每个街坊都送了点小东西，感动得大家泪水涟涟。

这时地面开始震动，大家脸色都有点变。

"没事的，别瞎担心，北京这里只有小震，很安全的。小震的时候大家就得镇静守纪律，你要是一跑，大家都跟着跑，街上不全乱套了么？"居委会大妈从人群中出列，横眉立目，很看不得这些没定性的年轻人，"来，跟我帮老林看看落下点什么东西没有？"

她一扭头，看见林老爷子的背影已经在巷子口那边，跑得跟兔子似的。

"现在公布紧急通知，现在公布紧急通知，刚才发生了烈度小于三级的轻微地震，北京地震局刚刚发布通知，近期北京不会有大震。商场将暂时关闭，楼内所有人员服从保安指挥，有序撤离！"婚庆大厦里所有喇叭都在播放这段录音。

录完录音之后，问询台的小姑娘也从高跟鞋里蹦了出来，拎着鞋赤脚往外跑。没人不怕地震，就算是小震。

大厦里的人正在快速清空，恺撒却站住了，一手拍在唐森肩上："听见什么声音没有？"

唐森一愣："这里到处都是声音！"

"不，是风声，"恺撒环顾四周，他站在二楼的电动扶梯旁，视线可达大厦的每个楼层，"尖厉的风声，好像是什么东西在飞……"

"狄克推多"忽然出现在恺撒的手中，在空气中疾闪而过，留下一道黑色的刀痕。嚓的一声，好像是割裂纸张的声音。

唐森惊恐地瞪大了眼睛，他看见一只古铜色的动物扑着骨翼掠过恺撒身边，在刀刃上把自己撞成了两截。恺撒踏上一步，一脚把这动物的九条颈椎全部踩碎。

"这是什么？"唐森盯着那堆粉化中的骨骼，声音有点抖。

"京师鬼车鸟昼夜叫，及月余，其声甚哀，更聚鸣于观象台，尤异。"恺撒背诵那本古籍中的段落，"这是雌性的镰鼬！原来中国人说的鬼车鸟就是这东西！"

"史前遗种？"唐森迅速地左右扫视。大家都忙着撤离，没有人注意到这只镰鼬或者鬼车鸟，它的速度太快，在普通人眼里只是朦胧的虚影。

Chapter 20
Deadly Sword for Every Dragon King

唐森抢上前去，张开一个购物袋，把没有粉化尽的残骸碎片包了起来。所有混血种都有这种觉悟，跟龙族有关的一切都不能泄露。

"先生，大厦马上要关闭了，有轻微地震，请您跟着保安的疏导撤离。"一名工作人员从他们身边跑过，低头看了一眼唐森手中的塑料袋，"你那里面是……骨头？"

唐森低头看见镰鼬的几截颈椎把购物袋撑了起来，非常显眼。

"鸭脖子！刚买的鸭脖子！"他急中生智。恺撒也悄悄收回了"狄克推多"。

"哦哦。"工作人员匆匆下楼。

唐森摘下皇帝顶戴，手在额头一抹，一层细汗。

"还有声音。"恺撒低声说。唐森看得出他的紧张，他的眼角在急速地跳动，瞳孔深处金色流淌。

"几只？"唐森压低了声音，必须在被人发现之前收拾掉这些不知从哪里来的镰鼬，好在大厦里已经不剩多少人。

"几千、几万……或者几十万！"

恺撒已经张开了领域，寄宿在他脑海中的"镰鼬"正在这座大厦的每个角落里翻飞。这些"镰鼬"是虚无之物，只是借用那种古代种的名字，但那些上古的生物竟然真的出现在了现实里。

各种各样的声音汇聚到恺撒耳边，其中一种无法解释，那是蜂群的声音，无数蜜蜂聚集在一起飞行。恺撒隐隐地预感到那不是蜂群，是镰鼬群！可在哪里？这栋大厦的什么地方能藏那么多镰鼬？

"诺诺！"恺撒忽然瞪大眼睛。他拨开唐森，逆着人流往楼上狂奔。

"怎么有点头晕？贫血了么？"老罗忽然觉得屏幕上的图像有点模糊，有点想吐，像是晕车。

他站起来往四周看了看，网吧里的人有的打游戏有的看片有的聊天，各做各的事，都很镇定。

酒德麻衣居然没有给他安排封闭空间让他专心作战，而是随便给他在网吧开辟了一个区，因为网吧才是这家伙的主场，是他坐下就如王者的都城。

"我也有点，可能是这几天强度太大了。"旁边的队友说，这就是那位狂放的射手，正和老罗并肩恶战。

"要补一补。"老罗拉着嗓门喊，"喂！老板，给来两罐红牛！"

"好嘞！两罐红牛！"老板立刻把饮料送到。

所有饮料里都加了兴奋剂和加倍剂量的牛黄酸，老罗他们就是在这些药物的帮助下不知疲倦。

"把西单的婚庆大厦买下来！现在！找到它的所有人，出双倍价格！"恺撒一边狂奔，一边对着手机咆哮，"买下来之后把所有人清空！封锁所有出入口！你有十五分钟！"

"加图索先生……这个，请您理解俱乐部很乐意为会员提供最优质的服务，但是十五分钟内买下一栋价值几千万美金的大楼，签约都来不及……这里是百夫长俱乐部，我们很希望像服务上帝那样服务于您，但我们很遗憾自己不是上帝……有些事情还是做不到的。"客服专员战战兢兢的，想也许一个顶级的精神科医生才是这位VIP会员最需要的服务，但他还是职业性地打开电脑搜索婚庆大厦所有者的信息。

"你浪费了我四十秒钟！"恺撒咆哮。

蜂群的声音正在逼近，虽然还没有确定它们的位置，但只剩十四分钟，十四分钟后无数镰鼬会攻占这栋大厦。十四分钟之内如果不能完成全封闭，史前遗种甚至整个龙族的秘密都会被世界所知。

这里是北京，中央电视台的拍摄飞机没准就在天空转圈。

"好了！问题解决了！"电话那头客服专员惊喜地大喊起来，"正在加速撤空，七分钟内就可以完全封闭大厦！"

"解决了？"恺撒一愣。

"它已经是您家族的产业了，"客服专员谄媚地说，"大约二十分钟前，它被转手到您家族旗下的企业，您家族的代表正在办理支付手续。喂？喂？先生？"

恺撒挂断了电话，同时脚下一个急刹车。

就在前方走廊的尽头，古铜色的镰鼬女皇倒挂在屋顶，缓缓张开双翼，发出类似女人欢笑的声音。

它远比刚才那只镰鼬巨大，十几只雄性镰鼬围绕着它飞行，好像在举行什么求偶的仪式。求偶意味着生育，这些东西居然要生育？镰鼬女皇的九个头骨中金色闪动，贪婪而妩媚地盯着恺撒。

"我从来没有像这样讨厌自己的言灵。"恺撒冷冷地说完，把手机扔了出去。

扔出之前他摁了三秒钟的电源键，这不是关机，而是引爆炸弹模式，这是装备部给他的几十颗炸弹之一。

手机被准确地掷入镰鼬女皇的肋骨笼子中，爆发出炽烈的闪光。恺撒本已掉头离开，却忽然全身痉挛，惊讶地回头一看，镰鼬女皇和它的雄性奴仆们都化为了碎片粉尘。

好一会儿恺撒的下肢才恢复知觉，那只手机确实是枚炸弹，静电炸弹，范围远比普通炸弹大，乃至于恺撒也被波及。果然装备部弄出的玩意儿总会让人意想不到。

婚庆大厦的顶层，帕西·加图索把一张封在信封里的本票递了过去，同时接过了这栋大厦前任拥有者递过来的信封，信封里是一应文件。

"后续手续会有人跟您接洽，"帕西淡淡地说，"那么从这一分钟起大厦我们接管了，有些轻微震感，您也撤离吧。"

"没问题没问题。"前任拥有者很高兴，"真不巧，你说这个大好的日子，那么好的事情，怎么碰上这事儿呢？"

"你还有三分钟。"帕西看了一眼腕表，"现在从我面前消失！"

"诺诺！诺诺！你在哪里？"电话亭里恺撒抓着话筒咆哮。

他去过了那间首饰工坊，但是诺诺不在那里，工坊里满地都是零落的材料，老首饰匠倒在地上，脖子根部有一道细细的血痕，细而深，但直伤到骨，像是被一柄极薄的刀割伤了……镰鼬的爪！

恺撒把老首饰匠托给了最后撤离的保安，保安面对那双赤金色的眼睛，吓得话都说不出来。

先头的镰鼬已经到了，这些诡秘的生物藏在这栋大厦的各个角落，它们已经攻击了诺诺所在的首饰工坊，可能是察觉了诺诺的血统。

恺撒踹开了附近所有的店铺查看，都是空的，没有镰鼬也没有诺诺。他刚才居然把手机当炸弹扔了出去。好在他终于找到了一个电话亭，老式的玻璃电话亭在婚庆大厦里是个浪漫的装饰。

"我没事。"话筒里传来诺诺的声音，平静甚至微冷。

"你看到它们了？有多少？"恺撒松了口气。

"数不过来，二三十只？也许破一百也难说，不是数数的时候。不用乱找我了，我在你唯一会忽略的地方，四楼女卫生间。我把它们都关在这里面了。"

"你疯了么？你没有言灵也没有装备！"恺撒咆哮起来，"你怎么对付它们？"

"杀鸡嘛，要什么言灵？"诺诺冷冷地说完，挂断电话。

她旋身上步，双手紧握钢管，凌厉之极地横扫，飞扑过来的几只鬼车鸟立时被打成古铜色的碎片。

女卫生间被诺诺反锁了，追着她而来的鬼车鸟尽数被锁在里面，洗手台上、隔间顶上无处不是它们，有的以利爪倒悬在屋顶。这些渴血的动物正低声嘶叫着观察被它们包围的女人，女人毕身鲜红的喜服，红色丝带束起发髻，双手两根一握粗的钢管，站在一地碎片中央，漂亮的瞳孔中没有任何温度。

诺诺缓缓地调整呼吸，回忆富山雅史教她的"二天一流"双刀术，心理教员也是剑道黑带。但毕竟不是她主修的格斗科目，还不太顺手。

但以这样的程度，鬼车鸟们大概已经开始考虑彼此之间，到底谁是谁的猎物了。

恺撒紧张到忽略了他的女朋友纵然没有言灵，但本质上跟楚子航一样是个杀坯。

帕西拉下卷闸门，封锁了整个大厦，扭头看着满头大汗的林凤隆冲了过来。

"你应该已经在日本了。"帕西皱眉。

"不是说这个的时候，看你那么镇定我真惊讶。"林凤隆粗喘着，"你们觉得自己还能控制局面么？"

"龙王苏醒，并不意味着尼伯龙根的门洞开，即便有尼伯龙根的东西偶然进入这里，也还控制得住。"

"是的，那门不轻易打开。但它被打开过，王恭厂大爆炸的时候！这里就是王恭厂的旧址！尼伯龙根在这里是有裂缝的！它已经打开了！不，是北京地下的尼伯龙根整个地坍塌中！这是'湿婆业舞'的效果，导致王恭厂爆炸的也是这个言灵！"林凤隆语速极快，神色惊惶。

帕西脸色微变："龙王不会轻易使用灭世级别的言灵！"

"在愤怒的情况下他们有毁灭一切的冲动，别以为他们会克制。"林凤隆低吼，"不是几只镰鼬偶然进入这里，是几万甚至几十万，它们不愿给尼伯龙根陪葬，它们在逃亡！你想用卷闸门阻止它们？"

"用钢板加固所有的门！立刻炸掉这栋楼！"帕西伸手去摸手机。

"用我的，有人要跟你说话。"林凤隆把自己的手机递给帕西。

"恺撒还在那栋楼里，我不管最后的结果如何，恺撒必须活着。"电话里是弗罗斯特的声音，"为此可以不惜一切代价，甚至龙族的秘密外泄也没有关系。恺撒是家族千辛万苦选定的继承人，没有恺撒，就没有家族的未来！"

电话直接挂断，根本不给帕西说话的机会。

帕西沉默了几秒钟，把手机递还给林凤隆："那么只有我自己进去。"他解开外衣扔在地上，白色的衬衣上紧紧束着黑色的带子，黑色的猎刀贴着肋下，他全副武装。

"必须封住每个入口，不能让任何一只镰鼬离开。"林凤隆说。

"我得到的命令只是保住恺撒，其他的不在我的考虑中。按照你说的，钢板加固也没用，我现在没有足够的人手。"

"不！有的！恰好有！"林凤隆伸手指向人群中的一队皇帝，这些金发碧眼或者红发绿眼的洋人正和中国人一起看热闹。

北美，芝加哥郊外的小型机场上，一架湾流公务机正准备起飞。瘦小的汉高蜷缩在巨大的单人沙发里，神色肃然。这时电话响了。

"北京出现明显的地动，可能是龙王苏醒！而且秘党正在随意调动我们的人！"电话里传来年轻人急切的声音。

"龙王苏醒？"汉高嗤笑，"远比你想的严重，我不知道这件事怎么会演化到这个地步，"他深吸一口气，"五分钟后我就要飞往中国，我只希望我到达北京的时候还有完整的机场供我降落。"

"那……秘党调用我们的人的事？"

"让他们调用吧，如果调用几个人还能压下这件事的话。你要牢记一个原则，我们和秘党有再大的冲突都可以商量，但我们和龙族之间永无妥协的余地，他们或者我们死绝了，这场战争才会停止。"汉高说完，挂断了电话。

他看着窗外沉沉的夜色，轻轻地叹了口气："被我们掩埋了几千年……龙族要全面反扑了吧？我们也无法再置身事外了。"

皇帝组接管了婚庆大厦。

混血种在中国的机构表现出了极高的效率，建筑工人迅速赶到，每个出口都用高强度钢板封死焊牢，围观的人惊讶地发现那群身穿皇袍的美国人被封在了大厦内部。

唐森面对着空无一人的大厅，抚摸着自己的元宝袖，回想这几天在北京闲散的日子，无声地笑笑。

他不知道下面会发生什么，但家族的死命令已经下达到每个人。尼伯龙根的缺口必须被死守，每个人都不得后退一步，身后那些看起来坚硬无比的钢板只不过是为了遮挡视线用的，这里真正的防御是他们这些人。

不倒下，不后撤，倒下则必然已经死了。

大厅中央那辆用于抽奖的大众车忽然动了起来，摇晃了两下，它消失了，地面上出现了巨大的黑洞，车和地板的碎片一起笔直地下坠，消失在不见底的深穴中。

湍流从洞穴中涌出，那是无数镰鼬用骨翼掀起的气流叠加在了一起，唐森感觉到剧烈的眩晕，镰鼬们的嘶叫声以超声波的频率发出，几千几万只镰鼬一起嘶叫就是一场超声波的爆炸。

唐森沉默地看着这地狱般的景象，想起他去过的壶口瀑布，黄色的泥浆水滚滚而下，声如雷震，而唐森面前的这道瀑布是逆飞而起的，涌出洞穴之后四溅开来，每一滴水珠都是一只镰鼬，带着锋利的刃爪，带着忍耐了几千年的对血液的渴望！

"窗户、空调出风口、水管，所有的出口都要用钢板焊死。它们比我们想的还多。"唐森结束了通话，皇袍振动，领域轰然扩张！

"如朕亲临啦兄弟们！"唐森用刚学会的中文大吼，挥舞两把厨刀冲入镰鼬群。

"是御驾亲征啊蠢货！"跟着他杀进来的皇帝也大吼。

恺撒还在电话亭里。

他走不出去了，隔着玻璃他能看到的东西只有镰鼬，几百只或者几千只镰鼬彻底覆盖了这间电话亭。

放眼所见都是干枯的面骨，每双眼睛都闪着饥渴的金色，它们用身体撞击，用刃爪在玻璃上使劲划，划出一道道白色的痕迹，发出让人发疯的声音。这样下去只怕这个还算坚固的电话亭会被镰鼬们拆成碎片。

帕西站在四楼的栏杆边，仰头看着半空中的古铜色的漩涡，那是数千只镰鼬围绕着穹顶垂下的巨型花球在飞翔。它们以利爪划过花球表面，几十秒后花球化成细微的碎末飘散。

这东西成群之后就像噬人蚁一样可怕。但它们并未进攻帕西，漩涡中不断飞出镰鼬扑向恺撒所在的电话亭，重重叠叠地把它包了好几层。

电话铃响了，恺撒愣了一下，还是摘下了听筒。

"少爷，是我。"

恺撒愣了一下："帕西？你居然在中国？那么家族跟这个'意外'有关吧？"

"没有关系。这件事超出了家族的预计，情况比你想的更糟糕。龙王苏醒，而且一个可以跟'莱茵'相比的言灵正在释放中，谁也不能预计结果。家族的命令是你必须生还。"

"如果家族能对这些镰鼬下令而不是对你，我大概有生还的机会。"恺撒看着一只利爪终于切开了玻璃，镰鼬的爪子像玻璃刀一样锋锐。

"它们追着你是因为你带着那枚火元素弩箭，它们不是对你，而是对那种力量有兴趣。"

恺撒从包里拿出弩箭，石英中封存的东西亮着血色的微光："那只有毁掉它咯？"

"毁掉它你就会释放出火元素，'燃烧'的概念会对镰鼬群产生大规模杀伤，但无法除尽，这不是最好的选择，"帕西说，"你应该把它交给我。"

"带着这东西的人就是鱼饵，对么？你们原本是准备用这个把我变成鱼饵，来钓一条龙，但是钓来了杂鱼。"恺撒冷冷地说，"交给你你怎么处理？"

"这是我们对局势的变化估计不足。"帕西低头看着下方巨大的地穴，"交给我之后你就安全了，我有各种方法来处理，譬如带着它返回镰鼬的巢穴，在那里我也许能把它射向龙王。"

"真在意我的人身安全啊，准备牺牲一个人来为我开辟一条逃生通道么？"恺撒说着把那枚刺穿玻璃的刃爪掰断。

"你是加图索家族未来的希望，没有你就没有加图索家族。"

"混账！"恺撒忽然怒吼，"你还没有就你们把我用作诱饵道歉！"

帕西怔了一下："很抱歉少爷，让您陷于危险中。"

听筒中也沉默了几秒钟，而后恺撒的声音重又变得懒洋洋的："那就没事啦，接受你的道歉，我现在要挂电话了。"

"少爷，立刻把东西交给我，你那里已经聚集了几千只镰鼬！"

"我没有说要交给你，其实我并不那么在意当这个诱饵，有我这个诱饵在，这些东西就会被吸引在这里，不是很好？"

说完他真的把电话挂了。

"恺撒！"帕西大吼。

恺撒做的是个疯狂的决定，但是他没有做这个决定的能力，他的言灵并不真正具备攻击力，如果面对几十个持枪的敌人，恺撒都有可能在他们开枪前做出预判，但无法面对几千只镰鼬。

要同时跟踪几千个目标，F-22战斗机也做不到。

轰然巨响，电话亭崩塌，成千上万的镰鼬扑入。但是灰尘忽然膨胀起来，电话亭中好像发生了一场高压气体爆炸，把附近的镰鼬都吹飞。

一个森然的领域被释放出来，持续扩大，来不及逃离的镰鼬都被卷入其中，被飞射的灰尘射为新的灰尘。

灰尘缓缓降落，恺撒的身影慢慢出现，但抓住帕西视线的是那对刺眼的金色瞳孔和体表开合的鳞片！

爆血之术，精炼血统！

那个言灵不再是"镰鼬"，寄宿在恺撒脑海深处的"镰鼬"群狂暴起来，不再是信使，它们同样变成了渴血的暴徒。言灵进化。

攻击性的，"言灵·饮血真镰"。

帕西仿佛看见真实的镰鼬和虚幻的镰鼬们交错飞舞在巨大的空间中，撕咬、搏杀、挥舞刃爪斩切、号叫。

这是群鸦的战场，而那个走出灰尘的男人，俨然千军的领袖！

"我有没有对你说过巴黎之花美丽时光是我最喜欢的香槟？"酒德麻衣看了薯片妞一眼。

"没有，喝起来还不错，就是有点干还有点甜。"薯片妞坐在沙发上，端着香槟杯，优雅端庄。

她总是忙忙碌碌的，难得这么优雅端庄。

"有点干是正常的，有点甜是因为你刚才无意识地把我的巧克力倒进去了。"酒德麻衣指指她的酒杯。

薯片妞一愣，果然杯中是一种叫人恶心的褐色混合物。如果她早知道绝对喝不下去，不过此时她也没有什么味觉剩下了。

"你管我？我喜欢巧克力兑香槟！不知道会不会下一个瞬间就连同整个城市被掀到天上去，难道尝试一下全新搭配也不行？喂喂，你能不能别跟喝啤酒似的对瓶吹香槟？"

酒德麻衣放下酒瓶，满脸潮红："不这样我怎么能控制自己别乱想呐，哈哈，就像坐在一枚核弹上喝酒那样有快感。"

"快看！信号恢复了！"薯片妞忽然扑到显示屏前。

因为震动而罢工的摄像机们再次开始工作，传回了尼伯龙根内部的情况，100号站附近的隧道中，雪亮的光束撕裂黑暗，那束光来自……一列锈迹斑斑的地铁，车头悬挂着"先锋"号的铜牌！

"OMG，是那列原型车！"酒德麻衣惊叹，"两只小白兔都没死！而且他们正试图把那列旧地铁发动起来！那可是废弃了几十年的古董货色！卡塞尔学院真教出了几个变态级的精英！"

路明非高举着手电，照亮了满是铁锈的驾驶室。

这列车大概比他还老，数控仪表液晶显示屏一概欠奉，取而代之的是刷了绿色油漆的仪表台、红绿两色的方形指示灯和数不清的铜质拨钮，驾驶座的人造革面都被扒掉了，露出黄褐色的海绵层。

楚子航居然相信这玩意儿还能跑起来。他从仪表台上旋下四枚螺栓，打开一块铁板，从下面引出了十几根电线。

路明非心里很犯嘀咕，因为楚子航显然也并不了解这古董地铁的结构，一边试着打火一边参考钉在仪表台上的不锈钢质电路图。

以这做模拟电路实验的做派要启动一列古董地铁来逃生？未免有点临时抱佛脚的嫌疑。

不过眼下还能如何呢？总不能指望靠狂奔来逃离"湿婆业舞"的领域范围，这言灵曾经在须臾之间毁掉了一座古印度城市！

真是人生中最有意义的一天，他们在成功翻盘之后又被那头低智商的龙大逆转，然后就只有屁滚尿流地逃命。这将是王牌专员楚子航履历中的污点，因为跟敌人搞暧昧，所以把差事办砸了。

整座城市都在危险中，一座国际化的大城市，上千万人进出，北海公园里还有老头老太在健身，CBD里出没着职场精英，为他们的百万年薪小跑着工作，车流堵塞了二三四五环……没有人意识到灾难正在迫近。

路明非用力抹了抹脸，不敢再想下去了。

"这东西制造于1967年，长春客车制造厂生产，最古老的DK1型，原型车，只生产过两辆，使用750V直流电驱动，全动轴结构，设计时速可以达到80公里，应该能够撤到安全地带。这种车型在北京地铁中是否跑过一直是个谜，也没有人能找到最初的原型车，想不到是在这里。"楚子航嘴里说着，手中不停，电火花照亮了他没有表情的脸，"我应该可以启动它，电路结构看起来不复杂，机械构造应该也没有大问题，在尼伯龙根里面，连死去的东西都能被保存。"

"嗯嗯。"路明非心里有鬼，没心思跟他搭茬儿。

也许路鸣泽能解决这件事儿，反正迄今为止路鸣泽没什么做不到的。但是路明非厌了，很害怕。卖出第一个四分之一后感觉生活没什么变化，好像只是个玩笑，但他渐渐地意识到路鸣泽开始侵入他的生活了，原来只能在幻觉中出现的魔鬼开始在他的生活里留下越来越多的痕迹，甚至短暂地占据他的身体。那个协议是真的，协议完成之时，他将失去某个自己绝不能失去的东西。

有什么东西在脑海深处反复提醒他不能继续换下去，他已经站在了悬崖边，再走几步就万劫不复！

手机忽然响了起来！路明非和楚子航对视一眼，都愣住了。自他们进入这里手机就失效了，路明非的是欠费停机，楚子航的干脆无理由。

路明非猛拍大腿："妈的！我打不出去可是有人能打进来嘛！"他订的套餐接听免费，所以停机了还能接电话。

呼入者，陈墨瞳。

路明非觉得心脏微微颤了一下："喂，师姐……"

见鬼，怎么是这种没睡醒的腔调？原本准备好的台词是"天塌地陷啦！你们赶快撤啊"什么的。

"你他妈的还没睡醒么？"诺诺听见他的声音就暴怒，"我跟恺撒在西单婚庆大厦这边，这边出大乱子了！你倒好，还睡得那么踏实！"

"喔喔喔喔……"路明非一结巴就开始学公鸡。

"喔喔喔喔你妹啊！这里的局面随时会失控！到处都是镰鼬，整个大厦都被封锁了！你还睡？快起来！"诺诺大吼。

"我刚才我刚才……"

诺诺忽然不凶了，她放低了声音："别靠近这里，这里的事不是你能应付的，也别管学院给你布置的任务了，掐了手机，谁跟你说什么都别管……逃！快逃！离得越远越好！"

诺诺挂断电话，挥动钢管，把一只镰鼬的九条颈椎尽数打断，古铜色的灰尘四溅开来。

更多的鬼车鸟号叫着扑向她，嶙峋的翼交叠起来，完全覆盖了她。

"喂！喂！"路明非对着手机大喊，再也没有人回答。

"谁傻啊？"他喃喃地说着，无力地坐在那张只剩海绵的椅子上。他只能接听不能拨打。

诺诺真二百五，连说句话的机会都不给人。

你以为我在哪里？昨晚游戏过度刚从酒店的床上醒来？别傻了！老子就在尼伯龙根里面啊！老子刚刚和面瘫师兄联手干掉了一个龙王！要不是他情伤太重智商

下降得厉害，我们就把另一个龙王也摆平了！

我们刚刚死里逃生哎！我们才是这出戏里演主角的！搞清楚情况好么？你要对付的那些死鸟现在就追着我们身边飞，我们都懒得理它，不过是溃退的残兵而已，正眼都不带看的。

叫我逃？该逃的是你好么？你无论做什么都已经来不及啦，我们要一起完蛋了，天堂门口排队时也许会遇到，前提是"觊觎别人女友"不会作为下地狱的罪名。

"生日都不见你发个信息，快死了倒记得打电话来。"路明非喃喃地说。

妈的，口气怎么那么哀怨呢？

婚庆大厦？是去选戒指还是去拍婚纱照啊？其实你要想对我好，就该消失在我的世界里，让我不要再记起你。

路明非发现楚子航正看他，眼神说不清是讥诮还是怜悯。

"看啥看啥，师兄你比我还惨！"路明非心里嘟哝，低着头摸了摸旁边的黑箱。都怪师兄错失良机，就记得给绯闻女友的遗体盖衣服，要是早拔出七宗罪扑到龙王身上叉他一叉，也就没这档子事了。

"差不多了，"楚子航说，"你来控制，右手握住电闸，按照我说的一步步提高电压，左边那排按钮不要碰。"

楚子航右手抓住巨大的黑色旋钮，左手五指按在一排铜质拨钮上："准备好了么？"

路明非紧张地握住电闸，用力点头。

"启动之前我有件事跟你说，"楚子航透过已经没了挡风玻璃的前窗看向镰鼬狂舞的黑暗，"其实你一样会有机会，可机会抓不抓得住在每个人自己。"

"你在说什么？"路明非茫然。

"如果喜欢谁，就满世界去找她，别等她来找你，她可能也在等你……别让她等得对你失望了。如果喜欢的人要嫁人了，就跟她表白，就算为此要把婚车的车轴打爆也没关系，这是你说出来的最后机会。把这个秘密带进棺材没价值，连陪葬都算不上。"

"喂喂……怎么忽然变成午夜热线知心大姐的节目了？师兄你醒醒！"

"电压150V。"楚子航下令，同时踩下踏板，松开了机械制动。

路明非跟不上这家伙的神转折，推动电闸，铁锈在机件里磨着响。

楚子航稳步旋转旋钮，左手以钢琴家般的精确拨动一个又一个铜钮，沉寂了几十年的仪表台亮了起来，指示灯跳闪，仪表的指针摆动。

"真的有戏！"路明非不由得惊喜。

"电压300V！"楚子航又说，简单扭接的电线上爆出了刺眼的电火花，一股塑料皮烧焦的味道。

"600V！继续！不要停！"

Chapter 20
Deadly Sword for Every Dragon King

路明非感觉到脚下开始震动了，电机正在颤动，电流正在涌入那些古老的线圈，铁轮深处电火花四射。

"这样会电路起火的！"路明非又紧张又期待，"真能启动起来么？"

"我不知道。"楚子航扭头看着路明非，"总要赌一赌的时候。记得么？我们去机场的路上我跟你说，你留着命，就是什么时候用来搏的。满负荷输出！"他忽然暴喝。

路明非用上了全身力气，电闸到顶。

灿烂的电火花中，整个仪表台全部亮了起来，车厢的灯从前至后一一亮起，所有仪表的指针稳定上升到某个刻度。

脚下传来了铁轮摩擦铁轨的声音，这辆古老的DK1型车在楚子航的手中重新活了过来，开始加速。

"哦耶哦耶哦耶哦耶哦耶哦耶哦耶！我不是做梦吧？疯了疯了！我要疯了啊！"路明非惊喜地蹦跳，简直要不避男男之嫌去拥抱楚子航，学理科的果真要更牛×一些！

但楚子航已经不在他身边了，楚子航提着黑箱一步步后退，离他越来越远，金色的瞳孔中好像结着冰。

"别……别傻了！我们快逃！这事儿你搞不定的！谁都搞不定！"路明非忽然明白过来这亡命之徒在想什么。

"知道我为什么选你为组员么？"楚子航根本不理他，只是自顾自地说，"因为你需要自信，恺撒是杀死诺顿的英雄，众人目光的焦点，你跟他站在一起只会被他的光芒压住。但如果你杀死芬里厄，总该自信你和恺撒是一样的男人，有些事他能做到你也能做到。"

他转身走向车尾："这是我和你一起完成的任务，我们的荣誉。抓住你的机会，你喜欢的女孩总是会慢慢长大……然后离开你……有一天再也不回来。"

他全身缓缓生出细密的鳞片，仿佛青黑色的铠甲，鳞片猛地扣紧！同时关节逆反，指甲突出为利爪。

他狂奔起来，领域爆发，炽热的黑色火流一闪而灭，车尾被熔出巨大的缺口。他一跃而起，跃入外面的黑暗。

列车越来越快，楚子航也越来越快，就像背道而驰的流星，去向隧道的不同方向，东边和西边，逃亡或者死亡。

没有光，也没有人声，只有脚下咯噔咯噔的声音。外面的塌陷越来越厉害，车厢不停地震动。这列地铁好像也很惊恐，像是一条大蚯蚓在开裂的地缝中玩命地逃窜，路明非就是它肚子里的小寄生虫。

路明非坐在长椅上，双手放在膝盖上，像个听课的好学生。这列古董列车正以八十公里的极速把满隧道的镰鼬群撞碎，耳边净是骨骼碎裂的声音。

原来逃亡名单上只有他一个人，真小看人啊，这个卡塞尔学院里的每个人都小看人，他们看起来很照顾你，其实是觉得你根本没有资格和他们一起承担什么事。

上一次他被送去和女孩吃饭，这就是他的工作，这一次他被安排逃跑，这还是他的工作。没有人认为他能起什么作用，谁也不期待他，还总是摆出说教的面孔。

是啊是啊，他也很想跟那个红头发的女孩说他很喜欢她，觉得能为她做一切。他也可以去轰爆她婚车的车轴，就像个骑着骏马来抢亲的强盗那样威风凛凛。可是诺诺真的在乎他在想什么么？

只是施舍一些爱心给衰仔学弟而已，然后她还是会按照既定计划嫁给光辉万丈的男朋友，她让你赶快逃，自己却和男朋友留在最危险的地方。

那就是感情啊，陈雯雯说的，是曾经一起分享时光的人才会有的东西。局外人永远都傻×，永远不知道女孩子跟你笑笑的时候，发给男朋友的信息里有多少柔情。

这样他妈的你怎么轰爆她的车轴？轰爆了，她还是会换上新的车轴去赴她盛大的婚礼不是么？于是你只能牵着马傻×一样站在雨中，看她的背影。

楚子航真搞笑，一个连恋爱都没谈过靠看书来了解女孩的家伙，有什么资格讲感情经？那种别扭的家伙就会把自己的人生搞得特别特别悲情，其实他说的那些他自己根本就没做到好不好？他什么都不说，什么都错过。

这种人最郁闷的时候一定会对着树洞说话吧？也许是对着一个海螺壳什么的，楚子航经常用一个海螺壳当镇纸，没准把那个海螺壳翻过来，满满的都是他的内心独白。

"现在他就要带着那些内心独白去死了。"路明非心里说。

也好啊，亡命之徒不就该这么死么？全力以赴，无路可退。

路明非竭力想要说服自己。他努力了好几次了，却没法横下一条心再召唤路鸣泽，这是他的最后一张牌，也是他的命。可他真的不敢再卖命了，真害怕啊！恐惧深入骨髓。

诺诺再没有打电话来，路明非紧紧地攥着手机。

事到如今你还在等她的消息么？事到如今你还是不死心……

路明非忽然点亮屏幕，他要把诺诺的信息都删掉，就像是把一段记忆清空一样。他下了狠心，咬着牙。

最后一条信息，发送于7月17日夜，他的生日。

路明非像是触电那样从座椅上弹了起来，他控制不住自己的手，几次要点开那条信息都点不准。

怎么回事？这肯定是一条被看过的信息，因为手机没有提示新信息，可是他完全记不得了。那天晚上他等着诺诺的信息等到航班起飞之前，谁的祝福都来了，就是没有她的。这条生日信息应该根本就不存在！可它凭空降临在自己的手机里，好像是从那个暴雨之夜穿越时间而来。

路明非终于点开了，是个音频，车厢里回荡着女生搞怪的歌声："祝你生日快乐，李呀李嘉图，祝你生日快乐，李呀李嘉图……"

他能想象那个女孩录这首歌时二不兮兮的开心，期待你听了笑出声来。她歪着头，戴着耳机，红发飞扬在风里，唱着一首自创的生日歌。

重复播放……重复……重复！再重复！

路明非无力地瘫在座椅上，呆呆地看着车顶，很久之后他又蜷缩起来，蜷成小小的一团。

嗨！朋友！她真的给你发过生日信息哦，很认真地录了歌哦，其实她答应你的事情都做到了，她确实没答应过嫁给你，因为你也没问过嘛。

她做了她答应你的所有事，你还奢望她为你默默地保留一个候选男友的位置么？你何德何能呢？你真的了解那个女孩么？她什么时候开心什么时候难过你知道么？你帮过她什么？你对她的喜欢只是因为青春期的蠢蠢欲动吧？你有什么可抱怨的呢？现在是你在逃亡，而她就要和整座城市一起毁灭。

她还叫你快逃……

"别傻了啊！"路明非猛地从长椅上蹦起，"你们玩命就管用么？你们都会死的啊！够资格拿命来赌的……"他深深吸了口气，轻声说，"只有我啊！"

亡命之徒，总是无路可退。他就是那种事到临头会发疯的人，他其实早就知道。

他一脚踹开车尾的门，楚子航果真够狠，只教了他启动，却没教他刹车，根本就是断了他的路。时速八十公里，迎着潮水般涌来的镰鼬，真他妈的是玩命的事儿啊！

"You jump, I jump 咯！"路明非一个虎扑而下，天旋地转，好像被塞进了一个内壁都是铁刺儿的滚筒式洗衣机。

他艰难地爬起来，一头扎向隧道深处，像只健勇的豪猪。

血慢慢地盖过瞳孔，视野尽是红色。龙夭矫于空，长尾长颈和双翼圈出完美的圆。就像古印度的湿婆神像，常常在一个圆中起舞，那是宇宙的象征。

楚子航左剑右刀，再次支撑起身体。这个破碎的身躯已经不知道被龙血修补过多少次了，他也记不清自己曾多少次冲入前方的领域。

龙王始终只是专心致志地舞蹈，但他没有一次能逼近龙王。领域中悬浮着红热的铁渣，还有撕毁一切的电弧和风暴，这些汇聚在一起，潮水般冲击他，每一次都被他用"君焰"熔化为铁流，但立刻有下一波，就像口径达到数米的连射炮顶着他轰击。

他知道自己撑不下去了，这件事原本就超过了一个人类的极限。

他低头看着刀匣，"暴怒"还插在那里，好像是铸在其中，那是最凶暴的一把武器。这是最后的可能，龙王诺顿铸造的武器，要杀死一个王，只能是另一个王。

必须拔出"暴怒",成为新的王。

他张开双臂,仿佛站在山巅要纵身一跃。脑海中,墨黑的海开始涨潮,缓缓地淹没了他的意识。他记不清自己是谁了,胸膛充塞着巨大的欣喜,像是要睡着了,又像是要开始舞蹈。

三度爆血,终极的噩梦,也是终极的力量。

这一次他不会再从黑色的梦境中醒来。他会变成死侍,过去的朋友都将以杀死他为荣。残存的人类意志只够这具龙化的身体战斗到杀死龙王,或者被龙王杀死。

爆血可能是一种交换,用人类的心交换杀戮的心。就像神话中奥丁为了获得"鲁纳斯"的伟力,被挂在树上风吹雨打九日九夜,献祭于神,也就是他自己。

欲获得力量的人,必以自己献祭。

楚子航打开了牢笼,释放了……龙王之心!

漆黑的梦境中,人类的意识最后挣扎了一下。温暖袭遍全身,好像有人在背后环抱住他,远比他高和强壮,靠在那个人身上他觉得自己又是个孩子了。

"爸爸。"他轻声说。

路明非张开双臂,迎向了那个被抛出领域的身影,那是介乎人和爬行类野兽之间的魁伟身影,可是轻得跟落叶似的,带着飞溅的墨色鲜血。

他抱住了楚子航,觉得自己是被一辆快车当胸撞上,根本站不住。和楚子航一起撞向身后的岩壁。

"路鸣泽!"他大吼。

"Yes!Sir!"小魔鬼忽然在他背后的虚空中闪出,又抱住了路明非。

但仍然站不住,三个人叠在一起狠狠地撞在岩壁上,路明非嘶哑地号叫,承受了最大冲击的路鸣泽却只是无声地笑笑。六柄刀剑插在他们上下左右,刀匣落在地上,"暴怒"还在里面。

"楚子航!师兄!醒醒!"路明非气息微弱地喊。

楚子航全身不知还有没有完好的骨头,龙化现象已经因为血液的燃尽而迅速减退,全身上下所有伤口都在滴血。

"路明非?"楚子航缓缓地睁开眼睛,微微皱眉,"是你么?"

"是我。"路明非轻声说。师兄已经看不见了,傲视全校的黄金瞳如今只是两个被灼烧过的黑红色血洞。

"我做到了么?"楚子航问。

"你做到了,任务结束,我会写任务报告,别担心。"路明非抬眼看着远处,电光把整个空间照成白紫色,龙王如绝世的舞者旋转于镁光中。

已经到了结束前的高潮,他的舞姿壮美得让人失神。

"那就好。"楚子航攥拳放在胸口。路明非不知道他这是什么意思,好像是共青团员入团宣誓的动作。

"你睡一会儿,我去给你叫救护车。"路明非说着就开始不争气地流眼泪。

妈的,果然傻×就会把自己的人生搞得那么惨,何必呢?何苦呢?可看他这个熊样,还是不由得难过。

"不用了,我就要死了。"楚子航轻声说,"你是不是好奇我为什么要管你的事?"

"好奇啊,好奇爆了。"

"因为你自己看不到,在苏菲拉德比萨馆……我见到你那次,你满脸又难过又发狠的样子……还有那次你知道诺诺要和恺撒订婚,还来病房里看我,说了很多白烂的话,和我分析星座……你装出很不在乎的样子,可是你没有对着镜子,看不到自己脸上那么伤心和不甘心……还有在英灵殿开听证会的时候,恺撒和诺诺拥抱,所有人都在欢呼,只有你站在人群外面,缩着脖子……芬格尔说那就是'傻×透顶',明知道什么事情不可能,还非要揣着希望。明明想为什么人把命都赌上,可是连下注的理由都没有。"

"我靠什么时候了你还煽情?师兄你这尊容在琼瑶剧里我看是个反派啊。"路明非一边苦笑一边眼泪狂飙。

"我就是看不得别人傻×透顶,我不喜欢有什么事情连争取的机会都没有,那样,"楚子航轻声说,"会死不瞑目。"

"对不起。"过了一会儿,他轻声说。

"这又是道歉什么?"路明非问,"我们能不能正常展开?"

"对你说过一些过分的话。我并不是说你没有用什么的,只不过你还没有经验,我和恺撒这样的人还在的时候,很多事不用你们就可以做好。但你是我们唯一的S级,你会比我们都优秀,未来是你们的,都是。"那张破碎的脸上流露出一个难看的笑,"连带着所有的师妹……都是你们的。"

"这槽吐得好啊。"路明非捂着小腹轻声说。

楚子航再也没有回答他。

"他要死嘞,哥哥,你也要死了。"路鸣泽说。

"我知道,居然没有我想的那么痛。"路明非低头看着自己的小腹。一段锋利的钢筋血淋淋地贯穿了他,这东西钉在岩壁里,撞上去的时候,从后往前把他和路鸣泽串在了一起。

"我能感觉到你心里的难过,"路鸣泽轻声说,"交换么?"

"交换。"

路鸣泽笑了起来:"早说嘛,早说现在我已经帮你把一切都搞定啦。看把你气喘吁吁地跑了一路，我都不忍心。"

"我不想跟你换。"

"哈！那么害怕我么？"路鸣泽笑，"可你还是同意了，为什么呢？什么让你做出那么大的牺牲。陈墨瞳么？楚子航么？陈雯雯么？这种理由真是不给力哎，哥哥！你的女孩就要嫁给别人啦！你还为了她跑过来拼命，亏不亏啊？她根本就不是你的，你管她的死活呢？你就该坐着地铁一个人逃走啊，为什么要回来？"

"不想她死。"路明非轻声说，"校长说的，你就只有这些东西，就算没有人家多，甚至都是垃圾，你也不想失去，对不对？不想什么都没有。"

"哥哥，其实你很怕孤独啊……"

"是么？也许，想起来真的有些怕，不想总是一个人……"路明非的瞳孔渐渐扩散。

他真的就要死了，他不是楚子航，没有龙化的身躯，贯穿伤已经让他大量失血。

路鸣泽轻轻地叹了口气，从背后抱住路明非，和他面颊相贴："好，我明白你要的了。休息吧，剩下的交给我。我是多么乐意看到你心里终于有欲望熊熊燃烧啊！逆我们的，就让他们死去，这就是我们的法则！Something For Nothing，60%……融合！"

"最后一个问题，是不是你偷看了诺诺发给我的信息？"

"呀嘞呀嘞，还是被你发现了啊，我是为你好呀。不会有结果的希望都是有毒的哦，就像是小女孩用来暖和自己的火柴，"路鸣泽轻声说，"可是该燃烧的，还是会烧起来……"

路明非的眼皮沉沉地下坠，盖住瞳孔，像是睡着了。

路明非睁开眼睛，就像是一次睡足之后的苏醒，又像是死过一次的重生。

世界在他的眼睛里变得格外清晰，一丝一毫一鳞一羽都在他的瞳孔中映出，纤毫毕现，声音也是一样，此刻如果有一千人的乐团在他面前齐奏，他能听清琴弓在某一把小提琴的某一根弦上涩涩地滑了一下。

一切都变得那么新鲜，他抬头仰望，就像先民眺望星空。时间的流动似乎都变慢了，他从容而舒缓地起身，拔下小腹中的钢筋扔在一旁，伤口立刻痊愈，甚至没有过程。

不像楚子航爆血时有烈焰在周身腾起，他甚至感觉不到任何力量流动，只是觉得平静。但所有镰鼬忽然远离了他，无声地悬浮在空中，好像他身边有个巨大的圆形空间是不能被侵入的。

他试着慢慢举起右手，对空一挥。镰鼬群瞬间溃散，好像他随手挥出了一道刀气之类的东西把它们击溃了。这些东西是在畏惧他，那个圆形空间不是领域，而是领地。他的领地,填满他的威严。

他笑了起来。是的,他又握住了权与力,好像把整个世界都握在了掌中,如临绝顶,俯瞰群山,呼吸天地,逆者皆亡!

他伸出右手,五指张开,对着远处舞蹈的龙王,好像要把那个龙形镇压在手心里:"撤销。"

龙王壮美的舞蹈忽然出现了一丝迟滞。

"撤销!"

"撤销!"

一声比一声更严厉,不像是言灵,没有那么简单的言灵,像是下达普通的命令。

可越来越惊人的重力被施加在龙王的身上,在第二声"撤销"声中,龙翼已经托不住龙王的躯体了,龙重重地摔在月台上。

第三声中,那头威严的生物仿佛被无形的网束缚住了,在月台上滚动挣扎,发出愤怒的吼叫。

龙王自己也无法停止的"湿婆业舞"被强行中断了。

龙长嘶起来,龙鳞怒张。他猛地起身,挣脱了无形的束缚。

巨大的黄金瞳中流动着变幻的光,映出了路明非的身影,领域中所有的电弧和熔化的铁渣都随着风暴盘旋在龙的身边。死亡的领域再度扩张,覆盖了整个空间,所有镰鼬都燃烧着坠落。这是一场熔金色的大雨。

龙第一次真正试图进攻,几乎碾碎楚子航的只不过是他的防御而已。现在他认真起来了。

路明非把刀剑拔下,一一填入刀匣。他把"七宗罪"背在背后,踏入了死亡的领域。

新的邮件,"那个时代来临的时候,大地深处的煤矿也烧起来了,世界因火而光耀。"

"老板的邮件,看来剧终高潮要到了。"薯片妞放下酒杯,"让老罗开始吧……不,让他结束!"

酒德麻衣微微点头,拨通了电话。

"明白,我会亲自动手砍最后一刀。"老罗挂断了电话,站起身来,举起手中喝了一半的营养快线,向着整个网吧的人致意,好像他手中拿着的是一杯烈酒。

老罗把那半瓶营养快线一口喝完,重新握住鼠标。

最终荒原的巨大地图上,所有野怪都变得巨大而且强力,锋喙鸟、魔沼蛙、石甲虫、暗影狼、绯红的树怪、苍蓝的魔像……不过更可怕的还是其他的猎手。

来自世界各地的精英战队在分别杀绝了本地服务器的排行榜后,终于得以进入这个大乱斗的地图,他们从水道沼泽跋涉而过,一次次地向着王座上的巨龙发起冲锋。

顺路也干掉其他竞争者。

剑气、魔法闪光、黑流和宠物的叫声覆盖了那头光辉的生物，它咆哮嘶吼，一次又一次地释放群体攻击，同时从地狱里召唤它的从者们。

深紫色的死亡光环，杀伤力不亚于泉水，装备了六神装也没用，血量照旧哗哗地往下滑。只有靠着疯狂的平 A 加上吸血，再有队友补血，才能在光环中小站一会儿。

但还是站不久，因为其他战队的猎手会在你血量低的时候一刀把你毙命，或者一个范围法术砸下来把你和龙一起套进去。

龙貌似是根本砍不死的，并不是它的血量超大，而是几次血量见底眼看就要大功告成的时候，随着一声咆哮，它给自己套上补血的红色光环，血又嗖嗖地回来了。

"蛮王能站住但伤害不够！剑圣和妖姬站住都悬！得高爆发的人进去！谁家有刺客可以上了！"某个战队对所有人发信息。

"脆皮能在泉水里站住？你根本连龙的毛都摸不到！"有人反驳。

"RIOT 不是玩大家吧？这龙根本打不死！"有人开始怀疑。

紧张的战况中，来自亚洲服务器，排行榜第一名的战队，那位蓝衣的领袖始终没有动，站在己方的泉水里观战。他的队友们也都沉默地围观，好像已经放弃了那个荣誉。

"走吧哥几个。"老罗说。

他终于踏出了泉水。踏出泉水的那一刻，刺客 Ricardo 在自己身上装配了"七宗罪"，这是每个战队都会在晋级赛中收集到的神装。他的兄弟们跟他并肩同行。

整个网吧乃至于中国大小城市无数网吧的观众都在为这一刻鼓噪呐喊。

言灵·饮血真镰，爆发！
言灵·离垢净土，爆发！

恺撒和帕西背靠着背，同时释放言灵。同是风属性的言灵，领域没有对冲，而是融合起来扩张。

以他们两人为中心，透明尖锐的影子密集地散射，如同空气构成的子弹，贯穿了镰鼬的骨翼，在它们没有跌落之前又把它们打碎成灰尘。

恺撒嘴里叼着那支弩箭，石英中的火元素以心跳般的频率辉闪，就像是可口的血肉似的，把整个大厦里的镰鼬都吸引过来。

唐森疲惫地靠在卷闸门上，看着手中砍烂的两把厨刀，他终于能够完整地呼吸一次了。身边都是镰鼬的枯骨，那些美丽而可怖的残骸有的还在跳动。

一只镰鼬穿透领域飞了进来，尖厉地嘶叫着，用刃爪劈向恺撒的脸。

黑刃把它凌空斩落，帕西手中也是一柄猎刀，和恺撒的"狄克推多"形制一模一样，唯一不同的是铭文，"奥古斯都"。

同一位刀匠的双生作品，分别以恺撒大帝的尊号"狄克推多"和屋大维的尊号

"奥古斯都"命名。

叠加的领域出现不稳定的征兆，更多的镰鼬钻了进来，一只巨大的镰鼬女皇正舞动着九根颈椎想要越过领域的裂缝。

"狄克推多"和"奥古斯都"对撞，两柄猎刀开始共鸣。它们再度分开的时候，中间粘着紫色的、蛛网般的细丝，像是静电击穿空气。

一个新的领域被激发了，被它覆盖的镰鼬都痉挛着坠落。

炼金领域！

铁渣汇聚为钢铁的龙卷，裹着刺眼的电弧，正面轰击路明非。煤渣燃烧铁渣熔化，扑到路明非面前的时候已经是熔铁的河流。

路明非，或者路鸣泽，迎着铁流上前，前方仿佛有无形的利刃把铁流中分为二，擦着他的身体左右流过。他咳出一口鲜血，不以为意地吐在手中，微笑着继续向前，随手把血抹在背后的"七宗罪"上。

刀剑震动，如七头活龙苏醒，刀匣弹开，机件滑出，如灿烂的孔雀尾羽般缓缓张开，"暴怒"震颤着发出吼叫，好像就要破空飞去。

"凡王之血，必以剑终！"路鸣泽轻声说。

完全相同的时间发动，龙和路鸣泽对冲而去。路鸣泽双手刀剑闪动，"色欲"和"饕餮"出鞘，带着赤红色和熔金色的光辉，暴涨为十握的长剑古刀。

布都御魂！

天羽羽斩！

路鸣泽凭着人类的身体，达到了楚子航龙化后的速度，他自己就是利刃，生生切开了死亡领域。

龙嘶吼狂奔，双翼后掠，这头巨大的生物爆发出无法想象的高速，空气暴震，身后出现火色的音锥。他竟然突破了音障，同样的火色音锥在路鸣泽身后闪现，速度势均力敌。

双方之间的空气被速度压缩到了某种极限，冲击波席卷整个空间，雷鸣般的音爆中，双方以血肉撞击。

速度相当，体重数十吨的巨龙占据了绝对的优势，路鸣泽被推着急退，龙展开双翼贴着地面滑翔，龙翼下狂风雷霆飞沙走石。就像一头巨鲸扑向一条鲑鱼，只凭着激起的水流就能毁灭对方。

龙王把路鸣泽一直顶到岩壁上，仰头狂嘶，岩壁也因为冲击而开裂。

龙王忽然跪倒。他并未屈膝，他是龙王芬里厄，不会对任何人屈膝。可古铜色的断骨从膝间刺了出来，"色欲"和"饕餮"分别插在膝盖骨中。碰撞的一瞬间，路鸣泽毁掉了龙的前肢。

"汝必以痛，偿还僭越！"冷漠的声音从岩壁中传出。

岩壁崩溃，路鸣泽鬼影一般掠空而起，双手探到背后，"妒忌"和"懒惰"出鞘，对准龙首，左手力劈，坚硬如铁的鳞片开裂，右手横斩，穿透双眼切开鼻梁，十字形的伤口中血如岩浆般喷涌。

"汝必以眼，偿还狂妄。"路鸣泽把一对刀剑刺入巨龙的双眼，而后双脚踏上，刀剑彻底没入。

跟着出鞘的是"傲慢"和"贪婪"，路鸣泽如猎鹰般轻盈地飞掠，踏在巨龙的后脊，砍断了龙翼的根骨，巨大的膜翼无力地垂下。

巨龙像是喷发血液的火山，血液沸腾为血红色的蒸汽，他号叫着，挥舞一块块嶙峋脊骨组成的长尾，这是他最后还能动用的武器，长尾巨蟒般扭动，末端的骨刺泛着刀刃般的惨白色。

他是力量之主，可以找到一切东西的"眼"，他只需命中路鸣泽的眼，无论路鸣泽多么坚硬或者柔韧都会碎裂。

但他找不到路鸣泽的"眼"，因为他自己已经没有眼睛了。

"汝必以血，偿还背叛。"名为"傲慢"的汉八方古剑穿透长尾，把他钉入地面，名为"贪婪"的太刀贯透龙王的后脑，只留下刀柄在外。

六柄刀剑之间共鸣起来，巨龙全身燃烧起刺眼的金色烈焰。

青铜与火之王的炼金领域最终成型，这是由炼金术之王留下的杰作，牢笼般束缚了巨龙的动作，看不见的力量之钳挤压着龙的全身骨骼，发出令人心悸的碎裂声，龙痉挛着嘶吼着颤抖着，不甘地昂起头，自己的血把满嘴利齿都染红了。

他曾是君主，如今已经是阶下囚徒，但他并不等待怜悯，他仍在鼓起每一块能收缩的肌肉试图站起来。

"真悲哀啊。你仍是以前那个不用脑子思考问题的小孩。"路鸣泽站在龙的背脊上，身影就像是孤峭的砾岩之山。他欣赏着龙的挣扎，无喜也无悲，"暴怒"无声地滑出刀匣，把刀柄递到他的手中。

"奥拉奥拉奥拉奥拉！"他狂笑奔跑起来，拖着那柄斩马刀。这柄武器在他手里显得格外巨大，搞得他好像是缀在刀柄上的一个小人偶。

斩马刀破入了龙的背脊，路鸣泽拖着巨刃奔跑，一块又一块的龙脊骨在刀刃下分裂，就像神以刀刃犁开地面留下鸿沟。他的背后一线数人高的血泉射空，像是龙背上开出了大丛的深色鲜花。

这个爬行类隐藏在脊骨中的重要器官被毁掉了，楚子航忽略了这件事才给芬里厄留下了反击的余地。

就像恐龙一样，龙类的身躯过于巨大，只有大脑一个神经中枢是无法控制精微的动作的，因此他们把另一个大脑隐藏在了脊柱里！

Chapter 20
Deadly Sword for Every Dragon King

龙疯狂地哀号,一瞬间能把人毁灭数百次的痛楚如千万刀刃流入他的脑内。

路鸣泽松开"暴怒"的刀柄,踩着龙首跃空而起,如同希腊神话中那个以蜡封羽毛为羽翼飞向太阳的美少年伊卡洛斯,张开双臂,迎着黑暗中的火雨,仿佛要去拥抱并不存在的太阳,陶醉于它的光焰,全然不惧被高温烧毁了羽翼而坠落。

他没有坠落,他被狂风托住了。巨大的骨翼张开于背后,他以翼和身组成巨大的十字,立于虚空和黑暗之中,金色瞳孔中闪烁着愤怒、仇恨和君王之罚的冷酷。

他伸手向着下方的巨龙,说出了最终审判的圣言:

"我重临世界之日,诸逆臣皆当死去!"

亚洲服务器新崛起的最强刺客 Ricardo 和队友们踏入了战场。

分工早就做好了,时光老人与璐璐品字形殿后,翼护着身板脆弱的刺客,同时避免有人干扰这场伟大的刺杀;龙龟与薇恩是先锋,龙龟站桩抗伤,薇恩游走输出,暴风雨般的箭矢为剑豪铺路,围绕着他们的是巨龙召唤出来的各种召唤物。

"大招 CD 还差三秒,准备!三、二、一!"时光老人说。

龙龟飞旋着切入死亡光环,正怼龙王,薇恩甩出三支箭,干掉了躲在草丛里想要抢人头的盖伦,跟着冲入光环。

暗夜猎手的速度得到璐璐与时光老人的双重加成,在死亡光环的边缘风骚闪动,趁着龙龟与龙缠杀,甩出一道道金色箭光。

但龙龟还是扛不住,璐璐不停地给龙龟套盾,可护盾秒没,龙龟只是靠着地动山摇的震荡波跟龙王磨血。

"没戏!龙龟一死,薇恩最多撑三箭,大龙还剩三分之一的血,剑豪能杀了它我就直播剁手!"评论条飞速地上浮。

"R 哥还没动呢,急个屁啊,你们见过 R 哥动手么?"

"R 哥也可能是断线了呢,一直在旁边看。"

"太难太难,估计是得泉水见了。"

龙龟用最后的尖刺撞在了龙身上,薇恩接着撑了六箭,两名队友倒下,化作灰白的颜色。

这时,剑豪的头顶,翡翠标亮了一下。他动了,切向死亡,一动就像是御剑飞翔。

以龙王的召唤物们为跳板,他一剑跟着一剑,稳定地把龙王扣血,龙王带有破甲的强攻击是一百八十度的,只要剑豪闪到它背后出手,就能避开攻击。

但死亡光环的伤害是无法躲避的,七宗罪自带饮血功能,但仍旧补不回剑豪快速损失的血条。

死亡光环中闪现一个幽蓝色的光池,那是瑞兹的传送门,一直观望的北美服务器第一强队从极远的草丛中直接传送进了死亡光环。

这才是精心筹划的抢人头，相比起来薇恩干掉的那个蹲草的哥们大概是只想表达一下存在感。

剑豪继续闪动，来抢人头的家伙们也被他用作了跳板，那些家伙也毫不留情地招呼在剑豪身上。剑豪倒下，龙王的血槽已经所剩无几，抢人头队一拥而上。

"他妈的要脸不要脸啊？"

"贱人！贱人！贱人！"

"哪个服的？炸他们服！"

抢人头队出现的时候，观战频道里已经一片骂街声，老罗所在的那间网吧，有人气得简直要把显示器砸了。

"等我重生。"老罗淡淡地说。

剑豪倒地的那一刻，金色的复苏之风已经在他身边缠绕，时光老人的"时光倒流"，剑豪重生！

剑豪重生的瞬间，游戏模型陡然大了一倍，璐璐的狂野生长！光环外的璐璐已经接近空血，没法冲上来助攻，但仙灵女巫竟然仍留了大招在手。

抢人头战队的五名玩家被席卷，一起被喷到了空中。

"狂风绝息斩！"剑豪闪现空中，剑光卷起一柱旋风，把龙王和其他玩家都吸了进去。当他落回地面的时候，北美服务器第一的战队已经团灭。

但剑豪也因此未能避开巨龙正面的一记挥爪，空槽的巨龙，面对同样空槽的剑豪。

龙王断然地从死亡光环切到补血光环，磅礴的生命力马上就能把它的血槽补回来，只需半秒钟的时间它补回的血量就够撑住剑豪的又一次狂风绝息斩。

何况狂风绝息斩的冷却还早呢，剑豪的技能全都耗空了。

有时候半秒钟都不够恍惚一下的，有时候半秒钟就已经太久了，剑豪踏步上前，简单地平A，斩灭了补血的红光。

龙王只能拥有一个光环，要么是恐怖的死亡光环，要么是不死的补血光环，两个光环切换之间有半秒钟的前摇，那半秒钟里龙王是脆弱的，甚至一个空槽的刺客都能走到他的面前挥刀。

龙走到了生命的尽头，它摇晃着，吼叫着，浑身燃烧着蓝紫色的火，成群的死神挥舞着镰刀围绕着它飞翔，等待收割它的灵魂。

剑豪站在被焚为焦土的荒原中央，他已经缩回了原有的模型大小，在巨龙面前渺小得可以忽略。

剑豪缓缓收剑入鞘，入鞘的瞬间，名为"暴怒"的大剑从装备表中消失，因为嘉年华已过，体验终了。

龙王沉重地倒下，震碎了大地。

整个服务器都沸腾了，公共频道反复刷着同一条标红新闻，"龙王芬里厄由来自亚洲服务器的玩家'Ricardo'完成全球首杀。"

"首杀是中国人拿的？听名字更倒像个西班牙人啊！"

"什么战队没听过，这是大神们临时凑的联合战队吧？"

"土豪拿钱堆出来的吧？几天前就看见这家伙发新闻说要拿首杀了。"

"拿钱堆不行么？拿钱堆也是我们中国人拿的首杀。"

"求那个战队的联系方式！我要买那个战队！"

老罗没有理睬身边喧嚣的网吧和外面那个更喧嚣的互联网，只是看着屏幕上虚拟巨兽的尸骨，拿起已经喝空的营养快线瓶子，无意识地凑到嘴边。

可能是成功之后的空虚感，也可能是身体真的到极限了，他不觉得开心，却觉得荒芜，好像自己真的站在那片躺着龙骨的荒原上。

"阿门。"他轻声说，然后开始刷里尔克的长诗，"这是魂魄的矿井，幽昧、蛮远。他们沉默地穿行在黑暗里，仿佛隐秘的银脉。血从岩根之间涌出，漫向人的世界，在永夜里，它重如磐石……"

"除此，再无红的东西。"

同一瞬间，漫天飞舞的镰鼬都化作了古铜色的微尘，好像它们是由同一个电池提供能量的，此刻那个电池寿命完结了。

忽然从绝对的喧嚣换成绝对的安静，静得人心里发凉。尘埃飘落在恺撒和帕西的双肩，他们擦拭着黑色猎刀上的尘埃，茫然四顾，皇帝组已经全部瘫倒在地。

"结束了？"恺撒问。

"大概吧，我也不知道怎么回事。"帕西把猎刀回鞘，望着满目疮痍的大厦，"这笔巨额损失看来只能记在家族自己的账上了。"

"嗨！恺撒！"诺诺翻过二楼的栏杆跃下，一身红色喜服，好像红色的云彩。

云髻散乱披在肩上，钗子她干脆咬在嘴里，额头的宝石花钿也被汗水弄湿了，移到了鼻子上。

恺撒上前抱起她："你现在看起来就像是逃婚的新娘。"

"呸！松开！"诺诺呵斥，"我要是逃婚，能这么容易被你追到？"

帕西默默地看着这对男女，笑笑，转身走向出口。

"嗨，帮个忙。"恺撒把一件东西扔向帕西，是那块封藏了火元素的石英，"龙王之血或者最终决战兵器什么的，帮我还给弗罗斯特先生。我不需要家族的这种帮助。"

"明白了。"帕西点点头。

"但我会记得还你的人情。"

"您不欠我的人情，保护您是我的责任和义务。"帕西微微躬身。

"可能你理解这是家族交给你的工作，但我要还的是恺撒·加图索的人情，不是家族的人情。"恺撒对他竖起拇指。

"可我就是为您而生的啊……"帕西以恺撒听不见的低声说。

路明非慢悠悠地醒转，第一眼看见的就是黑暗里那头巨龙缓缓地站了起来。他惊得蹦了起来，腿肚子直转筋。

不会吧？又来？留条活路行么？这次真的是打不动了，虽说刚才那场也不是他自己打的。他全身骨骼大概是统统碎过一遍又被路鸣泽给接好了，现在痛得想跳楼。

他前前后后地看，路鸣泽的鬼影都看不着。这家伙也撂挑子了？不是说好一站式服务的么？这龙还没死他怎么就匿了？

那边面瘫师兄八成是已经死挺了。这回真是前有恶狼后无援军的绝境了。

龙剧烈地咳嗽起来，看来这家伙状态也够呛，彼此都是油尽灯枯……不过面对一条油尽灯枯的龙，路明非也不觉得自己有任何获胜的希望。

龙开始呕吐了，吐出了大摊大摊的血，还有被血污裹着的素白的人体。

夏弥……他没有吃掉夏弥，只是把那个女孩藏在了嘴里。

"姐姐……"大家伙伸出舌头，轻轻地舔舐着夏弥的脸，"醒来啦醒来啦……我们走我们走，醒来啦醒来啦……这里都是坏人，醒来啦醒来啦……我们去别的地方玩……"

"喂大家伙！你真的很烦欸，你以为自己是复读机么？"路明非轻声吐槽，可眼泪无声地漫过面颊。

原来这个最终 Boss 根本就不知道发生了什么事，他有限的智商不够他理解这复杂的剧情转折，即使被妹妹揍了一顿也无法改变他对妹妹的依赖……

这个玩意儿真是龙王么？黑王生下他不觉得丢面子么？这家伙是全龙类的耻辱啊！

手握力量和权柄，却只想当个宠物。

龙舔尽了夏弥身上的血污，重新把她变成那个洁白无瑕的女孩，然后把她轻轻地叼在嘴里，摇摇晃晃漫无目的地往前走。

他大概是想离开，可他看不到路，渐渐远去的背影就像是一头离开了狼群的小狼。没走多远，他巨大的身躯轰然倒塌，蜕变为一具古铜色的枯骨。

他死了。

尼伯龙根正在崩溃，巨大的古铜色石块从空而降，却再也没有镰鼬飞出。地面开裂，一切都在粉化，狂风席卷，摧枯拉朽地扫荡着。

这里已经绝尽了生机，唯二的活物是路明非和楚子航，也许是唯一的，因为路明非已经试不出楚子航的呼吸了。

他拖着楚子航靠在一个石墩上，和他并肩坐下，看着眼前末日般的景象，居然觉得还蛮能接受的。

"我说师兄我们看起来是要挂掉了，我可从来没想着要跟一个男人一起挂掉。"

"好吧，我是喜欢诺诺，我现在满脑子想的都是诺诺。"

"你说我俩那么卖命拯救人类会不会有人知道啊？还是蛮想有人知道的……比如诺诺嫁给恺撒了会用我俩的名字给孩子起名，'楚路·加图索'还蛮有点像个风骚的意大利人，对不对？"

"我都不知道为什么到现在我还在吐槽……也许吐槽就是我的人生吧……"

"没办法了么？"薯片妞的声音颤抖，"没有应急手段了么？"

"想进去，要么有烙印，要么被那两个龙类选择，可是能选择的人现在已经死了，我俩都没有烙印。"酒德麻衣无力地靠在座椅上，"那个世界的规则正在崩溃，他们将和规则一起完全被抹掉，不留下任何痕迹。"

"路明非死了，老板非得疯了吧？"

"不敢想。"酒德麻衣低声说。

幽深的隧道里，一辆崭新的SFX 02地铁列车亮起了车头灯，灯火通明的车厢中空无一人。男人脑袋上扣了个肯德基全家桶，指间夹着一张北京公交卡，走到车头。

他吻了吻那张卡，把它夹在列车的前风挡上，拍了拍驾驶座："嗨！小伙子！可别弄丢了，这是你去龙潭虎穴的签证！"

普普通通的公交卡上流动着朦胧的金色光泽，卡身里好像渗入了碎金般的材质。

"朋友，我可是跑遍北京每个地铁站为你们刷卡的哦！要记得还我的人情。"肯德基先生看向隧道尽头，轻声说。

"那个傻×龙类设置这种幼稚又折腾人的入口法则，真累死老子了！"他翻脸又破口大骂起来。

他拉下电闸，把速度挡挂到最高，登上月台消失在转角处，空无一人的地铁以极速刺入隧道深处。

路明非觉得自己一生都不会忘记那一幕，灯火通明的地铁激飞了满地的碎石和碎骨，沿着红热的铁轨停在他们面前，全部车门轰然弹开。

那是刺穿黑暗的光，刺穿宇宙的变形金刚，刺穿时光的克赛号，刺穿千军万马来英雄救美的白袍小将，刺穿死亡的绝世牛×！

不锈钢车身上有人用喷漆罐刷着鳖爬般的一行字，"COME ON, BOY！GO HOME！别哭哦！睁开你的小眼睛看好！这就是你宿命中的SOUL BROTHER的伟大应援！"

我靠！这二不兮兮的语调为什么那么耳熟呢？

他奋尽全力把楚子航扛了起来，"不要死啊！师兄。"他嘶哑地说，每一步都有一千吨那么重，"我们已经杀掉了龙王，回去就能牛×了啊！别他妈的死在这里啊！我们回去就能四处嘚瑟了啊！绩点、奖学金、女朋友……想什么有什么……你还可以再罩我两年，我老大不靠谱你也是知道的……不要死！我朋友不多的……"

他擦了擦脸上糊着的泪水，努着力气一步步向前，并没有注意到楚子航的身体正在重新温暖起来，不可思议的治愈正在进行，瞳孔首先被修复，晶状体再造，血液加速流动，心脏频率提升，连折断插进肺里的肋骨也被强劲的肌肉拔了出来移回正确的位置，断骨相连，像是焊接两段钢铁。

楚子航始终紧护在心口的拳头松了开来，这是肌肉从僵死恢复到柔软的征兆，一点银光从他的手心里跌落。

"师兄，我看你才傻×透顶吧？"路明非看了一眼那东西，喃喃地说。

那是夏弥的钥匙。

言灵·饮血真镰

序列号：59+
血系源流：天空与风之王
危险程度：中
发现及命名者：安倍晴明

部分言灵具备进化的可能，"镰鼬"就是其中之一，释放者对风的掌控进一步提升，把空气化为急速旋转的碎片，像是领域内有无数不可见的回旋镖在飞行。

释放者很难控制每片空气碎片的飞行角度，但能同时控制无数的空气碎片，这个进阶后的言灵可以被理解为卷着无形利刃的旋风，以释放者为中心发出。

领域范围中等，无法制造出龙卷风级别的旋转气流。

无法穿透重型防护，但因为空气碎片的密度过大，但凡有一条主动脉暴露出来都是致命的，一旦大血管受伤，鲜血会被气流不停地带走。

空气碎片密集的程度甚至可能击落齐射的弩箭。

"镰鼬"采集声音的效果仍然存在，但效率会有所降低，"饮血真镰"更加注重杀伤。

命名原则仍然是根据日本神话，镰鼬这种风妖会藏在风中偷偷吸食旅行者的血液，吸血真镰造成的伤口确实也会导致不断出血，但事实上这些血液并不能算被吸取了，对释放者没有任何营养或回复效果。

"因风入道，遇血成魔。"
——安倍晴明

尾声　每个人心里都有个死小孩
Lonely Kid Hides In Heart

圣诞节。

前门西大街141号，北京天主教南堂。这座砖灰色的建筑号称"中国历史最悠久的天主堂"，是明朝万历年间那个鼎鼎有名的传教士利玛窦建立的，又称"圣母无染原罪堂"。

拼花彩色玻璃窗下，白裙的唱诗班女孩们站在夕照里，在管风琴伴奏下歌唱：

"平安夜，平安夜，圣善夜！

万暗中，光华射，照着圣母也照着圣婴；

多少慈祥也多少天真；

静享天赐安眠，静享天赐安眠。

平安夜，圣善夜！

牧羊人，在旷野，

忽然看见了天上光华，听见天军唱哈利路亚，

救主今夜降生，救主今夜降生！"

接近曲终时，教友们都站了起来，手拉手同唱，满脸虔诚幸福。一个职场装束的漂亮女孩一伸手，拉到了一个酒瓶。

旁边那个头发乱蓬蓬的猥琐男笑着把红酒瓶塞进牛仔裤的大口袋里，点头表示道歉，同时毫不客气地把女孩柔软的手拉住。

"饿了么？一会儿一起去领圣餐。"女孩温柔的笑容回应，虽然有点诧异怎么给这货混到礼拜堂里来了……这是个酒精中毒的乞丐么？也许是嬷嬷们有点可怜他这么冷的天没地方去。

"下面请我们这一届福音班的代表，赵孟华兄弟为我们发言。"唱诗结束后，牧

师说。

　　一片掌声里，穿着黑白两色衣服、领口有十字花纹的年轻人从前排起身，走到圣母像下，彬彬有礼地向台下鞠躬。他俊朗而健康，头发修剪得很整齐，嘴角带着谦和的笑意，脸上有温润的光芒。

　　"各位兄弟姐妹，很高兴今天站在这里和大家分享虔敬的心。我与神结缘就是在今年，"赵孟华温情脉脉地看向唱诗班，"受到我女友的感召……"

　　唱诗班的长裙领口开得挺大，陈雯雯低下头去，却掩不住连脖子都红了。

　　"然后我受到了罗四维牧师的教诲。"赵孟华又向牧师点头致意。

　　某游戏公会的会长大人，同时也是虔诚牧师的老罗以兄弟间的笑容回应，他对待教会活动还是很慎重的，穿着白色长袍，用一顶棒球帽把鸡窝般的头发压平了。

　　"和诸位兄弟姐妹一起，蒙主的恩召。我曾经在梦里走过天堂和地狱，在枯骨堆积的地方被主拯救，被天使拥抱。那一刻我方领会到我曾经所犯下的错误，曾经没有珍惜的生命，以及与生俱来的原罪……"赵孟华字字恳切，眼眶发红。

　　"这'被主拯救'说的就是兄弟你了！"猥琐男低头跟旁边的挫男耳语。

　　"没搞错吧？"挫男在精神冲击下两眼瞪得滚圆，"学院对他做了什么？"

　　"总不能让他们四处去说什么曾经进入龙族的领地，看见牛×的楚英雄和路英雄宝刀屠龙吧？所以学院派了富山雅史教员来，他的真正特长是催眠和心理暗示，洗脑专家，你这么理解就对了。总之洗完了他就成了这个样子。最初他参加福音班是被陈雯雯拉进来的，只是瞎混，不过大难归来摇身一变成了读经积极分子，如今已经是班中的偶像人物，准备毕业后当牧师了。"芬格尔顿了顿，"哦，我提醒你，牧师是可以结婚的，所以，他估计会和热情教友陈雯雯结婚。他们复合了。"

　　"我知道。"路明非低声说，"这样也挺好。"

　　他还被裹成粽子躺在医院的某个夜晚，陈雯雯打电话跟他说了这件事，说她虽然开始很排斥，但是赵孟华无论刮风下雨都候在她们宿舍楼的门口。问他为什么这样他也说不出所以然，只是说我做了一个噩梦，噩梦里我到处找你，我只记得你的电话号码，我不停地拨打……陈雯雯说我觉得他是认真的，我就心软了，你会祝福我们么？路明非说当然咯，我祝福你们开开心心地在一起。

　　放下电话的时候，他想起穿蜡染傣裙的柳淼淼，这时候她是不是很伤心？

　　发言结束，满场掌声。看着唱诗班里走出白裙女孩和赵孟华兄弟牵手而下，学员中有几个流下了祝福的眼泪。

　　老罗重新登台："《约翰福音》中说，'吃我肉喝我血的人就有永生，在末日我要叫他复活。'下面是领圣餐的时间，感恩主赐予我们他的血肉，令我们得拯救。"

　　嬷嬷们把一片现烤面包和一小杯红酒放在餐盘里，学员们很有秩序地传给身边的人。赵孟华和陈雯雯举杯相视一眼，满脸写着"恨不得此一杯就是交杯酒啊"。路明非忽然笑了，隔得很远也冲他们举杯。

"祝贺咯。"他用别人听不到的声音说。

芬格尔一口喝干红酒，再一口吞掉面包，在裤子上擦擦手，斜眼看着路明非："你说如果学院批准了恺撒和诺诺结婚，恺撒会不会请你当伴郎？'见证我们忠贞爱情的男人非路明非莫属'什么的。再请赵孟华当牧师，陈雯雯参加伴娘团，那可热闹了！"

路明非白了他一眼，扭头往外走去。

"傲娇了，开不起玩笑。"芬格尔耸耸肩，转头看着旁边的女孩，"能留个电话么？求拯救……"

路明非站在南堂砖雕的门楼下，门口就是熙熙攘攘的大街，人流涌动不息，寒冷的空气里弥漫着暧昧而温暖的味道。

他走进人群，和男男女女们擦肩而过，夕阳在他的背后坠落，他打开手机，那个古铜色的轮盘上，他的生命刻度只剩下二分之一。

一个只剩下两根火柴的……卖火柴的小男孩？妈的，这是什么扯淡的人生！

"不知道怎么的，吃了主的肉喝了主的血还是饿得够呛，要不就是我太吃货了，要不就是主的血肉不太扛饿，"芬格尔神不知鬼不觉地出现在他身边，双手枕在脑后跟着路明非溜达，打着饱嗝儿，"忽然蛮想念那个小龙女的，觉得她还会带吃的给我们似的……"

日暮的时候，楚子航找到了那个藏在高楼大厦后的老旧小区。难得这里还留着梧桐树，树叶已经落光了，枯枝把黯淡的阳光切成碎片。

31号楼是一栋红砖外墙的老楼，水泥砌的阳台，绿色油漆的木窗，说不清它的年代了，楼道里采光不好，只有几盏昏暗的白炽灯照亮，墙上贴满"疏通下水道"或者"代开发票"的小广告。"15单元201室"的蓝漆门牌钉在绿色的木门上，显然这里已经很久没人住了，门把手上厚厚的一层灰尘，各种小广告一层叠一层，把锁眼都糊住了。隔壁飘来炒菜的香味和教育孩子的声音，温馨幸福。

楚子航轻轻抚摸那面锈蚀的门牌，邻居老太不知道从哪个角落闪出来，拎着两根葱，仿佛手提双刀，满脸警惕："你是小弥的同学么？"

楚子航点了点头，掏出钥匙晃了晃："帮她来收拾点东西。"

"以后不在这里住了？"老太太放松了警惕。

"不会回来了吧。"楚子航轻声说。

老太太双眼精光四射："那你帮我问问她家这房子卖不卖，我孙子要结婚了，还要再买个房子，房产中介整天来她家贴广告，卖给中介公司不如卖给我，大家都是邻居，我好歹照顾她那么多年呢我……"

她知趣地闭嘴了，面前的年轻人脸上没有一丝表情，像是来讨债的。

"她欠你很多钱？把房子抵押给你了？"老太太问。

"我问问她，如果她想卖，就卖给您。"楚子航伸手揭去门上的广告，插入钥匙，缓缓转动。

他伸手轻轻按在门上。他是太极拳的好手，即便不靠龙血，寸劲也能震断金属锁舌。可这一次他觉得门很重，像是要打开一个世界。

门开了，夕阳扑面而来。楚子航站在阳光里，愣住了。

正对着门的是一面巨大的落地窗，窗外巨大的夕阳正在坠落，阳光投下窗格的阴影，跟黑色的牢笼似的。金属窗框锈蚀得很厉害，好几块玻璃碎了，晚风灌进来，游走在屋子的每个角落。

很难想象这种老楼里会有带落地窗的敞亮房子，这里原本大概是配电房一类的地方，电路改造后设备被移走了，空出这么一间向西的屋子。就一间，连洗手间都没有，空空的。

一张摆在屋子正中央的床，蓝色罩单上落满灰尘，老式的五斗柜立在角落里，另一侧的角落里是燃气灶台和一台老式的双开门冰箱。全部家具就这些。

唯一活泼的元素是墙上的海报，某个漫画杂志附赠的《海贼王》海报，蓝天白沙椰林的岛屿上，黄金梅丽号全员到场，"重逢！香波地群岛！"

他沿着墙壁漫步，手指扫过满是灰尘的灶台；打开冰箱，里面只剩下一纸盒过期的酸奶。窗帘很美，是白色的蕾丝纱帘和深青色的绒帘，住在这样屋子里的人当然会很在意窗帘吧？连台电视都没有，于是一个人的时候会常常坐在床上看着夕阳落下吧？夜深的时候得把窗户遮得严严实实的吧？否则会害怕……

龙类会怕黑么？楚子航想。

犹豫了很久，他打开五斗柜。出人意料的，这是一个满满的五斗柜，收拾得整整齐齐。叠起来的天蓝色校服，胸口有仕兰中学的标志；一沓沓白色衬衣，袖口有不同的刺绣花边；码在纸盒里的头花，从木质的到金属的到玳瑁的，还有闪光缎的蝴蝶结；长袜短袜棉袜丝袜都卷成团一个挨一个放在某个抽屉的一边，像是一窝毛茸茸的松鼠，另一边居然是五颜六色的内衣，同样叠得整整齐齐。楚子航从没想过女孩的内衣有那么多花样。他小心翼翼地伸手，试着触摸，满手灰尘。

他把床上的罩单掀开，里面是简单的白色床单和白色羽绒被，枕头也是白色的，但有轻松熊的图案，黄色的小熊坐在枕头一角，表情认真。

他坐在床边，面对着夕阳。太阳就要落下去了，黑暗从窗外蔓延进来，他的影子投射在墙上。外面隐约有喧闹的人声，放学的孩子们在操场上打篮球。

那些年她一直过着这样的生活么？其实并没有爸爸妈妈，也没有痴呆的哥哥，也没有满柜的衣服让她选来搭配，没有人给她做饭，没有人陪她说话，寂静的深夜里坐在这里，听着人类的声音，揣摩着学习人类的事。那条名叫"耶梦加得"的龙伪造了名为"夏弥"的人生，她有几分是夏弥？或者夏弥其实根本不存在，只是一个虚幻的影子。

"你们根本不了解龙类，龙和人一样，最开始只是降临这个世界的孩子。"又想起她的声音了。

其实这句话真是愤懑孤独啊，可是她那么冷冰冰地说出来，满是嘲讽，绝不示弱。
她是个从不示弱的女孩啊……

即便那么孤独地活在这个世界上，也从未偏离自己的方向，即便对着空无一人的屋子，也会大声说："我回来了！"

应该是这样的吧？

世界上真的有香波地群岛么？夏弥信不信香波地群岛？如果她不信，为什么又把海报贴在墙上？楚子航反反复复地想，直到想得累了。

他想休息片刻，于是和衣躺下，双手静静地搭在胸前。他用了半个小时做完了功课，回忆了那些不愿遗忘的事，现在这些事又多了几件，然后缓缓地合上眼睛。

夕阳收走了最后的余晖，夜色如幕布把他覆盖，他知道这一次醒来，不会看见阳光里天使低头，似乎要亲吻他的嘴唇。

深夜，香格里拉酒店的啤酒坊，女服务生们在犹豫要不要把那个肯德基的推销员赶走，但这家伙已经连着要了十杯一升装的黄啤，账单上千块，很惠顾她们的生意。

肯德基什么时候在宣传上那么下血本了？而且用那么低级的方式，居然让推销员穿着一身考究的西装，在脑袋上扣着一个全家桶。

"嗨！姑娘！再来两杯黄啤！"推销员先生喝得很开心。

"最近我觉得自己是个'二货磁铁'，这是我新学到的中文词汇。"他的对面，矮小消瘦的老人蜷缩在椅子里，还在喝自己的第二杯，"意思是身边总出现一些二百五，好像是被命运差遣来的。最近那些家族的年轻继承人们很闹腾，上次受了昂热的侮辱后怨恨难消；还有些二百五却很高兴地包机来北京围观屠龙和爬长城，其中还有个家伙和导游产生了感情，准备和自己血统优秀的妻子离婚，真烦……不过你还是这些二货中最二的。"

"嗨！汉高！我得说，基础物理学教我们，最容易和磁铁相吸引的是另一块磁铁，所以二货磁铁往往本身就是二货，只是他们意识不到而已。"肯德基先生打着酒嗝。

"是啊。"汉高掰了一块面包，"从我把混血种的未来交付于你这个二货的决定来看，我也是个二货。"

两个人沉默了一会儿，不约而同地举杯相碰。

"连你也帮那个小子？他难道是天命之子，就该被世上所有人宠爱么？"汉高问。

"不不，那小子是个废柴，根本没啥优点，恰好相反，他拥有人类一切的缺点。"

肯德基先生从全家桶上抠出一个洞，伸进手指去挠头。

"但是……？"汉高接着问。

"但是混血种仍有一半是人类，不是么？他有人类一切的弱点，就像我们每个人灵魂深处最卑微、最弱小、最可怜的自己。"肯德基先生轻声说，"我们帮助他，就像帮助自己。"

汉高笑笑："真煽情，让我想到年轻时的一些事。"

"楚子航的心里，永远有一个男孩，站在台风之夜空无一人的高架路上，"肯德基先生敲敲自己的胸口，"我们每个人可能都有这么一个死小孩，在这里藏着。"

意大利，罗马。

一份文件摆在弗罗斯特·加图索的办公桌上，《关于和 A 级学生陈墨瞳结婚的申请书》。

弗罗斯特直接翻到结尾，学院秘书诺玛和校长希尔伯特·让·昂热都已经批复，完全相同的意见，都认为同为 A 级学生中的佼佼者，恺撒·加图索和陈墨瞳结合后生育的后代可能在基因上不稳定，需要更长的观察期。

换而言之，学院的管理层暂时否决了这份申请。

"如果家族利用在校董会的地位强行批准这份申请，是可以的，除了洛朗家族，几位校董都会支持您。"帕西说。

弗罗斯特摇头："家族没理由这么做，我们可以允许这场婚姻，但恺撒应该明白这是家族出于对他的关爱。他拒绝了家族的爱自己去求婚，家族也会表示不满。"

"明白了，家族有对继承人的爱，继承人也有效忠家族的责任。"帕西微微点头，"恺撒就是太倔强了。"

"没关系，迟早恺撒都会明白家族是爱他的，那一天我们会尽一切努力让他和他心爱的女孩生活在一起。"弗罗斯特把文件重新封进袋子里，"只是给我亲爱的侄儿一个教训，批准这份申请是早晚的事。"

"家族已经决心破例让下一任继承人自己选择新娘了？"帕西又说，"在家族的历史上，这种破例似乎是第一次。"

"不，在继承人的妻子人选上，家族从不破例。"弗罗斯特冷笑。

帕西皱眉表示不解。

"恺撒以为自己找到了自由的爱情，但陈墨瞳……原本就是家族给他准备的新娘！"